EDGAR WALLACE

Die Tür mit den sieben Schlössern
Die Bande des Schreckens
Der Doppelgänger

Buch

Die Tür mit den sieben Schlössern

Als Dick Martin, Kriminalbeamter bei Scotland Yard, die Tür seines Kleiderschranks öffnet, ist er nicht wenig erschrocken. Denn ihm fällt die Leiche eines Mannes entgegen. Der Tote ist Lew Pheeny. Aber kannte er das Geheimnis der Tür mit den sieben Schlössern? Mußte er deshalb sterben?

Die Bande des Schreckens

Clay Shelton ist tot. Gehängt. Und doch scheint es, als lebe er noch. Alle, die Sheltons Tod verursachten, traf sein Fluch: den Staatsanwalt, den Richter, den Henker. Auch sie mußten sterben. Als einziger ist noch Inspektor Long von Scotland Yard am Leben, der Shelton gejagt hatte. Kann er der Rache des Toten entgehen?

Der Doppelgänger

Ein Gauner mit einem außergewöhnlichen Talent macht die Straßen von London unsicher. Er kann sich in jeden beliebigen Menschen verwandeln und so in dessen Leben schlüpfen …

Autor

Geboren wurde Edgar Wallace 1875 als unehelicher Sohn eines Schauspielers. Er wuchs in armen Verhältnissen auf, blieb ohne Schulabschluss und hielt sich mit Gelegenheitsjobs wie Milchhändler, Maurergehilfe oder Zeitungsverkäufer über Wasser. Schließlich begann er kleine Artikel für die Zeitung zu schreiben. Mit Erfolg: Er arbeitete sich hoch bis zum Chefredakteur. Später lebte er als freier Schriftsteller und schrieb Sachbücher, Lyrik und Theaterstücke, 1904 schließlich seinen ersten Krimi (»Die vier Gerechten«) – das Debüt einer beispiellosen Karriere. Edgar Wallace verfasste 175 Romane, 24 Theaterstücke, eine große Anzahl von Kurzgeschichten, Essays, Zeitungs- und Zeitschriftenartikeln und Drehbüchern. Die Filme, die nach seinen Vorlagen gedreht wurden, sind kaum zu zählen. Edgar Wallace verstarb hoch verschuldet 1932 in Hollywood.

Von Edgar Wallace außerdem bei Goldmann lieferbar:

Der Hexer. Roman (5292) · Der Zinker. Roman (5372) · Der Frosch mit der Maske/Das Gasthaus an der Themse/Der grüne Bogenschütze. Drei Romane in einem Band (5538/55503) · Der Hexer/Die blaue Hand/Das Geheimnis der gelben Narzissen. Drei Romane in einem Band (55502) · Der schwarze Abt/Die seltsame Gräfin/Die toten Augen von London. Drei Romane in einem Band (55504) · Die gelbe Schlange/Der Engel des Schreckens/Bei den 3 Eichen. Drei Romane in einem Band (55505) · Das geheimnisvolle Haus/Der Safe mit dem Rätselschloß/Die Abenteuerin. Drei Romane in einem Band (55507) · Der unheimliche Mönch/Die gebogene Kerze/Die drei Gerechten. Drei Romane in einem Band (55508) · Die Gräfin von Ascot/Das Geheimnis der Stecknadel/Der viereckige Smaragd. Drei Romane in einem Band (55509) · Das indische Tuch/Geheimagent Nr. 6/Der Diamantenfluß. Drei Romane in einem Band (55510)

EDGAR
WALLACE

DIE TÜR MIT DEN SIEBEN SCHLÖSSERN

DIE BANDE DES SCHRECKENS

DER DOPPELGÄNGER

Drei Romane in einem Band

PORTOBELLO

Die Originalausgabe von »Die Tür mit den sieben Schlössern« erschien unter dem Titel »The Door with the seven Locks«, die Originalausgabe von »Die Bande des Schreckens« erschien unter dem Titel »The terrible People« und die Originalausgabe von »Der Doppelgänger« erschien unter dem Titel »Double Dean«.

Umwelthinweis:
Alle bedruckten Materialien dieses Taschenbuchs sind chlorfrei und umweltschonend.

Portobello Taschenbücher erscheinen im Goldmann Verlag, einem Unternehmen der Verlagsgruppe Random House GmbH.

Einmalige Sonderausgabe Februar 2007

Umschlaggestaltung: Design Team München
Umschlagillustration: Hanka Steidle
Druck: GGP Media GmbH, Pößneck
KC · Herstellung: we
Printed in Germany
ISBN 978-3-442-55506-2
www.portobello-verlag.de

10 9 8 7 6 5 4 3 2 1

EDGAR
WALLACE

DIE TÜR MIT DEN SIEBEN SCHLÖSSERN

Roman

Aus dem Englischen
von Marie Luise Droop

1

Dick Martins letzte Tat als beamteter Detektiv von Scotland Yard war die Verhaftung Lew Pheeneys, der in dem Verdacht stand, an dem großen Bankeinbruch in Helborough beteiligt gewesen zu sein. Er fand ihn in einem Café.

»Was gibt's, Colonel? Wo fehlt's bei der hohen Obrigkeit?« fragte Lew fast heiter, indem er nach seinem Hut griff.

»Fragen Sie lieber, woran es in Helborough fehlt«, sagte Dick und machte die Bewegung des Geldzählens.

»Heilige Großmutter! Bleiben Sie mir mit Helborough vom Leibe! Bankeinbrüche mache ich längst nicht mehr!«

»Oho, mein Freund! Was taten Sie zum Beispiel Dienstag nacht?«

Ein breites Lächeln verschob den Mundwinkel in dem gemütlichen Gesicht des Einbrechers.

»Wenn ich es Ihnen sage, lachen Sie mich todsicher aus!«

»Versuchen Sie es immerhin mit mir!« meinte Dick, und seine blauen Augen funkelten vor Vergnügen.

Lew antwortete nicht sogleich. Er schätzte in Gedanken die Gefahren einer allzu großen Aufrichtigkeit ab.

»Ich hatte einen Auftrag auszuführen, über den ich nicht gern sprechen möchte«, sagte er endlich. »Einen furchtbaren Auftrag ... aber nichts, wofür man mich belangen könnte«, setzte er hastig hinzu.

»Und Sie wurden gut bezahlt?« fragte Dick ungläubig.

»Glänzend! Ich bekam einen Vorschuß von einhundertfünfzig Pfund. Ja, nun sperren Sie die Augen auf, verehrter Herr Detektiv, aber es ist die reine Wahrheit. Ich sollte Schlösser aufknacken. Sie wissen, es ist mein Fach; aber diese Schlösser widerstanden all meiner Kunst, und der Ort, an den ich geführt wurde, war grauenhaft. Nicht für eine Wagenladung von Gold würde ich diese Arbeit wiederholen. Aber ich verdanke ihr ein erstklassiges Alibi. Ich kann beweisen, daß ich die fragliche Nacht im ›Gasthof zur Post‹ in Chichester verbrachte, daß ich dort um acht Uhr zu Abend gegessen habe und um elf Uhr schlafen gegangen bin. Ich täte Ihnen ja gern den Gefallen, Mr. Martin ...

aber den Urheber des Einbruchs von Helborough müssen Sie anderswo suchen.«

Man behielt Lew die Nacht über in der Zelle, während Telegraf und Telefon nicht zur Ruhe kamen. Lews Angaben bestätigten sich; er war sogar unter seinem eigenen Namen in Chichester abgestiegen, und am anderen Morgen mußte man ihn entlassen. Dick lud ihn zum Frühstück ein; denn zwischen dem berufsmäßigen Dieb und seinem beamteten Fänger herrschte kein wirklicher Groll, und der Unterinspektor Dick Martin war in der Verbrecherwelt ebenso beliebt wie beim Yard.

»Nein, Mr. Martin, ich kann Ihre Neugierde nicht befriedigen«, sagte Lew gutgelaunt. »Wenn Sie mich als Flausenmacher beschimpfen, weiß Gott, ich trag's Ihnen nicht nach. Ich habe hundertfünfzig Pfund bar ausgezahlt erhalten, und tausend Pfund wären es geworden, wenn mir das Ding geglückt wäre. Raten Sie, soviel Sie wollen, Sie erraten es nie!«

Dick beobachtete ihn scharf.

»Lew – ich sehe es Ihnen an, das Schweigen fällt Ihnen schwer, schütten Sie Ihr Herz aus!«

Er sah ihn erwartungsvoll an, aber Lew schüttelte den Kopf.

»Wollte ich alles erzählen, so müßte ich jemand bloßstellen, der kein angenehmer Zeitgenosse ist und der mir hoffentlich kein zweites Mal über den Weg läuft; aber verpfiffen habe ich noch nie einen, der mir vertraut hat.«

»So verschweigen Sie seinen Namen und die näheren Umstände, und erzählen Sie mir nur in groben Umrissen, was geschehen ist«, drängte der Detektiv.

Lew stürzte eine Tasse heißen Kaffee hinunter und wischte sich über den Mund.

»Ich kannte den Mann nicht, der mir den Auftrag erteilte; das heißt, nicht persönlich, gehört hatte ich aber schon von ihm. Er hat schon mal ein paar Monate gesessen. Eines Nachts suchte er mich auf und brachte mich in sein Haus – brr! Eine Räuberhöhle!« Er schauderte noch in der Erinnerung daran. »Martin, ein Dieb ist gewissermaßen ein ehrlicher Verbrecher, er spielt ein offenes Spiel. Sein Einsatz ist Freiheit, sein Gegenspieler die Polizei; geht der Einsatz hops, nun schön, er grollt niemand und sitzt seine Strafe ab. Aber es gibt Verbrechen, die zwischen den Paragraphen liegen – so schmutzige Sachen, daß es einem zünftigen Dieb den Magen umdrehen kann. Als mein Auftraggeber mit seinem Anliegen herausrückte, glaubte ich, er wollte sich einen bösen Scherz mit mir erlauben, und als ich sah, daß es ihm ernst war, hätte ich mich am liebsten aus dem Staub gemacht. Aber ich bin von Natur aus neugierig, und so sagte ich nach längerer Überlegung zu. Bitte, halten Sie sich vor Augen, daß es kein verbrecherisches Ansinnen war. Den Kerl trieb Wißbegierde, etwas ganz Bestimmtes zu öffnen. Nun, er wird sich weiter den Kopf zerbrechen müssen; denn die Schlösser knackt niemand auf!«

»Schlösser? Was für Schlösser?« fragte Dick voller Spannung.

Aber Pheeney schüttelte den Kopf und schweifte ab. Er sprach von seinen Zukunftsplänen; auch er wolle ›den Dienst quittieren‹. Sein Bruder sei Architekt jenseits des großen Teiches, er wolle sich dort auf ehrliche Weise hocharbeiten.

Dick verabschiedete sich von ihm und begab sich nach Scotland Yard, um seinem unmittelbaren Vorgesetzten zum letztenmal Bericht zu erstatten.

Inspektor Sneed, der mit der Fülle seines Leibes den Ledersessel bis zum Bersten füllte, hob die Augen vorwurfsvoll zu ihm auf.

»Es ist also wahr! Sie kehren dem besten aller Berufe den Rücken, werden sich ein Landhaus kaufen und in Glück schwimmen, wenn Sie eine Herzogin zu Tisch führen dürfen! Was für ein Höllendasein für einen ausgewachsenen Menschen!«

Dick Martin grinste zu ihm hinüber. Im geheimen bereute er längst sein Abschiedsgesuch.

»Merkwürdig, wie der Besitz des Geldes den Charakter verdirbt!« fuhr Captain Sneed melancholisch fort. »Wenn ich zum Beispiel eine Erbschaft mit sechs Nullen gemacht hätte, würde ich einfach ins Nichts hineindösen!«

»Das tun Sie auch ohne Erbschaft. Ihre Trägheit ist ja sprichwörtlich«, sagte Dick unehrerbietig.

»Insurbordination!« murmelte Sneed. »Noch gehören Sie zum Stab. Nennen Sie mich ›Sir‹ und seien Sie etwas respektvoller, wenn ich bitten darf! Ich bin nicht träge; ich bin lethargisch, und Lethargie ist genausogut eine Krankheit wie Fettleibigkeit!«

»Sie sind fett, weil sie faul sind, und faul, weil Sie fett sind«, beharrte Martin mit dem Hochmut der Jugend; denn er war sehnig und schlank wie eine Weidengerte.

Captain Sneed strich sich nachdenklich das Kinn. Er hatte die Schultern eines Boxers, den Wuchs eines Grenadiers und den Tätigkeitsdrang einer Anakonda unmittelbar nach der Fütterung. Er seufzte schwer, wühlte in einem Briefkorb und brachte ein blaues Papier zum Vorschein.

»Triumphieren Sie nicht zu früh, noch sind Sie mein Sklave. Gehen Sie also zur Bellingham-Bibliothek und klären Sie diese Anzeige auf! Es sollen dort Bücher entwendet worden sein.«

Unterinspektor Martin stöhnte laut.

»Ich gebe zu, es sind keine Lorbeeren dabei zu verdienen«, sagte sein Vorgesetzter mit breitem, schadenfrohem Lächeln. »Kleptomanie ist für den Detektiv, was für eine Hausfrau das Staubwischen ist. Aber es wird Ihr Mütchen kühlen und Sie, wenn Sie sich dem Schlendrian hingeben, daran erinnern, daß Tausende Ihrer unglücklichen Kollegen sich mit Untersuchungen dieser Art die Beine aus dem Leib rennen!«

Dick – auch ›Slick‹ gerufen, denn er hatte wie jeder Detektiv einen Spitznamen – ging gesenkten Blickes an den geschlossenen Türen des endlosen Korridors vorbei und dachte daran, daß seine kurze, aber glänzende Laufbahn im Polizeidienst so gut wie beendet war. Er war Spezialist für Diebstähle gewesen, der geschickteste ›Schlangengreifer‹, den Scotland Yard je besessen hatte. Sneed sagte oft von ihm, daß er selbst die Anlage zum Dieb haben müsse, und hielt das für ein Kompliment. Tatsächlich hatte Dick einmal auf Grund einer Wette die Tasche eines Staatssekretärs geleert, und selbst die erfahrensten Beobachter konnten nicht angeben, wann und wie er die Tat ausgeführt hatte.

Dick Martin kam aus Kanada, wo sein Vater Gefängnisdirektor gewesen war. Er hatte sich nicht sonderlich um seinen Sohn gekümmert, nämlich ebensowenig wie um seine Gefangenen. Dick betrachtete damals das ganze Gefängnis als seinen Spielplatz, und längst, bevor er die ersten Regeln der Algebra meisterte, konnte er jede Krawattennadel unbemerkt entfernen. Peter du Bois, ein Lebenslänglicher, lehrte ihn die Kunst, fast jede Tür mit einer gebogenen Haarnadel zu öffnen. Lew Andrewski, ein häufiger Gast auf Fort Stuart, zerschnitt die Deckel von Gebetbüchern zu einem winzigen Kartenspiel und führte den Jungen in die Anfangsgründe des Falschspiels ein. Bald konnte er in jeder Hand drei Karten verbergen. Wäre er nicht von jener echten Ehrlichkeit gewesen, der keine schlechte Lehre schadet, so hätte es schlimm geendet.

»Dick hat das Herz auf dem rechten Fleck; laßt ihn nur ruhig das Diebeshandwerk lernen«, sagte der träge Colonel Martin, wenn seine Verwandten ihm wegen der Sittenverderbnis des mutterlosen Knaben Vorhaltungen machten. »Die Jungen vergöttern ihn. Er soll später zur Polizei, und da ist die Erziehung, die er hier gratis empfängt, Gold wert.«

Gerade gewachsen wie eine junge Birke, klaräugig, gesund an Körper und Seele, rechtfertigte Dick das Vertrauen des Vaters. Nach der einzigartigen Lehre trat er in Amt und Würden ein. Der Krieg führte ihn nach England. Scotland Yard reklamierte ihn, und da dem Jüngling ein vortrefflicher Ruf voranging, wurde ihm die Probezeit erlassen.

»Hallo, Martin! Sie wollen uns wirklich verlassen?« Der Dritte Kommissar holte Dick auf der Freitreppe ein. »Pech für uns, schade um Sie! Was werden Sie nun anfangen?«

Dick zuckte die Achseln. Noch wußte er es selbst nicht.

Der andere blieb stehen und faßte ihn schärfer ins Auge.

»Da fällt mir eben ein, wie Sie Ihre freie Zeit ausfüllen könnten ... Kennen Sie Rechtsanwalt Havelock?«

Dick schüttelte den Kopf.

»Er soll ein ausgezeichneter Anwalt sein. Sie finden seine Adresse im Telefonbuch. Sein Büro liegt vermutlich in der Nähe von Lincoln's Inn Field. Er fragte mich, ob ich nicht einen zuverlässigen Detektiv wüßte. Ich sagte ihm, diese Leutchen existieren nur in der Einbildung von Romanschreibern und Filmautoren – aber jetzt, da ich Sie vor mir sehe, weiß ich, wen ich Mr. Havelock empfehlen könnte.«

»Wozu braucht er einen Detektiv?« fragte der junge Mann, wenig entzückt von der Aussicht, die sich ihm bot.

»Ich weiß es nicht; lehnen Sie die Sache ab, wenn sie Ihnen keinen Spaß macht, aber gehen Sie mal hin! Havelock ist ein angenehmer Mensch, und ich habe ihm versprochen, mich für ihn umzutun. Ich glaube, es handelt sich um die Beobachtung eines Klienten, der ihm Sorge macht. Wirklich, Martin, Sie würden mich sehr verpflichten, wenn Sie ihn aufsuchten!«

Das letzte, was Dick Martin vorhatte, war die Fortsetzung seiner Detektivtätigkeit in nichtamtlichem Charakter. Aber der Dritte Kommissar hatte ihm bei verschiedenen Gelegenheiten größtes Wohlwollen gezeigt, und er konnte die Bitte nicht abschlagen, ohne unhöflich zu sein. Ein Besuch war überdies nicht verpflichtend. Er sagte also zu.

»Vortrefflich«, lobte der Kommissar. »Ich spreche mit Havelock. Möglicherweise können Sie ihm von Nutzen sein!«

»Ich hoffe, Sir«, sagte Dick ohne innere Überzeugung; denn ihm schwebten ganz andere Zukunftspläne vor.

2

John Bellingham, der gelehrte Gründer der nach ihm benannten Bibliothek, die nur wenigen Auserwählten in London bekannt ist, hatte in der Stiftungsurkunde bestimmt, daß »zwei intelligente weibliche Wesen in dürftigen Lebensumständen« als Bibliothekarinnen angestellt werden sollten, und zu einem dieser weiblichen Wesen wurde Dick geführt.

In einem schmalen, hochgebauten Raum, bis zur Decke mit Regalen ausgefüllt, durchzogen von dem Geruch vermodernden Papiers und alten Leders, saß ein junges Mädchen an einem Tisch und schrieb Bücherkarten aus.

»Ich komme von Scotland Yard«, führte sich Dick ein, »und zwar auf Grund einer von Ihnen erstatteten Anzeige. Es sollen Ihnen einige Bücher gestohlen worden sein!«

Er blickte, während er sprach, auf die gefüllten Fächer; denn er interessierte sich im allgemeinen nicht für »weibliche Wesen«.

Das einzige, was er an dem hier anwesenden bemerkte, war ihr schwarzes Kleid und die goldbraune Farbe ihres Haares, das sie in einer Ponyfrisur trug. Er erinnerte sich dunkel, daß die Ponyfrisur augenblicklich bei berufstätigen Damen Mode war.

»Ja«, sagte sie, »ein Buch ist in meiner Abwesenheit aus diesem Zimmer entwendet worden. Ein Buch von Haeckel: ›Die generelle Morphologie‹.«

Sie öffnete ein Kartothekfach, entnahm ihm eine Karte und legte sie vor Dick hin. Er las die Worte, ohne sich dadurch sonderlich erleuchtet zu fühlen.

»Wer war in Ihrer Abwesenheit hier?« fragte er.

»Meine Assistentin, Miss Helder!«

»Wurden zu dieser Zeit Bücher umgetauscht?«

»Verschiedene. Ich habe die Namen der betreffenden Herren notiert, aber sie sind über jeden Verdacht erhaben. Der einzige Besucher, der nicht eingeschriebener Leser unserer Bibliothek ist, war ein Herr namens Staletti, ein italienischer Arzt, der vorsprach, um sich nach den Lesevorschriften zu erkundigen.«

»Nannte er denn seinen Namen?« wunderte sich Dick.

»Nein«, sagte das Mädchen zu seiner Überraschung. »Miss Helder kannte ihn, sie hatte sein Bild in einer Zeitung gesehen. Ich dachte, der Name wäre Ihnen bekannt?«

»Warum sollte er mir bekannt sein, mein gutes Kind?« fragte Dick ein wenig gereizt.

»Und warum nicht, mein guter Herr?« erwiderte sie schnippisch.

In diesem Augenblick nahm Dick Martin sie zum erstenmal mit Bewußtsein wahr. Sie trat aus dem Hintergrund plastisch heraus und wurde eine klar umrissene Persönlichkeit. Ihre Augen waren grau und weit auseinandergestellt, ihre Nase gerade und klein, der Mund ein wenig groß. Auch hatte sie tatsächlich goldbraunes Haar.

»Ich bitte um Verzeihung«, lachte er. »Ich gestehe, daß mich dieser verteufelte Bücherdieb herzlich wenig interessiert.« Dick hatte zuweilen eine gewinnende Aufrichtigkeit. »Ich scheide nämlich morgen aus dem Dienst aus!«

»Große Freude wird unter den Verbrechern herrschen«, sagte

sie höflich. Ein heiteres Licht funkelte in ihren Augen, und er schloß sie sogleich in sein Herz.

Es stand ein Stuhl in der Nähe. Dick zog ihn heran und nahm unaufgefordert Platz.

»Also, wer ist dieser Staletti?«

Sie maß ihn mit ernsthaftem Blick, und um ihre Lippen zuckte es spöttisch.

»Und Sie wollen Detektiv sein, eines jener fast übermenschlichen Wesen, die unseren Schlaf bewachen?«

Dick bog sich vor Lachen.

»Ich ergebe mich.« Er hielt die Hände hoch. »Sie haben es mir gründlich gegeben. Wenn Sie nun noch halb so gründlich meine Frage beantworten wollten . . . Wer ist dieser Staletti?«

»Das wissen Sie wirklich nicht? Meine Assistentin sagt, er sei der Polizei bekannt. Wollen Sie sein Buch sehen?«

»Er hat ein Buch geschrieben?« fragte Dick in aufrichtigem Erstaunen.

»Allerdings. Ich werde es Ihnen bringen.« Sie stand auf, ging aus dem Zimmer und kam nach wenigen Augenblicken mit einem dünnen Band wieder.

Er nahm ihn in die Hand und las den Titel: ›Neue Gedanken über die konstruktive Biologie. Von Antonio Staletti‹. Dann schlug er die engbedruckten Seiten auf, die von Diagrammen und Tabellen wimmelten.

»Und wegen so eines Schmökers ist er mit der Polizei in Konflikt gekommen? Ich erfahre zum erstenmal, daß es ein Verbrechen ist, Bücher zu schreiben.«

»Gewiß ist das ein Verbrechen«, sagte sie ernsthaft, »es wird nur leider nicht als solches bestraft. Aber wegen seines Buches hat er nicht gesessen. Es war etwas viel Gräßlicheres. Ich glaube, Vivisektion!«

»Wovon handelt das Buch eigentlich?« Er reichte es ihr zurück.

»Von zweibeinigen Wesen wie Sie und ich«, sagte sie feierlich. »Es steht darin, wieviel glücklicher die Menschen wären, wenn sie, anstatt mit Latein und Algebra, mit Wurzeln und Nüssen aufgezogen würden und frei und nackt im Wald herumliefen!«

Dick erhob sich zu seiner ganzen imponierenden Größe.

»Und wo wohnt dieser seltsame Kauz?«

Sie nahm das Buch auf und schlug die Seiten zurück, bis sie zur Fußnote unter dem Vorwort kam.

»In Sussex, im ›Galgenhof‹! Mein Gott, klingt das aber gruselig!«

»Wer war noch hier außer Staletti?«

Sie zeigte ihm eine Liste von vier Namen.

»Außer Staletti steht wohl niemand in dem Verdacht, das Buch gestohlen zu haben; außerdem sind die anderen Historiker, und Biologie würde sie schwerlich reizen. Es wäre auch in meiner Anwesenheit nicht vorgekommen. Ich passe höllisch auf.«

Sie hielt plötzlich inne und blickte auf den Tisch. Das Buch war verschwunden.

»Haben Sie es genommen?« fragte sie.

»Haben Sie gesehen, wie ich es genommen habe?« forderte er sie heraus.

»Gesehen habe ich es nicht. Ich könnte aber schwören, daß das Buch eben noch da war.«

Er nahm es aus seinem Überzieher heraus und gab es ihr zurück.

»Man findet selten Leute, die höllisch aufpassen!«

»Aber wie war das möglich?« Sie war vollständig verblüfft. »Meine Hand lag auf dem Buch, und ich habe höchstens eine Sekunde weggesehen!«

»Ich komme gelegentlich wieder und zeige es Ihnen«, versprach er ernsthaft.

Er stand bereits auf der Straße, als ihm einfiel, daß es ihm nicht geglückt war, den Namen dieser sehr tüchtigen jungen Dame in Erfahrung zu bringen.

Sybil Lansdown lief zum Fenster, von dem man den Platz überschaute, und sah ihm nach, bis er ihren Blicken entschwunden war. Um ihre Lippen spielte ein Lächeln, und in ihren Augen stand das Licht des Triumphes. Ihre erste Regung war gewesen, ihn gründlich zu verabscheuen; selbstzufriedene Männer konnte sie auf den Tod nicht ausstehen. Dann aber war er ihr in einem anderen Licht erschienen. Ob sie ihn jemals wiedersehen würde? Es gab so wenig Menschen, mit denen man lachen konnte, und Unterinspektor Dick Martin – sie nahm seine Visitenkarte auf und las halblaut seinen Namen – war einer jener wenigen, bei deren Anblick es einem warm ums Herz wurde.

3

Es war am späten Nachmittag, als Dick vor der zerbröckelnden Mauer und der in rostigen Scharnieren hängenden Pforte des ›Galgenhofs‹ seinen Wagen zum Halten brachte.

Hinter einer plötzlichen Biegung des unkrautüberwachsenen Fahrweges lag ein unscheinbares Haus vor ihm. Er fand keine Klingel und trommelte fünf Minuten lang an der verwitterten Tür, bis schlürfende Schritte und das Klirren einer zurückgeschobenen Kette hörbar wurden. Die Tür öffnete sich genau zwei Zentimeter.

In dem schmalen Spalt erblickte Dick ein langes gelbes Gesicht, von Runzeln durchfurcht wie ein eingetrockneter Apfel, einen schwarzen Bart, der seinem Besitzer bis zur Magengrube reichte, und ein Paar tückisch blickende, schwarze Augen.

»Doktor Staletti?«

»Das ist mein Name.« Die Stimme war rauh und hatte einen fremden Klang. »Wollen Sie mich sprechen? Das ist ja phänomenal! Ich empfange sonst nämlich keine Besucher!«

Er zögerte einen Moment, dann wandte er den Kopf und sprach mit jemand, der hinter ihm stand, und bei dieser Wendung gab er dem Detektiv den Blick auf einen jungen, rotwangigen, elegant gekleideten Mann frei. Bei Dicks Anblick trat dieser rasch zurück.

»Guten Morgen, Tommy«, begrüßte Dick Martin ihn höflich. »Das ist ein unerwartetes Vergnügen.«

Tommy Cawler bot in der Tat einen vergnüglichen Anblick. Sein Hemd war tadellos, sein Anzug das künstlerische Produkt eines erstrangigen Schneiders.

»Guten Morgen, Mr. Martin.« Tommy ließ sich nicht so leicht

aus der Fassung bringen. »Ich bin zufällig hier, um meinem alten Freund Staletti guten Tag zu sagen.«

Dick blickte ihn bewundernd an.

»Donnerwetter! Sie haben sich 'rausgemacht! Was treiben Sie denn jetzt?«

Tommy schlug resigniert die Augen nieder.

»Haben Sie keine Sorge, ich fresse nichts mehr aus. Ich habe einen Beruf ergriffen, der seinen Mann ernährt! Also, auf Wiedersehen, Staletti!«

Er schüttelte dem bärtigen Mann mit übertriebener Herzlichkeit die Hand und schickte sich an, die Stufen hinabzugehen.

»Halt, Tommy. Können Sie einen Augenblick auf mich warten? Ich möchte ein paar Worte mit Ihnen reden!«

Tommy Cawler zögerte und warf einen flüchtigen, sich vergewissernden Blick auf das bärtige Gesicht Doktor Stalettis.

»Na, schön«, brummte er ungnädig. »Aber viel Zeit hab' ich nicht. Nochmals besten Dank für die Medizin, Doktor.«

Allein Dick durchschaute das Manöver sofort, und seine Lippen verzogen sich spöttisch. Er folgte Staletti in die Halle. Weiter lud ihn der seltsame Mann nicht ein.

»Sie sind von der Polizei, nicht wahr?« fragte er, noch bevor Dick ihm seinen Ausweis gezeigt hatte. »Das ist phänomenal! Ich hatte schon lange Zeit nicht mehr die Ehre. Und alles wegen eines kleinen Hundes, mit dem man im Interesse der Wissenschaft experimentiert! So viel Aufhebens um ein unvernünftiges Tier! Und was wollen Sie jetzt von mir?«

Dick beeilte sich, die Ursache seines Besuches in wenigen Worten auseinanderzusetzen. Zu seinem Erstaunen gab Staletti die Entwendung des Buches unumwunden zu.

»Das Buch lag auf dem Tisch. Es interessierte mich, darum nahm ich es mit!«

»Aber Herr Doktor«, wandte Dick, verblüfft über so viel Kaltschnäuzigkeit, ein. »Sie dürfen doch nicht so ohne weiteres mit einem Buch auf und davon gehen, nur weil es Sie interessiert!«

»Aber warum denn nicht? Es war eine öffentliche Bibliothek, deren einziger Zweck es ist, Bücher auszuleihen. Ich wollte das

Buch ausleihen, also nahm ich es mit. Ich habe es nicht heimlich getan. Ich habe das Buch ganz offen unter meinen Arm geklemmt, vor der jungen Signorina den Hut gelüftet und bin gegangen. Ich habe es ausgelesen, und es kann an seinen Platz zurückgehen. Haeckel ist ein Narr. Seine Schlüsse sind absurd, aber seine Theorien sind phänomenal! Ihnen würden sie wahrscheinlich sehr langweilig vorkommen, aber mir ...« Er brach ab, zuckte die Achseln und gab einen krächzenden Laut von sich, der bei ihm wahrscheinlich ein Lachen sein sollte. Allerdings mußte man das mehr erraten.

Der Detektiv hielt einen kleinen belehrenden Vortrag über die Lesevorschriften der Bibliotheken. Dann schob er das Buch unter den Arm und ging hinaus, um sich dem wartenden Tommy Cawler anzuschließen. Er hatte jetzt einen Vorwand für einen zweiten Besuch in der Bibliothek, und das erfüllte ihn mit Befriedigung.

»Und jetzt, Tommy«, begann er ohne überflüssige Vorbereitung, und seine Stimme hatte einen gebietenden Klang, »zu Ihnen! Ist Staletti Ihr Freund?«

»Er ist mein Arzt!« sagte Tommy Cawler schlagfertig.

Seine blauen Augen hatten einen fröhlichen Blick. Dick stand mit ihm auf gutem Fuße. Er war eines jener wenigen ›Opfer seines Berufs‹, für die er eine ehrliche Sympathie hatte. Tommy Cawler war ein berüchtigter Autodieb, ein Meister in seinem Fach, der mit fröhlichster Selbstverständlichkeit von jedem unbehüteten Auto Besitz ergriff. Zwei von seinen Verurteilungen waren Dicks Werk und das Resultat mühevoller Arbeit gewesen.

»Ich bin jetzt in fester Stellung«, brüstete sich Tommy. »Ich bin Chauffeur bei Mr. Bertram Cody. Als ich das letzte Mal hochging, habe ich allen krummen Wegen abgeschworen, und es geht auch auf einem geraden sehr gut!«

»Wo wohnt Mr. Cody, wenn er zu Hause ist?« fragte Dick etwas ungläubig.

»Weald House. Es ist nur eine halbe Stunde von hier. Wenn Sie wollen, können Sie mitkommen und fragen!«

»Kennt Mr. Cody Ihre ruhmreiche Vergangenheit?« fragte Dick zartfühlend.

»Er kennt sie. Ich habe sie nicht vor ihm geheimgehalten. Nichtsdestoweniger hält er mich für den besten Chauffeur, den er je gehabt hat.«

Dick maß den Mann mit einem langen Blick.

»Ist das die – hm – die Livree, die Ihr Brotgeber bevorzugt?«

»Das ist meine Zivilkluft. Ich habe heute Ausgang«, sagte Cawler. »Mein Chef ist sehr freigebig mit Urlaub. Hier ist seine Adresse!«

Er nahm einen Briefumschlag aus der Tasche, der an ihn selbst gerichtet war: Tommy Cawler bei Bertram Cody, Esq., Weald House, South Weald, Sussex.

Martin bot ihm einen Platz in seinem Auto an, aber sein Angebot wurde abgelehnt, und so fuhr er allein nach London zurück. Zu seinem Ärger fand er seine unbekannte junge Freundin nicht mehr an; sie hatte die Bibliothek schon vor einer halben Stunde verlassen.

Er brachte das Auto in die Garage und schlug den Weg zu seiner Wohnung ein. Plötzlich hörte er Schritte hinter sich und eine keuchende Stimme, die ihn anrief. Er wandte sich um und erblickte den Mann, den er gestern verhaftet und heute früh in Freiheit gesetzt hatte. Als Lew Pheeney ihn erreicht hatte, zitterte er noch am ganzen Körper und brachte nur unartikulierte Laute hervor.

»Kann ich Sie sprechen, Slick?« fragte er, als er sich etwas erholt hatte.

»Selbstverständlich. Aber warum? Ist Ihnen etwas in die Quere gekommen?«

Lew Pheeney warf einen nervösen Blick über die Schulter.

»Jemand ist mir auf den Fersen«, sagte er durch die Zähne.

»Nicht die Polizei, das kann ich beschwören«, beruhigte ihn Dick.

»Die Polizei? Wenn es die nur wäre! Es ist der unheimliche Mensch, von dem ich Ihnen erzählt habe, mein Auftraggeber von Dienstag abend. Ich habe Ihnen nicht alles gesagt, Slick. Als ich an den Schlössern arbeitete, sah ich mit halbem Auge, wie der Mensch seine Pistole aus einer Hüfttasche zog und in die Tasche seines Mantels steckte. Die ganze Zeit über hielt er seine Hand in dieser Tasche, und plötzlich wurde mir klar, daß mein Leben auf dem Spiel stand, wenn es mir gelang, die Tür zu öffnen. Da schützte ich ein Bedürfnis vor, und als ich draußen war, nahm ich meine Beine in die Hand und lief davon. Ich lief und lief, und etwas trabte hinter mir drein. Was es war, weiß ich nicht; ein Wesen – halb Mensch, halb Tier. Und ich hatte keine Pistole.«

Während er sprach, hatten sie das Vestibül durchquert und die Treppen zu Slicks Wohnung erstiegen. Ohne eine Einladung abzuwarten, folgte ihm der Einbrecher durch die Tür. Der Detektiv führte ihn in sein Arbeitszimmer.

»Lew, jetzt lassen Sie mich die ganze Wahrheit wissen! Was haben Sie Dienstag nacht zu öffnen versucht?«

Lews Blick irrte durchs Zimmer.

»Eine Totengruft«, sagte er leise.

4

Einen Augenblick herrschte tiefes Schweigen. Dick starrte den Mann aus weitgeöffneten Augen an. Er traute seinen Ohren nicht.

»Eine Totengruft?« fragte er. »Jetzt setzen Sie sich bitte, und erzählen Sie mir alles der Reihe nach!«

»Ich kann nicht. Ich fürchte mich«, weigerte sich Lew Pheeney hartnäckig. »Dieser Mann ist die Hölle selbst, und ich möchte lieber dem Teufel begegnen als ihm.«

»Wer ist es?«

»Sagen kann ich es nicht«, trotzte Lew Pheeney. »Vielleicht schreibe ich es Ihnen auf, damit es auf dem Papier steht, wenn mir etwas zustoßen sollte!«

Er kämpfte offenbar mit einem Gefühl tiefster Erregung, und Dick, der ihn als einen ruhigen, besonnenen Mann eingeschätzt hatte, kannte ihn nicht wieder.

Er lehnte das Essen ab, das Dicks alte Wirtschafterin auftrug, und begnügte sich mit einem Glas Whisky und Soda. Dick Martin war vernünftig genug, keine Fragen mehr an ihn zu stellen.

»Bleiben Sie doch heute nacht hier! Sie könnten Ihre Geschichte in Ruhe aufschreiben. Niemand würde Sie stören, und vor Ihren Feinden wären Sie jedenfalls geborgen.«

Der Gedanke schien auch Lew Pheeney schon gekommen zu sein, denn er sträubte sich nicht. Doch ehe Dick mit ihm die Einzelheiten besprechen konnte, wurde er ans Telefon gerufen.

»Mr. Martin dort?«

Es war eine fremde Stimme.

»Ja«, antwortete Dick.

»Hier ist Havelock. Der Kommissar hat mir von Ihnen erzählt und Ihren Besuch angekündigt, aber ich habe vergebens auf Sie gewartet. Könnten Sie noch heute abend kommen? Die Sache ist eilig!«

Angst und Dringlichkeit lagen in diesem Ton.

»Gern«, erwiderte Dick. »Wo wohnen Sie?«

»Ganz in der Nähe. Acacia Road 907, St. Johns Wood.«

»Ich bin in fünf Minuten bei Ihnen«, versprach Dick; da fiel ihm sein Gast ein.

Er konnte sein Versprechen nicht rückgängig machen, denn Havelock hatte bereits eingehängt. Es mochte aber vielleicht ganz ratsam sein, Lew Pheeney sich selbst zu überlassen. Er rief daher seine Wirtschafterin beiseite und entließ sie für die Nacht. Lew Pheeney ging willig auf seine Anordnungen ein, ja, er schien sich sogar ordentlich erleichtert zu fühlen, bei seiner Beichte ungestört zu sein.

Zufrieden machte sich Dick auf den Weg, und bereits wenige Minuten später zog er die Klingel eines imposanten Hauses, das in vornehmer Zurückgezogenheit auf eigenem Gartengrundstück in der besten Gegend von St. Johns Wood lag. Ein älterer Diener nahm ihm Hut und Stock ab und führte ihn in ein langes schmales Zimmer, das mit vornehmem Geschmack ausgestattet war.

Havelock war ein Mann in den Fünfzigern, groß und hager. Er hatte die Stirn und das Kinn eines Boxers, und seine grauen Bartkoteletten gaben ihm ein grimmiges Aussehen. Dennoch gefiel er Dick, denn die Augen hinter der Brille hatten einen angenehmen und klugen Blick.

»Mr. Martin, nicht wahr?« Er reichte ihm seine lange schmale Hand. »Setzen Sie sich, bitte. Tun Sie, als ob Sie zu Hause wären. Was darf ich Ihnen anbieten? Ich für meine Person möchte Ihnen meinen alten Port empfehlen, ein wahrhaft fürstliches Getränk, wie Sie gleich sehen werden. Walter, geben Sie Mr. Martin ein Glas!«

Havelock lehnte sich in seinem Stuhl zurück, zog die Lippen zusammen und betrachtete den jungen Mann mit einem durchbohrenden Blick.

»Also, Sie sind Detektiv?« Das klang genauso wie etwas, das er an diesem Morgen von schöneren Lippen gehört hatte, und Dick grinste verständnisvoll. »Der Kommissar hat mir erzählt, daß Sie Ihren Dienst morgen quittieren. Sie suchen eine Beschäftigung, nicht wahr, die Ihre freie Zeit ausfüllt? Nun, da kann ich Ihnen dienlich sein. Walter, Sie können gehen. Stellen Sie das Telefon ab! Ich bin für niemand zu sprechen, und sei es noch so wichtig.«

Als die Tür sich hinter dem Diener geschlossen hatte, erhob sich Havelock und durchmaß das Zimmer mit langen, erregten Schritten. Er hatte eine schnelle, schroffe Art zu sprechen, als schleudere er Anklagen gegen einen unsichtbaren Gegner.

»Ich bin Rechtsanwalt; vielleicht ist Ihnen mein Name bekannt. Ich habe allerdings mit Gerichten wenig zu tun. Meine Tätigkeit ist hauptsächlich eine beratende. Ich bin Syndikus verschiedener Verbände, und außerdem bin ich Kurator der Selfordschen Liegenschaften.« Er sagte dies mit einer gewissen Betonung und schaltete eine Pause ein. »Ich wünschte, dieser Kelch wäre an mir vorübergegangen. Der alte Lord Selford – das heißt ›alt‹ im eigentlichen Sinne des Wortes ist er nicht geworden, die Zahl seiner Laster und Sünden überwog jedenfalls die seiner Jahre –, der verstorbene Lord Selford also hat mich zum alleinigen Testamentsvollstrecker seines beweglichen und unbeweglichen Vermögens und zum Vormund seines bedauernswerten Sohnes bestellt. Er war ein sehr unliebenswürdiger, übellauniger Herr, halb wahnsinnig, wie die meisten Selfords seit vielen Generationen. Kennen Sie Selford Manor?«

Dick lächelte.

»Gestern kannte ich es noch nicht. Aber zufällig kam ich heute nachmittag an der Besitzung vorüber. Also, dort wohnt der jetzige Lord Selford?«

»Er denkt nicht daran!« warf Havelock ein, und seine Augen funkelten böse hinter den Gläsern. »Er wohnt nirgendwo. Das heißt, er wohnt nirgendwo länger als zwei oder drei Tage. Er ist der König der Nomaden. Sein Vater war in seiner Jugend ähnlich geartet. Pierce – das ist sein Familienname, von seinem Titel macht er keinen Gebrauch –, Pierce ist in den letzten zehn Jahren unaufhörlich gereist. Nach England kehrt er nur in großen Zeitabständen zurück. Ich selbst habe ihn seit vier Jahren nicht mehr gesehen. Als Selford starb, war Pierce sechs Jahre alt. Er wuchs ohne Mutter, Geschwister und überhaupt ohne nähere Verwandte auf. Auch sein Vater war das einzige Kind seiner Eltern gewesen, und so waren weder Onkel noch Tanten da, mit denen ich meine Verantwortung hätte teilen können. Der Knabe war schwächlich; er war den Anforderungen der Privatschule, in die ich ihn im Alter von acht Jahren brachte, nicht gewachsen. Endlich fand ich einen geeigneten Hauslehrer, der ihn, so gut es eben bei seiner Kränklichkeit ging, im Notwendigsten unterrichtete. Doch reichte seine Ausbildung nicht für das Universitätsstudium aus. Ich sandte ihn daher mit seinem Hauslehrer zum Abschluß seiner Ausbildung auf Reisen. Ich wünschte, ich hätte es nicht getan; denn die Wanderlust brannte sich in seine Seele und trieb ihn seit der Zeit ruhelos durch die Welt. Vor vier Jahren kam er zu mir nach London. Er war auf dem Weg nach Amerika. Er trug sich mit dem Gedanken, ein Buch über seine Erlebnisse zu schreiben, und der Reiseteufel plagte ihn toller denn je. Seitdem ist meine Sorge um ihn eher größer als geringer geworden. Ab und zu gelangen Geldforderungen an mich, und ich schicke ihm ansehnliche Summen in alle Teile der Welt. Er ist allerdings berechtigt, sie zu fordern, denn er ist seit drei Jahren volljährig.«

»Seine finanzielle Position –«, begann Dick.

»Durchaus unerschüttert«, unterbrach ihn Havelock. »Das ist es nicht, was mich beunruhigt. Es kann ihm aber sonst etwas zugestoßen sein. Er befindet sich vielleicht in schlechten Händen.«

Er zögerte und fuhr dann fort: »Ich muß unbedingt eine Verbindung mit ihm herstellen – nicht direkt, sondern durch eine dritte Person. Mit anderen Worten, ich möchte Sie bitten, Lord Selford nach Amerika zu folgen und seine Bekanntschaft zu suchen, ohne ihm zu sagen, daß Sie mich kennen oder von mir geschickt worden sind. Er reist unter dem Namen John Pierce, hält sich an jedem Ort nur vorübergehend auf, und Sie müssen sehr sorgfältig nachforschen, wohin er sich jeweils wendet, weil ich nicht versprechen kann, Sie ständig auf dem laufenden halten zu können. Allerdings dürfen Sie die Hilfe der amerikanischen Polizei nicht in Anspruch nehmen. Alles, was Sie unternehmen, muß geschehen, ohne daß er es erfährt oder dadurch belästigt wird. Wir müssen dreierlei festzustellen versuchen. Erstens: ist er eine unerwünschte Verbindung eingegangen? Zweitens: ist er noch der freie Herr seines Willens? Drittens: wird das Geld, das ich ihm schicke, zu seinem eigenen Vorteil verwandt? Er schrieb mir vor einiger Zeit, daß er eine ganze Reihe von Aktien der verschiedensten Industriekonzerne erworben habe, und einige hat er bei mir hinterlegt. Der größere Teil ist jedoch in seiner Hand, und er antwortete mir auf Nachfrage, daß er ihn bei einer südamerikanischen Bank deponiert habe. Das ist alles, was ich Ihnen zu sagen hätte. Wie gefällt Ihnen der Auftrag?«

»Es sieht so aus, als sollte ich zu einer sehr angenehmen Ferienreise kommen. Wie lange, denken Sie, wird diese Jagd dauern?«

»Ich weiß es nicht; es hängt von den jeweiligen Umständen und insbesondere von dem Ausfall Ihres Berichtes ab. – Ich verfüge über erhebliche Mittel und kann Ihnen sehr großzügig Spesen auswerfen. Außerdem erhalten Sie selbstverständlich ein angemessenes Honorar.«

Er nannte eine erstaunlich hohe Summe.

»Wann soll die Reise vor sich gehen?«

Der Rechtsanwalt nahm ein Taschenbuch zur Hand und orientierte sich im Kalender.

»Heute ist Mittwoch. Sagen wir, heute in acht Tagen. Jetzt ist Pierce in Boston, wohin er sich begeben hat, um im Interesse seines Buches die Geschichte des amerikanischen Unabhängigkeitskrieges zu studieren. Er teilte mir aber mit, daß er demnächst nach New York gehen werde, wo er im Commodore-Hotel absteigen wird.«

»Eine Frage«, sagte Dick, als er sich erhob, »haben Sie irgendeinen Grund anzunehmen, daß der junge Lord Selford eine unerwünschte Verbindung eingegangen ist – mit anderen Worten: daß er unter seinem Stand geheiratet hat?«

»Keinen anderen Grund als mein argwöhnisches Herz«, lächelte Havelock. »Wenn Sie sein Vertrauen gewonnen haben, und ich bin sicher, daß Ihnen das gelingt, so bitte ich Sie vor allem, ihm einzuschärfen, daß es seine staatsbürgerliche Pflicht ist, nach England zurückzukommen. Es ist eine Sünde und eine Schande, einen so ehrwürdigen alten Familiensitz wie Selford Manor den Ratten zu überlassen. Jedenfalls müßte er wenigstens zurückkommen, um dort begraben zu werden«, fügte er mit einem beißenden Sarkasmus hinzu, dessen besondere Bedeutung Dick erst acht Monate später klarwerden sollte. Doch davon ahnte er jetzt noch nichts.

Die Aufgabe war, um mit Dr. Staletti zu reden, ›phänomenal‹ – eine Ferienreise im großen Stil. Was Wunder, wenn Dicks leises Bedauern, Scotland Yard verlassen zu müssen, bei dieser angenehmen Aussicht hinschwand.

Ein eisiger Wind schlug ihm ins Gesicht, als er auf die Straße hinaustrat. Es mochte neun Uhr sein, die Gegend war wie ausgestorben; kein Taxi kam in Sicht, und so mußte er den Heimweg zu Fuß zurücklegen. Als er seine Wohnung aufschloß, fand er alles finster und leer. Zu seinem Erstaunen war Pheeney gegangen. Auf dem großen Eßtisch war eine Ecke des Tafeltuches umgeschlagen. Dort lagen ein paar Bogen unbeschriebenes Papier und ein Füllfederhalter. Anscheinend war Lew mit der Absicht gegangen, noch am gleichen Abend zurückzukommen. Aber Dick wartete vergebens. Es war zwei Uhr, als er schlafen ging, und noch immer harrte er auf ein Lebenszeichen seines Gastes.

Am nächsten Morgen sprach Dick in der Bibliothek vor und übergab das Buch. Seine unbekannte junge Freundin begrüßte ihn mit einem verstohlenen Lächeln.

»Guten Tag, Mr. Martin! Wirklich, Sie imponieren mir! Sherlock Holmes ist nichts dagegen! Wie haben Sie das bloß fertiggebracht?« Sie deutete auf das Buch.

»Sehr einfach«, lachte er. »Ich habe den Mann, den wir beide in Verdacht hatten, zur Rede gestellt, und er leugnete auch gar nicht. Er hatte sehr merkwürdige Vorstellungen von den Gepflogenheiten einer Bibliothek.«

Zu weiterem Bleiben fehlte ihm eigentlich jeder Vorwand. Dennoch führte er die Unterhaltung so geschickt, daß er sie, wie sie ihm ziemlich deutlich zu verstehen gab, fast eine Stunde von ihrer Arbeit abhielt.

»Ich verlasse England für ein paar Monate«, warf er im Lauf des Gespräches hin, »und noch weiß ich nicht, wo ich schließlich landen werde.«

»Eine Vergnügungsreise?« fragte sie.

»Wie man es nimmt«, meinte er lässig, »eher wohl ein Sensationsfilm à la Douglas Fairbanks.«

Sie sah ihn aufmerksam an. Plötzlich trat ein Blick des Verstehens in ihre Augen.

»Sind Sie vielleicht der Detektiv, der von Mr. Havelock beauftragt ist, meinen Verwandten zu suchen?« fragte sie schnell.

Nun war die Reihe des Erstaunens an ihm.

»Ihren Verwandten? Ist Lord Selford Ihr Verwandter?«

Sie nickte.

»Ein Vetter im zigsten Grade, eine Verwandtschaft, die man nur durchs Fernglas erkennen kann. Mutter und ich waren vorgestern abend bei Mr. Havelock eingeladen, und er erzählte uns, Lord Selfords lange Abwesenheit beunruhigte ihn jetzt so, daß er auf der Suche nach einem Detektiv sei.«

»Kennen Sie Ihren Vetter?«

Sie schüttelte den Kopf.

»Nein, aber meine Mutter hat ihn als kleinen Jungen gesehen. Sein Vater soll ein unleidlicher Mensch gewesen sein. Also Sie werden Lord Selford einfangen? Ich habe doch richtig geraten.«

Dick nickte.

»Das war die traurige Nachricht, die ich Ihnen schonend beibringen wollte«, sagte er schalkhaft.

In diesem Augenblick wurde ihr Beisammensein unterbrochen.

Die ersten Leser stellten sich ein, und Dick blieb nichts weiter übrig, als sich nach Scotland Yard zu begeben, um Captain Sneed, den er am Morgen vergebens angerufen hatte, Bericht zu erstatten. Sneed hörte Dick an, ohne ihn ein einziges Mal zu unterbrechen.

»Das klingt wie ein Märchen, und alles, was wie ein Märchen klingt, ist gewöhnlich auch eins. Warum ist Pheeney nicht geblieben, wenn ihm doch so sehr an einer Beichte lag? Und wer könnte ihn verfolgen? Haben Sie irgend etwas Verdächtiges bemerkt?«

»Nichts«, sagte Dick, »aber er zitterte wie Espenlaub, als er mich auf der Straße anrief, und seine Angst war echt.«

Sneed drückte auf eine Klingel und wartete schweigend auf den diensttuenden Wachtmeister.

»Ich habe mit Lew Pheeney zu sprechen. Schicken Sie sofort einen Beamten, der ihn sucht!«

Doch als der Wachtmeister gerade die Tür hinter sich schließen wollte, rief er ihn wieder zurück.

»Inspektor Martin kennt alle seine Schlupfwinkel. Es ist am besten, er geht selber.«

»Mein Dienst ist heute um zwölf Uhr zu Ende.«

»Um zwölf Uhr Mitternacht«, erwiderte Sneed lakonisch. »Bis dahin fließt noch viel Wasser die Themse hinab.«

Seufzend machte sich Dick auf den Weg.

Lew Pheeney wohnte seit Jahren in der Great Queen Street, aber seine Wirtin wußte nichts über seinen Verbleib. Er hatte am vorigen Nachmittag um fünf Uhr seine Wohnung verlassen und war seitdem nicht wieder zurückgekehrt. Einer seiner Schlupfwinkel war ein übler Klub, der hauptsächlich von Zuchthauskandidaten besucht wurde. Pheeney kam gewöhnlich zum Frühstück dorthin und holte seine Briefe ab. Er war aber auch dort nicht gewesen.

Ein Klubmitglied erzählte Dick, er habe in der verflossenen Nacht eine Verabredung mit Pheeney gehabt. Lew sei jedoch nicht erschienen.

Dick kehrte endlich in seine eigene Wohnung zurück, aber auch dort hatte Pheeney sich nicht mehr blicken lassen. Er ging in das Schlafzimmer und zog sein Jackett aus, um es, wie es täglich seine Gewohnheit war, mit einer bequemen Flauschjacke zu vertauschen. Diese hing in einem mächtigen alten Mahagonischrank, der fast die ganze Breite des Zimmers einnahm.

Als er die Tür öffnete, fiel ihm der Körper eines Mannes entgegen und warf ihn fast um. Er fuhr jäh zurück. Der Körper glitt von ihm ab und stürzte dumpf auf den Boden.

Dick starrte ihn an. Sein Atem setzte aus.

Es war Lew Pheeney, und er war starr und tot.

5

Die Mordkommission von Scotland Yard füllte Dick Martins Eßzimmer. Man stand flüsternd beieinander, während der Arzt den Toten im Nebenzimmer untersuchte. Nach einigen Minuten kam er herein.

»Soweit ich bei oberflächlicher Untersuchung feststellen kann, ist der Tod schon vor mehreren Stunden erfolgt, und zwar durch Einwirkung brutaler Gewalt, denn das Genick ist gebrochen.«

Dick erschauerte. Es lief ihm eiskalt über den Rücken. Er hatte in dem Zimmer geschlafen – ahnungslos, daß die polierte Tür seines Ankleideschranks ein so schauerliches Geheimnis barg.

»Haben Sie nichts gefunden, was auf einen Kampf hätte schließen lassen?« fragte Sneed.

»Nichts«, erwiderte Dick. »Ich glaube, er muß von hinten erschlagen worden sein. Aber wie der Mörder in die Wohnung eingedrungen ist, das mag Gott wissen.«

In den Abendstunden wurde der Personenaufzug in Dicks Hause von einem jungen Mädchen bedient. Sie hatte niemand hinaufgefahren, nachdem Dick das Haus verlassen hatte.

Alle Räume wurden sorgfältig durchsucht.

»Es gab nur einen Weg für den Mörder«, sagte Sneed, »die Küche!«

Von der Küche führte eine Tür auf einen winzigen Balkon, neben dem sich ein Warenaufzug befand, der unten im Hof mit einer kleinen Winde in Bewegung gesetzt wurde.

»War die Küchentür von innen verriegelt?« erkundigte sich Sneed.

Dick wußte es nicht. Er war nach seiner Rückkehr nicht mehr in der Küche gewesen. Aber seine Wirtschafterin, die leise in ihre Schürze weinte, besann sich, daß sie die Tür am Morgen offen gefunden hatte.

Dick trat auf den Balkon und blickte in den Hof hinab. Die Wohnung lag im dritten Stock, und es gehörte schon die Geschicklichkeit eines Artisten dazu, um an dem dünnen Drahtseil des Aufzugs eine solche Höhe zu erklimmen.

»Er hat Ihnen niemals angedeutet, wer es war, vor dessen Nachstellungen er sich fürchtete?« fragte Sneed, als die Mordkommission sich nach Scotland Yard zurückbegeben hatte.

Dick schüttelte den Kopf.

»Er wagte es nicht, aber auf die Wahrheit seiner Geschichte könnte ich jeden Eid leisten. Ich glaube, daß er wirklich gedingt worden war, um eine Totengruft zu öffnen, und daß der Unbekannte, von dem er den Auftrag hatte, sich schon damals mit Mordabsichten trug.«

Am nächsten Morgen suchte Dick den Anwalt in seinem Büro auf. Havelock hatte bereits den Mordbericht in den Abendzeitungen gelesen.

»Ich fürchte, wir werden Ihre Abreise hinausschieben müssen«, sagte er. »Scotland Yard wird Sie jetzt kaum hergeben.«

Am Nachmittag hielt die Mordkommission eine Konferenz ab, und es wurde beschlossen, Dick nach der Leichenschau die Abreise aus England zu gestatten. Er mußte sich nur verpflichten, mit der Behörde in ständiger Fühlung zu bleiben, damit er gegebenenfalls rechtzeitig zurückkehren konnte, um in der Hauptverhandlung als Zeuge aufzutreten.

Die Leichenschau wurde am Freitag abgehalten und die Verhandlung auf Grund von Dicks Aussagen auf unbestimmte Dauer vertagt. Im Interesse der polizeilichen Nachforschungen gelangte die unheimliche Vorgeschichte des Mordes nicht zur Kenntnis der Öffentlichkeit.

Am Sonnabend mittag um zwölf verließ Dick Martin England.

Alle Zeitungen beschäftigten sich mit der Ermordung Lew Pheeneys, und auch Dicks Gedanken kehrten immer wieder dahin zurück. Aber die Reise überschwemmte ihn mit neuen Eindrücken, und die Erinnerung an den Ermordeten verblaßte. Eine andere Erinnerung strahlte indessen um so heller, je weiter er sich von England entfernte. Immer sah er im Geiste zwei graue Augen, die ihn anlächelten, hörte den Klang einer leisen, nekkenden Stimme.

Er schalt sich einen Toren, daß es ihm nicht gelungen war, ihren Namen in Erfahrung zu bringen. Er hätte ihr dann doch schreiben können. Aber in den letzten Tagen vor seiner Abreise hatten sich die Ereignisse überstürzt. Es war ihm unmöglich gewesen, sie noch einmal aufzusuchen. Ein Brief ›an die hübsche Dame mit den grauen Augen in der Bellingham-Bibliothek‹ hätte sie vielleicht erreicht. Aber wußte er, ob nicht eine andere junge Dame des Instituts die gleichen Vorzüge hatte?

Da kam ihm in Chikago der rettende Einfall. Er sandte einen Brief an den Leiter der Bibliothek und bat um Aufnahme in seinen Leserkreis. Er nährte leise die Hoffnung, ihr Name werde als Unterschrift auf der Quittung stehen. Erst als er den Brief in den Kasten geworfen hatte, fiel es ihm plötzlich ein, daß ihn die Antwort wahrscheinlich nicht mehr erreichen würde. Auch von Sneed hörte er nichts mehr. Seine einzige Nachrichtenquelle waren die englischen Zeitungen. Danach hatte die Polizei den Schuldigen immer noch nicht gefaßt. Schließlich erlahmte das Interesse der Öffentlichkeit an dem Fall Pheeney, und die spaltenlangen Berichte der ersten Zeit schrumpften zu winzigen Notizen zusammen.

Dick fuhr von Buenos Aires nach Kapstadt und verfehlte den Gesuchten um wenige Tage, erhielt aber zu seiner freudigen Überraschung ein Telegramm von Havelock, das seine Rückkehr forderte. Frohen Herzens belegte er einen Platz an Bord des nächsten fälligen Dampfers.

Er war dem irrlichternden jungen Lord um die halbe Welt gefolgt, ohne seiner habhaft zu werden, und sein Jagdeifer hatte sich erheblich abgekühlt. Die Reise nach Madeira dauerte dreizehn Tage, da der Dampfer in verschiedenen Häfen Station machte. Es war für Dick die inhaltloseste und eintönigste Zeit seines Lebens. Aber als das Schiff endlich Madeira anlief, um Kohle aufzunehmen, geschah das Wunder. Kurz vor Abgang des Dampfers kam eine Barkasse längsseits, ein halbes Dutzend Passagiere stieg das Fallreep hinauf – Dick glaubte zu träumen ...

Sie war es. Kein Zweifel! Er hätte sie unter Tausenden wiedererkannt. Sie sah ihn nicht, und er machte sich ihr auch nicht bemerkbar. Jetzt, wo er sie so nahe wußte, wo sich ihm eine Gelegenheit der Annäherung bot, wie sie ihm in seinen kühnsten Träumen nicht möglich erschienen wäre, hielt ihn eine merkwürdige Scheu zurück. Erst am letzten Reisetag sprach er sie an.

Sie empfing ihn sehr kühl.

»O ja, ich wußte, daß Sie an Bord waren. Ich habe Ihren Namen in der Passagierliste gefunden«, sagte sie.

Die Erregung schlug so hohe Wellen in ihm, daß ihn selbst das belustigte Lächeln in ihren Augen nicht zu kränken vermochte.

»Warum haben Sie mich denn so geflissentlich übersehen?« wollte er wissen.

»Ich dachte, der hohe Herr reise inkognito«, erwiderte sie boshaft. »Übrigens werden wir uns in Zukunft häufiger begegnen, denn Sie sind ja jetzt im glücklichen Besitz einer Leihkarte.«

»Ja, ich glaube, ich habe eine«, räumte Dick verlegen ein.

»Ich weiß es, denn ich selbst habe die Karte ausgestellt«, entgegnete sie prompt.

»Oh, dann sind Sie also –« Er wartete darauf, daß sie ihm helfen sollte.

»Die Dame, die die Karte ausgestellt hat«, sagte sie ernst.

Da konnte er nicht mehr an sich halten. Er fragte geradeheraus: »Und wie heißen Sie, bitte?«

»Sybil Lansdown!«

»Ach ja, jetzt erinnere ich mich!«

»Sie haben meinen Namen auf der Leihkarte gelesen?«

Er nickte.

»Komisch – sie kam als unzustellbar zurück.« Sie kannte keine Gnade.

Da lachte er fröhlich und gab sich geschlagen. Der Kontakt war wiederhergestellt.

Am Abend setzten sie ihre Unterhaltung fort. Einsamkeit und Finsternis waren um sie her. Zuweilen tauchte ein Blinkfeuer auf, das seine silbernen Strahlen warnend durch die Nacht sandte.

»Werden Sie Ihre Reise fortsetzen?« fragte sie ihn.

»Nein, ich bleibe in London. Ich sehne mich förmlich danach. Ich habe in Clargate Gardens eine kleine gemütliche Wohnung. Man kann zwar, wenn man in der Mitte steht und die Arme ausstreckt, die Wände zu beiden Seiten berühren, aber meinen Ansprüchen genügt sie.«

»Da müßten Sie erst unsere Wohnung in der Coram Street sehen!«

»Welche Nummer?« fragte Dick rasch.

»Eine unter vielen«, lächelte sie. »Aber ich muß jetzt hinuntergehen. Es ist spät geworden. Gute Nacht, Mr. Martin!«

Er geleitete sie nicht zur Kajütentreppe, aber er blickte ihr nach, bis sie im Dunkel verschwunden war.

Was mochte sie nach Madeira geführt haben? Sicher gehörte sie nicht zu den Glücklichen, die jedes Jahr den Londoner Nebel mit der Sonne des Südens vertauschen. Sie kam ihm viel hübscher vor, als sie in seinen Vorstellungen gelebt hatte. Sie war von einer bleichen, fast orientalischen Schönheit. Es war wohl die Schrägstellung ihrer grauen Augen, die an den Osten denken ließ. Sie war schlank, aber nicht mager, sondern von jener geschmeidigen Fülle, die jeder Linie ihren Reiz gibt.

Am nächsten Morgen, nach der Landung, wußte es Dick so einzurichten, daß er mit ihr im gleichen Abteil nach London fuhr.

»Freuen Sie sich auf London?« fragte er sie.

Sie unterdrückte einen Seufzer.

»Ich freue mich darauf, daß ich wieder in meiner Muttersprache reden darf. Es war nicht immer leicht, sich auf portugiesisch zu verständigen!«

Er zog erstaunt die Brauen in die Höhe.

»Aber es wird doch in allen Hotels Englisch gesprochen?«

»Das wohl, aber ich habe in keinem Hotel gewohnt, sondern

in einer kleinen Pension in den Bergen, wo man nur Portugiesisch verstand. Aber auch sonst scheint meine Reise zwecklos gewesen zu sein!«

»Nun«, sagte er, »da können wir uns die Hand reichen. Es geht mir genauso.«

Sie lächelte.

»Aber ich komme nicht mit ganz leeren Händen zurück.« Sie nahm eine kleine Schachtel aus ihrer Handtasche heraus, schob den Deckel beiseite und hielt sie ihm geöffnet hin.

Er erblickte einen flachen Schlüssel von seltsamer, bisher nie gesehener Form, der an beiden Seiten gezahnt war.

»Was für ein merkwürdiger Schlüssel!« sagte er. »Und deswegen sind Sie nach Madeira gereist?«

Sie nickte.

»Aber ich hatte mir das Ergebnis meiner Reise natürlich ganz anders vorgestellt. Es ist eine seltsame Geschichte, die auch wieder mit Lord Selford zusammenhängt. Wie sieht übrigens mein Vetter aus?«

»Wie der Kaiser von China. Das heißt, ich kenne sie beide nicht. Ich habe Ihren Vetter nie zu Gesicht bekommen!«

Sie stellte rasch eine Frage nach seinen Erlebnissen, die er beantworten mußte. Dann erst erzählte sie ihm ihre Geschichte.

»Mein Vater hatte früher einmal einen portugiesischen Gärtner namens Silva in Dienst, den er später an Lord Selford empfahl. Nach dem Tode des alten Lords siedelte dieser Silva nach Madeira über. Es mag drei Monate her sein, da erhielt meine Mutter einen Brief von einem Priester, der uns mitteilte, daß Silva auf Madeira gestorben sei. Noch in der Todesstunde habe ihn das Unrecht gequält, das er uns angetan habe. Mit der flehentlichen Bitte um Vergebung seiner Sünden habe er seine Hinterlassenschaft dem Priester anvertraut und sein Versprechen verlangt, sie nur einem Mitglied unserer Familie persönlich auszuhändigen. Weder meine Mutter noch ich konnten daran denken, nach Madeira zu reisen. Dazu fehlten uns die Mittel. Aber mit der nächsten Post traf ein zweiter Brief ein, der in London aufgegeben worden war. Er enthielt hundert Pfund in Banknoten und eine Schiffskarte nach Madeira.«

»Wer war der Absender?« fragte Dick schnell.

»Er war nicht genannt. Aber ich entschloß mich zur Reise. Der alte Priester war sehr froh über mein Kommen. Es war im letzten Monat dreimal in seinem Hause eingebrochen worden, und er brachte die Einbrüche mit dem kleinen Paket in Verbindung, das er von dem Toten übernommen hatte. Natürlich erwartete ich irgend etwas Kostbares, das so viel Mühe lohnte, zumal Silva bei seinen Nachbarn als sehr reicher Mann gegolten hatte. Ich fand aber nur diesen Schlüssel. Meine Enttäuschung können Sie sich vorstellen.«

Dick drehte den Schlüssel nachdenklich hin und her.

»Silva war Gärtner bei Lord Selford, sagten Sie? Merkwürdig! Wo mag er seinen Reichtum herhaben? Hat er etwas Schriftliches hinterlassen?«

Sie schüttelte den Kopf.

»Aber passen Sie nur auf, es kommt noch merkwürdiger. Ich steckte den Schlüssel in meine Manteltasche. Den Mantel ließ ich im Zimmer hängen. Das war ein Glück für mich. Denn als ich ins Freie trat, stürzte ein Mann auf mich zu und riß mir die Handtasche fort. Als Leute auf meinen Hilferuf herbeieilten, war er schon verschwunden. Die Tasche enthielt nichts von besonderem Wert, mein Geld und meinen Paß hatte ich deponiert; aber die Einbrüche bei dem Priester kamen mir in den Sinn, und von nun an hatte ich keine rechte Ruhe mehr. Sobald ich an Bord des Schiffes war, hinterlegte ich den Schlüssel beim Zahlmeister.«

»Und man hat Sie in Frieden gelassen?«

Sie lachte leise.

»Zweimal sind meine Koffer durchwühlt worden, und einmal lagen meine sämtlichen Betten auf dem Boden. Aber man muß wohl dankbar sein, daß nichts Schlimmeres passiert ist.«

»Allerdings«, sagte Dick und zog den Atem langsam und tief ein. Er sah sich den Schlüssel noch einmal an. Dann fragte er beiläufig« »Coram Street Nummer ...?«

Sie nannte sie ihm, und dann erst fiel ihr ein, daß sie die Nummer eigentlich vor ihm verheimlichen wollte.

Er gab ihr die geschlossene Schachtel zurück.

»Können Sie sich auf all das einen Vers machen?« fragte sie.

Er zuckte die Achseln.

»Nein«, gab er zu, »ich müßte erst das Schloß sehen, in das dieser Schlüssel hineinpaßt.«

Der Zug lief in die Halle der Waterloo Station ein. Sie war gekränkt, als Dick nur oberflächlich von ihr Abschied nahm und im Gewühl der Reisenden verschwand.

Es dauerte eine ganze Weile, bis sie ihr Gepäck hatte. Ein Dienstmann besorgte ihr ein Auto. Sie hatte eben die Börse gezogen, als ein Mann sie streifte, während zu gleicher Zeit ein zweiter sie anrannte. Im doppelten Anprall verlor sie die Handtasche. Noch bevor sie sich danach bücken konnte, hatte ein dritter sie blitzschnell aufgehoben und einem Kumpan zugeworfen, der hinter ihm stand. Der Dieb wandte sich zur Flucht, aber eine Hand packte ihn am Kragen und schleuderte ihn herum, und als seine Hände zur Verteidigung hochflogen, fuhr ihm eine stählerne Faust unter die Kinnlade und warf ihn zu Boden.

»Warte, Bürschchen, ich werde dich lehren, lange Finger zu machen!« sagte Dick Martin.

7

Es war zehn Uhr und ein klarer Aprilmorgen, als Dick Martin in Havelocks Privatbüro trat. Der Rechtsanwalt beendete gerade ein Diktat. Er begrüßte seinen Gast mit einem Lächeln und wies ihm mit einem Kopfnicken einen Stuhl an.

Als die Stenotypistin das Zimmer verlassen hatte, erhob er sich und stopfte seine Pfeife.

»Sie haben ihn also nicht zu Gesicht bekommen?« fragte er.

»Leider nicht! Ich saß zwar dauernd auf der Bahn oder im Auto, aber er muß auf einer Lichtwelle gereist sein. Ich kam zum Beispiel am Nachmittag in Rio an, er hatte es am Morgen verlassen. In Kapstadt hatte er einen Vorsprung von drei Tagen. Vielleicht hätte ich ihn in Beira gefaßt. Da kam Ihr Telegramm und rief mich nach Hause.«

Havelock nickte bedächtig. Dann drückte er auf eine Klingel, und seine Sekretärin erschien.

»Geben Sie mir die Personalakten ›Selford‹ – die laufenden, bitte!« sagte er und wartete schweigend, bis sie zurückkehrte und ihm einen blauen Aktendeckel gab. Er schlug ihn auf und reichte ihn seinem Besucher. Dick fand an der geöffneten Stelle ein Telegramm aus Kapstadt. Er las:

Havelock. London. Verbiete weitere Verfolgung durch Detektiv. Vollmacht bereits unterwegs. Eintreffe London August. Pierce

Das Telegramm war drei Tage vor Dicks Ankunft in Kapstadt aufgegeben worden.

»Sie sehen, es blieb mir nichts anderes übrig, als Sie zurückzurufen«, sagte Havelock achselzuckend. »Haben Sie sonst irgend etwas über ihn in Erfahrung gebracht?«

Dick lachte in sich hinein.

»Dazu hielt er sich nirgends lange genug auf. Ich habe mit Hotelportiers und Oberkellnern gesprochen, aber keinem war er besonders aufgefallen. Er erreichte Kapstadt an dem Tage, als der neue englische Generalgouverneur seinen Einzug hielt.«

»Nun«, sagte Havelock nach einer Pause, »und weiter?«

»Nichts weiter«, erwiderte Dick, »es fiel mir nur eben so ein.«

Eine neue Pause entstand.

»Was vermuten Sie hinter dieser ganzen Geheimniskrämerei?« fragte Dick endlich den Anwalt.

Havelock zog die Lippen zusammen.

»Nichts Bestimmtes«, gestand er. »Im schlimmsten Fall eine Ehefrau, mit der er sich in England nicht zeigen kann.«

Dick strich sich gedankenvoll über das Kinn.

»Haben Sie Briefe von ihm?«

Havelock nickte.

»Darf ich sie sehen?«

»Bitte«, erwiderte Havelock und deutete mit einer Kopfbewegung auf den Aktendeckel, den Dick noch immer in der Hand hielt.

Dick begann darin zu blättern.

Da waren Telegramme aus allen Teilen der Welt, hingeworfene Anweisungen, lange und kurze Briefe, handgeschrieben und in die Maschine diktiert.

»Es ist die Korrespondenz des letzten Jahres. Der gesamte Briefwechsel füllt zwei Fächer meines Aktenschranks aus!«

»Und Sie erkennen bestimmt in jedem Brief seine Handschrift wieder?«

»Selbstverständlich – ein Zweifel dieser Art ist mir nie gekommen. Es ist ganz ausgeschlossen, daß die Briefe gefälscht sind!«

Dick reichte ihm die Mappe zurück.

»Es tur mir leid, Mr. Havelock, daß ich so wenig Erfolg hatte. Aber ich glaube, man fängt eine Schwalbe eher als diesen jungen Lord. Über einen Punkt glaube ich Sie indessen beruhigen zu können. Eine Frau steckt diesmal bestimmt nicht dahinter. Er war allein in New York und allein in San Franzisko. Er landete in Shanghai ohne weiblichen Anhang, und in ganz Indien gesellte sich niemals eine Frau zu ihm. Wenn es sich irgend möglich machen läßt, bringen Sie mich bitte im August mit ihm zusammen!«

»Gern«, lächelte Havelock grimmig, »das heißt, wenn ich ihn lange genug festhalten kann!«

Dick verabschiedete sich und schlug gedankenvoll den Heimweg ein. In seiner Tasche trug er einen Scheck über einen sehr ansehnlichen Betrag als Honorar für seine Dienste, in seinem Kopf wälzte er ein Problem, das ihm zu schaffen machte. Heimgekommen, setzte er sich an den Schreibtisch, starrte auf die Platte, als stünde dort eine mathematische Aufgabe, und zerwühlte sich das Haar mit den Fingern. Nach einer halben Stunde eifrigen Grübelns glich seine Frisur dem Schopf eines Papuanegers, aber der Lösung seines Problems war er nicht um einen Schritt näher gekommen.

Er hatte alle Koffer ausgepackt bis auf einen, und dessen Inhalt leerte er jetzt auf den Schreibtisch. Eine Flut von Papieren ergoß sich. Da waren Notizblätter, Quittungen, Hotelrechnungen, Zeitungsabschnitte, und da war auch ein Bogen Löschpapier, den er mit beiden Händen aufhob und gegen das Licht hielt. Deutlich war jetzt der Abdruck einer Adresse darauf zu erkennen: Mr. Bertram Cody, Weald House, South Weald, Sussex.

Er hatte dieses Löschblatt auf dem Schreibtisch des Privatsalons gefunden, den der rastlose junge Lord achtundvierzig Stunden vor seiner Ankunft in Buenos Aires bewohnt hatte. Nach seiner Abreise hatte der Raum unbenutzt gestanden, bis Dick ihn sich vom Geschäftsführer des Hotels zeigen ließ.

Dick schloß das Löschblatt sorgfältig ein. Dann ging er in sein Schlafzimmer und stellte sich vor den Spiegel.

»Und du willst Detektiv sein, Dick Martin?« fragte er sein Spiegelbild. »Ein Hammel bist du, mein Lieber!«

Er verbrachte den Rest des Tages mit dem Einstudieren eines Kartentricks, den er unterwegs gelernt hatte. Man mußte es beim Geben der Karten so einrichten, daß die Deckkarte von oben verschwand und die neunte im Spiel wurde. Mit einer Stoppuhr übte er den Trick, bis die Unterschiebung in einer fünfzehntel Sekunde gelang. Er erhob sich befriedigt, um sein Auto aus der Garage zu holen.

8

»Führe ihn herein«, sagte Bertram Cody.

Er war ein kleiner, glatzköpfiger Herr mit einer sanften Stimme. Umständlich schob er die goldene Brille auf die Nase und buchstabierte die Visitenkarte:

Mr. John Rendle
194, Collins Street, Melbourne.

Der Name sagte ihm nichts. Er hatte einen Rendle in vergangenen Jahren gekannt, einen sehr achtbaren Teehändler, aber die Bekanntschaft war so flüchtig gewesen, daß es sich um diesen Herrn kaum handeln konnte.

Er blätterte in einem kleinen Notizbuch, als der Besuch gemeldet wurde. Das Buch war in rotes Saffianleder gebunden und enthielt außer dem Notizpapier ein Fach für Briefmarken und ein zweites größeres für Banknoten. Als der Fremde über die Schwelle schritt, schob er das Buch unter einen Haufen Papiere.

»Mr. Rendle«, meldete die rauhe Stimme einer Frau, und aus

dem Dunkel des in tiefe Schatten getauchten Raumes trat ein hochgewachsener junger Mann, der nicht die geringste Ähnlichkeit mit dem Teehändler hatte.

»Nehmen Sie bitte Platz«, sagte Bertram Cody freundlich. »Und entschuldigen Sie das Halbdunkel, in dem ich lebe. Jedes hellere Licht tut meinen Augen weh. Diese Tischlampe, die ich sogar noch verhängt habe, erfüllt ihren Zweck in angemessener Weise, wenn sie auch meinen Besuchern zuweilen nicht genügt.

John Rendle tastete nach einem Stuhl und ließ sich vorsichtig nieder.

»Es tut mir leid, daß ich Sie zu so später Stunde stören muß, aber ich bin erst gestern aus Australien gekommen, und ich muß morgen schon wieder fort.«

»Und Sie wünschen?«

»Bitte, lassen Sie mich der Reihe nach erklären. Ich bin nämlich der Besitzer einer kleinen Farm in der Nähe von Ten Mile Station.« Er hielt inne und fuhr dann langsam fort: »Sie sind mein nächster Nachbar!«

Cody nickte. Sein ganzes Kapital war in überseeischen Besitzungen angelegt.

»Ich habe Grund zu der Annahme, daß eine Goldader durch unsere Ländereien geht«, fuhr Rendle fort. »Die Entdeckung gelang mir vor etwa einem Jahr. Ich wollte damit jedoch nicht an die Öffentlichkeit treten, bevor ich nicht ganz sicher war.«

Er erging sich nun in metallurgischen Betrachtungen, zu denen Cody von Zeit zu Zeit mit dem Kopf nickte. Schließlich setzte er seine Erläuterungen an Hand einer Karte fort, die er auf dem Schreibtisch entfaltete.

Als er seinen Vortrag beendet hatte, sagte Cody:

»Der Goldfund war mir bereits bekannt, Mr. . . . äh . . . hm . . . Rendle, so daß Ihre Befürchtung, mein Agent könnte sie mir verschwiegen haben, nicht zutrifft. Gold ist allerdings vorhanden, aber nicht in solchen Mengen, daß sich die Ausbeute lohnte. Die Sache wurde zuerst von der Presse aufgebauscht. Sie haben das wohl nicht gelesen? Sie schwammen da noch . . . hm . . . auf dem Ozean? Aber trotzdem bin ich Ihnen dankbar. Ihre Liebenswürdigkeit und Uneigennützigkeit beschämt mich!«

»Sie haben Ihre Besitzung von Lord Selford gekauft«, warf der Besucher hin, die Schmeichelei überhörend.

Bertram Cody zuckte unwillkürlich mit den Wimpern, als blendete ihn ein Licht.

»Nicht von ihm direkt, sondern von seinen . . . hm . . . Agenten, einer hiesigen Anwaltsfirma. Der Name ist mir entfallen. Seine Lordschaft ist ständig auf Reisen. Sehr schwer zu fassen! Schlüpfrig wie ein Aal!« Er machte eine Bewegung mit den Händen, als griffe er nach einem Phantom. »Dieser junge Mann ist ein Romantiker des Schienenstrangs, der Schiffsschraube. Seine Agenten hören von ihm aus Afrika. Der nächste Brief ist in den . . . hm . . . Pampas geschrieben. Sie schicken ihm Geld nach China, an den Südpol, Gott weiß, wohin. Er führt ein abwechslungsreiches Leben, aber entschieden entnervend für seine Verwandten – wenn er welche hat. Ich weiß es nicht sicher.«

Er schüttelte traurig den Kopf. Dann fuhr er auf, als würde er sich jetzt erst bewußt, daß seine sorgenvollen Betrachtungen einen Zuhörer hatten, und im selben Augenblick reichte er seinem Gast verabschiedend die Hände.

»Ich danke Ihnen für Ihr Kommen«, hauchte er, und Mr. Rendle fand seine eigene Hand plötzlich von zwei sanften warmen Handflächen umschlossen. »Das Leben scheint einem gleich lichter, wenn man solche Selbstlosigkeit spürt.«

»Stehen Sie selbst mit ihm in Verbindung?« fragte der Besucher, dessen Gedanken offenbar noch immer bei dem seltsamen jungen Lord weilten.

»Mit wem . . . äh, Sie meinen mit Lord Selford? Wie käme ich dazu? Er hat wahrscheinlich gar keine Ahnung von meiner Existenz!«

Er faßte seinen Gast am Arm und schritt mit ihm zur Tür.

»Haben Sie ein Auto? Ja? Das ist ja famos! Es sieht draußen nach Regen aus, und es ist spät. Halb elf, nicht wahr? Kommen Sie gut nach Hause!«

Er stand auf der überdachten Terrasse und blickte dem Auto nach, bis das Schlußlicht hinter einer Gruppe von Rhododendronbüschen verschwunden war. Dann kehrte er in die Halle zurück.

Die Frau im schwarzen Seidenkleid, von der Rendle geglaubt hatte, sie sei Codys Haushälterin, kam ihrem Gatten entgegen. In ihren groben Zügen lag gefühllose Härte. Zusammen gingen sie ins Zimmer hinein.

»Wer war das?« fragte sie. Ihre keifende Stimme hatte einen verdrießlichen Ton.

Bertram Cody nahm wieder an seinem Schreibtisch Platz und lächelte beglückt, als er in die Kissen des üppig gepolsterten Sessels sank.

»Wer das war? Dick Martin – ein Detektiv!«

Mrs. Cody erbleichte.

»Detektiv! Und das sagst du so seelenruhig, Bertie? Was wollte er von uns?« Ihre brillantgeschmückte Hand, mit der sie sich an den Hals faßte, zitterte.

»Schnüffeln wollte er«, entgegnete Cody. »Er ist verteufelt gescheit. Aber es nutzte ihm alles nichts. Ich erkannte ihn. Ich besitze mindestens drei Fotografien von ihm. Was mag ihn hergeführt haben? Ich wundere mich – wirklich, ich wundere mich!«

Er schob seine Hand unter die Papiere und suchte nach dem kleinen Notizbuch, das er vorhin dort verborgen hatte. Plötzlich wurde sein Gesicht kreidebleich.

»Es ist fort!« schrie er. »Das Buch ist fort! Und der Schlüssel! Großer Gott – der Schlüssel!«

Er taumelte wie ein Betrunkener auf die Füße; Entsetzen lag in seinem Blick.

»Es muß geschehen sein, als er mir die Landkarte zeigte«, stammelte er, heiser vor Erregung. »Ich hatte ganz vergessen, daß er es mit jedem Dieb an Geschicklichkeit aufnimmt. Teufel nochmal! Mach doch die Tür zu! Ich muß telefonieren!«

9

Obgleich Dick den Scheibenwischer eingeschaltet hatte, blinkte die Scheibe vor Nässe, und er mußte das Seitenfenster herabdrehen, um etwas zu sehen. Der Regen strömte unaufhaltsam herab, und bald war sein Gummimantel schwarz und glänzend vor Nässe. Sein Scheinwerfer kämpfte gegen die Finsternis, und in seinem Lichtkegel rannen die Tropfen in Milliarden schimmernder Streifen nieder.

›Coram Street 107‹, raunte ihm sein Unterbewußtsein zu. Im nächsten Augenblick stieg das Bild des Mädchens in seinen Gedanken auf. Wie kam er auf Sybil Lansdown? Er hatte doch eben noch an Bertram Cody gedacht! Gewöhnt, jedem, auch dem unscheinbarsten Gedankengang nachzuforschen, grübelte er vor sich hin, und da fühlte er plötzlich in seiner linken, in der Tasche vergrabenen Hand ein kleines Notizbuch. Ein harter Gegenstand darin, der sich deutlich durch das weiche Leder abhob, hatte in seiner Vorstellung das Notizbuch mit Sybil Lansdown verkettet.

Er bremste seinen Wagen so jäh, daß er ins Schleudern kam. Einen Augenblick war er in Gefahr, in den Straßengraben zu rutschen, doch mit eisernen Nerven brachte er ihn wieder ins Gleichgewicht. Dann schaltete er das elektrische Licht ein, um seinen »Fund« zu betrachten. Noch ehe er die schmale Lederzunge aus der Öse des Geldtäschchens gezogen hatte, wußte er, was er finden würde, und er hatte sich auch nicht getäuscht. Aber als der Schlüssel in seiner Hand lag, staunte er über seine Größe und Form. Er war eine fast genaue Wiedergabe des Schlüssels, den Sybil Lansdown ihm in der Bahn gezeigt hatte und der jetzt sicher in seinem Banksafe lag.

Dick stieß einen leisen Pfiff aus, ließ das Notizbuch in seine Tasche gleiten und verbarg den Schlüssel unter der Gummimatte zu seinen Füßen. Die unternehmungslustigen Herren, die keine Ausgabe gescheut hatten, Sybils Schlüssel in ihren Besitz zu bringen, würden sich ja auch kein Gewissen daraus machen, sein Auto abzufangen – und dann war seine Person kein sicheres Versteck mehr.

Dicks Respekt vor dieser geheimnisvollen Schlüssel-Brüderschaft war im Wachsen begriffen, und er sah Abenteuer voraus, die seine Jagd rund um die Erde an Spannung weit in den Schatten stellen würden. Er drehte das Licht wieder aus und fuhr weiter. Während sein Fuß auf das Gaspedal trat und der Zeiger des Geschwindigkeitsmessers rasch von 50 auf 80 und 100 stieg, dachte er über seine unheimliche Entdeckung nach.

Cody hatte jede Verbindung mit Lord Selford geleugnet. Da stimmte schon etwas nicht! Und was hatte es mit diesem Schlüssel für eine Bewandtnis? Er mußte für Cody von ganz besonderer Bedeutung sein, denn er hatte gesehen, wie er bei seinem Eintritt das Notizbuch eilig und wie ertappt versteckte. Aus Neugierde, aus angeborener Teufelei hatte er die erste Gelegenheit ergriffen, es an sich zu bringen. Jetzt hatte er also schon zwei dieser seltsamen Schlüssel, und immer dringender wurde die Frage nach den Schlössern, zu denen sie gehörten, und nach dem, was hinter diesen Schlössern lag.

Er hupte. Ein ungewöhnlich großer Lastwagen, unter dem die ganze Straße wankte und bebte, hätte ihn beinahe in den Chausseegraben gedrückt. Nein, er durfte seinen Gedanken nicht mehr nachhängen! Seine ganze Aufmerksamkeit gehörte jetzt der Straße, die an dieser Stelle so schmal war, daß sie ein Ausbiegen nur mit größter Vorsicht gestattete.

Es war gut, daß er diesen Entschluß gefaßt hatte; denn im gleichen Augenblick tauchten dicht vor ihm aus der undurchsichtigen, regengepeitschten Nacht drei rote Lampen auf, die in regelmäßigem Abstand über die Straße verteilt waren. Das konnte nur bedeuten, daß die Straße aufgerissen und daher in ihrer ganzen Breite für den Verkehr gesperrt war. Er war aber am Nachmittag hier entlanggekommen und konnte sich an keine Straßenarbeiten erinnern; außerdem mußte der Lastwagen hier eben erst vorbeigekommen sein.

Er steckte den Kopf zum Fenster hinaus und erblickte im Licht des Scheinwerfers dicht neben der Straße eine zerfallene Mauer, die wilder Efeu dicht umrankte. An einer Stelle zeigte die Mauer eine Lücke. Hier war offenbar eine Pforte eingebaut. Dicks Blick wanderte zu den drei Lampen zurück. Er griff in die Hüfttasche und zog seinen Revolver. Dann blendete er seinen Scheinwerfer ab und stieg aus, nach allen Seiten lauschend.

Außer dem gleichmäßigen Geplätscher des Regens und dem hohlen Fauchen des Windes war kein Laut vernehmbar. Sich vorsichtig in der Mitte der Straße haltend, legte er die paar Schritte bis zu den Lampen ungefährdet zurück. Er hob die mittlere auf und betrachtete sie eingehend. Sie war alt und verrostet, die rote Farbe war ungleichmäßig auf dem Glas verteilt. Die zweite Lampe war von anderer Konstruktion, aber auch ihr Glas war erst nachträglich bemalt worden; nicht anders sah die dritte Lampe aus.

Dick stieß die mittlere Lampe, die seine Fahrt am meisten behinderte, mit dem Fuß in den Graben, daß sie in tausend Scherben zersplitterte. Dann ging er rasch zu seinem Auto zurück, schlug die Tür zu und setzte den Fuß auf den Starter. Der Anlasser sprang an, doch der Motor rührte sich nicht. Der Wagen war warm; also konnte es an der Temperatur nicht liegen, und der Motor hatte auch noch niemals ohne Grund versagt. Dick stieg wieder aus und umschritt den Wagen. Dann erst sah er nach der Benzinuhr, und die verriet ihm die Ursache des Versagens: der Zeiger stand auf ›leer‹!

»So, so«, sagte Dick und starrte verblüfft auf die Uhr. Er hatte in London ausreichend getankt. Das Benzin konnte noch nicht verbraucht sein. Aber als er auf den Tank klopfte, gab es einen hohlen Klang.

Ein heftiger Windstoß benahm Dick fast den Atem. Die ganze Luft roch plötzlich nach Benzin. Er knipste seine Taschenlampe an und leuchtete die Straße ab. Ringsumher leuchtete die Straße in opalenem Schein. Jetzt wurde ihm klar: jemand hatte das Benzin auslaufen lassen, während er vorn die Lampen untersuchte!

Er wunderte sich, daß er das Geräusch nicht gehört hatte. Wie dem auch sein mochte, er führte keinen Reservevorrat an Benzin mit und lag hilflos auf dieser öden Straße, wenn ihm nicht irgendein Anwohner aushalf.

Er leuchtete mit der Taschenlampe den Torweg ab. Die verwitterte Tür hielt sich schon lange nicht mehr in ihren Angeln und lehnte wie ein Betrunkener gegen einen Lorbeerbusch. Bisher hatte Dick sich nicht zurechtgefunden. Jetzt aber erkannte er deutlich, wo er war: die Mauer schloß das Gartengrundstück des »Galgenhofs« zur Straße hin ab.

Er ließ den Scheinwerfer brennen und schritt die Allee hinauf. Zu beiden Seiten hemmte undurchdringliches Gestrüpp den Blick in den Garten. Darüber wölbten sich die Wipfel der Pappeln zu einem grünen Zelt.

Plötzlich wurde das Licht seiner Taschenlampe von einem Loch aufgesogen, das eine Tiefe von annähernd sechs Fuß und die Länge eines menschlichen Körpers hatte. »Mein Gott, das sieht wie ein frisch geschaufeltes Grab aus!« dachte er schaudernd. Er beschleunigte seine Schritte, bis er den schmucklosen, würfelförmigen Bau des Wohnhauses vor sich hatte. Er beleuchtete die kahlen Mauern und sah erst jetzt, wie verwittert sie waren. Überall war der Putz abgefallen, und die nackte Ziegelmauer schaute wie rohes Fleisch aus den Wunden. Das Haus lag wie in Todesschlaf versunken da; kein Hund bellte, und hinter den Fensterscheiben brütete eine tiefere Nacht als draußen.

Dick wartete eine Sekunde, bevor er die Stufen zur Haustür hinaufstieg. Nachdem er den Klopfer in Bewegung gesetzt hatte, rollte ein hohles Echo durchs Haus. War es leer? War der unheimliche Bewohner ausgeflogen? Er klopfte noch einmal und wartete wieder, und plötzlich vernahm er knarrende Schritte in der Halle, das Krächzen eines verrosteten Schlüssels, das Klirren einer zurückgeschobenen Kette. Die Tür öffnete sich zu einem schmalen Spalt, und darin erschien, von Dicks Lampe erbarmungslos ins Licht gezerrt, das gelbliche Gesicht und der schwarze Bart Doktor Stalettis.

Obwohl Dick ihn bereits einmal gesehen hatte, wirkte er in dieser Beleuchtung so abstoßend und grauenerregend, daß er vor Schreck beinahe seine Lampe fallen gelassen hätte.

»Wer ist da? Was wünschen Sie?« fragte die mürrische Stimme des Alten. »Benzin? So – es ist Ihnen ausgeflossen? Scheint ja ein nettes Auto zu sein! Ja, ich kann Ihnen Benzin geben; natürlich nur gegen Bezahlung. Verschenken kann man nichts in diesen schlechten Zeiten.«

Er gab kein Zeichen des Erkennens, auch dann nicht, als er die Tür weit öffnete und Dick in den Flur eintreten ließ. Er trug einen schwarzen, in der Mitte gegürteten Overall, der über und über befleckt war. Seine Füße steckten in abgetragenen schwarzen Schaftstiefeln, die bei jedem Schritt knarrten. Er hatte keinen Kragen um und sich augenscheinlich seit Dicks letztem Besuch vor Monaten noch nicht wieder gewaschen. Seine großen, kräftigen Hände starrten vor Schmutz, und die Nägel waren schon fast zu Krallen gewachsen. Vom Flur aus konnte Dick in die Halle sehen, die mit ihrer kostbaren Ausstattung in merkwürdigem Gegensatz zu ihrem Besitzer und zu der verwitterten Fassade des Hauses stand. Ein dicker Teppich bedeckte den Boden, die Vorhänge waren aus schwerem Samt, die vergoldeten Stühle und Sessel mit französischem Damast bezogen. Ein silberner Leuchter hing von der Decke herab und spendete aus einem Dutzend elektrischer Kerzen ein blendendes Licht. Als Dick auf den Teppich trat, wirbelte in dichten Wolken Staub auf.

»Warten Sie hier. Ich hole das Benzin; vier Liter für einen Schilling und zehn Pence.«

Dick wartete, bis die Schritte Stalettis verhallt waren, dann unterzog er den Raum einer sorgfältigen Prüfung, aber er fand nichts, was irgendwelche Schlüsse auf Charakter und Beschäftigung dieses unheimlichen Mannes gestattet hätte.

Plötzlich hörte er das Klappern von zwei Benzinkanistern. Staletti kehrte zurück. Er setzte die Kanister nieder und wischte sich den Staub von den Händen.

»Sechzehn Liter von der besten Qualität.«

Dick streifte Staletti mit einem mißtrauischen Blick. Sollte er ihn noch immer nicht erkannt haben?

Als hätte er des andern Argwohn erraten, räusperte sich Staletti, und, Dick schärfer ins Auge fassend, fragte er:

»Ich dächte doch, wir hätten uns schon gesehen? Nicht wahr, Sie sind der Detektiv, der mir die ›Generelle Morphologie‹ entführt hat? Ich bin Professor Staletti!«

»Ganz recht, Herr Professor, ich bin der Detektiv«, sagte Dick. Eine innere Stimme rief ihm unaufhörlich Warnungssignale zu, und er wandte keinen Blick von dem bärtigen Mann.

»Sie haben meinen Namen gewiß schon früher gehört? Ja, ja – ich genieße einen guten Ruf in gelehrten Kreisen«, prahlte Staletti. »Aber nun zahlen Sie, bitte. Ich bin zum Umsinken müde!«

Dick Martin gab ihm zehn Schilling.

»Behalten Sie den Rest für Ihre Mühe«, sagte er großmütig.

Zu seinem Erstaunen steckte Staletti die Banknote tatsächlich mit einem vergnügten Schmunzeln ein. Er war augenscheinlich nicht zu stolz, aus dieser kleinen Gefälligkeit Nutzen zu ziehen.

Doktor Staletti ging dann zur Haustür, die sich kreischend in ihren Angeln drehte. Er öffnete den Mund, wie um noch etwas zu sagen, besann sich dann aber und knallte die Tür hinter seinem Besucher zu.

Doch noch ehe das Echo der ins Schloß fallenden Tür verhallt war, erhob sich im Innern des Hauses, hinter den erblindeten Scheiben, ein gräßlicher Schrei – ein Schrei so voll Angst und Todesqual, daß dem Detektiv das Blut in den Adern stockte. Der Schrei stieg mehr und mehr an, doch plötzlich riß er ab und verebbte in herzzerreißendem Schluchzen.

Der Schweiß brach Dick aus allen Poren. Seine Hände ballten sich. Eine Sekunde lang war er entschlossen, sich den Eingang in das Haus zu erzwingen und eine Erklärung zu fordern. Doch dann sah er die Aussichtslosigkeit eines solchen Vorgehens ein. Er bückte sich, nahm in jede Hand einen Benzinkanister und eilte die Allee hinab.

Er befand sich gerade in der Nähe der seltsamen Erdöffnung, als er eine leise Bewegung hinter seinem Rücken spürte, ein Rascheln von Zweigen, ein Zerbröckeln von Erdklumpen. Das Geräusch war so fein, daß es sich fast im Plätschern des Regens verlor, und als Dick sich umwandte, sah er nur die schwarze Mauer in der regendurchströmten Nacht. Doch da schlug plötzlich rechts von ihm ein Zweig in den Büschen zurück. Im Nu erkannte er die unmittelbare Gefahr. Er warf die Kanister hin, seine Hand zuckte nach dem Revolver. Doch ehe er die Waffe zu ziehen vermochte, fühlte er sich plötzlich von etwas Nacktem, Haarlosem, Tierischem umschlungen.

Riesige Arme mit Muskeln wie Taue versuchten, ihm die

Schultern auszurenken, eine unmenschlich große, breite, schwielige Hand tastete nach seinem Gesicht. Dick trommelte mit den Fäusten auf die nackte Brust, deren eiserner Muskelpanzer all seinen Anstrengungen zu spotten schien. Da besann er sich auf sein Jiu-Jitsu, griff mit beiden Händen nach dem nackten Arm, dessen Hand sein Gesicht umkrallte, und mit jäher Bewegung drehte er ihn herum und schleuderte seinen Angreifer zu Boden. Ein mächtiger Körper stürzte mit dumpfem Laut – dann ein Aufstöhnen, ein gespenstisch schluchzender, kindischer Laut des Jammers, der nichts Menschliches hatte, danach war alles still.

Dick hatte mit der einen Hand den Revolver herausgerissen, in der andern hielt er die Taschenlampe. Sein Finger drückte auf den Knopf. Weißes Licht flammte auf und zuckte über den Boden. Niemand war da. Er beschrieb mit der Lampe einen blendenden Halbkreis, der die ganze Umgebung des Kampfplatzes erhellte. Sein Angreifer war spurlos verschwunden. Großer Gott, war es ihm vielleicht geglückt, ihm in den Rücken zu gelangen? Dick fuhr herum und sandte den Lichtstrahl in die Richtung des Hauses. Da sah er eine mächtige Gestalt, nackt bis auf ein Hüfttuch, mit hängenden Armen in den Büschen verschwinden.

Dick Martin stand einen Augenblick wie gelähmt. Dann griff er nach seinen Kanistern und lief keuchend, in langen Sprüngen, bis er die Landstraße erreicht hatte. Er füllte den leeren Tank, und mit einem tiefen Aufatmen setzte er den Wagen in Bewegung.

Auf der ganzen Fahrt nach London sah er ständig das dunkle Grab unter der Hecke vor sich, das, wie er jetzt wußte, von Doktor Staletti dazu bestimmt worden war, seinen Körper aufzunehmen und das Geheimnis seines Todes für immer der Mitwelt zu entziehen.

10

Es war eine dunkle und windige Nacht, und da Bertram Cody kein guter Fußgänger und überdies eine furchtsame Natur war, weckte er seinen Chauffeur, um die sechs Meilen, die ihn vom ›Galgenhof‹ trennten, im Auto zurückzulegen. Tommy Cawler machte eine sehr saure Miene, aber er mußte dem Wunsch seines Herrn willfahren. Etwa hundert Meter vor der Einfahrt zu Stalettis Besitzung ließ Cody den Wagen halten.

»Lösch alle Lichter aus und beweg dich nicht von der Stelle, bis ich wieder da bin!« schärfte er Tommy ein.

Es war kurz vor ein Uhr und stockfinstere Nacht. Cody tastete sich an der Mauer entlang, bis er die Pforte erreicht hatte, dann bog er vorsichtig und zaghaft in die Allee ein, mit den Händen nach dem Weg tastend. Einmal hing sein Fuß über einem unheimlichen Loch, aber sein Instinkt warnte ihn rechtzeitig. Er riß sich zurück und spürte dann vorsichtig der Öffnung nach. Es war ein Grab, das unter der Hecke ausgeschaufelt war! Die Zähne schlugen ihm bei dieser Entdeckung wie im Frost zusammen.

Er atmete auf, als er das Haus erreicht hatte. Er klopfte jedoch nicht an die Tür, sondern ging um das Haus herum und pochte dreimal an ein dunkles Fenster. Dann kehrte er wieder zum Eingang zurück. Er fand die Tür offen und Staletti wartend auf der Schwelle.

»Ah, Sie sind es! Sie kommen reichlich spät, mein Bester. Und damit Sie es gleich wissen – das Schicksal war gegen uns!«

»Er ist entkommen?« fragte Cody, und seine Stimme flakkerte vor Furcht.

Doktor Staletti zuckte die Achseln und strich sich bedächtig den langen Bart.

»Kismet!« sagte er gleichmütig. »Wäre es nach meinen Wünschen gegangen, so läge er jetzt in einem tiefen, kühlen Bett, aus dem er nicht mehr aufgestanden wäre. Sofort nach Ihrem Anruf habe ich die Lampen auf die Straße gestellt und eigenhändig seinen Benzintank geleert. Dann eilte ich ins Haus zurück und empfing ihn dort, als er kam. Es war phänomenal! Aber die

Kette hatte ein schwaches Glied, und so konnte er sie zerbrechen!«

Codys Blicke schweiften unruhig durch die Halle. Kleine Schweißtropfen der Angst standen auf seiner Stirn.

»Was wird jetzt geschehen?« fragte er flüsternd.

Staletti blickte verächtlich.

»Per Dio, was soll geschehen? Ganz Scotland Yard wird sich einstellen und eine Haussuchung abhalten. Was wird sie finden? Ratten, die einen gesetzlichen Tod in Ehren gestorben sind!«

»Haben Sie –?« stammelte Cody, mit den Blicken die Frage beendend.

»Ja, ich habe ihm jemand auf die Fährte gesetzt, aber der Jemand hat sich benommen wie ein Idiot. Man kann eben die Muskeln nur auf Kosten der Gehirnsubstanz entwickeln. Aber was stehen wir hier draußen? Wollen Sie nicht eintreten?«

Er führte Cody in sein Arbeitszimmer. Der Schreibtisch war zum Teil mit schmierigen Spielkarten bedeckt. Staletti hatte gerade eine Patience gelegt, als das Pochen ihn aufschreckte.

»Und nun sagen Sie mir bitte, wer ist dieser hoffnungsvolle junge Mann, den Sie so sehr zu fürchten scheinen? Er war übrigens schon einmal hier. Er kam eines Buches wegen, das ich mir aus der Bibliothek geliehen hatte. Es war an dem Tag, an dem mich Ihr Chauffeur zum erstenmal aufsuchte.«

Cody nickte. Sein Gesicht war bleich und abgespannt, die Lippen trocken und aufgesprungen. Er befeuchtete sie von Zeit zu Zeit mit der Zunge.

»Er ist der Detektiv, den Havelock rund um die Welt geschickt hat, um Selford zu suchen«, erwiderte er leise, und Stalettis Augenbrauen zuckten sofort in die Höhe.

»Nein, sagen Sie mal – das ist ja phänomenal! Havelocks Detektiv?«

Er ließ ein krächzendes Lachen ertönen, das, als es leiser wurde, dem Knistern von Pergament glich.

»Ein ausgezeichneter Witz! Das Leben ist doch der beste Spaßmacher! Erlauben Sie, daß ich noch einmal lache!«

Cody rückte unruhig auf seinem Stuhl hin und her. Stalettis Heiterkeit war fürchterlicher als sein Zorn.

»Dieser Havelock! Dieser Havelock!« krächzte Staletti. »Was für ein gerader, schlichter, ehrenwerter Mann! Aber sagen Sie – fand unser Freund, der Detektiv, Seine Lordschaft? Nein? Wie schade! Er hätte sich Siebenmeilenstiefel anziehen müssen!«

Er warf sich auf einen Stuhl und trommelte mit seinen schmutzigen Fingern ein neapolitanisches Lied auf dem Tisch.

»Ich sehe es Ihnen an, Sie haben noch etwas auf dem Herzen«, sagte er plötzlich und faßte Bertram Cody scharf ins Auge.

»Ich brauche Geld«, gestand Cody verdrießlich.

Staletti sah Cody einen Augenblick an, dann bückte er sich wortlos, schloß eine Schublade des Schreibtischs auf, entnahm ihr eine zerbeulte Kassette, öffnete sie und legte ein dickes Notenbündel vor Cody hin.

»Da sich unsere Zahl jetzt verringert hat, konnte Ihr Anteil erhöht werden«, sagte er. »Sollte ich das Zeitliche segnen, so wird auch das Ihr Gewinn sein. Hingegen, wenn Sie ... doch warum über so gräßliche Dinge sprechen!« klagte er und strich sich mit zitternder Hand über die Glatze. »Freuen wir uns, daß wir leben und gesund sind! Wir haben uns schon viel zu weit von unseren ursprünglichen Plänen entfernt. Denken Sie an das Bibelwort: Wer Menschenblut vergießt ...«

»Habe ich Menschenblut vergossen?«

Stalettis Lippen verzogen sich höhnisch.

»Es war einmal ein Mann namens Lew Pheeney«, sagte er, jedes Wort abwägend. »Er starb allerdings eines gewaltsamen Todes, aber da man den Mörder nicht gefaßt hat, muß er sich wohl selber umgebracht haben.«

Er kicherte.

»Ich liebe die Herrschaften nicht, die ihr Herz der hohen Obrigkeit ausschütten. Das verdirbt das Geschäft; denn die Polizisten sind Leute ohne Phantasie und höhere biologische Bildung. Sie wissen nichts davon, um wie vieles wertvoller ein Spinngewebe ist als die kleine Fliege, die darin zappelt! Sie wissen nicht –«

Er hielt plötzlich inne und legte den Finger warnend auf den Mund. Cody war das leise Quietschen der Fensterläden entgangen, aber Stalettis feines Gehör hatte es zweimal vernommen.

»Es ist jemand draußen«, flüsterte er.

»Giaco?« hauchte Cody in banger Frage.

»Nein, Giaco ist es nicht. Bleiben Sie, ich werde nachsehen!«

Auf Zehenspitzen verließ er das Zimmer. Cody hörte noch das leise Knarren der sich öffnenden Tür. Dann nichts mehr. Nur der Wind seufzte in langen Stößen an den Ecken des Hauses.

Dann kehrte Staletti zurück. Er blinzelte, als müßte er seine Augen erst wieder an das helle Licht gewöhnen, aber Cody hatte ihn schon einmal so gesehen und wußte, daß Staletti in einer ungewöhnlichen Erregung war.

Er legte einen Gegenstand auf den Tisch, der wie die Hörmuschel eines Telefons aussah. Unten hing eine Gummistrippe.

»Es hat jemand am Fenster gelauscht, mein Bester, und ich glaube zu ahnen, wer ... Sie sind im Auto gekommen? Wenn ja, so wissen Sie, daß es gegen die Verabredung war.«

»Ich kam zu Fuß«, log Bertram Cody.

»Sie haben einen ausgezeichneten Chauffeur, aber er ist zu neugierig.«

»Ich sage Ihnen doch, ich kam zu Fuß – und allein!«

»Er kann Ihnen heimlich gefolgt sein!« Er zog eine zerknüllte Mütze aus der Tasche. »Haben Sie diese Mütze schon mal gesehen?«

Cody schüttelte den Kopf.

»Er hatte sie abgenommen, um die Muschel ans Ohr zu legen. Ich konnte das Mikrophon leider nicht finden, aber ich glaube bestimmt, daß er alles gehört hat, was hier besprochen wurde.«

»Aber es kann nicht Cawler gewesen sein«, beharrte Cody. »Warum sollte er spionieren? Er ist der Neffe meiner Frau!«

»Und liebt sie wie seine leibliche Mutter«, höhnte Staletti. Er zog das Mützenfutter nach außen und las darauf den Namen des Fabrikanten. »Ein Spion in Ihrem Haus – das könnte für uns sehr peinlich enden!«

»Ausgeschlossen! Er weiß doch genau, wo sein Vorteil liegt!«

»Man sollte trotzdem ein wachsames Auge auf ihn haben! Was war er denn früher? Ein Autodieb, dessen Bild in jedem Verbrecheralbum prangt! Jeder Kriminalbeamte kennt ihn. Als unser gemeinsamer Freund – wie heißt er doch gleich ... Martini – nein, Martin mich das erste Mal heimsuchte, erkannte er Cawler gleich wieder, und ich war sofort kompromittiert.«

»Das mag schon sein«, gab Cody zögernd zu, »aber er ist selbst zu sehr in die Sache verwickelt, um den Angeber spielen zu können.«

Und er beugte sich über den Tisch und flüsterte lange und eingehend. In Stalettis Augen wuchs das Interesse. Mehrmals schlug er, heimlich belustigt, mit der flachen Hand auf den Tisch.

»Schade«, sagte er endlich, »daß Giaco vorhin nicht im Garten war. Dann wären jetzt alle Zweifel behoben!«

Er begleitete Cody zur Tür.

Cody fand sein Auto auf der gleichen Stelle wieder. Der Chauffeur döste auf seinem Sitz. Er rieb sich die Augen, als Cody ihn am Arm rüttelte.

»Tommy«, fragte Cody, und seine Stimme war merkwürdig heiser, »du hast doch getan, was ich dir gesagt habe? Du bist mir doch nicht etwa heimlich gefolgt?«

»Bei dem Hundewetter? Ich bin doch nicht ganz von allen guten Geistern verlassen!«

Er startete und schaltete die Scheinwerfer ein. Der Motor begann zu surren. Der Wagen vibrierte leicht. Cody stand und starrte seinen Chauffeur an. Er trug keine Kopfbedeckung.

Cody bebte vor Zorn.

»Cawler, wo hast du deine Mütze gelassen?«

»Der Wind hat sie fortgeweht«, erwiderte Tommy gelassen und ohne eine Spur von Verlegenheit.

»Das sag' ich dir – wenn du mich zum Narren hältst, wirst du es bitter bereuen!«

»Steig ein und rede kein dummes Zeug«, brummte Tom Cawler unhöflich, und da er mit dem Wagen anfuhr, ohne auf seinen Herrn Rücksicht zu nehmen, blieb Cody nichts weiter übrig, als seine Wut zu meistern und auf das Trittbrett zu springen.

Während der ganzen Fahrt sah Cody Tommys kantiges Profil vor sich. Er grub sich ins Polster. Pläne der Rache und der Abwehr jagten sich in seinem Gehirn, aber er wußte, er konnte keinen ausführen; denn er hatte sich schon zu sehr in Cawlers Hand gegeben.

11

Mr. Havelock hatte am anderen Morgen kaum sein Büro betreten, als Dick sich melden ließ. Die buschigen Brauen des Anwalts zogen sich beim Anblick seines Besuchers erstaunt in die Höhe.

»Ich komme zu einer Beichte«, begann Dick.

Havelock zwinkerte mit den Augen.

»Ist es so schlimm?«

Dick ging auf den Scherz nicht ein.

»Noch schlimmer vielleicht, als es klingt, Mr. Havelock! Ich habe Ihnen gestern etwas verheimlicht, was Sie jetzt unbedingt erfahren müssen.«

Er erzählte ihm von dem Auffinden des Löschpapiers mit Codys Adresse.

»Augenscheinlich steht Lord Selford mit ihm in Verbindung. Ich hielt es für meine Pflicht, dieser Spur nachzugehen.«

»Bertram Cody?« fragte Havelock stirnrunzelnd. »Der Name kommt mir bekannt vor.«

»Er war der Käufer der Selfordschen Besitzungen in Australien«, half Dick seinem Gedächtnis nach.

Havelocks Gesicht klärte sich auf.

»Ah, jetzt erinnere ich mich. Der Fall war sogar nicht ohne Komplikation. Es wurde nach dem Kaufabschluß auf dem Gelände eine Goldader entdeckt. Sogar die ›Times‹ brachte darüber einen Artikel. Cody, natürlich! Wie konnte ich ihn vergessen! Aber eine persönliche Bekanntschaft mit Lord Selford halte ich für ausgeschlossen!«

»Warum dann der Brief?«

»Vielleicht eine Antwort auf eine Anfrage, die Cody an ihn gerichtet hat«, mutmaßte der Anwalt, sichtlich beunruhigt. »Warum haben Sie ihn nicht gleich gefragt, ob er Lord Selford kennt?«

»Er streitet jede Bekanntschaft und jeden Briefwechsel mit Entschiedenheit ab, und eben das scheint mir auffällig – um so mehr, als ich kurz darauf eine Entdeckung machte, die ihn Lügen straft.«

Er legte Codys Notizbuch auf den Tisch und öffnete es so,

daß der Schlüssel aus der Seitentasche herausfiel. Mr. Havelock nahm ihn und betrachtete ihn mit neugierigem Interesse.

»Das ist ja ein merkwürdiges Ding – ein Schlüssel, nicht wahr? Und den hat Ihnen Cody gegeben?«

»Nun, nicht eigentlich ›gegeben‹. ›Liegengelassen‹ trifft den Nagel eher auf den Kopf«, sagte Dick, unverfroren wie immer. »Aber sehen Sie sich dieses Notizbuch an! Es wimmelt von Eintragungen, die sich auf Lord Selfords Reisen beziehen. Hier ist das Datum seiner Ankunft in Buenos Aires und die Adresse seines Hotels. Hier ist der Tag der Abfahrt aus San Franzisko, da landete er in Shanghai. Kein Hafen, kein Datum fehlt, Lord Selford selbst hätte diese Aufzeichnungen nicht sorgfältiger führen können.«

Havelock blätterte langsam in dem Büchlein.

»Das gibt wirklich zu denken«, sagte er.

Dick beugte sich vor.

»Kennen Sie übrigens einen Menschen namens Staletti? Sein Haus liegt in Sussex, an der Chaussee nach Brighton.«

Er hielt inne.

Er sah, wie Havelock stutzte.

»Staletti? Ja, den kenne ich. Er hat ein Haus von Lord Selford gepachtet. Die ganze Gegend dort ist Selfordscher Besitz. Auch Cody muß einer unserer Pächter sein. An die Verpachtung des ›Galgenhofs‹ erinnere ich mich ziemlich genau. Denn gerade damals beschäftigten sich die Zeitungen mit Staletti. Er wurde wegen ungesetzlicher Vivisektion verurteilt. Ein schmieriger Mensch, der an einen Hypnotiseur erinnert!«

»Sie charakterisieren ihn vortrefflich«, sagte Dick anerkennend. »Hypnotiseur! Das ist das einzig zutreffende Wort!«

»Aber wie kommen Sie auf ihn? Wir sprachen von Cody.«

»Ich will es Ihnen erzählen! Hören Sie zu!«

Dick sprach sehr langsam. Denn plötzlich war der Vorhang, hinter dem sich das Schicksal des jungen Lord Selford bisher abgespielt hatte, von oben bis unten zerrissen. Er sah die Bühne wie durch ein umgekehrtes Opernglas – fern und verkleinert, doch unendlich scharf. Er sah die Akteure, die sich darauf bewegten – gelenkige Puppen, deren Drähte in wenigen Händen zusammenliefen. Sein Herz hämmerte wie eine überhitzte Maschine. Die Bilder, die sein geistiges Auge ihm zeigte, und diejenigen, die durch die Schilderung seines gestrigen Abenteuers in seiner Erinnerung heraufbeschworen wurden, kreuzten und überschnitten sich. Sein Gehirn arbeitete fieberhaft nach zwei Richtungen. Dennoch vermochte er seine unheimlichen Erlebnisse ziemlich genau zu skizzieren.

»Haben Sie Anzeige erstattet?« forschte Havelock.

Dick schüttelte den Kopf.

»Noch nicht, aber ich werde wohl noch zu Sneed gehen.«

»Wer ist Sneed?« wollte Havelock wissen.

»Ein Inspektor von Scotland Yard. Groß im Entschleiern selbst der dichtesten Geheimnisse! Ein Genie im Rätselraten! Und da wir gerade bei Rätseln sind: Wovon lebt Doktor Staletti? Aus welcher Einnahmequelle bezahlt er seine Pacht?«

»Wenn ich das wüßte!« erwiderte der Anwalt. »Er ist ein ausgezeichneter Biologe, aber seine Ideen sind sehr gewagt. Halt – da fällt mir eben ein, Staletti wurde uns, glaube ich, durch Cody empfohlen. Ich schlage eben mal die Korrespondenz nach.«

Er eilte hinaus und kam kurze Zeit darauf mit einem Schnellhefter wieder.

»Ich habe mich nicht geirrt. Einen Monat nach dem Ankauf der australischen Besitzungen trat Cody Stalettis wegen an uns heran. Der ›Galgenhof‹ stand damals gerade leer. Wahrscheinlich wirkte der gruselige Name abschreckend. Es soll nämlich dort bis vor hundert Jahren ein Galgen gestanden haben.«

»Dann wurde er hundert Jahre zu früh abgebrochen. Es scheinen in der Gegend ein paar ganz gefährliche Galgenbrüder zu hausen«, sagte Dick.

Er hatte alles erfahren, was er zu wissen wünschte – mehr sogar; so verabschiedete er sich von Havelock und kehrte in seine Wohnung zurück, um dort in aller Eile seine beiden Handkoffer zu packen und seine Wirtschafterin für die nächsten vier Wochen zu beurlauben. Sie mußte ihm hoch und heilig versprechen, niemals in seiner Abwesenheit die Wohnung zu betreten. Dann erst entließ er sie.

Seinem Pförtner gab er den Auftrag, seine gesamte Post nach Scotland Yard weiterzuleiten. Er setzte Havelock von seinen Plänen für die nächste Zukunft nicht in Kenntnis. Er hielt es für ratsam, keine menschliche Seele ins Vertrauen zu ziehen.

12

Mrs. Lansdown war eine zarte Frau von seltener Schönheit. Ihre Welt war nicht immer eine anspruchslose Dreizimmerwohnung gewesen. Es hatte eine Zeit gegeben, da war sie eine der reichsten Frauen Englands. Gregory Lansdown, ihr Gatte, besaß tausend Morgen fruchtbare Ländereien in Berkshire, eine Jagd in Norfolk, einen Lachsfluß in Schottland, ein reizendes Stadthaus im vornehmsten Viertel Londons, einen Rennstall und eine Motorjacht. Aber das alles war in einer einzigen Nacht verlorengegangen. Er gehörte dem Vorstand einer Gesellschaft an, deren Direktor sich eines Nachts zu einer beschleunigten Abreise gezwungen sah. Diese Reise endete später im Zuchthaus. Die Gesellschaft geriet in Konkurs. Der Vorstand mußte den Gläubigern für den Verlust von anderthalb Millionen geradestehen. Gregory Lansdown war der einzige, dessen Besitzungen unter seinem Namen eingetragen waren – und an diesem einen Ehrlichen blieben schließlich die Gesamtforderungen hängen. Er starb, noch bevor die letzte Rate der Schuldenlast getilgt war.

Aus diesem furchtbaren Zusammenbruch retteten die Lansdowns nur das Mietshaus, dessen bescheidenste Wohnung sie selbst innehatten. Hier hatte Mrs. Lansdown die Reste ihrer kostbaren Einrichtung zusammengetragen. Allmählich heilte die Wunde, die ihr das Leben geschlagen hatte. Sybil war ihr ganzes Glück, ihr Trost, der wahre Inhalt ihres Lebens.

Abends saßen sie meist glücklich beisammen. Manchmal las Sybil vor, manchmal schrieb sie an dem kleinen Schreibtisch, der quer vor eine Zimmerecke gestellt war. Dann stichelte die Mutter an einer Handarbeit, und ihr aufleuchtender Blick flog zuweilen zu Sybil hinüber.

Selten kam Besuch. Mrs. Lansdown zuckte daher zusammen,

und ihre Augen öffneten sich fragend, als an diesem Abend der schrille Ton der Flurklingel durch die Wohnung drang. Wer mochte das sein?

Sybil ging hinaus, um zu öffnen. Ihr Gesicht spiegelte sprachlose Überraschung, als sie Dick Martin vor sich stehen sah.

»Leider nicht der sagenhafte Onkel aus Amerika, sondern nur Mr. Martin«, entschuldigte er sich. Da ließ sie ihn lächelnd eintreten.

Als Dick Martin mit einem leichten Zögern auf der Schwelle des Zimmers erschien, musterte ihn Sybils Mutter mit einem langen, forschenden Blick. Schließlich leuchtete Freundlichkeit in ihren Zügen auf, und sie reichte Dick ihre schmale, zarte Hand.

»Das ist recht, daß Sie sich sehen lassen, Mr. Martin«, begrüßte sie ihn. »Sie geben mir dadurch Gelegenheit, Ihnen persönlich für die Ritterlichkeit zu danken, mit der Sie für meine Tochter eingetreten sind.«

»Ehrenpflicht«, sagte Dick verlegen. Er suchte mit den Blicken nach einer Sitzgelegenheit und wählte zu Sybils heimlichem Entsetzen den gebrechlichsten Stuhl aus. Aber das zierliche Möbel hatte den Zusammenbruch der Familie Lansdown überdauert, es hielt auch Dick Martin stand. »Ich sah den Diebstahl voraus, und es tut mir leid, daß ich den geistigen Urheber bisher noch nicht gefaßt habe«, sagte der Detektiv.

»Nun«, meinte Sybil lächelnd, »so schlimm war es ja nicht. Die Tasche habe ich wieder. Nur der Schlüssel war wie durch Hexerei aus seinem Kästchen verschwunden.«

Es zitterte wie in verhaltenem Übermut um Dicks Lippen. Sybil blickte ihn plötzlich aufmerksam an.

»Waren Sie vielleicht der Hexenmeister?« fragte sie rasch.

Er nickte mit lachenden Augen.

»Als ich Ihnen das Kästchen im Zug zurückgab, war ich so frei gewesen, den Schlüssel vorher daraus zu entfernen. Sie hörten es trotzdem darin klappern, nicht wahr? Ich hatte einen abgebrochenen Bleistift hineingelegt.«

»Aber ich hätte es doch sehen müssen«, staunte Sybil. »Ich habe das Kästchen keine Sekunde aus den Augen gelassen.«

Dick lächelte nachsichtig.

»Darin besteht ja die Kunst des Auswechselns, daß man alles ganz offen vor den Augen des andern tut. Der Schlüssel liegt übrigens wohlverwahrt in meinem Banksafe, und wenn Ihnen jemand in dieser Angelegenheit lästig werden sollte, so können Sie das ruhig sagen.«

»Meinen Sie denn«, fragte Mrs. Lansdown, um einen Schatten bleicher werdend, »daß man meine Tochter auch jetzt nicht in Ruhe lassen wird?«

»Ich weiß es nicht«, sagte Dick mit gesenkten Wimpern. »Ich bin heute abend hier, um deswegen mit Ihnen zu sprechen. Zunächst gestatten Sie mir eine wichtige Frage: Hat Lord Selford noch andere Verwandte außer Ihnen?«

»Keine – wenn er nicht verheiratet ist«, antwortete Sybil für die Mutter.

Dick blickte sie an; der heitere Gleichmut fiel wie eine Maske von seinem Gesicht, die Augen schmälerten sich, die Lippen wurden hart, unter der straffgezogenen Gesichtshaut zeichneten sich deutlich die Wangenmuskeln ab.

»Das habe ich befürchtet«, sagte er endlich. Sein Blick hing am Fernsprecher. »Es ist gut, daß Sie telefonisch erreichbar sind«, fügte er anscheinend ohne jeden Zusammenhang hinzu.

Mutter und Tochter hefteten ihre Augen fragend auf ihn.

»Haben Sie Freunde außerhalb Londons?« fragte Dick.

Mrs. Lansdown nickte wieder. Dick atmete auf.

»Das ist wenigstens etwas, was mich beruhigt. Ich wollte Sie nämlich bitten, London schon heute abend zu verlassen, aber inzwischen bin ich zu der Überzeugung gekommen, daß eine so rasche Abreise noch nicht notwendig ist.«

Mrs. Lansdown beugte sich vor.

»Können Sie mir erklären, wieso ...«, begann sie mit blassen Lippen.

Dick schüttelte gequält den Kopf.

»Noch kann ich nichts erklären«, sagte er. »Ich tappe im Nebel. Ich fühle wohl, daß er zu weichen beginnt. Hier und da sehe ich schärfer, aber Gott weiß, was aus diesen Dämmerungen noch alles auftauchen und Form annehmen wird!«

»Aber bei aller Unklarheit sehen Sie doch irgendeine Gefahr

für mich und meine Tochter – das muß ich wohl Ihren Worten entnehmen?«

»Ja«, gab Dick zu und sah Mrs. Lansdown plötzlich voll an. »Es ist besser, Sie sind gewarnt. Ich ahne eine Gefahr, wenn sie auch noch nicht unmittelbar bevorsteht.«

»Und das alles wegen eines kleinen Schlüssels?« fragte Sybil ungläubig.

Er nickte.

»Auch wegen eines kleinen Schlüssels«, sagte er ernst. Dann wandte er sich an Sybils Mutter: »Kannten Sie den verstorbenen Lord Selford? Was für ein Mensch war er?«

»Kein guter Mensch«, erwiderte Mrs. Lansdown, und noch in der Erinnerung verzog sich ihre Miene. »Er trank, er verprügelte im Jähzorn seine Dienstboten und Untergebenen. Es waren sehr böse Gerüchte im Umlauf. Aber alle Selfords waren mehr oder minder zweideutige Charaktere. Der Erbauer des Schlosses führte ein so lasterhaftes Leben, daß er vom Papst exkommuniziert wurde. Von ihm stammt auch die Familiengruft. Haben Sie schon einmal von den Gräbern der Selfords gehört?«

Er schüttelte den Kopf. Sie interessierten ihn nicht. Aber da klangen plötzlich die Wörter ›Gräber – Gruft‹ in seinem Innern nach, als hätten sie doch eine ganz besondere Bedeutung für ihn. Er sah sein Schlafzimmer vor sich, der ermordete Lew Pheeney lehnte in seinem Schrank und blickte ihn aus geisterhaften Augen an. Hatte er nicht eine Totengruft zu öffnen versucht, und war das nicht der Anlaß zu seinem bitteren Ende gewesen? Plötzlich hörte Dick das Brausen seines Blutes. Er stand vor einer großen Entdeckung, und er mußte die Zähne zusammenbeißen, damit ihn das Spiel seiner Gesichtsmuskeln nicht verriet.

Mrs. Lansdown aber hatte das Aufblitzen in seinen Augen gesehen; sie stand auf und nahm einen alten vergilbten Pergamentband vom Bücherbord herab.

»Es ist eine Familienchronik aus dem Jahre 1584«, sagte sie. »Alle Untaten der Selfords sind darin verzeichnet. Lesen Sie, was hier über die Familiengruft steht«, und sie legte ihm das Buch aufgeschlagen hin. Er las:

Sintemalen Sir Hugh unter dem Kirchenbann stund und ihme ein ehrlich Grab, allwie es sich für einen christlichen Ritter gezimet, refuesiret wart, lis er Werkleut kommen von weit her, so in die Erde graben musten ein stattlich Grab sambt vielerlei Kammern für sich, item seine Soehne und die Soehne seiner Soehne. Selbige Graeber wurden geweiht durch Kaplan Ehrn Marcus, einem frumben und heiligen Mann, so seinem Herrn also ergeben war, daß er des Kirchenbannes nicht acht hatte. Eodem waren die Graeber mit Engeln, item mit Heiligen, so in den Stein gehauen waren, gar liblich verziret.

Dick starrte auf die Zeilen. Er sah eine schlüpfrige Treppe jäh in die Tiefe gehen, er sah verwitterte Reliefs, Steinsärge in schmalen Kammern, aus denen der Eisatem des Todes wehte.

»Wo liegt die Gruft?« fragte er, und der Moderduft der Vergangenheit stieg aus den Seiten des Buches zu ihm auf.

»Im Park von Selford. Ganz abseits. Auf einem Hügel, den düstere Baumgruppen umstehen. Es ist ein unheimlicher Fleck. In den Kronen der Bäume hört man selten einen Vogel singen. Natürlich meinen die Leute, der Ort sei verflucht, aber der Grund ist wohl nur die Dürre des Bodens.«

»Wer wohnt augenblicklich im Schloß?« fragte Dick, dessen Spannung von Minute zu Minute wuchs.

»Nur der Verwalter. Die Besitzung ist übrigens ein Erblehen. Sonst hätte sie der jetzige Lord Selford wohl schon längst verkauft.«

»Haben Sie jemals den jungen Lord gesehen?«

»Nur einmal, aber da lebte sein Vater noch. Er hat mir manchmal geschrieben, in den letzten Jahren allerdings nur zweimal. Wollen Sie seine Briefe sehen?«

»Ja«, sagte Dick rasch.

Sie verließ das Zimmer. Dick blätterte in dem Buch. Als Mrs. Lansdown wiederkam, brachte sie einen Kasten aus Ebenholz mit. Er enthielt eine Anzahl von Briefen in buntem Durcheinander. Sie sortierte sie und legte ihm schließlich ein Schreiben vor, das die Adresse eines Berliner Hotels trug.

Lord Selford schrieb:

Du hast so lange Jahre nichts von mir gehört, daß ich mich jetzt fast schäme, Dir zu schreiben. Aber es ist nie zu spät, begangenes Unrecht wiedergutzumachen, und da ich weiß, daß du altes Porzellan sammelst, habe ich einen altdeutschen Porzellankrug aus dem 15. Jahrhundert, den ich hier bei einem Antiquar entdeckte, an Dich abgeschickt. Er wird mir hoffentlich Dein volles Verzeihen für all meine Versäumnis sichern.

Herzlich Dein Pierce

Die Handschrift war Dick bekannt; es war unverkennbar die gleiche, in der die Briefe an Havelock geschrieben waren.

»Hier ist der zweite Brief«, sagte Mrs. Lansdown.

Er zeigte ein Datum des verflossenen Jahres und war in Colombo gestempelt.

Ich bin tief bekümmert über den großen Verlust, der Dich betroffen hat. Kann ich irgend etwas für Dich tun? Du brauchst nur über mich zu verfügen. Bitte, geh zu Havelock und zeige ihm diesen Brief. Ich habe ihm bereits geschrieben. Er hat Anweisung, Dich in jeder Weise und mit jeder Summe zu unterstützen. Mir selbst geht es gut. Seitdem ich den Plan gefaßt habe, ein Buch zu schreiben, lebe ich intensiver, und meine Reisen bereiten mir einen doppelten Genuß.

Dick fragte nicht, welcher Art der Kummer gewesen war, der Mrs. Lansdown betroffen hatte. Er erriet es aus ihrer Kleidung.

Mrs. Lansdown trauerte noch immer in tiefstem Schwarz um ihren Gatten.

»Ich habe von Lord Selfords Angebot keinen Gebrauch gemacht, obwohl mir Havelock schrieb und sehr liebenswürdig seine Hilfe anbot. Ich weiß nicht ...«, Mrs. Lansdown zögerte, »... ich spürte immer eine dumpfe Warnung in mir, wenn der Name Selford in mein Leben hineinklang. Mit dem größten inneren Widerstreben, und nur weil es eine willkommene Abwechslung in ihrem eintönigen Leben war, ließ ich Sybil nach Madeira reisen.«

Eine Pause entstand. Dick nagte an seinen Lippen. Mrs. Lansdown sah ihn ruhig an.

»Können Sie mir jetzt eine Erklärung geben?« fragte sie.

Dick schwieg.

Da stand Sybil auf und legte der Mutter leicht die Hand auf die Schulter.

»Wir wollen Mr. Martin auch ohne Erklärung vertrauen.« Sie heftete ihren klaren Blick auf ihn. »Mr. Martin, meine Mutter und ich sind bereit, London zu verlassen, wann immer Sie es wünschen. Bestimmen Sie ganz über uns!«

»Ich danke Ihnen«, sagte er leise. Als er bald darauf gehen wollte, fiel ihm noch etwas ein. »Kennen Sie Staletti?«

Mrs. Lansdown schüttelte den Kopf.

»Oder vielleicht Mr. Cody?«

Mrs. Lansdown zog die Brauen zusammen und suchte in ihrem Gedächtnis.

»Ich höre den Namen zum erstenmal«, sagte sie endlich.

13

Als Dick ins Freie trat, überlegte er einen Augenblick und schlug dann die Richtung zum Bedford Square ein. Während des Gehens beschlich ihn ein seltsames Gefühl. Vorsichtig wandte er den Kopf. Auf dem gegenüberliegenden Bürgersteig hielt in einiger Entfernung ein Unbekannter gleichen Schritt mit ihm. Ein zweiter Spaziergänger folgte in einigem Abstand. Am Bedford Square wartete ein leeres Taxi auf Fahrgäste; der Chauffeur winkte Dick eifrig heran. Eine solche Bemühung stand in so auffälligem Gegensatz zu der gewohnten Gleichgültigkeit der Taxifahrer, daß Dick sofort Gefahr witterte. Er tat, als bemerkte er die Einladung nicht. Auf offener Straße konnte er zur Not mit mehreren Angreifern fertig werden, im geschlossenen Auto nicht.

In diesem Augenblick näherte sich ihm ein zweites unbesetztes Auto. Eine Handbewegung brachte den Fahrer an seine Seite. Er stieg ein und ließ sich zum Bahnhofshotel fahren. Die Fensterscheibe im Fond des Wagens gestattete einen Blick auf die Straße. Dick spähte unauffällig hinaus. Der Chauffeur, der ihn soeben angerufen hatte, setzte seinen Wagen in Bewegung und folgte. Kein Zweifel, Verfolger waren auf seiner Spur!

Als Dick unter dem Portal des Hotels sein Auto bezahlte, sah er den zweiten Wagen in einiger Entfernung halten. Zwei Männer entstiegen ihm. Dick betrat das Hotel, ließ sich ein Zimmer geben und fuhr im Lift hinauf. Er durchschritt einen Gang und eilte auf einer Seitentreppe hinab, die unmittelbar auf den Bahnsteig mündete. Eben wollte ein Zug die Halle verlassen. Er lief neben dem Trittbrett her, erfaßte einen Türgriff und schwang sich trotz der warnenden Zurufe der Beamten in den fahrenden Zug. Er hatte keine Ahnung, wohin ihn sein Schicksal verschlagen würde. Möglicherweise befand er sich im schottischen Expreß, der erst an der Nordgrenze hielt. Bald jedoch stellte er fest, daß er einen Personenzug erwischt hatte, den er in Willesden bereits wieder verlassen konnte. Er löste beim Schaffner die Fahrkarte nach und fuhr dann im Aufzug zur Untergrundbahnstation hinab. Eine Stunde nachdem er die Wohnung der Lansdowns verlassen hatte, stand er auf der Station in der Nähe des Yard.

Er legte die kurze Strecke bis Scotland Yard zu Fuß zurück und verschwand in einem düsteren Bogengang. Seine Schritte hallten laut wider. Der diensttuende Wachtmeister am Tor erkannte ihn sofort.

»Wenn Sie Inspektor Sneed sprechen wollen, er ist noch oben«, sagte er.

Sneed saß wie gewöhnlich in seinem mächtigen Armstuhl hinter dem Schreibtisch. Ein schwaches Feuer brannte im Kamin. Eine erloschene Zigarre hing zwischen seinen Zähnen. Sein Kopf schlingerte im Schlaf wie eine Fregatte bei böigem Wetter. Er befand sich nur deswegen zu so vorgerückter Stunde noch in Scotland Yard, weil er einfach nicht die nötige Energie besessen hatte, um aufzustehen und sich nach Hause zu begeben. Das geschah durchschnittlich an fünf Abenden in der Woche.

Er öffnete blinzelnd die Augen.

»Ich bin sehr beschäftigt, ich habe keine Minute Zeit übrig«, murmelte er im Halbschlaf gewohnheitsmäßig.

Dick suchte sich einen bequemen Sessel und lachte laut.

»Ich nehme auch mit Ihren Sekunden vorlieb«, sagte er und begann unbarmherzig einen genauen, wohlgeordneten Bericht. Aber er hatte kaum den ersten Satz vollendet, da belebten sich die Augen des Inspektors, und er war noch nicht bis zur Mitte gekommen, da hatte er Sneeds ganze Aufmerksamkeit erregt.

»Das haben Sie aus einem Detektivroman abgeschrieben«, unterbrach er Dick. »Sie wiederholen den letzten Sensationsroman von Conan Doyle!«

Aber Dick ließ sich nicht beirren, und als er seine Erzählung beendet hatte, waren Sneeds breite Gesichtszüge sehr ernst geworden. Er drückte lange und anhaltend auf seine Klingel. Nach einiger Zeit trat ein Beamter in das Zimmer.

»Wachtmeister«, sagte er, »das Haus Coram Street 107 steht von morgen ab unter polizeilichem Schutz. Einer unserer besten Detektive hat sich Mr. Martin zur Verfügung zu stellen. Er wird ihn tagsüber unauffällig begleiten und nachts in Mr. Martins Wohnung schlafen.«

Der Wachtmeister notierte sich die Instruktionen in seinem Notizbuch.

»Morgen früh rufen Sie die Polizeidirektion von Sussex an. Teilen Sie dort mit, daß ich Grund hätte, Gesetzwidrigkeiten in Stalettis Besitzung, dem sogenannten ›Galgenhof‹, zu vermuten. Ich würde Schlag elf Uhr fünfzehn Minuten abends mit meinen eigenen Beamten zur Haussuchung dort eintreffen. Ich stelle jedoch der Polizeidirektion von Sussex anheim, sich daran zu beteiligen.«

Als der Beamte gegangen war, erhob sich Sneed stöhnend von seinem Stuhl.

»Ich glaube, ich tue besser daran, jetzt nach Hause zu gehen. Kommen Sie, ich begleite Sie zu Ihrer Wohnung!«

»Ausgeschlossen«, protestierte Dick. »Wenn man uns zusammen sieht, hat alles Heimlichtun keinen Zweck mehr. Vergessen Sie nicht, Sie sind das Aushängeschild von Scotland Yard. Wer auch meine Verfolger sein mögen, sie dürfen nicht wissen, daß ich auf der Hut bin.«

»Na schön, wie Sie meinen, Martin. Aber laufen Sie, bitte,

noch nicht gleich weg! Ich komme von Ihrem Erlebnis im ›Galgenhof‹ nicht los. Der Bursche, der Sie im Park angriff, war also tatsächlich nackt?«

»Bis auf einen Lendenschurz – ja!«

»Staletti«, sann der Inspektor. »Stiletto müßte er heißen! Ein heimtückischer, gefährlicher Mensch! Ich möchte wohl wissen, ob er verstockt genug ist, in seine alten Torheiten zurückzufallen. Einmal habe ich ihm bereits drei Monate dafür aufgebrummt.«

»Worin bestanden seine Torheiten?« fragte Dick.

Sneed stieß den Rauch seiner Zigarre in kleinen blauen Wölkchen an die Decke.

»Im Heranzüchten einer neuen menschlichen Rasse!«

»Seit wann ist das ein Verbrechen?«

»Vergessen Sie nicht«, gab Sneed seinem jungen Freunde zu bedenken, »bei all diesen Dingen kommt es auf das Wie und Was an. Staletti glaubt, daß ein Kind, das wild wie ein Tier im Wald aufwächst, zu einem Wesen wird, das zwar nicht sprechen und nicht logisch denken kann, dafür aber in seiner Leibesentfaltung ein um so vollkommeneres Glied der species humana darstellt. Er behauptet, daß die Menschen zehn Fuß hoch und von der Kraft vorweltlicher Riesen wären, wenn alle Lebensenergie, die heute vom Gehirn absorbiert wird, sich auf Muskel- und Knochenaufbau konzentrierte. Damals hat er sich mit Tierexperimenten begnügt. Es scheint, daß er inzwischen zu edlerem Material übergegangen ist. Das aber schwöre ich Ihnen, daß ich den Kerl lebenslänglich ins Zuchthaus bringe, wenn ich in seinem Hause einen erwachsenen Menschen finde, der das Abc nicht hersagen kann!«

Dick verließ Scotland Yard durch den Ausgang nach Whitehall. Das Auto, das vom Bahnhof herangerufen worden war, mußte ihn im Regent Park absetzen. Auf Umwegen näherte er sich seiner Wohnung. Er wußte, daß der Pförtner um diese Zeit schon schlafen gegangen war. Trotzdem vermied er den Vordereingang. Er wählte den Weg durch die Garagen und betrat durch die Hoftür das Haus. Er stieg schnell die Treppen hinauf und öffnete so geräuschlos wie möglich seine Wohnungstür, die er sorgfältig von innen verriegelte. Dann ging er von Zimmer zu

Zimmer, drehte alle Lichter an und durchsuchte jeden unbeleuchteten Winkel. Er fand nichts Verdächtiges. Alles war, wie er es verlassen hatte.

Er hatte am Abend die schweren Vorhänge so sorgfältig vor die Fenster gezogen, daß kein Lichtstrahl nach außen dringen konnte. Auch die Jalousie in der Küche hatte er herabgelassen. Wer auch von draußen seine Wohnung beobachten mochte, nichts würde ihm die Anwesenheit des Besitzers verraten.

Als er den Ankleideraum aufschloß, um seine Hausjoppe herauszunehmen, erinnerte er sich schaudernd daran, daß zwischen diesen engen Wänden Lew Pheeneys letzte Atemzüge verhaucht waren. Was mochte Lew in den Gräbern der Selfords gesehen haben, welche Totenkammer hatte er in dieser unheimlichen Gruft öffnen sollen, in der die Sünden, die Leidenschaften und Laster der Selfords ebenso zu Asche geworden waren wie ihre ehrgeizigen Träume und hochfliegenden Pläne?

Er braute sich einen Kaffee und trug einen der sechs Sammelbände, die an diesem Nachmittag eingetroffen waren, auf den Mitteltisch. Die »London Gazette« ist nicht ganz so unterhaltend wie die neueste Revue, aber Dick fand diese Blätter, die von Schreckensnachrichten und Sensationsprozessen strotzten, so aufschlußreich, daß es zwei Uhr schlug, als er sich endlich erhob, um in sein Schlafzimmer zu gehen.

Als er sich entkleidet hatte, drehte er das Licht aus, schlug die Vorhänge des Fensters beiseite, öffnete leise einen Flügel und blickte hinaus. Der abnehmende Mond schwamm am wolkenlosen Himmel. Als Dick den Vorhang zurückfallen ließ, bewegte ihn ein sanfter Wind, so daß ein Mondstrahl den Weg durchs Zimmer fand und steil auf die gegenüberliegende Wand fiel, seine Gestalt mit jedem Wehen des Vorhangs verändernd. Dick legte sich aufatmend in den Kissen zurecht und fiel bald danach in traumlosen Schlummer.

Langsam wanderte der Mondstrahl über die Wände, bis er die weißlackierte Tür traf. Da schreckte Dick plötzlich aus dem tiefen Dunkel zu völliger Wachheit auf. Was hatte ihn geweckt? Der Schimmer des Mondes? Das Wehen des Vorhangs? Er wußte es nicht. Aber sein Instinkt warnte ihn vor einer Gefahr, die in der Finsternis der Nacht auf ihn lauerte. Er lag auf der linken Seite, der Tür gegenüber, deren Messinggriff er deutlich im Mondlicht schimmern sah, und dieser Griff – nein, es war keine Täuschung seines schlaftrunkenen Hirns, sondern drohende Wirklichkeit – bewegte sich auf ihn zu. Während er mit weitgeöffneten Augen wie hypnotisiert auf die Tür starrte, die plötzlich kein totes Stück Holz mehr war, sondern ein unheimliches Wesen mit selbsttätiger Willensfunktion, schob sich in sein Blickfeld, schauerlich klar im bleichen Mondlicht, eine menschliche Hand. Nur eine Hand! Doch sie war von einer Form und Art, daß ihr Anblick ihm eisige Schauer über den Rücken jagte. Die langen, kräftigen Finger griffen wie die Fangarme eines Tintenfisches durch die Türritze unaufhaltsam nach innen.

Da gab sich Dick einen gewaltigen Ruck und ließ sich aus dem Bett auf den Boden rollen. In der gleichen Sekunde sprang eine große, schwere Gestalt von riesigen Ausmaßen auf das Bett und stieß einen gutturalen Schrei aus, der nichts vom Menschen und nichts vom Tier hatte. In dem Augenblick, als er auf den Boden aufprallte, schoß Dicks linke Hand empor und griff nach dem Browning, der unter dem Kopfkissen lag. Dabei kam sein nackter Unterarm sekundenlang in Berührung mit einem angeschwollenen Handrücken, und ein würgendes Gefühl der Übelkeit schüttelte ihn. Die Zähne zusammenbeißend, kehrte er dem unsichtbaren Feind sein Gesicht zu, griff nach rückwärts in die Falten des Vorhangs und riß ihn mit jähem Ruck herab. Der Mondschein überflutete im gleichen Augenblick das ganze Zimmer mit seinem bleichen Licht. Es war leer! Kein Mensch atmete darin außer ihm. Die Tür stand weit offen.

Dick tastete vorsichtig nach dem Schalter. Das Licht flammte auf. Nichts! Ein Luftzug wehte kühl, auch die Tür zur Küche war von unbekannter Hand weit aufgerissen worden, und das Fenster in der Küche ließ dem Nachtwind freien Zutritt. Dick eilte auf den Balkon und beugte sich über die Brüstung hinab. Da sah er seinen Angreifer, eine unförmige Gestalt, eilig eine Strickleiter hinabklettern, die am Eisengeländer befestigt war. Schon faßte seine Hand den Browning fester, da verschluckten die Schatten des Hofes den unheimlichen Eindringling.

Dick stand unbeweglich. Mit den Blicken suchte er in den Winkeln des Hofes, in den Gängen zwischen den Garagen, doch alles lag ruhig und still. Nirgendwo bewegte sich ein Schatten, nirgends zeigte sich eine herkulische Gestalt. Doch während er noch stand und schaute, ertönte von der Straße her das Surren eines anspringenden Motors. Es schwoll eine Sekunde an, verlor sich dann in der Ferne.

Dick verließ den Balkon und begab sich ins Arbeitszimmer. Sein erster Blick fiel auf die Uhr. Beide Zeiger deckten sich auf der Vier. Im Osten überzog sich der Himmel mit fahlem Schein. Wer war der unbekannte Mordbube gewesen? Eine Ahnung von Lew Pheeneys Ende stieg in ihm auf. Eins schien ihm sicher: sein Angreifer im ›Galgenhof‹ und dieser nächtliche Besucher waren ein und dieselbe Person.

Er ging wieder in die Küche zurück und zog die Strickleiter empor. Sie war augenscheinlich mit der Hand geknüpft; die Sprossen aus gedrehtem Hanf waren in unregelmäßigen Abständen zwischen den Längsseilen angebracht. Er zerbrach sich zunächst den Kopf darüber, wie die Strickleiter auf den Balkon gelangt war. Bei näherer Überlegung sagte er sich, daß wahrscheinlich zunächst eine Schlinge über die ausladende Brüstung geworfen und die Leiter dann mit ihrer Hilfe hinaufgezogen worden war. Seine Vermutung fand er bestätigt, als er bei Tagesanbruch im Hof nach den Spuren der Täter suchte. Er fand die Schleuder, eine Schnur, die um einen kleinen eisernen Bolzen gewunden war, und das daran befestigte Seil. Das Rätsel, das Lew Pheeneys Tod bisher mit undurchdringlichem Dunkel umgeben hatte, war jetzt gelöst. Auf der Strickleiter war der Mörder in die Wohnung gedrungen. Der Rückzug über die Höfe war leicht.

Dick taumelte fast vor Müdigkeit. Halb angekleidet warf er sich auf sein Bett und versank in bleiernen Schlaf.

14

Dick wurde durch das anhaltende Läuten des Telefons geweckt. Widerwillig drehte er sich im Bett um und griff nach dem Hörer. Aber sein Gesicht klärte sich auf, als er eine Stimme vernahm, die hell und klar an sein Ohr drang.

»Hallo, Sie sind es?« fragte er in freudigem Erstaunen. »Das ist lieb von Ihnen, daß Sie an mich denken.«

Am anderen Ende der Leitung erklang ein leises Lachen.

»Wissen Sie denn, wer ich bin? Ich habe ja meinen Namen gar nicht genannt.«

»Aber Miss Lansdown! Ihre Stimme sollte ich nicht erkennen?«

Darauf entstand drüben eine verlegene Pause.

»Haben Sie irgendeinen besonderen Anlaß zu Ihrem Anruf?« fragte Dick. Plötzlich waren ihm die Ereignisse der Nacht eingefallen, und Angst um die Sicherheit des geliebten Mädchens beschlich ihn.

»Nein, das eigentlich nicht«, erwiderte Sybil zögernd. »Ich möchte etwas mit Ihnen persönlich besprechen, was sich am Apparat schwer auseinandersetzen läßt.«

»Dann kommen Sie bitte sofort«, bat Dick. »Ich werde dem Portier sogleich Bescheid sagen.«

Sybil hängte den Hörer ein. Sie begriff nicht, wozu eine Verständigung des Pförtners nötig sei. Allerdings konnte sie nicht ahnen, daß Dick seit dem Vorabend offiziell auf längere Zeit verreist war.

Dick versuchte inzwischen, drei Dinge zu tun. Er stieg ins Bad, seifte das Gesicht ein und rasierte sich, während die Spiegeleier in der Pfanne schmorten.

Da ertönte auch schon die Flurklingel. Dick warf in fliegender Eile den Schlafrock um und rannte auf die Diele. Mit gewaltigem Schwung riß er die Tür auf und begann sogleich, sich bei Sybil zu entschuldigen. Er habe die Wirtschafterin beurlaubt, wenn eine so pompöse Bezeichnung für ihre bescheidenen Dienste nicht zu anspruchsvoll sei, und müsse seinen Haushalt selbst besorgen.

Das junge Mädchen krauste die Nasenflügel.

»Es riecht ja so brenzelig«, sagte sie argwöhnisch.

Dick schlug sich statt aller Antwort vor den Kopf und jagte mit großen Schritten in die Küche zurück. Sybil folgte ihm auf dem Fuße. Aus der Pfanne hob sich blauer Dunst, und die Eier protestierten mit lautem Zischen gegen die ihnen zuteil gewordene Behandlung.

»Wenn man Spiegeleier braten will, pflegt man Fett in die Pfanne zu tun, Mr. Martin«, sagte Sybil strafend und ließ einen Löffel Butter zergehen, um zu retten, was noch zu retten war. »Suppen scheinen Sie sich ja einbrocken zu können, vom Braten aber verstehen Sie nichts.«

Sie blickte sich in der Küche um und entdeckte die Strickleiter, die als kleiner Haufen auf den Fliesen lag.

»Was ist denn das?« fragte sie neugierig.

»Meine Feuerleiter«, log Dick mit dreister Stirn. »Ich habe sie immer griffbereit liegen.«

Sybil war in diesem Augenblick zu sehr mit dem Zerlegen und Servieren der Eier beschäftigt, um der fadenscheinigen Behauptung auf den Grund gehen zu können.

»Es ist schmachvoll, um zwölf Uhr mittags zu frühstücken«, sagte sie vorwurfsvoll. »Am Ende habe ich Sie gar mit meinem Anruf aus dem schönsten Schlummer gerissen?«

Das mußte Dick kleinlaut zugeben, und Sybil schüttelte den Kopf. Sie ließ es sich aber nicht nehmen, ihm den Frühstückstisch zu decken. Sie schenkte ihm den Kaffee ein und zerteilte die Brötchen. Er schaute ihr bewundernd zu, aber seine Fragen über den Zweck ihres Besuches beantwortete sie erst, als er die Eier verzehrt, sein Brot gegessen und den letzten Schluck Kaffee getrunken hatte.

Die Bibliothek war heute zur Feier des Geburtstags ihres Gründers geschlossen, und Sybil wollte mit Dick zu den Gräbern der Selfords hinausfahren. Sie hatte Havelock ins Vertrauen gezogen, und er war bereit, sie und Dick zu begleiten. Auf Wunsch ihrer Mutter hatte sie den Anwalt am frühen Morgen aufgesucht und ihm ihre Erlebnisse auf Madeira geschildert. Havelock hatte sich sehr erregt geäußert, und anfangs war es seine

Absicht gewesen, Mutter und Tochter unter polizeilichen Schutz zu stellen. Sybil hatte ihn jedoch gebeten, zunächst keinerlei derartige Schritte zu unternehmen, sondern die Sorge um ihre Zukunft Dick Martin zu überlassen.

Dick war sofort bereit, Sybils Wunsch zu erfüllen. Auch ohne ihr Kommen hätte er an diesem Tage die Gräber der Selfords besucht. Als Sybil sich verabschiedete, hatte Dick zum erstenmal das Gefühl, daß sie in ihm ihren natürlichen Beschützer, ihren vom Schicksal ihr zugeteilten Kameraden sah, und sein Herz schlug schneller. Er fuhr sogleich zur Bank und holte die Schlüssel ab, die er im Safe deponiert hatte. Kurz nach zwei Uhr hielt er mit seinem Auto vor dem Hause Coram Street 107.

»Haben Sie die Schlüssel?« fragte sie atemlos, noch ehe er Zeit fand, sie zu begrüßen. Er beruhigte sie, und bald legte sich ihre nervöse Unruhe. Die Fahrt machte ihr offenbar Freude. Es war ein ungewöhnlich warmer, schöner Frühlingstag.

Eine Viertelstunde später stieg Havelock in Lincoln's Inn Fields zu ihnen in den Wagen.

»Hat Ihnen Miss Lansdown schon ihr Geheimnis enthüllt?«

Dick sah Sybil an, doch sie schüttelte den Kopf.

»Nun, dann will ich nicht voreilig sein«, lächelte Havelock, »aber Sie werden sehen, Miss Lansdown ist auf eine Vermutung gekommen, die vielleicht ein wertvoller Fingerzeig sein wird.«

»Eine Vermutung, die in der Gruft ihre Aufklärung findet?« fragte Dick und schlängelte sich mit seinem Wagen geschickt zwischen einem Omnibusriesen und einer vorsintflutlichen Droschke hindurch.

»Vielleicht!« Havelock lehnte sich bequem in den Sitz zurück. »Aber zügeln Sie Ihre Ungeduld, Herr Detektiv, auch Amateure schütteln bisweilen Überraschungen aus dem Ärmel, nicht nur die Herren von Scotland Yard!«

Dick sandte Sybil einen zweiten Blick. Sie sah geradeaus. Ein verheißungsvolles Lächeln strahlte in ihren Augen. Hätte sie gewußt, was ihr in den Gräbern der Selfords bevorstand, noch in diesem Augenblick hätte sie auf die Enthüllung ihres Geheimnisses verzichtet!

Als das Auto Horsham passiert hatte, bewölkte sich der Horizont, und als es zwei Stunden später vor dem Pförtnerhaus am Eingang zum Schloßpark der Selfords hielt, drängten bereits von allen Seiten düstere, scharf geränderte Wolken heran; doch die Sonne leuchtete noch vom klaren, südwestlichen Himmel.

Beim Klang der Hupe trat eine einfach gekleidete Frau aus dem Häuschen. Sie knickste vor Havelock und öffnete geschwind die beiden Torflügel.

Die Einfahrt war wohlgepflegt. Der ganze Park vor dem Hause legte Zeugnis von der liebevollen Sorgfalt eines pflichttreuen Gärtners ab.

»Wir halten alles in blitzsauberer Ordnung«, sagte Havelock mit einigem Stolz. »Der Erbe kann jederzeit einziehen. Nur ein Stab disziplinierter Dienstboten fehlt leider, könnte jedoch im Handumdrehen beschafft werden.«

»So ist das Schloß ohne jedes Dienstpersonal?« fragte Dick.

»Bis auf den Verwalter und seine Frau – ja«, erwiderte Havelock. »Der Verwalter ist jedoch ein kundiger Gärtner und versieht gleichzeitig den Park. Außerdem lassen wir das Haus von Zeit zu Zeit gründlich reinigen. Es befindet sich daher in bestem Zustand. Ein Jammer, daß es leersteht!« Er schwieg einen Augenblick und fuhr dann lebhaft fort: »Selford hat übrigens wieder geschrieben, und zwar teilte er mir mit, daß er sich zu seinem Bedauern genötigt sehe, seine Reise nach England bis zum Winter zu verschieben. Das bedeutet, daß er vor dem nächsten Frühjahr kaum hier sein wird.«

»Wo ist Lord Selford jetzt?« fragte Dick, während er gleichzeitig nach der Bremse griff.

Havelock zuckte die Achseln.

»Das ist eine von den Fragen, auf die man keine Antwort weiß. Er war in Kairo, jetzt mag er wohl schon in Damaskus sein. Ich wollte, er wäre auf dem Mars oder ich auf dem Mond!«

Das Auto hielt. Auf weiter Rasenfläche erhob sich das Schloß, ein langgestrecktes Backsteingebäude mit Giebeln und Schloten im rauhen, unfreundlichen Stil der Tudorzeit. Der Schatten der Eingangshalle lag quer über dem mit Kies bestreuten Fahrweg.

Das Knirschen der Räder hatte den Verwalter aus dem Hause gelockt; er war ein Mann in mittleren Jahren mit ehrlichen Gesichtszügen. Er wechselte ein paar Worte mit Havelock, berichtete von einem beschädigten Zaun und einer entwurzelten Eiche.

»Vorwärts, meine Herrschaften!« rief Havelock, der als erster den Wagen verließ. »Ein halbstündiger Spaziergang liegt vor uns, und wir müssen uns beeilen, wenn wir trocken heimkehren wollen.« Er deutete mit seinem Spazierstock auf den Himmel, wo die Sonne soeben im Gewitterdunst verschwand.

Havelock ging voraus, die beiden andern folgten. Man überschritt eine gemähte Wiese, bog in einen Obstgarten ein und gelangte auf einen Gutshof, der bis auf ein halbes Dutzend scharrender Hühner und einen schläfrig blinzelnden Hofhund unbewohnt schien. Dahinter erstreckte sich der Park. Eine steile Anhöhe, die dem Herrenhaus Schutz gegen die Nordostwinde bot, bildete den eigentümlichsten Reiz der Besitzung, die sich in weitem Halbkreis um die Anhöhe herumzog. Freie Grasstrecken wechselten mit malerischem Buschbestand. Ein dunkler Wald säumte ein flaches Tal.

Als sie den Abhang emporstiegen, auf dessen Höhe der dichte, fast weglose Wald begann, fiel Dick die Stille auf, die sich wie ein Dom über ihren Häuptern wölbte. Kein Vogel zirpte, kein Blatt bewegte sich. Die Bäume schienen wie tot, und am Himmel stand eine graue Wolke, die sich aufblähte und der Erde entgegendrängte, als wollte sie sich bald entladen.

Ein schmaler Pfad wand sich im Zickzack durch den Wald, beständig ansteigend. Von beiden Seiten drängte sich dichtes Unterholz heran, als wollte es mit seinen vorschießenden Zweigen die kecken Wanderer zurückhalten. Ein grauer Schimmer floß durch die Stämme, und bei einer Biegung des Pfades bot sich ganz unerwartet eine Lichtung dar, in deren Mitte ein kahler Felsen aufragte.

»Das ist die Gruft der Selfords«, sagte der Anwalt. Er reckte steil den Arm und wies mit dem Stock auf den Felsen. »Der Eingang zu den Gräbern liegt auf der anderen Seite.«

Sie traten auf die Lichtung hinaus und umgingen den Felsen. Aus einer ovalen, in den Stein gehauenen Öffnung gähnte düstere Nacht. Ein starkes Eisengitter, vom Rost zerfressen, versperrte den Eingang. Havelock suchte in seiner Tasche und brachte einen Schlüssel von altertümlichem Aussehen zum Vorschein. Er stieß ihn ins Schloß. Die Pforte öffnete sich mit einem quietschenden Mißton. An der Felsenwand hinter der Pforte hing eine Laterne. Havelock zündete sie an. Das Licht zuckte über eine schlüpfrige Treppe.

»Lassen Sie mich vorangehen«, bat er.

Er bückte sich und stieg vorsichtig hinab. Eisige Moderluft schlug ihnen beklemmend entgegen. Die Stufen waren mit Moos überwachsen. Dick zählte sie. Es waren zwölf. Sie mündeten in einen kleinen gewölbten Raum, der mit einem zweiten, leichtgefügten Eisengitter verschlossen war. Der Schlüssel, der die erste Pforte geöffnet hatte, gab auch diesen Weg frei.

Jenseits der zweiten Tür erstreckte sich ein enger Gang, zu dessen beiden Seiten die Totenkammern lagen, zehn an jeder Seite, während die einundzwanzigste den Abschluß bildete. Schwere eichene Türen führten in die Kammern. Die Namen der Toten waren ins Holz geschnitzt, doch an manchen Stellen so verwittert, daß nichts mehr zu entziffern war. Die Hand der Zeit war über die Namen geglitten und hatte sie ausgelöscht.

»Sehen Sie, das ist Sybil Lansdowns Geheimnis«, sagte der Anwalt und hielt die Laterne hoch.

Das Licht fiel auf die einundzwanzigste Tür am Ende des Ganges. Sie war nicht aus Holz. Die Fläche schimmerte wie Stein.

Dick starrte auf die Tür, als gäbe sie alle Geheimnisse der Selfords in einem einzigen großen Bekenntnis preis.

Die Tür hatte sieben Schlösser.

Sieben kreisrunde Metallscheiben mit langen Schlitzen, die in gerader Reihe untereinander standen.

Nun wußte er alles. Das war das Grabmal, das zu öffnen selbst Lew Pheeneys Kunst nicht ausgereicht hatte! In dieser schauerlichen Tiefe hatte er gearbeitet, eine Belohnung von tausend Pfund und den sicheren Tod vor Augen.

Ein phantastischer Rahmen aus Totenschädeln umgab die Tür, zwei steinerne Skelette von unheimlicher Realistik bildeten die Pfeiler.

Dick klopfte an die Tür. Sie gab keinen Klang. Sie mußte von ungeheurer Schwere und Dicke sein.

»Wer ruht in dieser Gruft?« fragte er.

Havelock deutete schweigend auf die Inschrift:

In Christo ruh' ich armer Sünder,
Des Selford-Hauses war ich Gründer.
Sieben Schlösser an meiner Tür
Sichern Ruhe und Stille mir.

»Sir Hugh soll hier begraben sein, doch die Inschrift stammt von dem vorletzten Lord Selford«, erklärte Havelock. »Er ließ die alte Tür, die ebenfalls sieben Schlösser aufwies, niederlegen und eine neue Tür aus Stahlbeton einsetzen. Vorher hatte er die Kammer genau untersucht und nichts darin gefunden außer einer leeren steinernen Urne. Etwas anderes sieht man auch nicht, wenn man in die Zelle hineinblickt.«

»Hineinblickt?« fragte Sybil erstaunt. »Aber es ist doch nirgendwo eine Öffnung!«

»Doch!« lächelte Havelock und legte seine Hand auf das Mittelstück der Tür, das auf erhabener Platte die Inschrift trug. Ein Druck, und sie glitt beiseite, wodurch eine schmale Öffnung entstand.

»Ich hätte eine Taschenlampe mitnehmen sollen«, sagte Havelock bedauernd.

Dick hatte eine bei sich. Er hielt sie in Augenhöhe empor und ließ das Licht in das Innere des Raumes fallen.

Hinter der Tür lag eine Felsenkammer, die nicht mehr als sechs Fuß im Quadrat maß. Die Wände waren grün und feucht, der roh behauene Steinboden mit einer dicken Staubschicht bedeckt. In der Mitte erhob sich ein ungefüger Altar. Auf dem Altar stand die Urne.

»Merkwürdig«, sagte Dick leise. »Für eine Leiche ist die Urne zu klein, und verbrennen ließ man sich damals noch nicht. Vielleicht enthält sie Kleinodien?«

Havelock schüttelte den Kopf.

»Lord Selford –«, begann er.

Er kam nicht weiter. Eine blaue Flamme durchleuchtete zuckend den Gang. Angstvoll umklammerte Sybil Dicks Arm.

»Ein Blitz«, sagte Havelock, »das Gewitter hat uns überrascht.«

Er hatte kaum ausgesprochen, da erschütterte dumpfes Donnerrollen den Felsen bis auf den Grund. Ihm folgte ein zweiter Blitzstrahl, der die gespensterhaften Türen vor den Totenkammern aufleuchten ließ. Sybil taumelte. Da griff Dick zu und preßte sie an sich.

»Wenn wir irgendwo sicher sind, dann hier unter der Erde«, sagte er beruhigend. »Überdies ist ein Gewitter durchaus nichts Fürchterliches, sondern die schönste Kundgebung der Natur. Als ich noch in Manitoba –«

Ein Blitz zerschnitt seine Rede. Greller als seine Vorläufer flammte er über bleiche Gesichter und erstarb in einer Explosion, unter deren betäubender Wirkung der Boden zu wanken schien. Danach erfolgte ein Prasseln, als ob ein ganzer Steinbruch in die Luft flöge. Grollend verebbte der Donner.

»Es hat eingeschlagen«, sagte Dick ruhig.

Im selben Augenblick ertönte von oben ein lautes Klirren, wie wenn Metall krachend zusammenschlägt.

Dick ließ Sybill los und sprang mit mächtigen Sätzen durch den Gang in die Vorkammer und von dort die Treppe hinauf. Ein Blitzstrahl blendete ihn, das Krachen des Donners hemmte seinen Schritt. Dann sah er, was er befürchtet hatte. Das eiserne Gitter war zugeschlagen worden, und der nasse Lehmboden zeigte die Eindrücke nackter Füße von übermenschlicher Größe.

15

Plötzlich tauchten Havelock und Sybil aus dem Dunkel des unterirdischen Gewölbes auf. Sybils Augen zeigten eine angstvolle Starre, und Havelock war bleich wie der Tod. Seine Hand zitterte krampfhaft, als er an dem Gitter zu rütteln begann.

»Wer hat sich diesen dummen Spaß mit uns erlaubt?« fragte er ärgerlich in das Toben des Gewitters hinein; seine Stimme bebte, und nackte Angst gab ihr einen schrillen Klang.

Dick antwortete nicht. Er starrte mit zusammengepreßten Lippen in das Dickicht des Waldes. In wenigen Minuten hatte sich das helle Tageslicht in drohende Finsternis verwandelt.

Aufprasselnd schlug die Regenflut auf den Boden, prallte ab und zischte dem Späher ins Gesicht. Aber in der Gefahr besaßen seine Augen eine unnatürliche Schärfe. Deutlich sah er, wie es sich hinter den Rhododendronbüschen regte. Ein nackter Schenkel wurde sichtbar. Rasch hob Dick die Pistole und feuerte zweimal.

Er hätte zum drittenmal geschossen, aber Sybil umklammerte schluchzend seinen Arm. »O bitte, bitte, schießen Sie nicht«, bat sie flehend. »Noch wissen wir nicht, ob wir das Recht haben, jemandem etwas zuleide zu tun.«

Ihr Kopf lag an seiner Brust. Da ließ er mit einem Lächeln die Waffe sinken.

»Bitte, geben Sie mir Ihren Schlüssel!« sagte er kurz zu Havelock.

Er schob den Arm durch die Gitterstangen – denn das Schloß war nur von außen angebracht – und stieß den Schlüssel hinein. Eine Drehung der Hand, und die Tür flog auf.

Dick wandte sich ruhig an Sybil.

»Bitte, gehen Sie jetzt voraus, ich komme gleich nach!«

Mit ein paar Sätzen verschwand er im Dickicht in der Richtung seines Schusses.

Er hatte nicht weit zu gehen, da leuchtete etwas gelb im Waldgrase auf. Er bückte sich und entdeckte eine Stahlflasche, an deren glatter Oberfläche ein Blutspritzer haften geblieben war. Ganz konnten also seine Schüsse nicht fehlgegangen sein. Die Stahlflasche mochte etwa vier Fuß lang sein. Sie war so schwer, daß Dick sie nur mit Mühe heben konnte. An der verschlossenen Ausflußröhre saß ein Gummischlauch. Ein paar Schritte davon entfernt fand er eine zweite Stahlflasche, die der ersten völlig glich, nur trug diese ein kreisrundes rotes Etikett, das bei der anderen offenbar abgekratzt war. Trotz der Nässe, die die Aufschrift abzuwaschen drohte, war sie noch leserlich. Dick entzifferte: »Chlorgas! Vorsicht! Gift!«

Langsam richtete er sich auf. Ein Erstickungsattentat war also geplant gewesen mit solchen Mengen giftigen Gases, daß nach Öffnung auch nur einer Flasche keiner von ihnen lebend die Totengruft verlassen hätte. Vorsichtig bog er die Zweige der nächsten Büsche auseinander, aber der unheimliche Riese war wie vom Erdboden verschluckt, seine Spuren hatte der wolkenbruchartige Regen bereits verwischt.

Mit raschen Schritten holte Dick Sybil und ihren Begleiter ein. Es blitzte unaufhörlich, der Regen brauste, die Wipfel der Bäume bogen sich, und die Donner gingen pausenlos ineinander über. Mühsam stolperte Sybil über den unebenen Boden. Nasse Zweige schlugen ihr ins Gesicht und zerzausten ihr Haar. Wortlos übernahm Dick die Führung.

»Wen haben Sie gesehen? Auf wen haben Sie geschossen?« fragte Havelock heiser.

»Auf ein Gespenst meiner Einbildung«, sagte Dick gelassen.

Endlich lichtete sich der Wald. Sie atmeten auf, obwohl sie jetzt schutzlos dem Regen preisgegeben waren. Dick begleitete Sybil bis zum Herrenhaus. Die Einladung, in die Halle zu kommen und sich an einer Tasse Tee zu erwärmen, lehnte er ab.

Noch war das Wichtigste ungetan. Er wartete, bis sich die Tür hinter Sybil geschlossen hatte, dann ging er denselben Weg noch einmal zurück. Er mäßigte den Schritt, als er den Wald betrat. Seine Augen spähten nach rechts und nach links. Er gelangte ungefährdet bis zu den Gräbern, die er genauso wiederfand, wie er sie verlassen hatte.

Er nahm ein Paar Handschellen aus der Manteltasche und schnappte sie um das Schloß, so daß es für seinen unbekannten Verfolger unmöglich war, ihn einzuschließen. Dann ging er die Stufen hinab und beleuchtete mit dem grellen Licht seiner Taschenlampe die sieben Schlösser der einundzwanzigsten Tür. In einer Innentasche seiner Weste verborgen hatte er die beiden geheimnisvollen Schlüssel bei sich. Er zog sie jetzt hervor und probierte sie an den Schlössern. Ein Schlüssel paßte zum vierten, einer zum letzten Schloß. Er drehte an beiden, die Schlösser schnappten zurück, aber die Tür bewegte sich nicht. Unbeweglich hing sie in ihren Angeln. Er begriff, sie würde sich erst öffnen lassen, wenn er alle sieben Schlüssel besaß.

Nun schob er die Platte zurück und betrachtete die Kammer. Eine lange Nische war in die Seitenwand des Felsens gehauen. Dort hatte wahrscheinlich der Sarg gestanden, der die sterblichen Überreste des großen Sünders barg. Aber er mußte in der Feuchtigkeit der Gruft schnell zerfallen sein, denn die Felsnische war leer, nur eine Staubschicht bedeckte den Boden.

Dick steckte die beiden Schlüssel ein und stieg langsam und nachdenklich die von Nässe überronnenen Stufen hinauf. Aber der erste Blick, den er ins Freie warf, ließ ihn erschaudern.

Dicht vor dem Eingang zu den Katakomben lag die Stahlflasche, die er vorher im Grase des Walddickichts entdeckt hatte. So lauerte sein unmenschlicher Gegner also immer noch zwischen den Büschen, lauerte tückisch wie ein Panther, der imstande ist, sein Opfer stundenlang zu umschleichen, bis er sich zum mörderischen Sprung entschließt.

Dick war tapfer bis in die Wurzeln seines Wesens, jetzt aber kroch ihm ein eisiges Gefühl des Schreckens durch alle Adern. Er hob die schwere Stahlflasche mit Anstrengung auf und trug sie bis zum Waldessaum. Dort warf er sie keuchend nieder.

Dann stand er einen Augenblick still und blickte starr in das Dickicht. Alle seine Instinkte hetzten ihn zur Flucht. Aber er zwang sich auszuharren. Mit eiserner Kraft meisterte er seine Nerven, bog mit Händen, in denen aller Tastsinn erstorben schien, die Zweige auseinander, und erst, als er sich vergewissert hatte, daß sein unsichtbarer Verfolger sich nirgendwo am Waldesrand verbarg, schlug er den Weg ein, der zum Herrenhaus führte. Er ging ruhig und gemessen. Er wandte sich nicht um. Aber er hatte die Zähne zusammengebissen, die Hände geballt, und seine gesammelte Energie konzentrierte sich darauf, auch nicht das kleinste knackende Geräusch im Walde zu überhören. Mit einem Gefühl tiefster Erleichterung sah er das flache Tal vor sich liegen, und als das Schloß auftauchte, sah er kaum die kalte Strenge seines Stils und fand es beinahe schön.

Die wilde Bosheit seines unheimlichen Gegners, die Hartnäkkigkeit, mit der er ihm nachstellte, ohne seiner Verwundung zu achten, der Todesernst seines mörderischen Willens hoben ihn über die menschliche Sphäre hinaus. Es mußte ein Dämon, ein Besessener sein, ein Wesen, für das es Gut und Böse nicht gab. Der Besuch der Totengruft, die Entdeckung der Tür mit den sieben Schlössern, die doch ganz offenbar nur Staub verbarg, hätte ihn um ein Haar das Leben gekostet, sein Leben und das Sybils.

Und doch schien alles unwirklich und jenseitig gleich dem verworrenen Labyrinth eines Haschischtraums. Dick hatte das Gefühl, als müsse er jeden Augenblick erwachen, um kopfschüttelnd die wilden Ausgeburten seines Hirns zu belächeln.

Nur einmal in seinem Leben hatte er sich außerhalb der Welt geifbarer Verbrechen befunden. Das war in Toronto gewesen, wo eine Reihe unbegreiflicher Katastrophen die Stadt bis in ihre Tiefen erschüttert hatte. Damals war er zum erstenmal dem intelligenten Verbrecher begegnet, der, böse von Grund auf, in seine eigene Bosheit verliebt ist. Er hätte ihn nie gefaßt, wenn er sich nicht schließlich aus Lebensüberdruß selbst verraten hätte.

Der gewöhnliche Verbrecher ist gewalttätig oder verschlagen, entnervt oder gefühllos. Genußsucht treibt ihn zum Verbrechen. Zu bequem oder zu unbegabt, sich das Wohlleben, das er ersehnt, durch Talente und Fleiß zu erringen, einer fortgesetzten Energieanspannung nicht fähig, lebt er als Parasit von dem Erarbeiteten anderer. Er ist schnell in der Bewegung, vielleicht auch gewandt im Erfassen der Situation, aber er ist ohne Phantasie.

Der dämonische Verbrecher aber, der nach den Gütern des Lebens nicht fragt, den das Verbrechen als solches in seinen Bann zieht, den Machthunger oder gar Menschenhaß treibt, ist überlegen durch seine hochentwickelte Phantasie. Er versteht es, sich in die Gedankengänge seiner Häscher zu versetzen und beugt ihren Maßnahmen vor. Sehr oft liegen seine Verbrechen außerhalb aller Gesetze oder auf einer Linie, die jeden Erfahrungskreis durchbricht.

Dick wußte jetzt, daß er im Kampf mit gleichwertigen Gegnern lag und daß er mit gewöhnlichen Mitteln nie zum Ziel kommen werde. Er konnte nur auf die Gerechtigkeit des Schicksals hoffen, die früher oder später jeden Schädling erreicht.

Er war bis auf die Haut durchnäßt, als er das Haus erreichte. Kleine Bäche rannen an ihm herab. Trotzdem wollte er von einem weiteren Aufenthalt nichts wissen, und Sybil mußte sich ihm fügen.

»Haben Sie nach dem geheimnisvollen Waldschrat gesucht? Ich denke, er war nur ein Gespenst Ihrer Einbildung?« fragte Havelock, der seinen Gleichmut wiedergefunden hatte.

»Nicht ganz«, sagte Dick. »Seine Spuren habe ich gefunden, ihn selber nicht.«

»Ob er verwundet war?« wollte Sybil wissen, und ihre Stimme zitterte voller Teilnahme.

»Schwer keinesfalls«, beruhigte sie Dick. »Höchstens kann ihn meine Kugel gestreift haben.«

»Hätten Sie ihn doch umgebracht«, sagte Havelock mit jäher Wut, »dann gäbe es sicher einen Bösewicht weniger auf der Welt.« Er hatte sich den Regenmantel des Verwalters geborgt. In seine Ecke gedrückt, schloß er erschöpft die Augen und wachte nicht eher auf, als bis das Auto vor seinem Hause hielt.

Das Gewitter hatte sich verzogen, aber das Wetter war umgeschlagen. Die Luft war rauh und kühl.

Sybil machte sich Gedanken, Havelock zu dem mißglückten Ausflug verleitet zu haben, und entschuldigte sich bei ihm.

Er wehrte gutmütig ab.

»Sehen Sie sich Mr. Martin an«, sagte er, »an ihm ist kein trockener Faden. Ich habe es unter diesem Mantel noch verhältnismäßig warm gehabt. Überdies ist es ganz gut, daß ich mich mit eigenen Augen von den dunklen Machenschaften überzeugt habe, die augenscheinlich im Gange sind; nur fürchte ich, das, was wir sahen, ist nichts, verglichen mit dem, was unseren Blikken entging.«

»Mein Gott«, sagte Sybil leise, »Sie machen mir angst.«

Havelock schüttelte den Kopf.

»Das will ich nicht, Miss Lansdown, aber wenn mich nicht alles täuscht, ist unserem gemeinsamen Freund« – er sah Dick an, der die Hand unbewegt am Steuer hielt – »eine sehr bedenkliche Entdeckung gelungen.«

Er nickte ihr zu, reichte beiden die Hand und eilte rasch ins Haus.

Dick war mit dem Wenden des Wagens beschäftigt, was bei der schlüpfrigen Nässe des Fahrdamms nicht ohne Schwierigkeiten war, und Sybil wagte nicht, die Frage an ihn zu richten, die ihr auf der Zunge brannte.

In der Coram Street trennten sie sich. Er mußte Sybil versprechen, gleich nach seiner Heimkehr ein heißes Bad zu nehmen und die Kleider zu wechseln. Nichts tat er lieber; denn sein Badezimmer schwebte ihm schon seit Selford wie ein Dorado für Götter vor. Er hatte kaum das ersehnte Bad daheim genommen, da rief er schon Inspektor Sneed an.

»Es tut mir leid, wenn ich Sie in Ihrem Nickerchen gestört habe, aber ich muß Sie bitten, sogleich zu mir zu kommen. Ich habe einen ganzen Sack voll Neuigkeiten für Sie.«

Sneed grunzte unzufrieden; nach einer Weile gab er aber seine Zustimmung zu erkennen, und bald darauf läutete er an Dicks Tür. Er wankte erschöpft durch die Diele, steuerte ins Arbeitszimmer und ließ sich mit einem Aufatmen in den ersten besten Ledersessel fallen.

»Ich habe den Haussuchungsbefehl gegen Staletti. Die Sache steigt heute abend um zehn.«

»Haben Sie nicht die Polizei in Sussex auf elf Uhr fünfzehn bestellt?« fragte Dick mit ungeheucheltem Erstaunen.

»Mein Gott, ja, was soll man sonst tun, um sich die Provinzler vom Hals zu halten? Viele Köche verderben den Brei. Aber nun schießen Sie los! Sie haben die merkwürdige Eigenschaft, jeden Tag ein neues Kapitel Ihres Romans zu erleben.«

Er lauschte mit geschlossenen Augen und öffnete sie nur einmal, als Dick von der Strickleiter sprach, die er an seiner Balkonbrüstung entdeckt hatte.

»Lew Pheeney«, sagte er kurz.

Dick nickte und fuhr dann fort, von seinem Besuch in der Familiengruft zu erzählen. Da richtete Sneed sich auf.

»Jemand anders hat einen Schlüssel zum Tor«, sagte er langsam. »Und einen Schlüssel zum einundzwanzigsten Grabe«, setzte er hinzu.

Er strich sich mit der Hand übers Gesicht.

»Sieben Schlösser«, sann er, »sieben Schlüssel! Zwei haben Sie. Wer hat die fünf anderen? Könnte man alle Schlüssel herbeischaffen, das Rätsel wäre gelöst ... oder noch besser, man wartet nicht, man sprengt die Tür gleich auf!«

Dick drehte seine Zigarette in die Meerschaumspitze.

»Dazu müßte man die Erlaubnis Lord Selfords haben, und er wird sie schwerlich geben, wenn er unsere Gründe nicht kennt.«

Sneed zog die Brauen zusammen.

»Vielleicht kann man die Schlösser aufbrechen?«

Dick schüttelte den Kopf.

»Unmöglich! Das hat Lew Pheeney schon vergeblich versucht!«

Sneed zuckte zusammen.

»Lew Pheeney – ja – Sie haben recht. Er hatte das Geheimnis der sieben Schlösser kennengelernt und mußte dafür mit seinem Leben bezahlen. Sieben Schlösser – sieben Opfer! Silva, Lew Pheeney sind tot – wer mag als dritter an der Reihe sein?«

Er starrte vor sich hin. Die Hände lagen schlaff zwischen seinen Knien. Plötzlich sah er auf: »Bitte lassen Sie mich doch einmal die Schlüssel sehen!«

Dick legte sie auf seine flache Hand. Das Licht funkelte auf ihrer blanken Fläche und ihren merkwürdigen Verzahnungen.

Sneed nickte und gab sie Dick zurück.

»Und Sie können von diesem nackten Ungetüm gar keine Beschreibung geben?«

Dick schüttelte den Kopf.

»Meine Hände wissen mehr von ihm als meine Augen«, sagte er. »Trotz seiner riesigen Stärke ist er schnell und glatt wie ein Aal. Nur eins glaube ich schon jetzt mit Sicherheit sagen zu können: er folgt Eingebungen, deren Ursprung außerhalb seiner Natur liegt!«

Aus den schmalen Augenritzen des Inspektors schoß es wie ein suchender Blitz.

»Ah«, sagte er langgedehnt, »der Ursprung liegt bei Staletti, nicht wahr? Er bedient sich der Opfer seiner Experimente?«

Dick nickte. Eine lange Pause folgte, die von ungesprochenen Worten und innerer Auflehnung schwer war.

Bedächtig zog der Inspektor die Schlußbilanz.

»Die Stahlflaschen lagen natürlich schon vorher dort. Man hat Sie wohl seit längerer Zeit erwartet. Wahrscheinlich hat man Havelock zuerst nicht erkannt und gemeint, Sie hätten die Eingangspforte mit einem Dietrich geöffnet. Was sollte sonst das Einschließen für einen Sinn haben? Das Öffnen mit einem Dietrich erfordert Zeit, insbesondere hier, wo das Schloß nur von außen zu erreichen war. Sie wären lange tot gewesen, ehe Ihnen der Befreiungsversuch geglückt wäre. Dann trat Havelock zu Ihnen, und jetzt erst wird man ihn erkannt haben. Seine Anwesenheit, mit der niemand gerechnet hatte, brachte die Angreifer in Verwirrung und rettete Ihnen das Leben. Es ist das natürlich nur eine Vermutung, aber ich glaube, sie trifft die Wahrheit.«

Er erhob sich schwerfällig und reckte die steifen Glieder.

»Und jetzt auf zu Staletti! Gebe Gott, daß wir die Spinne in ihrem Netz fangen!«

16

Die Tür wurde aufgestoßen.

Staletti warf einen Blick auf die Kriminalbeamten, die den Treppenaufgang besetzt hielten. Uniformierte Polizisten umzingelten das Haus. Ein dünnes Lächeln zuckte um Stalettis blassen Mund. Sein Gesicht sah gelber und schmieriger aus als je. Die Wangen waren eingefallen, der Bart zerzaust. Er trug einen langen Umhang, den er vorn zusammenzog. Seine Füße steckten in zerfaserten Filzschuhen.

Sneed erklärte ihm in kurzen Worten den Zweck des späten Besuchs und zeigte ihm den Haussuchungsbefehl und seine Marke.

Staletti winkte gnädig ab.

»Oh, ich erinnere mich Ihrer sehr gut, Inspektor – darf ich hinzusetzen: leider?« Sein Blick flog weiter und haftete auf Dick. »Ah – und da ist ja auch der Herr, dem ich neulich mit meinem Benzin aushalf! Treten Sie näher, meine Herren, setzen Sie Ihren Fuß über die Schwelle meines stillen Tuskulums!«

Er verbeugte sich mit übertriebener Geste und führte seine Besucher in die Halle, die er durch Einschalten sämtlicher Lichter in strahlende Helle versetzte.

»Was darf ich Ihnen zeigen, meine Herren? Vielleicht den Salon? Vielleicht das Eßzimmer?«

»Das Laboratorium«, sagte Sneed, der den Spott seines Gegners witterte, mit gerunzelten Brauen.

»Aha – der Tempel der Wissenschaft reizt Ihre Neugierde. Bitte folgen Sie mir! Mein bescheidenes Heim steht ganz zu Ihrer Verfügung!«

Er öffnete die Tür zum Laboratorium, in der er Cody empfangen hatte. Sneed warf einen mißtrauischen Blick auf den Schreibtisch. Er war mit losen Blättern, Büchern und Zeitungen bedeckt. Nichts Verdächtiges bot sich dem Beschauer dar.

»Sie müssen noch ein Laboratorium haben«, sagte Sneed unwirsch. »Es liegt, soviel ich weiß, im ersten Stock. Führen Sie uns hinauf!«

Staletti zuckte die Achseln.

»Wie Sie wünschen. Auch dort werden Sie nur Beweise meines emsigen Forschens sehen. Ich hätte Ihnen den überflüssigen Weg gern erspart.«

Er wandte sich zur Halle zurück und deutete stumm auf die Treppe. Drei Türen wies der obere Gang auf. Die erste führte in einen luftigen Raum, dessen ärmliche Ausstattung in seltsamem Gegensatz zu der Einrichtung der Halle stand. Ein schmieriger Waschständer, ein altes Feldbett, ein verschlissener Armsessel dienten schlecht und recht dem Gebrauch des Bewohners.

»Die Klausur eines Gelehrten«, sagte Staletti mit weiter Handbewegung in stillem Hohn.

Linker Hand führte eine Tür ins zweite Zimmer. Es sah wie der Speicher eines Pfandhauses aus, so vollgestopft war es mit Möbeln, die keine Auswahl und kein Geschmack zu einem harmonischen Gesamteindruck verbanden. Die Unordnung, in der sich dieser Raum befand, spottete jeder Beschreibung. In der Ecke stand ein Stahlschrank, der in Schubfächer eingeteilt war.

Staletti, der Sneed fortgesetzt aus den Augenwinkeln belauerte, sah dessen Blick.

»Sie wollen wissen, was sich in dem Schrank befindet? Überzeugen Sie sich«, sagte er und zog eins der Schubfächer auf. Es enthielt eine Sammlung exotischer Käfer. »Mein naturhistorisches Museum. Der Feuergefahr wegen ist es aus Stahl.«

Sneed warf einen flüchtigen Blick über den farbigen Glanz schillernder Flügeldecken. Er schaute in diesen und jenen Winkel, doch er fand nichts, wo er hätte einhaken können.

Finster blickend stieß er die Tür zum dritten Zimmer auf. Es war nur eine Kammer. Sie enthielt zwei Matratzen und ein paar Decken. Sonst nichts.

»Meine Rumpelkammer«, sagte Staletti auf den fragenden Blick des Ispektors.

»Und nun zum zweiten Laboratorium!«

Staletti nickte.

Er führte die Herren dienstbeflissen noch ein paar Stufen hinauf, bis sie vor einer hohen Tür standen.

Dahinter lag das Laboratorium, das offenbar nach Erbauung des Hauses aufgestockt worden war. Zwei Dachfenster spendeten Licht. Ein mächtiges Regal lief an zwei Wänden entlang und war mit Gläsern aller Art gefüllt. Eine Kommode, auf der ein Sterilisierapparat stand, enthielt chirurgische Instrumente. In der Mitte des Raumes stand ein langer schmaler Tisch. Darauf befanden sich in grauenhaftem Durcheinander eine halb sezierte Ratte, die an ihren vier Füßen aufgespießt war, ein großes, wertvolles Mikroskop, ein paar Meßinstrumente, mehrere Reagenzgläser, eine Feinwaage und eine Sodaflasche, die mit roter Flüssigkeit gefüllt und mit Baumwolle verstopft war.

Sneed beugte sich sogleich über die Ratte.

Es zuckte um Stalettis Lippen. Seine Hände öffneten und schlossen sich wie in einer Zuckung von Wut.

»Ja, Inspektor«, sagte er ölig, »hier können Sie sehen, womit ein armer Gelehrter seine Mußestunden ausfüllt. Sie gehen in eine Revue, Ihr Auge labt sich an schlanken Mädchenbeinen. Er aber forscht im Bauch der Ratte; sein Blick sieht in ihrem Gekröse den schönsten Sinn der Welt. Nein, nein, die Ratte war tot, ehe ich sie aufschnitt«, setzte er rasch hinzu, als Sneed das Tier mit mißtrauischem Finger befühlte. »Ihre Gesetze sind stärker als ich. Ich viviseziere nicht mehr. Ich versage mir blutenden Herzens den höheren Weg zum Wissen, weil Ihr törichtes Land es so will.«

»Sie sind heute sehr geschwätzig, Staletti«, sagte Sneed mit dunklem Groll.

»Die Freude macht mich geschwätzig, Inspektor! Die Freude, einmal meinesgleichen zu sehen! Ich sitze wochenlang einsam in diesem Hause. Ich höre nichts außer dem Rauschen der Blätter und dem fernen Surren der Autos draußen auf der Chaussee. Oh, ich bin betrübt! Ich denke an die flachbrüstigen kleinen Männer, die in den Autos sitzen und deren Hirn zu nichts taugt als zu faden Geschäften; ich denke an die geschminkten Weiber, die nichts gelernt haben außer Flirt, Zigarettenrauchen und Tennis. Wie sind sie sklavisch voneinander abhängig mit ihren kleinen Sorgen und jämmerlichen Begierden. Ich bin von niemandem abhängig. Nicht einmal eine Köchin brauche ich, denn ich lebe von rohem Fleisch, wie es mein Schöpfer wollte, als er mich zum Fleischfresser schuf. Aber Sie, Inspektor, Sie sind aus anderem Holz als die Chausseeflöhe, die mich mit ihrem Benzingestank irritieren. Sie sind groß und stark. Sie nähern sich meinem Ideal. Sie sind eine willkommene Unterbrechung meiner Einsamkeit, und da rede und rede ich, um so lange wie möglich Ihren Anblick zu genießen.«

Sneed ließ das Geschwätz wie Wasser an sich abgleiten. Er machte eine kurze, ungeduldige Bewegung mit den Armen.

»Wer schläft auf den beiden Matratzen in der Kammer?« polterte er los.

»Niemand.« Staletti schüttelte verwundert den Kopf. »Ich sagte doch, es ist meine Rumpelkammer. Die beiden Matratzen habe ich ausrangiert.«

Dann blitzte es plötzlich in seinen Augen auf.

»Ah – nun verstehe ich! In der Heimlichkeit Ihres Herzens haben Sie ein paar Päppelkinder bei mir zu sehen gehofft. Sie haben sich gedacht: Ei, sieh da, dieser Staletti lebt einsam in seinem einsamen Haus. Das hat einen triftigen Grund. Die drei Monate haben ihn also doch nicht sittlich geläutert. In seiner Hexenküche ist dieser verfluchte Schwerenöter wieder dabei, aus jämmerlichen Kreaturen menschlicher Degeneration ein paar vorweltliche Riesen zu züchten. Nichts zu machen, Inspektor! So gruselige Sachen klingen in der Theorie ganz nett, in der Praxis –«

»Mr. Martin hat einen furchtbaren Schrei gehört, als er sich das Benzin von Ihnen holte«, schnitt Sneed wütend den unerschöpflichen Redestrom ab.

»Hat er? Wie ungesund für ihn! Ich merkte dem Herrn sogleich eine nervöse Überreizung an.«

»Er wurde auf dem Fahrweg von einem halbnackten Wilden überfallen. Nennen Sie das auch eine nervöse Überreizung?«

»Gewiß, Inspektor! Sie glauben gar nicht, wie anfällig ein nervöses Gehirn für solche Komplexe ist.«

Sneed sah Staletti in die Augen, als wollte er in die tiefsten Geheimnisse seiner Seele dringen. Staletti begegnete dem Blick mit funkelndem Spott und ohne auch nur mit den Wimpern zu zucken.

Da wandte sich Sneed wortlos ab und verließ mit seinen Begleitern das Haus.

Die Beamten stiegen in ihre Autos und fuhren langsam den Fahrweg hinab. Man hielt Ausschau nach allen Seiten. Nichts zeigte sich. Die Grube an der Hecke war zugeschüttet worden.

Staletti schaute vom Fenster seines Schlafzimmers den Davonfahrenden nach. Dann rieb er sich mit heimlichem Lächeln die Hände und ging ins Nebengemach. Er stieß die Schublade des Stahlschranks zurück – die einzige übrigens, die sich öffnen ließ – und drückte auf einen Knopf. Die ganze Vorderseite des Schranks schwang heraus, und aus dem tiefen Dunkel dahinter blinzelten zwei Augenpaare ins Licht.

17

Es war am nächsten Morgen. Havelock las wohl zum dritten Male einen Brief, der mit der ersten Post gekommen war, als Dick Martin bei ihm gemeldet wurde.

»Ich hoffe, mein Telefonanruf kam Ihnen nicht ungelegen, Mr. Martin«, entschuldigte sich der Anwalt. »Ich hätte Sie mit diesem Brief nicht behelligt, wenn die Vorkommnisse der letzten Tage mich nicht so bedenklich gestimmt hätten.«

Er reichte Dick das Schreiben Lord Selfords, das den Aufdruck von Shepherds Hotel in Kairo trug.

Dick las:

Lieber Havelock!
Ich erhielt Ihr Kabeltelegramm mit der Nachfrage nach Dr. Cody und beeile mich, darauf zu erwidern. Gewiß ist mir Cody persönlich bekannt. Ich bin ihm einmal im Ausland begegnet und stand zeitweilig in ziemlich lebhaftem Briefwechsel mit ihm. Es ist mir unerfindlich, warum er das leugnet. Möglicherweise trägt daran eine gewisse Gereiztheit auf seiner Seite die Schuld. Er bat mich vor einiger Zeit um ein ziemlich beträchtliches Darlehen, weil er sich in England von irgendeinem heimlichen Gegner bedroht fühlte. Er schrieb mir, daß er Grund habe, um sein Leben zu zittern. Ich nahm ihn jedoch nicht ernst. Seine Befürchtungen hielt ich für Spiegelfechterei, die mich zur Hergabe der Summe bewegen sollte. Kurzum, ich lehnte ab und habe seitdem auch nie wieder von ihm gehört.

Ich benutze die Gelegenheit, um Sie zu bitten, sogleich 25 000 Pfund für mich flüssigzumachen. Schicken Sie das Geld in französischen Banknoten als Wertpaket nach Konstantinopel, Hotel Péra Palace. Gleich nach dem Empfang des Geldes gedenke ich nach Konstanza aufzubrechen. Es sollen in Rumänien große, wertvolle Besitzungen für ein Butterbrot zu haben sein.

Der Brief endete mit höflichen Floskeln und trug die Unterschrift ›Pierce‹.

»Werden Sie seinem Wunsch nachkommen?« fragte Dick

»Ich muß wohl!«

Dick schüttelte den Kopf.

»Sie übernehmen da eine große Verantwortung.«

Havelock nagte nervös an seinen Lippen.

»Was soll ich tun? Er ist mündig. Er ist mein Klient. Ich habe nicht das Recht, ihm etwas zu verweigern.«

»Eine sehr peinliche Lage für Sie«, sagte Dick.

»Gewiß, und ich möchte am liebsten den ganzen Karren lassen, wo er ist – mag ihn, wer da will, aus dem Dreck ziehen! Auch mein Bürovorsteher, dessen gesundes Urteil ich mehrfach bewundern konnte, rät mir dazu. Es ist allerdings ein Schritt, der sehr überlegt sein will; denn die Verwaltung bringt jährlich gegen fünftausend Pfund ein.«

Staunen erfaßte Dick, als er die Ziffer hörte.

»Ist das Vermögen so groß?«

»Es ist eins der größten in England, und jedes Jahr fügt seinem Wert noch allerhand hinzu.«

»Alle Achtung! Da geht es dem jungen Lord besser als den meisten seiner Standesgenossen im Oberhaus. Hat sein Vater vielleicht einen Schatz entdeckt?«

Havelock lächelte.

»Sie fragen das spöttisch, und doch treffen Sie den Nagel auf den Kopf. Er hat tatsächlich einen Schatz entdeckt, einen unerschöpflichen Schatz an schwarzen Diamanten. Seine Kohlenlager in Yorkshire und Northumberland haben sich in den letzten zwei Jahrzehnten zu reinsten Goldgruben entwickelt. Seine Besitzungen in Südafrika und Australien sind heute das Hundertfache von dem wert, was er für sie bezahlt hat. Aber ich sehe es Ihnen an, Sie dachten an einen anderen Schatz – an vergrabene Goldmünzen hinter sieben Schlössern ... Nein, Mr. Martin, was für ein Geheimnis auch die Tür verbirgt, in Geld ließ und läßt es sich gewiß nicht umsetzen.«

»Hat der junge Lord nie Lust verspürt, die Tür zu öffnen?«

»Nicht, daß ich wüßte! John ist ein nüchterner junger Mann, der ganz in der Wirklichkeit wurzelt. Ich selbst war gar nicht neugierig auf die Tür, und erst das gestrige Erlebnis wirft auf die sieben Schlösser ein etwas unheimliches Licht. Aber wie wollen wir die Tür öffnen? Wir haben die Schlüssel nicht. Und zu einer Sprengung würde Lord Selford niemals die Erlaubnis geben. Dazu respektiert er seine Ahnen zu sehr. Aber ich habe mir sagen lassen, daß Sie sehr geschickt im Öffnen von Schlössern sind. Wie wär's, wenn Sie Ihre Kunst an der einundzwanzigsten Grabkammer versuchten?«

»Ausgeschlossen! Ich kenne meine Talente, aber ich weiß auch, wo sie zu Ende sind.«

Havelock nickte und griff versonnen nach dem Brief.

»Wenn Sie nun mit dem Geld nach Konstantinopel reisten ...? Diesmal könnte Ihnen doch der Teufelsjunge nicht entgehen!«

Dick schüttelte energisch den Kopf.

»Danke sehr! Ich habe an einer Reise genug.«

Havelock wiegte den Kopf.

»Ich bedaure Ihren Entschluß sehr, aber ich kann ihn nachfühlen. Der Mann im Mond läßt sich, glaube ich wenigstens, leichter fangen als Pierce.«

Dick zog den Brief zu sich herüber und betrachtete ihn.

»Könnte er nicht doch eine Fälschung sein?« fragte er.

»Unmöglich! Ich kenne Johns Handschrift und seine charakteristischen Eigentümlichkeiten besser als – als meine eigene, hätte ich beinahe gesagt. Überdies hat er einen seiner Briefe vor meinen Augen geschrieben, und es war dieselbe Schrift.«

»Dann bliebe noch die Möglichkeit, daß Sie durch einen Doppelgänger getäuscht würden.«

»Undenkbar, Mr. Martin! Sein schmales Gesicht, sein sandfarbenes Haar, seine Augen, aus denen jeder Ausdruck nach innen gewichen zu sein scheint, seine lispelnde Sprechweise – alles das kommt sicher nicht zweimal vor. Überdies hat er ein Muttermal an der Wange unter dem rechten Ohr. Wenn alles andere täuscht, dieses Mal ist ein untrügliches Zeichen. Auch ich hatte an die Möglichkeit eines Doppelgängers gedacht, aber ich bin davon abgekommen. Man zerbricht sich den Kopf über Lord Selford. Man fragt sich, ist er Erpressern zum Opfer gefallen, zieht er als eine Art Medium durch die Welt, spielt er gar selbst aus dunklen Gründen Komödie? Und was ist des Pudels Kern? Der junge Herr ist ein spleeniger Engländer, der seinen Stolz in den Verbrauch von Schuhsohlen und Gummireifen setzt.«

Dick nickte.

Sein Blick heftete sich noch einmal auf den Geschäftsbriefbogen aus Shepherds Hotel.

»Ein merkwürdiger Herr muß es jedenfalls sein«, sagte er aufblickend. »Diesen Brief hat er zum Beispiel mit grüner Tinte geschrieben –«

Sybil Lansdown hatte die ganze Nacht in fiebernder Unruhe verbracht. Sie fühlte, daß ihre Beziehungen zu Dick in ein ganz neues Stadium getreten waren, und sie wußte nicht, ob sie sich darüber freuen durfte. Mit leiser Beschämung dachte sie daran, wie ihr Kopf an seiner Brust geruht hatte. Sie schalt die Schwäche ihres Charakters, die ihr selbst etwas ganz Neues war. Wie konnte ein moderner Mensch bei dem bloßen Getöse einer elektrischen Entladung so in Angst und Schrecken geraten, daß er die Würde seiner Haltung vergaß. Immerhin, es war geschehen, und die ganze Bücherweisheit der Bibliothek wischte die Erinnerung daran nicht fort. Und dann fragte sie sich plötzlich in heißem Erschrecken: Wollte sie denn, daß die Erinnerung ausgelöscht würde?

Es war um die Mittagszeit. Der mächtige Saal hatte sich geleert. Ringsumher standen die Bücher in ihren Regalen. Es war Sybil zur Gewohnheit geworden, die ruhigen Mittagsstunden zu nutzen, um wieder Ordnung in die durcheinandergeratenen Bücherreihen zu bringen.

Da trat eine hagere Frau in schwarzem Seidenmantel durch die hohe Tür, und sofort verbreitete sich ein aufdringliches Parfüm, das den strengen Ledergeruch der Bücher vergessen machte. Die Frau kam raschen Schrittes näher. Ihre Hand fingerte an einem Lorgnon an goldener Kette.

»Sie sind Miss Lansdown?« fragte sie mit schriller Stimme.

Sybil nickte und erhob sich von ihrem Stuhl.

»Ich komme in einer äußerst delikaten Sache«, sagte die Frau und ließ sich umständlich auf einen Stuhl nieder. »Ich kannte Ihren Vater, Miss Lansdown.«

Sie streifte die Handschuhe ab und sorgte dafür, daß das Sonnenlicht auf ihre Brillanten fiel.

Sybil starrte die Frau an. Auf den ersten Blick war sie ihr unsympathisch. Sie erriet, daß sie aus keiner guten Gesellschaft kam und nicht den Geschmack hatte, sich ihres Reichtums auf vornehme Art zu freuen. Die ringübersäten Finger, das aufdringliche Parfüm, die viel zu üppige Kette genügten, um ihr den Stempel geschmacklosen Reichtums aufzudrücken. Es hätte der groben Züge und des gewöhnlichen Mundes nicht bedurft.

Inzwischen plauderte die Frau unbekümmert darauf los.

»Ihr Vater war ein ausgezeichneter Mann, liebes Fräulein, aber er war viel zu vertrauensvoll. Schlechte Freunde beuteten seine Gutmütigkeit aus und ließen ihn im Stich, als das Boot leck wurde. Wie oft hat mein lieber Mann zu mir gesagt: Elisabeth, hat er gesagt, paß auf, es gibt ein Unglück! Und als dann das Ärgste eintrat, war Ihr Vater zu stolz, sich an seine wahren Freunde zu wenden. Wir hätten ihm gern geholfen.«

Sybil starrte die Frau an, deren Redestrom sie bedrückte.

»Sie sprechen in lauter Rätseln. Wer sind Sie eigentlich? Was wollen Sie von mir?«

»Ihr Bestes will ich! Mein Name ist Mrs. Cody«, sagte die Besucherin.

Cody ... Cody ... hatte sie den Namen nicht schon einmal gehört? Sybil krauste die Stirn, aber ihr Erinnerungsvermögen versagte.

»Wie gesagt, ich komme in Ihrem eigenen Interesse«, begann Mrs. Cody wieder und legte eine leise Nuance des Gekränktseins in ihren Ton. »Mein Mann war seinerzeit stark in die Geschäfte Ihres Vaters verwickelt und hat selbst Verluste gehabt. Jetzt hat er Informationen erhalten, auf Grund deren sich vielleicht ein Teil Ihres Vermögens wiedergewinnen läßt.« Sie klopfte mit dem Lorgnon auf den Tisch. »Es war eine Ungerechtigkeit, mein Kind, daß Ihr Vater allein die Verluste der Gesellschaft decken mußte. Es sind Schiebungen vorgekommen – Schiebungen, sage ich Ihnen, daß sich einem die Haare sträuben! Mein Mann hat das Material gesammelt, oh, einen Berg von Akten, so hoch!« Sie deutete mit den Händen den Umfang des Aktenbündels an. »Ganz gewiß lassen sich für Sie und ihn Ersatzansprüche daraus herleiten.«

Sybil schwindelte es unter diesem unaufhörlichen Geplätscher der Rede. Sie mußte sich setzen. War das wahr? Konnte das wahr sein? Aber warum nicht? Ihr Vater hatte in den letzten Jahren seines Lebens, besonders nach dem Zusammenbruch seiner Gesellschaft, mit merkwürdigen Menschen zu tun gehabt. Möglich, daß sich auch Cody unter den Geschädigten befand und jetzt wirklich auf eine wichtige Entdeckung gestoßen war. Jedenfalls mußte sie ihn anhören, schon im Interesse ihrer Mutter, die sehr schwer an dem Vermögensverlust trug, obschon sie nie klagte. Rasch faßte sie ihren Entschluß.

»Kann ich Ihren Gatten nicht sprechen?« fragte sie die Frau.

Darauf hatte Mrs. Cody gewartet.

»Aber selbstverständlich, liebes Kind! Deswegen bin ich ja hier! Ich wollte Sie zu uns zum Tee bitten. Mein Mann legt den größten Wert darauf, Sie heute noch zu sprechen. Elisabeth, hat er zu mir gesagt, nimm das Auto, fahre zur Bellingham-Bibliothek und suche Miss Lansdown zu bewegen, unser bescheidenes Heim mit ihrem Besuch zu beglücken! Der Gegenstand unserer Unterhaltung verbietet einen öffentlichen Ort. Und so bin ich hier. Ich sage Ihnen, wir haben Mühe gehabt, uns Ihre Adresse zu beschaffen. Aber was tut man nicht für das Kind eines alten Geschäftsfreundes!«

»Wohnen Sie weit?« fragte Sybil, gegen den Wortschwall ankämpfend.

»Was heißt weit, wenn man ein Auto hat! Keinen Fordwagen etwa, bewahre! Einen Siebzig-PS-Rolls-Royce!« Sie rollte das Wort mit der Zunge, als könne sie sich nur schwer von ihm trennen. »Wir wohnen in Sussex, dicht an der Chaussee nach London. Im Handumdrehen können wir da sein.«

Es fiel Sybil flüchtig ein, daß sie schon gestern diesen Weg gefahren war. Sie blickte auf die Uhr.

»Gut«, sagte sie, »ich werde kommen. Aber wir schließen erst um vier Uhr. Vorher kann ich die Bibliothek nicht verlassen.«

»Das schadet gar nicht, mein liebes Kind«, beeilte sich Mrs. Cody zu erwidern. »Ich mache noch ein paar Einkäufe und warte dann mit meinem Wagen unten vor der Tür.«

Sie verabschiedete sich. Der Geruch ihres Parfüms folgte ihr wie ein Kometenschweif.

Sybil stand einen Moment regungslos. Mrs. Codys Besuch hatte die Erinnerung an ihren Vater heraufbeschworen und an die traurigen Monate, die seinem Tod vorangingen. Sie war im Tiefsten erregt. Die ungeheuerliche Ungerechtigkeit, die an ihrem Vater begangen worden war, ließ sie noch heute erbeben. Viel, viel mehr als das verlorene Vermögen schmerzte sie das unverdiente Unglück ihres Vaters.

Sie rief die Mutter an, um sie von dem Vorgefallenen in Kenntnis zu setzen. Niemand meldete sich. Da fiel ihr ein, daß ihre Mutter diesen Tag bei ihrer Freundin verleben wollte, und sie hängte den Hörer ein. Ihr nächster Gedanke war Dick. Sie mochte es sich nicht eingestehen, daß eine kleine Unsicherheit in ihrem Innern zurückblieb. Sie hätte gern seine starke, zuversichtliche Stimme gehört. Doch auch dieser Anruf war erfolglos.

Um vier Uhr verließ sie die Bibliothek. Das Auto hielt an der Bordschwelle. Der Fahrer war ein jüngerer Mann in schlichter Livree. Er lächelte ihr zu, als er sie erblickte, und sein offenes, frisches Lächeln zerstreute ihre letzten Bedenken. Sie stieg ein.

Tom Cawler setzte das Auto in Bewegung. Der wunderbare Wagen glitt wie beschwingt über den Fahrdamm. Eine elastische Federung fing jeden Stoß auf.

»Haben Sie Ihrer Mutter Bescheid gesagt?« fragte Mrs. Cody, indem sie eine schimmernde Moirédecke über Sybils Knie legte.

Das junge Mädchen schüttelte den Kopf.

»Sie war nicht zu Hause«, sagte sie unbefangen.

»Nun, dann haben Sie doch jemand anders von dem Ziel Ihres Ausfluges unterrichtet, damit sich Ihre Mutter nicht über Ihr Ausbleiben beunruhigt?«

»Oh«, sagte Sybil, »so schlimm ist das nicht. Meine Mutter ist daran gewöhnt, daß ich zuweilen mit Freundinnen ausgehe.«

Mrs. Cody sagte nichts mehr. Aber in ihrem Gesicht zeigte sich ein befriedigtes Lächeln.

18

»Sie sind also die Tochter meines alten Freundes!« So begrüßte Cody das junge Mädchen, als das Auto vor der Terrasse seines Hauses hielt.

Sybil blickte ihn aufmerksam an und durchforschte ihr Gedächtnis. Sie war sicher, sie hatte diesen kleinen kahlköpfigen Mann noch nie gesehen.

»Können Sie sich meiner nicht mehr erinnern?« fragte er.

Sybil schüttelte mit einem um Entschuldigung bittenden Lächeln den Kopf.

»Nun«, meinte Cody, »das ist nicht so seltsam. Als ich Sie das letzte Mal sah, machten Sie gerade Ihre ersten Gehversuche.«

Er bot dem jungen Mädchen den Arm und führte es ins Haus. Mrs. Cody sandte ihm einen warnenden, gereizten Blick nach, aber er zog es vor, ihre säuerliche Miene zu übersehen.

Im Wohnzimmer schob er Sybil den bequemsten Sessel hin und legte ihr trotz ihrer lachenden Proteste noch ein weiches Kissen hinter den Rücken.

Der Tisch war anheimelnd gedeckt.

»Der Tee kommt sofort, mein Kind. Gewiß hat die lange Fahrt Sie angegriffen?«

Er suchte ihren Blick.

Plötzlich stand, wie aus dem Boden gezaubert, Mrs. Cody vor den beiden. Cody, der sich halb über das junge Mädchen gebeugt hatte, fuhr ertappt zurück.

»Bertram«, sagte sie, »darf ich dich einen Moment sprechen?« Und dann mit süßlichem Lächeln zu Sybil: »Miss Lansdown, wollen Sie meinen Gatten für einen Augenblick entschuldigen?«

Sybil, die ihre Absicht durchschaut hatte, mußte ein Lächeln verbeißen. Sie begnügte sich mit einer lässig-höflichen Bewegung der Hand.

Cody aber war durchaus nicht in der Stimmung, sich eine Gardinenpredigt anzuhören; er funkelte seine Frau böse an.

»Das hat wohl Zeit bis nachher«, sagte er abweisend.

Eine Blutwelle schoß Mrs. Cody in den Kopf. Sie versuchte, ihren Mann mit einem vernichtenden Blick zu strafen, und da ihr das nicht gelang, schoß sie wie ein Bolzen aus dem Zimmer. Nichts blieb von ihr zurück als der Geruch verwelkender Blumen.

Sofort bot Cody seinem Gast eine Zigarette an, und nach einer Weile hatte der Rauch das Zimmer vom Parfüm gesäubert.

In der Halle stand der Chauffeur, die Hände in den Hosentaschen. Er klimperte mit losem Geld und pfiff leise durch die Zähne. Als Mrs. Cody wutentbrannt aus dem Wohnzimmer fegte, drehte er sich auf dem Absatz herum.

»Tante, wer ist die Dame? Warum umtanzt sie der Onkel wie eine Henne ihr Küken? Es sieht so lächerlich aus!«

»Was geht das dich an!« sagte sie unwirsch. »Deine Neugierde fällt mir nachgerade auf die Nerven.«

Er überhörte den Vorwurf.

»Sie hat ein nettes Lärvchen. Ich wundere mich, daß du die beiden alleinläßt.«

»Wundere dich gefälligst im stillen, und jetzt geh und bring das Auto in die Garage! Ich habe noch weitere Befehle für dich!«

Tom Cawler zuckte die Achseln.

»Wozu sich abhetzen? Ein schönes Sprichwort lautet: Eile mit Weile. Was will der Alte von ihr?« Er deutete mit dem Daumen über seine Schulter ins Wohnzimmer.

»Weiß ich's?« stieß sie hervor. In ihrer Stimme schwang verhaltene Wut.

Tom tat einen langen Pfiff durch die Zähne. So also stand es. Der Fuchs da drinnen fischte auf eigene Faust.

»Hat sie den Schlüssel mit?« fragte er langsam.

Mrs. Cody starrte ihn an. Ihre farblosen Augen wurden noch heller, so sehr drängte sich das Weiße vor.

»Was weißt du von dem Schlüssel?«

Tom Cawler wiegte den Kopf. Wieder vergrub er die Hände in den Taschen. Er tat, als hätte er ihre Frage nicht gehört.

»Das Haus ist leer«, sagte er. »Ich werde mir meinen Tee allein brauen müssen. Die Mamsell und die Köchin sind auf Urlaub, das Stubenmädchen liegt krank im Hospital. Merkwürdige Geschichte! Merkwürdiges Paar, du und er!«

Ohne noch einen Blick auf seine Tante zu werfen, schlenderte er zur Tür. Er betrachtete den Griff, er hob die Hand – doch plötzlich fuhr er herum.

Er hatte die Stirn vorgestreckt, das Kinn zurückgebogen.

»Was habt ihr vor, Tante?«

Mrs. Cody verlor die Beherrschung, um die sie mühsam während der ganzen Unterhaltung gekämpft hatte.

»Schweig, Tom! Ich sage dir, schweig! Es hat sich ausgetantet! Ich bin keine Tante für dich. Ich bin Mrs. Cody! Hast du verstanden, du Galgenvogel? Hast du –«

Ihre Stimme war schrill geworden und brach jäh ab. Da wandte sich Tom Cawler und ging hinaus, um sein Auto in die Garage zu bringen.

Seit sieben Jahren lebte er im Hause der Tante. Er bezog ein gutes Gehalt. Seine Pflichten waren recht bescheiden. Es hatte

Monate in seinem Leben gegeben, um die bessere Leute ihn beneidet hätten. All dies verdankte er einem gewissen Einblick, den er in das Leben der Witwe getan hatte, ehe sie Codys Frau wurde. Wozu aber sollte er den Bogen überspannen? Er hatte manches Seltsame gesehen und konsequent die Augen davor geschlossen. Konnte er sich nicht auch diesmal dazu bringen? Doch war ihm nicht recht wohl dabei.

Er zwang sich zum Gleichmut, während er langsam die besonnte Freitreppe hinabschritt. Plötzlich aber blieb er wie angewurzelt stehen.

Ein Dieb war er gewesen – Achtung vor fremdem Eigentum hatte er heute noch nicht, aber ein Schurke war er nicht. Würde er aber nicht zum Schurken werden, wenn er eine Schurkentat zuließ?

Es stieg ihm heiß zu Kopf. Sein Herz schlug schneller. Er flog die Treppe hinauf. Er fand seine Tante in der Küche.

»Wann fährt die Dame in die Stadt zurück?« fragte er kriegerisch.

Mrs Cody hatte ihm den Rücken zugedreht.

»Sie bleibt hier«, sagte sie mürrisch.

Tom biß sich auf die Lippen. Unwillkürlich ballten sich seine Hände.

»Mit ihrem Einverständnis?« fragte er, unverkennbare Drohung in der Stimme.

»Wozu fragst du? Die Dame ist weder deine Schwester noch deine Braut.«

»Ich habe sie hergebracht«, sagte er hartnäckig. »Ich muß sie auch wieder zurückbringen. Bilde dir nicht ein, daß du mir alles zumuten kannst. Auch ein Dieb hat seine Ehre. Und ich würde mir eher die Hand abhacken, als daß ich ein Unrecht an einem wehrlosen Mädchen zuließe. In einer Stunde fahre ich mit dem Wagen vor und bringe die Dame nach Hause.«

Er warf die Tür ins Schloß, daß die Kupferkessel auf dem Wandbord wankten.

Mrs. Cody goß das kochende Wasser in den Teekessel. Ihre Hand zitterte, die Lippen hatte sie zusammengekniffen. An ihren Schläfen traten dick die Adern hervor.

Nach einer Weile brachte sie den Tee ins Wohnzimmer. Sie zog sich sogleich wieder zurück.

Noch war Sybils Argwohn in keiner Weise geweckt. Sie glaubte, daß Mrs. Cody sich aus Zartgefühl fernhielt. Bisher hatte sich ihr Gastgeber in sehr allgemeinen Phrasen ergangen und eigentlich nur Dinge wiederholt, die Sybil längst bekannt waren. Ihre Ungeduld stieg. Endlich wagte sie eine direkte Frage.

Cody stand auf, ging in das Nebenzimmer und kam gleich darauf mit einem umfangreichen blauen Aktendeckel zurück. Er klopfte mit dem Finger auf den Deckel.

»Die Frucht monatelanger Nachforschungen«, sagte er. »Glauben Sie mir, mein Kind, Sie haben keinen besseren Freund in der Welt als Bertram Cody.« Er suchte nach seiner Brille. Dabei fiel sein Blick wie von ungefähr auf die Uhr. »Mein Gott, schon halb sieben! Ja, da dürfte es zu einer gründlichen Erörterung viel zu spät sein.«

Er rieb sich die Schläfe. Ein Einfall schien ihm zu kommen.

»Wie wär's, wenn Sie den Abend mit uns verbrächten?«

»Ich kann meine Mutter nicht so lange alleinlassen«, sagte Sybil kurz.

»Oh, Ihre Mutter bitten wir hierher. Ich schicke sofort das Auto, Mrs. Lansdown wird ohnehin Wert darauf legen, selbst Einsicht in die Akten zu nehmen.«

»Ja, warum haben Sie sich nicht gleich an meine Mutter gewandt?« fragte Sybil. Ganz plötzlich regte sich in ihr der Verdacht, daß Cody ein geschickter Komödiant sei.

»Es war mir bekannt, wie sehr Ihre Frau Mutter ihren verstorbenen Gatten betrauert. Es verbot sich daher von selbst, sie in ihrem Schmerz mit Geschäftsangelegenheiten zu behelligen. Jetzt aber sehe ich ein, daß ich vielleicht unklug daran tat, sie aus unseren Verhandlungen auszuschließen. Nun, das läßt sich ja bald wieder gutmachen. Wie war doch Ihre Telefonnummer?«

»Aber wir wollten heute ins Theater gehen«, wehrte sich Sybil.

»Man kann die Karten vielleicht zurückgeben. Darf ich nicht wenigstens Ihrer Frau Mutter den Vorschlag machen?«

Sybil nickte. Sie konnte ohne Gefahr ihre Zustimmung geben. Ihre Mutter war kaum vor acht Uhr in der Wohnung.

Cody verschwand hinter dem Vorhang. Nach fünf Minuten kam er strahlend wieder. Er rieb sich vergnügt die Hände.

»Alles bestens geordnet. Das Auto ist bereits unterwegs. Ihre liebe Mutter hat zugesagt. Sie wird die Karten für eine andere Vorstellung umtauschen.«

Sybil sah ihn an, starr vor Staunen. Spott, daß er sich so kläglich bloßstellte, verzog ihre Lippen zu einem verächtlichen Lächeln. Die Theaterkarten waren eine augenblickliche Eingebung gewesen, um einen Besuch, der ihr nicht gefiel, so schnell wie möglich zu beenden. Er aber hatte ihre kleine Notlüge für bare Münze genommen. Es war klar: das Telefongespräch war fingiert. Er log mit dreister Stirn. Plötzlich wurde der Widerwille, der in ihrem Unterbewußtsein geschlummert hatte, zum flammenden Abscheu.

Aber warum hatte man sie hergelockt, warum hielt man sie fest?

Da zuckte ein kalter Strahl der Furcht durch ihre Seele. Gefahr! rief es in ihr; Gefahr! zuckte es ihr durch alle Nerven.

Es war ihr, als stünde sie auf einer sausenden Lokomotive. Frei lag der Schienenweg, Ruhe wohnte in ihrem Herzen. Da plötzlich schnellte ein Signalarm hoch. Rot glühte das Licht. Gefahr! Und mit beiden Händen riß sie an der Bremse.

Sekundenlang dauerten Sybils Überlegungen, sekundenlang hämmerte ihr Herz. Doch als Cody zu ihr zurückkehrte, hatte sie sich bereits besser in der Gewalt.

»Das ist nett, daß ich noch bei Ihnen bleiben kann«, sagte sie und wunderte sich, daß ihre Stimme nicht heiser klang. »Sie haben ein gemütliches Heim.«

»Oh, es läßt sich sehen«, sagte er behaglich, indem er sich in ihrer Nähe niederließ. »Ursprünglich war es ein Wittumslehen, und es gehört noch heute Ihrem Verwandten, Lord Selford. Ich selbst habe es nur von Havelock gepachtet.«

»Sie kennen Mr. Havelock?« fragte Sybil rasch.

»Persönlich nicht. Der Bürovorsteher hat die Verpachtung und andere Geschäfte vermittelt. Kennen Sie ihn denn?«

Sybil nickte und führte einiges zu seinem Lobe an. Im geheimen suchte ihr Hirn fieberhaft nach einer Lösung, einem Ausweg. Das beste war, sie veranlaßte ihn, ihr den Garten zu zeigen. War sie erst einmal im Freien, so würde sie der Schnelligkeit ihrer Füße vertrauen. Sie würde zum Pförtnerhaus laufen, auf die Landstraße, zum Dorf. Es konnte nicht weit sein. Sie hatten es ja gestern durchfahren. Ihr Blick haftete am Fenster.

»Oh, was für eine schöne Aussicht Sie haben!«

Sie zwang ihre zitternden Beine, ihren Körper zu tragen, der ihr noch nie so schwer vorgekommen war, und trat zum Fenster. Ein Narzissenbeet leuchtete zu ihr empor.

»Sie müssen mir Ihren Garten zeigen, Mr. Cody. Ich habe eine solche Leidenschaft für gepflegte Gärten!«

Cody wiegte den Kopf.

»Es ist feucht nach dem Regen. Alle Wege sind aufgeweicht!«

»Das tut nichts«, sagte sie, und ihr Lachen klang fremd und hohl an ihr Ohr. »Gerade nach dem Regen finde ich es am schönsten im Freien. Dann duftet alles nach Erde und frischem Grün.«

»Schön, Miss Lansdown. Wenn es Ihnen solche Freude macht, wollen wir in den Garten gehen. Lassen Sie mich nur noch eine Tasse Tee trinken.«

Er goß sich den Tee ein. Dann blickte er in ihre Tasse. »Aber Sie haben Ihren Tee ja kaum angerührt«, rief er kummervoll. »Kommen Sie, ich gebe Ihnen eine frische Tasse.«

»Nein, danke ich habe genug«, wehrte Sybil ab. Sie kehrte zu ihrem Platz zurück. Sie konnte sich kaum noch aufrecht halten, und sie brauchte ihre Kraft – für nachher.

Wie war sie töricht gewesen, den Versicherungen einer wildfremden Frau Vertrauen zu schenken! Gewiß, es hatte alles so einleuchtend geklungen, aber hatte sie in den letzten Wochen nicht unablässig Dinge erlebt, die sie bei jedem Schritt zur Vorsicht mahnten?

Ihr Mund war trocken, ihre Gedanken verwirrten sich. Wieder bot Mr. Cody ihr den Tee an. Diesmal zögerte sie nicht, die Tasse anzunehmen. Sie beherrschte ihre Nervosität, damit ihre Hand nicht zitterte, und hob die Tasse an den Mund.

Der Tee hatte einen metallischen Geschmack. Er ist abgestanden, dachte sie und setzte die Tasse nach einem kleinen Schluck nieder. Aber vielleicht war es auch die furchtbare Spannung dieser Stunde, die ihren Gaumen so empfindlich machte.

»Warten Sie einen Moment, ich hole meine Mütze«, sagte Cody, indem er sich erhob. »Mit meinem blanken Schädel könnte ich mir bei diesem feuchten Wetter eine Erkältung zuziehen!« Er strich sich lächelnd mit der Hand über die Glatze.

Sybil nickte stumm. Ein wirbelndes Gefühl der Übelkeit lähmte ihre Zunge. An der Tür drehte sich Cody noch einmal um.

Mit einem Ächzen hielt sich Sybil am Rand des Tisches fest. Ihr Gesicht war totenbleich, ihre Augen hatten einen gläsernen Blick.

»O Gott, Miss Lansdown, was fehlt Ihnen?« rief Cody.

Da sank sie ohnmächtig zusammen.

Halb trug er sie, halb schleppte er sie zum Sofa, schob ein Kissen unter ihren Kopf und betrachtete sie mit stillem Triumph. Dann ging er auf Zehenspitzen zum Zimmer hinaus und schloß die Tür sorgfältig hinter sich zu.

19

Cody fand den Chauffeur auf der Terrasse. Er hatte ein Bein über die Brüstung gelegt und rauchte eine Zigarette. Er dachte gar nicht daran, seine Haltung zu ändern, als sein Brotgeber erschien.

»Wo ist meine Frau?« fragte Cody scharf. Der Unwille rötete seine Stirn. Aber er wagte Tom Cawler nicht zu sagen, wie sehr ihm seine Haltung mißfiel.

»Wo soll sie sein? Doch wahrscheinlich auf ihrem Zimmer.«

»Geh hinauf und sag ihr, daß ich sie sprechen muß.«

»Geh selber hinauf«, erwiderte Cawler ungnädig und zertrat die glimmende Zigarette.

Der Zorn stieg Cody zu Kopf. Es zuckte in seinen Fäusten, aber die Feigheit hemmte ihn. Mühsam würgte er seine Wut nieder.

»Dann geh ins Dorf und besorge mir ein paar Briefmarken. Ich habe eilige Post.«

»Ich denke nicht daran. Ich bleibe hier und bewache den Eingang. Wo ist die junge Dame?«

»Sie hat sich niedergelegt. Sie hatte einen heftigen Anfall von Migräne.«

»Sie sah nicht nach Migräne aus, als sie herkam. Wann fährt sie heim?«

»Heute wohl nicht, Tom. Sie bleibt unser Gast, bis ihre Schmerzen sich gelegt haben, und so ein Anfall dauert oft vierundzwanzig Stunden. Ich kam heraus, um meine Frau zu bitten, daß sie die Betten im Fremdenzimmer bezieht.«

Tom Cawler erwiderte nichts, aber seine Augen redeten eine drohende Sprache.

Unter diesem Blick kroch Cody zusammen, und mit der lärmenden Wut, die dem Feigling eigen ist, polterte er los.

»Was stehst du hier auf der Terrasse und hältst Maulaffen feil? Scher dich in die Küche! Da gehörst du hin. Ich habe deine Tante geheiratet, nicht dich!«

Tom Cawler steckte die Hände in die Taschen. Er warf den Kopf zurück und lachte grimmig auf.

»Ja, das hast du! Esel, der du warst! Aber du hättest besser daran getan, des Teufels Großmutter zu heiraten!«

Cody keuchte vor Zorn.

»Wie, du wagst es, so von deiner einzigen nahen Verwandten zu reden? Hast du denn gar keinen Respekt mehr?«

Cawler verzog die Lippen und schob das Kinn vor.

»O doch, ich habe Respekt – vor der Niedertracht deiner Frau. Ich habe noch nie einen Menschen gesehen, der so kaltherzig und gemein sein kann. Unterbrich mich nicht, Cody! Sieben Jahre habe ich den Mund gehalten, aber jetzt habe ich das Schweigen satt. Meine Tante und ich, wir gehören keiner Familie an, mit der man Staat machen kann. Ein verdammt böses Blut rollt durch unsere Adern. Aber das sage ich dir, trotz allen Reichtums möchte ich mit Mrs. Cody nicht tauschen. Habgierig ist sie wie ein Drachen, der in der Höhle über seinen Schätzen brütet. An ihren schmutzigen Händen klebt das Geld wie Pech.

Für einen Schilling verkauft sie ihre Seele an den Satan – was würde sie erst für ein Vermögen tun!«

Er schloß die Augen. Dann öffnete er sie wieder, und solch ein Blitz des Hasses schoß aus seiner Lidspalte hervor, daß Cody zurücktaumelte.

»Sie bildet sich ein, daß ich ihr Dank schulde. Dank wofür? Mit Hunger und Prügeln hat sie mich großgezogen.« Er lachte wild und schneidend. »Hast du je von meinem Zwillingsbruder Johnny gehört? Ich habe die letzte Nacht von ihm geträumt, und seitdem kann ich sein Bild nicht mehr loswerden. Er war ein kleiner Knirps von sieben Jahren, als er spurlos verschwand.«

»Als er starb«, verbesserte Cody leise.

»Starb er wirklich? Meine Tante behauptet es. Ich habe ihn nicht sterben sehen.«

Sein Atem ging keuchend. Eine tiefe Falte lief quer über seine Stirn. Cody wich zur Tür zurück und hob die Hand schon zur Klinke, als Cawler ihm mit einem Tigersprung den Weg zum Rückzug verstellte.

»Bleib hier und höre, was ich dir zu sagen habe! Mit meinen eigenen Augen habe ich gesehen, wie sie den kleinen Burschen grundlos so lange verprügelt hat, bis ihn die Besinnung verließ. Wie ein Sack fiel er zu Boden. Und er soll eines natürlichen Todes gestorben sein? Deine Frau wird schon wissen, warum er starb... Und der Tag wird kommen, wo sie Rechenschaft ablegen muß. Wenn sie ein Mann wäre, da wüßte ich, was ich täte! Keine Stelle an ihrem Körper bliebe heil. So, das wäre meine kleine private Abrechnung, nach der es mich schon lange gedürstet hat. Und jetzt hole ich das Auto. Du bist gewarnt, Cody!«

Bertram Cody starrte ihm nach. Sein Gesicht war fahl geworden. Die Knie schlotterten ihm. Die Angst hatte jeden Gedanken an Widerstand erstickt. In der Halle blieb er stehen und wischte sich die Schweißtropfen von der Stirn. Dann stieg er die Treppe zum ersten Stock hinauf und gelangte keuchend ins Zimmer seiner Frau. Die Tür knallte ins Schloß. Zwei Stimmen tobten gegeneinander – in grellem Diskant die eine, dumpf polternd die andere. Ein Gegenstand fiel krachend zu Boden. Jäh überschlug sich die helle Stimme und endete in zornigem Schluchzen. Dann wurde alles still. Nach einer Weile kam Mrs. Cody heraus. Ihre Augen waren vom Weinen geschwollen, ihre Züge verzerrt, die Lippen verkniffen. Sie ging leise die Treppe hinab, blieb vor dem Wohnzimmer stehen, lauschte mit verhaltenem Atem und drückte dann die Klinke vorsichtig nieder.

Sybil saß auf dem Sofa. Sie hatte ihren Kopf in die Hände gestützt und stöhnte. Ihre Augen hatten einen leeren, verschwommenen Blick. Sie war nur halb bei Besinnung.

Wortlos packte Mrs. Cody sie am Arm und zerrte sie empor. Sie legte ihr die eine Hand unter die Achsel, mit der anderen schob sie die Taumelnde vor sich her. Es dauerte lange, ehe die Treppe zum oberen Stockwerk, noch länger, bis die Stiege zur Mansarde erklommen war. Vor einer roh gezimmerten Tür blieb Mrs. Cody stehen. Sie stieß sie mit dem Fuß auf und warf Sybil auf das schmale Feldbett, das dicht unter dem schrägen Dach stand.

Sybil blieb reglos mit geschlossenen Lidern liegen. Mrs. Cody schenkte ihr keinen Blick, während sie in der Kammer hantierte. Die Nacht war bereits hereingebrochen, als sie die Tür von außen verriegelte und ihre Schritte in der Tiefe des Hauses verhallten.

Sybil vermochte sich an nichts zu erinnern, als sie mit berstendem Kopf aus der Betäubung erwachte. Alle Pulse an den Schläfen und an der Stirn hämmerten mit bohrendem Schmerz und dumpfem Dröhnen.

Ächzend richtete sie sich auf. Ein Tischchen war an das Bett gerückt. Eine Nachtlampe brannte darauf mit trübem Schein. Daneben stand ein Glas Wasser. Sie griff gierig nach dem Glas und entdeckte eine geöffnete Hülse, aus der ein paar Aspirintabletten auf ihre Hand fielen. Instinktiv nahm sie zwei davon auf die Zunge und spülte sie mit einem Schluck Wasser hinunter.

Danach lag sie wieder eine lange Zeit, ohne sich zu rühren, und lauschte auf das Pochen des Blutes, das ihre Adern zu sprengen drohte. Allmählich nahm die Kraft des Hämmerns ab, das Dröhnen in ihren Ohren wurde zum leisen Gesumm, und plötzlich hoben sich die Nebelschwaden von ihrer Erinnerung. In die Dauer einer Sekunde preßte sich alles, was sie erlebt hatte. Herzensangst ballte sich zusammen und steigerte sich zu einem furchtbaren Verstehen ihrer gegenwärtigen Lage. Langsam richtete sie sich auf. Aber noch nahmen ihre Augen nichts von ihrer Umgebung wahr, die Winkel verschoben und überschnitten sich, ein gräßliches Schwindelgefühl erfaßte sie und stürzte sie in einen bodenlosen Abgrund hinab.

Doch auch das ging vorüber. Die Linien bogen sich zurecht, die Gegenstände rückten an ihren Platz, und sie sah, daß sie sich in einem Mansardenstübchen befand. Ein schwerer dunkelbrauner Schrank füllte die Breite des Zimmers aus. Das Waschgerät stand in der Nähe des Tischchens, ein Stuhl am Bett. Auf dem Boden lag ein schäbiger Läufer. Ihr Blick suchte die Tür. Sie reichte nicht ganz bis zum Boden. Durch die handbreite Spalte fiel ein matter Lichtschein von draußen. Sybil sammelte alle ihre Kräfte und ging schwankend zur Tür. Sie rüttelte am Griff. Umsonst. Die Tür war verschlossen. Sie wandte sich um und starrte zum Fenster hinauf. Es war nur eine Dachluke, und sie lag so hoch, daß sie auf einen Stuhl steigen mußte, um sie zu erreichen. Sie hatte die Nachtlampe mitgenommen und beleuchtete die staubüberkrustete Scheibe.

Es dauerte lange, ehe sie sich öffnen ließ. Als sie endlich aufsprang, war Sybil um eine Hoffnung ärmer. Die Luke war durch ein eisernes Gitter gesichert, das viel zu engmaschig war, als daß sie auch nur ihren Kopf hätte hindurchzwängen können. Das war also kein Ausweg.

Da hörte sie plötzlich schwere Schritte die Treppe heraufkommen. Sie drückte das Fenster zu, sprang vom Stuhl herab und trug ihn ans Bett zurück. Draußen wurde der Riegel zurückgeschoben, der Schlüssel ins Schloß gesteckt und zweimal herumgedreht. Dann trat Cody ein.

Er hielt eine Aktenmappe in der Hand. Sein Gesicht zeigte einen besorgten Ausdruck.

»Aber liebes Kind«, begann er schon auf der Schwelle, »was haben Sie uns für einen Schrecken eingejagt! Leiden Sie öfter unter derartigen Anfällen?«

Sie starrte ihn an. Blitzartig begriff sie, worauf er hinauswollte.

»Anfällen?« fragte sie langgedehnt.

»Nun ja, ich wähle noch eine sehr milde Bezeichnung.« Sein Ton kühlte sich merklich ab. »Ich will Ihnen keine Vorwürfe machen. Bewahre! Die Sünden der Väter werden an den Kindern gerächt. Ist in Ihrer Familie vielleicht Epilepsie erblich?«

Die uferlose Dreistigkeit dieses kleinen, betulichen Mannes benahm Sybil den Atem. Sie antwortete nicht.

»Ich will natürlich keineswegs behaupten, daß es ausgesprochen epileptische Krämpfe waren«, nahm Cody sogleich wieder das Wort. »Das zu beurteilen, fehlen mir die psychiatrischen Kenntnisse. Aber ich denke mir, es muß Epilepsie sein; denn wie könnte man sonst ohne jeden äußeren Anlaß in Schreikrämpfe ausbrechen?«

Sybil mußte mit aller Kraft an sich halten. Am liebsten wäre sie diesem Fuchs an die Gurgel gefahren. Aber still, still! Sie war ihrer Mutter schuldig, daß sie ihre traurige Lage nicht noch weiter verschlechterte.

»Ich kann mich durchaus nicht an Schreikrämpfe erinnern«, sagte sie mit einer Stimme, die wie Glas klang.

Cody legte den Aktendeckel auf den Tisch und entnahm ihm einen Bogen Papier. Dazu nickte er kummervoll wie ein chinesischer Mandarin.

»Dachte ich es mir doch – Bewußtseinsstörung, Gedächtnisschwund! Erstes Stadium der Epilepsie, das zweite ist Tobsucht!«

Sybil ballte die Hände, daß sie die Schärfe der Nägel in der Handfläche spürte. Sie richtete sich auf.

»Geben Sie den Weg frei!« sagte sie. »Ich wünsche das Haus zu verlassen!«

Cody stellte sich vor die Tür.

»Gemach, gemach, junge Dame. Vorerst harren noch einige kleine rechtliche Förmlichkeiten der Erledigung.«

Er nahm einen Füllfederhalter aus seiner Westentasche und schraubte ihn umständlich auf. Dann strich er mit der Hand glättend über den Konzeptbogen.

»Sie sind frei, wenn Sie das unterzeichnen!« sagte er und deutete auf das engbeschriebene Papier.

Sie streckte die Hand nach dem Bogen aus, den er sofort wieder zurückzog.

»Sie werden begreifen«, sagte er in dozierendem Ton, ohne das junge Mädchen dabei anzusehen, »daß Sie mich durch Ihre Hysterie in eine Zwangslage versetzt haben. Ich lade Sie zu einer hochwichtigen Besprechung ein. Beim ersten Wort bekommen Sie Schreikrämpfe, wälzen sich in Zuckungen auf dem Sofa. Ich trage Sie in diese Kammer und schließe Sie ein, um Sie vor sich selber zu schützen. Eine Mutter kann nicht mehr für ihr Kind tun. Soweit ganz schön, aber meine Frau meint mit Recht, daß hysterische junge Damen mitunter an merkwürdigen Zwangsvorstellungen leiden. Vielleicht, sagt sie, setzt sich Miss Lansdown in den Kopf, wir hätten Gift in ihren Tee gemischt und sie gegen ihren Willen hier festgehalten. Was können wir später gegen eine solche irrtümliche Darstellung tun? Nichts! Man würde uns nicht glauben. Staatsanwälte haben die Eigentümlichkeit, immer von ihren Mitmenschen das Schlimmste anzunehmen. Sie werden es mir nicht verargen, wenn ich beizeiten solchen Möglichkeiten vorbeuge. Ich habe daher eine Erklärung aufgesetzt, die mich von jedem Vorwurf freispricht. Setzen Sie Ihren Namen darunter – und mein Auto bringt Sie sofort nach Hause.«

»Ich denke, meine Mutter war bereits auf dem Weg hierher?« fragte Sybil, die sich diesen Hieb mit blanker Waffe nicht versagen konnte.

Cody war auf diesen Einwand gefaßt gewesen.

»Ich habe sie noch telefonisch erreichen können und sie gebeten, von ihrem Besuch abzusehen«, parierte er geschickt. »Das Auto ist noch nicht zurück, aber es muß jeden Augenblick da sein.«

»Kann ich die Erklärung lesen?« fragte sie.

»Wozu? Das würde zu weit führen. Die Zeit drängt. Unterschreiben Sie!«

»Es ist ein bißchen viel verlangt, daß ich selber meine Geistesgestörtheit bescheinigen soll«, sagte Sybil und trat einen Schritt zurück.

»Das sollen Sie durchaus nicht! Wer spricht davon? Was Sie

unterschreiben sollen, ist nichts weiter als ein Zeugnis für Ihre absolute Unversehrtheit und die Ehrenhaftigkeit und Sorgfalt meiner Handlungsweise!«

»Warum soll ich es dann nicht durchlesen?«

»Einfach deshalb, weil die Phraseologie des Juristen jeder Frau fremd ist. Sie würden dies und jenes nicht verstehen, und das würde zu Mißverständnissen und Erörterungen führen. Kommen Sie! Lassen Sie mich nicht länger warten! Ich habe Aufregung genug durch Sie gehabt. Meine Frau hat sich mit schwerer nervöser Überreizung ins Bett gelegt. Ich muß ins Dorf und einen Arzt holen!«

Er reichte Sybil mit gewinnendem Lächeln den Halter.

Sie näherte sich dem Tisch und sah jetzt, daß der Bogen mit sehr kleiner Schreibmaschinenschrift bedeckt war. Als er ihren Blick sah, legte er rasch seine Hand über die Schrift. Mit der anderen deutete er stumm auf eine freie Stelle. Schon wollte sie die Feder ansetzen; denn sie war nur von dem Wunsch beseelt, die Freiheit wiederzugewinnen, gleichgültig, um welchen Preis. Da las sie zwischen seinen gespreizten Fingern eine Zeile:

Sollte die besagte Sybil Lansdown vor dem besagten Bertram Cody sterben, so . . .

»Nein«, sagte sie ruhig und fest, »ich unterschreibe prinzipiell nur, was ich vorher geprüft und gelesen habe.«

Da fiel die Maske von seinem Gesicht ab. Seine Kinnladen verschoben sich, seine Lippen entblößten die gelben Zähne, die Augen versanken in der Lidspalte. Er war nicht mehr der joviale, redegewandte Herr, er war jetzt der verstockte, in Sünden ergraute Verbrecher, der vor keiner noch so gemeinen Niedertracht zurückschreckt.

»Unterschreiben Sie«, brüllte er sie an, »oder ich gebe Ihnen Veranlassung, Ihre Weigerung zu bereuen!«

»Ich unterschreibe nicht. Bemühen Sie sich nicht länger!« sagte sie kalt und ablehnend.

Da riß er das Dokument vom Tisch und warf es in die Mappe.

Diesen Augenblick hatte sie abgepaßt. Mit einem Sprung war sie an der Tür. Schon hatte sie die Hand am Griff. Da packte er sie am Gelenk und schleuderte sie so kräftig zurück, daß sie zu Boden stürzte.

Er sah sie höhnisch an. Er gab sich keine Mühe mehr, sich zu verstellen.

»Hier bleiben Sie, bis Sie kirre geworden sind, mein Fräulein! Ich habe Zeit zu warten. Ob Sie warten können, ist eine andere Frage. Wenn Ihre Vernunft Ihnen nicht den einzigen Weg zur Rettung zeigt, wird der Hunger es tun müssen.«

Er warf die Tür ins Schloß und drehte den Schlüssel um. Seine Schritte verloren sich auf der Treppe. Sybil war allein.

Eine Zeitlang war sie zu gelähmt, um irgendeinen klaren Gedanken zu fassen. Dann aber meisterte sie allmählich ihre zukkenden Nerven und versuchte, ihre Lage zu übersehen. Sie hoffte auf Dick. Er war der einzige Posten, den sie auf ihrer Kreditseite hatte. Er stellte zwischen den bösen und guten Mächten ihres Schicksals den Ausgleich her. Gewiß, er würde sie finden und retten, ehe der Hunger sie zermürbt hatte. Vor allen Dingen mußte sie Cody daran hindern, die Kammer zu betreten, während sie womöglich im Schlaf lag.

Sie versuchte, den Schrank vor die Tür zu rücken, aber er war zu schwer. Nun stellte sie den Tisch davor, hob den Waschständer hinauf und stemmte ihn gegen die Klinke, so daß sie eingeklemmt und nicht zu bewegen war. Dann warf sie sich erschöpft auf die Matratze. Wie ein Panther umschlich sie der Schlaf. Sie versuchte, ihm zu entgehen. Verzweifelt rezitierte sie Gedichte, sprach das Alphabet, das kleine Einmaleins, es half nichts. Mitten in einer Multiplikation verschwammen ihre Gedanken, löste sich alles in wesenloses Nichts auf.

Sie erwachte jäh mit einem wilden Hämmern ihres Herzens. Ein Laut war aus der Tiefe des Hauses zu ihr emporgedrungen, ein Laut wie von schlürfenden Schritten, den ihr getreuer Wächter, das Gehör, im tiefsten Schlaf aufgefangen und auf ihr Gehirn übertragen hatte. Kam Cody etwa wieder, um sie zu quälen und zu drängen? Nun wohl, sie war gerüstet; mit dem Stuhl in der Hand würde sie ihn empfangen. Sie würde ihr Leben teuer verkaufen. Aber das Geräusch war verstummt. Eine lange Zeit blieb alles totenstill. Doch dann plötzlich zitterte durch das Haus ein dumpfer Schlag, als ob irgendein schwerer Körper zu Boden gefallen wäre. Ein Mann schrie auf, einmal, zweimal – die Schreie ertranken in verworrenem Lärm, und es klang, als würden Möbel zertrümmert. Sie lauschte mit allen Nerven, ihre Hand ballte sich über ihrem Herzen, umsonst beschwor sie den jagenden Puls ihres Blutes. »A-u-u-uh!«

Plötzlich war das ganze Haus von Jammergeschrei erfüllt. Es war der Schrei einer von Schreck geschüttelten Bestie, hoch und durchdringend – ein Schrei, der durch Mark und Bein drang. Dem ersten folgte ein zweiter Schrei, tiefer, gutturaler noch, dem dumpfer Schmerz beklemmend beigemischt war.

Sybil umkrampfte das eiserne Gitter des Bettes, einen Augenblick war sie vor Entsetzen der Ohnmacht nahe. Das Brausen ihres Blutes übertönte jedes von außen kommende Geräusch. Doch als sich die Schreie nicht wiederholten, beruhigte sich ihr Puls. Wieder lauschte sie an der Tür. Ein schwaches Schluchzen drang von unten herauf. Es mochte zehn Minuten dauern, dann wurde alles still.

Die Stille währte lange; es war die qualvollste Spanne Zeit, die Sybil in diesem Haus des Grauens verbracht hatte. Dann hörte sie wieder das unheimlich schlürfende Geräusch, das sie geweckt hatte. Es kam die Treppe herauf, jetzt war es im Gang vor ihrer Tür. Kein Zweifel, es rührte von nackten Füßen her, die schwer über eine glatte Fläche gingen. Jetzt blieben die Füße stehen. Sybil glitt vom Bett herab. Sie umfaßte den Stuhl mit beiden Händen und rückte so weit von der Tür ab, wie es ihr der enge Raum gestattete. Sie biß die Zähne zusammen, um den Schrei zu unterdrücken, den ihr gepreßtes Herz durch die Kehle hinaufjagte.

Jetzt faßte auf der anderen Seite eine Hand an die Klinke und versuchte, sie niederzudrücken. Aber Sybil hatte sie gut gesichert, und sie bewegte sich nicht. Wieder folgte eine Sekunde Stille, in der Sybil den Atem hörbar durch die Lippen zog, dann hämmerte eine Faust gegen die Tür, die in ihrem Rahmen wankte, aber nicht nachgab. Wer auch in die Kammer einbrechen wollte, er besaß keinen Schlüssel und kein anderes Werkzeug als die grobe Faust.

Sie hörte ein scharfes Geräusch am Boden, ihre Blicke richteten sich auf die Schwelle. Im nächsten Augenblick erstickte sie ihren Aufschrei der Angst mit der zusammengekrümmten Rechten. Ihre Augen starrten wie entrückt auf den Boden. Dort zeigte sich zwischen Tür und Schwelle eine nackte, mißgestaltete Zehe wie vom Fuß eines Riesen. Sie zog sich zurück, doch dann schoben sich drei große stumpfe Finger durch die Spalte. Sie waren naß und rot von Blut. Und jetzt griffen zwei Mörderhände unter die Tür und versuchten, sie aus den Angeln zu heben.

Bei diesem Anblick brach jeder Gedanke an Verteidigung in Sybil zusammen. Ihr Mund öffnete sich zu einem langgezogenen Schrei des Entsetzens. Nur hinaus! Hinaus!

Sie sprang auf den Stuhl. Sie hatte in der Panik des Augenblicks nur den einen unklaren Gedanken: Flucht durch das Fenster. Das Gitter, das die Dachluke versperrte, hatte sie vergessen. Sie packte den Riegel der Scheibe, doch jäh fuhr sie zurück. Hinter den Eisenstäben auf dem Dach erschien ein Gesicht, das auf sie herabstarrte – totenbleich, von Schweißtropfen überperlt ...

20

Da Inspektor Sneed Dicks Meinung teilte, daß seine unbekannten Gegner ein zweites Attentat auf sein Leben nicht versuchen würden, nachdem das erste so schmählich mißglückt war, hatte er die Posten aus Dicks Wohnung zurückgezogen. Sie kam dem jungen Mann daher bei seiner späten Heimkehr merkwürdig leer und unbewohnt vor. Er war am Nachmittag in der Bibliothek gewesen – als Leser, wie er vorgab, in Wahrheit aber, weil es ihn drängte, Sybil wiederzusehen. Eine Enttäuschung harrte seiner. Sie war fortgegangen. Eine Dame habe sie in einem Auto abgeholt, erzählte ihre Kollegin.

Er nahm nun ein Buch aus dem Schrank und versuchte zu lesen. Aber seine Aufmerksamkeit haftete nicht an den Worten. Alle Buchstaben formten sich zu Sybils Namen, und seine Gedanken liefen fortwährend im Kreise um das Geheimnis der sieben Schlösser, in das Sybil verstrickt war. Endlich befiel ihn eine sanfte Müdigkeit, so daß er auf erquickenden Schlaf hoffen durfte. Er stellte das Telefon wieder in sein Schlafzimmer und begab sich zu Bett. Einen Augenblick fiel ihm das Ungetüm ein, das ihn beinahe in seinen Kissen erwürgt hätte, und ein kalter Schauder durchrieselte ihn. Er hob seine Hand zur Lampe, aber er zog sie wieder zurück. Keinesfalls durfte er seine Nerven zu Herren seiner Vernunft werden lassen. Er schloß die Augen und überließ sich einem Zustand zwischen Wachen und Dämmern.

Da fuhr er hoch. Das Telefon klingelte aufdringlich dicht neben seinem Ohr. Er griff zum Hörer und schaltete mit der anderen Hand das Licht ein. »Halloh!« meldete er sich.

»Ferngespräch! Bleiben Sie am Apparat«, erwiderte eine dünne Stimme.

Er wartete. Ein Knacken ging durch die Leitung. Dann wurde alles still. Doch da –

»M-ö-r-d-e-r ... H-i-l-f-e ... M-ö-r-d-e-r«, schrie es auf und wieder: »H-i-l-f-e ... er ist da ... er läßt mich ermorden ...«

Dicks Hand, die den Hörer festhielt, bebte. Sein ganzes Wesen drängte zum Beistand. Hier lag er hilflos, viele Meilen vom Schreckensort entfernt, und mußte alles mit anhören.

»Wer ist am Apparat?« fragte er heiser.

Keine Antwort.

»Wer spricht?« rief er lauter. »Mein Gott, antworten Sie doch! Wie soll ich Ihnen sonst helfen?«

Keine Antwort. Und doch ...

Die Antwort war ein Schrei, ein dumpfer Schlag, ein langgezogenes Stöhnen.

»Wer sind Sie?« schrie Dick, den die Aufregung schüttelte. »Wer sind Sie? Von wo telefonieren Sie?«

Plötzlich war wieder die Stimme da. Sie lallte ein Wort. Das Wort wurde zum Schrei, wie in letzter Todesnot hervorgepreßt, und in schrillem Aufschluchzen endend. Dann entfernte sich die Stimme, als würde sie gewaltsam vom Apparat getrennt. Nur erstickt klang sie an Dicks Ohr.

»Rührt mich nicht an! Ich war – mit der Polizei verbunden Ich liefere euch aus! H-i-l-f-e! H-i-l-f-e!«

Ein Knall unterbrach die Schreie. Danach war Grabesstille.

Dick trommelte auf die Gabel. Nach einigen Sekunden, die ihm wie Ewigkeiten vorkamen, meldete sich das Fernamt.

»Können Sie feststellen, woher der Fernruf kam?«

»Ich glaube aus Sussex«, erwiderte die Beamtin. »Haben Sie besondere Gründe, eine solche Feststellung zu wünschen?«

»Die dringendsten! Es war ein Hilferuf. Jemand, der mich kennt, muß überfallen worden sein!«

»Ihr Name, bitte!«

»Dick Martin von Scotland Yard.«

»Ihr Amt und Ihre Nummer?«

Dick nannte sie.

»Danke sehr. Sie können auflegen. Wir rufen an.«

Dick Martin legte den Hörer nieder und sprang aus dem Bett. Er hatte ein feines Unterscheidungsvermögen für Trug und Wahrheit. Er wußte, hier hatte ein Mensch in höchster Todesnot zu ihm gesprochen. Die Stimme konnte er vorerst mit keiner Person in Verbindung bringen, obwohl sie ihm bekannt vorkam. Er schnürte gerade an seinen Halbschuhen, als sich das Telefon wieder meldete.

»Hier Fernamt. Der Anruf kam aus South Weald, Sussex!«

Dick stand einen Moment wie versteinert.

Wie in einem elektrischen Transparent flammten Buchstaben vor ihm auf und bildeten ein Wort: ›Cody‹.

Cody war der Pächter von South Weald House. Er hatte mit ihm gesprochen. Er mußte gehofft haben, daß seine Verbindung mit dem gefürchteten Detektiv die Mörder von dem Schlimmstem abhalten würde. Aber diese Hoffnung hatte getrogen. Seine Sterbeschreie legten davon ein grimmiges Zeugnis ab.

Es dauerte einige Sekunden, bis Dick sich gefaßt hatte, dann bat er unter Schilderung der näheren Umstände das Fernamt, die nächstgelegene Polizeiwache von dem Überfall in Kenntnis zu setzen.

Schließlich ließ er sich die Nummer Brixton 9007 geben. Sneed war sein erster Gedanke. Er mußte helfen. Wenn nur das Klingelzeichen stark genug war, um seinen Bärenschlaf zu unterbrechen.

Zu seinem Erstaunen meldete Sneed sich sofort.

»Sie sind es, Dick Martin? Menschenskind, Sie stören meine schönste Bridgepartie. Ich nehme hier einigen Kollegen vom Hauptquartier scheffelweise das Geld ab. Es sind die reinsten Säuglinge, sag' ich Ihnen –« Protestierende Stimmen wurden im Hintergrund laut. »Na, wollt ihr etwa behaupten, daß ihr mehr vom Bridge versteht als ein schnullerndes Baby?«

Dick riß die Geduld.

»Aber so hören Sie doch mit dem Unsinn auf, Sneed! Ich habe Ihnen etwas sehr Wichtiges zu sagen. Cody hat mich angerufen. Er ist überfallen worden – Mörder befinden sich in seinem Hause.«

Er schilderte, auf wie sonderbare Weise ihn die Kunde davon erreicht hatte.

»Das klingt böse«, sagte Sneed, plötzlich sehr ernst geworden. »Wir fahren hin. Ich rufe sofort ein Auto!«

»Mein Wagen fährt schneller. Ich hole Sie ab.«

»Gut, Martin. Wir kommen Ihnen entgegen. Erwarten Sie uns unter dem Eisenbahnbogen. Inspektor Elbert und Sergeant Staynes werden uns begleiten.«

»Ausgezeichnet. Ich fürchte, wir brauchen jeden Arm!«

Dick hängte ein, froh über die Unterstützung, die er sich gesichert hatte. Er riß den Mantel vom Riegel und stürzte zur Tür. Als er sie öffnete, fuhr er in höchstem Erstaunen zurück. Eine bleiche Frau hob die Hand zur Türklingel.

»Mrs. Lansdown!« stammelte er.

Sybil! Eiskalter Schrecken überfiel ihn.

»Ich weiß mir keinen Rat mehr«, klagte sie. »Meine Tochter ist verschwunden!«

»Bitte, kommen Sie doch herein«, sagte Dick, der plötzlich sein Herz schlagen hörte. »Erzählen Sie mir alles der Reihe nach. Jede Einzelheit ist von Wert.«

Mrs. Lansdowns Geschichte war rasch erzählt. Als sie gegen acht Uhr nach Hause kam, war Sybil nicht da. Bis um zehn machte sie sich deswegen noch keine Sorge. Dann rief sie bei ihrer Freundin an, bei der Sybil oft die Abende verbrachte. Sie hatte sie seit Tagen nicht gesehen. Ein zweiter, ein dritter Anruf bei anderen Bekannten blieb ebenso erfolglos. Dann war es ihr geglückt, Sybils Kollegin zu erreichen. Das junge Mädchen gab endlich den gewünschten Aufschluß. Eine fremde Dame habe Sybil besucht und sie zu einer Autofahrt eingeladen. Wer war die Dame? Darüber zergrübelte sich die Mutter den Kopf. Inzwischen wurde es Mitternacht, und von Sybil noch immer keine Spur.

Dick hörte aufmerksam zu. Mit eiserner Ruhe zwang er die tobende Unruhe seines Herzens nieder.

»Hat Sybils Kollegin eine Beschreibung der Dame gegeben?«

Mrs. Lansdown nickte.

»Wie sah sie aus?«

Mrs. Lansdown gab ein paar Anhaltspunkte. Sie war noch nicht zu Ende, da setzte fast sein Herz aus. Er kannte die grobknochige, penetrant duftende Dame, die er ursprünglich für eine einfältige Wirtschafterin gehalten hatte. Es war Mrs. Cody.

Mrs. Lansdown sah ihn erbleichen. Das Wort erstarb ihr im Munde; sie packte seinen Arm.

»Mein Gott, Sie ahnen etwas! Ist es so schlimm?«

Dick schüttelte mühsam den Kopf.

»In zwei Stunden habe ich Klarheit«, sagte er, äußerlich gefaßt. »Wollen Sie meinen Anruf hier erwarten? Meine Bibliothek steht Ihnen zur Verfügung!«

»Nein, nein! Es ist besser, ich gehe heim. Es ist doch nicht ausgeschlossen, daß Sybils Verschwinden sich ganz harmlos aufklärt. Dann kommt sie zurück und ängstigt sich zu Tode, wenn sie die Wohnung leer findet. Aber gehen Sie nur, Mr. Martin! Kümmern Sie sich nicht um mich! Ich finde meinen Weg schon allein, und mein Auto hält vor der Tür.«

Es war keine Minute zu verlieren. Dick befolgte ihren Rat und eilte vor ihr die Treppe hinab. Er riß die Tür zur Garage auf, sprang ans Steuer, fuhr das Auto hinaus. Es war ihm wohler, als er das Rollen der Räder unter den Füßen spürte. Jede Sekunde brachte ihn jetzt dem Tatort näher.

Unter dem Eisenbahnbogen in Brixton Road standen drei vermummte Gestalten.

»Steigen Sie schnell ein«, rief Dick ihnen zu.

Sneed wählte den Platz an seiner Seite.

Dick starrte auf die menschenleere Straße, über die sein Scheinwerfer fegte.

»Miss Lansdown ist verschwunden«, preßte er durch die Zähne hervor, »und ich fürchte ...«

Er schwieg einen Moment. Der Winker flog heraus. Das Auto schwang um eine scharfe Kurve.

Als er wieder freie Bahn hatte, sprach er in dürren Worten seine furchtbare Vermutung aus. Dann schwieg er eine Weile, die Lippen hart aufeinandergepreßt. Die Tachometernadel zeigte immer höhere Geschwindigkeiten an.

»Jetzt wird die Polizei von Sussex bereits in South Weald sein«, sagte er, und sein Ton drückte Wunsch und leisen Zweifel zu gleicher Zeit aus.

Sneed schüttelte den Kopf.

»Glauben Sie nur das nicht, Martin. Sie ahnen gar nicht, wie rückständig das ganze Polizeiwesen in der Provinz ist. Möglicherweise hat die nächste Wache gar kein Telefon oder, wenn sie es hat, ist es nicht in Betrieb, weil die Vermittlungsstelle ihren Laden um zehn Uhr zumacht. Selbst angenommen, der Fernruf hätte die Polizei erreicht, so wird sich der Dorfpolizist deswegen noch lange nicht aus den Federn bemühen. Er hält sich an seine Instruktionen und handelt nur, wenn ein beglaubigter Hilferuf vorliegt. Wissen wir denn auch, ob Cody die Wahrheit sprach? Vielleicht wollte er Ihnen nur eine Falle stellen!«

Dick konnte nicht gleich antworten. Ein Lastauto kam ihm entgegen.

»Nein«, sagte er endlich, »die Schreie waren echt.«

Die nächste Viertelstunde verbrachten sie schweigend; jeder hing seinen Vermutungen nach.

»Sind wir hier nicht in der Nähe vom ›Galgenhof‹?« fragte Sneed plötzlich und beugte den Kopf hinaus.

»Links«, erwiderte Dick und ließ den Scheinwerfer aufleuchten.

Die zerbröckelnde Mauer brach aus der Dunkelheit hervor und trat grell ins Licht. Das Tor hing noch windschiefer als sonst in den Angeln. Die Bäume ragten dunkel in den Himmel, scharf umrissen vom Mondlicht. Dann sank wieder alles in den Abgrund der Nacht. Das Auto raste vorüber.

»Ein Phantom, ein Schatten, diese ganze Affäre Selford«, sagte Sneed sinnend. »Wo man sie auch anpackt, man greift ins Leere. Ich möchte wohl wissen, was er auf dem Kerbholz hat!«

»Wer?« fragte Dick aufschreckend.

»Wer anders als der Lord! Warum umkreist er als eine Art zweiter Ahasver unaufhörlich den Globus? Um ein Buch zu schreiben? Um Land und Leute zu sehen? Erzählen Sie mir das nicht! Jeder junge Peer hat den natürlichen Wunsch, zunächst in England zu glänzen. Und was für ein Interesse könnte er als harmloser Globetrotter daran haben, sich jeder Feststellung durch dauernde Ortsveränderung zu entziehen? Denken Sie doch! Acht Monate reisen Sie ihm nach und haben ihn niemals von Angesicht zu Angesicht gesehen!«

»Ihn selber wohl nicht, aber seine Fotografie«, war Dicks überraschende Antwort.

Sneed zuckte zusammen. Im Schein der Lampe sah Dick seinen auffunkelnden Blick.

»Menschenskind, und das sagen Sie mir erst jetzt?«

Dick ließ den Blick des Inspektors an seinem Profil abgleiten.

»Was liegt an einer Fotografie?« fragte er gelassen.

»Sagen Sie das nicht! Hat man die Fotografie, dann hat man die Fährte des Verbrechers, und die halbe Arbeit ist getan.«

»In diesem Fall gehört der Verbrecher dem höchsten englischen Adel an«, gab Dick lächelnd zu bedenken.

Mit einer Handbewegung schob Sneed den Einwand beiseite.

»Erzählen Sie mir«, drängte er, »wie sind Sie zu der Fotografie gekommen? Durch Havelock?«

»O nein«, erwiderte Dick, »ich verdanke sie einem glücklichen Zufall. Lord Selford befand sich in Kapstadt, als der neue Generalgouverneur seinen Einzug hielt. Die Neugierde trieb ihn auf den Balkon hinaus, gerade als ein Pressefotograf die Hotelfront knipste. Als ich drei Tage später den Portier bat, mir Lord Selford zu beschreiben, zeigte er mir das Bild in der Zeitung. Ich begab mich sofort in die Redaktion des Blattes, lieh die Platte aus und ließ danach eine Vergrößerung anfertigen.«

»Und wie sieht er aus?« fragte Sneed mit verhaltenem Atem.

»Ein Dutzendgesicht«, war Dicks unbefriedigende Antwort. »Allerdings kam es mir vor, als hätte ich es schon einmal gesehen.«

Er schwieg, mit dem Steuer beschäftigt. South Weald war erreicht. Zu beiden Seiten der breiten Dorfstraße lagen die kleinen, behäbigen Häuser in tiefem Schlummer. Das Mondlicht spiegelte sich in schwarzen Scheiben. Hier und da bellte ein Hund.

Der Wagen hielt vor dem Hause der Dorfpolizei, in dem hinter vergittertem Fenster die winzige Arreststube lag. Auf mehrfaches Klopfen und Rufen erschien der unfrisierte Kopf einer verschlafenen Frau im Mansardenfenster.

Nein, ein Alarmruf hatte sie nicht erreicht. Ihr Mann war schon am frühen Nachmittag ausgegangen, um mit dem Revierförster nach Wilddieben zu fahnden. Ein Telefon hatten sie nicht. Wozu auch? Seit Menschengedenken war nicht das geringste passiert, was eine solche Einrichtung hätte rechtfertigen können. Sie wolle aber gern ihrem Mann jede Bestellung ausrichten. Die Londoner Kriminalbeamten machten anscheinend keinen sehr großen Eindruck auf sie.

Sneed schaute Dick triumphierend an. Wieder einmal hatte er recht behalten. Was er sagte, ging im Geräusch des Fahrens verloren. Das Auto jagte durch die Dorfstraße und hielt unter dem Druck der Bremse jäh vor dem Eingangstor von South Weald House.

Dick ließ seine Hupe in regelmäßigen Abständen ertönen, aber aus dem kleinen Pförtnerhaus drangen kein Laut und keine Bewegung nach außen. Wahrscheinlich war es unbewohnt. Dick stieg ab und prüfte das Tor. Es war nur durch einen Gleitriegel gesichert. Dick schob ihn zurück. Das Tor schwang langsam auf. Er hakte beide Flügel nach innen ein und sprang auf den Führersitz. Mit leisem Knirschen glitten die Räder über den Fahrweg. Plötzlich stand die wuchtige Masse des Hauses mit vorgeschobener Säulenhalle und Freitreppe quer vor der Anfahrt. Der Wagen hielt. Vier Augenpaare suchten die Hausfront ab.

Kein Fenster war erhellt. Totenstille umgab das Haus. Dick

riß an der Glocke. Ihr helles Läuten verlor sich im Innern des Hauses. Er wartete eine Minute und läutete zum zweiten, zum dritten Male mit demselben Ergebnis. Sein scharfes Ohr vernahm nicht einen einzigen verdächtigen Laut.

Nun hämmerten sie mit vereinten Kräften gegen die Tür. Drei Minuten gingen auf diese Weise verloren. Dann warfen sie Kieselsteine gegen die Fenster der oberen Etage, vor denen die Läden fehlten. Aber auch auf dieses Zeichen hin rührte sich nichts.

»Sie wollen nicht öffnen, wir müssen die Fenster einschlagen«, erklärte Sneed mit grimmigem Ernst.

Er blickte am Haus empor. Die Fenster des Erdgeschosses waren durch schwere Rolläden verschlossen. Nirgends bot sich eine erreichbare Scheibe.

Da deutete Dick stumm auf zwei kleine unvergitterte Zierfenster, die das Portal zu beiden Seiten flankierten.

Sneed schüttelte den Kopf.

»Wer soll sich da hindurchzwängen?«

»Ich«, sagte Dick lakonisch.

»Sie?« Der Inspektor maß ihn von Kopf bis Fuß. »Einem fünfjährigen Knirps will ich das zutrauen, aber Ihnen ...?«

»Wollen wir wetten?« fragte Dick.

Er lief zum Auto zurück und suchte in seinem Werkzeugkasten. Mit einem Schraubenschlüssel kam er wieder. Er klopfte die Farbe vom Scheibenrahmen ab und drehte die Schrauben heraus. Nach fünf Minuten nahm er das unbeschädigte Glas aus dem Rahmen. Von Elbert und Staynes unterstützt, schlüpfte er, seitwärts gedreht und die Füße voran, durch die Öffnung. Dabei wand er sich wie ein Aal, bog die Schultern zusammen und zog, als er den Boden unter den Füßen fühlte, behutsam den Kopf nach. Außer einem Kratzer am Ohr hatte er keinen Schaden genommen. Sneed stand und staunte.

Drinnen richtete Dick sich auf und versuchte, mit den Blicken die Dunkelheit zu durchdringen. Auf einem Treppenabsatz tickte eine Uhr. Es war, als schlüge noch das Herz in einem Körper, der sein Leben bereits ausgehaucht hatte. Dick überwand das Grauen, das ihn aus der völligen Finsternis des Hauses wie ein Raubtier ansprang, und tastete sich vorwärts.

Plötzlich prallte er zurück. Sein außergewöhnlich feiner Geruchssinn hatte eine fürchterliche Wahrnehmung gemacht. Er riß die Taschenlampe aus der Hosentasche und ließ sie aufleuchten. Eine Kette und ein doppelter Riegel sicherten die Haustür. Er nahm die Kette ab, stieß die Riegel zurück und öffnete die Tür.

Im schmalen Strahl des Lichts suchte er Sneeds Augen.

»Hier sind bestimmt Mörder am Werk gewesen. Das ganze Haus riecht nach Blut!«

»Nach Blut . . .?« fragte Sneed. Er zog die Luft durch seine Nasenflügel ein. »Ich rieche nichts!«

Seine Augen ruhten hilfesuchend auf seinen Gefährten, deren entsetzte Blicke über den Boden gingen. Unterdessen suchte Dick nach den Lichtschaltern. Er entdeckte ein Schaltbrett und drehte rasch hintereinander sämtliche Schalter an. Eine Lampe erleuchtete die Diele, eine zweite den Treppenabsatz darüber. Wo sich die Lampen befanden, die von den übrigen Schaltern bedient wurden, ließ sich jetzt noch nicht feststellen.

Die Blicke der Männer suchten die Diele ab, die Treppe, die in das obere Stockwerk führte. Plötzlich packte Inspektor Sneed Dick am Arm.

»Wer – wer –«, stammelte er mit erblassenden Lippen.

Er starrte nach oben, und als Dick seinem Blick folgte, gewahrte er das Schattenbild einer menschlichen Gestalt, die hinter dem Treppengeländer kauerte und mit aufgestützten Armen reglos auf sie herabsah. Im ersten Moment konnte sich Dick diese übernatürliche Erscheinung nicht erklären, und sein Blick weitete sich. Doch dann kam das Verständnis rasch, und er zog seinen Revolver. Die Lampe, die auf dem oberen Treppenabsatz brannte, war offenbar tief angebracht und befand sich im Rükken der kauernden Gestalt, so daß deren Schatten in natürlicher Größe und ohne jede Verzerrung auf die Wand gegenüber geworfen wurde.

Mit langen Sprüngen eilte Dick die Treppenstufen hinauf. Sein Schatten lief mit, entschwand einen Augenblick und erschien dann deutlich neben der reglosen Gestalt.

Seine Stimme klang leise und wie beengt.

»Kommen Sie, Sneed!«

Der Inspektor stieg etwas langsamer hinauf. Als er den ersten Treppenabsatz erreicht hatte, wandte er sich um. Eine zweite Treppe führte in das Dunkel des oberen Stockwerks.

Doch er bewegte sich keinen Schritt weiter. Wie angewurzelt blieb er stehen.

Von oben her stierte ein weißes Gesicht mit gräßlich verdrehten Pupillen auf ihn nieder. Es war das grobknochige Gesicht einer verblühten Frau in schwarzem Seidenkleid. In ihren Zügen lag ein Ausdruck so unmenschlichen, versteinerten Grauens, als hätte sie in die Maske der Medusa geblickt.

21

»Tot, nicht wahr?« fragte Sneed den Freund, als er mit schweren Füßen die letzten Stufen erklomm.

Dick nickte. Sneed beugte sich zu ihm nieder und entdeckte nun, was den Körper noch im Tode aufrecht hielt. Die Frau kniete auf einer gepolsterten Truhe, die unmittelbar am Treppengeländer stand, und sie hatte sich so fest gegen die Brüstung gepreßt, daß die Erschlaffung der Muskeln wohl ihren Kopf auf die Brust hatte sinken lassen, doch an der Haltung ihrer Glieder sonst nichts zu ändern vermochte. Sacht legten sie die Frau auf den Boden und nahmen schonend die erste Untersuchung vor. Nirgends fand sich die Spur einer Gewalttat. Doch die letzte Wärme hatte sich bereits aus den Adern verflüchtigt.

»Herzschlag infolge Nervenschock«, sagte Sneed. »Ich habe schon einmal einen ähnlichen Fall erlebt. Die Frau muß etwas Grauenhaftes gehört oder gesehen haben!«

»Was hat sie in der Hand?« fragte Dick plötzlich und bog mühsam ihre verkrampften Finger auf.

Ein harter Gegenstand fiel mit leicht metallischem Klang auf den Fußboden. Dick bückte sich danach.

»Sneed«, schrie er auf und hielt etwas Silberglänzendes in den matten Schein des Lichts. Sneed starrte auf seine Hand.

»Der dritte Schlüssel zur unterirdischen Tür«, sagte Dick leise, und seine Stimme zitterte vor Erregung.

Wortlos tauschten die Männer einen Blick. War das die Lösung – oder nur ein Knoten mehr, den das Schicksal knüpfte?

Dick ließ den Schlüssel in seine Tasche gleiten. Er sah, wie Sneed die Wand nach Drähten absuchte.

»Sie wollen wissen, wo das Telefon ist?« fragte er den Inspektor. »Ich habe es gesehen, als ich das erste Mal hier war. Es befindet sich in der Bibliothek neben dem Wohnzimmer!«

Beiden verbot ein leises Grauen, den Namen Cody auszusprechen.

Als erster wollte Dick die Treppen wieder hinabgehen. Doch seine Hand, die auf dem Geländer entlang glitt, zuckte plötzlich zurück.

»Mein Gott, sehen Sie dort!«

Er deutete auf den dunkelgrauen Läufer, mit dem die Treppe ausgeschlagen war. Im hellen Schein der Lampe leuchtete ein unheimlicher Fleck.

Was war es?

Der rote Abdruck eines nackten Fußes!

Dick bückte sich und berührte den Fleck mit dem Finger.

»Blut«, sagte er gepreßt. »Mein Geruchssinn hat mich also doch nicht getäuscht. Der Fuß muß mit Blut über und über bedeckt gewesen sein. Der Plüsch ist ganz durchtränkt!«

Sie fanden den Abdruck des blutigen Fußes einige Stufen tiefer wieder und dann auf jeder zweiten Stufe, und je näher sie dem Treppenabsatz kamen, desto schärfer zeichnete er sich ab.

»Er nahm zwei Stufen zu gleicher Zeit, weiter oben beim Anblick der Frau sogar drei«, sagte Dick. »Wenn wir genau nachsehen, werden wir die Spuren auf der Diele wiederfinden.«

Der Fußboden des Vestibüls bestand aus glatt poliertem Holz. Darüber lagen Perserbrücken in satter dunkelroter Tönung, auf denen Flecken nur sehr schwer zu erkennen waren. Aber bei genauerer Untersuchung fanden sie auch hier die unheimlichen Abdrücke. Sie führten zu einer Tür, deren Klinke sich nicht bewegen ließ.

»Ein Federschloß«, erklärte Sneed. »Es schnappt automatisch ein, wenn die Tür geschlossen wird.«

»Was mag in dem Zimmer gegenüber sein?«

Die Tür dorthin ließ sich öffnen. Eine glänzende Helle empfing die Eintretenden. Argwöhnisch zog Dick die Brauen zusammen, bis ihm einfiel, daß er selber das Licht am Schaltbrett draußen angedreht hatte.

Der Raum diente offenbar als Eßzimmer. Der Tisch war abgeräumt. Die Stühle standen in Reih und Glied. Ein Telefon befand sich auf dem Kredenztischchen.

Man begab sich wieder an die verschlossene Tür. Sie barg das Geheimnis!

Dick hatte in seinem Werkzeugkasten einen Wagenheber. Dieser wurde jetzt zum Retter, nachdem ein Brecheisen versagt hatte. Er stellte ihn auf den langen Tisch, der auf der Diele stand, und stieß den Hebel ins Schloß. Es dauerte nicht lange, und die Tür flog auf.

Dick erblickte die Bibliothek vor sich, in die Mrs. Cody ihn bei seinem ersten Besuch geführt hatte. Auch hier brannte die Deckenbeleuchtung. Dicks Blick überflog den Schreibtisch. Das Telefon hing an der Schnur herab, der Hörer lag auf dem Boden. Mit zwei Sätzen war Dick im Zimmer. Bedächtiger folgte Sneed.

Im selben Augenblick gingen sämtliche Lampen aus. Wieder war es stockfinstere Nacht.

»Hat jemand die Schalter berührt?« schrie Sneed in die Diele hinaus.

»Nein, Sir«, erwiderte ehrerbietig Sergeant Staynes, der die Tür bewachte.

Dick drückte auf den Knopf seiner Taschenlampe und richtete den weißen Strahl auf den Boden. In der Mitte des Raumes stand, quergestellt, ein mächtiges Klubsofa. Als er es umging, traf das Licht seiner Lampe auf eine zusammengekrümmte menschliche Gestalt, die sich nicht mehr bewegte.

Es war Bertram Cody, und der Tod hatte ihn auf grauenhafte Weise ereilt.

Er lag mit hochgezogenen Beinen und gekrümmter Wirbelsäule auf dem Rücken. Sein Kopf schwamm in einer dicken Lache geronnenen Blutes. Die Schädeldecke war durch wuchtige Hiebe vollständig zertrümmert worden.

Sie suchten nach der Waffe, mit der die Schläge geführt worden waren, und fanden einen schweren, blutbesudelten Feuerhaken neben dem Kamin.

Alle Schubfächer des Schreibtischs waren aufgerissen und geleert. Nicht einen einzigen Fetzen Papier hatten die Mörder zurückgelassen. Die Türen des Bücherschranks standen weit offen, die Bücher waren auf dem Boden verstreut. Auch hier hatte man offenbar nach gefährlichen Dokumenten gefahndet.

Sneed zog ein Paar weiße, baumwollene Handschuhe an, die er stets bei sich trug, hob den Feuerhaken sorgfältig auf und legte ihn auf den Schreibtisch. Dann besprach er sich mit Inspektor Elbert, der daraufhin ins Eßzimmer ging und telefonierte.

»Er spricht mit Scotland Yard«, klärte Sneed seinen Freund auf. »Die Fingerabdrücke auf dem Feuerhaken müssen sofort fotografiert werden. Außerdem brauchen wir die Unterstützung der hiesigen Polizei. Der Fall liegt viel ernster und komplizierter, als ich gedacht habe.«

Sie suchten mit ihren Taschenlampen alle Wände ab und fanden eine Tür, die in ein luftiges Kabinett führte. Hier wurde augenscheinlich das Frühstück eingenommen, denn auf der zierlichen Anrichte standen ein Speisewärmer und ein elektrischer Brotröster.

»Soviel steht jedenfalls fest«, faßte Dick das Ergebnis ihrer Untersuchungen zusammen, »Cody hat mich im Augenblick des Überfalls angerufen. Mrs. Cody hat Sybil Lansdown unter irgendeinem Vorwand hergelockt. Und Miss Lansdown ist die einzige, von der wir noch nichts wissen. Sneed, wir müssen alles tun, was in unserer Macht steht, um sie zu finden!«

Die Angst um Sybil schnürte ihm die Kehle zusammen, und unter seinem scheinbar gelassenen Ton barg sich der quälendste Zweifel.

»Wenn wir nur erst den Täter hätten«, grollte Sneed aus bedrängtem Herzen. »Er muß sich irgendwo in unserer Nähe herumtreiben; das Licht ist nicht durch Zufall ausgegangen!«

Inspektor Elbert kam zurück.

»Meine Verbindung ist plötzlich unterbrochen worden. Jemand hat die Telefondrähte durchschnitten.«

Sneed sah Dick mit bedeutungsvollem Blick an. Dann wandte er sich an den Kollegen.

»Wieso durchschnitten? Woraus schließen Sie das?«

»Die Zentrale in Scotland Yard hatte sich schon gemeldet. Ich sprach gerade mit Mr. Elmer. Da geht plötzlich ein Knacken durch die Leitung. Scotland Yard meldete sich nicht mehr, das Amt auch nicht.«

»Besetzen Sie alle unteren Räume Sneed«, bat Dick. »Ich suche unterdessen das obere Stockwerk ab.«

Er stieg wieder die Treppe hinauf, aber er vermied den Blick in das Gesicht der starr ausgestreckten Frau. Dann ging er von Zimmer zu Zimmer. Alle Türen standen offen; überall herrschte die tadelloseste Ordnung, und nirgends fand sich auch nur der geringste Hinweis auf Sybil. Dafür entdeckte er auf dem Teppich im Korridor wieder die Blutspur und folgte ihr durch den ganzen Gang bis zu einer schmalen Stiege. Die Fußabdrücke verblaßten und verschwanden allmählich ganz; nur hier und da noch fanden sich vereinzelte Spritzer. Dann aber traf er auf einen unregelmäßigen Fleck in halber Höhe der weißgetünchten Wand. Es sah aus, als wäre hier jemand mit offener Wunde vorübergestreift. Die Höhe des Flecks ließ ungefähr auf die Lage der Wunde schließen.

Ein paar Schritte weiter stieß Dick auf ein kleines Bündel blutiger Lappen, die offenbar als Verband gedient hatten. Nun kam er sofort auf die Lösung.

Lew Pheeneys Mörder, sein Angreifer in Stalettis Park, der Mann, der zweimal mit mörderischer Absicht in seine Wohnung eingedrungen war – er hatte auch diese Untat begangen. Offenbar hatte sich Cody im letzten Augenblick verzweifelt gegen ihn gewehrt. Dabei hatte sich der Verband verschoben und die Wunde von neuem geöffnet.

In tiefen Gedanken erklomm Dick die Stiege und befand sich bald in einem engen Mansardengang, auf den nur drei Türen mündeten. Wahrscheinlich war dies nicht die einzige Bodentreppe, und doch war es Dick, als stünde ihm hier, in diesem abseits gelegenen Dachwinkel des Hauses, eine wichtige Entdeckung bevor. Er öffnete die erste Tür und schloß sie enttäuscht. Dahinter lag ein kahler Raum, der nichts enthielt als eine Zinkwanne. Die zweite Tür führte in eine Rumpelkammer, deren Staubschichten davon Zeugnis ablegten, daß sie seit Monaten nicht betreten worden war. Dann kam er zur dritten Tür, ganz am Ende des Ganges. Und da sah er sofort: mit dieser Tür war etwas Ungewöhnliches geschehen. Sie hing nur lose in den Angeln. Ein breites Loch klaffte in der Füllung. Das Schloß war durch furchtbare Gewalteinwirkung herausgeschlagen worden, und nur eine einzige Schraube hielt es noch im Holz fest. Drinnen standen die wenigen Möbel in wilder Unordnung durcheinander. Ein Stuhl und ein Waschständer lagen umgestürzt auf dem Boden. Das Geschirr war zerbrochen, das Bett zerwühlt. Und da, auf dem Boden neben dem Bett sah er – seine Hand umkrampfte die Lampe, und hörbar zog er den Atem ein – ein kleines, blutbeflecktes Spitzentaschentuch liegen.

Einen Augenblick lang stand er wie angefroren auf seinem Platz, und das Herz wurde zu einem so schweren Eisklumpen in seiner Brust, daß es ihn auf die Knie niederziehen wollte. Dann stieß er den Atem aus, bückte sich rasch und hob das Tuch auf. Er suchte nach einem Monogramm und sah es schon im Geiste vor sich, ehe er es in einer Ecke fand.

Dann starrte er lange auf die blutgeröteten, verschlungenen Initialen S. L.

Er träumte nicht. Dort stand es: Sybil Lansdown!

22

Auf sein lautes Rufen kam Sneed, so schnell er konnte, die Stiege heraufgestürzt. Zusammen suchten sie noch einmal den Raum ab.

»Die ganze Tür ist mit Blut bespritzt. Haben Sie es gesehen? Sogar dort unten!« Sneed ließ das Licht seiner Lampe an der Tür herabgleiten. »Und dort an der Türkante!« Er bückte sich ächzend nieder. »Sehr deutliche Fingerabdrücke. Jemand hat die Hand unter die Tür geschoben und sie aus den Angeln zu heben versucht. Ein Bravourstückchen für einen Athleten! Donnerwetter, was für Tatzen der Mann hat! Martin, das muß der Kerl gewesen sein, der hinter Ihnen her ist!«

Dick nickte stumm. Wenn er sich den Riesen nur vorstellte, jetzt, wo er ihn auf Sybils Fährte wußte, so würgte es ihn im Halse.

Sneed richtete sich mühsam auf. Dabei fiel sein Blick auf die Dachluke.

»Hm – das sieht doch alles mehr nach Flucht und Verfolgung aus. Klettern Sie mal nach oben, Martin! Ich bin ein paar Kilo zu schwer dazu!«

Dick stellte den Stuhl unter die Dachöffnung. Er sprang hinauf und tastete an der Luke nach einem Halt. Als er ihn hatte, schwang er sich mit einem Klimmzug empor. Er befand sich auf einer drei Fuß breiten Dachrinne. Eine niedrige Brustwehr begrenzte sie auf der einen Seite, auf der anderen stieg das Dach steil bis zum First in die Höhe.

Dick leuchtete an der Rinne entlang und sah plötzlich eine Leiter über die Brustwehr emporragen. Vorsichtig bewegte er sich auf die Leiter zu, griff um die Brustwehr herum und beugte sich in die Tiefe. Nun sah er, warum die Leiter vorhin, als sie das Haus umschritten hatten, ihrer Aufmerksamkeit entgangen war. Sie lehnte in einem rechteckigen Winkel des Hauses und entzog sich daher bei einer oberflächlichen Untersuchung den Blicken.

Er kehrte auf demselben Weg zurück, um Bericht zu erstatten.

»Jemand muß ihr von außen zu Hilfe gekommen sein«, sagte er. »Sicher ist sie geflüchtet!«

Der Inspektor maß die Entfernung bis zur Dachluke.

»Helfen Sie mir hinauf«, bat er entschlossen.

Im ersten Augenblick erschien Dick dies Verlangen lachhaft. Dann aber stellte sich heraus, daß Sneed unter seinem Fettpolster über Bärenkräfte verfügte. Die einzige Unterstützung, die er zu Dicks großer Erleichterung brauchte, waren ein paar aufmunternde und anerkennende Worte. Dann saß er auf der Rinne, ließ die Beine in die Luke hängen und spähte über das Dach.

Plötzlich zog er die Unterlippe scharf zwischen die Zähne und streckte die Hand aus.

»Hier ist der Kerl auch gewesen. Sehen Sie den dunklen Fleck? Da hat er sich mit der Hand auf das Schieferdach gestützt. Dann hat er die Leiter mit seinen blutigen Händen berührt. Die erste und die dritte Sprosse sind ganz mit Blut befleckt.«

Das Licht seiner Lampe bestätigte seine Beobachtungen.

Dick biß die Zähne zusammen. Die leise Hoffnung, die ihn seit der Entdeckung der Leiter belebt hatte, erlosch bis zum letzten Funken.

»Ich werde die Leiter halten. Sie steigen hinunter und suchen im Garten nach Spuren«, schlug Sneed vor. Er stemmte die Füße gegen die Brustwehr und hielt die Leiterstützen in beiden Fäusten fest, während Dick in die dunkle Tiefe hinabstieg.

Als er von der Leiter hinabsprang, sah er, daß er sich im Gemüsegarten befand. Zu beiden Seiten des schmalen Kieswegs standen die Kohlköpfe in parademäßiger Ordnung.

»Halten Sie die Leiter!« rief Sneed plötzlich von oben herab. »Ich komme nach. Es ist besser, wir sind zu zweien!«

Trotz seiner Herzensangst kam Dick bei diesem Mut ein Lächeln. Er stemmte die Leiter fest in den Boden und beschwerte sie mit seinem Gewicht, während Sneed eine neue erstaunliche Probe seiner Geschicklichkeit gab.

Zusammen durchsuchten sie den Garten.

»Zur Einfahrt konnte sie von hier aus nicht gelangen. Die Hecke da versperrte ihr den Weg. Sie muß geradeaus gegangen sein, und soviel ich in dieser Finsternis sehen kann, liegt dahinter der Obstgarten. Aber wie konnte sie aus dem Obstgarten entkommen?« fragte Sneed und rieb sich ratlos das Ohr. »Kommen Sie! Was kann uns schon geschehen! Es ist am besten, wir sehen selber nach!«

Doch kaum hatte er den ersten Schritt getan . . .

Mehrere Schüsse fielen.

Aus der Dunkelheit, dicht über ihren Häuptern, schossen zwei Flammenstriche hervor, und an ihre Ohren schlug es wie das Summen einer erzürnten Wespe.

»Hinlegen! Licht aus!« zischte der Inspektor, und im Bruchteil einer Sekunde warfen sie sich nieder und lagen Seite an Seite auf dem taufeuchten Boden. Und dann ging, fast gleichzeitig, ein pausenloses Stakkato von Schüssen über sie hin, das den ganzen Umkreis mit Summen, Brausen und Klatschen erfüllte. Doch ebenso plötzlich, wie das Schießen begonnen hatte, endete es wieder. Die Totenstille, die einsetzte, als das letzte von den Schüssen bewegte Blatt zur Ruhe kam, war doppelt beängstigend. Die beiden Männer lauschten mit angespannten Nerven in die Nacht. Minutenlang drang kein Laut zu ihnen, bis Dicks feines Gehör ein leises Rascheln auffing, als ob die Jacke des unsichtbaren Schützen dicht neben ihm das Gebüsch gestreift hätte. Dick sandte dem Geräusch den Knall seiner Pistole nach, aber er verhallte, ohne daß ein Schrei, eine Bewegung, ein Knirschen von fliehenden Schritten gefolgt wäre.

»Ich möchte wohl wissen, was hinter den Kohlköpfen hockt?« fragte Sneed flüsternd. »Ein ganzes Regiment Soldaten? Eine feindliche Armee?«

»Nur ein Mann mit zwei automatischen Pistolen«, gab Dick ebenso leise zurück. »Ich konnte die Schüsse nicht zählen, es ging zu schnell; aber zwanzig sind es mindestens gewesen.«

Sie verbrachten noch einige Minuten in ihrer unangenehmen Lage.

»Ich glaube, wir können jetzt aufstehen. Die Luft ist rein!« sagte Sneed.

Dick beschränkte sich auf ein zweifelndes: »Glauben Sie?« Aber er war der erste, der auf Händen und Knien vorwärts kroch. Es war eine mühselige Fortbewegung. In der einen Hand hielt er die schwere Pistole; die angespannten Halsmuskeln schmerzten ihn, die harten Kieselsteine schnitten durch seine Beinkleider und rieben die Hände wund.

Schließlich fühlte er, daß der Kiespfad endete und in den lehmigen Gartenweg überging. Als er in die Höhe blickte, sah er über sich die Zweige der Obstbäume. Ein Blütenblatt, vom Winde bewegt, fiel leise auf seine Schläfe.

Er lauschte eine Weile. Dann richtete er sich auf.

»Sie können kommen«, rief er zurück. »Es ist alles in Ordnung.«

Kaum hatte er diese Worte ausgesprochen, da feuerte jemand aus unmittelbarer Nähe einen Schuß auf ihn ab.

23

Die Kugel streifte haarscharf an ihm vorüber, ohne ihn zu verletzen, doch der Luftdruck des Geschosses und die Nähe der Explosion raubten ihm einen Augenblick die Besinnung, und er stürzte in die Knie. Als die Betäubung nachließ, hörte er das Geräusch fliehender Füße. Das riß ihn wieder empor. Er schwankte, hielt sich und setzte dem Flüchtenden nach. Da stieß er an ein Drahtseil und fiel zum zweitenmal der Länge nach auf den Boden. Als er sich von diesem schmerzhaften Sturz aufraffte, fand er Sneed an seiner Seite.

»Ist er entwischt?« fragte der Inspektor keuchend.

»Ich glaube ja«, sagte Dick wütend.

»Sie leuchteten den Weg ab und fanden, daß im ganzen Obstgarten von Baum zu Baum Drahthindernisse gespannt waren. Der Mordschütze hatte seine Flucht vorsorglich gedeckt. Sicher hatten sie es mit keinem gewöhnlichen Verbrecher zu tun. Als sie den Garten durchschritten hatten, sahen sie, daß er nur durch einen Graben von einem Roggenfeld getrennt war. Den Weg fortzusetzen lohnte nicht mehr. Sicher gab es mehr als eine Möglichkeit zur Flucht aus diesem Feld.

Enttäuscht und gebrochen kehrte Dick ins Haus zurück. Wo war Sybil Lansdown? Unaufhörlich stellten seine angstvollen Gedanken diese Frage, und er wußte keine Antwort darauf.

Nach dem Widrigen, das ihn betroffen hatte, erwartete ihn im Haus eine angenehme Überraschung. Alle Lampen brannten.

Sergeant Staynes hatte entdeckt, daß die Stahltür des Transformators der Überlandleitung gewaltsam geöffnet und der Strom abgeschaltet worden war. Durch einfache Drehung des Schalters hatte er den Schaden behoben. Dann hatte er nach dem durchschnittenen Telefondraht gesucht und die beiden Enden im Garten unterhalb des Bibliothekszimmers gefunden. Eben hatte er die Reparatur beendet. Die Schüsse im hinteren Teil des Gartens hatte er wohl gehört, aber geglaubt, die beiden Kollegen hätten sie abgefeuert. Um so mehr war er jetzt empört, als er hörte, daß ein Attentat auf ihr Leben geplant gewesen war.

Im Hause hatte Inspektor Elbert eine systematische Durchsuchung begonnen. Martin und Sneed schlossen sich ihm an, ohne eine wesentliche Entdeckung zu machen. Als sie sich in Mrs. Codys Schlafzimmer befanden, zitterte der Boden unter schweren heranrollenden Rädern. Ein Lastwagen brachte die ganze Polizeimannschaft von Chichester an den Tatort.

Offenbar hatte Scotland Yard genug gehört, um das unterbrochene Gespräch richtig zu deuten. Eine dringende Aufforderung war an die Polizeidirektion von Sussex ergangen, in voller Stärke die Londoner Kriminalbeamten zu unterstützen.

Sneed wartete ab, bis sich die Polizei im Hause verteilt hatte. Dann fuhr er in der Beschäftigung fort, in der er bei ihrer Ankunft gestört worden war. Er hatte ein geschnitztes indisches Kästchen unter Mrs. Codys Bett hervorgezogen und probierte mit einem im Nachttisch gefundenen Schlüsselbund daran herum.

Endlich schien er den passenden Schlüssel gefunden zu haben. Der Deckel sprang auf. Das Kästchen war bis zum Rand mit Briefen, alten Rechnungen, zerfaserten Theaterzetteln und vergilbten Theaterkarten gefüllt. Sogar ein gepreßtes Sträußchen lag dazwischen. Interessiert beugte sich Dick zu ihm nieder.

»Sehen Sie«, sagte Sneed, zu ihm aufblickend, »ein Herz mag noch so vertrocknet sein, irgendwo bewahrt es doch einen Funken von Romantik.«

Er reichte ihm ein Bündel Briefe.

»Nehmen Sie das! Ich sehe den Rest durch!«

Dick löste das Band, und es fielen ihm zunächst zwei Briefe in die Hände, die mit steiler kindlicher Handschrift bedeckt waren und die Unterschrift trugen: Dein Neffe Johnny.

»Und ich dachte, sie hätte außer Tom Cawler keinen Neffen gehabt!«

»Wieso nicht?« Trauten Sie ihren Geschwistern nicht mehr Nachkommenschaft zu?« fragte Sneed trocken.

Sie durchblätterten die Korrespondenz der Toten. Ein paar Minuten des Schweigens vergingen.

»Hier finde ich eben einen Brief, in dem auch Tom Cawler erwähnt wird. Also hat der Chauffeur doch einen Bruder gehabt!«

Sneed legte den Brief auf den sortierten Haufen.

»Ich möchte wohl wissen«, grübelte er mit gefurchter Stirn, »wo dieser Tom Cawler steckt. Die übrigen Dienstboten wird man aus dem Hause entfernt haben – aber Cawler ein X für ein U vorzumachen, das dürfte schon schwieriger sein. Ich lasse jetzt das ganze Gebäude nach ihm absuchen. Noch bin ich nicht sicher, daß er nichts mit dem Mord zu tun hat.«

»Tom Cawler ein Mörder?« fragte Dick ungläubig. »Wo bleibt da Ihre Menschenkenntnis? Ich würde Tommy keinen Brillantring und keinen silbernen Löffel anvertrauen, mein Leben aber jeden Augenblick!«

So leicht ließ sich Sneed nicht überzeugen. Er wiegte zweifelnd den Kopf: »Qui vivra, verra.«

Dick hörte nicht mehr hin. Er hatte einen Fund gemacht, der ihn im höchsten Maße interessierte. Es war ein kurzer Brief in krauser Handschrift:

Liebe Mrs. Cawler!
Ich habe eben mit Staletti gesprochen. Er war in großer Erregung und erzählte mir, daß Lord Selford ernstlich erkrankt ist. Bitte teilen Sie mir doch mit, wie es mit ihm steht. Sie müssen es ja schließlich am besten wissen. Ich zittere vor Ungeduld, wenn ich daran denke, wieviel von den nächsten Tagen für uns abhängt. Schreiben Sie! Schreiben Sie!

Ihr getreuer H. Bertram

Dick zeigte dem Inspektor den Brief.

»Es ist Codys Handschrift«, sagte er. »Aus seinem Notizbuch kenne ich sie genau. Warum hieß er damals Bertram und heute Cody? Das muß doch einen Grund haben!«

Er starrte auf den Brief, den ihm Sneed wieder zurückgegeben hatte.

»So waren sie also alle miteinander bekannt – Cody, Mrs. Cody, Staletti, der alte Lord Selford. Ein geheimnisvolles Band umschlang sie ... Welcher Art mochte es sein? Cody hat es bei seinen Lebzeiten geleugnet.«

»Kunststück!« lachte Sneed böse. »Die Angst vor dem Henker saß ihm im Nacken!«

Dick las Brief um Brief, aber keiner warf ein neues Licht in das Dunkel. Doch als der Kasten schon beinahe geleert war, fand er ein wichtiges Dokument, Mrs. Codys Trauschein.

»Hm«, sagte er, über den wenigen amtlichen Zeilen brütend, »sie heirateten acht Monate nach dem Ableben Lord Selfords. Staletti war einer der Zeugen. William Brown war der zweite. Wer, zum Teufel, ist nun wieder William Brown?«

»Suchen Sie ihn nicht im Adreßbuch«, riet der Inspektor scherzhaft, »sonst hocken Sie noch im nächsten Jahr darüber. Ich sage Ihnen, es gibt mehr William Browns in London als Haare auf meinem Kopf.« Und er fuhr sich mit der Hand über seinen Schädel.

Die Durchsuchung war beendet, das Kästchen barg keine Geheimnisse mehr. Dick lehnte bleich und erschöpft in einem Sessel. Seine Augen starrten trostlos ins Leere.

»Was tun wir jetzt?« fragte Sneed und schenkte ihm einen aufmerksamen Blick.

»Ich weiß es nicht«, sagte Dick mit bitterem Seufzer. Mechanisch glitt seine Hand in die Tasche. Er fand den Schlüssel und zog ihn hervor.

»Nummer drei«, sagte er durch die Zähne. »Wenn es sieben sind, wird jemand diese Nacht am Galgen bezahlen!«

»Was tun wir jetzt?« fragte Sneed noch einmal und dringender.

Dick versenkte den Schlüssel in die Tasche. Er schauerte. Doch plötzlich ging eine Wandlung mit ihm vor. Die harte männliche Energie gewann die Herrschaft über Sorge und Qual. Er zog die Uhr und blickte auf den Zeiger. Die zweite Morgenstunde war bereits vorüber. Er überlegte.

»Wir fahren nach Selford Manor«, sagte er dann rasch entschlossen. »Sie haben die Totengruft noch nicht gesehen. Von den Gräbern der Selfords gehen alle Fäden aus.« Er sprang mit jäher Heftigkeit vom Stuhl. »Ja, Sneed, kommen Sie, in Selford Manor werden wir dem Geheimnis auf die Spur kommen!«

Er lief die Treppe hinab und erreichte sein Auto lange vor Sneed. Doch als er startete und anfuhr, benahm sich das Auto nicht wie ein feuriges Pferd, sondern eher wie eine Ente. Es machte ein paar ungleichmäßige Sprünge und knarrte in allen Fugen. Dick zog die Bremse und stieg aus.

Ein Schurke hatte alle vier Gummireifen mit unerhörter Zerstörungswut zerschnitten.

24

Es gibt Augenblicke im Leben, die man nie wieder vergißt. Sie mögen unter die Schwelle des Bewußtseins tauchen. Aber in schlaflosen Nächten, in Fieberstunden steigen sie empor und erfüllen die Seele mit Gram und Todesfurcht.

Ein solcher Augenblick war es für Sybil gewesen, als ihr aus der Dachluke Tom Cawlers Gesicht entgegenstarrte, während in ihrem Rücken das Keuchen und Wüten des Unbekannten ertönte, der mit Riesenfäusten die Tür zu zerhacken drohte.

Das Gesicht verschwand einen Augenblick. Die Tür erbebte und knarrte in den Angeln. Von oben her drang ein quietschendes Geräusch. Das Gitter drehte sich in seinen Scharnieren. Das Fenster, das Sybil vorhin nur zugedrückt hatte, flog auf. Eine Hand streckte sich zu ihr nieder. Noch einen Blick warf Sybil auf die Tür. Da sah sie die Füllung bersten und in der klaffenden Öffnung eine riesige, blutbesudelte Faust. Ohne sich zu besinnen, sprang sie auf den Stuhl und ergriff die Hand, von der sie aufwärts gezogen wurde.

»Halten Sie sich fest, mir geht die Luft aus!« keuchte Cawler unter bedrängten Atemstößen.

Sie umklammerte den schartigen Rand der Dachluke. Da sah ihr abwärtsgerichteter Blick, wie sich die Tür unter gewaltigem Krachen nach innen bog und der Waschständer auf die Diele stürzte.

»Hinauf! Hinauf! Sonst ist es zu spät!« brüllte der Chauffeur. Auf den Knien liegend bückte er sich nieder, packte sie unter beiden Armen und riß sie zu sich empor.

Sie befand sich auf einer schmalen Dachrinne. Eine Laterne, in der eine Kerze brannte, spendete trübes Licht. Cawler hielt sie in die Höhe und beleuchtete eine Leiter, die mit ihrer obersten

Sprosse über die Brustwehr hinausragte. Ohne daß Cawler sie darum zu bitten brauchte, erstieg Sybil die Leiter und kletterte gewandt, wie sie es oft genug als Kind getan hatte, blitzschnell zu Boden. Cawler folgte unmittelbar in gleicher Weise. Die Laterne hatte er auf der Brustwehr zurücklassen müssen.

Er warf einen forschenden Blick auf das Dach. Der Mond hatte sich gerade hinter einer Wolke versteckt, aber der Lichtreflex des Himmels war stark genug, um die Silhouette eines riesenhaften Menschen nachzuzeichnen, der auf dem Dach kauerte und gerade in diesem Augenblick nach den Leiterstützen griff. Es war zu spät, sie herabzureißen. Es blieb nichts als kopflose Flucht.

Cawler packte das Mädchen am Arm. Sie eilten durch den Gemüsegarten und sprangen über den Graben. Kein anderes Licht leuchtete ihnen als die matten Strahlen des Mondes.

»Zu dumm, daß wir nicht in die Garage können, aber wir würden diesem unheimlichen Goliath nur in die Arme laufen! Kommen Sie, ich weiß ein Versteck!«

Vor ihnen lag ein Feld mit Winterroggen, der schon ziemlich hoch im Halm stand. Sie arbeiteten sich mühsam hindurch und gelangten endlich zu einer Pforte, die nur eingeklinkt war. Vom atemlosen Lauf benommen, schauten sie noch einmal zurück. Der gefürchtete Verfolger war nirgendwo zu sehen, und es wurde ihnen leichter zumute.

Sie befanden sich jetzt auf einer Landstraße, die an einer hohen Mauer entlangführte.

»Selford Park«, sagte Cawler kurz und deutete auf die Mauer.

Sybil sah ihn erschrocken an.

»Selford Park?«

Ein deutlicher Schauder klang in ihrer Stimme. Sie hatte keine Ahnung gehabt, daß Codys Besitzung so unmittelbar an das Gelände des Herrenhauses stieß. Von allen Seiten kreiste sie das grausige Geheimnis ein, das auf unerklärliche Weise von Selford ausging.

»Weiter unten weiß ich eine Bresche in der Mauer, die sonst niemand kennt. Dort schlüpfen wir durch und führen ihn in die

Irre. Wir müssen vor allen Dingen verhindern, daß er unserer Fährte folgt; sonst sind wir verloren.«

»Wer ist er denn? Warum verfolgt er uns? Wer hat so gräßlich geschrien? Es klang, als ob einer ermordet würde!«

»Ich hörte die Schreie auch«, sagte Cawler leise. »Ich fürchtete schon, der Alte ließe Sie umbringen. Ich hatte ihn Ihretwegen am Nachmittag sehr nachdrücklich gewarnt. Als Sie am Abend verschwanden, behauptete er, Sie seien nach Selford gegangen, aber ich glaubte es ihm nicht. Ich sagte ihm auf den Kopf zu, daß er Sie gefangenhalte. Er zeigte mir alle Räume bis auf die drei Mansardenzimmer. Ich fragte auch nicht danach, denn ich hatte mir vorgenommen, meine Feststellungen auf eigene Faust zu machen. Ich ging im Garten auf und ab und spähte nach einem Licht. Ich wollte nichts unternehmen, bevor die beiden Alten zur Ruhe gegangen waren. Da hörte ich plötzlich einen wüsten Lärm und langanhaltende Schreie. Ich lief nach der Leiter und stellte sie ans Dach. Meine Ahnung hatte mich nicht betrogen. Der alte Fuchs hatte Sie in die Mansarde gesperrt.«

Sie gingen eine Weile schweigend nebeneinander.

»Aber wer ist der Mensch, der in mein Zimmer wollte?«

»Ich weiß es nicht«, sagte Cawler. »Es gehört zu dem Geheimnis, das alles hier umgibt. Ich habe ihn schon einmal von weitem gesehen. Den Schreck vergesse ich niemals. So etwas sieht man ja nicht einmal im Raritätenkabinett. Dazu ist er nackt, bis auf ein Paar Lederhosen, die er mit einem Strick zusammenschnürt. Eins weiß ich sicher: wo der hinschlägt, da wächst kein Gras mehr. Ich fürchte, er hat heute nacht in Codys Haus blutige Arbeit getan.«

Sybil zog das Kleid fröstelnd am Halse zusammen, aber sie sagte nichts.

Ihr Gefährte blieb plötzlich stehen. An dieser Stelle war die ganze Mauer von Rhododendron überwuchert. Erst als Tom Cawler die Zweige der Büsche auseinanderbog, wurde die Lücke sichtbar. Er ließ Sybil durchkriechen und folgte ihr dann. Als sie sich aufrichtete, lag vor ihr eine grasige Bodenwelle, die sich weithin im Mondlicht verlor.

Tom Cawler erzählte ihr, daß hier zu Lebzeiten des alten

Lords seine berühmten Merinos geweidet hätten. Er hielt das Gespräch ununterbrochen in Gang. Er wollte die Gedanken des jungen Mädchens von ihrem grausigen Verfolger ablenken. Schließlich erzählte er ihr auch zu ihrem Erstaunen, daß Mrs. Cody seine Tante sei.

»Mein Bruder Johnny und ich kamen als Waisenkinder zu ihr. Besser wäre es für uns beide gewesen, man hätte uns ausgesetzt!«

»War sie so schlecht zu Ihnen?«

»Schlecht ist gar kein Ausdruck. Wenn ich mal satt ins Bett kam, was selten genug geschah, dachte ich, mein Magen wäre verdorben. Dann hatte sie eine krankhafte Freude am Prügeln. Ja, solche Menschen gibt's, denen das Prügeln Spaß macht – und ihnen vertraut man wehrlose Kinder an.«

»Sie haben eine schwere Jugend gehabt«, sagte Sybil mitleidig.

»Weiß Gott, das habe ich«, sagte Cawler zähneknirschend. »Als mein armer kleiner Bruder starb, habe ich ihn glühend beneidet.«

»Und seit der Zeit leben Sie bei Ihrer Tante?« fragte Sybil.

Cawler lachte verächtlich.

»Bei der? Keine Spur! Ich entwischte ihr als Elfjähriger. Ich verkaufte Zeitungen, Zigaretten, trug Gepäck, besorgte Botengänge und schlief auf Bänken im Park. Alles besser, als bei dieser Tarantel zu leben!«

»Aber dann hätten Sie doch niemals zu ihr zurückkehren sollen!«

»Oh«, sagte Cawler mit rätselvollem Lächeln, »das zweite Mal kam ich als Rächer. Da hatte ich sie in der Hand – und warum sollte ich nicht von ihrem Glück profitieren?« begehrte er auf, als Sybil schwieg. »Sie hatte sich die Sonnenseite des Lebens erschlichen, ich saß am Katzentisch. Warum soll ich Ihnen was vormachen, Fräulein? Sie können es ruhig wissen. Bis vor sieben Jahren war ich ein berufsmäßiger Dieb und habe sechzehn Strafen abgesessen.«

Sybil nickte still.

»Das ist die Schuld Ihrer Tante.«

»Nun, sehen Sie, das sagte ich mir auch«, fiel Cawler erleichtert ein. »Als ich das letzte Mal in Old Bailey vor dem Richter stand, wurde ich verwarnt: das nächste Mal gebe es Zuchthaus, und nicht zu knapp. Da zog ich einen dicken Strich unter meine Vergangenheit. An wen sollte ich mich wenden? Tante Cody war die nächste dazu. Angenehm war es mir nicht, das können Sie mir glauben, als ich eines schönen Tages bei ihr auftauchte. Aber noch weniger wagte sie, mich vor die Tür zu setzen. Ich lebte sieben Jahre in ihrem Hause, hatte alles in Hülle und Fülle und hielt den Mund. Aber heute« – er zog den Atem tief ein und dehnte die Brust – »heute habe ich ihnen beiden die Wahrheit gesagt! Den Schmutz von sieben Jahren habe ich mir von der Seele gewaschen und werde es nie bereuen!«

Plötzlich blieb er stehen und legte den Finger auf den Mund. Er horchte angestrengt. Sybil schaute sich um. Vor ihr lag eine weiße Klippe, die wie der gezackte Rücken eines Lindwurms in die flimmernde Luft stach.

Cawler sah ihren Blick.

»Das ist der Steinbruch«, flüsterte er. »Eine Straße führt da entlang, aber sie ist abschüssig und gefährlich. In der Nacht kann man sie nicht begehen. Wir müssen uns links halten.«

Er hielt inne. Sein Gesicht nahm wieder den angestrengten Zug des Lauschens an. Dann warf er sich jäh zu Boden und preßte das Ohr ins Gras.

Plötzlich richtete er sich steil in die Höhe.

»Gehen Sie!« flüsterte er hastig. »Gehen Sie vorläufig allein weiter! Sehen Sie dort den Wald?« Sein Finger deutete auf eine dunkle Kulisse, die sich über der Graswelle erhob.

»Da gehen Sie hin. Ich komme gleich nach.«

Sie starrte ihn aus weitaufgerissenen Augen an.

»Nein, nein!« rief sie verzweifelt. »Sie sollen sich nicht allein einer Gefahr aussetzen!«

»Wer spricht von Gefahr?« fragte er ungeduldig.

Sie wandte sich zaudernd um. Er schlug mit der Faust auf den Boden.

»So rennen Sie doch, Fräulein! Rennen Sie doch! Stehen Sie nicht herum! Sie sind mir hier nur im Wege!«

Da ging sie zögernd. Nach einer Weile blickte sie sich um. Er hatte sich lang in das hohe Gras geworfen und war nicht mehr zu sehen. In diesem Augenblick ballten sich die Wolken vollends über dem Mond zusammen. Die ganze Landschaft sank in die Nacht zurück. Panischer Schrecken packte Sybil über ihre Einsamkeit, und sie lief, so rasch ihre Beine sie tragen wollten.

Cawler wartete, flach auf dem Boden liegend, auf den Riesen, dessen schweren Schritt sein feines Gehör aus weiter Entfernung wahrgenommen hatte. Er war sich klar, daß sie sich durch Flucht nicht mehr retten konnten, und er wollte das Mädchen um jeden Preis vor dem Unhold bewahren – selbst um den Preis seines Lebens. Furcht war Tom Cawler fremd. Scharfsinn und Gassenbubenfrechheit verbanden sich in ihm mit Draufgängertum. Er war stark, gewandt und blitzschnell im Ausnutzen seiner Vorteile. Das alles stählte ihn für die furchtbare Begegnung, die ihm bevorstand. Seine Hand krampfte sich um den Schraubenschlüssel, die einzige Waffe, die sich in seiner Tasche befand, und als der Riese in sein Gesichtsfeld trat, sprang er ihm mit einem mächtigen Satz auf den Rücken.

Das tierische Geheul der Wut, in das der Angegriffene ausbrach, drang bis zu Sybil und trieb ihr den Angstschweiß aus allen Poren. Sie hatte den Wald erreicht und klammerte sich an einen Baum. Wenn er ihn getötet hat, kommt er zu mir, schrie es in ihr auf. Sie taumelte vorwärts, und das Mitleid mit ihrem Retter brannte ihr in der Kehle.

Weinte sie? Sie wußte es nicht. Sie stolperte, fiel, raffte sich auf, wankte weiter. Endlich hatte sie den Wald hinter sich. Das Geräusch des Kampfes in ihrem Rücken war verstummt. Vor ihr lag ein flaches Feld, dessen junge Saaten sie niedertrat. Dann kam sie auf eine Hügelwelle, und wieder tauchte ein Wald vor ihr auf. Verzweifelt fragte sie sich, ob sie vielleicht im Kreis gelaufen war. Nur das nicht ... Fast war ihr wohl zumute, als das schützende Dunkel des Waldes sie wieder umfing. Sie tastete sich mit den Händen von Baum zu Baum. Gräser stachen sie, Dornen zerrissen ihr Kleid. Vorwärts! Da wurde der Baumwuchs dünner, das Blickfeld freier, und plötzlich stand sie am Saum einer Lichtung.

Der Mond brach gerade in diesem Augenblick durch die Wolken. Er spiegelte sich auf der weißen Felsenkuppe, die gähnend ihren Schlund öffnete und in tiefsten Schatten hinabtauchte: zu den Gräbern der Selfords!

Mit einem Aufschrei sank Sybil in die Knie. Alles verschob, verzerrte, vervielfachte sich vor ihren Augen. Sie krampfte die Hände zusammen, daß sie die Nägel spürte, biß sich die Zähne in die Lippen, spannte alle Sehnen ihres Körpers und alle Triebfedern ihres Willens an, um sich vor einer Ohnmacht zu bewahren. Endlich erhob sie sich mit zitternden Knien und näherte sich wie hypnotisiert dem Eingang zur Totengruft.

Der Schlüssel stak im rostigen Eisenschloß. Eisige Moderluft kroch die Treppe herauf und kühlte die brennende Hitze ihrer Stirn. Während sie stand und in die Tiefe hinabsah, drang ein Laut aus dem Walde, der ihr Blut gefrieren ließ. Ganz gewiß, der Tiermensch hatte ihren Beschützer ermordet und kam, um an ihr die gleiche Tat zu vollziehen! Wie sinnlos umklammerte sie die kalten Stäbe des Gitters. Dabei öffnete sich das nur angelehnte Tor. Eine Furcht verdrängte die andere. Sie schlüpfte in die Wölbung. Dann schlug sie das Tor zu, daß es dröhnend ins Schloß fiel, schob die Hand durch das Gitter, drehte den Schlüssel herum und zog ihn aus dem Schloß.

Als sei sie schon gerettet, atmete sie freier auf. Dann lauschte sie in die Tiefe. Kein Laut drang von unten herauf. Die Toten waren barmherzig. Zu ihnen würde sie flüchten. Sie stieg die Stufen hinab, an der schlüpfrigen Wand Halt suchend. Nun stand sie in der kleinen Felsenkammer, die gegen das Innere des Grabmals durch ein zweites Gitter abgeschlossen war.

Sie wartete lauschend, die Blicke nach oben gerichtet. Nach einer Weile vernahm sie schleichende Schritte und hörte einen weinenden Laut, der, weil er aus Männerbrust kam, doppelt unheimlich und fürchterlich war. Sie wich bis zur Pforte zurück und verhielt den Atem. Plötzlich fiel ein Schatten mächtig über die Öffnung hin und verlor sich auf den finsteren Stufen.

Wieder schlug ihr die Angst bis zum Halse. Es schien ihr nicht mehr unmöglich, daß der Riese auch das schwere Tor zur Grabkammer aufbrechen würde, und dann war sie ihm ausgeliefert, konnte ihm nicht mehr entgehen. Aufschluchzend rüttelte sie an den eisernen Stäben. Zu ihrem Erstaunen gaben sie nach. Die Tür war offen. Sie streckte die Hand in die Dunkelheit aus, um ihren Weg zu ertasten, während ihr Gesicht nach oben gerichtet war – dorthin, wo sie ihren Verfolger wußte.

Plötzlich schrie sie gellend auf. Ihre Hand lag im eisernen Griff einer anderen, die sich aus der Finsternis der Gruft nach ihr ausstreckte und sie unwiderstehlich in die Tiefe zog, die den Toten gehörte.

25

Sybil hatte ihren Mund weit geöffnet, und ihre Angst war so groß, daß sie ihre eigenen Schreie nicht hörte. In diesem Augenblick setzte ihr Verstand aus. Sie schlug mit der freien Hand, den Schlüssel wie eine Waffe gebrauchend, in die Luft und verfing sich in einem dichten, unordentlichen Bart.

»Still!« zischte eine Stimme aus dem Grabesdunkel sie an. »Schreien Sie nicht so! Ich tue Ihnen nichts. Wer sind Sie? Was suchen Sie hier?«

Es war eine menschliche Stimme. Die Besinnung kehrte ihr zurück. Ihre Schreie hörten auf. Sie ließ den Bart los. Die unsichtbare Hand gab sie frei.

»Ich bin Sybil Lansdown«, stammelte sie. »Ich – werde verfolgt. Ich wußte keine andere Rettung.«

»Sybil Lansdown?« fragte die Stimme in großem Erstaunen. »Das ist ja phänomenal! Aber nun beruhigen Sie sich, junge Dame! Ich zünde das Licht an. Als Sie vorhin so rasch die Treppe herunterkamen, habe ich meine Laterne gelöscht.«

Ein Streichholz flammte auf. Sybil sah lange, graue Hände mit unsauberen Nägeln. Die Flamme setzte sich auf einem Petroleumbrenner fest. Der Glaszylinder wurde darüber geschoben. Vor ihr stand ein mittelgroßer, dürrer Mann mit einem Gesicht wie verrunzeltes Leder, in dem zwei düstere Augen in tiefen Höhlen brannten. Ein langer, schwarzer Bart verbarg den Schnitt seines Mundes und hing über die Brust herab. Der fleckige, altmodische Gehrock schlotterte über ungebügelten Beinkleidern. Eine kleine, schwarze Kappe verhüllte den Hinterkopf. Er sah aus wie der Hexenmeister einer Walpurgisnacht, aber anstatt daß ein neuer Strahl der Furcht bei seinem Anblick in ihrem Innern aufschoß, beruhigte sich das Klopfen ihres Herzens unter seinem forschenden Blick.

Der Mann hatte offenbar an der Tür mit den sieben Schlössern gearbeitet. Sie sah seine Werkzeugtasche auf dem Boden liegen; ein Bohrer war in den zweiten Metallschlitz eingeführt.

»Sie sagen, man hat Sie verfolgt?« fragte er und hielt ihren Blick wie mit stählernen Klammern fest.

Sie nickte.

»Wer hat Sie verfolgt?« fragte er wieder.

»Ein – fürchterlicher Mensch«, stammelte sie, »ein – Riese!«

»Ein Riese?«

Sein Bart bewegte sich. Unter seinem Schutz verzog er den Mund zu einem Lächeln.

»Und warum verfolgte er Sie, junge Dame. Um drei Uhr nachts! War er so verliebt?«

Sybil zuckte zusammen. Doch sein Blick wirkte wie ein Schlafmittel. Plötzlich konnte sich Sybil an nichts mehr erinnern. Sie wußte weder, warum sie verfolgt worden war, noch woher sie kam. Sie sah nur immer in die schwarze Tiefe dieser blitzenden Augen, in die das Licht der Petroleumlampe fiel.

»Setzen Sie sich«, sagte er gebietend. »Ich mag nicht mit jemand sprechen, der mir bis an die Stirn reicht.«

Er deutete auf eine Bordschwelle. Sie ließ sich gehorsam darauf nieder. Die eisige Kälte des Steinbodens spürte sie nicht.

Der Fremde begann in dem schmalen Gang hin und her zu gehen. Er trug die Lampe in der Hand. Sein grotesk verzeichneter Schatten wandelte mit. Er hatte die buschigen Brauen zusammengezogen und murmelte unverständlich vor sich hin. Sein Blick fiel auf den Bohrer. Er zog ihn aus dem Schloß, legte ihn in die Werkzeugtasche und schnürte sie sorgfältig zu. Die Lampe hatte er inzwischen auf den Boden gestellt. Dann stand er und starrte düster die Tür an. Seine Miene erhellte sich erst beim Anblick der Skelette. Er streichelte zärtlich die kahlen Schädel.

Jäh wandte er sich um.

»Wie alt sind Sie, Sybil Lansdown?«

»Zweiundzwanzig Jahre«, antwortete sie wie im Traum.

»Zu spät – zu spät«, sagte er bedauernd. »Sie sind zu alt für meine Experimente. Ja, hätte ich Sie fünfzehn Jahre früher in meiner Gewalt gehabt . . .« Er strich sich über die Stirn. »Auch dürften Sie keine Frau sein. Was sind mir Frauen?« Er tat, als knipste er verächtlich ein Stäubchen weg. »Das!«

Wieder begann er seine ruhelose Wanderung, und seine Blicke schweiften dabei über die schweren geschnitzten Türen, hinter denen die Toten des Hauses Selford in feuchten Nischen vermoderten.

»Frauen«, begann er wieder, »sind zu schwaches Material für Experimente. Sie reagieren nicht normal. Ein kühner Versuch wirft sie vielleicht ins Grab, und Jahre schöpferischen Aufbaus und Forschens sind vertan!«

Plötzlich blieb er vor der dritten Grabkammer zur linken Hand stehen und lauschte an der Tür. Dann hielt er das Licht seiner Lampe so, daß es auf Sybil fiel. Ein ganz anderer Ausdruck beherrschte jetzt sein Gesicht. Eine ungeheure Spannung lag in seinen Zügen.

»Nicht wahr«, fragte er behutsam, »der Mann, der Sie verfolgt hat, hat Ihnen Furcht und Grauen eingeflößt?«

Sybil nickte stumm.

Er ließ die Lampe sinken. Mit der anderen Hand strich er sich nachdenklich den Bart.

»Furcht und Grauen kann man einschläfern, wenn man will«, murmelte er wie im Selbstgespräch vor sich hin. »Das darf kein Hindernis sein, wenn das Ziel so groß ist. Per Dio, das wäre ein Weg! Das wäre ein Abschluß, die wahre Krönung des Werks! Wenn er nur nicht so plump wäre! Mit seiner rohen Kraft zerbricht er, was er in die Hände nimmt. Man kann die Materie nicht gewaltig und fein zugleich schaffen. Immer muß man sich im Rahmen der unvollkommenen Natur für das eine oder für das andere entscheiden. Wann herrschte je ein feines Gehirn über die Faust des Riesen? Wann befehligte je ein rohes Gehirn eine feine Hand?«

Er schüttelte mißmutig den Kopf.

»Doch ans Werk! Ans Werk!« munterte er sich auf.

Er begann, in den Taschen seiner halboffenen Weste zu suchen und zog eine Glasröhre hervor. Er setzte die Lampe wieder auf den Boden, zog den Korken mit den Zähnen heraus und schüttelte zwei kleine Tabletten auf seine flache Hand.

»Hier, schlucken Sie die hinunter! Es wird Ihnen guttun.« Er kicherte vor sich hin, und in der schauerlichen Grabestiefe klang sein Kichern wie das Gelächter des Bösen.

Sie hielt gehorsam die Hand hin. Er bückte sich und nahm die Lampe auf.

»Ist das nun Verhängnis?«, fragte er, die Blicke nach oben gerichtet, »ist es freier Wille? Wo hört das eine auf, wo fängt das andere an? Rätsel über Rätsel!«

Er versenkte die Hand in die Tasche des Gehrocks und brachte einen klirrenden Schlüsselbund zum Vorschein. Er suchte und fand einen Schlüssel, den er in die Tür der dritten Totenkammer stieß.

»Wenn alle Türen in dieser elenden Gruft so leicht zu öffnen wären«, seufzte er, »wieviel Unglück und Wirrsal hätte sich dann wohl vermeiden lassen!«

Plötzlich blickte er sich um und sah Sybil an.

»Ich bin gewöhnt, daß mir gehorcht wird«, sagte er mit durchdringender Strenge. »Sie haben die Tabletten noch nicht genommen!«

Die kleinen roten Kugeln glommen wie die bösartigen Augen eines Reptils auf ihrer weißen Hand.

»Gehorchen Sie!« sagte er noch einmal, langsam und zwingend.

Willfährig hob sie ihre Hand zu den Lippen empor. Aber etwas an dem Geruch der Tabletten wirkte auf ihre Nerven, so daß in ihrem Unterbewußtsein ein scheues Widerstreben blieb, und sie nahm sie wohl zwischen ihre kleinen Zähne, aber sie schluckte sie nicht hinunter. Das konnte Staletti im trüben Licht seiner Lampe nicht sehen. Er glaubte seinen Befehl befolgt und wandte sich von ihr ab, um die Tür zur dritten Grabkammer aufzuschließen.

Im gleichen Augenblick ließ das Zwangsgefühl bei Sybil nach, und sie spie die Tabletten wieder aus.

Staletti stieß die Tür auf, die knarrend zurückwich. Er verschwand in der Felsenkammer, ohne sich noch einmal nach Sybil umzusehen. Die Tür fiel hinter ihm zu. Das war sein Verderben – und Sybils Rettung. Denn im selben Augenblick löste sich der Bann, und wie wenn Wolken am Himmel sich teilen, so brach durch die Verdüsterung ihres Geistes die Klarheit ihres eigenen Willens durch.

Furcht, viel tiefer und größer, als selbst der Riese ihr einzuflößen vermocht hatte, schlug wie ein Blitz in ihr ein, trieb sie auf die Füße und hetzte sie durch den Gang in die erste Kammer und die Treppe hinauf. Noch hielt sie den Schlüssel in ihren verkrampften Fingern. Mechanisch schob sie die Hand durch die Stäbe und suchte nach dem Schloß. Sie fand es sofort. Die eigenartige Stimmung, in der sie sich befand, gab ihr eine wunderbare Sicherheit. Das Tor flog auf, doch als sie es schließen wollte, hörte sie aus der Tiefe der Gruft ein scharrendes Geräusch. Da ließ sie es offenstehen und warf den Schlüssel ins Gras. Wie im Traum trugen sie ihre Füße von dannen. Sie blickte nicht rechts, nicht links. Sie schaute nicht nach dem Riesen. Ein unbeirrbarer Instinkt sagte ihr, daß sich das furchtbare Geheimnis, in das sie verwickelt war, jetzt gleich für sie lichten würde. Das gab ihr Flügel und lieh ihr die Sicherheit einer Schlafwandlerin, so daß sie den Pfad durch den Wald, den Hügel abwärts und den Weg zum Pächterhaus fand, ohne nur ein einziges Mal in die Irre zu gehen.

Als der Wald hinter ihr lag, richtete sich ihr Blick empor, und sie sah eine schwache Röte im Osten. Der kommende Tag färbte bereits den Himmel. Oh, wenn es nur erst Morgen wäre, betete sie in ihrem Herzen.

Diesen Weg war sie vor zwei Tagen mit Dick Martin gegangen. Eine Welt des Grauens lag dazwischen. Dick Martin! Unwillkürlich blieb sie stehen, und das Gefühl überwältigender Sehnsucht durchbebte sie schmerzhaft. Hatte sie sich nicht auch gegen ihn vergangen, als sie sich von Mrs. Cody in die Falle lokken ließ? Wenn sie es sich zum Grundsatz gemacht hätte, nichts zu tun, ohne ihn erst um Rat zu fragen, so hätte sie diese grausige Nacht nie erlebt. Oh, sie war gar nicht mehr stolz, Sybil Lansdown, sie sehnte sich demütig nach dem Halt eines starken Arms!

Inzwischen hatte sie den Gutshof erreicht. Da klirrte plötzlich eine Kette, und der Hund sprang mit wildem Gekläff in die Höhe.

Einen Augenblick schrak sie zusammen. Dann entspannten sich ihre Nerven. Der vertraute Ton einer realen Welt gab ihr Mut und Zuversicht zurück. Sie blieb stehen, pfiff leise und sprach mit dem Tier wie mit einem alten Bekannten. Dann näherte sie sich furchtlos der Hütte. Das wütende Bellen des Hundes erstarb. Durch gekrauste Nüstern sog er die Luft ein. Da streckte sie ihre Hand aus, damit er ihren Geruch in sich aufnehmen und erkennen konnte, daß sie kein feindliches Wesen war. Als sie wieder mit ihm sprach, rieb der Hund zutraulich seinen Kopf an ihren Knien. Liebkosend streichelte sie sein dichtes Fell und fühlte ihn unter ihrer Hand freudig erbeben. Wahrscheinlich war er bisher nicht durch Zärtlichkeit verwöhnt worden. Ruhig ließ er zu, daß sie seine Kette von der Hundehütte löste und sie ergriff. Er wedelte mit dem buschigen Schwanz und zog sie, froh über die unerhoffte Freiheit, mit sich. Sie überließ sich willig seiner kundigen Führung, und je näher sie dem Herrenhaus kam, desto mehr wich das Grauen von ihrer Seele.

Sie stieß zunächst auf den Seitenflügel des Schlosses, das mit dunklen Fenstern schweigend im Morgengrauen lag. Ein gepflasterter Weg, den zu beiden Seiten Blumenbeete einfaßten, lief an der Hausfront entlang. Als sie ihre Schritte auf den Zementplatten knirschen hörte, ging sie am Rand des Beetes entlang, um jedes Geräusch zu vermeiden. Der Hund lief neben ihr her. Zuweilen grub er die Schnauze, neugierig schnüffelnd, in die gehäufelte Erde. Doch plötzlich hob er den Kopf und witterte argwöhnisch. Dann ließ er einen dunklen, knurrenden Laut hören und fletschte die Zähne. Seine Augen funkelten, seine Nase richtete sich drohend gegen das Haus, während die gespitzten Ohren senkrecht am Kopf standen.

Im gleichen Augenblick erhellte sich ein Fenster des Erdgeschosses. Sybil packte den Hund fester. »Still«, flüsterte sie, ihn befehlend anblickend. Sie trat auf das Beet, das zum Haus hin anstieg. Sie konnte bequem durch das Fenster blicken, das durch keinen Vorhang verdeckt war.

Sie schaute in einen hohen, bis zur Decke getäfelten Raum, in dessen Mitte ein schwerer, eichener Tisch stand. Und auf dem Tisch – ihre Hand flog zum Mund, um den Schrei des Staunens zu ersticken – blakte die Petroleumlampe, die noch eben die Totengruft der Selfords so schauerlich erhellt hatte.

Erst schien das Zimmer leer zu sein, dann bewegte sich etwas in der Nähe des offenen Kamins aus geädertem Marmor, und plötzlich trat ein menschliches Wesen, anzusehen wie ein Höhlenmensch der Urzeit, in den Lichtkreis der Lampe. Er war überlebensgroß, aber in vollkommener Symmetrie gebaut; unter seiner bronzenen Haut spielten die Muskeln, die sich auf seinen Armen wie Taue wulsteten. Langes gelbes Haar fiel ihm wie eine Löwenmähne über die Schultern, und ein dichter blonder Bart krauste sich über seinem Kinn. Er trug ein Paar helle Leinenhosen, die oberhalb seiner Knie endeten. Jetzt trat er an den Tisch und hob die Lampe, um in das Zimmer zu spähen. In diesem Augenblick sah sie sein Gesicht. Es war bei aller Größe der Form beinahe edel geschnitten, doch die blauen Augen starrten dumm und glanzlos ins Leere. Das ganze Gesicht war ausdruckslos wie das eines hochgradig Schwachsinnigen, und Sybils erster Widerwille erstarb in tiefstem Mitleid.

War das der Riese, vor dem sie geflohen war? Der arme Mensch! Es war ein harmloser Idiot. Das erste ruhige Wort hätte ihn gewiß besänftigt. Sie umklammerte die Schnauze des knurrenden Hundes, damit er sie nicht verrate. Aber schon traf sie ein trauriger Blick leerer Augen. Der Riese stutzte und blies dann rasch die Lampe aus. Sofort versank das Zimmer in undurchdringliches Dunkel.

Sybil trat auf den Weg zurück. Sollte sie den Verwalter wecken? Nein, es war besser, sie lief zum Pförtnerhaus. Von dort hatte sie nur wenige Schritte bis zum Dorf. Doch kaum war sie in die Allee eingebogen, die zum Parktor führte, da hörte sie Männerschritte, die rasch auf sie zukamen. Der Hund zog an der

Kette, und sein wütendes Gekläff durchschnitt die Totenstille des grauenden Tages. Zwei dunkle Gestalten kamen rasch auf sie zu.

»Wer ist da? Wenn Sie nicht antworten, lasse ich meinen Hund auf Sie los!« drohte Sybil mit schwankender Stimme.

»Großer Gott – Sybil Lansdown!« klang es hell zurück, und im nächsten Augenblick lag sie schluchzend an Dick Martins Brust, während der Hund sie triumphierend umtobte.

26

»Still, still, liebes Kind«, flüsterte Dick, als sie in abgerissenen Worten zu sprechen begann, »ich will jetzt noch nichts hören. Erst müssen Sie sich ausruhen. Und wie lange ist es her, seit Sie etwas gegessen haben?«

»Seit gestern mittag«, gestand Sybil kleinlaut.

»Nun sehen Sie – ich dachte es mir schon. Kommen Sie jetzt! Wir klingeln den Verwalter aus dem Schlaf. Er soll heranfahren, was das Haus Selford so unerwarteten Gästen zu bieten hat.«

Er schlang seinen Arm um sie und zog sie mit sich, unbekümmert um Sneed, der diskret folgte. Aber Sybil faßte ängstlich nach Dicks Hand.

»Um Gottes willen nicht ins Haus!« bat sie. »Ich habe gerade jetzt einen unheimlichen Menschen in einem Zimmer gesehen. Er ist ungeschlacht wie ein Riese – es muß ein Wahnsinniger sein!«

Sie schwieg überwältigt. Alles fiel ihr ein, was sie seit ihrer Teestunde mit Cody erlebt hatte.

»Ein Riese?« fragte Dick betroffen. Seine Augen suchten Sneed. Der nickte unmerklich.

Dann bat er Sybil, ihn zu beschreiben. Sie tat es stockend. Dick hütete sich, ihr seine Bestürzung zu zeigen.

»Ein Landstreicher vermutlich; einer jener seltsamen Heiligen, die wie Johannes der Täufer herumlaufen und dabei von Heuschrecken leben. Ich habe ähnliche Burschen schon im Hydepark gesehen. Haben Sie keine Sorge, Sybil, wir sind zwei kräftige, gutbewaffnete Männer. Wir fürchten uns vor Ihrem Simson nicht!«

Sie ließ sich gehorsam mitziehen.

»War eins der Fenster offen?« fragte Dick nach einer Pause des Nachdenkens.

Sybil schüttelte den Kopf.

»Ich habe kein Fenster offen gesehen!«

»Vielleicht ist er ein Schützling des Verwalters«, suchte Dick sie zu beruhigen. »Wir werden gleich hören!«

Er setzte den langen stählernen Klingelzug in Bewegung. Der hohle Klang drang abgeschwächt zurück.

Dick streichelte Sybils schmale, eiskalte Hand, und als er fühlte, wie sie zitterte, preßte er sie sanft an sich. Dann gab er sie frei. Er hatte drinnen auf den Steinfliesen den schlürfenden Schritt des Verwalters gehört.

Die Schritte hielten vor der Tür. Eine grollende Stimme fragte: »Wer ist da? Was wollen Sie?«

»Machen Sie bitte auf«, sagte Dick, der die Stimme des Verwalters erkannte, »hier ist Mr. Martin.«

Ketten rasselten. Ein Schloß krachte. Knarrend öffnete sich die Tür. Der Verwalter trug eine schief geknöpfte Hose über dem Nachthemd. Seine Hand schützte die flackernde Kerze. Das Licht wurde auf sein Gesicht zurückgeworfen und traf seine blinzelnden Augen.

»Mein Gott«, sagte er, »woher kommen Sie denn? Ist etwas passiert?«

»Genug«, erwiderte Dick, »um alle Morgenzeitungen zu füllen. Sagen Sie mal zuerst, haben Sie Besuch?«

Er trat mit Sybil in die Halle. Sneed folgte.

»Besuch? Ich?« fragte der Verwalter erstaunt. »Nein, ich bin mit meiner Frau allein hier.«

Er stieg auf einen Stuhl und bemühte sich um die altmodische Gasflamme, die sich unter reichlicher Verschwendung übelriechender Düfte endlich zum Brennen entschloß.

»Miss Lansdown«, sagte Dick zum Verwalter, »hat einen sehr merkwürdigen Menschen in einem Zimmer des Erdgeschosses gesehen!«

Der Verwalter stieg vom Stuhl herab und sah Sybil mit weit offenen Augen an. Dann schüttelte er den Kopf.

»Unmöglich! Wer sollte hier wohl hereinkommen? Alle Türen und Fenster sind verschlossen, und jeden Abend mache ich eine Runde durch das Haus!«

»Können Sie uns die Räume zeigen?«

Der Verwalter nickte bereitwillig. Sie durchschritten zwei Zimmer, und in jedem zündete der Verwalter umständlich die Gaslampe an. Aber überall erklärte Sybil: Hier ist es nicht gewesen. Endlich, als die Tür zum dritten Zimmer geöffnet wurde, zuckte sie zurück. Ihre Augen suchten Dick. Hier, sagte ihr Blick.

Einen Augenblick später lag der Raum im bleichen Licht seiner Gaskrone. Es war ein hohes Gemach, und es war ganz leer. Weder fand sich eine Spur von dem Eindringling, noch stand die Petroleumlampe auf dem Tisch.

Schon fragte sich Sybil, ob ihre überreizten Nerven ihr vielleicht die Erscheinung vorgespielt hätten, da stieß Dick einen leisen Pfiff aus. Er hatte einen schweren Krückstock aus Eschenholz entdeckt, der in der Ecke zwischen dem vorspringenden Kamin und der zurücktretenden Wand lehnte. Er hob ihn hoch und betrachtete ihn von allen Seiten.

»Ist das Ihr Stock?« fragte er den Verwalter.

»Nein«, erwiderte der Mann verdutzt, »und ich weiß auch nicht, wie er hierhergekommen sein kann. Gestern abend war er jedenfalls noch nicht da.«

»Vielleicht haben Sie ihn übersehen«, meinte Dick.

»Unmöglich! Meine Frau hat gerade gestern abend den Marmor poliert. Es kam uns vor, als sei er fleckig geworden.«

»Merkwürdig«, sagte Dick langsam. »Man sollte meinen, es gäbe keine Zauberer mehr im zwanzigsten Jahrhundert . . . aber vielleicht«, er klopfte mit dem Finger auf die Täfelung, »sind die Wände hohl? Oder existiert hier ein Geheimzimmer? So etwas hat man doch schon häufig in Romanen gelesen!«

Seine Frage war ironisch gemeint. Aber zu seinem Erstaunen erwiderte der Verwalter mit geheimnisvoll wichtiger Miene:

»Ob die Wände hohl sind, weiß ich nicht. Aber ein Geheimzimmer soll es irgendwo geben. Die frühere Wirtschafterin hat es mir erzählt, und die hat es wieder von dem verstorbenen Lord Selford.«

Dick bückte sich schweigend und ließ das Licht seiner Taschenlampe in den Kamin fallen. In gewissen Zwischenräumen waren eiserne Sprossen angebracht. Dort waren vor vielen Jahren die Schornsteinfeger hinaufgeklettert, aber für die Körpermaße eines Riesen war der Hohlraum zu schmal.

Er nahm noch einmal den Krückstock auf und untersuchte die eisenbeschlagene Spitze. Noch saß ein Krumen feuchter, frischer Erde daran.

»Was halten Sie von dieser Geschichte?« fragte ihn Sneed.

Dick zuckte die Achseln. »Ich tappe völlig im dunkeln.«

In diesem Augenblick fiel sein Blick auf Sybil. Sie lehnte bleich am Kamin, und ihre Zähne schlugen wie im Frost zusammen. Sofort legte er den Stock auf den Tisch und brach seine Nachforschungen ab. Liebevoll führte er sie in das Wohnzimmer, in dem bald unter der kundigen Hand des Verwalters ein lustiges Feuer brannte. Dann begab er sich selbst mit ihm in die Küche, um den Kaffee zu brauen und das Brot zu rösten. Erst als Sybil sich erquickt hatte, bat Dick sie, zu erzählen.

Die beiden Männer hatten das bequeme Sofa vor den Kamin geschoben, und zwischen ihnen sitzend, die Füße von der Glut erwärmt, das Gesicht von der Flamme bestrahlt, kam Sybil ihr Abenteuer wie der Spuk eines Fiebertraumes vor. Sie sah sich losgelöst von ihren eigenen Erlebnissen und konnte sich kaum mehr vorstellen, daß sie selbst die Heldin all dieser unausdenkbaren Schrecknisse war.

Als sie erzählte, wie Tom Cawler zurückgeblieben war, um sich dem Unhold entgegenzuwerfen, umkrampfte sie Dicks Arm.

»Oh, Mr. Martin, Sie müssen alles tun, um sein Schicksal aufzuklären! Ich kann den Gedanken nicht ertragen, daß er um meinetwillen zugrunde ging.«

Tränen rollten aus ihren Augen. Erst allmählich beruhigte sie sich wieder und konnte fortfahren. »Wenn ich nur wüßte, was Cody von mir wollte?« fragte Sybil, als sie geendet hatte.

Dick schwieg. Noch schien es ihm nicht ratsam, den Schleier von den Geheimnissen zu ziehen, die Codys Motive umgaben.

Sybil starrte in den Kamin, in dem die Tannenreiser brannten.

»Die Schreie waren furchtbar«, flüsterte sie, »unbeschreiblich!« Ihre Stimme versank in Grauen.

Keiner der Männer wagte ihr zu sagen, daß ihnen das Drama dieser Schreie bekannt war.

Langsam erhob sich Dick, um nach dem Himmel zu sehen. Sobald das Tageslicht es gestattete, wollte er nach Cawler suchen. Er hatte es um Sybil verdient.

Doch kaum hatte er sich dem Fenster genähert, da prallte er zurück. Die Allee herauf kam ein Auto.

Noch hatte der Fahrer den staubbedeckten Wagen nicht gebremst, da wurde von innen der Schlag geöffnet. Dick sah in Havelocks aschgraues Gesicht und in seine verstörten Augen. Er rief ins Zimmer, wer zu erwarten sei, und eilte zum Portal, um den Anwalt zu empfangen.

Havelock stürzte ihm mit fliegenden Rockschößen entgegen.

»Wo ist Miss Lansdown? Mr. Martin, wo ist Miss Lansdown?« keuchte er und packte Dick an beiden Aufschlägen.

»Sie ist hier«, sagte Dick. »Aber wer hat Ihnen gesagt, daß sie in Selford Manor zu suchen sei?«

»Ich sage ... es Ihnen ... gleich«, stammelte Havelock zwischen schmerzhaften Atemstößen. »Oh, mein Gott, was für eine Nacht! Geben Sie mir bitte Ihren Arm!«

Er stützte sich schwer auf Dick, der ihn vorsichtig ins Haus führte.

Als Havelock das junge Mädchen erblickte, eilte er auf sie zu und drückte ihr krampfhaft die Hand.

Dick stellte dem Anwalt Inspektor Sneed vor, und er sah, wie Havelocks Brauen in leisem Erstaunen in die Höhe gingen. Dann sank er gebrochen auf das Sofa nieder und suchte in seiner Tasche nach einem Brief, den er Dick mit vielsagendem Schweigen in die Hand drückte. Nun erst atmete er auf und trocknete sich die Stirn.

Dick betrachtete den Brief aufmerksam. Er trug das Wappen des Ritz-Carlton-Hotels. Die Schrift war ihm aus Lord Selfords früheren Briefen bekannt. Nur wollte ihm scheinen, daß sie flüchtiger war als sonst. Lord Selford schrieb:

Lieber Havelock!
Ich bitte Sie dringend und ernstlich, begeben Sie sich sofort nach Selford Manor und lassen Sie den ganzen Park absuchen. Scheuen Sie keine Mühe und keine Kosten. Meine Kusine Sybil Lansdown befindet sich zur Zeit in der Umgebung des Schlosses, und sie schwebt in tödlicher Gefahr. Die gleiche Gefahr droht allen, die mit ihr in Verbindung stehen ... auch Ihnen. Ich weiß, mein Brief gibt Ihnen Rätsel auf, mutet Ihnen Ungewöhnliches zu. Setzen Sie sich trotzdem über alle Bedenken hinweg. Höchste Interessen stehen auf dem Spiel. Sobald Sie Sybil Lansdown gefunden haben, bieten Sie ihr an, in meinem Hause zu bleiben. Nur dort ist sie sicher – nur dorthin reicht mein schützender Arm über sie und alle, denen ich für die mannhafte Vertretung meiner Interessen dankbar bin. Ich treffe morgen früh um sieben Uhr in Selford Manor ein und bin dann imstande, alle Rätsel, die Sie jetzt bedrängen, befriedigend zu lösen. Bis dahin halten mich leider Gewalten fern, denen gegenüber ich machtlos bin.

Selford

»Wie hat dieser Brief Sie erreicht?« fragte Dick Havelock.

»Ich glaube, es war um ein Uhr«, erwiderte der Anwalt, »ich wollte gerade schlafen gehen, denn ich hatte wieder stundenlang über den Akten des Hauses Selford gegrübelt. Da läutete es plötzlich Sturm an meiner Haustür. Es dauerte immerhin eine kleine Weile, bis ich hinunterkam. Niemand war zu sehen, aber ich fand den Brief im Kasten. Ich las ihn im Flur, und ich kann Ihnen sagen, ich war zu Tode erschrocken. Hat er den Verstand verloren? dachte ich. Ist es eine Mystifikation? Da schrillt das Telefon. Ich laufe hin, nehme den Hörer ab – Selford ist in der Leitung! Selford, den ich in Kairo glaubte, spricht mit mir von einem Londoner Apparat aus! Er fragt mich kurz und hastig, ob ich seine Botschaft bekommen hätte. Ich bejahe. Ohne mich zu Wort kommen zu lassen, dringt er in mich, seinen Wünschen zu willfahren. Ich will ihn nach seinen Gründen fragen und meinen Beistand anbieten, er antwortet nicht mehr. Ich wende mich ans Amt. Man sagt mir lakonisch, der Teilnehmer habe eingehängt ...«

Havelock schwieg erschöpft.

Wortlos reichte Dick Selfords Brief dem Inspektor.

»Und dann«, fuhr Havelock ruhiger fort, »kam ich auf die Idee, Mrs. Lansdown anzurufen. Sie war in größter Aufregung. Ihre Tochter sei seit dem frühen Nachmittag verschwunden, sagte sie mir. Können Sie sich vorstellen, meine Herren, wie mir da der Schreck in die Glieder fuhr? Ich setzte mich in mein Auto und jagte her. Wie froh ich bin, daß ich Sie alle hier unversehrt antreffe, läßt sich in Worten nicht ausdrücken!«

Er lehnte sich aufatmend zurück. Dick erhob sich.

»Ich glaube, es ist das beste«, sagte er mit einem Blick auf Sybil, die teilnahmslos in ihrer Ecke saß, »wir überlassen Miss Lansdown zunächst dem heilenden Schlaf. Sie, Mr. Havelock, treffen mit dem Verwalter die nötigen Anordnungen, ich suche indessen das Gelände nach Spuren ab. Die Sonne geht gerade auf.«

Alle richteten den Blick auf das Fenster und sahen zwischen den Baumkronen das purpurne Licht.

»Und ich?« fragte Inspektor Sneed unbefriedigt, obwohl es ihm auf seinem bequemen Sitz sehr gefiel.

»Sie bitte ich zu bleiben und alle Anwesenden unter Ihre schützenden Fittiche zu nehmen«, sagte Dick mit einem feinen Lächeln. »Sollte ich bis um sieben Uhr nicht zurück sein, so schikken Sie bitte zur Post. Mrs. Lansdown muß so schnell wie möglich erfahren, wo ihre Tochter ist!«

Dick übergab Sybil der Verwaltersfrau, die diensteifrig herbeieilte, und trat dann in den Garten hinaus. Zwitschernder Vogellaut empfing ihn. Irgendwo schmetterte ein Rotkehlchen sein frühes Lied.

Es dauerte kaum eine halbe Stunde, da hatte Dick das Erbbegräbnis der Selfords erreicht. Die Pforte war verschlossen. Er suchte im Grase und fand den Schlüssel nicht mehr. Staletti mußte ihn mit sich genommen haben.

Er setzte seinen Weg fort. Jetzt galt es, die Stelle zu finden, wo Tom Cawler seinen Gegner gestellt hatte. Ein Kampf auf grasbewachsenem Boden läßt selten Spuren zurück. Die bei Nacht niedergetretenen Gräser richten sich im Morgentau wieder auf. Trotzdem hatte er das Glück, nach langem Suchen schließlich auf den Kampfplatz zu stoßen. Er spürte ein ausgerissenes Grasbündel hier, den Abdruck eines Gummiabsatzes dort auf, aber nirgends war der Boden aufgewühlt oder zertrampelt, noch fand sich der Beweis dafür, daß jemand einen schweren Körper über das Gras geschleift hätte. Wenn Tom Cawler in dem Ringen den kürzeren gezogen hatte, und Dick zweifelte keinen Augenblick daran, so mußte der Sieger die Leiche auf den Schultern fortgeschleppt haben. Es blieb nichts weiter übrig, als das gesamte Parkgelände durch eine Streifmannschaft absuchen zu lassen. Nachdenklich schlug Dick den Weg zum Herrenhaus ein. Er hätte viel darum gegeben, wenn er Tom Cawlers Schicksal gekannt hätte, und doch fürchtete er sich vor einer Entdeckung, die seine schlimmsten Vermutungen nur bestätigen konnte.

Als Dick das Wohnzimmer betrat, unterbrach er eine sehr lebhafte Unterhaltung.

»Ich habe Mr. Havelock von dem merkwürdigen Besucher erzählt, den Miss Lansdown heute nacht hier im Hause beobachtet hat«, klärte Sneed den Freund über den Gegenstand ihres Gesprächs auf. »Mr. Havelock befürchtet, er könne sich noch irgendwo im Hause versteckt halten. Was meinen Sie, Martin?«

Dick hielt jedoch mit seiner Meinung zurück. Er stellte lieber eine Gegenfrage.

»Wo ist denn das Geheimzimmer?« wollte er wissen.

Aber Havelock verwies das sogleich in das Reich der Fabel. Ein Architekt, der Reparaturen am Hause geleitet hatte, war einmal danach gefragt worden und hatte klipp und klar an Hand des Grundrisses gezeigt, daß über jeden Winkel des Hauses Aufschluß gegeben sei; außerdem besäßen die Mauern für Hohlräume und Geheimgänge nicht die genügende Dicke.

»Nein«, schloß Havelock, »Selford Manor ist ein ganz nüchterner alltäglicher Bau und besitzt nichts Mittelalterliches.«

»Was werden wir jetzt unternehmen?« fragte der Inspektor Dick Martin.

»Ich werde Sie jetzt verlassen müssen«, erklärte Dick. »Ich begleite Miss Lansdown nach London!«

»Nach London?« fragte Havelock und legte die Hand ans Ohr, als habe er nicht recht gehört. »Ja, haben Sie denn Lord Selfords Brief vergessen?«

»Lord Selfords Brief? Nehmen Sie den so ernst?«

»Sehr ernst sogar«, entgegnete Havelock mit schwerer Betonung, »und ich möchte Sie dringend bitten, es sich wohl zu überlegen, ob man Lord Selfords Warnung so einfach in den Wind schlagen darf. Ich selbst« – er strich sich langsam über das graue Haar – »mache mir genug Vorwürfe, daß ich Lord Selfords Überspanntheiten jahrelang auf die leichte Schulter genommen habe. Wenn ich seine dauernde Abwesenheit im Licht der jetzigen Ereignisse überblicke, kommt es mir so vor, als läge darin der Schlüssel zu einem sehr dunklen Geheimnis.«

Dick nickte langsam. Mit keinem Zucken der Wimpern verriet er, daß ihm das Geheimnis dieser Abwesenheit bekannt war.

»Ich verstehe ja, daß Sie auf die Meinung eines Laien nicht so großen Wert legen«, fuhr Havelock fort, »aber vielleicht hören Sie eher auf das Urteil eines Fachmanns. Inspektor Sneed hat mir eben gesagt, daß er für seinen Teil Lord Selfords Gastfreundschaft annimmt.«

»Ja«, gab Sneed unumwunden zu, »ich leugne nicht, daß ich sehr gern hierbleibe, zumal meine Pflicht mich in dieser Gegend festhält.«

Dick verstand ihn sofort. Es lag ihm daran, sich in der Nähe des Tatorts aufzuhalten. Noch war Codys Ermordnung nicht aufgeklärt, und Selford Manor war der gegebene Mittelpunkt für alle Nachforschungen. Auch Stalettis Haus war von hier aus leicht zu erreichen.

»Gut«, willigte er ein, »ich sehe, ich bin überstimmt. Wenn Miss Lansdown einverstanden ist, können wir bleiben. Selbstverständlich müßte die Einladung dann auch auf ihre Mutter ausgedehnt werden.«

»Was das anbetrifft«, sagte Havelock rasch, »so brauchen Sie sich keine Sorgen zu machen. Ich selber hole Mrs. Lansdown in meinem Auto ab. Ich habe noch verschiedenes in der Stadt zu besorgen, was ich bei meiner eiligen Abfahrt vergaß. Sie werden nichts entbehren, meine Herren; Selford Manor bietet Ihnen jede Bequemlichkeit, und im Dorf finden wir jederzeit Dienstboten. Nur« – er zögerte und wandte sich an Sneed –, »ich würde an Ihrer Stelle für ein Polizeiaufgebot sorgen. Ich fürchte, diese Nacht bringt die Krise.«

27

Kaum hatte Sneed sein Frühstück eingenommen, da ertönte draußen ein Hupensignal. Der Polizeichef von Sussex erschien in höchsteigener Person mit einem Haftbefehl für Doktor Staletti. Sie fuhren dann zusammen zum ›Galgenhof‹, fanden aber das Nest leer. Der Vogel war ausgeflogen.

Ein Tagelöhner, der in der Nachbarschaft eine Kate bewohnte, führte die Aufsicht über das verlassene Haus. Er war bei Staletti zuweilen als Gärtner beschäftigt worden, hatte aber nie etwas Auffälliges bemerkt. Staletti hatte ihn an diesem Morgen schon vor Sonnenaufgang geweckt, ihm die Schlüssel seines Hauses übergeben und ihn gebeten, Haus und Garten bis zu seiner Rückkehr zu bewachen.

Die Durchsuchung der Räume lieferte kein neues Beweismaterial. Stalettis Bett war unberührt. Er hatte sicher in dieser Nacht nicht darin geschlafen.

Mißmutig begaben sich die beiden Herren zum Tatort zurück und ließen sich vom Arzt Bericht erstatten. Sneed hatte sich nicht getäuscht. Mrs. Cody war, wohl infolge des Schreckens, an einem Herzschlag gestorben. Inspektor Wilson, der die Aufsicht führte, hatte achtzehn leere Patronenhülsen im Obstgarten gesammelt. Dieser Fund stellte ihn vor ein Rätsel. Sneed löste es für ihn, indem er launig von dem nächtlichen Sperrfeuer erzählte.

Cody war kriminalistisch durchaus kein unbeschriebenes Blatt. Allerdings prangte er im Verbrecheralbum unter dem Namen Bertram. Seine Straftat lag indessen schon lange zurück. Er war einer der ersten in England gewesen, der Fernunterricht erteilte, und zwar hatte er vorgegeben, er könne jeden, der ein Pfund bezahle, brieflich in der Kunst des Hypnotisierens unterrichten.

Es gibt keinen Leim, auf den die Gimpel nicht gehen. Sehr bald hatte er tausend Pfund erschwindelt, ohne daß auch nur ein einziger seiner Schüler das Hypnotisieren erlernt hätte. Da griff der Staatsanwalt zu. Sein Kompagnon, der sich mit ihm den Erlös geteilt hatte, entzog sich der Verhaftung durch schleunige Flucht. Der Kompagnon war – Staletti.

»Sieh einer an – Staletti!« sagte Sneed aufhorchend.

»Erinnern Sie sich«, fragte ihn Wilson, »daß wir ihn später beim Vivisezieren erwischten? Leider war seine erste Straftat inzwischen schon verjährt.«

»Das sind ja merkwürdige Zusammenhänge!«

»Bis in die allerletzte Zeit verkehrten sie miteinander«, fuhr Wilson eifrig fort. »Ich habe die Dienstboten verhört. Man hat ihn häufig gesehen. Allerdings kam er meistens des Nachts.«

»Wieso waren die Dienstboten gestern nacht nicht da?«

»Ein Mädchen ist erkrankt, die andern hatten Urlaub. Zweifellos plante Cody ein Verbrechen, bei dessen Ausführung ihn der Tod ereilt hat.«

Sie gingen durch den Garten.

»Vorhin war Martin hier«, erzählte Wilson weiter. »Er ist auf platten Reifen nach Horsham gefahren, um sich dort Ersatz zu beschaffen. Er läßt Sie bitten, hier auf ihn zu warten.«

Sneed dankte Wilson und schlenderte zum Pförtnerhaus. Als er die Chaussee hinunterblickte, entdeckte er eine Staubwolke, die sich rasch näherte. Dick fegte im Auto heran.

»Steigen Sie ein, ich bringe Sie nach Selford!« rief er ihm zu.

»Haben Sie Staletti gefaßt?« fragte er Sneed, als der neben ihm Platz nahm. Der Inspektor schüttelte verdrießlich den Kopf.

»Ich dachte es mir«, sagte Dick. »Er wußte bereits gestern nacht, daß sein Spiel verloren war; daher sein letzter Versuch an der unterirdischen Tür. Hätte ich nur seinen Schlüssel!«

»Der würde Ihnen auch nichts nützen«, brummte Sneed. »Es wäre ja erst der vierte!«

»Erst der vierte, jawohl, aber ich hoffe, die drei anderen sind morgen in meinem Besitz!«

»Wieso morgen? Das verstehe ich nicht!«

»Morgen früh um sieben Uhr kommt Lord Selford. Entweder sind wir bis dahin tot, oder wir haben die Schlüssel«, sagte Dick rätselhaft.

Der Inspektor sah ihn scharf von der Seite an.

»Sie wissen mehr, als Sie sagen«, warf er ihm vor.

Dick zog es vor zu schweigen. Er tat, als nähme ihn die Steuerung des Autos ganz in Anspruch. Erst mußte er einem Bauernwagen ausweichen, dann galt es, einen Packard abzuhängen, der ihnen viel Staub ins Gesicht wirbelte. Kurz darauf lenkte er seinen Wagen in die Einfahrt des Parks.

Neue Pflichten erwarteten Sneed im Hause.

Dicks erste Frage galt Mrs. Lansdown. Sie war vor einer halben Stunde mit Havelock eingetroffen und hatte sich sogleich zu ihrer Tochter begeben.

Dick fand den Anwalt im Wohnzimmer. Er durchmaß den Raum mit sorgenvollen Schritten. Seine klugen Augen hatten sich umwölkt.

Als er Dick sah, gab er sich einen Ruck.

»Wissen Sie das Neueste?« fragte er mit verhaltener Stimme.

Dick sah ihn erwartungsvoll an. Havelock trat auf ihn zu und packte ihn am Knopf seiner Jacke.

»Lord Selford wohnt nicht im Ritz-Carlton-Hotel. Man kennt dort seinen Namen gar nicht!«

Er ließ den Knopf los und trat ans Fenster. Offenbar mußte er sich sammeln. Nach einer Pause drehte er sich um.

»Ich lasse jetzt in den Meldebüchern nachschlagen, ob er jemals früher dort abgestiegen ist. Sie wissen, er hat mir etliche Male von dort geschrieben. Noch hoffe ich, daß man sich seiner bloß nicht mehr erinnert, sonst ...«, er hielt inne und zupfte mit nervösen Fingern an seiner Krawatte, »... übergebe ich den ganzen Fall der Behörde.«

Er nahm seine Wanderung durch das Zimmer wieder auf. Schweigend bot ihm Dick eine Zigarette an. Er dankte, klemmte sie aber in der Zerstreutheit kalt zwischen die Zähne.

»Brauchen Sie kein Feuer?« fragte Dick ihn mit leisem Lächeln.

Havelock zuckte zusammen und hielt die Zigarette an die

Flamme, die Dick ihm reichte. Er tat ein paar tiefe Züge. Die Wogen seiner Erregung glätteten sich.

»Ich war bei Cook«, berichtete er weiter. »Ich wollte die Möglichkeit prüfen, ob Lord Selford sich wirklich in London aufhalten kann, und habe festgestellt, daß er bei Ausnutzung aller Flugzeugverbindungen tatsächlich rechtzeitig in London eintreffen konnte, um nachts gegen ein Uhr mit mir zu telefonieren. Aber wie hat er in der halben Stunde, die höchstens zwischen seiner Ankunft und unserem Telefongespräch lag, Sybil Lansdowns Schicksal in Erfahrung bringen können? Ich habe ja manches in meiner Anwaltspraxis erlebt, aber eine solche Häufung von Unwahrscheinlichkeiten noch nicht!«

Die Tür öffnete sich, und Mrs. Lansdown blickte ins Zimmer. Sie war tief bewegt, als sie Dick Martin begrüßte. Noch bebte die Qual dieser Nacht in ihrer Seele.

»Sybil hat mich geschickt«, sagte sie, als sie sich gefaßt hatte. »Sie möchte wohl wissen, ob Tom Cawler gefunden worden ist.«

»Noch nicht«, sagte Dick in bedauerndem Ton.

»Kann ihm etwas Ernstliches zugestoßen sein?« fragte Mrs. Lansdown ängstlich.

»Ich weiß es nicht. Tom Cawler war ja ein fixer Junge. Er hat seinen Hals gewiß schon aus ganz anderen Schlingen gezogen«, sagte Dick tröstend, obwohl er selber nur wenig Hoffnung hatte.

Mrs. Lansdown atmete auf.

»Gebe Gott, daß er sich hier bald mit heilen Gliedern einstellt. Ich möchte ihm gern die Hand drücken.«

Im Laufe des Nachmittags traf neue Nachricht über Staletti ein. Ein Gendarm zu Rad hatte ihn beobachtet. Er fuhr in einem Auto, das heißt, er fuhr nicht, sondern hantierte wütend am Motor herum. Als der Gendarm sich später nach ihm umwandte, sah er nur noch die Staubwolke, in der der Wagen verschwand. Wahrscheinlich flüchtete Staletti nach London. Sein Steckbrief war bereits am Vormittag telegrafisch an sämtliche Polizeiämter gegangen. Der Rundfunk würde ihn seinen Hörern am Abend übermitteln.

Nachdem Dick einige Stunden wie ein Toter geschlafen hatte, nahm er eine sorgfältige Untersuchung des ganzen Hauses vor. Die Zimmerflucht, die der verstorbene Lord Selford bewohnt hatte, lag im linken Seitenflügel. Eine eigene Treppe führte von dort in das Erdgeschoß hinab. Im rechten Flügel befanden sich die Räume für die Dienstboten. Hier wohnte auch der Verwalter. Der Haupttreppe gegenüber öffnete sich eine schwere, geschnitzte Tür in das Prunkschlafzimmer des Hauses. Hierher hatten die Selfords Jahrhunderte hindurch ihre Bräute nach ihrer Hochzeit geführt, und in dem mächtigen Bett, das die ganze Mitte ausfüllte, hatten alle Stammhalter das Licht der Welt erblickt.

Dies Zimmer hatte man Sybil gegeben; hier erwartete sie das Erscheinen des letzten Selford.

28

Dick zog die Samtvorhänge beiseite. Da sah er, daß die beiden Fenster, in die das Abendlicht fiel, durch Eisengitter geschützt waren. Er rief den Verwalter herbei und erfuhr, daß die Gitter noch zu Lebzeiten des verstorbenen Lord Selford angelegt worden waren, als ein frecher Einbruchsversuch gezeigt hatte, wie leicht das Zimmer vom Portal aus zu erreichen war. Es war der kostbarste Raum des ganzen Hauses; allein die Täfelungen und Gobelins waren ein Vermögen wert.

Dick öffnete die Fenster und rüttelte an den Stäben. Sie waren so fest in das Mauerwerk verrammt, daß tagelange Vorbereitungen dazu gehört hätten, sie zu entfernen.

Sorgfältig klopfte er die Wände ab, aber nirgends gaben sie einen hohlen Klang.

Schließlich bat er den Verwalter, ihm den Keller zu zeigen. Die Küche lag zum Teil schon unter der Erde, von dort führte eine steile Treppe in den mächtigen Weinkeller hinab, der mit ausgezeichneten Jahrgängen gefüllt war. Im Gegensatz zu den Kellern der meisten alten Häuser war dieser nicht gewölbt. Schwere Eichenbohlen stützten die niedrige Decke.

»Nicht eben feuersicher«, bemerkte Dick zum Verwalter.

Die übrigen Räume, die an den Weinkeller stießen, waren vollständig leer, bis auf einen, der unter dem Mittelbau des Hauses lag. Hier lagerten drei riesige Bierfässer.

»Nun«, meinte Dick, »an Flüssigkeiten fehlt es nicht. Wenn Lord Selford will, kann er ein ganzes Regiment unter Alkohol setzen.«

Dann schickte er den Verwalter unter einem Vorwand fort. Er hatte so getan, als ob er den Keller verlassen wollte, doch als die Schritte seines Begleiters verhallt waren, schlich er in die Küche, wo er einen Büchsenöffner suchte und auch fand. Mit diesem kehrte er zu den Fässern zurück. Bald hatte er das nächstliegende Faß angebohrt.

Betäubende Dämpfe stiegen daraus hervor. Noch ehe er den Inhalt kannte, hatte er ihn erraten. Dann verstopfte er die entstandene Öffnung sorgfältig mit Holzsplittern und legte den Büchsenöffner wieder auf seinen Platz zurück.

Befriedigt von dem Ergebnis seiner Untersuchung, begab er sich in den Hof zu seinem Auto. Niemand sah ihn, als er abfuhr. Er brachte den Wagen bis in die Gegend des Pförtnerhauses und versteckte ihn im Schatten der Bäume. Dann schlenderte er auf einem Umweg ins Herrenhaus zurück.

Die Stunde der Krise war nahe. Er fühlte, daß die Atmosphäre elektrisch geladen war, und er sah schon den Vorhang reißen, hinter dem sich Lord Selford verbarg.

Auf dem Rasenplatz vor dem Hause begegnete ihm Sybil. Sie erzählte ihm, daß die Kriminalbeamten aus London inzwischen eingetroffen seien und eben von Inspektor Sneed und Havelock auf den Korridoren verteilt würden. Willig schloß sie sich Dick auf seinem Spaziergang an.

»Haben Sie gut geschlafen?« forschte er liebevoll.

»O ja, danke! Ich bin doch wieder Mensch geworden, und ich habe kein Herzklopfen mehr.«

»Armes Kind«, sagte Dick leise.

»Sie dürfen mich nicht bedauern, Mr. Martin! Ich habe ja alles meiner eigenen Torheit zuzuschreiben. Ach, wenn Sie wüßten, wieviel Vorwürfe ich mir Ihretwegen gemacht habe!«

»Meinetwegen?«

»Ja, Mr. Martin. Ich weiß wohl, wie Sie die Unsicherheit über mein Schicksal gequält hat. Und wenn ich es selbst nicht wüßte, Mr. Sneed hat es mir gesagt!«

»Das durfte er nicht!«

»Doch, Mr. Martin! Ich bin ihm dankbar dafür. Nie wieder unternehme ich etwas ohne Ihre Zustimmung!«

Dick suchte ihre Hand und drückte sie stumm und heftig.

»Wenn nur erst die Nacht vorüber wäre! Ich sorge mich um Mr. Havelock. Seine Niedergeschlagenheit wächst, je mehr sich der Abend nähert. Er fürchtete, daß er das nächste Opfer ist!«

»Wessen Opfer?«

»Stalettis!« Sie schauderte beim Aussprechen des Namens.

»Er fürchtet Staletti?« fragte Dick erstaunt.

»Ja, und noch mehr als das. Er glaubt, daß Lord Selford unter Stalettis hypnotischem Einfluß steht und nur tut, was er ihm einflüstert!«

»Und das erzählt er Ihnen?«

»Nun ja«, sie lächelte mit unschuldigem Stolz, »er hat Vertrauen zu mir. Er fühlt, daß ich ihn verstehe. Ein Mann würde ihn vielleicht verachten, wenn er sich ihm gegenüber so gehen ließe.«

»Unser Freund Havelock ist ein ›homme à femmes‹«, konstatierte Dick lächelnd. Aber Sybil, mit ihren Gedanken beschäftigt, hörte seinen Einwurf nicht.

»Ich begreife Lord Selford nicht«, sagte sie versonnen. »Er hat sich jahrelang nicht um uns gekümmert. Woher kommt sein plötzliches Interesse an meinem Schicksal?«

»Das kann ich Ihnen erklären. Sie sind seine gesetzliche Erbin«, sagte Dick ernst.

Sybil blieb erschrocken stehen.

»Was wollen Sie damit sagen, Mr. Martin? Er ist doch noch jung. Er kann noch Kinder haben. Vielleicht ist er überhaupt verheiratet. Havelock deutete es früher einmal an.«

»Nun, und wenn Sie den Fall anders ansehen«, entgegnete Dick, »wenn Sie mit Havelock annehmen, daß er unter fremdem Einfluß steht, so gibt es sicher einige Menschen, die an seiner Erbfolge interessiert sind. Lord Selford ließ sich bisher aus dem einen oder anderen Grund mit Leichtigkeit ausplündern; ob Sie sich dazu hergeben würden, weiß man nicht. Sehen Sie nun, daß Selford oder seine Drahtzieher ein berechtigtes Interesse an Ihrer Person haben?«

»O Gott«, brach sie aus, »das ist ja entsetzlich!«

»Die Gefahr, die man kennt«, sagte Dick mit unerschütterlicher Ruhe, »ist nicht mehr so entsetzlich. Sie haben Freunde genug, die sie von Ihnen abwenden werden!«

Sie schenkte ihm einen dankbaren Blick.

»Cody«, fuhr Dick nach einer Weile der Überlegung fort, »hat schon einen Versuch in dieser Richtung gemacht und sein Leben dabei verloren. Was er Ihnen vorlegte, war zweifellos eine Schenkungsurkunde oder gar ein Testament. Damit wollte er gegen seine Genossen die Trumpfkarte ausspielen. Vielleicht fühlte er sich schon bedroht und glaubte sein Leben durch das Vorhandensein einer solchen Urkunde gesichert. Aber man kam ihm zuvor. Man hat ihn furchtbar bestraft!«

Sybil, die inzwischen von seinem Ende in Kenntnis gesetzt worden war, schwieg erschüttert. Dann sah sie Dick an mit einem Blick, der sich aus tiefen, furchtbaren Ahnungen löste.

»Aber wo ist Lord Selford?« fragte sie leise.

»Ich weiß es nicht«, sagte er einfach, »ich kann nur hoffen oder fürchten.«

Sybil blieb stehen und packte ihn am Arm. Ihre Augen hatten sich geweitet.

»Sie denken, er ist – tot?« stammelte sie flüsternd.

Dick wandte die Augen ab, um ihrem Blick zu entgehen.

»Besser für ihn, wenn er tot wäre«, sagte er durch die Zähne.

Mr. Havelock trat in diesem Augenblick unter das Portal. Sacht löste Sybil die Hand aus Dicks Arm. Sie gingen ihm entgegen.

Der Anwalt war bleich. Sein Gesicht war bekümmert.

»Nichts Neues über Staletti?« fragte er.

»Nichts«, erwiderte Dick, »aber seien Sie ganz ruhig. Er entgeht uns nicht. Das Netz zieht sich um ihn zusammen. Es ist enger, als er denkt.«

Das Essen wurde vom Verwalter in der Bibliothek serviert. Es war ein schweigsames Mahl. Jeder hing seinen eigenen Gedanken nach.

Havelock und Sneed setzten sich in die Rauchecke. Dick ging mit Sybil noch einmal in den Garten. Nach einer Weile kam sie allein zurück und bat ihre Mutter heraus. Nach lebhafter Unterhaltung mit Dick verabschiedeten sich die Damen, um ihr Schlafzimmer aufzusuchen, und Dick Martin kehrte ohne sie in die Bibliothek zurück.

Er trat ans Fenster und blickte zum Himmel auf. Eine rosige Dämmerung senkte sich auf die Kronen der Bäume. In einer Stunde würde es Nacht sein.

»Wer begleitet mich zu den Gräbern?« fragte er.

Havelock blickte nervös auf die Uhr.

»Es ist reichlich spät für einen solchen Spaziergang, und wir können auch die Damen nicht allein lassen.«

»Die Damen haben sich bereits zur Ruhe begeben«, entgegnete Dick, »und zwanzig Kriminalbeamte sind genügender Schutz. Ich brauche Ihre Führung. Sie dürfen mich nicht im Stich lassen, lieber Havelock!«

»Gut, Mr. Martin – wenn Sie mich bitten, muß ich mich Ihnen wohl anschließen. Gerne gehe ich nicht zu den Gräbern!«

»Nun, es ist auch nicht nötig, daß wir in die Gruft hinabsteigen. Mir liegt mehr daran, Teile des Parks kennenzulernen, über die ich noch nicht Bescheid weiß.«

Sie machten sich auf den Weg. Als sie den Gutshof erreichten, blieb Dick stehen, um den Hund zu streicheln, der Sybil so große Dienste geleistet hatte.

Sie kamen ins Tal. Totenstille umfing sie. Noch eben hatte ein Heimchen im Grase gezirpt, nun hörte auch das auf.

»Wissen Sie, warum Lew Pheeney eigentlich sterben mußte?« fragte Dick den Anwalt.

Havelock sah ihn verwundert an.

»Lew Pheeney«, fragte er. Er mußte sich erst besinnen.

Nun lüftete Dick das Geheimnis, das zu seinem gewaltsamen Tod geführt hatte. Havelock war sehr überrascht und konnte sich sichtlich nicht fassen.

»Ich wünschte, ich hätte es vorher gewußt«, sagte er endlich, »ich hätte vielleicht schon damals erraten, was es für ein Grabmal war, an dem er seine Kunst versucht hatte. Hat Lew Pheeney den Namen des Mannes genannt, für den er die Schlösser aufbrechen sollte?«

»Lew Pheeney war keiner von denen, die aus der Schule schwatzen. Aber wer sollte dafür anders in Frage ...«

»Staletti?« warf Havelock rasch ein.

Dick nickte.

Havelock nahm den Hut ab und strich sich über sein Haar.

»Ich glaube, wer mit Staletti anbindet, tut gut daran, sein Testament zu machen.«

Als sie den Hügel erklommen hatten, blieb Dick einen Augenblick stehen.

»Was ist denn das?« Er deutete auf eine weiße Narbe, die in der Ferne die glatte Fläche des Geländes unterbrach.

»Das sind die Steinbrüche von Selford«, erwiderte der Anwalt. »Sie sind schon längst außer Betrieb. Die Straße, die daran vorbeiführt, ist jetzt gesperrt. Sie ist selbst für einen Fußgänger gefährlich.«

Sie durchkreuzten den Wald und betraten erwartungsvoll die Lichtung, aber der Felsen, der sich über den Gräbern wölbte, lag in völliger Ruhe da.

Es war Havelock anzumerken, daß er mit leichterem Herzen den Weg zum Herrenhaus einschlug.

Zwei Polizeibeamte bewachten das Portal. Sie berichteten, daß Mrs. Lansdown vor einiger Zeit das Fenster geöffnet und gebeten habe, sie um sechs Uhr zu wecken.

»Gehen wir ins Haus«, schlug der Anwalt vor. »Unsere Stimmen könnten die Damen wecken!«

Sie begaben sich wieder in die Bibliothek, wo Havelock sie mit eisgekühltem Champagner überraschte. Seine Hand zitterte, als er das Glas erhob.

»Trinken wir auf die glückliche Heimkehr Lord Selfords!«

Die anderen gaben ihm Bescheid. Havelock setzte sein Glas geleert nieder.

»Wenn Lord Selford wirklich sein Versprechen hält«, sagte

er, »so werde ich als erstes die Verwaltung seiner Güter in seine Hand zurücklegen. Die Nüsse, die er mir zu knacken aufgibt, sind mir zu hart.« Er lächelte dann über den versuchten Scherz. »Käme er nur!« sagte er ernster.

»Wo schlafen Sie denn?« fragte Dick. »Wo können wir Sie suchen, wenn etwas Unvorhergesehenes eintritt?«

»Ich schlafe im Wohnflügel des verstorbenen Lord Selford. Es ist dort sehr gemütlich, wenn mein Zimmer auch etwas abseits liegt. Aber was soll mir geschehen? Ein Beamter wacht auf dem Korridor vor meiner Tür.«

Sneed ließ den Champagner feinschmeckerisch über seine Zunge gehen. »Ein ausgezeichnetes Weinchen!« sagte er anerkennend.

»Wie wär's, wenn wir einer zweiten Flasche den Hals brächen?« fragte Havelock.

»Ich sage nicht nein«, lachte Sneed.

Unter dem Einfluß der zweiten Flasche gewann der Anwalt seinen Gleichmut wieder.

»Ich bin doch sonst nicht auf den Kopf gefallen«, sagte er, »aber wie ich auch die Sache drehe und wende, sie bleibt mir schleierhaft. Wie kam Lord Selford zu Cody, und was hat, um Himmels willen, dieser Abruzzenräuber in den Selfordschen Gräbern zu suchen?«

Dick stützte die Arme auf den Tisch und beugte sich zu ihm hin.

»Diese Fragen lassen sich vielleicht beantworten. Haben Sie jemals den Namen Bertram gehört?«

»Bertram ...?« Havelock furchte nachdenklich die Stirn. »So hieß, glaube ich, der Vorsteher der Privatschule, die Lord Selford nach dem Tode seines Vaters besuchte.«

»Ah!« sagte Dick befriedigt. »Da haben wir also die Zusammenhänge! Als Bertram Ursache hatte, sich seines Vaternamens zu schämen, machte er ihn zum Vornamen und hängte Cody an.«

Der Anwalt lehnte sich in seinem Stuhl zurück.

»Bertram und Cody ein und dieselbe Person? Aber das ist doch unmöglich!«

»Es warten Ihrer noch ganz andere Überraschungen, Mr. Havelock! Der Verwalter sprach heute von einer früheren Haushälterin, der zu Lebzeiten Lord Selfords auch die Pflege des Knaben oblag. Erinnern Sie sich ihres Namens?«

Der Anwalt suchte in seinem Gedächtnis.

»Nicht genau. Aber der Klang liegt mir noch im Ohr. Ich glaube, es war Crawther.«

»Vielleicht Cawler?« warf Dick fragend ein.

»Cawler?« Der Anwalt sann nach. »Ja, das kann stimmen. Der Name kommt mir bekannt vor. Ah, jetzt fällt mir ein: hieß nicht – Codys Chauffeur Tom Cawler? Sie haben den Namen mehrfach genannt.«

»Ganz recht! Mrs. Cawler war seine Tante und – Codys Frau!«

Tiefes Schweigen folgte.

»Und das wissen Sie sicher?« fragte Havelock schließlich.

»So sicher wie das Amen in der Kirche! Codys Mörder haben zwar alle Dokumente aus dem Schreibtisch entfernt, aber sie haben eine kleine Truhe übersehen, die Mrs. Cody unter ihrem Bett verwahrte. In dieser Truhe fand sich ihr Trauschein. Aus dem Trauschein geht dreierlei hervor: Erstens: daß sie Cody acht Monate nach dem Tode ihres Dienstherrn heiratete; zweitens: daß sie zur Zeit ihrer Heirat noch Haushälterin auf Selford Manor war; drittens: daß sie Staletti schon damals kannte. Denn er war einer der Trauzeugen. Haben Sie übrigens Cody jemals gesehen?«

Havelock schüttelte den Kopf.

»Alle Verkaufsverhandlungen wurden durch meinen Bürochef durchgeführt. Ich selbst war damals gerade zur Kur in Karlsbad.«

»Ist Ihnen bekannt«, forschte Dick, »daß Staletti mit Lord Selford verkehrte und daß er ihm vermutlich sogar seinen ärztlichen Beistand lieh?«

»Sie setzen mich in das größte Erstaunen«, brachte der Anwalt endlich hervor. »Selfords Arzt war doch Sir John Finton. Lord Selford hat mir gegenüber, das muß ich ausdrücklich betonen, niemals auch nur gesprächsweise den Namen Staletti genannt!«

»Und doch war Staletti genau über seinen Zustand informiert«, erwiderte Dick mit besonderem Nachdruck.

Havelock starrte ihn an. Nur langsam bezwang er sich.

»Das klingt ja«, sagte er mit schwankender Stimme, »als hätte sich da unter meinen Augen eine ganz nett angelegte Intrige abgespielt, deren Haupt Lord Selford selbst war ...«

»Ja«, gab Dick unumwunden zu, »so klingt es. Lesen Sie doch einmal diesen Brief!«

Er gab Sneed einen Wink. Der Inspektor zog seine Brieftasche hervor, entnahm ihr Codys Brief an Mrs. Cawler und schob ihn über den Tisch.

»Den Brief haben wir auch in der Truhe gefunden«, sagte Dick.

Havelock beugte sich über den Brief und las ihn, ohne ihn zu berühren.

»Das alles ist mir vollkommen rätselhaft«, sagte er aufblikkend. »Man hat mich also offenbar restlos irregeführt. Aber ich muß sagen, je mehr Licht in diese Zusammenhänge fällt, desto verworrener scheinen sie mir.«

»Morgen früh kommt Lord Selford«, tröstete ihn Dick. »Er wird und muß den Knoten für uns lösen.« Er sah nach seiner Uhr. »Es ist spät. Ich schlage vor, wir gehen schlafen. Wer weiß, was uns noch bevorsteht!«

Sneed nahm den Brief an sich. Dann stützte er sich mit beiden Händen auf den Tisch und erhob sich ächzend. Doch als er den tiefen Sessel am Feuer sah, kam er nicht weiter. Wie ein steinbeschwerter Sack versank er in der weichen Polsterung.

»Hier schlage ich meine Zelte auf«, verkündete er mit zufriedenem Seufzer. »Gepriesen sei der Erfinder des Klubsessels!«

29

Eine Viertelstunde später öffnete Dick leise die Tür seines Zimmers, grüßte schweigend den Detektiv, der im Korridor Wache hielt, drehte den Schlüssel von außen herum und ließ ihn in die Tasche gleiten. Dann ging er auf Zehenspitzen die Treppe hinab und begab sich zu Sneed, der in seinem Sessel eingenickt war.

»Es ist Zeit«, sagte er leise.

Sneed fuhr schuldbewußt auf, unterdrückte gerade noch ein Ächzen und folgte dem jungen Freund in das Gemach, in dem Sybil zu ihrem Schrecken das rätselhafte Ungetüm gesehen hatte. Im Licht der Taschenlampe zeigte es seine vier kahlen Wände.

»Sie warten draußen vor der Tür, Sneed, und rühren sich nicht! Ich beobachte das Zimmer durch das Fenster. Es kann lange dauern, aber wenn mich nicht alles täuscht, war der Riese weder das erste noch das letztemal hier!«

Er ließ den Inspektor an der Tür zurück und begab sich nach draußen, wo er genau an der Stelle Posten faßte, die den Abdruck von Sybils Füßen zeigte.

Die Zeit verging langsam und doppelt schleppend, weil sie aufs höchste mit Spannung geladen war. Allmählich gewöhnte sich Dicks Auge an das Dunkel. Mehr und mehr gewann seine Umgebung Form und Bedeutung. Der Mond ging auf und warf den Schatten der Bäume wunderbar klar auf die Rasenfläche. Wenn der Nachtwind die Blätter bewegte, war es, als reichten sich unheimliche Schemen die Hände zum Tanz.

Durch die stille Luft zitterte der Klang der Turmuhr. Dick zählte zwölf Schläge. Danach verging wieder eine kleine Ewigkeit. Schon fühlte er in seinen Füßen ein nervöses Kribbeln, und die Muskeln taten ihm vom Stehen weh.

Da hellte sich plötzlich das Zimmer vor ihm auf. Ein dünner Lichtstrahl schoß durch das Dunkel und spiegelte sich auf der Tischplatte. Er kam aus der Gegend des Kamins. Unwillkürlich reckte Dick sich auf den Zehenspitzen empor. Der Strahl wuchs schnell zur breiten Lichtbahn an, der Kamin bewegte sich um einen Zapfen und deckte ein düsteres Loch im Boden auf. Eine Hand wurde sichtbar, die eine Lampe hielt – die Petroleumlampe, die Dick aus Sybils Schilderung kannte. Der Hand folgte ein von goldenem Haar umflossenes Haupt, ein Götterhaupt der grauen Vorzeit – wenn es Leben und Ausdruck gehabt hätte. Alles, was das Gesicht jetzt an menschlicher Regung zeigte, war ein kindisch ängstliches Lächeln, das in erschütterndem Gegensatz zu der Kraft der Glieder und der Pracht der Muskeln stand.

Der Riese kam nach vorn und stellte die Lampe auf den Tisch. Dann wandte er sich um und streckte die Hand in den dunklen Schacht hinab. Sie wurde ergriffen, und mit unbeschreiblichem Schauder sah Dick jetzt neben der ersten Gestalt eine zweite ähnliche stehen. Dieser zweite Riese trug kurzgeschnittenes Haar und ein glattes, bartloses Gesicht. Seine Augen hatten den dumpfen Blick des Sklaven, aber sie waren nicht ganz ausdruckslos. Eine gewisse tierische Wildheit lag in diesen Zügen mit den breiten, hochstehenden Backenknochen, der an der Wurzel scharf vorspringenden Nase – eine Wildheit, die augenblicklich gebändigt schien durch die Gutmütigkeit und die Vorfreude eines Kindes. Beide Gestalten waren nackt bis auf kurze zerrissene Hosen, die kaum die Schenkel bedeckten. Sie schlichen sich an die Wand. Der bärtige Mann drückte auf eine Holzfüllung. Sie sprang zurück und gab den Blick auf einen eingebauten Schrank frei.

Doch im selben Augenblick bewegte sich die Klinke. Die Riesen horchten auf. Blitzschnell sprang der Bartlose zum Tisch und löschte die Lampe aus.

Dick stieß einen Fluch durch die Zähne. Dann sprang er mit einem Satz über das Beet und eilte in die Halle.

An der halboffenen Tür fand er Sneed, der, die Hand um die Klinke gekrampft, dastand, als wäre er zur Salzsäule erstarrt.

»Hatte ich Ihnen nicht gesagt, daß Sie sich nicht rühren sollten!« zischte Dick ihn wütend an und eilte an ihm vorbei ins Zimmer. Es war leer, und als endlich die Gasflamme brannte, sahen sie, daß der Kamin wieder an seine Stelle gerückt war und die Lampe auf dem Tisch fehlte.

»Mir war, als hätte ich Sie rufen hören«, entschuldigte sich Sneed, der Dick gefolgt war. »Im Zimmer bewegte sich etwas. Da öffnete ich die Tür und sah ...« Er schüttelte sich.

Dick antwortete ihm nicht. Zorn und Enttäuschung brannten zu heftig in ihm. Er war der Lösung des Rätsels so nahe gewesen, und nun war sie ihm wieder entglitten.

Er trat an den Schrank heran, der noch geöffnet war. Seine Augen weiteten sich. Er war auf eine furchtbare Entdeckung gefaßt gewesen, und was er vor sich sah, war – Kinderspielzeug:

ein Eisenbahnzug, doch ohne Lokomotive, Tiere aus Stoff und aus Holz, eine Schachtel mit Zinnsoldaten, bunt bemalte Bälle, ein paar Kreisel, Kinderkegel, ein Kasperletheater . . .

Dick sagte kein Wort zu diesem Fund; er vermied es auch, dem Blick des Inspektors zu begegnen. Nie in seinem Leben hatte er eine solche Trauer und eine so bittere Ohnmacht gefühlt. Er wandte sich dem Kamin zu und versuchte, ihn zu bewegen, aber es gelang ihm nicht.

Aufblickend sagte er: »Darunter liegt ein Stollen, der in eine der Grabkammern führt. Bleiben Sie hier, ich laufe indessen zu den Gräbern!«

Sneed wollte ihn zurückhalten, aber Dick ließ sich auf keine Auseinandersetzung ein. Mit schnellen Schritten überquerte er den Rasen und verschwand im Schatten des Parks. Der Weg dünkte ihm endlos. Endlich lichtete sich der Wald. Doch plötzlich blieb er wie angewurzelt stehen. Stimmen drangen zu ihm, die aus männlichen Kehlen kamen und doch klangen wie die unmündiger Kinder. Vorsichtig setzte er seinen Weg fort. Doch als er an den Saum der Lichtung trat, zuckte er unwillkürlich zusammen.

Die Tür zu den Gräbern stand offen. Im hellsten Mondschein davor hatten sich die beiden riesigen Gesellen wie Kinder an den Händen gefaßt und taten zwei Schritte nach rechts, zwei nach links. Dazu sangen sie: »Jimmy, warum weinest du, weinest du so sehr . . .«

In der Mitte zwischen ihren ausgestreckten Händen stand ein Mann in Breeches und eng anliegender Jacke. Neben den beiden Titanen sah er wie ein Zwerg aus. Dick konnte ihn zuerst nicht erkennen, weil er dauernd verdeckt wurde. Dann aber war er plötzlich ganz deutlich zu sehen. Dick griff in die Zweige der Büsche, um seine Bewegung zu meistern . . . es war Tom Cawler.

Vom Ringelreihen ermüdet, zogen die beiden Riesenkinder Tom Cawler mit sich. Dann hoben sie etwas auf, was im Grase lag: eine Kindertrompete und die kleine Lokomotive, die im Spielschrank gefehlt hatte. Sie hockten sich auf den Boden nieder und zeigten Tom stolz ihre Schätze. Cawler gab sich den Anschein, als habe er noch nie etwas so Schönes gesehen, und dann zog er die Lokomotive auf und ließ sie über den Boden laufen. Die beiden Riesen starrten aus runden Augen, dann klatschten sie begeistert in die Hände. Der eine stieß in die Trompete, die einen heiseren dünnen Ton von sich gab, der eher einem Krächzen glich.

Da wandte sich Cawler ab, als könnte er den Anblick nicht mehr ertragen, und Dick sah, daß er dem Weinen nahe war. Es zuckte und flackerte in seinem Gesicht, und er hielt die Oberlippe mit den Zähnen fest, damit sie sich nicht im Schluchzen verziehen sollte. In diesem Augenblick flog ihm Dicks Herz zu, und er hätte ihn am liebsten bei der Hand genommen.

Da ertönte plötzlich vom Wald her ein Pfiff, und mit den spielenden großen Kindern ging eine furchtbare Veränderung vor.

Sie duckten sich, kauerten wie Sklaven am Boden. Tom Cawler warf ihnen noch einen verzweifelten Blick zu, dann barg er sich im Schatten des Felsens. Ein zweiter Pfiff durchschnitt die Stille der Nacht. Jetzt sprangen die Riesen auf und standen zitternd und mit hängenden Armen da. Staletti, gnomhaft klein neben seinen Zöglingen, schälte sich aus dem Dunkel des Waldes, eine schußbereite Pistole in der Hand.

»Ah – da seid ihr ja, meine Kinder! Warum haltet ihr euch versteckt? Ich finde euch doch immer«, knarrte Stalettis Stimme. »Immer!« wiederholte er in hartem, eindringlichem Ton.

Er stand mit gekreuzten Armen vor ihnen und verließ sich auf nichts als auf seinen stählernen Blick, vor dem sie erschauerten.

»Kommt!« sagte er, und seine Stimme schmeichelte und drohte. »Ihr sollt auch süße Milch und saftiges Fleisch haben!«

Er wandte sich um und verschwand furchtlos im Wald. Die beiden Riesen trabten wie folgsame Hunde hinter ihm her.

Kaum hatte der Wald sie verschluckt, da schnellte Cawler aus seinem Versteck empor. Die Zweige der Bäume schlugen um ihn zusammen. Ihm nach tastete sich Dick mit gespannten Nerven.

Jede Deckung ausnutzend, mit allen Sinnen in die Wirklichkeit verstrickt, hatte er doch das Gefühl für Zeit und Raum verloren. Ihm war, als hätte er die Grenze überschritten, wo Alltagswelt und Mythologie sich begegnen. War der Mann, der vor ihm von

Baum zu Baum sprang, wirklich Tom Cawler, seines Zeichens Chauffeur? War er nicht einer jener Rachegeister, die sich an die Fersen des antiken Mörders hefteten und ihn jagten, bis sie ihn ereilten und erwürgten?

Dick wußte nicht, wohin die Verfolgung führte. Als die Stämme sich lichteten, glaubte er das Tal vor sich liegen zu sehen, aber er stieß auf eine Landstraße.

Da hörte er plötzlich das aufgeregte Surren eines Motors. Er stürzte hinaus ins Freie, aber er kam schon zu spät. Staletti hatte sein Auto lange vor ihm erreicht und entfloh mit seinen Opfern. Aber ein anderer war schneller gewesen als er: Tom Cawler. Er hatte sich an den Wagen gehängt und machte die Fahrt als unsichtbarer Passagier mit.

Die Straße stieg plötzlich bergan. Dick, der ein guter Langstreckenläufer war, sah das Auto wieder vor sich. Mit seiner schweren Last kam es nur langsam vorwärts. In diesem Augenblick schwang sich Cawler über das Verdeck.

Das Auto war hinter der Anhöhe bereits verschwunden, da hörte Dick einen Schrei des Entsetzens, der in ein Schmerzensgebrüll überging. Außer Atem erreichte er die Höhe. Vor ihm, zur linken Hand, lag der Steinbruch, in seiner ganzen Tiefe mit Wasser gefüllt. An dem jähen Absturz führte die Straße vorbei. Auf der Straße fuhr das Auto, das führerlos ins Schleudern geriet. Da verdoppelten und vervielfachten sich die Schreie im Auto. Der Wagen kam jählings ins Gleiten, die Vorderräder hingen plötzlich in leerer Luft über dem Abgrund. Eine Sekunde der Totenstille trennte die Schreie vom Krachen der Katastrophe. Das Auto war in die Tiefe gestürzt und hatte sich überschlagen. Im nächsten Augenblick krachte es mit voller Wucht ins Wasser und verschwand in dem hoch aufgewirbelten Teich, der noch einen Atemzug vorher im friedlichen Glanz des vollen Mondes gelegen hatte.

30

Mit einem kühnen Sprung setzte Dick dem Auto in die Tiefe nach. Vergebens suchte sein Fuß im rollenden Gestein einen Halt, aber seine Hand fand eine Staude, an der sie sich festklammern konnte. Mehr gleitend als kletternd geriet er schließlich auf einen Vorsprung, der dicht über dem Wasserspiegel hing. Da zerteilte sich die Flut, und eine triefende Gestalt schwamm ans Ufer. Dick erkannte sofort, wen er vor sich hatte.

»Tommy!« rief er laut.

Cawler starrte ihn an. Sein Gesicht hatte sich verzerrt. Er spie das verschluckte Wasser aus, und seine Brust hob sich in stöhnendem Schluchzen.

Dick packte ihn am Arm.

»Cawler, was ist Ihnen denn? Freuen Sie sich, daß Sie mit dem Leben davongekommen sind!«

Aber Cawler schrie auf, von furchtbarer Angst gefoltert.

»Er ist tot! Er ist tot! Und ich wollte ihn retten!«

»Wer ist tot?«

»Mein Bruder ist tot – mein armer Johnny! Oh, Mr. Martin, helfen Sie mir! Das Auto liegt umgestürzt im Wasser, und beide sind darunter eingeschlossen.«

Dick besann sich nicht einen Augenblick. Er warf seine Jacke ab und watete in den See, während Tom ihm den Weg zeigte.

Das Auto lag dicht unter der Oberfläche des Wassers, aber es war nicht zu bewegen. Tief in den lehmigen Boden gewühlt, von einem vorspringenden Felsen eingeklemmt, gehörten ganz andere Kräfte dazu, es zu heben.

Trotzdem gab Dick noch nicht den Versuch auf, Stalettis unglückliche Opfer zu bergen. Er tauchte mit Tom Cawler hinab, bekam auch einen der beiden Riesen zu fassen, aber der Arme war bewußtlos oder tot; es war unmöglich, ihn unter dem Verdeck hervorzuziehen.

Schweren Herzens begab er sich ans Ufer zurück.

Als Tom Cawler sah, daß keine Hoffnung mehr war, warf er sich auf die Erde und raufte schluchzend das Gras. Dazwischen stieß er halb erstickte Selbstanklagen hervor.

»Hätt' ich den Schurken – doch schon gestern – getötet! Herrgott – hätt' ich es doch getan – als ich – meinen Bruder wiedererkannte!«

»Ihren Bruder?«

»Ja, Mr. Martin, meinen unseligen Bruder! Ich sah ihn daherkommen – ein Ungetüm, und ich wußte, er wollte mir ans Leben. Aber daß er mein Bruder war, das wußte ich nicht. Ich pack' den Schraubenschlüssel fester und spring' ihm auf den Nacken – und da« – Tom Cawler hielt inne, ein Schluchzen erstickte seine Stimme – »da fühle ich ein sonderbares Hautläppchen, das er schon als Kind gehabt hat und über das wir viel gescherzt hatten. Ganz plötzlich kommt mir die Erleuchtung. Ich schreie: Johnny! Da steht er still – wie versteinert – und lauscht. Ich gleite auf den Boden, sehe ihm ins Gesicht und ruf' ihn noch einmal beim Namen. Da bricht er plötzlich in die Knie und wirft sich ins Gras und heult – heult wie ein verwundetes Tier. O mein Gott, mein Gott – es war Johnny! Und Staletti hatte einen Unhold aus ihm gemacht, einen Sklaven, der automatisch jeden seiner Befehle ausführte!«

Tom Cawler trommelte, rasend vor Schmerz, mit den Fäusten auf den Boden.

»Oh – dieser Teufel, dieser Staletti! Ich ahnte es schon lange, daß er ein Unmensch war. Vor ein paar Tagen habe ich ihn und Cody in seinem Studierzimmer belauscht. Da brüstete er sich frech: er sei Lew Pheeneys Mörder. Auch dazu hatte er seinen Sklaven mißbraucht. Oh, ihr Hunde, denk' ich, euch werd' ich das Handwerk legen! Bald hab' ich euch alle in meiner Hand! Ich Dummkopf! Durchs Fenster hätte ich schießen sollen, mitten hinein in sein tückisches schwarzes Gesicht!«

Er wühlte die Stirn in den Boden. Dann richtete er sich halb auf und drohte mit der geballten Faust über den Teich hin.

»Du Satan! Du Satan!«

»Sa – tan! Sa – tan!« wiederholte ein rollendes Echo.

Cawler horchte grimmig dem Echo nach, dann öffnete er seine Faust und starrte in seine Hand. Ein wahnwitziges Gelächter des Triumphes erschütterte seinen Körper.

»Ein Gutes hat diese Diebeshand in ihrem Leben vollbracht«,

sagte er mit wilder Genugtuung. »Sie hat dem Schuft die Schädeldecke zertrümmert! Haben Sie ihn schreien hören, Mr. Martin? Mit dem Schraubenschlüssel hab' ich ihn erschlagen, so wie er Cody von meinem Bruder erschlagen ließ!«

»Wer von den beiden Unglücklichen war Ihr Bruder?« fragte Dick schaudernd.

»Der Kahlgeschorene. Staletti rieb ihn immer mit Öl ein, bevor er ihm den Befehl zum Töten gab. Er sollte schlüpfrig sein und geschmeidig wie ein Aal!«

»Und wer war der andere? Staletti hat ihn doch offenbar stets versteckt gehalten?«

»Der andere? Das wissen Sie nicht?«

»Ich ahne es«, versetzte Dick mit schwankender Stimme.

»Staletti hatte guten Grund, ihn versteckt zu halten«, sagte Tom Cawler, und seine Hände krampften sich zusammen. »Es war Lord Selford«, stieß er fast schreiend hervor.

Und wieder antwortete das unheimliche Echo: »Sel – ford! Sel – ford!«

Tom Cawlers irrsinniges Gelächter übertönte es.

»Lord Selford – Schloßherr, Großgrundbesitzer, vielfacher Millionär – und hatte nichts als ein paar Lumpen auf dem Leib und einen Schrank voll alter Spielsachen!«

Dick sagte nichts. Er hatte seine geballten Fäuste auf die Stirn gepreßt und verdeckte die Augen. Was ist Erbe – was ist Geschlecht – was ist Ahnenstolz – hallte es durch seine Seele. Der letzte Sproß eines großen Hauses endete trotz der Pracht seiner Glieder als armer, hilfloser Idiot!

Tom Cawlers schauerliches Gelächter rief ihn jäh in die Wirklichkeit zurück. Er beugte sich zu ihm nieder. Er packte ihn an den Schultern, er rüttelte ihn.

»Mann, kommen Sie zu sich!« herrschte er ihn an. »Ich begreife ja Ihren Schmerz, aber das Unabänderliche müssen wir tragen. Und es mit Würde zu tragen ist das Vorrecht des Mannes. Klage und Haß wecken Ihren Bruder nicht auf. Unsere Pflicht ist es, Hilfe zu holen, damit er wenigstens ein ehrliches Begräbnis bekommt!«

Aber Cawler wollte die Unglücksstätte nicht verlassen.

Stumm und verbissen schüttelte er auf Dick Martins gütiges Drängen nur den Kopf. Da mußte er ihn zurücklassen.

Mit unsäglicher Mühe, immer wieder abgleitend, erklomm er die überhängende Wand des Kessels, und als er noch einen Blick in die Tiefe warf, sah er Tom Cawler am Ufer sitzen und reglos ins Wasser starren.

Er hatte einen weiten Weg vor sich. Endlich tauchten die Kronen der Parkbäume wieder vor ihm auf. Doch was war das? Der ganze Nachthimmel war rot gefärbt, und jetzt – flammte es nicht darüber hin wie zuckende Lohe?

Da fiel Dick in raschen Lauf, und als die ersten schrillen Pfiffe der Alarmpfeifen ihn erreichten, rannte er mit keuchender Brust und geöffneten Lippen, durch die zischend sein Atem ging.

Auf dem Rasenplatz blieb er geblendet stehen. Das ganze Herrenhaus stand bis unter den Dachstuhl in Flammen. Beizende Rauchschwaden trieben ihm ins Gesicht. Es war ein Knacken, ein Krachen, ein Heulen eingesperrter Flammen und Gase, als hätte sich der Rachen eines ungeheuren Hochofens geöffnet. Fensterscheiben zersplitterten, Explosionen knallten im Herzen der qualmenden Hölle, und aus jeder Öffnung schossen Feuerzungen hervor.

Die Polizei hatte die Brandstätte in weitem Umkreis abgesperrt. Der ganze Rasenplatz davor lag in der Purpurhelle der ersten Morgenstunde, und die Luft davor zitterte wie der Gluthauch der Tropen. Eine seltsame Gestalt rannte mit flatternden grauen Haaren zwischen den Posten hin und her. Es war Havelock. Er hatte einen Mantel über den Schlafanzug geworfen und deutete wie ein Wahnsinniger auf die Fenster über dem Mittelportal, vor denen ein undurchdringlicher Vorhang von Qualm und Rauch stand. Er packte Inspektor Sneed am Arm, der apathisch seine lange Pfeife rauchte und tatenlos auf das brennende Haus stierte.

»Stehen Sie doch hier nicht herum, als ob Sie das Schicksal der beiden Damen nichts anginge! Lassen Sie die Eisenstäbe durchfeilen! Ich zahle jedem, der sich in das Zimmer wagt, eine hohe Prämie!«

Aber Sneed schüttelte nur ratlos den Kopf.

Da wandte sich Havelock an die Polizisten: »Hören Sie, ich setze für jeden Rettungsversuch eine Belohnung von fünfhundert Pfund aus!«

Plötzlich stand Dick neben ihm und legte ihm die Hand auf den Arm.

»Ihre Aufregung ist überflüssig«, sagte er. »Weder Mrs. Lansdown noch ihre Tochter befinden sich im Hause!«

»Nicht im Hause? Was soll das heißen?« stammelte Havelock.

»Das soll heißen, daß ich den Ausbruch des Feuers bereits am Nachmittag voraussah und die Damen beizeiten im Auto heimschickte. Das geschah während unseres Abendspaziergangs im Park. Sie konnten es also nicht wissen!«

Dick fühlte den Arm des andern unter seinem Griff zucken, doch er hielt ihn wie in eiserner Klammer.

»Sie haben eine üble Stunde in Ihrem Leben gehabt, Mr. Havelock, und das war, als Sie Staletti in die Hand fielen. Seitdem sind Sie von Verbrechen zu Verbrechen geschritten, und mit jedem Schritt kamen Sie der Hölle näher. Seit meiner Rückkehr fühlten Sie, wie sich die Schlinge um Ihren Hals zusammenzog, und da gab Ihnen die Verzweiflung ein, alle Ihre Gegner zu verbrennen. Aber das Schicksal war gegen Sie, Havelock. Heute habe ich Ihre Petroleumfässer im Keller entdeckt, und so konnte ich alle warnen, die von Ihrem teuflischen Vorhaben bedroht waren!«

Havelock war aschfahl geworden. Seine Lippen bewegten sich, aber er konnte kein Wort hervorbringen.

Da sah Sneed den psychologisch richtigen Augenblick für ein Eingreifen gekommen. Er nahm die Pfeife aus dem Mund, legte seine Rechte mit leichtem Nachdruck auf Havelocks Schulter und sagte mit feierlichem Ernst:

»Arthur Elwood Havelock! Ich verhafte Sie unter der Anklage der Anstiftung und der Beihilfe zum Morde, des Mordversuchs, der Brandstiftung und der Veruntreuung von Mündelgeldern. Ich warne Sie. Alles, was Sie nunmehr sagen, kann als Anklagematerial gegen Sie herangezogen werden.«

Havelock entgegnete nichts. Er schloß die Lider, und noch ehe Sneed ganz geendet hatte, brach er ohnmächtig zusammen.

Er wurde ins Pförtnerhaus getragen und gründlich durchsucht. An seinem Halse trug er eine goldene Kette, und an dieser Kette hingen zwei Schlüssel von seltsamer Form, doppelt gezahnt und mit Kerben und Rillen am Bart. Dick nahm sie an sich.

Dann flößte man dem Gefangenen ein Glas Kognak ein, und unter seiner belebenden Wirkung kam er zu sich. Er warf einen verstörten Blick auf seine Umgebung. Sein Blick wanderte weiter und traf Dick. Da richtete er sich auf.

»Sie haben sehr schwere Anklagen gegen mich erhoben«, sagte er mit unheimlicher Fassung. »Darf ich Sie hier und jetzt bitten, dafür den Beweis anzutreten?«

Dick warf einen Blick auf Sneed und empfing ein unmerkliches Zeichen der Zustimmung. Da setzte er sich dem Gefangenen gegenüber.

»Sie werden sich vielleicht erinnern, daß ich einmal erwähnte, Lord Selford habe in Kapstadt dem Einzug des neuen Generalgouverneurs beigewohnt?«

Er machte eine Pause, aber Havelock verneinte die Frage weder, noch bejahte er sie. Er starrte Dick Martin nur schweigend an. Er hatte die Zähne zusammengebissen, und die brutale Linie seines Kinns hatte sich noch verschärft.

»Nun«, fuhr Dick gelassen fort, »dieser winzige Vorfall wurde mein Glück und Ihr Verderben. Denn auf dem Balkon seines Hotels wurde Lord Selford fotografiert. Es war ein alter guter Bekannter von mir, ein mehrfach bestrafter Meister der Diebeszunft, es war Tom Cawler!«

Inspektor Sneed entschlüpfte ein leises »Ah«, Havelock biß sich in die Lippen.

»Von diesem Tage an«, sagte Dick sehr ernst, »habe ich unabhängig von Ihnen nach Lord Selford geforscht. Lassen Sie mich einschalten, Mr. Havelock, daß ich Ihre Klugheit bewundere. Um Ihren guten Glauben zu beweisen, setzten Sie einen Detektiv auf die angebliche Fährte Ihres früheren Mündels und sorgten dafür, daß er ihn nie zu Gesicht bekam. Sie organisierten mit verblüffendem Geschick eine Reise rund um die Erde. Ich hatte aber das Löschblatt in Buenos Aires gefunden, Cody war kompromittiert, Stalettis Anschlag auf mein Leben mißlungen. Da entschlossen Sie sich zu letzten, äußersten Schritten. Cody, der auf eigene Faust im trüben zu fischen begann und dem Sie nicht genügend Standhaftigkeit zutrauten, war ein lästiger Mitwisser Ihrer Verbrechen; er mußte beseitigt werden und mit ihm seine Frau. Aber auch da machte Ihnen das Schicksal einen Strich durch die Rechnung. Codys Hilferuf erreichte mich noch. Da unternahmen Sie, um Ihre Flucht zu decken, einen Mordanschlag auf Inspektor Sneed und mich. Keiner Ihrer Schüsse erreichte sein Ziel, obschon Sie zwei automatische Pistolen gleichzeitig abfeuerten. Nun blieben also noch zwei Menschen zu beseitigen: die Erbin Lord Selfords und der Mann, der schon zu viel um Ihre Geheimnisse wußte – ich meine mich! Wär' Ihnen das geglückt, so hätten Sie als nächsten Selford verschwinden lassen und den Gerichten eine letztwillige Verfügung vorgelegt, durch die Sie zu seinem Erben geworden wären. Unnötig zu sagen, daß dies Testament in der gleichen Handschrift verfaßt gewesen wäre wie alle übrigen Briefe Selfords, die mir vorlagen, nämlich in Ihrer eigenen, Mr. Havelock!«

Da bewegte der Gefangene zum erstenmal die Lippen.

»Hypothesen«, brachte er mühsam hervor, »Hypothesen!«

»Die Schriftsachverständigen werden beweisen, ob es Hypothesen sind oder nicht. Aber ich brauche diesen Beweis gar nicht. Ich habe die grünen Flecke an Ihrem Finger gesehen, vorgestern, als Sie mir Selfords Brief aus Kairo zeigten, der angeblich eben eingetroffen war. Merkwürdiges Zusammentreffen, Herr Anwalt: Selfords Brief war mit grüner Tinte geschrieben!«

Havelock befeuchtete die trockenen Lippen. Dick sah, wie er seine Daumen in den zusammengepreßten Händen verkrampft hielt. Er wußte, es ging um seinen Hals, und noch wollte er den Kampf nicht aufgeben.

»Ich gebe zu«, sagte er langsam, jedes Wort abwägend, »daß der Schein gegen mich spricht. Aber nicht immer behalten die Indizien recht. Noch haben Sie nicht Lord Selford gesprochen. Möglich, daß mein Mandant das ganze Gebäude Ihrer Anklage mit einem einzigen Wort erschüttert.«

»Warten Sie nicht auf Lord Selford!« sagte Dick und reckte sich zu seiner ganzen Größe auf. »Lord Selford ist tot!«

Da sprang Havelock auf, und er fühlte die Hände der Beamten nicht, die ihn festhielten.

»Er ist –«

Er kam nicht weiter.

»Er ist tot!« donnerte ihn Dick Martin nieder. »Und ich kenne sein Schicksal! Sie haben ihn diesem Teufel in Menschengestalt, diesem Staletti für seine furchtbaren Experimente überantwortet – und dafür allein kommen Sie an den Galgen!«

Havelock wankte. Totenbleich stand er mit geöffneten Lippen da; unwillkürlich irrte seine Hand zum Halse. Da merkte er, daß die Schlüssel fort waren. Mit ausgestrecktem Arm hielt sie ihm Dick entgegen. Havelock machte eine Bewegung, wie um sie ihm zu entreißen, doch die Beamten waren stärker als er.

Da fiel ihm der Kopf in den Nacken. Alle Adern traten an seinem Hals hervor, seine Glieder wurden steif wie Holz. Pfeifend ging sein Atem. Das dauerte einen Augenblick. Dann richtete er sich auf, legte die Hände mit den Innenflächen zusammen und sagte mit erloschenem Auge: »Fesseln Sie mich! Ich weiß, wann ich geschlagen bin. Ich habe mein Spiel verloren.«

Seine Lippen schlossen sich, und Dick, der ihn ansah, wußte, daß er bis zu seinem Ende, dem bitteren und doch viel zu milden Ende, schweigen würde.

31

»Sieben Schlösser – sieben Schlüssel«, sagte Dick nachdenklich, als er mit Captain Sneed am frühen Morgen die Gräber der Selfords aufsuchte. »Cody besaß einen, Mrs. Cody den anderen, der Gärtner Silva den dritten. Havelock und Staletti als die Häupter der Verschwörung hatten die anderen vier. Wenn Staletti geborgen ist, können wir die Tür zur einundzwanzigsten Grabkammer öffnen.«

Sie mußten eine Stunde warten; dann kehrte die Rettungsmannschaft mit drei verdeckten Bahren aus dem Steinbruch zurück. Tom Cawler schritt mit gesenktem Kopf neben der Leiche seines Bruders.

Dick hielt ihn einen Augenblick an und sagte leise: »Nicht wahr, Cawler, Sie besuchen mich? Miss Lansdown möchte Ihnen persönlich danken. Und machen Sie sich keine Gedanken um Ihre Zukunft! Dafür wird gesorgt.«

Tom Cawler nickte stumm, drückte Dick krampfhaft die Hand und verschwand im Walde. Dick hatte nichts von dessen Bekenntnis gesagt; nie würde jemand erfahren, daß Staletti schon vor dem Sturz in die Tiefe getötet worden war.

Einer der Männer, die bei der Bergung der Verunglückten geholfen hatten, brachte die beiden feuchten Schlüssel.

Dick stieg als erster die steile Treppe der Totengruft hinab. Die Tür der dritten Grabkammer stand offen. Dick trat hinein und beleuchtete sie. Ein viereckiges Loch gähnte im Boden.

»Das ist der Stollen, der unter dem Hügel hindurch zum Herrenhaus führt und unter dem Kamin des Spielzimmers endet. Wahrscheinlich war es das einzige Gemach im Schloß seiner Väter, das Selford besuchen durfte – des Nachts, wenn alles schlief. So hatte Staletti wohl im Anfang sein Heimweh bekämpft, und da Lord Selford ein Kind blieb, auch als er heranwuchs, ließ er sich die einzige magere Freude seines trüben Daseins nicht nehmen. Als Staletti Miss Lansdowns Flucht entdeckte, befand sich sein Zögling gerade im Schloß. Staletti mußte ihn und Johnny Cawler zurücklassen, um sich zunächst selbst in Sicherheit zu bringen und die Papiere in seinem Haus zu vernichten. Die beiden großen hilflosen Kinder haben sich dann mit Tom Cawler in dieser Grabkammer versteckt. Wahrscheinlich hielt er hier Wache, während sie sich ins Schloß schlichen, um Selfords Spielzeug zu holen.«

Dick trat mit Sneed aus der Grabkammer heraus, und das Licht seiner Lampe fiel auf die schwere Tür am Ende des Ganges. Schlüssel um Schlüssel schob Dick in das jeweils passende Schloß und ließ es zurückschnappen.

Als das siebente Schloß geöffnet war, schwang die Tür langsam auf. Ein eisiger Moderduft schlug ihnen entgegen. Dick trat sofort an die Steinurne heran und hob den Deckel auf. In der Urne befand sich eine schmale Stahlkassette. Sonst war die Kammer leer. Sie trugen die Kassette hinaus, verschlossen das Tor, durchschritten den Park. Sie verweilten einen Augenblick vor den rauchenden Trümmern des Herrenhauses, auf die noch immer die spärlichen Strahlen aus den Schläuchen der Feuerwehr fielen, und begaben sich dann in das Pförtnerhaus, um die Kassette zu öffnen. Es dauerte eine Weile, bis der Deckel aufgebrochen war, und dann fand sich nichts darin als eine schmale Rolle, die sich beim Entfalten als ein Klassenheft entpuppte, wie es die Schulkinder zu ihren Aufsätzen benutzen. Die Seiten waren eng beschrieben. Beide Männer erkannten sofort Codys Handschrift.

»Lesen Sie vor, Martin«, bat Sneed. »Sie können Handschriften besser entziffern als ich.«

Da schlug Dick Martin die erste Seite auf und begann mit der merkwürdigen Geschichte von der Tür mit den sieben Schlössern.

32

»Diese Niederschrift stammt von Henry Colston Bertram, genannt Bertram Cody, und geschah mit Wissen und Zustimmung der Personen, die ihre Namen unter das Dokument gesetzt haben. Sie wurde eines Nachts in Gemeinschaft beschlossen, um zu verhindern, daß im Fall einer Entdeckung einer der Unterzeichneten sich auf Kosten seiner Gefährten entlastet.

Gregory Viscount Selford starb im November vor drei Jahren. Er war stets ein Sonderling gewesen, doch hatten sich seine Eigentümlichkeiten in den letzten Jahren vor seinem Tode so gesteigert, daß er auf die fixe Idee verfiel, seine gesamten Besitzungen flüssig zu machen und das Geld in der Grabkammer zu verbergen, in dem der Gründer der Familie beigesetzt worden war und in der er selbst begraben zu werden wünschte. Er ließ deshalb die alte Tür, die einem Einbruch kaum widerstanden hätte, abbrechen und nach ihrem Muster bei der Firma Rizini in Mailand eine Tür aus Stahlbeton herstellen. Auch diese Tür hatte sieben Schlösser. Die sieben Schlüssel dazu wollte Lord Selford unter sieben Testamentsvollstreckern verteilen, die gehalten sein sollten, sie seinem Sohn an seinem 25. Geburtstag auszuhändigen. Auf diese Weise hoffte er, seinen Erben zugleich vor Übervorteilung und Jugendtorheiten zu bewahren. Er weihte Mr. Havelock in seinen Plan ein, und selbst als sein Rechtsvertreter ihm bedeutete, daß ein solches Verfahren dem Erblehengesetz widerspreche, hielt er zäh daran fest und vertraute sich auch dem italienischen Arzt Dr. Staletti an, dem er seine Neigung geschenkt hatte und der daher ein häufiger Gast auf Selford Manor war.

Lord Selford war schon seit längerer Zeit ein unverbesserlicher Alkoholiker gewesen, und drei Wochen vor seinem Tode erlitt er einen heftigen Anfall von Delirium tremens. Der Anfall war kaum vorüber, da traf Mr. Havelock ein, um ihm ein Geständnis zu machen. Er hatte an der Börse spekuliert und dabei so schwere Verluste erlitten, daß er sich in seiner Verzweiflung am Geld seiner Klienten vergriffen hatte. Er mußte auf Befragen zugeben, daß auch Lord Selford unter den Leidtragenden war. Nun stehe er vor dem Ruin, sagte er, und er bitte kniefällig, ihn vor der Schande einer gerichtlichen Verfolgung zu bewahren.

Die fehlende Summe betrug zehntausend Pfund; aber obschon Lord Selford allein an Jahreseinkünften ein Mehrfaches dieses Betrages bezog, fand er sich nicht bereit, den an ihm begangenen Vertrauensbruch zu verzeihen. Vielmehr drohte er ernstlich, Havelock den Gerichten ausliefern zu wollen. Die Aufregung dieser Auseinandersetzung erwies sich jedoch als zu groß für seinen vom Anfall bereits geschwächten Körper. Er erlitt einen Schlaganfall und mußte besinnungslos in sein Bett getragen werden. Dabei leisteten Elisabeth Cawler, die Haushälterin, und ein portugiesischer Gärtner namens Silva tätige Hilfe. Dr. Staletti wurde sofort gerufen, und dank seiner eifrigen Bemühungen erlangte Lord Selford noch einmal das Bewußtsein. In heftigem Ton wiederholte er seine Beschuldigungen gegen Havelock, so daß dessen Vergehen nunmehr außer Lord Selford noch drei anderen Personen bekannt war.

Unmittelbar danach wurde Lord Selford von einem zweiten Schlaganfall betroffen, von dem er sich nicht wieder erholte. Vollkommen gelähmt starb er am Abend des 14. November. Dr. Staletti, Mrs. Cawler und Havelock waren bei seinem Tode zugegen. Lord Selford hatte keine Zeit mehr gehabt, sein Testament zu ändern, und so wurde Havelock gemäß seiner früheren Bestimmung alleiniger Testamentsvollstrecker und Vormund seines sechsjährigen Sohnes.

Es war Dr. Staletti, der Mrs. Cawler und Silva den Vorschlag machte, über die Beschuldigungen des Verstorbenen gegen Havelock zu schweigen. Als Gegenleistung stellte er Havelock die Bedingung, die aus den Besitzungen Lord Selfords zu erwartenden Einkünfte unter den vier Verschworenen zu teilen. Silva zögerte zuerst, auf diesen Vorschlag einzugehen. Aber da er arm war und Lord Selford ihn einmal eines geringen Versäumnisses wegen geschlagen hatte, willigte er ein.

Die Absicht der Verschworenen ging zu dieser Zeit nur dahin, sich bis zur Großjährigkeit des Erben an den Zinsen zu bereichern, während das Kapital und die Besitztitel nicht angegriffen werden sollten. Es war Mr. Havelocks Amt, die Verwaltung so zu führen, daß weder jetzt noch am Tag der Abrechnung ein Verdacht oder gar eine gerichtliche Verfolgung zu befürchten stand. Es erwies sich aber von Tag zu Tag klarer, daß der junge Lord an ausgesprochenem Jugendblödsinn litt. Daraus konnte, wie Havelock überzeugend darlegte, eine unmittelbare Gefahr für die Nutznießer des Selfordschen Vermögens entstehen. Denn wenn der Schwachsinn des Knaben zur Kenntnis des Vormundschaftsgerichts käme, würde ein öffentlicher Pfleger für ihn bestellt, dem ein Verwaltungskonsortium zur Seite stehen würde.

Es wurde daher beschlossen, den Knaben in eine Privatschule zu geben, dessen Leiter sich verpflichten mußte, über den geistigen Zustand des Knaben strengstes Stillschweigen zu bewahren. Die Wahl fiel auf den Unterzeichneten Bertram Cody, den das Unglück getroffen hatte, eines geringen Vergehens wegen mit den Gesetzen in Konflikt zu geraten. Bald nachdem er das Gefängnis verlassen hatte, trat Havelock mit dem Vorschlag an ihn heran, eine Schule zu übernehmen, dessen einziger Zögling der kleine Lord sein sollte. Bertram Cody gab seine Zustimmung und wurde dafür glänzend bezahlt.

So kam es, daß der Knabe seiner Obhut übergeben wurde; allein sein Lehrer mußte bald einsehen, daß dessen Schwachsinn jedem Bildungsversuch widerstand. Außer den seelischen Hemmungen stellten sich körperliche Komplikationen ein, so daß mit einem frühen Tode des jungen Lords gerechnet werden mußte. In dieser verzweifelten Situation erschien Dr. Staletti als Retter. Es war ihm gelungen, ein Präparat zu entdecken, das unter Ausschaltung aller geistigen Funktionen das körperliche Wachstum ungemein fördernd beeinflußte. Der gelehrte Doktor hatte seine Entdeckung bereits mit dem besten Erfolg an Ratten, Kaninchen und jungen Hunden erprobt. Damit aber der mit diesem Präparat behandelte Patient nicht durch seine Körperkräfte gefährlich werden könnte, sollte mit dem plastischen Aufbau des Körpers eine psychische Beeinflussung Hand in Hand gehen. Dr. Staletti sprach sich dahin aus, daß durch Suggestion und Hypnose, im Kindesalter begonnen, das Identitätsgefühl eines Menschen nahezu zerstört und an seine Stelle ein automatischer Gehorsam gesetzt werden könne. Es war Stalettis glühender Wunsch, eine Rasse körperlich vollkommener Menschen von gewaltiger Muskelkraft zu schaffen, die wie Maschinen von einem einzigen Gehirn gelenkt würden. Dazu wollte Dr. Staletti den jungen Lord Selford machen: zu einem Hörigen, stark und gehorsam, der nur den Willen dessen kennt, dem er dient.

Seine Ideen fanden Bertram Codys wärmsten Beifall; denn nur auf diese Weise war es möglich, von den Einkünften Lord Selfords zu zehren, ohne vor seiner Mündigkeit zu zittern. Der einzige, der sich gegen Stalettis Vorschläge aussprach, war Havelock. Weder war er vom Gelingen des Experiments überzeugt, noch mochte er den Knaben einer vielleicht lebensgefährlichen Behandlung aussetzen. Da kam Mrs. Cawler auf den Gedanken, Staletti einen ihrer Neffen, die ihr nach dem Tode ihrer Schwester zur Last gefallen waren, für seine Experimente zur Verfügung zu stellen. Staletti schwor, Havelock von der Wahrheit seiner Behauptungen durch den Augenschein zu überzeugen. In der Tat erzielte er im Laufe von wenigen Wochen die frappantesten Resultate. Der Knabe, der von zartem Körperbau und etwas eigensinnigem Temperament war, gehorchte bereits nach acht Tagen aufs Wort und entwickelte sich körperlich in überraschender Weise, während sein Intellekt sich zusehends abschwächte. Nunmehr gab Havelock seinen Widerstand auf.

Zur selben Zeit, da dies geschah, regte Bertram Cody an, die Ereignisse, die zu diesen Maßnahmen geführt hatten, schriftlich festzuhalten, damit es keinem der Verschwörer später einfallen könne, seine Verantwortlichkeit in Zweifel zu ziehen. Diese Niederschrift sollte von allen unterzeichnet und an einem sicheren Ort deponiert werden, zu dem nicht einer allein, sondern nur alle gleichzeitig Zutritt hätten. Der Ort war bereits gegeben. Wo konnte das Geheimnis besser bewahrt werden als hinter der Tür mit den sieben Schlössern?

Da diese Tür beim Tode des alten Lords noch nicht geliefert war, wurde sein Sarg in einer Nische der Kammer sechs beigesetzt. Inzwischen war jedoch die Tür eingebaut worden, und die Schlüssel befanden sich in Havelocks Besitz. Sie wurden jetzt unter die Verschwörer verteilt und die Steinurne dazu bestimmt, die Niederschrift aufzunehmen.

Zur Zeit befindet sich also Lord Selford unter Stalettis Obhut. Er blüht körperlich auf, hat seinen Namen vergessen und erfreut sich an den kindlichsten Spielen. Die beiden Knaben kommen und gehen, wie es ihnen Staletti befiehlt, und sie sind so abgehärtet, daß sie trotz der rauhen Witterung beinahe unbekleidet im Park spielen, ohne zu klagen oder sich unbehaglich zu fühlen. Auf Stalettis Anregung und Havelocks Wunsch hat Bertram Cody Mrs. Cawler geheiratet, obwohl er – was nun kam, war mehrfach mit Tinte durchstrichen, aber es gelang mir doch, die Worte zu entziffern – ganz andere Pläne für seine Zukunft hatte.

Die Unterzeichneten befürchten keine Entdeckung. Der einzige lebende Verwandte Lord Selfords ist ein entfernter Vetter, der schon zu Lebzeiten des verstorbenen Lords alle Beziehungen zum Hause Selford abgebrochen hatte.

Mr. Havelock beabsichtigt, späterhin bekanntzugeben, daß sich Lord Selford zu Studienreisen ins Ausland begeben hat.

Wir erklären hiermit an Eides Statt, daß die obigen Mitteilungen Wort für Wort der Wahrheit entsprechen.«

Erst gegen Abend kehrte Dick in seine Wohnung zurück. Langsam öffnete er die Spiegeltür seines Ankleideschranks. Die

Hand am Schlüssel, blieb er reglos stehen. Aus dem Schatten bildete sich ein bleiches Gesicht, gebrochene Augen schauten ihn mit weher Klage an.

»Du bist gerächt, Lew Pheeney«, flüsterte Dick in die Tiefe des Schranks hinein. Dann drückte er die Tür sacht wieder zu.

Er trat ans Fenster und starrte in die Dämmerung hinaus. Harte Linien zogen sich von seiner Nase zu seinem Mund. Denn so seltsam es war, am grimmigsten haßte er Staletti wegen dieser Tat. Über alles andere würde die Zeit mit heilender Hand hinwegstreichen ... diese Wunde aber blieb. Nie würde er Lew Pheeney vergessen!

Eine Stunde später hielt ein Taxi vor dem Hause Coram Street 107. Dick stieg aus und bezahlte. Dann flog sein Blick unsicher zu den wohlbekannten Fenstern hinauf. Sehr langsam trat er ins Haus.

An der Tür empfing ihn Sybil. Der Ausdruck der Erlösung, der in ihre Züge trat, als sie ihn erblickte, entschädigte ihn für alles, was er um sie gelitten hatte.

»Sie sind da, Gott sei Dank!« sagte sie leise. »Ich habe um Sie gezittert, aber nun bin ich froh – wenngleich –«, sie stockte, »– all das Furchtbare, das geschehen ist, auf meinem Herzen lastet. Aber nun kommen Sie bitte herein. Ich bin zwar allein, aber ich kann Sie doch nicht vor der Tür stehen lassen.«

Sie ging voran und öffnete die Tür zum Wohnzimmer.

»Ist es wahr, daß Havelock verhaftet ist? Ich las es in den Zeitungen.«

Er nickte.

»Und Selford Manor ist nur noch eine rauchende Ruine?«

Er bejahte. Dann fügte er langsam hinzu: »Wissen Sie auch, daß es Ihr Besitz ist, den gestern nacht die Flammen verschlungen haben?«

»Mein Besitz?« Sie sah ihn ungläubig an.

»Lord Selford ist tot«, sagte Dick ernst. »Sie sind seine gesetzliche Erbin.« Er erzählte in kurzen Worten, was geschehen war; denn vieles war der Presse noch nicht bekannt.

Als er ihr von Lord Selfords tragischem Schicksal erzählte, bedeckte sie die Augen mit der Hand. Eine Weile schwiegen beide und hingen ihren Gedanken nach. Dann nahm er liebevoll ihre Hand in die seine.

»Sie sind jetzt reich, und Sie werden das Haus wieder aufbauen. Ach, Sybil ...«

Er wandte den Blick ab.

»Ja, Dick?« fragte sie und beugte sich erwartungsvoll zu ihm hin.

»Wird das alles nicht einen großen Unterschied machen?«

»Einen Unterschied? Ich verstehe nicht!«

»Werden sich Ihre Gefühle nicht ändern, jetzt, da sich alle Pforten des Lebens vor Ihnen öffnen?«

»Was wissen Sie denn von meinen Gefühlen?« fragte sie in neckendem Ton.

Ein hilfloses Lächeln glitt um seinen schönen, energischen Mund.

»Alles – und nichts«, erwiderte er langsam.

»Nehmen wir an – nichts«, triumphierte Sybil.

»Gut, also nichts«, gab er kleinlaut zu. Plötzlich aber kam ihm ein Einfall, und seine blauen Augen blitzten. »Aber über meine Gefühle weiß ich um so besser Bescheid. Darf ich Ihnen vielleicht davon erzählen?«

Da glitt sie zu ihm hinüber.

»Erzählen Sie!« hauchte sie ihm lächelnd ins Ohr und setzte sich erwartungsvoll auf die Lehne seines Sessels.

EDGAR
WALLACE

DIE BANDE DES SCHRECKENS

Roman

Aus dem Englischen
von Gregor Müller

Kapitel 1

Ulanen-Harry betrat die Burton-Polizeistation, um seinen Entlassungsschein vorzulegen. Er war an diesem Montagmorgen aus Dartmoor entlassen worden, nachdem er dort sieben Jahre weniger 21 Tage verbüßt hatte.

Einen finsteren Ausdruck auf dem gelben, narbigen Gesicht, schlenderte er herein und hielt dem Oberwachtmeister seinen Schein hin.

»Henry Beneford, entlassener Strafgefangener. Soll mich hier melden ...«

In diesem Augenblick bemerkte er Inspektor Long – oder den ›Wetter‹, wie man ihn nannte –, und seine Augen begannen zu funkeln. Es war ein Zufall, in mancher Hinsicht ein äußerst unglücklicher Zufall für Ulanen-Harry, daß er den Wetter hier antraf. Der Inspektor war nur eben schnell vorbeigekommen, um die Personalien eines gesuchten Ladendiebes festzustellen.

»Morgen, Inspektor! Immer noch am Leben?«

»Und ob!« Inspektor Arnold Long lachte ungezwungen.

Ulanen-Harrys häßliche Lippe zuckte, und in seinen Augen glomm es drohend auf.

»Es wundert mich, daß Ihr Gewissen Sie noch schlafen läßt – sieben Jahre haben Sie mir durch niederträchtige Hinterlist verschafft!«

»Und hoffentlich verschaffe ich Ihnen noch weitere sieben Jahre!« gab der Wetter erheitert zurück.

Die lange Oberlippe Harrys zuckte krampfhaft. Früher hatten Leute, die ihn gut kannten, bei diesem gefährlichen Warnzeichen Deckung gesucht; doch obgleich Arnold Long ihn recht gut kannte, schien es ihn nicht sonderlich zu beunruhigen.

Ulanen-Harry hatte tatsächlich anderthalb Jahre als Ulan in Seiner Majestät Armee gedient und dann drei Jahre gefaßt, weil er einen Unteroffizier bis zur Bewußtlosigkeit mit den Füßen getreten hatte. Er war ein Rohling, ein Dieb – ein gefährlicher Kerl. Aber auch der Wetter wurde gefürchtet, war als rücksichtslos verschrien.

»Hören Sie mal – drohen liegt mir ja nicht, aber Sie werden keine Gelegenheit haben, mich nochmals dorthin zu schicken, und soviel möchte ich Ihnen jedenfalls sagen: Passen Sie auf!«

Der Wetter grinste freundlich.

»Sie reden zuviel, Ulan! Eines Tages werden Sie noch im Parlament Reden halten wollen.«

Harrys Oberlippe zuckte von neuem gefährlich. Er kehrte sich dem Tisch des Oberwachtmeisters zu und legte mit zitternder Hand seine Papiere hin.

»Oh, Sie sind schlau – ihr alle seid schlau! Leute wie mich zu fangen, ist nicht allzu schwer, aber warum habt ihr Shelton noch nie erwischt, he? Alle verfluchten Spürhunde Englands können ihn nicht zur Strecke bringen.«

Long erwiderte nichts. Clay Shelton interessierte ihn wenig, und der Vorwurf berührte ihn überhaupt nicht. Er war ein tüchtiger Beamter, was Ulanen-Harry nur zu gut wußte.

Als der Wetter jedoch nach Scotland Yard zurückkehrte, mußte er erfahren, daß Mr. Shelton noch eine sehr wesentliche Rolle in seinem Leben spielen sollte.

Tatsächlich gab es keinen Kriminellen in der ganzen Welt, der Clay Shelton gleichkam. Schon seit fünfzehn Jahren beschäftigte er sich damit, Kreditbriefe, Wechsel und andere Handelspapiere zu fälschen und in Umlauf zu bringen. Fünfzehn Jahre sind eine lange Zeit. Clay Shelton – das war der Name, den ein hagerer, kurzsichtiger Mann am 3. September 1918 ins Fremdenbuch des White Hart Hotels in Dorking eintrug. Auf diesen Namen, mit dem er in die Kriminalakten einging und fortan auf den Karteikarten des Polizeipräsidiums geführt wurde, hob er durch den einfachsten Kniff der Welt und eine ganz gewöhnliche Fälschung bei der Sussex Bank 7200 Pfund ab.

Oberstleutnant Hillerby vom Zahlmeisteramt, der mittels einer gefälschten Vollmacht 25 000 Pfund bei der Bank of Africa abhob, war entschieden derselbe Herr, hatte aber einen Schnurrbart und trug ein Monokel. Dem in militärischen Dingen sehr bewanderten Bankdetektiv kam der neue Oberstleutnant verdächtig vor, er verfolgte ihn nach Wynberg und wurde in einem Fichtenwald bei Kenilworth erstochen aufgefunden. Clay verband Scharfsinn mit Gewalttätigkeit.

Flottenzahlmeister Corban Smith, der einen ähnlich hohen Betrag von der Portsmouth and Southern Bank in Empfang nehmen konnte, hatte keinen Schnurrbart, trug jedoch eine Marineoffiziers-Uniform, auf deren linker Brustseite die bunten Bänder militärischer Auszeichnungen prangten. Der Kassenbote, der bei der Bank von England für die Midland Western Bank 65 000 Pfund abhob, hatte einen grauen Schnurrbart und sprach mit schottischem Akzent. Frederic G. Tennycold aus Chicago, der von einer Zweigstelle der Midland Western aufgrund eines Kreditbriefes 6000 Pfund bekam, trug eine Hornbrille und das Abzeichen der Knights of Columbus. Noch viele andere Namen hatte die Polizei in die Akten dieses einen Mannes eingetragen, doch amtlich galt er einfach als ›Clay Shelton‹.

Inspektor Vansitter, ernst und gedrückt dreinschauend, saß seinem Vorgesetzten gegenüber, der ihn hatte rufen lassen.

»Es tut mir außerordentlich leid«, sagte der weißhaarige Polizeioberst, »Sie haben eben die gleiche Erfahrung machen müssen wie Ihre Kollegen zuvor. Das beste, was ich für Sie tun kann ist, daß ich Sie dieser Aufgabe enthebe und jemand andern damit betraue. Ein Trost für Sie, daß noch jeder, der sich mit den Shelton-Fälschungen befaßte, den kürzeren gezogen hat.«

Vor drei Monaten hatte Mr. Shelton mit einer gefälschten Kabelüberweisung die Auslandsabteilung der City of London Bank dazu gebracht, ihm 18 320 Pfund auszuhändigen. Alle Sachverständigen stimmten darin überein, daß es das sauberste Stück Arbeit war, das er je geliefert hatte. Wenn auch die Polizei dem Gaunerstückchen eine gewisse Bewunderung nicht versagen konnte, lag ihr um so entschiedener daran, eine Wiederholung zu verhindern.

»Wir können ihn nicht fassen, weil wir ihn nicht kennen«, sagte Vansitter. »und die Hauptschwierigkeit ist, daß er allein arbeitet. Sogar die Kabelsache hat er selbst durchgeführt. Sowohl der telegrafische Auftrag als auch die Bestätigung waren gefälscht. Ein Mann, der geschickt genug ist, dies allein zu bewerkstelligen, kann nur mit Gottes Hilfe ergriffen werden! Wenn irgendein weibliches Wesen im Spiele wäre, wenn er eine Frau oder einen Mittäter hätte, könnte er seine Gaunereien nicht ungestraft fünfzehn Jahre lang fortsetzen.«

Es entstand ein peinliches, man könnte sagen, schmerzliches Schweigen. Der Polizeioberst, der den Inspektor schätzte und es ihm leicht machen wollte, beschloß, die Unterredung abzubrechen.

Vansitter konnte keine weitere Rechtfertigung für seinen Mißerfolg vorbringen, aber einen Rat wollte er doch anbieten.

»Ich glaube nicht, daß er gefaßt werden kann, wenn er nicht einen Fehler begeht. Wenn überhaupt, dann könnte ihn nur einer ...« Er wartete auf eine Aufforderung, doch Oberst Macfarlane, der genau wußte, wen er meinte, schwieg. »Der Wetter –«, schloß Vansitter.

Der Oberst verzog das Gesicht.

»Hm! Der Wetter!« Er schüttelte mißbilligend den Kopf.

Long, obschon Polizeibeamter, war ein Mann, der die Universität besucht hatte, und Sohn eines Millionärs. Wie es dazu gekommen war, daß Sir Godley Longs Sohn die Polizeilaufbahn einschlug, ist eine zu lange Geschichte, um sie hier zu erzählen. Eines düsteren Tags hatte ihn der entrüstete Vizekanzler von Cambridge entlassen, weil er sich mit einem Universitätsdiener herumgeschlagen und ihn verprügelt hatte. Er wurde schleunigst zu seinem Vater zurückgeschickt, der ihn, über die Affäre sehr aufgebracht, aus dem Hause wies, damit er sich seinen Unterhalt selbst verdiene. Arnold Murray ging. Aber einen Monat später sprach er in der Uniform eines Beamten der Metropolitan Police im Hause seines Vaters in Berkeley Square vor, und alle Bitten und Beschwörungen Sir Godleys konnten ihn nicht bewegen, sie wieder abzulegen.

Dies ist die Geschichte in aller Kürze. ›Ich wette ...‹ war seine ständige Redensart – darum nannte man ihn den ›Wetter‹.

Der Vater ließ jedoch den Sohn nicht fallen, sondern verfolgte seine Überspanntheiten mit einem gewissen Stolz. In seinem vornehmen Club pflegte er von ›meinem Sohn, dem Polypen‹ zu sprechen. In einer nebligen Nacht hatte er Arnold an einer Ecke der Hill Street aufgelauert und ihm ein Glas Bier angeboten. Jedermann im Club wußte zu berichten, wie Arnold das Glas behaglich ausgetrunken und dann dem Vater angedroht habe, ihn wegen Vagabundierens zu verhaften.

Die Behörden hatten Arnold die übliche Zeit beim Patrouillendienst belassen, da sie seiner Herkunft wegen einen Vorwurf der Begünstigung befürchteten, wenn er außer der Reihe befördert worden wäre. Nach zwei Jahren war er bereits Oberwachtmeister. Bösartige Fragen konnten nicht gestellt werden, denn gerade ihm war die Ergreifung Lew Freddings geglückt, der sich von der New York Security Bank eine Viertelmillion Dollar erschlichen hatte.

Dieser Tat ließ Long, unbewaffnet, wie er im Augenblick war, die Festnahme der berüchtigten Revolverhelden Sullivan und Veilt folgen, kurz, nachdem sie den Spitzel ›Parlyvoo‹ Smith getötet hatten. Niemand konnte ihm daraufhin die ›Tressen‹ vorenthalten. Scotland Yard versetzte ihn in die Kriminalabteilung, wo er von anderen tüchtigen Männern überschattet wurde. Aber als er an einem nebligen Abend nach Hause fuhr, überholte er einen hinkenden Mann, der sich des günstigen Wetters wegen aus seinem Versteck herausgewagt hatte, um sich etwas Bewegung zu machen. Der Wetter hielt seinen Wagen an, sprang hinaus und verhaftete, nachdem ihn wie durch ein Wunder zwei Kugeln verfehlten, Ernie Budlow, den Bankräuber und Erpresser, der sechs verschiedener Delikte wegen gesucht wurde.

Glück! sagte man in Scotland Yard, aber man war gezwungen, ihn zum stellvertretenden Inspektor zu ernennen, da der Minister des Innern höchstpersönlich seine Unterschift unter die Empfehlung gesetzt hatte.

In Scotland Yard betrachtete man ihn nicht als Ideal. Auch hielt man ihn jüngeren Detektiven keineswegs als Vorbild hin. Er selbst gab an, daß er schon so oft im Vorzimmer seines Vorgesetzten gewartet habe, daß der Teppich davon eigentlich ein Loch haben müßte. Eine einstweilige Amtsenthebung und ein scharfer Verweis befleckten seine Laufbahn, und einmal zog er sich den Tadel eines Richters zu, weil er verfassungswidrige Hilfsmittel angewandt hatte.

Er war fast zwei Meter groß, machte aber dennoch einen ziemlich schmächtigen Eindruck. Er konnte laufen wie ein Hase – nur mit mehr Verstand. Zwei Jahre war er Amateur-Meisterschaftsboxer gewesen. Er konnte klettern wie eine Katze und besaß etwas, was dem Instinkt der Katze nahekam. Er bezeichnete sich als Engländer, um Macfarlane, den Obersten, zu ärgern, der nie das Wort ›englisch‹ zuließ, wo ›britisch‹ gebraucht werden konnte.

Als ihn die Boylans in einer Nebengasse von Limehouse Reach abfaßten und ihm fünf Minuten gaben, um sich auf die Beförderung in eine andere Welt vorzubereiten, verzog er sein langes, hageres Gesicht zu einem Grinsen und zeigte seine weißen Zähne.

»Ich wette einen Tausender, Ihr werdet mich nicht erledigen!«

Und sie brachten es nicht zustande. Zwei Meilen schwamm er mit gebunden Händen und Füßen, und als ihn die Themse-Flußpolizei rettete, waren die ersten Worte, die er zwischen den klappernden Zähnen hervorstieß – es war Mitte Januar und Eisstücke trieben im Fluß –:

»Ich wette einen Tausender, daß ich Joe Boylan innerhalb vierundzwanzig Stunden fassen werde.«

Und Joe Boylan mußte dran glauben.

Oberst Macfarlane mochte wohl bei dem Gedanken, dem Wetter Long die Shelton-Sache zu übertragen, die Nase rümpfen. In England ist der ›dritte Grad‹ unbekannt, aber der Wetter hatte einen ›vierten Grad‹ erfunden. Hielt er damals nicht den Kopf Lew Brayleys so lange zwischen seine Arme geklemmt, bis dieser eingestand, wo er den entführten und gegen Lösegeld festgehaltenen kleinen Sohn des Millionärs und Reeders John Brisbane versteckt hielt? War es nicht gleichfalls der Wetter gewesen, der sich den Tadel eines Landrichters zuzog, weil er den Geldschrank eines gewissen Lester Glommen erbrochen hatte? Er holte sich daraus den einzigen Nachweis heraus, der die Verbindung mit dem Texas-Ölschwindel entlarven konnte – von Transaktionen also, die so einträglich gewesen waren, daß Glommen sich wenige Monate später als ungewöhnlich reicher Mann hätte zurückziehen können.

»Der Wetter?« wiederholte der Oberst und zog grübelnd an seiner Unterlippe. »Ich darf es nicht tun! Der Wetter würde etwas Schreckliches anstellen, und das fiele auf mich zurück ... Aber ...«

Den ganzen Tag dachte er über die Sache nach. Um fünf Uhr abends jedoch wurde Arnold Long ins Büro seines Vorgesetzten gerufen.

Der Wetter hörte mit entschlossenem Lächeln zu.

»Nein, Sir, ich brauche die Akten nicht zu sehen, ich kenne Sheltons Laufbahn auswendig. Geben Sie mir drei Monate Zeit, und ich bringe ihn dorthin, wo er regelmäßige Mahlzeiten einhalten muß.«

»Seien Sie nicht zu sicher, Mr. Long!« warnte der Oberst.

»Ich wette – das heißt«, verbesserte sich Arnold respektvoll, »ich glaube, ich bin ziemlich sicher.«

Mit vielen Ermahnungen, Warnungen und guten Ratschlägen versehen ging der Wetter Long und meldete sich beim Vorsitzenden des Bankierverbandes.

Auf dem Weg dorthin vergegenwärtigte er sich noch einmal alles, was er von Shelton wußte. Aber dieses Wissen allein genügte nicht, einen solchen Mann zur Strecke zu bringen.

Kapitel

2

An einem herrlichen Frühlingsmorgen spazierte Mr. Shelton langsam durch die Lombard Street und blieb vor einem Gebäude stehen, das trotz der polierten Granitverkleidung traurig und nichtssagend aussah. Er starrte, wie jeder Passant es tut, zu den einförmigen Fensterreihen hinauf.

»Was ist das für ein Gebäude?«

Diese Frage richtete er an einen Citypolizisten, der der Fahrbahn zugewandt auf dem Randstein stand, denn Citypolizisten sind ebenso gute Fremdenführer wie vortreffliche Verkehrsregler.

»Die City and Southern Bank, Sir.«

»Mein Gott!« flüsterte Mr. Shelton und starrte das Gebäude mit doppelter Hochachtung an.

Ein Auto fuhr vor, der Chauffeur sprang heraus, riß die Tür auf – dem Wagen entstiegen ein sehr hübsches Mädchen, dann eine blasse Dame und zuletzt ein gut aussehender junger Mann mit schwarzem Schnurrbart und einem Monokel im Auge. Den glänzenden Zylinder hielt er in der Hand, denn das niedrige Verdeck machte es unmöglich, ihn im Wagen auf dem Kopf zu behalten.

Die drei verschwanden in der Bank, und der Polizist trat zum Chauffeur an den Wagen.

»Wie lange wird es dauern, bis sie herauskommen?« fragte er.

»Fünf Minuten«, antwortete der Chauffeur, indem er sich behaglich streckte.

»Wenn sie länger bleiben, müssen Sie auf dem Parkplatz warten.«

Der Polizist gab dem Fahrer noch einige Anweisungen und wandte sich wieder dem Passanten zu.

»Sie scheinen in London fremd zu sein?«

Mr. Shelton nickte.

»Ja, ich bin eben aus Südamerika zurückgekommen. Bin fünfundzwanzig Jahre dort gewesen. Die Argentinische Bank ist irgendwo hier, nicht wahr?«

Der Polizist zeigte auf ein Gebäude in der Nähe, aber Mr. Shelton machte keine Anstalten, weiterzugehen.

»Es fällt einem schwer, zu glauben, daß in dieser Straße Millionen und aber Millionen Gold liegen.«

Der Polizist hächelte hämisch.

»Ich habe sie nie gesehen«, meinte er, »aber ich zweifle nicht...« Er vollendete den Satz nicht, seine Hand machte eine Bewegung, als ob er grüßen wollte.

Ein Taxi war hinter dem wartenden Auto stehengeblieben. Der lange, junge Mann, der herauskroch, musterte verärgert den Citybeamten, warf Mr. Shelton einen kurzen Blick zu und verschwand im Portal der Bank.

»Wer war das? Ein Polizeibeamter?«

Shelton hatte den unterbrochenen Gruß bemerkt.

»Nein, Sir, es war ein Geschäftsmann, den ich kenne.«

Als Wetter Long die Halle betrat, fiel ihm ein hübsches Gesicht an einem der Schalter auf, doch er begab sich sofort ins Heiligtum des Hauptgeschäftsführers. Ein kleiner, dicker Mann, vollständig kahlköpfig, empfing ihn und drückte ihm kräftig die Hand.

»Darf ich Sie bitten, einen Augenblick zu warten, Long – ich muß noch schnell mit einem Kunden...«

Er schoß aus dem Zimmer. Nach wenigen Minuten kehrte er, sich die Hände reibend, ein Lächeln auf dem roten Gesicht, zurück.

»Eine charaktervolle Frau!« sagte er bewundernd. »Haben Sie sie bemerkt?«

»Vor allem bin ich der Meinung, daß sie sehr hübsch ist«, erwiderte der Wetter.

Mr. Monkford schüttelte nachsichtig den Kopf.

»Das ist die Sekretärin. Ich meine die ältere Dame – Miss Revelstoke. Seit dreißig Jahren ist sie meine Kundin. Sie sollten ihre Bekanntschaft machen, sie ist eine ganz eigenartige Persönlichkeit. Der junge Mann, der sie begleitet, ist ihr Anwalt. Er wirkt etwas geckenhaft, hat aber eine aussichtsreiche Praxis.«

Vom Privatkontor des Geschäftsführers aus konnte man die Schalterhalle überblicken und die drei Personen beobachten. Die ältere Dame zählte bedächtig ein Bündel Banknoten nach, das ihr der Schalterbeamte ausgehändigt hatte, und das Mädchen schaute – etwas gelangweilt, vermutete Long – zur Stuckdecke hinauf. Ein ungewöhnliches Gesicht – das war auch sein zweiter Eindruck. Hübschen Mädchen begegnete man täglich, aber hier kam ein bestimmtes Etwas hinzu, ein Ausdruck, der fesselte. Er hatte nur Augen für die Sekretärin, den lächelnden jungen Mann neben Miss Revelstoke bemerkte er kaum. Plötzlich trafen sich ihre Blicke, eine

Sekunde lang sahen sie sich forschend an. Schnell wandte sie sich ab. Jetzt erst merkte er, daß der Bankier zu ihm sprach.

»Ich zweifle sehr, daß Sie ihn erwischen werden. Der Kerl ist wie ein Aal – das heißt, meine persönliche Meinung ist, daß es sich um eine der gerissensten Banden handelt.«

»Ich wollte, Sie hätten recht.« Der Wetter lächelte. »Aber Sie können diese Idee fallenlassen, Mr. Monkford. Der Mann arbeitet allein, das ist seine Stärke.«

Der Bankier holte eine große Mappe aus einer Schublade und legte sie auf den Tisch.

»Hier sind alle Unterlagen. Sie finden darin nicht nur die Protokolle der City and Southern, sondern jeder anderen Bank, die dieser Mann geschädigt hat. Auch alle Originalunterschriften liegen hier vor, aber ich glaube kaum, daß sie Ihnen viel nützen werden. Die ›m‹ sind ähnlich ...«

»Alle ›m‹ sind ähnlich«, unterbrach Long. »Das ist ein Buchstabe, der gewöhnlich keine besonderen Merkmale aufweist.«

Eine Viertelstunde lang blätterte er in den Akten, ohne irgendwelchen Nutzen daraus zu ziehen.

»Wie ich sehe, sind die Beweisstücke auf Fingerabdrücke hin geprüft worden.«

»Das macht man immer bei Urkundenfälschungen. Die linke Hand, die das Dokument hielt, war jedesmal behandschuht.«

Als der Wetter das Bankgebäude verließ, schaute er links und rechts, unschlüssig, nach welcher Seite er sich wenden sollte. Zu guter Letzt entschied er sich, durch die Gracechurch Street zu gehen und im Büro einer Schiffahrtsgesellschaft in der Fenchurch Street vorzusprechen. An der Ecke der Gracechurch Street und Lombard Street bemerkte er einen schmächtigen, älteren Herrn, der stehengeblieben war, anscheinend, um den vorüberflutenden Verkehr zu betrachten. Von der Seite her warf er einen Blick auf den herannahenden Wetter. Long erkannte die Absicht dieses forschenden Blickes. Er dauerte nur eine Sekunde, aber deutlicher als Worte sagten diese grauen, beobachtenden Augen: Ich kenne dich, du bist ein Detektiv!

Den Wetter durchzuckte es unwillkürlich. Er überquerte die Straße in Richtung Fenchurch Street, um eine Zeitung zu kaufen. Der Mann stand immer noch da. Im gutsitzenden Sommeranzug und dem weißen Filzhut sah er aus wie ein jovialer Infanterieoberst in Zivil. Long gab dem Zeitungsjungen absichtlich einen Shilling, um durch das Geldwechseln Zeit zu gewinnen und den Fremden genauer betrachten zu können. Sicherlich war es irgendein City-schwindler. Für einen Augenblick hatte er Lust, umzukehren und sich mit dem Mann in eine Unterhaltung einzulassen. Aber er war Beamter von Scotland Yard und befand sich in der City von London. Die City jedoch hatte ihre eigenen Detektive und sah Übergriffe nicht gern.

Während er noch überlegte, rief der grau gekleidete Mann ein durch die Lombard Street fahrendes Taxi an und bestieg es. Der Wetter sah es und nahm, ohne zu überlegen, ebenfalls ein Taxi.

»Halten Sie sich hinter dem gelben Wagen! Sie werden ihn bei der Verkehrsstauung am Mansion House einholen.«

Hinter der aufgeschlagenen Zeitung, die sein Gesicht verbarg, beobachtete er, wie sein Opfer durchs Heckfenster des Taxis spähte.

Als an diesem Abend Oberst Macfarlane sein Büro verließ, lief ihm der Wetter in sehr aufgeräumter Stimmung in den Weg.

»Sie können es Glück nennen –«, rief er außer Atem, »aber ich habe Clay Shelton getroffen!«

Der Oberst lachte.

»Ich glaube es nicht!«

»Ich wette!« sagte Arnold Long.

Kapitel 3

Als Mr. Clay Shelton eine Woche später durch die kleine, schmutzige Stadt Chelmsford fuhr, überkam ihn eine Vorahnung. Eine unbegreifliche Furcht bedrückte ihn auf einmal so sehr, daß er kaum atmen konnte. Ein Stück weit hinter der Stadt trat er langsam auf die Bremse und hielt seinen Wagen auf der Landstraße an. Rechts von ihm erhob sich eine hohe, schmutzigrote Mauer, in die sich, etwas zurückgesetzt, ein grimmiges schwarzes Tor wölbte. Mr. Shelton strich seinen weißen Schnurrbart, den er seit sechs Wochen mit äußerster Sorgfalt pflegte.

Das Chelmsford-Gefängnis. Sollte er diesen Ort nicht schon gesehen haben? In dieser verschwommenen Erinnerung lag der

Grund seiner Niedergeschlagenheit.

Eine kleine Pforte im großen Tor öffnete sich, ein Aufseher kam heraus. Hinter ihm tauchten vier Männer und ein zweiter Wärter auf. Die vier Männer trugen gewöhnliche Zivilkleidung, waren jedoch aneinander gefesselt. Sträflinge auf dem Weg nach Dartmoor, dachte Mr. Shelton. Man brachte sie nach London, um dort den Ein-Uhr-Zug nach Plymouth zu nehmen. Die Pforte blieb offenstehen. Die Wache am Tor und einer der Aufseher besprachen etwas. In diesem Augenblick kam ein Taxi in schneller Fahrt von der Stadt her die Colchester Landstraße entlang und hielt vor dem Gefängnistor. Die Gefangenen nahmen mit einem der Aufseher hinten Platz, während der andere sich neben den Fahrer setzte. Das Taxi wendete und fuhr davon.

»Hm!« Wieder strich Shelton nachdenklich seinen Schnurrbart.

Er drückte auf den Anlasser und fuhr zurück nach Chelmsford, wo er beim Saracen's Head Hotel hielt und ausstieg. Im Fenster einer Buch- und Schreibwarenhandlung entdeckte er den Anschlag: ›Annoncenannahme für alle Londoner Zeitungen‹.

Er trat schnell in den Laden und verlangte ein Blatt Papier. Die Abfertigung nahm etwas Zeit in Anspruch, denn der junge Mann, der zu dieser frühen Stunde den Dienst im Laden versah, hatte seine Stellung erst kürzlich angetreten und kannte sich noch ungenügend aus. Endlich fand er die richtigen Formulare, und Mr. Shelton schrieb.

»Ich möchte dies in den Annoncenteil der ›Times‹ setzen«, sagte er, legte Geld auf den Tisch und verließ, nachdem der Angestellte umständlich den Tarif nachgeschlagen hatte, leichteren Herzens den Laden.

Der Jüngling im Laden aber wußte nicht, wo die ausgefüllten Annoncenformulare bereitgelegt werden mußten, und da er vor dem Eintritt des Kunden in einem Buch gelesen hatte, schob er einstweilen das Blatt sorgfältig zwischen die Seiten des Bandes. Offenbar war die Lektüre sehr spannend, denn als unerwartet der Geschäftsinhaber eintrat, schrak er auf, stellte hastig das Buch ins Regal zurück – und vergaß das Inserat vollständig.

Außerhalb Colchesters fuhr Mr. Shelton seinen Wagen in eine Seitenstraße und zog unter dem Sitz einen Handkoffer hervor, in dem Kleider, Schere und Rasierzeug lagen. In kurzer Zeit verwandelte er sich in einen kränklich aussehenden Mann. Dann begab er sich zu Fuß zur Endstation der Straßenbahn und fuhr mit diesem klapprigen Beförderungsmittel Colchesters nach dem Stadtinnern.

Es schlug zehn, als er das Gebäude der Eastern Counties Bank betrat.

Er legte ein Papier und ein Heft auf die Schalterplatte. Der Beamte, der eine Brille trug, prüfte die Papiere eingehend und verschwand dann im Privatkontor des Geschäftsführers. Als er zurückkam, zeigte sein Gesicht ein entschuldigendes Lächeln, das verriet, daß seine Befürchtungen unbegründet gewesen waren.

»Siebentausendsechshundert«, sagte er freundlich. »Wie wollen Sie es haben, Oberst Weatherby?«

»In Hundertern, bitte.«

Banknotenbündel kamen zum Vorschein. Mit außerordentlicher Gewandtheit zählten die Finger des Kassierers die Scheine, deren Nummern er in ein Buch eintrug.

»Danke schön«, sagte Mr. Shelton, wandte sich zum Gehen und steckte die Banknoten in die Brusttasche.

Gleichzeitig befanden sich noch zwei andere Männer im Kundenraum, und ein dritter kam eben durch die Drehtür herein. Der eine von ihnen lehnte in müder Haltung an der Schalterbrüstung. Diesen beachtete Shelton nicht, vielmehr wandten sich seine Blicke der Gestalt zu, die mit dem Rücken zur Tür stand. Weiße Zähne kamen beim Lächeln zum Vorschein.

»Morgen, Shelton!«

Shelton stutzte, den Kopf vorgebeugt, wie ein gestelltes Wild.

»Wollen Sie mit mir sprechen? Mein Name ist nicht Shelton.«

Der Wetter nickte, nahm den Hut ab und fuhr mit der Hand über sein schwarzes Haar.

»Ich möchte ...« begann er.

In diesem Augenblick warf sich Shelton auf ihn.

Drei Männer rangen miteinander am Boden. Der zweite Polizeibeamte kam Long andauernd in die Quere. Auch der Mann, der phlegmatisch am Schalter gelehnt hatte, mischte sich ein und warf sich in das wüste Durcheinander von schwingenden Armen und angespannten Körpern.

»Nanu! Verflucht!»

Ein ohrenbetäubender Knall – der zweite Polizeibeamte sank blutend auf den Mosaikboden.

»'runter mit der Pistole, oder ich schieße!«

Shelton drehte den Kopf herum. Der Schalterbeamte mit der Brille richtete mit wunderbar ruhiger Hand einen Armeerevolver auf ihn. Im Krieg hatten selbst kurzsichtige Bankangestellte gelernt, mit der größten Kaltblütigkeit auf Menschen zu schießen.

Der Wetter legte dem bleichen Shelton die kalten Eisenringe um die Handgelenke. Während der Kassierer nach dem Krankenauto telefonierte, betraten zwei uniformierte Polizisten die Schalterhalle.

»Ich verhafte Sie zunächst wegen Urkundenfälschung«, sagte Long und starrte auf den still daliegenden Beamten, um den sich immer mehr Blut ausbreitete. »Ich glaubte, Sie trügen nie einen Revolver?«

Shelton antwortete nicht, und Long wandte sich an den müde wirkenden Fremden, der eingegriffen hatte.

»Danke Ihnen! Ich bin Ihnen sehr verbunden. Sind Sie nicht Mr. Crayley?«

Das Gesicht des gut gekleideten Mannes, der sich in den Kampf gemischt hatte, wurde kreideweiß. Der herunterhängende Schnurrbart unterstrich in grotesker Weise sein erschrockenes Aussehen.

»Wäre beinah selbst getötet worden«, murmelte er. »Habe mein Bestes getan. Lassen Sie mich wissen, wenn ich Ihnen zu Diensten sein kann. Ist er tot?«

»Ich denke.« Traurig sah der Wetter auf den unbeweglichen Körper. »Ich wünschte, Sie hätten das nicht getan, Shelton! Aber dieser Mord wird leichter nachzuweisen sein als die anderen. – So, und nun los! Wir wollen ihn auf die Polizeistation bringen, bevor das Menschengedränge an ihn heran kann. Führen Sie mich zum hinteren Ausgang!«

Der Geschäftsführer zeigte den Weg durch sein Privatkontor. Eine Pforte führte auf eine enge Straße, wo der Wagen mit zwei Polizisten wartete.

Der Wetter hatte die Fahrt vorbereitet. Er schob den Gefangenen in den Wagen und stieg selbst ein.

Wo hatte Shelton gefesselte Männer in einen Wagen steigen sehen? In Chelmsford – es schien sehr weit zurückzuliegen.

Kapitel

4

Am 14. Juni, einem herrlichen Morgen, verließ Arnold Long um fünf Uhr London. Die Sonne schien hell, die Gärten der Villen, an denen er vorüberkam, leuchteten im prächtigsten Blau und Gold. Auf der Landstraße begegnete er nur Bauernwagen, und als er in Chelmsford eintraf, waren die Läden noch geschlossen.

Zuvor aber war er durch ein kleines Dorf gekommen und dann die gerade Landstraße, mitten durch grüne Felder, entlanggefahren, als er an einem Mann vorbeikam, der auf einem Wegstein saß. Er erkannte ihn sofort, bremste und steuerte den Wagen ein Stück weit rückwärts. Der Mann blieb ruhig auf dem Stein hocken, eine Zigarette zwischen den Lippen. Ohne Verwirrung schaute er zu dem verwunderten Inspektor auf.

»Guten Morgen, Ulan! Seit wann haben Sie das Landleben aufgenommen?«

Ulanen-Harry nahm die Zigarette aus dem Mund, schaute sie bedächtig an und warf sie weg.

»Ich hoffe, daß ich damit niemand störe«, sagte er herausfordernd.

»Sie wandern wohl die Landstraße entlang?« fragte der Wetter höflich, einen beschönigenden Ausdruck für das Landstreichergewerbe wählend.

»Ich habe gute Arbeit, wenn Sie es durchaus wissen wollen – sogar sehr gute Arbeit.« Harrys Gesicht nahm einen grimmigen Ausdruck an. »Wo wollen Sie hin – Bluthund?«

Arnold Long hätte nicht geglaubt, daß er an diesem Morgen Gelegenheit finden würde, zu lächeln – aber er lächelte.

»Auf Diebesfang, Ulan!« Er blickte über die weiten Felder. Das einzige Gebäude weit und breit war eine schwarze Scheune. »Ich wette, daß Sie nicht im Freien geschlafen haben! Und weit sind Sie nicht gegangen, denn kein Stäubchen liegt auf Ihren Schuhen. Was ist los, Ulan?«

Ulanen-Harry antwortete nicht. Mit einer lässigen Handbewegung zeigte er nach dem nahegelegenen Chelmsford.

Vor sich hin lächelnd setzte Arnold Long seine Fahrt fort. Sein Wagen hielt vor dem Tor des Chelmsford-Gefängnisses, als es sieben Uhr schlug. Er läutete, wurde eingelassen und durch einen engen Gang geleitet, an dessen Ende eine Tür offenstand.

Der Gefängnisdirektor hielt sich allein in seinem Büro auf, da der Untersheriff und die anderen Beamten, die man zu diesem makabren Anlaß benötigte, noch nicht eingetroffen waren.

»Der Geistliche ist jetzt bei ihm. Ich hoffe, es wird nicht sehr aufregend für Sie sein. Ich kann diese Sachen nicht leiden!«

»Ja«, meinte Long, »auch ich hoffte auf dem ganzen Weg von London, daß er seinen Wunsch, mich zu sehen, aufgibt.«

Der Direktor schüttelte den Kopf.

»Daran ist nicht zu denken. Die letzte Frage, die er mir gestern abend stellte, war, ob Sie heute kämen. Ich sagte ihm, daß ich seinen Wunsch an das Ministerium des Innern weitergeleitet habe, und daß mir telegrafische Antwort für heute morgen zugesagt worden sei.«

Er stand auf. Der Inspektor folgte ihm durch verschiedene Gänge bis zu einer schweren Eisentür. Der Direktor schloß sie auf. Sie kamen in ein hohes Gewölbe, zu beiden Seiten reihten sich Türen. Vor der Zelle, die dem Eingang am nächsten lag, stand ein Aufseher. Die Zellentür war offen, ein Lichtschein fiel heraus.

»Warten Sie!« sagte der Direktor und betrat die Zelle.

Er kehrte gleich zurück und winkte Long, der ihm mit klopfendem Herzen in die Todeszelle folgte.

Shelton saß in Hemdsärmeln auf dem Bett, die Hände in den Taschen. Ein grauer Bart umrahmte das fahle Gesicht. Der Wetter hätte ihn nicht wiedererkannt.

»Setzen Sie sich, Long! – Wollen Sie ihm einen Stuhl geben?«

Aber Long blieb, als ihm der Wärter einen Stuhl hinschob, stehen und wartete – worauf, wußte er nicht.

»Ich wollte Sie noch einmal sehen, bevor ich ins Jenseits gehe.« Shelton nahm die Zigarette aus dem Mund und blies den Rauch zur Decke. »Ich habe in meinem Leben vier Männer getötet und bereue es nicht. Der erste war ein Bankdetektiv in Cape Town, der zweite der Geschäftsführer einer Bank in Bombay. Den wollte ich nicht töten, aber das Betäubungsmittel war zu stark für ihn. Dann kam die Sache mit Selby. Er verfolgte mich bis auf mein Hausboot – das war ziemlich unangenehm. Sie werden ihn unter den beiden Pappeln bei der Wenham Abbey begraben finden.« Er machte eine Pause, blies langsam den Rauch wieder in die Höhe. Long wartete. »Der vierte ... Über den vierten möchte ich nicht sprechen – eine unerfreuliche, etwas schmutzige Szene!« Er lächelte. »Und jetzt soll ich dafür büßen, so denken Sie – aber Sie irren sich! Sie werden mich begraben, aber ich werde weiterleben! Sie entgehen mir nicht, Wetter Long! Keiner, der an meinem Tode beteiligt war, wird mir entgehen!« Er lachte sanft, als er den eigenartigen Blick des Inspektors bemerkte. »Sie glauben, daß mich die Hitze verrückt gemacht hat? Es gibt Dinge in der Welt, die sich Ihre Philosophie nicht träumen läßt. Eines davon ist die Galgenhand!« Shelton betrachtete die Fliesen des Fußbodens. Seine Stirn lag in Falten, doch gleich darauf lachte er wieder. »Das ist alles. Sie werden daran denken, Mr. Long – die Galgenhand wird aus dem Grabe emporsteigen und Sie früher oder später an der Gurgel packen!«

Long sagte nichts. Nachdenklich folgte er dem Direktor in die große Halle.

»Was halten Sie davon?« fragte dieser und trocknete sich die Stirn. Er war bleich und verwirrt. »Die Galgenhand ...«

»Mich wird sie nicht erwischen«, sagte Long. »Ich wette drauf!«

Kapitel 5

Er wartete das Ende nicht ab. Außerhalb Chelmsfords hielt er seinen Wagen an. Von weither schlug eine Kirchturmuhr. Eins – zwei – drei – vier – fünf – sechs – sieben – acht.

»Soll der arme Teufel seinen Frieden haben!« sagte der Wetter laut, denn er wußte, daß mit dem letzten Schlag Clay Sheltons Seele das Diesseits verlassen hatte.

Die Galgenhand! dachte er und lächelte. Etwas traf die Windschutzscheibe. Sie brach in Stücke.

Er stellte den Motor ab.

Päng!

Die zweite Kugel riß seinen Hut fort, und eine dritte pfiff an seinen Lippen vorbei. In der nächsten Sekunde war er aus dem Wagen gesprungen.

Ruhig, friedlich lag die Landschaft da – niemand zu sehen, keine Hecke, die einen Mörder verbergen konnte, ausgenommen ...

In der Ferne erblickte er eine niedrige Buschreihe, über der sich ein blaues Rauchwölkchen kräuselte. Er lief ein Stück weit darauf zu. Als ein vierter Schuß fiel, ließ er sich flach auf den Boden fallen. Da kein weiterer Schuß folgte, sprang er auf und lief weiter im Zickzack über die Wiese.

Dann sah er etwas, das ihm den Atem stocken ließ. Bei den Büschen ragte eine große, weiße Hand aus dem Gras. Die Hand gehörte einem Mann, er lag auf dem Rücken im Gras. Die andere Hand umklammerte ein Militärgewehr.

Es war Ulanen-Harry – tot!

Arnold Long starrte auf das graue Gesicht und traute kaum seinen Augen. Eine kurze Untersuchung klärte ihn über die Todesursache auf. Er war aus nächster Nähe von hinten erschossen worden. Der Wetter hob das noch heiße Gewehr auf, dessen Kammer eine unbenützte Patrone enthielt.

Einige Schritte von der Buschhecke entfernt fiel eine Böschung steil ab, und unten führte die Straße vorbei, die auf der einen Seite hinter einer scharfen Biegung verschwand. Keine Menschenseele war auf der Landstraße zu sehen. Als er sich wieder dem Körper zuwandte und sich niederbückte, hörte er das Geknatter eines Motorrades. Rasch eilte er an den Rand der Böschung, sah einen lederbekleideten Fahrer, der auf seiner Maschine in der Richtung fuhr, wo Long sein Auto hatte stehenlassen, und machte heftige Handzeichen. Der Mann mußte es gesehen haben, aber er hielt nicht an, doch schien es, als ob er in der Nähe von Longs Auto das Tempo für einen Augenblick verlangsamte. Ein paar Sekunden später war er hinter den Erlen verschwunden, die die Landstraße einsäumten.

Der Wetter sah sich nach Hilfe um. Die Schüsse mußten in der Umgebung gehört worden sein. In einiger Entfernung erblickte er eine schwarze Scheune, die ihm bekannt vorkam. Dort in der Nähe hatte er an diesem Morgen Ulanen-Harry getroffen. Es blieb nichts anderes übrig, als ins nächste Dorf zu fahren, um Meldung zu erstatten.

Schon hatte er halbwegs das Feld durchquert, als er an der Stelle, wo sein Wagen stand, eine helle Flamme aufschießen sah. Eine ohrenbetäubende Detonation folgte, Rauch stieg auf, Holz und Metallstücke flogen durch die Luft.

Der Wetter blieb wie gelähmt stehen. Dann lief er, so schnell er konnte, der Ungücksstelle zu und sprang über die niedrige Hecke auf die Straße. Sein Wagen war eine glimmende Masse verbogenen Metalls. Zum Glück kam ein Polizist, der die Explosion gehört hatte, auf einem Motorrad angebraust.

»Was ist mit Ihrem Wagen geschehen – in die Luft geflogen?«

»Selbstverständlich in die Luft geflogen«, sagte der Wetter lakonisch. »Genauso selbstverständlich wie der Umstand, daß dies eine Bombe zustandegebracht hat!«

»Eine Bombe?« rief der Landpolizist verblüfft.

Long unterrichtete den Polizisten kurz, was vorgefallen war, und führte ihn zu der Stelle, wo Ulanen-Harry lag.

Es war schon fünf Uhr abends, als er nach Scotland Yard zur Berichterstattung zurückkehrte. Oberst Macfarlane hörte ihm mit gerunzelter Stirn zu.

»Die Sache ist unerklärlich, man möchte sagen unmöglich«, bemerkte er. »Shelton ist um acht Uhr gehängt worden, und es besteht kein Zweifel, daß er tot ist. War es nicht möglich, Spuren, etwa eines Wagens, oder wenigstens des Motorrades, zu verfolgen?«

»Nein, Sir, aber das ist leicht erklärlich. Ein Wagen konnte nach rechts abgebogen und dann zurückgefahren sein. In diesem Falle wäre er westlich von Chelmsford auf die Hauptstraße gekommen. Der einzige Wagen, der im Dorf gesehen wurde, war ein Ford-Lastwagen, der anscheinend einem Gemüsehändler gehört, denn Körbe mit Kohl und Kartoffeln lagen darauf. Was mit dem Motorradfahrer geschah, weiß ich, aber darüber möchte ich noch ein bis zwei Wochen schweigen, Sir, denn – wir haben es mit der ›Bande des Schreckens‹ zu tun.«

Macfarlane schaute den Wetter groß an.

»Ich verstehe Sie nicht ganz. Shelton arbeitete allein. Er war kein Bandenführer und hatte keine Freunde. Außerdem sind wir, soviel ich weiß, sicher, daß niemand sich für das Schicksal dieses Mannes, weder lebend, noch tot, interessiert.«

Long biß sich auf die Unterlippe.

»Das ist richtig, und doch ... An die Galgenhand glaube ich natürlich nicht. Für solche übernatürlichen Sachen bin ich nicht im geringsten zu haben. Aber die Geschichte wird uns noch viel zu schaffen machen. Ich weiß nicht, aus welcher Himmelsrichtung die Gefahr kommt – nur, daß sie kommen und recht ungemütlich sein wird, ist mir klar. Die Bande des Schreckens wird nicht so leicht aufgeben. Um mit mir, auf der Rückfahrt von Chelmsford, abzurechnen, haben sie Ulanen-Harry benutzt. Er war als guter Schütze bekannt. Außerdem bedurfte es keiner großen Überredungskunst, ihn dazu zu bewegen, denn er haßte mich. Als sie sahen, daß er sein Ziel verfehlt hatte, erschossen sie ihn. Hätte er es nicht verfehlt, wäre er auch erschossen worden. Er trug das Zeichen des Todes von dem Augenblick an, als er die schmutzige Arbeit übernommen hatte.«

In den folgenden Monaten fand der Wetter Long neues Interesse und neuen Geschmack am Leben. Das ständige Bewußtsein der Gefahr und die Gewißheit, daß irgendwo hinter diesem einsamen Fälscher eine ganze Bande stand, die schrecklicher war als alles bisher in den Polizeiakten Festgehaltene, gaben seinem Gang Festigkeit und seinem ganzen Wesen Auftrieb.

Er war der Fährte Ulanen-Harrys nachgegangen, von dem Augenblick an, als dieser das Dartmoor-Gefängnis verlassen hatte. Er befragte alle Leute, mit denen der Ulan in Berührung gekommen war. Überall stieß er auf Rätsel – nicht einer der Bekannten Harrys konnte ihm auch nur den geringsten Anhaltspunkt geben, der zur Entdeckung seiner Auftraggeber hätte führen können.

Das Jahr war reich an rätselhaften Morden, denen vorzugsweise Männer in Amt und Würden zum Opfer fielen. Scotland Yard wählte ein besonderes Verfahren, vertuschte Tatbestände, unterdrückte die Berichterstattung der Presse, so daß nur die Männer in dem dunklen Gebäude am Embankment den ganzen Schrecken kannten, der draußen umging.

Und dann trat ein noch größeres Interesse in Arnold Longs Leben und erweckte ein Gefühl in ihm, das er bisher nicht gekannt hatte – Furcht. Er lernte die Sekretärin von Miss Revelstoke kennen.

Kapitel 6

Miss Revelstoke war eine alte Dame und hatte nur wenige auffallende Liebhabereien. Weder wimmelte es in ihrem Salon von langhaarigen, winzigen Hunden, noch schmückte sie sich mit altertümlichen Kameebroschen. Sie zog das Radio dem Patiencespiel vor und kaufte nur ein Auto, wenn der Vertreter sie zu überzeugen vermochte, daß der Wagen auf der Landstraße eine Geschwindigkeit von fünfundachtzig Meilen entwickeln konnte. Aus ihrem faltenlosen, gelben Gesicht blickten schwarze, intelligente Augen. Nora Sanders, ihre Gesellschafterin und Sekretärin, hätte auf Anhieb keine schlechten Eigenschaften von Miss Revelstoke anführen können – was bei einer so wohlhabenden Dame immerhin bemerkenswert war.

Das große Haus in Colville Gardens zeigte äußerlich den massiven, viktorianischen Stil. Ein tiefer Graben lief ums Haus, breite Steinstufen führten zu einem reich verzierten Portal, dessen Flügel aus glänzend poliertem, schwarzem Holz bestanden. Die rötlichbraunen Vorhänge, die Blumenkästen vor den Fenstern und die beiden sofgfältig gestutzten Buchsbäume vor dem Eingang paßten vorzüglich zum Milieu und zur Persönlichkeit der Besitzerin.

Auf den ersten Blick hätte man hinter den dichtschließenden Gardinen gepolsterte Sofas eleganten Stils, vergoldete Wandspiegel, rosagemusterte Teppiche und dergleichen vermuten können. Doch die Hausherrin war im wesentlichen ein sehr zeitgemäßer Mensch, und die Einrichtung des Hauses zeugte durchwegs von künstlerischem Geschmack.

An einem Sommertag saß Miss Revelstoke an ihrem kleinen Schreibtisch und schrieb in ihrer zierlichen Handschrift eine Adresse auf einen Zettel, dessen gummierte Seite sie sodann mit einem Schwämmchen befeuchtete und auf ein längliches Paket klebte.

»Mr. Monkford ist ein sehr interessanter Mann«, sagte sie zu ihrer Sekretärin. »Er hat Humor. Dicke Männer sind meist heiter veranlagt. Er war immer etwas schwatzhaft, was für einen Bankier kein Vorzug ist. Ich kannte ihn schon, als er noch Leiter einer Zweigstelle war. Das Paket ist vielleicht zu schwer für Sie?« Nora nahm es in die Hand. »Nein? Gut. Ich nehme an, daß er Sie auffordern wird, mit ihm zu Abend zu essen. Ich esse um neun Uhr, also eine halbe Stunde später als sonst. Mr. Henry kommt zum Dinner, und ich bin sicher, er würde es mir nie verzeihen, wenn Sie nicht zurück wären.«

Das Mädchen lachte. Solche und ähnliche scherzhafte Anspielungen waren seit einiger Zeit an der Tagesordnung, und zweifellos war Miss Nora auch der Grund für die häufigen Besuche des jungen, gutaussehenden Rechtsanwaltes.

»Sagen Sie Monkford, er brauche mir nicht zu schreiben, er soll die schreckliche Negerin ruhig behalten. Ich werde ihn nächste Woche in ›Little Heartsease‹ sehen. Sie haben doch die Zimmer bestellt?«

Nora fuhr mit einem Taxi zum Paddington-Bahnhof – und einer neuen, erstaunlichen Erfahrung entgegen. Sie löste eine Rückfahrkarte dritter Klasse nach Marlow-on-Thames, wo sie die Bekanntschaft mit der Bande des Schreckens und mit dem Wetter Long machen sollte.

Zu dieser Zeit war die Bande des Schreckens in der Öffentlichkeit noch völlig unbekannt; sie kam, wenn auch nicht unter diesem Namen, nur in den vertraulichen Mitteilungen vor, die der Innenminister und der Polizeipräsident austauschten. Allein der Wetter Long, der sie ›Bande des Schreckens‹ getauft hatte, sprach unbefangen über sie. In den streng geheimen Akten, die zwischen Whitehall und Scotland Yard hin- und hergingen, stand in verwaschener Umschreibung lediglich etwas von ›mutmaßlicher Organisation gesetzwidrigen Charakters‹.

Nora kam nach Marlow in der angenehmen Erwartung, einen Tag außerhalb der Stadt verbringen zu können.

Harry, der Bootsmann in Meakes, richtete sich auf, fuhr sich mit dem gebräunten Arm über die Stirn und betrachtete die Fragestellerin mit respektvollem Interesse.

»Mr. Monkfords Haus?«

Er hielt die Hand über die Augen, um die grelle Spiegelung der Sonnenstrahlen abzuwehren. An dieser Stelle machte der Strom eine scharfe Biegung nach dem Templewehr hin. Auf dem einen Ufer erstreckten sich grüne Wiesen dem großen Wald zu, auf der anderen Seite erblickte man über den Bäumen den grauen Kirchturm von Bisham. Der Bootsmann blickte nach Bisham.

»Sie können das Haus von hier aus nicht sehen«, sagte er in einem Ton, als bedauerte er in diesem Augenblick tief, daß man von hier aus Bendham Manor nicht wahrnehmen konnte. »Es ist ein altes Haus. Sie erkennen es sofort, wenn Sie diesen Weg hinaufgehen – ein rotes Gebäude mit hohen Schornsteinen.«

Zweifelnd schaute er Nora an. Er mußte noch zwölf Boote ausschöpfen und einen vierrudrigen Kahn für eine Ausflüglergesellschaft fertig machen, die jeden Augenblick eintreffen konnte. Nora war sehr hübsch, eine zarte, zierliche Erscheinung – rote Lippen, graue Augen, ein sanftes Lächeln.

»Zu Fuß ist es ein weiter Weg«, betonte er, um den Dienst, den er ihr anbieten wollte, besonders hervorzuheben. »Wenn Sie über die Brücke kommen, müssen Sie rechts abbiegen, dort, wo das Kriegerdenkmal steht – es ist ein weiter Weg. Ich glaube, es ist besser, wenn ich Sie den Fluß hinaufrudere, Ma'am.«

»Ich wäre Ihnen sehr dankbar.«

Er hielt sie für die Frau irgendeines vornehmen Mannes. Sie war kein Backfisch mehr, ihr Benehmen verriet Reife und Selbstbewußtsein. Tatsächlich war Nora Sanders bereits zweiundzwanzig, und wenn sie sich im allgemeinen über ihr Alter auch keine Sorgen machte, dachte sie doch manchmal mit leisem Bangen an die langsam näherrückenden Dreißig. Das Ledigsein störte sie eigentlich nicht, denn Heirat war doch nur ein Sprung auf ein anderes Geleise, vielleicht auf ein viel schlechteres. Viel mehr als solche Dinge bedrückte sie ihre Stellung als Gesellschafterin und Sekretärin einer sechzigjährigen Dame, deren scharfe Glossen und pointierten Bemerkungen sie tagein, tagaus über sich ergehen lassen mußte.

Während Harry die Ruder herbeiholte, schaute sie über den Fluß. Das gleichmäßige Getöse des Wehrs wirkte angenehm gedämpft und beruhigend. Die Turmuhr der Marlow-Kirche schlug drei Uhr. Eine Viersitzermannschaft kam in schneller Fahrt stromab gerudert.

Harry brachte das Boot längsseits an den Schleppweg, und sie stieg ein. Sobald sich das Boot stromaufwärts in Bewegung setzte, wurde er gesprächig.

»In diesem Flußloch ist eine Forelle, die größte dieser Gegend. Manche behaupten, sie sei über dreißig Jahre alt. Schon oft wurde versucht, sie zu fangen, aber sie hat schon mehr Angelgerät mit sich weggezogen als irgendein Fisch sonst. Sie können sie heute abend sehen, wenn sie ein Viertel vor acht zur Fütterung hochkommt.«

Sie ließ ein höfliches Interesse erkennen. Unter dem ›Loch‹ verstand er eine sehr tiefe Stelle im Flußbett. Doch Harrys Glanznummer sollte noch kommen.

»Das dort ist Sheltons Boot«, sagte er und wies mit einer Kopfbewegung auf ein von der Witterung stark mitgenommenes Fahrzeug, das vor dem Rasenplatz eines unbewohnten Hauses festgemacht war. Das große Motorboot, einst schmuck und weiß, sah jetzt verrostet und ungastlich aus.

Sie wußte nicht, wer Shelton war, und während sie noch überlegte, um wen es sich handeln könne, gab Harry ein abschreckendes Detail seiner Biographie zum besten.

»Shelton wurde gehängt, weil er einen Polizisten erschoß. Er war der größte Urkundenfälscher, den die Welt kannte, sagen die Zeitungen – aber man kann den Zeitungen nicht glauben. Sie behaupteten auch, Marlow wäre im Frühjahr überschwemmt gewesen, dabei kam das Wasser kaum über den Flußweg!«

Verwundert schaute sie erst auf ihn, dann auf das berüchtigte Boot.

»Gehängt?«

Harry nickte so, als ob er das Urteil selbst gesprochen hätte.

»Dort liegt Sheltons Boot – und hinter der Biegung ist Mr. Monkfords Haus!«

»Ist das ein Zufall?« fragte sie.

»Offenbar. Ganz Marlow sprach darüber. Shelton besaß früher ein Landhaus hinter Temple, wo er allein lebte. Dieses Motorboot enthielt eine kleine Druckerpresse. Viele der Kreditbriefe, auf die Geldleute in aller Welt hereinfielen, sind in der Kabine der ›Northward‹ hergestellt worden. Das stimmt aber nicht – ich meine den Zufall. Nachdem man Shelton gehängt hatte, wurden das Landhaus und das Boot verkauft. Ein Mann namens Finney kaufte das Boot und verkaufte es später an einen anderen Herrn.«

»Aber was hat Mr. Monkford mit alledem zu tun?« fragte sie, denn ihr Interesse war geweckt.

»Er hat Shelton an den Galgen gebracht«, erklärte er feierlich. »Er und Mr. Long, der berühmte Detektiv. Er ist jetzt dort bei ihm, denn ich habe ihn heute nachmittag im Kahn herumrudern sehen.«

Sie kannte Joshua Monkford als Bankier. Seine Person bildete das häufigste Gesprächsthema von Miss Revelstoke, denn sie hatte schon ein Konto bei ihm gehabt, als er noch Leiter einer Zweigstelle der Southern Bank gewesen war. Durch angeborenes Talent arbeitete sich Mr. Monkford empor. Er brachte es zum Hauptgeschäftsführer der Southern Bank und zum Vorsitzenden des Aufsichtsrates der Bankiervereinigung.

»Er und Wetter Long«, wiederholte Harry mit großer Befriedigung, »haben Shelton gehängt. Long lauerte Shelton auf, um ihn zu verhaften, aber der zog einen Revolver und tötete den Polizisten Lacey, der Long begleitete. Aber – sie wollen doch nicht etwa sagen, daß Sie nichts darüber gehört haben, Ma'am? Es ist doch kaum ein Jahr her.«

Nora schüttelte den Kopf. Sie las diese schrecklichen Berichte über Verbrechen und Exekutionen nie.

Das Haus kam jetzt in Sicht. Die dunkelrote Steinfassade leuchtete zwischen Pappeln hervor. Das stattliche Gebäude aus der elisabethanischen Zeit stand weit zurück, und bis zum Fluß breitete sich eine große, grüne Rasenfläche aus.

Harry holte kräftig mit dem einen Ruder aus, so daß das Boot zwischen den beiden kleinen Landungsstegen hinschoß. Hier war der Fluß seicht und der Grund frei von Wasserpflanzen. Sie konnten einen Schwarm Rotaugen langsam im sonnigen Wasser vorbeischwimmen sehen. Zwei Männer angelten vom Rasenplatz aus. Sie schauten auf, als das Boot anlief, und betrachteten das Mädchen flüchtig, wandten jedoch ihre Aufmerksamkeit gleich wieder den roten Korkpfropfen zu.

Nora nahm ihr Paket auf und faßte mit der behandschuhten Hand nach dem Landepfosten. Nachdem sie den Steg erreicht hatte, öffnete sie ihre Handtasche und suchte nach ihrer Börse, doch Harry stieß mit dem Boot ab und winkte zum Abschied.

»Mr. Monkford wird Sie zurückfahren lassen, Ma'am!« rief er.

Sie lächelte ihm zu, was er sehr zu schätzen schien, und schritt über den kurzgeschnittenen Rasenplatz.

Die beiden Angler beachteten sie nicht weiter.

Kapitel 7

Der Hauseingang war auf der Uferseite. Ein Diener nahm ihr das Paket ab und führte sie in die große Diele.

»Mr. Monkford hat augenblicklich einen Herrn bei sich, Miss«, sagte er und öffnete die Tür eines kleinen Salons. Sie hatte noch keine zwei Schritte getan, als aus einer Tür auf der entgegengesetzten Seite der Diele die vertraute Gestalt des Bankiers – klein, dick und fast kahlköpfig – erschien. In diesem Augenblick fand sie es ganz unvorstellbar, daß dieser komische Mann mit dem roten Gesicht, der altmodischen Brille und getüpfelten Weste dem unglücklichen Shelton zum Verhängnis hatte werden können.

»Kommen Sie herein, Miss Sanders, kommen Sie herein! Miss Revelstoke hat das Bildsäulchen also erhalten? Ausgezeichnet! Sie ist eine recht abergläubische Dame, finden Sie nicht?«

Miss Revelstoke und ihr Bankier besaßen eine gemeinsame Liebhaberei – das Sammeln von römischen Altertümern. Das Bildsäulchen, das Nora überbrachte, hatte die alte Dame durch Zufall erworben, aber da ihr der makabre Charakter des kleinen Kunstwerks etwas zu weit ging, kam ihr der naheliegende Gedanke, es Mr. Monkford zu überlassen.

»Kommen Sie herein! Das Paket muß sehr schwer gewesen sein. Wenn ich gewußt hätte, daß Sie kommen, hätte ich den Wagen geschickt. Ich möchte Sie mit einem Freund bekannt machen – er ist der beste Mensch, ja, der beste Mensch!«

Monkford hatte die Gewohnheit, den letzten Satz zu wiederholen, was Nora belustigte. Er war ein heiterer, lebensfroher Mann, der etwas ansteckend Ermunterndes ausstrahlte.

»Geben Sie mir Ihren Regenschirm!« Er eilte damit zur Garderobe, während er andauernd redete. »Ein Regenschirm an einem so herrlichen Tag!«

Sie folgte ihm in die große Bibliothek. An einem der Fenster sah sie einen Mann stehen, der zum Fluß hinabsah. Irgendwo mußte sie ihn schon gesehen haben. Als er sich umdrehte, erkannte sie ihn sofort. Aus seinem Gesichtsausdruck schloß sie, daß auch er sie wiedererkannte.

»Miss Sanders, das ist Mr. Long!«

Long? Der Name klang ihr vertraut, aber es dauerte eine Weile, bis ihr die Geschichte einfiel, die ihr der Bootsmann erzählt hatte – die Geschichte von Shelton, der gehängt wurde, und von Wetter Long, dem Detektiv ... Sie überlegte, ob Wetter sein Rufname war, den ihm vielleicht ein etwas überspannter Vater angehängt hatte.

Nora empfand den intensiven Blick, mit dem Long sie betrachtete, nicht als unangenehm. Eine eigentümliche, magnetische Kraft ging von ihm aus. Oder war es einfach nur Einbildung, hervorgerufen durch die Kenntnis seines ungewöhnlichen Berufs? Nie vorher war sie einem Detektiv begegnet.

Monkford eilte zum Kamin und klingelte.

»Wir wollen Tee trinken«, sagte er, »die andere Sache kann warten.«

Long schien damit einverstanden zu sein. Er trat wieder zum

Fenster. Die beiden Angler, die man von hier aus sehen konnte, interessierten ihn.

Der Hausherr war mit dem Auspacken des Kunstwerks beschäftigt.

Mit einem leichten Lächeln bemerkte Nora:

»Miss Revelstoke wollte die Figur erst durch die Post zustellen lassen, aber ich glaube, sie fiel ihr etwas auf die Nerven, so daß sie sie auf die schnellste und einfachste Weise lossein wollte!«

Nach Entfernung des Packpapiers kam ein längliches, hölzernes Kistchen zum Vorschein. Monkford hob den Deckel mit einem Brieföffner hoch, schob die Hand unter die aufquellende Holzwolle und zog einen kleinen, in Stoff eingewickelten Gegenstand hervor. Als auch diese letzte Hülle fiel, rief er ehrfurchtsvoll aus:

»Wunderbar!«

Wunderbar war sie in der Tat – die nackte Figur einer Negerin, aus Ebenholz geschnitzt, ungefähr sechs Zoll hoch, in aufgerichteter Haltung, das Kinn erhoben. Die kleinen Hände hielten ein Schwert quer über den Leib, den ein Metallgürtel umspannte, an dem die leere Scheide hing. Das wollige Kopfhaar überzog ein dünnes, goldenes Netz.

Der Wetter hatte seinen Beobachtungsposten am Fenster verlassen und war langsam hinzugetreten.

»Herrlich! Die Arbeit – hervorragend!« stammelte Monkford bewundernd. »Aber ich sehe die Inschrift nicht.«

»Sie ist auf der unteren Fläche des Sockels«, sagte Nora, und Monkford drehte die Figur um.

Jetzt konnte man die Inschrift lesen, obgleich die Buchstaben beinah mikroskopisch klein waren.

»Lateinisch«, sagte Monkford überflüssigerweise. »Können Sie sie lesen, Long?«

Zu Noras Erstaunen beugte sich der Detektiv über die Inschrift, seine Lippen bewegten sich, und dann übersetzte er laut:

»Ich bin der Tod, der am Ende aller Wege steht. Männer sehen mich an und stürzen sich in ihr Schwert. Nimm dich in acht, o Fremder, wenn du mir nicht widerstehst, fällst du durch eigene Hand.«

Monkford kicherte.

»Großartig! Man könnte fast sagen – einzigartig! Eine gleiche Figur befindet sich im Cluny-Museum. Das Schwarze Schicksal!

Man spricht ihr allerlei geheimnisvolle Kräfte zu; ich möchte schwören, daß sie echt ist. Drei solcher Bildsäulen gibt es in Europa und eine in Amerika. Sie können Ihrer Dame sagen, Miss Sanders, daß ich stolz und glücklich darüber bin.«

»Das Schwarze Schicksal?« Long legte die Stirn in Falten. »Das Schwarze Schicksal – hm!«

Er schaute Nora an.

Da stellte sie, ohne ersichtlichen Zusammenhang, eine Frage, die heraus war, bevor ihr bewußt wurde, wie deplaziert sie war. Ein unwiderstehlicher Drang hatte sie ihr eingegeben.

»Wer war Shelton?«

Eine Totenstille entstand. Sie erschrak, ihr Herz schlug heftig, die Farbe wich aus ihrem Gesicht und kehrte wieder zurück.

»Oh, es tut mir leid, ich weiß nicht, was mich veranlaßte, eine so dumme Frage zu stellen!«

Monkfords Gesicht war aschgrau geworden, seine Augen nahmen einen wilden, verletzten Ausdruck an. Das rote, fröhliche Gesicht verwandelte sich in die tragische Maske eines zerrütteten Mannes.

Wie stark auch die Wirkung der Frage auf Monkford gewesen war – Longs Reaktion unterschied sich erheblich davon. Seine Mundwinkel zuckten belustigt.

»Shelton war ein Fälscher, der einen Polizisten tötete«, sagte er einfach. »Kurz bevor ich ihn festnahm, erschoß er meinen Begleiter Lacey. Man hat ihn gehängt.« Er warf einen Blick auf den schweigsamen Hausherrn. Nora, die ihn beobachtete, bemerkte in diesem Blick eine Spur von Sorge. »Niemand glaubte, daß er einen Revolver ziehen würde. Wir suchten ihn wegen Urkundenfälschung und Betrugs. Er hat aus amerikanischen und englischen Banken mehr Geld herausgezogen als je ein anderer zuvor, und wir konnten ihn lange nicht fassen.« Wieder sah er zu Monkford hinüber. »Mr. Monkford und ich haben seine Spur verfolgt und ihm eine Falle gestellt, in die er ging. Die Revolversache war eine Überraschung, damit hatten wir nicht gerechnet. Ich hätte vor ihm schießen müssen. Wenn er durch jemandes Zutun gehängt wurde, dann durch meines.«

Sie fühlte instinktiv, daß er eine oft wiederholte Geschichte erzählte, die Mr. Monkford entlasten sollte. Doch sie verstand nicht, warum es überhaupt einer Entschuldigung bedurfte. Selbst wenn der Bankier den gefürchteten Fälscher an den Galgen gebracht hatte, warum sollte man ihm daraus einen Vorwurf machen? Shelton hatte ja doch einen Polizisten ermordet.

Long schien ihre Gedanken zu erraten. »Selbstverständlich hat sich Mr. Monkford Sorgen gemacht. Er ist der Ansicht ...«

»Oh, laßt uns das Thema wechseln! Da kommt der Tee, wir wollen über etwas anderes sprechen.« Monkfords Stimme klang erregt, unsicher, und sein Gesicht hatte noch immer eine ungesunde, graue Farbe. Als er nervös die Finger hochhob, um die Inschrift zu prüfen, zitterten seine Hände. Das Interesse an seiner Neuerwerbung war nur mehr geheuchelt. »Das Schwarze Schicksal! Fürwahr – das klingt heiter! Ich nehme alles zurück, was ich über Ihre abergläubische Dame gesagt habe, Miss Sanders. Trotzdem – ich werde mich nicht in mein Schwert, nicht einmal in meine Füllfeder stürzen!«

Kapitel 8

Nach dem Tee ging Nora hinaus auf den Rasenplatz. Sie mußte zwei Stunden bis zur Abfahrt ihres Zuges warten und dachte, daß die Herren allein sein wollten. Doch als sie ans Wasser trat und beobachtete, wie ein kleiner Hecht auf einen Schwarm junger Elritzen zuschoß, hörte sie ihren Namen rufen und drehte sich um. Arnold Long kam auf sie zu.

»Mr. Monkford ist in sein Zimmer gegangen, um sich ein wenig hinzulegen.«

Sie errötete.

»Und an allem bin ich schuld!« rief sie reuevoll. »Wie ich dazu kam, diesen Menschen zu erwähnen ... Ich hörte überhaupt erst heute nachmittag von ihm, denn ich lese nie solche Berichte in der Zeitung.«

»Und ich lese nichts anderes«, sagte er und rieb sich gereizt die Nase. »Das ist krankhaft.«

»Sie sehen eigentlich gar nicht wie ein Detektiv aus!«

Der Wetter seufzte.

»Ich glaube beinah auch, daß ich keiner bin. Jedenfalls habe ich mich zur Überzeugung bekehrt, daß ich ein schlechter bin. Als ich Sie zum erstenmal sah, glaubte ich noch, daß ich der beste wäre!«

»Wann haben Sie mich zum erstenmal gesehen?«

Sie las den Vorwurf in seinen Augen und mußte sich eingestehen, daß die Frage dumm war.

»In der Southern Bank«, sagte er. »Ich wette – Sie erinnern sich daran! Vor einem Jahr war ich ein selbstbewußter junger Mann – heute fühle ich mich hundertfünfzig Jahre alt.«

»Warum?«

Er nahm eine Zigarette aus dem Etui.

»Weil sie nächste Woche Monkford erledigen wollen, und ich weiß nicht, wie ich es verhindern kann.«

Sie starrte ihn ungläubig, erschrocken an.

»Sie meinen das nicht im Ernst?«

»Doch. Ich sage Ihnen das, weil – nun weil ich Sie zu kennen glaube, und weil es Ihnen mit mir vielleicht ebenso geht. Erkennen auf den ersten Blick ist viel zutreffender als Liebe auf den ersten Blick! Ich kenne Sie seit dem Tag, an dem ich Sie in der Southern Bank sah. Seelenverwandtschaft möglicherweise – leider ein Wort, das schon allen Glanz verloren hat. Kommen Sie, wir wollen rudern und Mr. Monkford vergessen! Er ist ja noch am Leben.«

Sie stieg, ohne ein Wort zu sagen, in den Kahn. Innerlich freute sie sich, mit ihm zusammen zu sein, wenn sie sich auch über ihre unbekümmerte Einstellung diesem Mann gegenüber wunderte, denn von Natur aus war sie mißtrauisch.

Das ganze Ausmaß seiner Befürchtung über Monkford konnte sie nicht ermessen; eines jedoch wußte sie – er gehörte bestimmt nicht zu denen, die übertrieben, um Eindruck zu machen.

»Wie alt sind Sie?« Er ruderte der Flußmitte zu, als er ihr diese Frage an den Kopf warf.

»Beinahe dreiundzwanzig – ich bin schon sehr alt!«

Sie ärgerte sich sogleich über ihren banalen Scherz.

»Sie sehen jünger aus. Ich dachte, Sie seien ungefähr zwanzig.« Er schaute über ihre Schulter weg auf das entschwindende Haus. »Aber schöne Frauen sind immer so alt, wie man sie sich wünscht. Das heißt – nicht, daß ich jetzt einen bestimmten Wunsch gehabt hätte!«

Sie richtete sich auf und lachte.

»Sind Sie immer so offenherzig Frauen gegenüber?«

»Nein. Ich komme nicht viel mit Frauen zusammen. Ich kannte Kate Lacrosse recht gut – sie war hübsch. Goldblondes Haar und wunderbare Gesichtszüge. Das letztemal sah ich sie in Aylesbury Engel malen.«

»Malen –? Wo liegt Aylesbury?« fragte sie verwirrt.

»Ein Frauengefängnis. Ich habe ihr zwanzig Jahre verschafft. Erpressung. Ich weiß viel – nur nichts über Frauen. Sie sind für mich ein Rätsel. Als Junge habe ich zweimal das Konversationslexikon durchgelesen. Ich weiß fast alles, es war mir sehr nützlich. Haben Sie etwas dagegen, wenn ich sage, daß Sie schön sind?«

Sie drohte ihm mit dem Finger.

»Mr. Long, ich glaube, Sie versuchen, mit mir zu flirten!«

»Nein, das versuche ich nicht. Es war nur eine allgemeine Bemerkung. Sind Sie verlobt?«

»Nein. Es ist vielleicht komisch – ich war noch nie verlobt.«

»Das ist allerdings seltsam.« Er zog die Ruder ein und streckte den Arm aus. Nora folgte seiner Bewegung und sah zu ihrem Erstaunen, daß er sich an Sheltons Boot festhielt. »Ich will Ihnen etwas zeigen –«, rief er, sprang an Bord, beugte sich nieder und reichte ihr seine Hand.

Der vernachlässigte Zustand des Bootes war, aus der Nähe gesehen, noch augenfälliger. Die Deckplanken verfaulten, der innere Bootsraum stand zolltief unter Wasser, das bei jeder Bewegung gurgelte. Long zog die Schiebetür der Achterkabine zurück.

»Hier hatte er seine Presse. Sie wurde durch Batterien betrieben – die sogar noch da sind. Kommen Sie herein!«

Sie folgte ihm gebückt in das Dunkel der Kabine. Er zündete ein Streichholz an. »Sehen Sie – hier! Ist das nicht wie eine alttestamentarische Prophezeiung?«

In die Holzverkleidung der Kabinenwand war eine Reihe von Daten eingeritzt, neun im ganzen:

1. Juni 1862 J.X.T.L.
6. Sept. 1870
9. Febr. 1894
11. März 1900
4. Sept. 1904
12. Sept. 1906
30. Aug. 1909
18. Juli 1931
1. Aug. 1932

Hinter dem Datum vom 18. Juli 1931 war ein kleines Kreuz eingeschnitzt.

»Prophezeiungen. Er übertrifft Hesekiel –«, murmelte Long vor sich hin.

»Hat er diese Daten angebracht?« fragte Nora. »Was bedeuten sie eigentlich?«

»Sie geben mancherlei Auskunft – soviel steht fest«, äußerte er vorsichtig. »Der 18. Juli 1931 – das ist leicht. An diesem Tag wurde er gehängt!«

Sie zuckte unwillkürlich zurück. Die Flamme des Streichholzes erlosch. Sie standen im Dunkeln. Von einer wilden, unerklärlichen Furcht getrieben, stürzte sie an ihm vorbei ans Tageslicht. Er kam sofort nach und schob die Kabinentür fest zu.

Aus seinem Benehmen schloß sie, daß er der jetzige Eigentümer der ›Northward‹ war – was auch zutraf, obwohl niemand in der Gegend darüber Bescheid wußte.

»Diese Schnitzereien entdeckte ich erst voriges Jahr, als ich das Boot kaufte und anfing, die tafelähnlichen Doppelverschalungen an den Wänden abzureißen. Die Holztafel über diesen interessanten Daten war nicht wie die anderen Platten an die Wand festgeschraubt, sondern hing an Scharnieren.«

»Aber er konnte doch nicht den Tag seines Todes voraussehen.«

»Nein. Die Bande des Schreckens hat es für ihn besorgt.«

Sie sah ihn prüfend an. Scherzte er?

»Ich habe nie von so etwas gehört.«

»Aber von Hexenmeistern und Zauberern? – Aufgepaßt, mein Fräulein! Steigen sie ins Boot – wir sind hier zu nahe am Ufer.«

Er scherzte nicht. Seine Augen schweiften über den ungepflegten Rasen vor dem leeren Haus. Breitbeinig stand er in der Mitte des Kahns und streckte ihr, ohne sie anzusehen, den Arm entgegen. Seine Aufmerksamkeit galt dem Haus mit den heruntergelassenen Jalousien und dem Gebüsch beim Lieferanteneingang.

Sie schauderte, hatte Angst. Etwas Bedrohliches lag in der Luft. Sie spürte die Anwesenheit eines unsichtbaren Beobachters.

»Einbildung – da ist niemand«, sagte er, als ob er ihre Gedanken erraten hätte. »Aber vergangene Nacht war jemand hier. Ich hatte einen Baumwollfaden vor den Türeingang gespannt, und heute morgen war er zerrissen.«

Unter seinen kräftigen Ruderschlägen bewegte sich das Boot

flußaufwärts. Sie fuhren am Rasenplatz vor Benham Abbey vorbei. Er lenkte das Boot in den Schatten der Bäume, die über den Fluß hingen, ergriff einen Zweig und hielt den Kahn an. Dann begann er wieder zu plaudern.

»Man muß recht geschickt sein, um ein Doppelleben zu führen. Shelton lebte nicht nur zwei – ich weiß von sechs verschiedenen Leben, die er führte. Da gab es einen Mann, der für Childs Magazin rührselige Geschichten über herrenlose Hunde schrieb. Er nannte sich Grinstead Jackson. In Lambeth hatte ein Mann namens Simon Cole eine kleine Druckerei. In Oxfordshire pries ein Geflügelfarmer Eier und Hühner an, die er versandte. Er hatte einen gutgehenden Handel und beschäftigte zwei Dutzend Angestellte. H. P. Pearce stand im Telefonbuch. Bei Temple nannte ein älterer Herr ein Landhaus und ein Motorboot sein eigen. Er angelte viel und war am Fluß als der beste Barbenangler bekannt. Walter James Evanleigh lautete der Name auf seinem Briefpapier. – Falls Sie jedoch in den Archiven von Scotland Yard nach diesen Männern suchen, dann brauchen Sie einfach unter dem Namen Shelton nachzuschlagen. Und das ist auch schon alles, was ich über ihn weiß. Was ich nicht weiß, würde vermutlich etliche Regale in Mr. Monkfords Bibliothek füllen.«

»War er verheiratet?« fragte sie gebannt.

»Es scheint nicht.« Er warf einen kurzen, forschenden Blick auf sie.

»Seinen eigenen Tod hat er selbstverständlich nicht voraussehen können – Gott sei Dank! Nur ...« Das letzte Datum kam ihr in den Sinn, der 1. August, und heute war der 23. Juli! »Was wird am 1. August geschehen?«

»Eben! Niemand weiß etwas über die Bande des Schreckens, etwas Handgreifliches, außer mir, und ich weiß so gut wie nichts. Man spürt sie dann und wann, glaubt sie zu erkennen. Der alte Shelton hat eine Million aus den Banken herausgeholt, aber die großen Ausgaben für sechs verschiedene Leben haben alles verschlungen. Vielleicht hat er auf Pferde gesetzt. Auch Schwindler haben irgendeine Schwäche. Seine Boten bezahlte er sehr gut. Es war kostspielig, Leute nach Amerika zu schicken, um Geld auf Kreditbriefe abzuheben. Einmal schickte er im Sonderzug einen Mann von New York nach Sacramento, der nur in den großen Städten haltmachte, um zu kassieren, und dann der nächsten Stadt entgegenbrauste. Geschickt – aber es hat Geld gekostet. Trotzdem – eine Million ist eine Menge. Hinter ihm stand die ganze Zeit die Bande des Schreckens. Mr. Monkford hatte einen Bruder, der eine Woche, nachdem ich Shelton verhaftete, nach Ilfracombe auf Urlaub fuhr. Er ertrank. Man fand ihn eines Morgens im Badeanzug am Strand. Mr. Monkford glaubte an einen Unglücksfall. Das war es auch. Sie erwischten den falschen Monkford!«

»Ermordet?« fragte sie starr.

»Sie erwischten den Falschen«, wiederholte Long und kniff für einen Augenblick die Augen zusammen. Etwas schien ihn zu belustigen. »Sie fahren um sechs Uhr fünfzehn mit dem Zug in die Stadt? Ich auch, doch fahre ich Dritter, das ist demokratischer ...«

Er beugte rasch den Kopf in der Richtung zum dichten Ufergebüsch vor. Die eine Hand fuhr in die Tasche, die andere hielt krampfhaft den Zweig fest.

Ihr Herz schlug schneller. Starr blickte sie nach dem Gebüsch, von wo sie gedämpftes Rascheln zu hören meinte.

Der Kahn drehte sich. Die Ursache entdeckte sie bald – das Gelenk der Hand, die den Zweig hielt, drehte sich ebenfalls. Dann hörte die Bewegung auf, und Long erhob sich so leicht, daß das Boot kaum schaukelte. Er stand jetzt genau zwischen ihr und dem Gebüsch, hinter dem sie das Geräusch vermutet hatte, und schien zu horchen. Ebenso schnell, wie er aufgestanden war, setzte er sich wieder und ruderte den Kahn in die Mitte des Stromes.

Er sprach lange nicht, gab auch keine Erkärung, sondern ruderte weiter, anscheinend dem gegenüberliegenden Ufer zu.

»Haben Sie unseren Nachbarn schon gesehen?« fragte er nach einer Weile. »Sie sollten seine Bekanntschaft machen – er ist eine Sehenswürdigkeit von Marlow. Ich nenne ihn Herkules. Die Leute in der Umgebung haben einen anderen Namen für ihn. Er hielt sich damals in der Bank auf, als ich Shelton abfaßte, und obschon er recht schlaff aussieht, hat er doch kräftig zugegriffen. Diese phlegmatischen Männer sind manchmal doch ganz tüchtig. Als ich in Cambridge war ...«

Er brach ohne ersichtlichen Grund ab. Sie hatten die Uferpartie mit dem unübersichtlichen Gestrüpp hinter sich gelassen. Ein wunderschöner Anblick bot sich ihnen. Das Haus am Ende des unvermeidlichen Rasens war kleiner als Benham Abbey. Die viereckige, sattgrüne Rasenfläche diente jedoch nur als Rahmen für den mittendrin angelegten Garten – einen der schönsten, die Nora je gesehen hatte. Karmesinrot, Gold, Kobaltblau und tiefdunkler Purpur mischten sich zu einem harmonischen Wirrwarr. Das Haus war fast vollständig mit hellroten Kletterrosen und Glyzinien überwachsen. Zu beiden Seiten des Rasenplatzes liefen schattige Laubengänge vom Fluß bis zum Haus. Nah beim Ufer stand ein aufgespannter, rot-weiß gestreifter Sonnenschirm. Darunter lag ein Mann in einem Rohrstuhl ausgestreckt. Mühsam stand er auf, als der Kahn am Ufer anlief. Er war hager und hatte ein längliches, kränklich wirkendes Gesicht. Er klemmte ein Monokel ins Auge, um die Besucher zu betrachten.

»Hallo, Long!« rief er langgezogen, als sie ans Ufer stiegen, und streckte dem Inspektor seine schlaffe Hand entgegen, während er seine hellen Augen auf das Mädchen richtete.

»Ich möchte Sie mit Miss Sanders bekannt machen – das ist Mr. Crayley!«

»Jackson Crayley –«, verbesserte der andere. »Wie geht's? Setzen Sie sich, bitte!«

Seine Hand fühlte sich so leblos an, daß Nora die Empfindung hatte, einen Handschuh zu drücken.

»Ich glaube, Miss Sanders würde gern Ihren Garten ansehen.«

»Er ist herrlich!« sagte das Mädchen begeistert.

»Ja-a! Nicht schlecht.« Es schien Crayley zu widerstreben, die Schönheit seines Besitzes einzugestehen. »Habe einen guten Obergärtner. Zeigen Sie der jungen Dame alles – und pflücken Sie, was Sie wünschen, Miss ...«

Kaum hatten sie sich abgewendet, ließ er sich wieder in seinen Stuhl zurücksinken und vertiefte sich in die Zeitung.

»Was halten Sie von ihm?«

»Er muß sehr – müde sein«, meinte Nora zögernd.

Der Wetter mußte lachen.

»Wahrscheinlich schon so zur Welt gekommen. Viel ist nicht an ihm. Seltsam nur, daß er in der Bank war, als ich Shelton verhaftete, und auch, daß er mich dabei unterstützte, so gut er eben konnte. Natürlich warf ihn Shelton zur Seite. – Mr. Monkford mag ihn gern. Er macht jede Mode mit und hält sich nur zur Saison hier auf. Entweder ist er eben erst aus Deauville zurückgekehrt, oder er will gerade nach Aix abreisen. – Fahren Sie auch zur Golfwoche nach Heartsease?«

»Ja – warum? Halten Sie es auch für eine Modeveranstaltung?«

Er murmelte etwas, was sie nicht verstand, aber aus dem Tonfall schloß sie, daß es nichts sehr Schmeichelhaftes für den Golfsport war.

Als sie zu Crayley zurückkehrten, fanden sie ihn im Gespräch mit einer Dame in einem luxuriös ausgestatteten Boot. Nora konnte sie nur flüchtig sehen, als sie davonruderte. Ein nicht besonders hübsches Mädchen, doch sehr gut gekleidet.

»Einfach unmöglich! Kommen die Leute daher und fragen, ob sie meinen Garten ansehen könnten ...«, brummte Mr. Jackson Crayley. Als er sich seiner Unhöflichkeit bewußt wurde, fügte er erklärend bei: »Ich meine, mich zu fragen, ob sie Donnerstag kommen und ein paar Freunde mitbringen könnte – das geht zu weit. Ich habe hier doch kein Hotel, keinen öffentlichen Garten oder dergleichen. Wollen Sie schon gehen, Miss ...?«

»Ich danke Ihnen für die liebenswürdige Erlaubnis, Ihren wunderschönen Garten ansehen zu dürfen, Mr. ...«

Nora schüttelte die leblose Hand und folgte Long in den Kahn.

»Kommen Sie an einem andern Tag wieder!« rief Crayley hinterher und sank in seinen Stuhl. Weder seine Stimme noch sein Benehmen konnten seine Genugtuung über die Abfahrt der ungebetenen Gäste verbergen.

Der Wetter ruderte nach Benham Abbey zurück. In seinem Gesicht zuckte ein unterdrücktes, maliziöses Grinsen.

»Worüber freuen Sie sich?«

»So ein Geck – haben Sie die gelben Gamaschen bemerkt? Es wurden schon Leute wegen geringfügigerer Geschmacklosigkeit umgebracht!«

Kapitel 9

Offenbar hatte Monkford keine Ruhe gefunden, denn als sie zurückkamen, ging er am Ufer auf und ab. Die beiden Angler saßen immer noch am gleichen Platz. Nora fragte sich, warum sie gerade an dieser klaren und seichten Stelle angelten.

»Ich treffe Miss Revelstoke nächste Woche in Little Heartsease«, sagte Monkford, als sie zum Haus schritten. »Sagen Sie ihr, sie muß unbedingt Golf spielen lernen. Es ist nie zu spät dazu – nie zu spät dazu!«

Die beiden Gäste sollten im Wagen zum Bahnhof gebracht werden. Der Wetter ließ Nora eine Weile draußen warten, weil er sich noch mit dem Bankier unterhielt. Der Platz hinter dem Haus, wo der Wagen stand, glich einem eher schmalen Hof, den eine rote Mauer zur Landstraße hin abschloß. Während sie im Auto auf ihren Begleiter wartete, hatte sie Zeit, die hohe Mauer zu betrachten. Man sah, daß sie erst in den letzten Jahren erbaut worden war. Über die ganze Mauerlänge hin zogen sich, bedrohlich spitz und lang, drei Reihen einzementierter Nägel. Bei der großen Toreinfahrt, die ebenfalls aus neuerer Zeit stammte, stand ein kräftig aussehender Mann, rauchte eine kurze Pfeife und schien ebensowenig an irgend etwas interessiert zu sein wie die Angler vor dem Haus.

Nora blickte von ihm zur Mauer und wunderte sich. Doch als der Inspektor erschien, verlor sie kein Wort über ihre Beobachtungen.

Auf der Fahrt zum Bahnhof zeigte sich der Wetter äußerst neugierig. Wie lange sie schon in Stellung sei? Was sie arbeite? – Ihre Schreibmaschinenkünste seien nur mittelmäßig, gestand sie, ihre Stenografie kaum erwähnenswert. Sie beherrsche drei Sprachen ganz leidlich ...

»Dänisch?«

Er blieb mitten im Schalterraum stehen, als er diese Frage stellte.

»Nein – warum gerade Dänisch? Deutsch, Französisch, Italienisch und etwas Spanisch.«

Trotz seiner angeblichen Abneigung gegen feudale Gewohnheiten führte er sie in ein Wagenabteil erster Klasse. Als der Zug den Bahnhof in Richtung Bourne End verließ, fragte er:

»Können Sie Geheimisse bewahren? Die meisten glauben, daß sie es können – dennoch sind die meisten Leute geborene Berichterstatter, und der Lebenszweck eines Berichterstatters ist eben, anderen Leuten etwas zu erzählen.« Er ließ die Wagenfenster, zuerst auf der einen, dann auch auf der entgegengesetzten Seite, ein Stück weit hinunter und setzte sich ihr gegenüber. »Ich möchte einem Mann einen Streich spielen. Ein Beamter von Scotland Yard beobachtet mich – selbstverständlich in wohlmeinendster Absicht. Er fährt im Dienstwagen, wo sich ein kleines, vorstehendes Fenster befindet, von dem aus man den ganzen Zug entlangsehen kann. Haben Sie sich je mit Philosophie befaßt, Miss Sanders?«

»Etwas. Und ich kann auch ein Geheimnis bewahren!«

»Haben Sie die Leibniz-Abhandlung über die Ursächlichkeit gelesen? – Nicht, ich dachte es mir. Warum fährt der Zug? Weil in Derbyshire ein Mann in den Kohlenschacht gestiegen ist und einen Haufen Kohlen gefördert hat. Warum ist er in den Schacht gestiegen? Weil er eine Frau ernähren muß. Also zieht die Frau diesen Zug. Verstehen Sie?«

Etwas an diesem Vergleich hinkte, doch sie schwieg. Außerdem schien ihn das etwas dürftige Logikbeispiel selbst nicht zu befriedigen. Nach kurzer Überlegung machte er einen neuen, realistischeren Anlauf.

»Jedenfalls muß man auf die Ursachen zurückgreifen. Bei Shelton ging das nicht, weil man nicht wußte, was mit ihm los war. Doch als man ihn durch die Falltür beförderte, schuf man eine Reihe neuer Ursachen. Einige in Scotland Yard lachen über mich und meine Bande des Schreckens. Doch – wo ist der Richter, der ihn verurteilte? Tot! Wo der Staatsanwalt? Tot! Der Henker? Tot! Ich lebe noch, und Monkford lebt ...«

Plong!

Das Glasfenster zersprang in Stücke, etwas zischte vorbei, das wie das Gesumm einer gereizten Biene klang. Holzsplitter fielen von der Wagendecke.

Der Wetter grinste vergnügt.

»Der Mann, der diesen Schuß abgefeuert hat, ist tot – darauf wette ich!«

Der Zug hielt in Bourne End. Der Wetter verabschiedete sich in seiner sarkastischen Art.

»Ich muß zurück, um die Personalien der Leiche festzustellen.« Als er das bleiche Gesicht des Mädchens sah, entschuldigte er sich: »Das war nur ein Scherz! Ungefähr eine Meile von hier entfernt ist ein Schießstand, und ich wette, daß irgendein schieläugiger Rekrut uns mit einem feindlichen Flugzeug verwechselt hat!«

Sie ließ sich nicht täuschen, zwang sich jedoch zu einem Lächeln, und sie lächelte noch mechanisch, als der Zug wieder anfuhr.

»Hanswurst!« schalt der Wetter sich selbst ärgerlich aus, als der letzte Wagen hinter der Biegung verschwand. »Sensationsjäger! Mädchenschreck!«

Er nahm ein Taxi, fuhr zum Polizeiposten von Bourne End, wo

ein Wachtmeister zustieg, und ließ sich zu der Stelle zurückfahren, an der der Schuß gefallen sein mußte. Er brauchte nicht lange, um den Platz ausfindig zu machen. Als die Kugel einschlug, war der Zug an einer Baracke vorbeigefahren, die von Streckenarbeitern benutzt wurde. Es gab kein anderes Haus in der Nähe. Parallel zum Bahndamm und zur Landstraße verlief ein Haferfeld.

Long erwartete, den Schützen bei der Baracke zu finden, doch darin täuschte er sich. Etwas abseits, hinter dem Haferfeld, bei einem Teich und einer kleinen Böschung, entdeckte er zwischen wucherndem Unkraut den unbeweglichen Körper. Die Kleidung war ärmlich – irgendein Landstreicher, früherer Soldat, denn schmutzige Medaillenbänder zierten die zerlumpte Weste.

»Hinterrücks erschossen«, sagte der Wetter nach kurzem Augenschein. »Armer Teufel! – Was ist das für ein Buch, Wachtmeister?«

Der Beamte reichte ihm das schäbige Notizbuch, das er aufgehoben hatte. Die letzte, mit Bleistift gemachte Eintragung lautete:

›Dritter Wagen von Lokomotive.
Zweites Fenster.
Nicht schießen, wenn Mädchen am Fenster.‹

Long blätterte die übrigen Seiten durch. Er fand den Namen ›Joe Hanford‹ und zwei Adressen, eine in Essex und eine in London.

»Dieser Kerl war sehr genau«, sagte er, »sonst hätte er seine Instruktionen nicht eingetragen. Wie aber hat er die Anweisung erhalten?«

Er blickte sich prüfend um – in diesem Augenblick sah er in einer Entfernung von etwa drei Meilen auf dem Hügelkamm einen Lichtstrahl. Sechsmal leuchtete es auf.

»B-C-N-F-L-D«, buchstabierte er. »Beaconsfield!«

Irgend jemandem wurde mit einem Heliographen eine Botschaft übermittelt. Es konnte sich auch um eine militärische Übung handeln. Aber dann flackerten die Lichtstrahlen wieder auf.

›L-N-G-U-N-T-R-S-C-H-T-F-L-D.‹

»Long untersucht Feld!«

Der Wetter hätte viel für ein starkes Fernglas gegeben.

Weitere Signale unterblieben. Wahrscheinlich hatte der Hügelposten bemerkt, daß Long aufmerksam geworden war, und rechnete nun damit, daß seine Botschaften verstanden würden.

Der Wetter überlegte. Die Signale reichten sehr weit und konnten auch jenseits der Stadt Marlow noch verstanden werden. Das nächste zugängliche Telefon befand sich zweifellos in Bourne End. Er mußte es wagen, durfte auch nicht die kleinste Möglichkeit unversucht lassen. Den Wachtmeister ließ er beim Toten und lief zum wartenden Taxi, das ihn nach Bourne End zurückbrachte.

Nach einigen Schwierigkeiten bekam er Verbindung mit der Beaconsfielder Polizei und erfuhr, wie nicht anders erwartet, daß dort jede Minute durchschnittlich zehn Wagen durchfahren.

»Können Sie mir eine annähernde Beschreibung des Wagens geben?« fragte der Diensthabende.

»Nein, aber beauftragen Sie einen Mann, die Nummern sämtlicher Wagen aufzuschreiben, die in der nächsten Viertelstunde durchfahren!«

Der Wetter gab sich keiner Illusion hin, daß dies zu etwas führen würde, denn aller Wahrscheinlichkeit nach war der Wagen schon vor seinem Anruf durch Beaconsfield gekommen.

Es dunkelte bereits, als er Bourne End verließ. Gegen Mitternacht erhielten sämtliche Londoner Zeitungen folgenden Anruf, mit dem dringenden Ersuchen, ihn im Nachrichtenteil zu veröffentlichen:

»Warnung an entlassene Soldaten!
Die Kriminalpolizei macht darauf aufmerksam, daß in unserem Lande eine Organisation obskurer Existenzen versucht, arbeitslosen, entlassenen Soldaten, vorzugsweise guten Schützen, hohe Geldsummen anzubieten. Die dafür geforderten Dienste sind ungesetzlicher und verbrecherischer Art. Es wird vor der Annahme der verhängnisvollen Aufträge ausdrücklich gewarnt. Nach jedem Mittäter wird unweigerlich polizeilich gefahndet. Entlassene Soldaten, denen solche Anerbieten gemacht werden, sollen sich sofort mit Inspektor Long, Zimmer 709, Scotland Yard, in Verbindung setzen. Eine Belohnung von 500 Pfund Sterling wird für Informationen ausgesetzt, die zur Verhaftung und Verurteilung der gesuchten Auftraggeber führen.«

Am folgenden Morgen entfaltete Mr. Jackson Crayley die Zeitung, klemmte das Monokel ein und las die Bekanntmachung. Während des Lesens zupfte er nachdenklich an seinem Schnurrbart. Er ließ sein Frühstück stehen, ging hinunter in seine großzügig eingerichtete Bibliothek mit dem Ausblick in den Mustergarten, den Nora Sanders so sehr bewundert hatte. Er nahm den Telefonhörer, wählte die Nummer und fragte, als der Angerufene sich meldete:

»Haben Sie schon die Zeitung gelesen? – Ja, wir müssen die Herren vom Militär fallenlassen. Der Wetter wird noch Schwierigkeiten bereiten.« Er hörte eine Weile dem Mann am andern Ende zu. »Natürlich, ich bin damit einverstanden – ich denke, nächste Woche. Wir können dann beide zusammen ...«

Mit einem Gefühl der Beruhigung kehrte er an den Frühstückstisch zurück.

Auf dem Telefonamt hatte ein Mann von Scotland Yard die Unterhaltung mitgehört. Nur – er wußte nachher nicht mehr als zuvor, denn die Unterhaltung war in dänischer Sprache geführt worden.

Kapitel 10

Nichts vermochte Miss Revelstoke aufzuregen. Ihr Gleichmut war so unerschütterlich, daß sie selbst ein Erdbeben als interessante Abwechslung empfand. Man erzählte sich von ihr, daß sie bei einem der schlimmsten Luftangriffe auf London nicht einmal die feine Näharbeit aus der Hand legte, mit der sie sich gerade beschäftigte.

Mit einer gewissen Spannung hörte sie jetzt der Erzählung ihrer Angestellten zu.

»Äußerst dramatisch!«, meinte sie trocken. »Wirklich, Nora, Sie fangen an, ein gefährliches Leben zu führen! Wie heißt dieser sonderbare Detektiv?« Als Nora den Namen nannte, nickte sie. »Ich erinnere mich, er hatte die Shelton-Sache unter sich. Hoffentlich ist es Ihnen kalt über den Rücken gelaufen, als Sie dieses schauerliche Boot besuchten! Mr. Long interessiert mich, wir wollen ihn an einem Abend zum Essen einladen – doch jetzt müssen wir uns beeilen, unser Gast wartet schon ungeduldig.«

Frederick Henry, ein Rechtsanwalt, der sich auch schriftstellerisch betätigte, zog Nora weder an noch stieß er sie ab. Er war ein guter Unterhalter, sah gut aus und galt als tüchtiger Anwalt. Daß seine häufigen Besuche in Colville Gardens hauptsächlich ihr galten, berührte sie wenig.

Sie zog sich schnell um und folgte dann Miss Revelstoke ins Speisezimmer. Mr. Henry stand an den leeren Kamin gelehnt, die Hände auf dem Rücken, und starrte auf den Teppich. Offenbar beschäftigte ihn ein schwerwiegendes Berufsproplem, denn als die beiden Frauen eintraten, schrak er zusammen und entschuldigte sich.

Sie setzten sich.

»Ich habe da«, begann Mr. Henry bei der ersten Gelegenheit, »eine recht verzwickte Sache übertragen bekommen. Es handelt sich eigentlich um eine eher grausige Geschichte! Haben Sie von Wallis gehört?«

»Ich habe nicht das Vergnügen gehabt«, sagte Miss Revelstoke ohne sonderliches Interesse, »aber ich nehme an, daß es sich um eine berühmte Person handelt, wenn Sie ihn nur beim Familiennamen nennen.«

»Berüchtigt ist ein besserer Ausdruck.« Mr. Henry räusperte sich. »Er war der amtliche Henker. Wallis lebte in Oldham, wir sind die Vertreter seines Anwalts – wenn Sie aber gegen dieses unangenehme Thema etwas einzuwenden haben, rede ich lieber über Schmetterlinge!« Er wandte sich mehr an Nora als an Miss Revelstoke. »Er scheint ein ziemlich liederlicher, in mancher Hinsicht aber auch wieder sehr sparsamer Mensch gewesen zu sein. Er hatte Grundbesitz in London – drei kleine Häuser in Bermondsey, und bis zu seinem Tode wußte niemand, daß er verheiratet war, das heißt, man wußte nicht, daß er zum zweitenmal geheiratet und dabei die Formalität, sich von seiner ersten Frau scheiden zu lassen, unterlassen hatte. Er hinterließ ein Testament, und jetzt scheint sich ein Rechtsstreit zu entwickeln.«

Das Interesse für den verstorbenen Mr. Wallis hielt nicht lange an. Miss Revelstoke warf einen abschätzenden Blick auf ihre Sekretärin.

»Sie haben einen großen Eindruck in Marlow hinterlassen, meine Liebe! Monkford hat mich eben vorhin ganz kurz angerufen. Er zeigte sich äußerst entzückt über Ihren Charme und Ihr Benehmen.«

»Über mich?« fragte Nora verblüfft. »Er hat mich ja kaum angeschaut! Er war doch völlig vom ›Schwarzen Schicksal‹ in Anspruch genommen.«

»Entschuldigen Sie – von was für einem ›Schwarzen Schicksal‹?«

fragte Mr. Henry.

Miss Revelstoke beschrieb in ihrer knappen, sarkastischen Art die Bildsäule, die sie dem Bankier überlassen hatte. Ohne Übergang fragte sie Nora:

»Sie haben also die Bekanntschaft Jackson Crayleys gemacht? Was für einen Eindruck haben Sie von ihm?«

»Er ist nicht sehr eindrucksvoll«, sagte Nora diplomatisch.

»Das will ich meinen!«, warf Mr. Henry unwillig ein. »Tatsächlich kenne ich kaum einen weniger imponierenden Menschen.«

»Er führt ein absolut selbstsüchtiges Leben«, ergänzte Miss Revelstoke. »O ja, ich kenne ihn sehr genau.«

Anscheinend hatten weder der Rechtsanwalt noch die alte Dame für Mr. Crayley viel übrig. Als die Unterhaltung zu versickern begann, tat Nora etwas, das sie nachher bereute. Sie erwähnte die Bande des Schreckens. Warum sie es nicht hätte tun sollen, wußte sie zwar nicht genau, doch hatte sie das unangenehme Gefühl, daß Arnold Longs Geschichte sozusagen nur vertraulich gemeint gewesen war, und daß sie nun sein Vertrauen mißbrauchte. Sofort versuchte sie, ihren Fehler gutzumachen und die Unterhaltung wieder auf Mr. Monkford zu lenken. Die dunklen Augen Miss Revelstokes beobachteten sie scharf.

»Ich fürchte, dieser Polizist hat einen nachhaltigen Eindruck auf Sie gemacht, denn – Sie scheinen bereits zu bedauern, daß Sie uns etwas über diese Bande des Schreckens erzählen wollten, nicht wahr?«

Nora errötete. Diese seltsame Frau besaß die außerordentliche Gabe, andere zu durchschauen und ihre Gedanken zu lesen.

Mr. Henry lächelte vielsagend.

»Sie brauchen sich wirklich keine Sorgen darüber zu machen, Miss Sanders, wenn Sie uns dieses Geheimnis verraten. Ich habe auch schon davon raunen hören. Die Sache ist jedoch zu widersinnig, um noch Worte darüber zu verlieren. Shelton, über dessen Leben ich mehr oder weniger genau unterrichtet bin – ich habe, außer Scotland Yard, wahrscheinlich das umfangreichste Aktenmaterial über ihn –, arbeitete unbedingt auf eigene Faust. Er hatte keine Freunde, keine Verwandten und keine vertrauten Mitarbeiter. Dies ist der Grund, warum er sich lange Jahre hindurch die Polizei vom Leibe halten konnte. Organisierte Rache ist in unserem Lande unbekannt. Und wer hätte auch ein Interesse daran, Rache zu nehmen am Richter, am Staatsanwalt und am Henker, also an den dreien, die Shelton seinem Schicksal zuführten. Allenfalls könnten es Leute sein, die eine persönliche Bindung zu ihm hatten – seine Verwandten und Freunde. Wir wissen aber, daß er in der ganzen Welt keine Freunde und Verwandten besaß.«

Miss Revelstoke seufzte.

»Dafür sollte er jetzt noch dankbar sein!«

»Vendetta ist hierzulande unbekannt«, fuhr Mr. Henry fort, »und es ist ganz undenkbar, daß Männer ihr Leben aufs Spiel setzen, nur um einen toten Fälscher zu rächen, der sie nicht mehr dafür belohnen kann, nicht mal mit seiner Dankbarkeit.«

»Hat Ihnen Mr. Long etwas Bestimmtes erzählt – irgendeine Tat, die seine ›Bande des Schreckens‹ wirklich begangen hat?« fragte Miss Revelstoke.

»Nein«, erwiderte Nora, »er fürchtete nur ...« Wieder sprach sie zuviel!

Glücklicherweise kam ihr auch diesmal Mr. Henry zu Hilfe.

»Fürchtete für Monkford – das ist ebenfalls ein offenes Geheimnis. Ich nehme aber nicht an, daß Monkford selbst sich fürchtet, er ist, wie ich ihn kenne, nicht der Mann dazu.«

»Monkford erfüllt nur seine Pflicht«, sekundierte Miss Revelstoke. »Es ist Unsinn, zu glauben, daß er bedroht wird! Wirklich, Nora, ich muß Ihren Detektiv kennenlernen. Er scheint ein überlebendes Exemplar jenes Menschentyps zu sein, der ausstarb, als die ausgezeichneten Romane von Gaboriau unmodern wurden!«

»Er ist wirklich nett«, bemerkte Nora, im Bestreben, ihn zu verteidigen, »und keineswegs unglaubwürdig.«

Mr. Henry sah sie nachdenklich an und strich bedächtig seinen kleinen, schwarzen Schnurrbart.

»Ich kann dem nur beistimmen«, versicherte er. »Der Wetter ist zwar exzentrisch und benutzt Methoden, die von den üblichen durchaus abweichen, aber er ist kein Sensationsjäger.«

»Wer ist er eigentlich?« erkundigte sich Miss Revelstoke.

Staunend vernahm Nora nun von Longs wohlhabender Herkunft.

»Eines Tages wird er Baron sein und annähernd zwei Millionen Pfund besitzen. Das ist der Hauptgrund seiner Unbeliebtheit bei Scotland Yard. Man fürchtet dort ständig den Vorwurf der Begünstigung.«

Nach dem Essen führte Miss Revelstoke ihren Gast in das kleine Studierzimmer neben dem Salon, und Nora war frei. Mr. Henry folgte ergeben, seine umfangreiche, mit Dokumenten gefüllte Aktentasche in der Hand. Die alte Dame hatte in London einigen Grundbesitz, um den sie sich mit resolutem Geschäftssinn kümmerte.

Resigniert murmelte der Anwalt, als er an Nora vorbeiging:

»Ich werde einen reizenden Abend verleben!«

Sie lächelte ihm teilnahmsvoll zu.

Als sie um elf Uhr an die Tür klopfte, um den beiden gute Nacht zu wünschen, waren sie noch immer bei der Arbeit, und sie vernahm die penetrant eindringliche Stimme ihrer Herrin, die sich über die Fahrlässigkeit ihrer Mieter beklagte.

Lange lag Nora wach, mit den Ereignissen dieses Tages beschäftigt. Ein Taxi fuhr unten vor, und durch das offene Fenster ihres Zimmers hörte sie Mr. Henrys Stimme, als er sich von seiner Klientin verabschiedete. Eine halbe Stunde verging, sie lag noch immer wach. Die Kirchturmuhr schlug eins, als sie in einen unruhigen Schlaf fiel, aus dem ein leises Klopfen an der Tür sie weckte.

»Schlafen Sie schon?«

Es war Miss Revelstoke. Nora erhob sich, schlüpfte in einen Morgenmantel und öffnete.

»Es tut mir leid, wenn ich Sie störe. Kann ich hereinkommen?« Sie trug noch immer ihr schwarzseidenes Abendkleid. »Mr. Henry fragte mich, ob er Ihnen den Hof machen darf.«

Nora erschrak. »Den Hof machen? Sie meinen ...«

»Er will Sie heiraten. Selbstverständlich gab ich ihm zu verstehen, daß mich das nichts angehe, und daß ich Sie in keiner Weise beeinflußen werde. Er wird es voraussichtlich in seinem Beruf weit bringen, ist ziemlich wohlhabend und kein langweiliger Mensch. Ich bin sicher, daß er auch ein erträglicher Ehemann sein wird. Gute Nacht!«

Sie schloß die Tür hinter sich und ließ ein höchst verwirrtes Mädchen zurück. Diese Wendung bedeutete eine unvorhergesehene Verwicklung. Frederick Henry war der letzte Mann der Welt, den Nora zu heiraten wünschte.

Als sie endlich einschlief, träumte sie etwas, das sie sich in wachem Zustand nicht vorzustellen gewagt hätte – Mr. Henry und der Wetter Long waren Nebenbuhler. Dann nahm der Traum eine andere Wendung. Sie sah vier schreckliche, verschwommene Gestalten ohne Gesichter und erkennbare Umrisse, in deren Gewalt sie, an Händen und Füßen gefesselt, fiel, und wußte, daß sie der Bande des Schreckens angehörten. Vergeblich versuchte sie, den Schleier zu zerreißen, der ihre Peiniger verhüllte. Und irgendwo im Hintergrund schwebten drei weitere Gestalten – ein Richter, ein Anwalt und ein dürrer Henker, die Opfer Clay Sheltons.

Kapitel 11

Vorläufig war die Bande des Schreckens nur ein Phantom, nichts anderes. Auf niemand konnte man mit dem Finger zeigen, niemand verdächtigen. Keiner der Vorfälle verriet auch nur im geringsten einen treibenden Geist, den man als Ursache hätte bezeichnen können.

Der Polizeioberst war an diesem Abend ziemlich gereizt, als ihm der Wetter Bericht erstattete.

»Was soll das?« fuhr er auf. »Kommen Sie mir nicht dauernd mit Ihrer Bande des Schreckens! Ich habe es satt! Wer ist sie, wo steckt sie? Wir wissen absolut nichts über sie. Sie hätten dem Minister diesen Floh nicht ins Ohr setzen sollen, Wetter! Fast täglich erhalte ich eine dringende Anfrage von ihm.«

»Ich nenne sie Bande des Schreckens, weil diese Bezeichnung zutreffend ist«, verteidigte sich Long. »Sie können auch irgendeinen beliebigen anderen Namen nehmen. Sheltons Bande? Er hatte nie eine Bande und arbeitete allein, wie wir wissen. Trotzdem möchte ich keinen Eid darauf leisten. Bei einem Mann, den man höchstens an vier Tagen im Jahr zu Gesicht bekam, können wir lediglich vermuten, was er in der übrigen Zeit tat. Mitschuldige? Hunderte vielleicht. Aber sie waren nur seine Handlanger. Sie verrichteten die schmutzige Arbeit und erhielten ihren Lohn, und jetzt versuchen sie zu vergessen, was sie für ihn getan haben. Was ist mit Sir James, Mr. Crewe und Wallis geschehen?«

»Jedesmal Unfälle –«, murmelte der Polizeioberst.

Unfälle? – Ammenmärchen! dachte der Wetter erbittert. Laut sagte er:

»War es ein Unfall, daß sie mich heute nachmittag über den Haufen schießen wollten? War es ein Unfall, daß der Mann, der mir auflauerte, selbst daran glauben mußte?«

»Ulanen-Harry jedenfalls konnte Sie nicht leiden und versuchte, Sie aus dem Weg zu räumen. Als er merkte, daß es ihm mißlungen war, beging er Selbstmord.«

Long warf den Kopf zurück.

»Monkfords Bruder, das war ein Fehlgriff – Monkford selbst und ich sollten und sollen noch auf die Seite geschafft werden, genau wie der Richter, der Staatsanwalt und der Henker ...«

Scotland Yard glaubte nur mit großen Vorbehalten an die Bande des Schreckens. Man war allgemein der Ansicht, daß der Wetter dem vertrauensseligen Minister eine Geschichte erzählt habe, die eigentlich in einen Roman gehöre. Die Vorfälle jedoch, auf die Arnold Long sich berief, waren folgende:

Sir James Cargill, der Richter, der Clay Shelton verurteilt hatte, starb einige Monate nach der Gerichtsverhandlung unter scheinbar normalen Umständen. Auf einer Rundreise erkrankte er an Masern, war jedoch bereits auf dem Wege der Besserung, als er sich erkältete. Eine Lungenentzündung kam hinzu, und er starb. Seine Pflegerin hatte den Fehler begangen, während einer rauhen und regnerischen Nacht im Krankenzimmer das untere Schiebefenster offenzulassen. Einige Zeit nach dem Tod befragte Unterinspektor Long die Pflegerin und erfuhr, daß ihr auf nicht ganz geklärte Weise ein Ausschnitt aus einer medizinischen Zeitschrift – möglicherweise war es aber auch nur ein Druckereiabzug – zugespielt worden war. In dem Artikel wurde ausgeführt, daß nicht nur den Pflegerinnen von Patienten mit ansteckenden Krankheiten ernste Gefahren drohen, falls sie diese Art Lüftung nicht anwendeten, sondern, daß sie auch für den Patienten selbst von größter Wichtigkeit wäre. Es gebe zwar, so hieß es weiter, noch immer Ärzte, die in alten Vorurteilen befangen seien, doch gelte es, das Pflegepersonal zu seinem eigenen Schutz und zum Wohl der Kranken an neuen Erkenntnissen teilhaben zu lassen. – Long verwendete vierzehn Tage darauf, die Ursache der Ansteckung herauszufinden. Festgestellt wurde der Krankheitserreger schließlich in der Unterwäsche. Auch der Diener des Richters war angesteckt worden. Die Hauswäsche hatte immer eine Waschanstalt besorgt.

So lag der eine Fall. Der Tod des Staatsanwalts erregte mehr Aufsehen. Purley Crewe, King's Counsel und Hauptanwalt des

Schatzamtes, war Ankläger in der Shelton-Sache gewesen. In der Woche, als Shelton gehängt wurde, wollte Crewe an einer Jagd teilnehmen. Er übernachtete in Norwich und verließ die Stadt um neun Uhr, um sich zum Treffpunkt zu begeben. Er war ein ausgezeichneter Fahrer und kannte die Straße auswendig. Da über den Niederungen Nebel lag, hupte er ausgiebig. An höher gelegenen Stellen war die Sicht gut. Vor dem Ort Eveleigh Hollow fällt die Landstraße steil ab, steigt aber gleich wieder stark an, doch ist sie vollkommen gerade. Crewe erreichte die abschüssige Stelle, und da er jenseits der dicht verhängten Senke die Straße wieder aufsteigen sah, fuhr er, ständig hupend, im Fünfundfünfzigmeilentempo in den undurchdringlichen Nebelkessel hinein. Auf der Talsohle aber stand eine Straßenwalze quer über die Straße. Crewe starb noch in der gleichen Nacht im Norwich-County-Hospital. Das Merkwürdige an der Sache war, daß zehn Minuten vorher ein Bauer die Niederung durchschritten und die Walze, die tags zuvor zu Straßenausbesserungen benützt worden war, gesehen hatte. Sie stand zu dieser Zeit links der Landstraße auf abschüssigem Boden. Den Eindrücken der Walze konnte man leicht folgen, aber trotz des weichen Bodens entdeckte man keine anderen Fußspuren als die des Straßenarbeiters, der die Maschine bedient hatte. Das Gericht nahm Tod durch Unglücksfall an.

Der dritte Fall war womöglich der sensationellste. Der Henker, der das Urteil an Shelton vollstreckt hatte, William Wallis, Gehilfe des Staatshenkers, betätigte sich normalerweise als Schuster. Er besaß einen Kellerladen außerhalb Oldhams und trank des öfteren mehr als ihm gut tat. Sonst aber war Wallis ein achtbarer Bürger und ein Gewohnheitsmensch. Zweimal in der Woche besuchte er das Vergnügungsviertel der Stadt und ging meist ohne Begleitung nach Hause. Er wohnte mit seiner kränklichen Mutter zusammen. Als er am Weihnachtsabend, im Jahr von Sheltons Tod, von einem seiner Stadtausflüge heimkehrte, traf er auf dem Wege seinen Kumpan, den Maschinenarbeiter Herbert Starr. Das gemeinsame Interesse der beiden galt dem Hunderennsport. Sie kehrten in einem Wirtshaus ein und tranken noch einige Gläser, bevor sie den Heimweg antraten. Es schneite heftig, und sie mußten noch über eine Meile gehen. Früh am nächsten Morgen ritt der Wachtmeister Bently von der Lancashire Landpolizei auf dem einsamen Wegstück, das von Oldham zum Dorf führt, wo Wallis und sein Freund wohnten. Er kam an zwei Schneehaufen vorbei, die merkwürdige Formen aufwiesen. Er stieg vom Pferd, untersuchte die Schneehaufen – zuerst fand er Starr, dann den Henker. Beide waren tot. Eine halbvolle Whiskyflasche mit dem Etikett eines bekannten Destillateurs lag zwischen ihnen. Man nahm an, daß sie in angetrunkenem Zustand im Schnee steckengeblieben waren. Der Whisky wurde chemisch untersucht – es war reiner Whisky, keine Spur von Gift. Unglücksfall! stellte das Gericht fest. – Der Wetter war sechs Stunden nach der Auffindung der Leichen zur Stelle. Drei Tatsachen stellten sich heraus. Erstens: die Flasche Whisky war nicht im Wirtshaus gekauft worden; die beiden hatten auch keine bei sich gehabt, als sie dort einkehrten. Wallis hatte zwar eine Flasche verlangt, doch der Wirt verweigerte die Herausgabe, als er sah, wie betrunken die Burschen bereits waren. Zweitens: die Flasche war am Ort des Leichenfundes geöffnet worden, obschon keiner einen Korkenzieher bei sich getragen hatte. Die dritte Tatsache ergab sich erst einige Zeit später. Ein Schuhmacher, der das Handwerkszeug des Wallis aufkaufte, stach sich mit einer Ahle in den Finger und verfiel in Starrkrampf. Der Wetter beschlagnahmte das Handwerkszeug und ließ es untersuchen. Fast jedes Stück war vergiftet.

Die Öffentlichkeit erfuhr von diesen Dingen nichts. Der Tod des Richters bedeutete ihr wenig – ein natürliches Ereignis. Der Tod des Staatsanwalts? Einer jener bedauernswerten Unfälle, wie sie fast täglich vorkommen. Der Tod des Henkers verursachte einige Aufregung, doch niemand dachte an einen Racheakt.

Oberst Macfarlane räusperte sich und strich seinen Schnurrbart. Sein Gesicht hatte sich verfinstert. Zum drittenmal in dieser Woche führte ihm Inspektor Long das Schicksal der drei Männer vor Augen, die Clay Shelton in den Tod geschickt hatten.

»Ich gebe die Möglichkeit zu, daß Sie recht haben«, sagte er endlich, »und sollte Joshua Monkford getötet werden, dann könnte tatsächlich kein Zweifel mehr bestehen.«

Der Wetter sah ihn vorwurfsvoll an.

»Soll ich das so verstehen, daß Monkford sterben muß, um Scotland Yard zu überzeugen?«

Diese Art Bemerkungen machten den Wetter bei seinen Vorgesetzten nicht beliebter.

»Selbstverständlich nicht!« fuhr der Oberst auf. »Und Sie haben dafür zu sorgen, daß er nicht stirbt. Haben Sie alle Vorsichtsmaßregeln getroffen?«

»Ich habe zwei Beamte in Marlow, außerdem sind zwei Privatdetektive der Bankiervereinigung dort. Die Gefahr droht aber nicht in Marlow.«

»Wo sonst?«

»In Little Heartsease – es ist eine Art Landklub, im Grunde einfach ein Hotel auf dem Lande. Es wird von einem gewissen Cravel geführt und ist mit sämtlichen Bequemlichkeiten ausgestattet.«

Der Name war dem Obersten nicht unbekannt.

»Veranstaltet dieses Hotel nicht auch ein Golfturnier?«

»Das vornehmste in England«, antwortete Wetter. »Es ist für Golf, was Ascot für Pferderennen – ein Vorwand, um Gesellschaften zu geben und hübsche Toiletten zu zeigen. Monkford kann ein ›Tee‹ nicht von einem ›Brassie‹ unterscheiden, und Hunderte von Leuten, die dort sind, wissen nicht mehr. Es ist hauptsächlich ein Gesellschaftsereignis. Ich werde dort sein und meine neue Garderobe und einen gelangweilten Blick zur Schau tragen. In Heartsease droht Monkford Gefahr. Fragen Sie mich nicht warum, denn ich weiß es nicht. Ich habe eine Vorahnung, und das ist manchmal mehr wert als eine Menge genauer Informationen.«

Macfarlane schaute eine Weile vor sich hin, dann sagte er bedächtig:

»Etwas ist eigenartig bei Shelton – ich weiß nicht, ob es Ihnen auch aufgefallen ist, Long?«

»Was ist es?« fragte der Wetter und erwartete, etwas längst Bekanntes zu vernehmen.

Statt dessen sagte der Chef:

»Er hat nie Ihren Vater beraubt.«

Long starrte ihn verblüfft an.

»Nein, das hat er allerdings nicht getan!«

Sein Vater stand an der Spitze einer der größten Banken der City, die nach streng konservativen Grundsätzen verwaltet wurde. Aus der Western und Somerset Bank Geld herauszuziehen, war so unvorstellbar, wie einem blinden Bettler das Geld wegnehmen zu wollen.

Trotzdem – Macfarlane war das Unmögliche geglückt; er hatte seinem Untergebenen Stoff zum Nachdenken geliefert.

Kapitel 12

Nach der Unterredung mit dem Obersten nahm der Wetter ein Taxi und fuhr nach Berkeley Square. In den letzten zwölf Monaten hatte er seinen Vater nicht oft besucht. Als er die kleine Bibliothek betrat, traf er Sir Godley, einen Kenner der italienischen Renaissance, bei der Korrektur einer Savonarola-Monographie an. Der Vater nahm die Brille ab und sah ihn forschend an.

»Ist dein Besuch amtlich oder ein Akt der Pietät?«

»Keines von beidem.«

Der Wetter nahm aus einem silbernen Kästchen eine Corona und betrachtete sie kritisch.

»Ist das eine anständige Zigarre oder nur eine für deine Freunde?«

»Du bist ein undankbarer Kerl!« sagte Sir Godley und lehnte sich im Stuhl zurück. »Zwei dieser Zigarren machen ein Tagesgehalt von dir aus.«

Arnold zog seinen Stuhl näher an den Schreibtisch heran.

»Bist du Mitglied der Bankiervereinigung?«

»Warum?«

»Beantworte meine Frage!«

»Die Bank ist selbstverständlich der Vereinigung angeschlossen, aber ich habe nichts damit zu tun. Weldon vertritt uns. Ich könnte in keinem Ausschuß sitzen, den Monkford präsidiert. Er ist zu ermüdend.«

»Hast du je von der Bande des Schreckens gehört?«

»Ich habe schon von mancher Schreckensbande gehört. Aber du meinst wohl die, über die du neulich etwas in die Zeitung gesetzt hast? Nein, ich habe nichts von ihr gehört. Natürlich war mir Shelton ein Begriff. Er hat allerdings nie einen Penny aus meiner Bank herausgeholt.«

»Ein toter Mann – davon bin ich jedenfalls überzeugt«, sagte der Wetter so betont, daß der Vater stutzte. »Willst du ganz offen zu mir sein?«

»Ich will es versuchen.«

»Wie kommt es, daß Clay Shelton nie versucht hat, deine Bank zu plündern?«

Sir Godleys Stirn legte sich in Falten.

»Ich weiß es nicht – vielleicht erschien ihm die Beuteaussicht bei uns nicht verlockend genug.« Er versuchte, das Gespräch in andere Bahnen zu lenken. »Arnold, wenn du glaubst, daß dir von deiner sogenannten Bande des Schreckens Gefahr droht, warum gibst du deine Arbeit nicht auf? Es liegt durchaus kein Grund vor, weshalb du deinen gegenwärtigen Beruf weiter ausüben solltest. Du hast deinen Spaß gehabt – ich nehme an, daß dein Beruf eine amüsante Sache ist –, doch da ich dir gerade jetzt eine gute Stelle bei der Bank anbieten kann ...« Er vollendete den Satz nicht, als er den ungerührten Blick seines Sohnes sah.

»Das ist nun das zweite große Angebot, das du mir innerhalb Jahresfrist machst«, stellte der Wetter fest. »Als ich dir vor nicht ganz einem Jahr mitteilte, daß ich mich des Falls ›Clay Shelton‹ annehmen werde, botest du mir ein Jahresgehalt von zehntausend Pfund an. Ich sollte die Filiale in Südamerika übernehmen. Damals warst du genauso bemüht darum, daß ich meinen Beruf aufgebe wie jetzt. Warum?«

Sir Godley schaute seinen Sohn nicht an. Er lachte, doch hinter dieser gespielten Belustigung lauerte Besorgnis.

»Du bist ein mißtrauischer Mensch geworden! Durch dieses Metier hast du jeden Glauben an die Menschheit verloren. Klingle mal, Arnold, ich möchte etwas zu trinken haben!«

Sie unterhielten sich noch einige Zeitlang über alle möglichen Vorkommnisse, doch Clay Shelton und die Bande des Schreckens wurden nicht mehr erwähnt. Es war schon Mitternacht, als Arnold seinen Vater verließ, der ihn bis zur Haustür begleitete.

Das Haus lag auf der westlichen Seite von Berkeley Square. Der Verkehr vom Grosvenor Square nach Oxford Street wickelte sich auf der entgegengesetzten Seite ab.

»Warte, ich will nach einem Taxi telefonieren!«, rief Sir Godley, als er die verlassene Straße sah.

Der Wetter lachte.

»Du wirst nervös, Vater! Und das ist auch der einzige erkennbare Grund, warum du willst, daß ich meinen Beruf aufgebe.«

Er wartete noch, bis die Tür ins Schloß fiel, und machte sich dann auf den Weg Richtung Oxford Street. Durch die Grünanlage in der Mitte des Platzes geisterten die Lichter der nach Norden und Süden fahrenden Wagen und Taxis. Das Trottoir, auf dem er ging, war menschenleer.

Er hatte kaum fünfzig Yards zurückgelegt, als er jemand auf sich zulaufen sah. Das Licht der Straßenlaterne fiel auf die Gestalt – es war eine Frau.

›Pop!‹

Die Kugel zischte unangenehm nahe an ihm vorbei. Ohne Zweifel war mit einem Maximdämpfer geschossen worden. Auf der Fahrbahn stand plötzlich ein Mann. Hatte er auf die Frau geschossen? Im gleichen Augenblick zog Long seinen Browning, ohne den er nicht mehr ausging. Aber bevor er ihn hochreißen konnte, hatte sich die atemlos keuchende Frau in seine Arme geworfen.

»Retten Sie mich! Retten Sie mich!« rief sie. »Die Bande des Schreckens – oh, die Bande des Schreckens!«

Der Mann auf der Fahrbahn war verschwunden, buchstäblich von der Dunkelheit verschluckt. Der Wetter steckte den Revolver in die Tasche zurück und hielt das halb ohnmächtige Mädchen fest. Hinter ihm rief jemand, er drehte sich um und sah seinen Vater mit einem Diener auf sich zukommen.

»Was ist geschehen?«

»Eine kleine Schießerei, scheint mir – doch kommt, wir wollen das Mädchen ins Haus bringen!«

Sie halfen ihr die Stufen hinauf und führten sie in Sir Godleys Arbeitszimmer. Ihr Gesicht war breit und knochig, weder hübsch noch häßlich. Long sah sie sich genauer an. Vergeblich suchte er sich zu erinnern, wo er sie schon gesehen hatte.

Als sie sich von ihrem Schock erholt hatte, starrte sie beunruhigt bald Long, bald dessen Vater an.

»Wo bin ich?«

Die Farbe kehrte allmählich in ihre Wangen zurück, doch zitterte sie am ganzen Körper.

Jetzt erkannte Long sie auch. Es war das Mädchen, das sich draußen in Marlow vom Boot aus mit Jackson Crayley unterhalten hatte. Sie trug eine moderne, teure Abendtoilette, im Halsausschnitt hing eine Diamantbrosche, und auch an den Fingern funkelten die herrlichsten Edelsteine.

»Ich weiß nicht, was geschah«, sagte sie, noch immer heftig zitternd. »Ich sah nur diese ...«

Man mußte ihr etwas Wein einflößen, bis sie über ihr ungewöhnliches Erlebnis berichten konnte.

Sie und ihr Bruder besaßen ein Hotel auf dem Lande. In der John

Street hatten sie eine kleine Wohnung, wo sie wohnten, wenn sie in die Stadt kamen. Am Abend war sie im Theater gewesen. Nachher entschloß sie sich, des schönen Wetters wegen, zu Fuß nach Hause zu gehen. Als sie am anderen Ende des Berkeley Square anlangte, sah sie vor sich ein Auto anhalten. Sie erreichte den Wagen – in diesem Augenblick öffnete sich die Tür, und zwei Männer sprangen heraus.

»Sie hatten weiße Tücher vors Gesicht gebunden. Ich war so erschrocken, daß ich mich nicht wehren konnte, als sie mich in den Wagen zerren wollten. Mit einemmal tauchte ein dritter Mann auf und rief: ›Ihr Esel, das ist nicht Nora Sanders!‹«

»Nora Sanders?« wiederholte der Wetter. »Sind Sie sicher, daß der Name so lautete?«

»Ja. Der Mann, der mich festhielt, war so erschrocken, daß er mich losließ und davonlief. Da hörte ich jemand rufen: ›Weg mit ihr!‹ Ein Schuß fiel, dann kamen Sie ...«

Mit Ausnahme der verblüfften Zwischenfrage hatte der Inspektor schweigend zugehört.

»Ich habe Sie schon einmal gesehen, Sie sind Miss ...«

»Alice Cravel«, sagte sie. »Mein Bruder und ich sind die Besitzer von Little Heartsease.«

»Little Heartsease!« Long nahm es mit Bestürzung zur Kenntnis und fragte von neuem: »Sind Sie ganz sicher, daß der Name Nora Sanders gefallen ist?«

»Vollkommen sicher.«

»Kennen Sie sie?«

»Ich kenne sie mehr dem Namen nach. Sie ist die Sekretärin von Miss Revelstoke, die gewöhnlich die Golfwoche in Little Heartsease verbringt. Wir erwarten sie nächsten Montag. Besonders gut kenne ich Miss Sanders nicht, sie war aber schon voriges Jahr in Little Heartsease. Sie ist sehr hübsch.«

Nachdenklich biß sich der Wetter auf die Unterlippe.

»In welchem Theater waren Sie heute abend?«

Ohne zu zögern nannte das Mädchen ein bekanntes Theater.

Little Heartsease! Nicht nur Nora Sanders, auch Joshua Monkford würde dort wohnen. Der Bankier hatte zwei Zimmer bestellt, eines davon für ihn, Long. In Heartsease sollte Monkford den Tod finden. Der Wetter glaubte nicht an Zufälle, vor allem nicht an so auffallend unwahrscheinliche Zufälle.

Er ließ ein Taxi kommen und brachte das Mädchen nach Hause. Danach fuhr er nach Scotland Yard zurück. Unterwegs beschäftigte ihn der mißglückte Entführungsversuch an Miss Cravel, der eigentlich Miss Sanders gegolten hatte. Wie konnte man die beiden verwechseln? Nora war kleiner, ihre Gesichtsfarbe ganz anders, und was hätte sie um Mitternacht in Berkeley Square zu suchen gehabt.

Früh am nächsten Morgen fuhr er nach Berkshire und erreichte das Klubhotel zu einer Stunde, als die Gäste erst allmählich an ihr Morgenbad dachten.

Long fragte nach dem Besitzer und erfuhr, daß Mr. Carvel zeitig aufgestanden sei, augenblicklich frühstücke er in seinem Privatbüro. Ein großer, ernst aussehender junger Mann in tadellos sitzendem Cut kam ihm entgegen.

»Ja, ich habe von dem Vorfall gehört«, sagte Cravel. »Meine Schwester rief mich noch in der Nacht an. Sie sind Inspektor Long? Ich glaube, ich habe nächste Woche ein Zimmer für Sie reserviert.« Er war völlig gelassen. Nicht einmal die Gefahr, in der sich seine Schwester befunden hatte, schien ihn sonderlich aufzuregen. »Meine Schwester und ich, wir haben keine Feinde, aber viele gute Freunde. Darum ist dieser Anschlag ganz unerklärlich. Es muß ein Irrtum sein. Ich nehme an, daß die Täter nicht festgenommen wurden, wie? – Eben. Es überrascht mich nicht. Wollen Sie Ihr Zimmer sehen? Es liegt neben dem Mr. Monkfords.«

»Ich möchte gern wissen, was für Gäste nächste Woche hier erwartet werden.«

»Ich kann Ihnen meine Liste zeigen«, sagte Cravel und schlug eine Mappe auf, der er einen großen, mit zierlicher Schrift beschriebenen Papierbogen entnahm. Der Inspektor überflog die Liste der zu erwartenden Gäste.

»Miss Revelstoke ist eine regelmäßige Besucherin, nicht wahr?«

»Ja, natürlich, sie interessiert sich zwar nicht gerade fürs Golfspiel, aber sie liebt Gesellschaft. Die Dame, deren Name gestern beim Überfall auf meine Schwester fiel, ist ihre Sekretärin.«

Der Wetter schwieg und verfolgte die Liste weiter.

»Jackson Crayley – ist auch er ständiger Besucher während der Golfwochen?«

»Er war voriges Jahr hier. Ich möchte sagen, daß Mr. Crayley einer unserer Freunde ist, wenn man überhaupt von seinen Gästen als von Freunden sprechen darf. Eigentlich ist er ein Freund meiner Schwester, denn ... Nun ja, sie sind sehr gute Freunde. Wir haben ihn in Marlow besucht, meine Schwester und ich.«

Im weiteren Verlauf des Gesprächs teilte Mr. Cravel mit, daß Miss Alice den Empfang der Gäste besorge und die Rechnungen erstelle, wobei ihr ein Büroangestellter und ein Buchhalter behilflich seien.

Er führte den Wetter in den zweiten Stock hinauf, um ihm die Zimmer zu zeigen.

»Dies hier wird Mr. Monkfords Zimmer sein.« Cravel öffnete die Tür zu einem wunderbar eingerichteten Apartment. »Es ist etwas größer als das Ihre nebenan.«

Auf diesem Gang befanden sich nur zwei Schlafzimmer und ein Salon. Die beiden Zimmer waren bis zur halben Höhe mit dunkler Eiche, der Salon dagegen mit hellem Holz getäfelt. Jedes Zimmer hatte ein mit Steckkontakt angeschlossenes Telefon und ein eigenes Badezimmer.

Der Wetter öffnete das vergitterte Fenster in Monkfords Zimmer und schaute hinaus. Unten sah er ein ungefähr zwanzig Yard langes Glasdach. Das Dach des Speisesaals, wie der Hotelier bemerkte. Ein günstiger Umstand, fand Long, denn dadurch war es so gut wie unmöglich, daß dem Bankier von außen her Gefahr drohte. Das Glas machte das Anlegen einer Leiter an die Fenster unmöglich.

Das Zimmer hatte drei Türen, alle aus dickem Eichenholz, mit Schloß und Riegel versehen. Eine Tür führte ins Badezimmer, eine nach dem Gang, die dritte in den Salon. Der Wetter schritt die Wände ab und beklopfte die Täfelung.

Mr. Cravel lächelte.

»Wir haben keine Geheimtüren. So etwas vermuten Detektive immer in alten Häusern. Eigentlich ist nur sehr wenig vom alten Innenausbau übriggeblieben. Ich habe alles herausreißen lassen, vom alten Gebäude sind nur die Außenwände stehengeblieben. Sagen sie, Mr. Long, gibt es einen besonderen Grund, weshalb sie sich bei uns aufhalten wollen? Entschuldigen Sie, die Frage mag aufdringlich erscheinen, aber ...«

»Was für ein Grund sollte es sein?« fragte der Wetter.

»Ich weiß es nicht, aber man hört allerhand seltsame Gerüchte über Monkford. Mr. Jackson Crayley, sein Nachbar, sagt, daß er dauernd in der Furcht lebte, ermordet zu werden. Ist etwas daran?«

»Mr. Jackson Crawley scheint über seinen Nachbarn gut unterrichtet zu sein.«

Mr. Cravel lachte.

»Ich glaube, Mr. Crayley weiß viel mehr, als die Leute ahnen.«

Kapitel 13

Miss Revelstoke reichte Nora über den Frühstückstisch hinweg ein flaches Päckchen.

»Für mich?« fragte Nora überrascht.

»Der Adresse nach, ja«, bemerkte Miss Revelstoke, die in den frühen Morgenstunden oft ungenießbar war. »Haben Sie heute Geburtstag?«

»Nein.«

Nora zerschnitt den Bindfaden des Päckchens und faltete das Papier auseinander. Zum Vorschein kam eine Pappschachtel und schließlich ein kleines Lederetui.

»Ein Ring!« rief Miss Revelstoke, die den Vorgang mit Interesse verfolgte.

Nora öffnete das Etui und staunte. Noch nie hatte sie einen so großen Diamanten an einem Ring gesehen.

»Hier muß ein Irrtum vorliegen«, meinte sie.

Erst jetzt entdeckte sie den beigelegten Zettel und las die drei Worte in Druckschrift: ›Von einem Verehrer.‹

Miss Revelstoke nahm den Ring in die Hand und betrachtete ihn eingehend. In Schmucksachen kannte sie sich aus.

»Ein blauer Diamant, der einen Wert von mindestens dreihundertfünfzig Pfund hat. Sagen Sie mal, Nora, wer ist Ihr unbekannter Verehrer?«

Das Mädchen schüttelte ratlos den Kopf.

»Ich bin sicher, der Ring ist nicht für mich bestimmt.«

Doch da standen unmißverständlich ihr Name und die Adresse.

Miss Revelstoke beugte sich vor – die Briefmarke trug den Stempel eines Postamts im West End.

»Der alte Dummkopf!«

Es klang nicht boshaft, eher belustigt.

»Wer?« fragte Nora erschrocken.

»Monkford – wer sonst? Der Mann ist so leicht zu beeinflussen wie ein zwanzigjähriger Jüngling. So war er immer. Ich erinnere mich, vor zehn Jahren ...«

»Aber es kann nicht von Mr. Monkford sein«, unterbrach Nora. »Er kennt mich doch kaum!«

»Dann muß er von Henry kommen«, sagte Miss Revelstoke und strich Butter auf ihren Toast. »Ich werde sie beide anrufen und sondieren.«

»Um Gottes willen, tun Sie das nicht!« rief Nora bestürzt. »Die Sache ist mir unangenehm. Wenn ich wüßte, daß es Mr. Monkford wäre ...«

»Würden Sie den Ring zurückschicken, wie? Dann wäre nicht er, sondern Sie wären der Dummkopf. Meine Liebe, glauben sie mir, ich bin in meinem langen Leben zur Überzeugung gelangt, daß eine Frau alles annehmen soll, was ihr geboten wird. Sie soll es zurücklegen für eine Zeit, wo nur noch Gegenleistungen von ihr gefordert werden. Übrigens, könnte nicht Ihr seltsamer Detektiv als Geber in Frage kommen?«

»Bestimmt nicht, Miss Revelstoke!« Nora spürte, wie sie rot wurde, was sie noch verlegener machte. »Warum sollte er? Haben denn Detektive so viel Geld, daß sie Diamanten verschenken können?«

»Long hat Geld«, widersprach Miss Revelstoke. »Sie vergessen, meine Liebe, daß sein Vater ein sehr reicher Mann ist.«

Nora schwieg. Sie glaubte nicht, daß der Wetter sich zu einem so pompösen Präsent hinreißen ließe. Sie betrachtete verwirrt den Ring.

»Was soll ich mit ihm tun?«

»Ihn behalten. Sie brauchen ihn nicht zu tragen. Bewahren Sie ihn auf, bis Sie sich weniger unbehaglich fühlen. Wenn Sie mal einen Bräutigam haben, wird es zwar viel zu erklären geben. Aber der Ring ist dreihundertfünfzig Pfund wert, und das sind dreihundertfünfzig Gründe, warum Sie nicht daran denken sollten, ihn zurückzuschicken, selbst wenn Sie wüßten, woher er kommt. Glücklicherweise aber wissen Sie es nicht.«

Miss Revelstoke war in mancher Beziehung eine seltsame Frau. Sie hatte die Gewohnheit, vollendete Tatsachen kurzerhand anzuerkennen, was machmal verblüffend wirkte.

Kapitel 14

Als Nora von einer Einkaufstour in Westbourne Grove zurückkehrte, fand sie im Salon den jungen Rechtsanwalt vor.

»Henry hat den Ring nicht geschickt«, erklärte Miss Revelstoke geradeheraus. »Ich hatte das unangenehme Gefühl, daß er ihn geschickt haben könnte.«

Nora wurde erst abwechselnd rot und bleich, dann lachte sie ein wenig ratlos. Ein so direkter Angriff hilft oft über die Verlegenheit hinweg.

»Es ist also doch der alte Narr, ich sagte es Ihnen gleich«, triumphierte Miss Revelstoke. »Monkford ist der Absender.«

»Aber –«, stammelte Nora verzweifelt und wünschte, ihre Herrin wäre weniger indiskret gewesen.

»Er ist ein Idealist – nun gut, lassen Sie mich mit Heartsease verbinden und fragen Sie Cravel, ob er für Mittwoch abend noch ein Zimmer frei hat. Mr. Henry kommt mit, er wird einer der wenigen im Hotel sein, die wirklich Golf spielen.«

Nora ging in die Bibliothek, um den Auftrag auszuführen. Als sie später in ihr Zimmer kam, öffnete sie das kleine, blaue Lederetui und bewunderte nochmals den Ring. Trotz all des Unbehagens und der Verlegenheit war sie irgendwie stolz auf das Kleinod. Sie hätte viel darum gegeben, wenn sie den Wetter Long um Rat hätte fragen können. Vielleicht hätte er ihr den gleichen Rat gegeben wie Miss Revelstoke, nämlich, zu behalten, was die Götter ihr zugedacht hatten.

Sie legte das Schmuckstück weg und ging nochmals hinunter. Mr. Henry war fort.

»Ich fürchte, Ihren Freund betrübt zu haben«, äußerte Miss Revelstoke gleichgültig. »Henry wollte mehr über Ihren Ring erfahren, als ich selbst weiß. Ich hätte ihm nichts davon erzählen sollen.«

»Ein Wunsch, der mir aus der Seele gesprochen ist!« antwortete Nora bitter.

Die alte Dame lächelte.

»Henry ist ein guter Kerl, Sie könnten schlechter fahren, Nora!«

Miss Revelstoke speiste an diesem Abend auswärts und wollte gegen ihre Gewohnheit auf die Begleitung ihrer Sekretärin verzichten. Sonst mußte Nora ihr überallhin folgen.

»Gehen Sie ins Theater, schauen Sie sich etwas Lustiges an, vergessen Sie die merkwürdigen Dinge, die Ihnen widerfahren sind – vor allem den geheimnisvollen Mann, der Ihnen sein Familienerbstück zu Füßen legte. – Ja, der Ring ist ziemlich alt, wußten Sie das nicht? Die Fassung ist längst aus der Mode.«

Nora aß allein im hübschen Speisezimmer. Nach der Mahlzeit las sie die Abendzeitung, als das Mädchen eintrat und fragte:

»Wollen Sie Mr. Long empfangen?«

Nora wurde rot.

»Mr. Long?« fragte sie verlegen. »Ja, führen Sie ihn in den Salon.«

Vielleicht handelte es sich um einen anderen Mr. Long. Long war ein recht häufiger Name. Aber es war der Wetter, der vor dem leeren Kamin stand und das darüberhängende Ölgemälde eines hübschen Mädchens in der Kleidung der achtziger Jahre betrachtete.

»Hallo!« rief er in seiner ungezwungenen Art. »Ist das hier nicht Miss Revelstoke –? Im rosazartesten Alter natürlich ... Hoffentlich hat sie nichts dagegen, daß ich gekommen bin?«

»Nein, sie ist ins Theater gegangen.«

»Das dachte ich, denn ihr Wagen fuhr beim Piccadilly an mir vorbei. Wie oft gehen Sie ins Theater, Miss Sanders?«

»Nicht sehr oft«, erwiderte sie verlegen, »und höchstens, wenn Miss Revelstoke nicht zu Hause ist ...«

»Ich will Sie nicht einladen«, sagte der Wetter mit einem schnellen Augenzwinkern. »Ich wollte nur wissen, ob Sie die Gewohnheit haben, nachts auf dem Berkeley Square herumzuwandern. Doch ich sehe an Ihrer jungfräulichen Entrüstung, daß es nicht der Fall ist!«

Sie mußte lachen, obgleich sie sich ärgerte.

»Meine jungfräuliche Entrüstung existiert nur in Ihrer Einbildung. Ich kenne Berkeley Square kaum und bin noch nie dort spazierengegangen, soweit ich mich erinnere.«

»Vielleicht im Schlaf –?« fragte er so ernst, daß sie nicht wußte, was sie davon halten sollte.

»Warum? Bin ich wegen unbefugten Nachtwandelns angezeigt worden?«

»Sie werden doch nächste Woche in Heartsease sein? Sind Sie Golfspielerin?«

»Ich spiele Golf, aber ich würde selbstverständlich nicht wagen, in Heartsease zu spielen. Nein, ich fahre nur mit Miss Revelstoke dorthin. Warum fragen Sie mich? – Haben Sie Neuigkeiten von der Bande des Schreckens?«

Der Wetter seufzte.

»Ich hoffte, daß Sie all dies wieder vergessen hätten. Ich bin zu gesprächig, das ist ein Fehler. Warum habe ich Ihnen solche Gedanken in – in den Kopf gesetzt? Ich begreife es nicht.« Er wandte sich um und bewunderte von neuem das Bild von Miss Revelstoke. »Ein sehr hübsches Mädchen! Es wundert mich, daß sie nie geheiratet hat.«

Nora, die sich bisher keine Rechenschaft über das Bild gegeben hatte, mußte ihm beipflichten.

»Ja, seltsam, ich hätte sie mir nie so vorgestellt.« Eine andere Frage beschäftigte sie allerdings weit mehr. Sollte sie mit ihm über den Ring sprechen? Am Nachmittag hatte sie eine solche Gelegenheit herbeigewünscht, aber jetzt –? »Schicken Sie je Leuten Geschenke?« begann sie unvermittelt.

»Ich? Um Himmels willen, nein! Ich betrachte so etwas als Zeit- und Geldverschwendung. Denken Sie etwa an Geburtstags- und Weihnachtsgeschenke? Nein. Gewöhnlich schickt man den Leuten doch nur Sachen, die sie nicht brauchen können oder schon besitzen. Warum diese Frage?«

Aus einem ihr nicht ganz klaren Grund verstimmte sie seine Antwort.

»Es interessiert mich, das ist alles.«

»So – es interessiert Sie«, wiederholte er stirnrunzelnd. »Wer hat Ihnen Geschenke gemacht?«

»Niemand.«

Sie ärgerte sich jetzt über sich selbst. Warum in aller Welt sollte sie ihm von dem Diamanten erzählen? Es war kein Grund vorhanden.

»Zeigen Sie mir das Geschenk!«

»Warum?« Zu spät merkte sie, daß ihre Frage ein Eingeständnis enthielt.

»Weil ich mich für Geschenke interessiere, die – nun, die meinen Freunden geschickt werden.«

»Ich bin kein Freund von Ihnen«, erwiderte sie lächelnd. »Ich begreife nicht, Mr. Long, warum Sie sich so dafür interessieren.«

»Ich muß zugeben, daß ich nicht weiß, warum ich mich dafür interessiere. Doch lassen wir das – Wortgefechte sind nicht meine starke Seite. Wollen Sie mir das Geschenk zeigen?«

Sie zögerte einen Augenblick, dann ging sie in ihr Zimmer hinauf. Sie mußte sich eingestehen, daß eine große Schwäche darin lag, sich derart von einem Fremden beherrschen zu lassen. Sie kehrte mit dem Lederetui zurück und öffnete es.

Er besah sich den Ring eine Weile, dann nahm er ihn heraus und trat ans Fenster.

»Wer hat Ihnen das geschickt?«

»Ich weiß es nicht. Heute morgen erhielt ich ein kleines Päckchen. Miss Revelstoke meinte ...« Wieder zögerte sie.

»Was meinte sie?«

»Sie meinte, daß es jemand – daß es ein Freund von ihr sein könnte. Ein Mann, der ...«

»Monkford?«

Sie errötete.

»Warum sich über den Absender den Kopf zerbrechen? Zwar möchte ich gerne wissen, wer er ist, weil ich dann den Ring zurückschicken würde.«

Er untersuchte das Schmuckstück genau, drehte es nach allen Seiten und besah sich vor allem das Innere des goldenen Reifens.

»Haben Sie bereits versucht, ob er Ihnen paßt?«

»Nein.«

Er nahm ihre Hand und versuchte einen Finger nach dem andern.

»Ursprünglich ist er für einen größeren Finger bestimmt gewesen, aber man hat ihn verkleinert, damit er auf Ihren Ringfinger paßt. Die Frage ist nur – wie konnte er es wissen?«

»Wer? Monkford?«

»Nein, Monkford hat ihn nicht geschickt, wenigstens glaube ich es nicht.« Er gab ihr das Etui zurück. »Sie gehen also nach Heartsease? Welches Zimmer haben Sie im Hotel?«

»Ich weiß es nicht«, antwortete sie verwundert.

»Das hätte ich feststellen sollen«, sagte er bedauernd. »Dazu wird aber noch Zeit sein. Wer fährt außer Ihnen und Miss Revelstoke hin?«

»Niemand – oh, doch! Mr. Henry, der Rechtsanwalt von Miss Revelstoke, wird für einen Tag kommen.«

»Sonst jemand, den Sie kennen? Ist Crayley mit Miss Revelstoke befreundet?«

Sie machte ein nachdenkliches Gesicht.

»Es scheint, daß Mr. Jackson Crayley ...«

»Er wird dort sein, und ich werde auch dort sein – und ich wünschte bei aller Barmherzigkeit ... Nein, ich wünsche es nicht. Es wird schwere Arbeit sein und viel Aufregung ...«

In diesem Augenblick ging die Tür auf, und zu Noras Schrecken trat Miss Revelstoke ein. Sie lächelte ihrer Sekretärin zu, eine Sekunde lang ruhten ihre Augen auf dem Ring, den Nora noch in der Hand hielt, dann wandte sie den Blick zum Inspektor.

»Und das ist Mr. Long?« fragte sie mit boshaftem Lächeln. »Hat er eingestanden, der Schuldige zu sein?«

Nora öffnete den Mund, um zu antworten, aber zu ihrem Erstaunen kam ihr der Wetter zuvor.

»Ja, Miss Revelstoke, ich habe mein Gewissen erleichtert. Der Ring ist schon lange in unserem Familienbesitz. Mein Onkel kaufte ihn 1893 in Kopenhagen!«

Miss Revelstokes dunkle Augen blinzelten nicht, aber das gelbliche Gesicht wurde plötzlich grau und alt. Sie schwankte ein wenig, so daß Nora dachte, sie würde ohnmächtig werden, doch ihr eiserner Wille bekam schnell wieder die Oberhand, und sie lächelte.

»Das ist interessant!« sagte sie mit einer Langsamkeit, die über ihre Erregung hinwegtäuschen sollte. »Wie interessant! Sie also haben Nora den Ring gesandt? Das ist sehr nett von Ihnen, Mr. Long!«

Arnold Long schaute sie durchdringend an, und wie durch die Zaubermacht von Schlangenaugen gebannt, konnte die alte Dame ihren Blick von seinen grauen, bohrenden Augen nicht mehr losreißen.

Nora stand wie gelähmt. Abwechselnd sah sie von einem zum andern. Was verbarg sich hinter dieser offensichtlichen Lüge des Wetters? Sie war sicher, daß er den Ring nicht gesandt hatte. Trotzdem behauptete er es und erfand auch gleich eine Vorgeschichte dazu, die zudem einen ungeheuren Eindruck auf ihre Herrin machte. Seit sie bei ihr angestellt war, hatte sie sie noch nie so erschüttert gesehen.

»Wollen Sie nicht in mein Arbeitszimmer kommen, Mr. Long?« fragte Miss Revelstoke endlich. »Ich möchte einiges mit Ihnen besprechen.«

»Aber gern.« Der Wetter dachte einen Moment nach. »Ja, natürlich, aber vorher möchte ich Miss Sanders fragen, ob sie etwas dagegen hat, daß ich ihr den Ring geschickt habe?«

Miss Revelstoke schaute auf das Mädchen und fragte streng: »Nun?«

»Ich glaube nicht, daß ich ein so kostbares Geschenk annehmen darf ...«

Zu Noras Erstaunen griff der Wetter nach ihrer Hand und nahm den Ring und das Etui an sich.

»Das hatte ich befürchtet«, sagte er und steckte beides in die Tasche. »Ich bin bereit, Miss Revelstoke!«

Im ersten Moment stand Miss Revelstoke regungslos, dann drehte sie sich mit sichtlicher Anstrengung um. Er folgte ihr in das kleine Arbeitszimmer neben dem Salon. Sie schloß die Tür.

»Wollen Sie nicht Platz nehmen?« forderte sie ihn ruhig auf.

Er wartete, bis sie sich gesetzt hatte, und ließ sich auf den Rand eines riesigen Klubsessels nieder. Sie wußte erst nicht, wie sie anfangen sollte, doch fand sie sich schnell zurecht.

»Selbstverständlich fühle ich mich für Miss Sanders verantwortlich, und wenn ihr kostbare Geschenke gemacht werden, habe ich – Sie mögen mich altmodisch finden – die Berechtigung, zu fragen, was ...« Sie suchte nach einem passenden Ausdruck.

»Was meine Absichten sind?« Er lächelte. »Sie sind durchaus ehrenwert. Sie ist ein äußerst nettes Mädchen. Vielleicht war ich aber doch etwas voreilig, als ich den Ring schickte.«

Die ruhigen, schwarzen Augen der alten Dame schauten ihn unverwandt an.

»Sie sind ein Gentleman, und, soviel ich weiß, ein studierter Mann. Es liegt kein Grund vor, weshalb Sie Miss Sanders nicht den Hof machen sollten. Nur ist es etwas eigenartig ...« Wieder brach sie ab.

»Daß ich ihr in diesem frühen Stadium unserer Bekanntschaft ein so wertvolles Geschenk mache? Es ist in der Tat seltsam, ich muß es zugeben, vielleicht überhaupt das Seltsamste, was ich je getan habe. Mein Onkel ...«

»Ihre Familiengeschichte interessiert mich nicht.« Die Farbe kehrte in ihr Gesicht zurück, und zwei rote Flecken zeigten sich auf ihren Wangen. »Ich bin nur gespannt, zu erfahren, wie Ihre Gefühle Miss Sanders gegenüber sind. Lieben Sie sie?«

Ein breites Grinsen zog über Longs Gesicht, eine Reihe weißer Zähne kam zum Vorschein.

»Ich will ganz offen zu Ihnen sein, Miss Revelstoke – ich liebe Miss Sanders nicht, glaube auch nicht, daß ich mich in sie verlieben werde. Sie ist nicht mein Typ, und gar an eine Heirat habe ich überhaupt nicht gedacht.«

»Dann war das Geschenk des Rings nur eine Laune?« Sie schüttelte langsam den Kopf. »Ich kann es nicht ganz glauben, im Gegenteil, ich habe sogar das Gefühl, daß Sie das kleine Mädchen sehr gern mögen. Wollen Sie mir den Ring nochmals zeigen?«

Er holte ihn aus der Tasche und reichte ihn ihr. Ohne im geringsten ihre Absicht anzukündigen, begab sie sich zur gegenüberliegenden Wand, schloß die Tür ihres Geldschranks auf, legte den Ring hinein, schlug die Tür zu und drehte schnell den Schlüssel im Schloß herum.

»Ich glaube, es ist besser, wenn ich das kleine Schmuckstück aufhebe, bis Sie sich besser kennenlernen. Es ist möglich, daß Nora, die noch sehr jung ist, ihre Meinung ändert, und möglicherweise wird die Notwendigkeit, sie vom Wandel Ihrer Gefühle in Kenntnis zu setzen, gar nie eintreten.« Sie stand auf und reichte ihm ihre kalte Hand. »Gute Nacht, Mr. Long, und viel Glück!«

Sein Blick verriet Bewunderung, als er ihre Hand erfaßte.

»Sie wollen, wie ich höre, auch nach Heartsease?« fragte er in scherzendem Ton. »Ich an Ihrer Stelle würde nicht hinfahren!«

Ihre Augen drückten eine gewisse Belustigung aus.

»Das ist ein Ratschlag, den ich Ihnen erteilen könnte«, sagte sie.

Kapitel 15

Als der Wetter sein Büro in Scotland Yard erreichte, gab er dem Mann, der den ganzen Tag mit der Durchsicht von Akten in Somerset House verbracht hatte, Anweisung, den Postzug nach Norden zu benützen. Er selbst begab sich in seine Wohnung in der St. James' Street, wo er seine Koffer schon gepackt und im Wagen verstaut vorfand. Als er nach Marlow telefonierte, erfuhr er von Mr. Monkfords Wirtschafterin, daß der Bankier bereits mit dem Wagen nach Heartsease abgereist sei, und zwar ›in Begleitung des Herrn, der sich in letzter Zeit immer im Haus aufhielt‹. Dieser Mann war Oberwachtmeister Rouch von der Kriminalabteilung.

Der Wetter zog seine Handschuhe an, klappte den Kragen seines Mantels hoch, denn es hatte den ganzen Nachmittag geregnet, und schaute sich nochmals in der Wohnung um. Erst jetzt erblickte er auf dem Tisch einen Briefumschlag und rief seinen Diener.

»Wer hat den Brief gebracht?«

»Ich weiß es nicht. Kurz bevor Sie kamen, fand ich ihn im Briefkasten und legte ihn auf den Tisch. Ich dachte nicht mehr daran ...«

Die Adresse war mit Bleistift und fehlerhaft geschrieben. Die gummierte Klappe war noch feucht, als Long den Umschlag aufriß und ein schmutziges Papier herausnahm, auf dem stand:

›Fahren Sie nicht nach Heartsease!‹

Nur diese wenigen Worte. Long betrachtete den Zettel von allen Seiten und legte ihn vorsichtig in die Tischschublade, um später eine Untersuchung auf Fingerabdrücke vornehmen zu können.

Als er auf die Straße trat, regnete es in Strömen. Der Chauffeur wischte die Scheiben ab, als der Inspektor zu ihm trat.

»Ich brauche Sie nicht, Marchant!«

»Sie brauchen mich nicht, Sir? Aber Sie sagten doch ...«

»Macht nichts –«, unterbrach ihn der Wetter. »Sie haben Frau und Familie, nicht wahr?«

»Jawohl.«

»Dann bleiben Sie ruhig in London, hier ist es sicherer«, meinte Long und fuhr die St. James' Street entlang nach dem Park.

Es war neun Uhr, als er in Heartsease ankam. Den ganzen Tag hatte es geregnet. Er übergab den Wagen dem Garagenwärter und betrat die große, altertümliche Hotelhalle. Sie war schon recht gut besetzt, obgleich die Golfwoche erst in zwei Tagen eröffnet wurde.

Der Wetter meldete sich im Empfangsraum und lächelte dem Fräulein hinter dem Schalter freundlich zu.

Nichts an Miss Cravel erinnerte im entferntesten an den beunruhigenden nächtlichen Vorfall von neulich. Sie erwiderte sein Lächeln, und er fand, daß sie in dem einfachen schwarzen Kleid hübscher aussehe als in der kostbaren Toilette, in der er sie zuletzt gesehen hatte.

»Mr. Monkford erwartet Sie. Sie kennen doch die Zimmer, Mr.

Long?«
Er schaute nach rechts und links, dann fragte er mit gedämpfter Stimme:
»Wollen Sie mir etwas beantworten, Miss Cravel?«
Für einen Augenblick glaubte er eine Spur von Argwohn in ihrem Blick zu lesen, als sie antwortete:
»Selbstverständlich! Wenn es mir möglich ist.«
»Wer bezahlt meine Rechnung?«
»Aber Mr. Monkford natürlich!«
»Dem Himmel sei's gedankt!«
Er ließ sie ratlos zurück, denn offenbar verstand sie seinen Spott nicht.
Im Salon traf er Monkford an, der dort eben gespeist hatte und sich in heiterer Stimmung befand. Auf dem Weg hierher hatte er einen Antiquitätenladen aufgesucht und einige Stücke echter Bristoler Glaswaren gefunden. Vier smaragdgrüne Becher standen bereits in einer Reihe auf dem Kaminsims.
»Übrigens«, äußerte er, »ist das ›Schwarze Schicksal‹ nicht echt. Ich habe jedoch Miss Revelstoke noch nicht verständigt. Sie kommt ja nächste Woche hierher.«
»Das ›Schwarze Schicksal‹?«
Im ersten Moment kam Long die kleine Statue der Negerin nicht in den Sinn.
»Sie ist nicht echt! Eine Nachahmung. Ich weiß zwar nicht, ob ich mit Miss Revelstoke darüber sprechen soll. Ich befürchte, die alte Dame wird sich sehr aufregen.«
Ein Kellner kam ins Zimmer, um den Tisch abzuräumen. Nachdem er wieder gegangen war, fragte der Wetter:
»Ist Miss Revelstoke eine sehr reiche Dame?«
»Ja-a«, sagte Monkford mit der für jeden Bankier gebotenen Zurückhaltung, wenn über Angelegenheiten seiner Klienten diskutiert wird. »Sie ist eine reiche Dame, ich sollte sogar sagen, eine sehr reiche. Sie lebt zwar ziemlich einfach, aber ihr Einkommen ist recht hoch.«
»Wie hoch?«
Monkford ließ nichts aus sich herausholen.
»Sie hat seit langer Zeit ihr Konto bei mir, schon als ich noch die Provinzfiliale hatte. Einmal war es ein besonders hoher Betrag. Ich glaube, sie verwaltete das Vermögen ihres Bruders. Das erinnert

mich daran, daß wir das Konto beinahe verloren hätten, als es Ihrem Vater angeboten wurde, der es aber aus irgendeinem außergewöhnlichen Grund nicht haben wollte. Zu jener Zeit besaß sie allein Guthaben von beinah einer Dreiviertelmillion Pfund.«

Diese Geschichte überraschte Long. Er kannte seinen Vater als scharfen Geschäftsmann, der sich eine derartig hohe Summe für sein Haus nicht entgehen lassen würde. »Finden Sie es nicht sonderbar? Ich meine, die Zurückweisung des Kontos?« fragte er.

»Ja, es war äußerst sonderbar«, bestätigte Monkford. »Die meisten Bankiers stürzen sich auf solche Konten, und Sir Godley schlug es sicher nicht aus Sympathie zu mir ab. Die Western- and Somerset-Bank ist etwas altmodisch. Aber – um Himmels willen, erzählen Sie Ihrem Vater nicht, was ich Ihnen da eben sagte!«

Long stellte eine plötzliche Veränderung in Monkfords Benehmen fest. Er war nervös geworden, schrak beim geringsten Geräusch zusammen und gab zu, schlecht geschlafen zu haben.

»Ob Miss Revelstoke ihr Fräulein mitbringt?« fragte er.

»Miss Sanders?«

»Ja, ein reizendes Mädchen.« Dann wechselte Monkford das Thema so schnell, wie er es aufgegriffen hatte. »Crayley kommt morgen. Sie scheinen ihn nicht besonders zu schätzen?«

»Es ist ziemlich schwer, jemanden zu schätzen, der keinen anderen Lebenszweck hat, als albern auszusehen und Rosen zu züchten!« meinte der Wetter, worüber Monkford lachen mußte.

»Der alte Crayley ist kein schlechter Kerl, kein schlechter Kerl. Der Mann hat Mut. Erinnern Sie sich, wie er Sie unterstützte, als Sie Shelton verhafteten?«

»Was hatte er eigentlich damals in Colchester zu suchen? Ich habe mich das oft gefragt.«

»Er hat ein Gut außerhalb der Stadt. Crayley spielt in Essex den Landwirt.«

Ohne den Bankier beunruhigen zu wollen, hatte der Wetter alle Riegel und Schlösser geprüft. In seinem Zimmer nahm er danach die gleiche Untersuchung vor und vergaß auch die Vorsichtsmaßnahme alter Jungfern nicht, unters Bett zu gucken.

Vom Fenster aus sah man einen schmalen Rasenstreifen, der am Vorbau entlanglief.

Long steckte seinen Zimmerschlüssel in die Tasche und begab sich nach unten. Miss Cravel war verschwunden, eine Angestellte nahm ihren Platz ein. Mr. Cravel unterhielt sich in der Diele mit einem Gast. Er hatte sich bereits für den Abend umgekleidet. Sobald Long die Aufmerksamkeit des Hoteliers auf sich lenken konnte, nahm er ihn beiseite.

»Ich möchte gern einige Ihrer teureren Zimmer sehen.«

Cravel schüttelte den Kopf.

»Ich bedaure, sie sind alle vorgemerkt.«

»Ich denke auch gar nicht daran, jetzt noch ein anderes Zimmer zu verlangen, sondern möchte nur wissen, was für Räumlichkeiten ich für nächstes Jahr bestellen könnte.«

»Kommen Sie mit hinauf!« Cravel ließ sich vom Empfangsschalter einen Schlüssel geben und ging in den ersten Stock voraus. »Dies hier ist Miss Revelstokes Zimmerreihe. Es ist so ziemlich das beste, was wir haben.«

Little Heartsease war früher ein herrschaftlicher Sitz gewesen, Überrest einer burgähnlichen Anlage. Das Wohnzimmer von Miss Revelstoke glich mit seinen Turmerkern einem altertümlichen Prunkgemach.

Long besah sich die Schlafzimmer. Beim kleineren erkundigte er sich:

»Dieses ist wohl für Miss Sanders bestimmt?«

Der Hotelier sah ihn leicht belustigt an.

»Ich glaube, Mr. Long, es ist nicht nur Neugier, was Sie veranlaßt, sich diese Zimmer anzusehen. Sie sind hier im Dienst!«

»Ich bin immer im Dienst«, wich der Wetter aus.

»Ernstlich, Mr. Long, erwarten Sie hier irgend etwas Unangenehmes? Ich hoffe nicht. Besonders nächste Woche nicht, wenn ich das Haus voll habe. Heartsease würde einen Skandal nicht überstehen.«

Der Wetter zwinkerte ihm zu.

»Es hat schon manchen überstanden, wenn mich mein Gedächtnis nicht täuscht.«

»Ich meine nicht diese Art Skandale«, versetzte Cravel schnell. »Sie kommen eben vor, man kann sie nicht verhindern, und niemand wird sie uns ankreiden wollen. Wenn jedoch zum Beispiel jemand hier erschossen würde – das müßte den Betrieb ruinieren.«

Der Wetter lächelte freundlich.

»Die Person, die erschossen würde, wäre vermutlich gleichfalls ruiniert! Sie brauchen aber keine Angst zu haben, Mr. Cravel. Wir werden alles tun, um eine Tragödie zu vermeiden.«

Der nächste Tag war ein Sonntag. Als er am Abend durch die Diele kam, sah er ein bekanntes Gesicht – Jackson Crayley. Er ging auf ihn zu und schüttelte ihm die Hand.

»Ein scheußliches Wetter«, brummte der phlegmatische Crayley. »Wenn ich nur ein bißchen Vernunft gehabt hätte, wäre ich nach Deauville gefahren. Golf ist überhaupt eine schreckliche Angelegenheit.«

Ein verklärtes Lächeln auf seinem Gesicht irritierte den Wetter – es mußte für jemand andern, hinter seinem Rücken, bestimmt sein. Er drehte sich um und erblickte Miss Cravel, die zu ihrem Pult zurückkehrte.

»Ein sehr nettes Mädchen –«, bemerkte Crayley vertraulich. »Um die Wahrheit zu sagen, ich komme nur ihretwegen an diesen scheußlichen Ort.«

»Eine Freundin von Ihnen?«

»Ja-a!« Mr. Crayley wischte sein Monokel ab und klemmte es wieder ins Auge. »Ja, und ich schäme mich dessen nicht. Sie ist eine der charmantesten Damen, die ich je getroffen habe.«

»Und doch haben Sie«, sagte der Wetter bedächtig, »als ich Sie mit ihr in Marlow sprechen sah, betont, daß sie eine lästige Besucherin sei, die die Unverschämtheit habe, Ihren Garten besichtigen zu wollen.«

»Habe ich das wirklich gesagt?« wunderte sich Crayley ohne jede Verlegenheit. »Nun ja, ich gehöre nicht zu denen, die ihr Herz gleich zur Schau stellen. Ihnen kann ich es ja sagen – mir liegt viel an dem Mädchen. Doch man muß vorsichtig sein, nicht wahr? – Sagen Sie, wie geht es Scotland Yard und all den netten Freunden dort?«

»Denen geht es während meiner Abwesenheit ausgezeichnet«, antwortete Long. »Haben Sie Mr. Monkford gesehen?«

»Ist er da? Dann möchte ich gleich hinaufgehen und dem alten Knaben meine Aufwartung machen. Es ist sehr angenehm, einen Bankier zum Freund zu haben. Finden Sie nicht? – Ich habe dieses Jahr ein schlechtes Zimmer«, beklagte sich Crayley. »Diese gräßliche Revelstoke hat die Zimmer, die ich sonst immer habe, mit Beschlag belegt. Es ist ärgerlich.«

»Ich wußte gar nicht, daß Sie nicht gut auf Miss Revelstoke zu sprechen sind.«

»Ich hasse sie!« versicherte Crayley mit ungewohnter Heftigkeit.

»Sie ist äußerst unfreundlich und unfähig, ein höfliches Wort hervorzubringen.Ich kann sie nicht leiden. – Nun will ich mich aber raufbemühen und den guten alten – na, wie heißt er doch gleich? – aufsuchen.«

» Angeblich konnte er keine Namen, auch nicht die vertrautesten, im Gedächtnis behalten. Long nahm an, daß er Monkford meinte. Später am Abend sah er Jackson Crayley nochmals, wie er sich über den Schaltertisch beugte, mit Miss Cravel flüsternd, und wunderte sich über die Verbindung der beiden.

Sicher würde es auch dafür eine Erklärung geben.

Kapitel 16

Am Morgen hatte sich der Sturm gelegt, die Sonne schien von einem blauen Himmel herab. Die schnelle Limousine von Miss Revelstoke kam den Zufahrtsweg entlang und hielt geräuschlos vor dem Portal von Heartsease. Die Anwesenheit von Inspektor Long schien niemanden zu beeindrucken. Miss Revelstoke begrüßte ihn, als sie an ihm vorüberging, lediglich mit einem kurzen Kopfnicken.

Nora bemerkte ihn, als sie die Säulenhalle des Hotels betrat.

»Kann ich Ihnen helfen?« fragte er.

Lachend schlug sie seine Dienste aus, die auch unnötig waren, denn ein kleines Heer von Hausburschen wartete darauf, das Gepäck in Empfang zu nehmen, das auf dem Verdeck des Wagens aufgetürmt war.

»Willkommen in Heartsease!« deklamierte der Wetter übertrieben. »Ich bin vom Stadtrat abgesandt worden, um Ihnen das Ehrenbürgerrecht dieser alten Stadtgemeinde zu überreichen.«

»Sie kennen ja nicht einmal den Namen der Stadtgemeinde«, neckte sie ihn.

»Ich wette ...«, begann Long, entschuldigte sich aber sogleich verlegen.

Schnell ging er Miss Revelstoke nach. Er sah sie jedoch erst am Abend nach dem Essen wieder und auch dann nur für einen Augenblick.

Der Dienstag rückte heran und mit ihm der Beginn des großen Turniers. Heartsease war überfüllt. Der große Rasenplatz vor dem

Haus verschwand unter bunten Sonnenschirmen und Teetischen. Die Halle mit der wogenden Gästeschar erinnerte ein wenig an eine Fußballtribüne.

Ein Zaun umgab dem Golfplatz in Heartsease, und der Park hatte zwei Eingänge. An jedem standen zwei Detektive, die nach verdächtigen Personen Ausschau hielten. Abgesehen vom Auftreten einiger gutgekleideter Taschendiebe aus London, die eine günstige Gelegenheit gewittert haben mochten, gab es keine unliebsamen Vorfälle. Der Wetter hatte es auch nicht anders erwartet.

Der Mittwoch brachte Mr. Henry, den Rechtsanwalt. Long, der seine Ankunft von Monkfords Zimmer aus beobachtete, sah ihn aus dem Wagen steigen und seufzte:

»Da kommt einer daher, der im Zylinder Golf spielen will!«

»Wer ist es?« fragte der Bankier.

»Henry, der Rechtsanwalt. Kennen Sie ihn?«

»Und ob ich ihn kenne! Er ist Miss Revelstokes Anwalt und ein kommender Mann, wenn Sie mich fragen.«

»Ein kommender Mann!« wiederholte Long geringschätzig.

Zuweilen fanden sich im Salon Besucher ein, denn als Kunstsachverständiger war Monkford eine bekannte Persönlichkeit in der Londoner City und kannte viele Künstler und Literaten. Außer dem täglichen Spaziergang, den er mit dem Inspektor unternahm, verließ er das Hotel kaum, kümmerte sich auch nicht um die berühmten Golfspieler und mischte sich nie unter die Menge der Enthusiasten.

Er nahm, ausgenommen das Abendessen am Tage seiner Ankunft, seine Mahlzeiten zusammen mit Inspektor Long im großen Speisesaal ein. Nach dem Essen schätzte er es, sich in der überfüllten Halle umzusehen. So folgte ein Tag dem andern, und da keine Gefahr zu bestehen schien, vergaß er seine Befürchtungen und war wieder ganz der alte.

Am Dienstag wurde er zum Vorsitzenden der Tanzjury gewählt und machte sich mit großem Eifer an die Arbeit, um das Kostümfest zu organisieren, das den Abschluß der Woche bilden sollte.

Am Mittwochabend sah ihn Long von seinem Fenster aus auf dem Rasenplatz in Begleitung von Henry und Crayley spazierengehen. Anscheinend war die Unterhaltung sehr ernst, denn das Auf- und Abgehen dauerte eine halbe Stunde. Einmal schaute Monkford hinauf, hob jedoch die Hand nicht zum Gruß, wie er es gewöhnlich tat.

Sie mußten bald darauf ins Hotel zurückgekehrt sein, denn fünf Minuten später hörte Long die drei Männer im Salon neben seinem Zimmer sprechen. Diese Unterhaltung dauerte etwa eine Viertelstunde, dann wurde die Gangtür geschlossen. Long klopfte und trat ein.

Der Bankier war allein. Offensichtlich mußte etwas vorgefallen sein, das ihn beunruhigte.

»Was ist los?« fragte Long.

»Nichts – gar nichts.« Monkford stieß die Worte heftig hervor. »Ich möchte Sie nach dem Essen sprechen.«

»Warum nicht jetzt gleich?«

»Es hat Zeit.«

»Betrifft es Sie?«

»Einesteils, ja. Aber es betrifft eigentlich einen – jungen Freund. Ich möchte jetzt nicht darüber reden. Wenn Sie gleich nach dem Essen heraufkommen, können wir die Sache, die mich sehr beschäftigt, erörtern. Ja, sie beschäftigt mich sehr.«

Er wollte nichts weiter sagen.

In der Halle hielt Long Jackson Crayley an.

»Was haben Sie Monkford erzählt, das ihn so deprimiert hat?«

Crayley schaute ihn erstaunt an.

»Wir sprachen über eine persönliche Angelegenheit. Wenn er es Ihnen nicht gesagt hat, kann ich auch nicht darüber sprechen, denn ich bin zum Schweigen verpflichtet.«

Long fixierte ihn eingehend. Irgendeine auffällige Veränderung war mit dem Mann vorgegangen. Er machte den Eindruck, als stünde er unter einer großen Spannung. Seine Stimme klang etwas schärfer, und seine Haltung zeigte eine ungewöhnliche Straffheit.

Der Wetter stand vor einem Rätsel. Dies alles kam ihm um so bemerkenswerter vor, als Joshua Monkford den ganzen Nachmittag sehr heiter gewesen war und sogar für den nächsten Morgen einen Gang zum Golfplatz vorgeschlagen hatte.

Long kannte Henry nicht, wenigstens nicht gut genug, um Aussicht zu haben, von ihm etwas zu erfahren.

Er speiste sonst immer mit Monkford zusammen. Doch als er sich an diesem Abend zum Essen umkleidete, brachte ihm Monkfords Diener einen Zettel:

›Würden Sie heute abend an einem anderen Tisch essen? Ich

möchte noch ein paar Angelegenheiten mit Crayley und dem jungen Henry beprechen.‹

Er war nicht ärgerlich, sondern beunruhigt. Was konnte Monkford auf einmal so einschüchtern? Er forschte in seiner Erinnerung, fand jedoch keinen Anhaltspunkt und konnte sich auch an keine Bemerkung des Bankiers erinnern, die diese plötzlichen Konferenzen erklärt hätte.

Er sah ihn während des Essens im Speisesaal. Longs Platz war neben dem Tisch, an dem Miss Revelstoke und ihre Sekretärin speisten. Für eine Sekunde trafen sich die Augen des Mädchens mit den seinen. Dabei fiel ihm ein, daß er ihr noch seine Lügen über den Ring erklären mußte – wenn er sie überhaupt je erklären konnte.

Miss Revelstokes leichte Verbeugung war die Gnade selbst. Aus ihren Augen blitzte ein boshafter Triumph, der Long innerlich zum Lachen reizte.

Das Essen war beendet, er nahm in der Halle den Kaffee, als Joshua Monkford sich durch die Menge mühsam einen Weg zu ihm bahnte.

»Kommen Sie in fünf Minuten auf mein Zimmer, Long, bitte!«

Es klang mehr wie eine Drohung als eine Bitte. Der Wetter war sprachlos. Er wartete die fünf Minuten ab, dann erhob er sich und ging zum Lift.

Der Salon war leer, als er eintrat, aber er hörte Monkfords Stimme aus dem Schlafzimmer. Offenbar telefonierte er gerade.

»Hallo – hallo ... Wer hat ...«

Dann hörte Long einen Knall und das Fallen eines Körpers. Er stürzte zur Tür. Sie war von innen verschlossen. Er lief auf den Gang hinaus. Auch die Außentür war verschlossen.

Er warf sich gegen die Türfüllung, aber das schwere Eichenholz widerstand jedem Ansturm. Er blickte sich um – Cravel kam die Treppe heraufgelaufen. Sein Gesicht zeigte Bestürzung.

»War das ein Schuß?« fragte er, ängstlich flüsternd.

»Öffnen Sie!« befahl Long.

Der Hotelier griff in die Tasche.

»Ich habe den Hauptschlüssel nicht bei mir. Warten Sie!« rief er und eilte wieder hinunter.

Eine Minute später war er zurück. Mit zitternder Hand drehte er den Hauptschlüssel um. Das Schloß gab nach.

Joshua Monkford lag auf dem Boden, das Gesicht abgewandt,

seine Hand umklammerte den Telefonhörer. Im Zimmer hing der scharfe Geruch von rauchlosem Pulver.

Monkford war tot – davon war Long überzeugt.

»Holen Sie einen Arzt!« befahl er über die Schulter weg.

»Ist er ermordet worden?« flüsterte der Hotelier.

»Holen Sie einen Arzt! Tun Sie, was ich sage!«

Als Long allein war, schloß er die Tür. Von außen steckte noch Cravels Hauptschlüssel im Schloß. Die Badezimmertür war verschlossen und verriegelt, genau wie die Tür zum Salon. Auch die Fenster waren, der nächtlichen Kühle wegen, geschlossen und richtig zugeklinkt. Nur die drei Klappfenster zuoberst standen offen.

Der Wetter riß ein Fenster auf und schaute hinunter. Das Glasdach des Restaurant-Vorbaus war hell erleuchtet. Nirgends eine Leiter zu sehen. Er nahm eine Haarbürste vom Toilettentisch und beklopfte die dem Salon gegenüberliegende Wand, hörte aber sofort am Klang, daß dieser Versuch nutzlos war. Die Lage der Leiche sprach auch nicht dafür, daß der Angreifer von dieser Seite gekommen war. Die Waffe mußte ziemlich nahe hinter Monkfords Kopf gehalten worden sein. Überhaupt konnte der Mörder nicht von irgendeiner Öffnung in der Wand aus geschossen haben, sonst hätte sich eine wesentlich größere Distanz ergeben.

Der Wetter atmete heftig. Ein Mann war in einem Zimmer, das anscheinend niemand hatte betreten können, getötet worden. Er trat auf den Gang hinaus und stieß beinah mit Cravel zusammen, der hastig auf ein Zimmermädchen einsprach.

»Mr. Long!« rief er dann aufgeregt. »In Miss Sanders' Zimmer ist etwas geschehen.«

Das Zimmermädchen zitterte und stammelte:

»Ich weiß nicht, Sir, ich hörte eine Explosion ...«

Bevor sie weitersprechen konnte, rannte Long die Treppe hinunter. Wo sich Noras Zimmer befand, wußte er. Die Tür war verschlossen. Er schaute durchs Schlüsselloch und sah eine leichte Rauchwolke im Zimmer schweben. Eine bleierne Schwere befiel ihn.

»Was wollen Sie, Mr. Long?«

Er fuhr herum. Nora Sanders stand vor ihm.

»Haben sie den Schlüssel?« stammelte er atemlos und riß ihr fast gleichzeitig den Schlüssel aus der Hand.

Er schloß auf. Irgendeine Explosion hatte stattgefunden, dies verriet der Geruch deutlich. Im Kamin glimmte ein Stück weißes Papier. Er zog es heraus und tauchte es in den Krug, der auf dem Waschtisch stand.

»Was ist passiert?« fragte Nora verwirrt.

»Nicht sehr viel. Wollen Sie hier bleiben?«

Er verließ das Zimmer und lief die Treppe hinauf, zwei Stufen auf einmal nehmend. Der Hotelier stand auf dem Gang vor Monkfords Zimmer. Die Tür war geschlossen.

»Ich dachte, es sei besser, die Tür zu verschließen, solange Sie fort sind.«

Der Wetter nickte, und sie betraten gemeinsam den Raum. Als Monkford zusammenbrach, war auch der Telefonhörer zu Boden gefallen, wo er blutbefleckt neben dem Körper liegenblieb. Genau wie Ulanen-Harry und dem unglücklichen Soldaten in Bourne End war auch dem Bankier aus allernächster Nähe eine Kugel durch den Kopf geschossen worden.

Inzwischen war ein Detektiv herbeigekommen, der im Hotel Dienst tat. Der Hotelier mußte das Zimmer verlassen, und die beiden schlossen die Tür ab, um gemeinsam eine sorgfältige Untersuchung vorzunehmen.

Der Wetter war sicher, daß das Zimmer, als er es nach dem Mord betreten hatte, leer gewesen war. Niemand hätte sich hier verstekken können. Von neuem prüfte er die Wand, indem er Zoll für Zoll die Täfelung beklopfte. Das gleiche tat sein Gehilfe an der andern Wand. Die Zimmerdecke bestand aus Gips. Ein Kamin war nicht vorhanden.

Long hob den Telefonhörer auf, wischte ihn mit einem Handtuch ab und rief das Büro an.

Miss Cravel antwortete. Aus dem Tonfall ihrer Stimme schloß er, daß sie von dem Ereignis gehört hatte.

»Sind Sie es, Mr. Long? Stimmt es, daß ...« Sie sprach leise, offenbar hatte sie Leute am Schalter.

»Wer hat Mr. Monkford vor einer Viertelstunde angerufen?« erkundigte er sich.

»Niemand – er rief hier an. Ich antwortete ihm. Mit einem Mal hörte ich einen Schuß.«

Er legte den Hörer auf, als an die Tür geklopft wurde. Es war ein Arzt, der als Gast im Hause wohnte, und den man verständigt hatte. Er schaute auf den bewegungslosen Körper.

»Es ist wohl nicht mehr nötig, zu sagen, daß er tot ist.« Er beugte sich nieder und nahm eine flüchtige Untersuchung vor. »Durch den Kopf geschossen, aus nächster Nähe – man sieht das an den verbrannten Stellen. Haben Sie den Mann erwischt?«

Der Arzt schien unterrichtet worden zu sein, wer Arnold Long war.

»Nein, wir haben keinen Mann erwischt. Als ich unmittelbar nach dem Schuß ins Zimmer kam, war niemand da.«

»Selbstmord?« fragte der Arzt zweifelnd.

Diesen Gedanken hatte Long auch einen Moment lang erwogen. Doch fand sich keine Selbstmordwaffe. Monkford besaß zwar einen Browning, aber der lag im Schreibtischkasten, und zwar ungebraucht und ungeladen.

Wie war der Mord begangen worden? Denn ein Mord lag zweifellos vor.

Der Wetter ließ seinen Kollegen allein und suchte Crayley auf. Die Reaktion von Monkfords Nachbar interessierte ihn.

»Es ist schrecklich, schrecklich! Warum sollte er sich erschießen? Als ich heute nachmittag mit ihm sprach, wirkte er sehr gut gelaunt.«

»Hören Sie zu, Crayley! Ich möchte einige Fragen an Sie richten. Sie und dieser junge Rechtsanawalt waren heute nachmittag mit Monkford zusammen. Sie müssen ihm etwas erzählt haben, was ihn sehr beunruhigte.«

»Er hat mir etwas erzählt, das mich sehr beunruhigte«, widersprach Crayley laut. »Versuchen Sie ja nicht, mich einzuschüchtern, Long, das werde ich nicht dulden! Der Tod dieses bedauernswerten Menschen hat mich so bestürzt, daß ich keinerlei zusätzliche Aufregung ertrage. Ich kann über unsere Unterhaltung nicht reden.«

»Vielleicht werden Sie darüber morgen bei der Verhandlung vor dem Richter reden«, sagte der Wetter mit halbgeschlossenen Augen.

»Sie wollen mir wohl drohen? Mir drohen! Mir, der ich Ihnen in Chelmsford das Leben gerettet habe!«

»Hören Sie auf, Crayley, bleiben wir bei der Sache. Ich drohe Ihnen nicht, sondern stelle an Sie Fragen, die jeder Polizeibeamte stellen würde. Und jeder ehrliche Mann würde sie auch beantworten. Worüber haben Sie sich heute nachmittag mit Monkford unterhalten?«

Crayley zuckte die Schultern.

»Ich darf es nicht sagen. Fragen Sie lieber Henry, denn es betraf ihn mehr als mich. Außerdem habe ich den Eindruck, daß ich erst mit meinem Anwalt sprechen muß, bevor ich mich zu diesem traurigen Ereignis äußere.«

Der Wetter ging, um den Rechtsanwalt aufzusuchen, doch wurde ihm mitgeteilt, daß Mr. Henry gleich nach dem Essen abgereist sei, also bereits London erreicht haben mußte.

Kapitel 17

Miss Revelstoke überbrachte Nora die Nachricht. Das Mädchen war sprachlos vor Schreck.

»Tot?« flüsterte sie. »O nein, Miss Revelstoke, das ist unmöglich! War er ...«

»Ich weiß nicht. Der Arzt glaubt, daß Selbstmord vorliegt. Warum aber der arme Monkford Selbstmord begehen sollte, kann ich mir nicht erklären.« Die alte Dame konnte ihre Aufregung nicht verbergen. Von Natur aus eine gelassene Person, ging sie jetzt unausgesetzt im Zimmer auf und ab. »Man soll ihm schon längst den Tod angedroht haben. Crayley erzählte es mir, aber ich kann nicht daran glauben. Deshalb ist übrigens der Detektiv hier – Mr. Long! Ein schöner Detektiv!«

»Wenn ich Sie recht verstehe, handelt es sich um Selbstmord, Miss Revelstoke?«

»Es war kein Selbstmord. Simpkins meinte, daß keine Waffe vorgefunden wurde. Er ist ein alberner Mensch, wenn er auch Arzt ist.«

»Aber wer kann ihn getötet haben?«

»Stellen Sie keine dummen Fragen, Kind! Er ist tot, das genügt. Ich will nur hoffen, daß die Bank zahlungsfähig bleibt oder sonst nichts Schlimmes vorliegt. Was Mr. Long betrifft, soll er nach Henrys Meinung keinen besonders guten Ruf bei Scotland Yard genießen. Dieser Vorfall wird wohl sein Ende bedeuten.«

Ihre Stimme klang gereizt und boshaft. Nora starrte sie an.

»Sie mögen wohl Mr. Long nicht besonders?« stotterte sie.

»Er wird natürlich die Schuld auf die Bande des Schreckens schieben. Doch diese Bande des Schreckens ist wahrscheinlich eine Erfindung seines Gehirns, um seine Mißerfolge zu bemänteln. Ob ich ihn mag? – Herrgott!« rief sie aus, beherrschte sich aber sogleich wieder. »Nora, die Vergangenheit jeder Frau weist etwas auf, von dem sie nicht wünscht, daß es an die Öffentlichkeit gezerrt wird. Durch irgendwelche Umstände hat Mr. Long eine alte Torheit von mir ausfindig gemacht, die, wie ich dachte, längst vergessen und begraben war. Ich will mit Ihnen nicht darüber sprehen. Sie würden sich dabei wahrscheinlich langweilen und mich für verrückt halten. Einst in Kopenhagen, als ich noch ein sehr junges Mädchen war ...« Sie stockte. »Das soll genügen. Nein, ich kann Ihren Mr. Long nicht leiden!«

Nora Sanders schwieg. Unter diesen Umständen wäre es nutzlos gewesen, einen Mann verteidigen zu wollen, der sicher nur seine Pflicht getan hatte. Es erschien ihr ausgeschlossen, daß Arnold Long einen Vertrauensbruch begehen könnte.

»Was ist das eigentlich für eine Geschichte mit der Explosion in Ihrem Zimmer, Nora?« fragte Miss Revelstoke plötzlich.

»Ich wußte nichts davon, bis ich Mr. Long fand, wie er meine Tür zu öffnen versuchte. Das Stubenmädchen erzählte mir, daß sie drei oder vier Schüsse gehört habe, und als ich mit Mr. Long eintrat, brannte etwas im Kamin – ein dicker Papierstreifen.«

»Was ist damit geschehen?« fragte Miss Revelstoke neugierig, und als Nora es ihr sagte, kam sie nicht mehr auf die Sache zurück.

Sie ging hinunter, um sich mit den anderen Gästen zu unterhalten, und ließ das Mädchen zum Packen zurück. Gleich nach dem traurigen Vorfall hatte sie die Absicht geäußert, am nächsten Morgen nach London zurückzukehren.

Nora lief geschäftig zwischen den aufgeklappten Koffern und geöffneten Schränken hin und her, als an die Tür geklopft wurde. Mr. Cravel trat ein.

»Alle reisen ab«, stöhnte er. »Der Arzt hat die Nachricht verbreitet. Ich hoffe, daß bis zum nächsten Jahr alles vergessen sein wird. Den Teil, in dem das Selbstmordzimmer liegt, werde ich umbauen lassen. Ich wollte sowieso größere Erneuerungen vornehmen lassen.«

Seine eigennützige Einstellung zu der Schreckenstat, die Joshua Monkford das Leben gekostet hatte, stieß Nora ab, und sie machte ihrer Empörung Luft, als Miss Revelstoke zurückkehrte.

»Meine Liebe! Sie erwarten doch nicht etwa, daß er über den Tod des armen Monkford weinen soll?« fragte die alte Dame mürrisch. »Wahrscheinlich ist er ruiniert, wenigstens für diese Saison. Nur die wahnsinnigen Golfspieler bleiben da, die übrigen Gäste verlassen Heartsease morgen früh. Einige sind bereits abgereist. Die Woche ist von Cravels Standpunkt aus verdorben. Ich bin vielmehr der Meinung, daß der Mann Haltung bewahrt. Unten traf ich Ihren Detektiv. Er fragte, ob er heraufkommen könne, um mit Ihnen zu sprechen. Sie haben doch nichts dagegen? Ich kann mir zwar nicht vorstellen, welche Aufklärung er von Ihnen erwartet. Es macht Ihnen doch nichts aus, wenn ich Sie mit ihm allein lasse? Schon sein Anblick reizt mich.«

Bald darauf erschien Arnold Long. Er sah müde und mitgenommen aus. Er tat Nora leid.

Entgegen ihrer Ankündigung machte Miss Revelstoke keine Anstalten, das Zimmer zu verlassen.

»Nun, Mr. Long, haben Sie etwas entdeckt?«

»Nein«, antwortete er kurz, »nur das eine, daß Monkford ermordet worden ist.«

»Aber wie? Cravel erzählte mir, daß niemand im Zimmer war, als Sie beide eintraten, und daß Sie der einzige waren, der sich während der Tat in Monkfords Nähe befand!«

Der Wetter schaute sie an.

»Ich?« fragte er ironisch. »Das ist mir noch nicht aufgefallen.«

»Ich nehme an, daß es anderen auffallen wird. Mr. Cravel sagte mir, daß er im ersten Stockwerk war, als der Schuß fiel, und hinauflief. Er fand Sie vor Monkfords Zimmertür, beim Versuch, sie zu öffnen. Warum sollte sie eigentlich verschlossen gewesen sein?«

»Ich habe mich selbst gewundert, aber sie war es.«

Miss Revelstoke zuckte die Achseln, ihre Mundwinkel verrieten Heiterkeit.

»Obwohl kein Schlüssel gefunden wurde? Mr. Cravel meinte, die Tür könne nicht von innen verschlossen worden sein, sonst wäre er nicht in der Lage gewesen, sie mit seinem Hauptschlüssel zu öffnen. Vielleicht haben Sie inzwischen den Schlüssel gefunden?«

»Diese Möglichkeit ist nicht ausgeschlossen«, stimmte Long bedächtig zu. »In der Tat, der Schlüssel ist in Monkfords Tasche gefunden worden.«

Miss Revelstokes Augenbrauen hoben sich fragend.

»Cravel behauptete, daß der Schlüssel im Hotelbüro hing und sich jetzt noch dort befindet. Da Sie ihn in Monkfords Tasche fanden, muß es ein Schlüssel sein, von dessen Existenz das Hotel nichts weiß.«

Sie sah, wie der Wetter stutzte und sich auf seinem müden Gesicht ein Lächeln zeigte.

»So ist's!« Mit einemmal veränderte sich sein Gesicht, die Müdigkeit war verschwunden, ein neuer Glanz trat in seine Augen. »Selbstverständlich verhält es sich so! Ich bin dumm! Blödsinnig dumm!«

Er bemerkte die Wirkung seiner Taktik auf Miss Revelstoke. Ihr Gesicht wurde lang, ihre Lippen öffneten sich, als ob sie etwas sagen wollte, doch brachte sie keinen Ton hervor. Endlich senkten sich die erhobenen Augenbrauen, und ihre Stirn legte sich in Falten.

»So verhält es sich –?« wiederholte sie. »Was meinen Sie damit?«

»Miss Revelstoke«, erwiderte er beinah vergnügt, »Sie haben mir die einfachste Lösung dieses fatalen Rätsels gegeben. Nun will ich mein Gewissen entlasten. Als ich Ihnen sagte, ich hätte den Schlüssel in seiner Tasche gefunden, log ich. Ich habe ihn nicht gefunden. Ich log, weil die Lüge die aufreizendste Behauptung ist, die ich kenne, besonders für die ...« Er beendete den Satz nicht, obgleich Miss Revelstoke darauf wartete. Sie wartete vergeblich. Er wandte sich Nora zu. »Ich wollte Ihnen eine Menge Fragen über die Explosion in Ihrem Zimmer stellen. Aber das ist nun nicht mehr nötig. Ich kann mir nun den ganzen Ablauf ziemlich genau vorstellen, nur ein Umstand ist mir noch unklar – wie ist der Mann, der Joshua Monkford ermordete, aus dem Zimmer entkommen?«

Miss Revelstokes Lippen kräuselten sich.

»Diese Frage scheint wichtiger zu sein als jede andere!« spöttelte sie.

»Ja und nein –.« Der Wetter tat, als spräche er mit sich selbst. »Die wichtigste Frage, die ich noch nicht beantworten kann, ist die: Warum hat Mr. Henry, jener hervorragende Rechtsanwalt, den Monkford für einen kommenden Mann hielt, bei der Staines Polizeistation ein Viertel vor neun vorgesprochen und dem diensthabenden Inspektor gemeldet, daß er seine Armbanduhr verloren habe, die er tatsächlich in seinem Zimmer hier zurückließ?«

Das spöttische Lächeln verschwand aus Miss Revelstokes Gesicht.

»Sie sind beinah ebenso geheimnisvoll wie gewisse geheimnisvolle Leute, Mr. Long!«

»Noch viel geheimnisvoller –«, versicherte der Wetter, »denn zur selben Minute, als Henry in der Polizeistation vorsprach, hat man Monkford erschossen. Ich habe noch nie von einem besseren Alibi gehört!«

»Von einem besseren Alibi?« fragte Miss Revelstoke lauernd. »Sie lieben es wirklich, in Rätseln zu sprechen.«

Doch Long ließ sich zu keinen weiteren Vertraulichkeiten herbei. Mit einem kurzen Kopfnicken verließ er das Zimmer.

Miss Revelstoke sah mit hochgezogenen Augenbrauen Nora an. »Verstehen Sie das?«

Nora Sanders schwieg. Sie war verwirrt und hatte den ganzen Wortwechsel kaum richtig aufnehmen können. Sie dachte an die Andeutungen ihrer Herrin, an die Torheit, die sie als junges Mädchen in Kopenhagen begangen hatte.

Sollte diese Torheit bis in die Gegenwart hineinspielen?

Kapitel 18

Miss Revelstoke hatte nicht übertrieben, als sie prophezeite, daß die Hälfte der Gäste Heartsease verlassen würde. Arnold Long, der kurz die Stadt aufgesucht hatte, fand bei seiner Rückkehr nicht mehr als ein halbes Dutzend Leute im Speisesaal vor, und die resignierten Gesichter der Kellner bewiesen schlagend, daß die Saison verdorben war.

Auf Cravels dringendes Ersuchen waren seit dem frühen Morgen drei Schreiner damit beschäftigt, die Täfelung im Mordzimmer zu entfernen. Diese Arbeit fand unter Aufsicht von Kriminalwachtmeister Rouch statt.

Der Wetter ging hinauf, um sich die Verwüstung anzusehen. Die Wände waren bis auf das Mauerwerk bloßgelegt, Teile des Fußbodens hochgehoben, und man brauchte kein Architekt zu sein, um einzusehen, daß der Raum nicht anders als durch die Tür betreten werden konnte.

Wachtmeister Rouch, ein blonder, dicker Mann mittleren Alters, dessen hauptsächlichste Eigenschaften Optimismus und der bewundernswerte Glaube waren, daß jedes noch so verwickelte Problem seine Lösung finden müsse, äußerte Long gegenüber in einer vertrauensseligen Anwandlung:

»Diese Leute können noch so geschickt sein, am Ende werden sie sich doch selbst aufhängen. Meine Annahme ist, daß der alte Monkford vom Grundley Hill aus erschossen worden ist, der nur fünfhundert Yards entfernt liegt.«

»Die Fenster waren geschlossen, und die Kugel, die Monkford getötet hat, ist aus einer Entfernung von weniger als sechs Zoll abgeschossen worden«, sagte Long unwillig.

Er nahm ein kleines Päckchen aus der Tasche und öffnete es. Das schmutzige Ende des versengten Papierstreifens kam zum Vorschein, den er im Kamin von Noras Zimmer gefunden hatte.

»Was ist das?« fragte Rouch interessiert.

»Das sind die Überbleibsel eines ›Frosches‹. Für einen Shilling können Sie ein ganzes Paket ...«

»Feuerwerk?« fragte Rouch.

»Ja, Feuerwerk. Die Wonne ihrer Kindheit, Rouch, wenn Sie je eine Kindheit hatten!«

»Und wie! Als ich vier Jahre alt war ...«

»Wir wollen besser nicht in Ihre dunkle Vergangenheit eindringen«, unterbrach der Wetter. »Dieses Ding wurde entweder durchs Fenster in Miss Sanders' Zimmer geworfen oder auf andere Weise hineingeschafft, mit der Absicht, mich in einem wichtigen Augenblick von Monkfords Zimmer abzulenken – und ich Trottel habe mich ablenken lassen!«

»Der Mörder entfloh –«, stellte Rouch tiefsinnig fest. »Ich habe das schon früher erlebt. Als ich die Gorleston Ufersache verfolgte ...«

Der Wetter schaute ihn mit mehr Mitleid als Ärger an.

»Rouch, Sie mögen vieles, was ein Mensch sich wünschen kann, haben, nur kein Gehirn!«

»Es ist gut und schön, zu behaupten, ich hätte kein Gehirn, Mr. Long – aber hier ist ein Mann in einem verschlossenen Zimmer getötet worden. Das einzige menschliche Wesen in der Nähe waren Sie –.«

Der Wetter grinste.

»Woher haben Sie diese Theorie? Setzen Sie sich, Rouch, ich

werde Sie einer scharfen Befragung unterwerfen. Woher haben Sie diese Geschichte vom ›einzigen menschlichen Wesen‹? Nun?«

Wachtmeister Rouch geriet in Verlegenheit. Er trocknete sich schnell mit dem Taschentuch die Stirn und zuckte seine kräftigen Schultern.

»Ich sagte nur ...«

»Woher haben Sie diese einleuchtende Idee?« drängte Long ungeduldig. »Sie selbst haben sie gewiß nicht hervorgebracht. Mit wem sprachen Sie?«

»Es ist jedenfalls Cravels Meinung. Er sagte, es sei sehr seltsam, aber Sie wären als einziger in der Nähe gewesen, als der Schuß fiel.«

»Holen Sie Cravel! Ich will ihn sprechen.«

Cravel kam. Anscheinend hatte er sich mit dem großen finanziellen Ausfall abgefunden, der entstanden war. Er lächelte sogar, als er sich das verwüstete Zimmer ansah.

»Nun, Mr. Long, haben Sie eine Geheimtür entdeckt?«

Der Wetter antwortete darauf nicht.

»Schließen Sie die Tür!« befahl er dem Wachtmeister und fuhr dann fort: »Erinnern Sie sich, Cravel, daß Sie, als Sie den Schuß hörten und heraufkamen, mich fanden, wie ich versuchte, die Tür zu öffnen?«

Für einen Moment leuchtete in den Augen des Hoteliers Besorgnis auf.

»Sie werden doch das, was ich Rouch sagte, nicht ernst nehmen? Ich hatte nur erwähnt, daß Sie, soweit wir wissen, das einzige lebende Wesen in Monkfords Nähe waren. Das war doch so augenfällig, daß Sie nicht etwa denken werden, ich hätte behauptet ...«

»Was Sie behaupten könnten, geht mich nichts an«, unterbrach der Wetter. »Sie wissen aber noch, daß ich Sie fragte, ob Sie einen Schlüssel zur Tür hätten? Sie wissen auch, daß Sie hinuntergingen und mit einem Hauptschlüssel zurückkamen?«

»Ja.«

»Wer gab Ihnen den?«

»Der Etagenkellner.«

»Holen Sie ihn, Rouch!«

Der Wetter sprach nichts, bis der Kellner erschien.

»Haben Sie einen Hauptschlüssel für dieses Stockwerk?«

Der Mann warf einen kurzen Blick auf seinen Arbeitgeber, dann antwortete er:

»Ja.«

»Zeigen Sie ihn mir!«

Widerstrebend nahm der Kellner einen Schlüssel aus der Tasche und übergab ihn Long, der ihn ins Türschloß steckte und zu drehen versuchte.

»Er paßt nicht. Ich glaube nicht, daß dieser Hauptschlüssel überhaupt zum zweiten Stock gehört, nicht wahr?«

Der Kellner antwortete nicht, sondern blickte wieder auf seinen Herrn mit jenem verstohlenen Blick, den der Wetter schon vorher bemerkt hatte.

»Wer hat den Hauptschlüssel zum zweiten Stock?«

Der Kellner bewegte sich verlegen.

»Ich weiß nicht – wahrscheinlich der andere Etagenkellner.«

»Dann schicken Sie ihn her!«

»Er hat Urlaub, Sir.«

»So etwas habe ich erwartet«, sagte der Wetter langsam und entließ den Mann mit einer Kopfbewegung.

»Was ist los, Long?« fragte Cravel, als der Kellner gegangen war.

»Ich will es Ihnen anvertrauen. Als Monkford auf sein Zimmer ging und mich aufforderte, ihm etwas später zu folgen, mußte klar sein, daß er die Tür nicht abschließen würde. Warum sollte er es tun? Ebenso einleuchtend ist, daß er die Tür gar nicht verschließen konnte, weil er keinen Schlüssel bei sich hatte. Daraus geht hervor, daß die Tür durch jemand andern zugeschlossen wurde, entweder von innen oder von außen. Ich hörte ihn sagen: ›Wer hat ...‹ Dann fiel der Schuß. Er wollte sagen: ›Wer hat meine Tür abgeschlossen?‹«

Cravels Gesicht wurde kreideweiß.

»Ich nehme weiter an, daß Sie der Mann waren, der die Tür zuschloß, und daß Sie den Hauptschlüssel bereits in der Tasche hatten. Als Sie hinunterliefen, um ihn angeblich zu holen, geschah das nur, um mich zu täuschen.«

»Wovon zum Teufel, reden Sie? Wollen Sie etwa sagen, daß ich, während Sie nebenan waren, die Tür aufschloß, hineinging und Monkford erschoß?«

»Ich behaupte, daß Sie die Tür zuschlossen, bevor er tot war, und Sie wußten sehr wohl, was geschehen würde. Heraus mit der Sprache, Cravel!«

»Das ist eine Lüge!«, brüllte der Hotelier. »Ich war überhaupt nicht hier oben. Warum sollte ich die Tür zuschließen? Sie haben sich in die Nesseln gesetzt, Long, und Sie erfinden jetzt allerhand phantastische Geschichten, um die eigene Haut zu retten.«

Der Wetter beugte seinen Kopf vor, so plötzlich, daß er fast das Gesicht des zurückschreckenden Cravel berührte.

»Meine Geschichten, wie Sie es nennen, reichen aus, um die Schlinge um Ihren Hals zu legen, Sie Mann des Schreckens! Ich könnte Sie sofort wegen Mordes an Joshua Monkford festnehmen, aber ich will Ihnen noch etwas Spielraum lassen. Wenn Sie Monkford nicht selbst töteten, haben Sie doch seinen Tod geplant. Wenn alles, was ich mir denke, zutrifft, werde ich Sie auf die gleiche Falltür stellen, auf der Clay Shelton gestanden hat.«

Das schlug ein! Cravels Lippen öffneten sich zu einem teuflischen Grinsen, seine Augen funkelten.

»Das wollen Sie tun?« Die Worte würgten ihn in der Kehle. »Bei Gott, das wollen Sie tun? Mich – dorthin bringen, wohin Sie – Clay Shelton gebracht haben? Sie ...«

Der Wetter sprang zur Seite. Der Hieb des wütenden Mannes verfehlte ihn. Sein Arm legte sich blitzschnell um Cravels Hals und riß seinen Kopf zurück. Der Hotelier schlug wild um sich, glitt aus, verlor das Gleichgewicht und fiel zu Boden.

»Jetzt habe ich dich!« Der Wetter lachte zufrieden. »Habe ich Ihre offene Wunde berührt, Cravel? Sie haben sich näher, bedeutend näher als ich hoffte, an den Punkt manövriert, wo ich Sie haben wollte.«

Cravel stand langsam auf. Er zitterte an allen Gliedern, seine Augen schienen in die Höhlen zurückgesunken zu sein. Aber er war wieder Herr über sich selbst.

»Es tut mir leid«, murmelte er, »Sie haben mich ziemlich aufgeregt. Kein Mensch wünscht, mit einem Mörder verglichen oder gar des Mordes beschuldigt zu werden. – Ich werde diesen Vorfall Scotland Yard berichten, Long!«

»Kommen Sie getrost vorbei und besuchen Sie unsern Chef! Er wird sich freuen, Sie zu sehen. Wie alt sind Sie, Cravel?«

Der Hotelier antwortete nicht, er drehte sich um und verließ wankend das Zimmer.

Beeindruckt und verwundert starrte Rouch seinen Vorgesetzten an.

»Da wird es alles mögliche absetzen, wenn er es meldet«, flüsterte er.

»Ich wette – er wird nichts melden«, versicherte Long. »Ich wette einen Tausender, daß er nicht einmal seine Nase durchs Portal streckt, und ich wette eine Million, daß er nie ein Wort über mein ungebührliches Benehmen verlauten läßt.« Er blickte sich im Zimmer um. »Sie können der altehrwürdigen Zunft der Tischler ausrichten, daß sie die Täfelung wieder anbringen kann.«

Darauf suchte er sein Zimmer auf, packte seine Handkoffer und trug sie selbst in die Halle hinunter. Der Garagenaufseher hatte das Auto schon ins Freie gebracht. Long warf das Gepäck auf die Rücksitze. Er hatte schon einen Fuß auf dem Trittbrett, als er seinen Namen rufen hörte und sich umdrehte. Es war Alice Cravel. Ihr Gesicht verriet nichts. Sie hielt ein Blatt Papier in der Hand.

»Sie haben vergessen, Ihre Rechnung zu bezahlen, Mr. Long!«

Er nahm die Rechnung und überflog sie. Dann lachte er laut auf. Die außerordentliche Höhe der Preise belustigte ihn. Er gab die Rechnung dem Mädchen zurück.

»Schicken Sie sie Mr. Monkfords Testamentsvollstrecker!« rief er kaltblütig. »Und, Miss Cravel, wollen Sie Ihrem Bruder etwas bestellen?«

Sie wartete mit zusammengepreßten Lippen, tiefer Haß sprach aus ihren Augen.

»Sagen Sie ihm, daß ich ihn in Chelmsford treffen werde. Ulanen-Harry war keiner meiner Freunde, aber ich habe mir geschworen, den Mann hängen zu lassen, der ihn getötet hat.«

Ihre Augen blinzelten nicht, nur als der Name ›Chelmsford‹ fiel, glaubte er ein rasches Erstaunen darin zu erkennen. In Chelmsford befand sich das Gefängnis, wo in Berkshire die Mörder gehängt wurden. – Ulanen-Harry mochte sie vergessen haben.

Kapitel 19

Mr. Frederick Henrys Büro befand sich in Lincoln's Inn Fields, im Erdgeschoß von Nr. 742. Es war so sauber und korrekt eingerichtet, wie man es von diesem gewandten, gepflegten jungen Mann erwarten konnte – an den Wänden einige Bücherregale und Aktenschränke, ein vornehm wirkender Schreibtisch aus Mahagoni. Auf dem Marmorsims des Kamins stand eine blaue Porzellanvase mit roten Rosen. Vom breiten Fenster aus sah man auf einen Rasen, auf Bäume und ein Blumenbeet. Die übliche dumpfe Atmosphäre von Anwaltsbüros war hier nicht zu finden.

Mr. Henry stand am Fenster und betrachtete den schönen Garten, als ihm Inspektor Long gemeldet wurde. Er schaute lächelnd auf die Karte.

»Ich lasse bitten.«

Er ging dem Besucher halb entgegen und begrüßte ihn.

»Sie kommen Monkfords wegen? Ich wollte Ihnen gestern schreiben, rief aber vorher in Heartsease an und hörte, daß Sie abgereist wären.« Er rückte dem Inspektor einen Stuhl zurecht, dann setzte er sich hinter seinen Schreibtisch. »Nun, Mr. Long, was wünschen Sie?«

Der Wetter hatte mit einem solchen Entgegenkommen nicht gerechnet, was ihn zunächst aus der Fassung brachte.

»Kommen wir also gleich zur Sache, Mr. Henry«, begann er. »Wenige Stunden, bevor Monkford ermordet wurde, sah ich ihn im Gespräch mit Ihnen und Jackson Crayley auf dem Rasenplatz vor meinem Fenster spazieren. Als ich Monkford später traf, war sein Verhalten zu mir ausgesprochen kühl. Ich möchte wissen, worüber Sie sich unterhielten, und weshalb er danach ein so verändertes Wesen zeigte.«

»Das kann ich Ihnen leicht erklären«, erwiderte der Rechtsanwalt. »Mr. Monkford erfuhr von mir, daß Sie ein Verehrer von Miss Sanders sind, und daß Sie ihr einen kostbaren Ring geschickt haben.«

Der Wetter war verblüfft. Daß sein kleines Täuschungsmanöver der Grund für Monkfords seltsame Verstimmung gewesen sein könnte, hätte er zuletzt erwartet.

»Und warum sollte das Mr. Monkford verdrießen?« fragte er.

Henry betrachtete ihn mit einem seltsamen Lächeln.

»Weil Monkford selbst verliebt war«, sagte der Anwalt und war über die Wirkung seiner Worte befriedigt.

»Verliebt in sie?« fragte Long zweifelnd.

»So sehr verliebt, daß er am Nachmittag vor seinem Tod ein Testament zugunsten von Miss Sanders machte, worin er ihr sein ganzes Vermögen hinterließ.«

Der Wetter erhob sich zögernd.

»Zum Teufel, hat er das getan?«

Der Anwalt zuckte die Achseln, so als interessierten ihn des toten Monkfords Überspanntheit und deren Folgen nicht sonderlich.

»Das Testament befindet sich in meinem Besitz. Es ist auf Monkfords Verlangen aufgesetzt und von Crayley und mir als Zeugen unterschrieben worden.«

»Wer sind die Testamentsvollstrecker?«

»Miss Sanders ist alleinige Vollstreckerin. Ich habe ihm selbstverständlich abgeraten, ein derartiges Testament zu machen, und vorgeschlagen, seinen eigenen Anwalt beizuziehen. Ich war sehr dagegen, daß Miss Sanders alleinige Vollstreckerin sein sollte, und riet, einen amtlichen Testamentsvollstrecker zu bestellen. Aber er ließ sich nicht davon abbringen. Er sagte, daß er nach dem Essen mit Ihnen sprechen und Sie aufklären werde. Ich neige zu der Ansicht, daß er Furcht vor einem baldigen Tod hatte und daher darauf drängte, das Testament sofort aufzusetzen. Ich habe ihm ernstlich abgeraten ...«

»Sie sagten das bereits«, unterbrach Long kalt. Noch nie hatte er so schnell und sicher überlegt. Während er die Schatten der Bäume beobachtete, die sich als tanzende Muster auf dem Rasen abzeichneten, überdachte er rasch den ganzen Fall, von dem Augenblick an, als er Clay Shelton festgenommen hatte. »Was ist heute – Donnerstag?« Er hatte die kindliche Gewohnheit, mit den Fingern zu zählen. »Donnerstag, Freitag, Samstag, Sonntag. Vier Tage sind eine ganze Menge – sechsundneunzig Stunden. Die Frage ist, ob ich sechsundneunzig Stunden wach bleiben kann.«

Mr. Henrys Gesicht nahm einen fragenden Ausdruck an.

»Ich verstehe nicht, was Sie so beschäftigen kann.«

»Es beschäftigt mich aber sehr. Wie alt sind Sie, Mr. Henry?«

»Ich?« fragte der Anwalt überrascht. »Ich bin dreiundzwanzig – vielmehr vierundzwanzig. Warum fragen Sie?«

»Sie sehen jünger aus, das ist alles. Wo kann ich Crayley finden?«

»In seinem Klub.«

»Im Kunst- und Wissenschaftsklub, nicht wahr? Sehr unpassend, denn der Mann ist weder künstlerisch noch wissenschaftlich veranlagt. Wenn er kein Verräter ist, habe ich nie einen gesehen.«

»Ein Verräter?«

Henry strich über seinen kleinen schwarzen Schnurrbart. »Ich habe mir Jackson Crayley nie als Verräter vorgestellt.«

»Ich wette, er ist einer. Ich wette einen Tausender, daß er singt, bevor die heißen Eisen ihn berühren.«

»Wollen Sie ihn foltern?« fragte Mr. Henry trocken. »Und wenn Sie es täten, was erwarten Sie aus ihm herauszubekommen? Daß das Testament ein Betrug und Mr. Monkfords Unteschrift eine Fälschung ist? Wirklich, Long, ich hätte geglaubt, solche Detektive gäbe es nur noch im Theater.«

Der Wetter grinste, als er seinen Hut aufnahm.

»Theater – nicht schlecht, Sie haben das Kind beim Namen genannt. Haben Sie je von Elmsford gehört, dem Mann in Hereford, der seine Frau vergiftete. Er war Rechtsanwalt und wurde gehenkt.«

»Nun, und was hat das damit zu tun?« fragte Henry belustigt.

»Ein verflucht guter Präzedenzfall – weiter nichts.«

Kapitel 20

Miss Revelstoke beklagte sich bitterlich darüber, daß die Saison in Heartsease nun verdorben war. Gewöhnlich verbrachte sie einen Monat hier, blieb also noch drei Wochen nach der großen Golfwoche, um dann von Berkshire direkt nach Schottland zu fahren, wo sie einen weiteren Monat verweilte, bevor sie nach Aix reiste.

»Jetzt muß ich die drei Wochen in London totschlagen«, jammerte sie, »während alle anderen Leute verreist sind.«

Nora, der das Entsetzen über Mr. Monkfords Tod noch in allen Gliedern saß, schlug einen Aufenthalt in einem französischen Seebad vor. Sie konnte den Eindruck, daß die Bande des Schreckens eine Tatsache war, nicht mehr abschütteln. Obwohl sie seit jener denkwürdigen Fahrt nach Marlow nicht mehr mit Arnold Long darüber gesprochen hatte, war sie überzeugt, daß Mr. Monkfords Tod damit zusammehing, und versuchte, die Ansicht ihrer Herrin zu erfahren.

»Ein Altweibermärchen!« erklärte Miss Revelstoke. »Das ist die Bande des Schreckens! Ich verstehe nicht, was mit Scotland Yard los ist, daß man dort solchem Unsinn Glauben schenkt. Aber man wird Ihrem Inspektor diese romantische Geschichte nicht mehr lange abnehmen, verlassen Sie sich drauf!«

»Sicher kann man ihm wegen Mr. Monkfords Tod keinen Vorwurf machen.«

»Warum denn nicht?« fragte Miss Revelstoke. »Hat man ihn nicht nach Heartsease geschickt, um den Unglücklichen zu beschützen? Und wie ist er beschützt worden!«

»Die Bande des Schreckens ...«, begann Nora.

»Dummes Zeug! – Schreiben Sie an das Kap-Martin-Hotel in Bournemouth und fragen Sie an, ob die Zimmer frei sind, die ich vor zwei Jahren hatte. Ich möchte Sie ersuchen, sich diese Bande des Schreckens aus Ihrem Kopf zu schlagen!«

Miss Revelstoke schaute gerade aus dem Fenster, als ein Taxi vor dem Haus hielt, dem ein Herr mit Zylinder entstieg.

»Da kommt der getreue Henry! Er scheint es eilig zu haben, Veranlassen Sie, daß er gleich zu mir geführt wird.«

Die beiden hatten sich etwa zwanzig Minuten allein unterhalten, als Nora ins Arbeitszimmer gerufen wurde. Die Mitteilung, die man ihr machte, bestürzte sie.

»Zwei Millionen Pfund – für mich?« brachte sie endlich hervor.

Sie saß da, bleich und fassungslos. Ihre Blicke wanderten von einem zum andern.

Mr. Henry lächelte gutmütig.

»Ich glaube, Nora, Sie werden das Erbe annehmen müssen, und ich möchte Sie bitten, daß ich für Sie die gerichtliche Bestätigung beantragen darf. Der größte Teil ist flüssig, Sie erhalten nach den Testamentsbestimmungen eine Million zweihunderttausend Pfund sofort ausgezahlt.«

»Der schlaue alte Fuchs! Er war also doch in Sie verliebt!« Miss Revelstokes schwarze Augen schienen das Mädchen durchbohren zu wollen.

»Aber – aber ...«, stotterte Nora hilflos.

Der Arm der alten Dame legte sich um ihre Schultern – sie zuckte zusammen, denn die unverhältnismäßige Kraft dieses Armes erschreckte sie.

»Gehen Sie hinauf, legen Sie sich hin! Ich werde mit Henry über das Vermächtnis sprechen. – Kommen Sie, meine Liebe, erst will ich Sie hinaufbegleiten ...« Sich zum Anwalt zurückwendend, sagte Miss Revelstoke: »Man kann sich denken, daß sie ihr Glück nicht fassen kann.«

Die Tür ihres Zimmers schloß sich, und Nora Sanders blieb allein mit ihren Gedanken. Zwei Millionen Pfund! Es klang unglaublich. Sie meinte aus einem verrückten Traum zu erwachen und schaute sich im Zimmer um. Nichts hatte sich verändert, alles befand sich am gewohnten Platz, der Schrank, der kleine Schreibtisch, über dem das Bild ihres Vaters hing, das offene Fenster ... Nur – dort unten, auf der gegenüberliegenden Straßenseite, stand ein Mann! Er hob die Hand und grüßte hinauf. Ihr Herz schlug schneller.

Es war der Wetter Long. Er legte den Zeigefinger an den Mund, deutete auf die Straße und streckte dann drei Finger in die Höhe. – Drei Uhr! Sie schaute auf ihre Uhr. Es war jetzt halb zwölf. Sie nickte. Aber wo?

Er hielt eine Zeitung unter den Arm geklemmt, die er nun hervorzog und entfaltete. Dabei zeigte er auf ein ganzseitiges Inserat, das seit einigen Tagen in allen Zeitungen erschien. Es war die Anzeige eines Ausverkaufs bei Cloche.

Sie nickte. Wieder legte er den Zeigefinger an die Lippen. Sie verstand – sie sollte darüber nicht mit Miss Revelstoke sprechen.

Er winkte mit der Hand und entfernte sich. Die Leute auf der Straße schienen von den seltsamen Zeichen wenig Notiz genommen zu haben.

Die Glocke zum Essen ertönte, sie ging hinunter. Als sie durch die offenstehende Tür in den Salon trat, kam sie gerade zurecht, um Miss Revelstokes kräftige Auslassungen über französische Seebäder zu vernehmen. Sie war nicht über das, was sie hörte, sondern über das, was sie sah, vielmehr nicht sah, erstaunt. Seit dem Abend, als Arnold Long sie besucht hatte, war sie nicht mehr im Salon gewesen. Sofort fiel ihr auf, daß über dem Kaminsims ein anderes Ölgemälde hing, nicht mehr das schmeichelhafte Jugendbildnis ihrer Herrin, das vor der Abreise nach Heartsease dort seinen Platz gehabt hatte.

Miss Revelstoke bemerkte den Blick.

»Ich wollte das Bild schon längst wegehmen. Gott sei Dank, daß es endlich geschehen ist. Es war mir eine ständige Mahnung an mein hohes Alter. – Liebe Nora, wir haben über Ihr großes Glück gesprochen. Ich wünsche, daß Sie vernünftig sind und Mr. Henry bevollmächtigen, Sie zu vertreten.«

Daß sie einen Anwalt brauchte, konnte Nora Sanders noch kaum fassen. Sie mußte lächeln.

»Ich verstehe wahrhaftig nicht, warum mir Mr. Monkford sein Geld hinterlassen hat. Es ist einfach nicht zu glauben.«

»Er hätte es in schlechtere Hände geben können.« Miss Revelstoke schritt voraus ins Arbeitszimmer. »Der arme Joshua war seltsam. Aber in diesem Fall hat er meiner Meinung nach sehr vernünftig gehandelt. Er war in Sie verliebt, Nora. Selbstverständlich war er das! Und darin verriet er ausgezeichneten Geschmack.«

Auf dem Schreibtisch lagen zwei handgeschriebene Schriftstücke.

»Unterzeichnen Sie auf der punktierten Linie!« sagte Mr. Henry, indem er eine Redewendung zitierte, die in einem amerikanischen Lustspiel vorkam, das seit kurzem aufgeführt wurde. »Das erste ist eine formelle Erklärung Ihrer Zuständigkeit, das zweite ein Brief, der mich bevollmächtigt, für Sie zu handeln. Eine weitere Vollmacht werden Sie noch vor einem Richter unterschreiben müssen. Vorläufig wird dieser Brief genügen. Mit der Unterzeichnung haben Sie die Hälfte Ihrer Sorgen und Zweifel auf mich übertragen.«

Sie setzte sich an den Schreibtisch und nahm zögernd den Federhalter in die Hand. Man verlangte von ihr, etwas Entscheidendes zu tun. Ihr war, als ob sie durch diese Unterschriften etwas forderte, worauf sie keinen moralischen Anspruch hatte.

»Muß ich das jetzt gleich unterschreiben? Ich bin so verwirrt, daß ich mir kaum vergegenwärtigen kann, was geschieht. Hat es nicht bis heute abend Zeit, bis ich die Aufregung überwunden habe?«

Sie schaute dabei Henry an und bemerkte den kurzen, warnenden Blick nicht, den Miss Revelstoke ihm zuwarf.

»Aber sicher! Heute können wir doch nichts mehr unternehmen. Miss Revelstoke wird Ihnen alles Nähere über die Papiere erklären. Es ist mir lieber, wenn Sie sich vollständig darüber im klaren sind, bevor Sie unterschreiben. Es hat keine Eile. Wenn ich die Papiere nur morgen früh mit der ersten Post erhalte, genügt es.«

Miss Revelstoke nahm die Dokumente, schloß den Geldschrank auf und legte sie hinein.

»Und nun wollen wir essen!« erklärte sie aufgeräumt.

Mr. Henry verließ das Haus um halb drei Uhr. Nora, die darauf gewartet hatte, ging sofort hinunter ins Arbeitszimmer.

»Darf ich eine Stunde weggehen?« fragte sie. »Ich glaube, ein

Spaziergang wird meinen Kopf klären.«

»Eine gute Idee«, sagte Miss Revelstoke ernst und biß sich auf die Lippen. »Nur halte ich es nicht für klug, über die Sache zu sprechen, bis Mr. Henry die nötigen gerichtlichen Schritte unternommen hat. Vor allen Dingen sollten Sie nicht mit Mr. Long darüber sprechen. Ich mag gegen ihn voreingenommen sein, das ist wahr, aber vor allem kann ich seinen Vater nicht leiden. Er hat mich einmal durch sein bäurisches Benehmen in große Verlegenheit gebracht. – Wohin wollen Sie gehen?«

»Ich werde durch den Park gehen und vielleicht bei Cloche hineingucken. Dort ist Ausverkauf.«

Miss Revelstoke lächelte mild.

»Meine Liebe, Sie sind jetzt in einer Lage, die Sie über Ausverkäufe erhaben macht! Aber es wird eine Zerstreuung für Sie sein. Kommen Sie bis fünf Uhr zurück!«

Kapitel 21

Cloche ist ein großes Warenhaus, und da es Long unmöglich gewesen war, den genauen Ort auszumachen, wo sie sich treffen wollten, blieb sie einen Augenblick beim Haupteingang stehen. Als sie ihn nirgends entdeckte, ging sie hinein. Das Erdgeschoß des Warenhauses war voll von Menschen – unmöglich, in dem Gewühl jemanden zu finden. Sie begann bereits zu glauben, daß sie entweder die Zeichen mißverstanden habe, oder daß er abgehalten worden sei. Da trat ein Wachtmeister mit einem langen Kavallerieschnurrbart an sie heran und legte grüßend die Hand an die Schirmmütze.

»Wir haben Ihre Handtasche gefunden, Miss. Sie ist im Fundbüro. Haben Sie die Freundlichkeit, mir zu folgen!«

Bevor sie einwenden konnte, daß sie keine Handtasche verloren habe, hatte er sich umgedreht und ging voraus. Vergeblich suchte sie ihn einzuholen und ihm den Irrtum zu erkläen. Er trat in einen Raum ein, an dessen Tür ›Fundbüro‹ stand. Hier erst erreichte sie ihn.

»Ich glaube, Sie irren sich, ich habe keine Handtasche verloren.«

Er stieß eine zweite Tür auf, die in ein kleines Wartezimmer führte.

»Treten Sie bitte ein, Miss!«

»Ich sagte Ihnen doch, daß ich nichts verloren habe!«

Seine Sturheit reizte sie.

Er schob sie fast mit Gewalt ins Zimmer und schloß dann die Tür.

»Verzeihen Sie, daß ich wie ein Detektiv auf der Bühne erscheine!« sagte der Wetter, indem er seinen Schnurrbart abriß. »Ich kann diese Verkleidungen nicht ausstehen. Es kommt mir vor, als verletzte ich irgend jemandes Urheberrecht. Aber der alte Cloche ist ein guter Bekannter von uns, und ich wußte keinen anderen Weg, an Sie heranzukommen, ohne dem Herrn, der Ihnen in den Laden gefolgt ist und Sie vermutlich schon länger verfolgt, eine ganze Menge Hinweise zu geben.«

»Mich verfolgen?« Sie starrte ihn ungläubig an. »Sie irren sich bestimmt!«

»Ich irre mich so sehr, daß ich den Mann, seinen Namen, seine Adresse und seine Vorstrafen kenne. – Den Rock des Wachtmeisters habe ich mir für diese Gelegenheit geborgt. Cloche hat so viele Angestellte in Livreen, daß einer mehr oder weniger nicht auffällt. – Sie haben von Ihrem Glück gehört?«

»Es ist also wahr? Ich kann es kaum glauben.«

Er nickte bekräftigend.

»Das Testament ist unter den gegebenen Umständen unanfechtbar. Monkford soll es am Nachmittag vor seinem Tod unterschrieben haben, also, beiläufig gesagt, am 1. August. Ist das nicht sehr bezeichnend?« Als sie ihn verständnislos ansah, ergänzte er: »Das Merkwürdige war doch, daß er am 1. August sterben sollte.«

Da erinnerte sie sich an das alte Motorboot, das nahe bei Monkfords Rasenplatz festgemacht lag, und an die eingeritzten Daten.

»Oh!« rief sie und wurde blaß.

»Die Prophezeiung hat sich erfüllt, das ist alles. Wenn es sich am 2. August ereignet hätte, würde die Inschrift ihren Kunstwert verloren haben.« Nach einer Weile fragte er: »Was für Dokumente wollte Henry von Ihnen unterschrieben haben?«

»Woher in aller Welt wissen Sie das?«

»Haben Sie irgend etwas unterschrieben?«

»Noch nicht.«

»Also hat man Sie aufgefordert, zu unterschreiben, nicht wahr?«

»Ich weiß wirklich nicht, worum es sich eigentlich handelt, aber anscheinend ist alles ganz in Ordnung. Mr. Henry zeigte mir zwei Papiere. Das eine bevollmächtigt ihn, mich zu vertreten, das andere ist eine formelle Erklärung ...«

»Sie werden keines von beiden unterschreiben! Verstehen Sie?«

»Aber Mr. Henry ist Rechtsanwalt und soll mich vertreten.«

»Er wird Sie nicht vertreten, und Sie werden nicht unterschreiben – ist das klar?« fragte der Wetter streng und zog einen zusammengefalteten Papierbogen aus der Tasche, den er auf dem Tisch ausbreitete. »Ich will Ihr Vertrauen in mich auf die Probe stellen. Dieses Formular enthält eine Bevollmächtigung für Wilkins, Harding und Bayne, die Anwälte meines Vaters, und ich wünsche, daß Sie sie unterschreiben. Ich sorge dafür, daß sie noch heute abend abgeliefert wird. Ich glaube, sie ist so ziemlich identisch mit der Vollmacht, die Henry unterschrieben haben wollte. Eine Ermächtigung, Sie zu vertreten. Mit anderen Worten, Sie legen Ihre Angelegenheiten in die Hände einer Anwaltsfirma, die über jeden Zweifel erhaben ist.«

»Ist das Ihr Ernst?«

»Ja.«

»Dann ist Mr. Henry ...«

»Mr. Henry ist nicht über jeden Zweifel erhaben, aus Gründen, die ich Ihnen augenblicklich nicht erklären kann. Wollen Sie es für mich tun, Nora?«

Sie nahm den Federhalter, der auf dem Tisch lag, tauchte ihn ins Tintenfaß und unterschrieb das Dokument, ohne es zu lesen.

»Es wird einen schrecklichen Auftritt geben, wenn ich Miss Revelstoke erzähle, was ich getan habe.«

»Sie brauchen ihr bis morgen nichts zu sagen. Wann sollten Sie Henrys Schriftstücke unterzeichnen? Heute abend? Die Leute arbeiten schnell! Glauben Sie, daß Sie, wenn Sie sich Mühe geben, eine Lüge sagen können?«

Sie lächelte.

»Ich möchte nicht lügen, aber wenn Sie meinen ...«

»Sagen Sie Miss Revelstoke, Sie hätten sich entschlossen, Ihre Angelegenheit in die Hände der Rechtsanwälte Ihres Vaters zu legen, und diese würden sich mit Henry in Verbindung setzen. Um Ihre Handlungsweise zu rechtfertigen, können Sie hinzufügen, daß Sie es für besser erachten, wenn ein Außenstehender Ihre Interessen wahrnimmt, und Henry bei der Abfassung des Testaments ja als Zeuge fungierte. So ...« Zwischen ihnen auf dem Tisch lag eine kleine Handtasche, die er ihr jetzt lächelnd in die Hand drückte. »Darf ich Ihnen, da Sie nun mal eine Handtasche verloren haben müssen, diese sozusagen zurückerstatten? Denn – der Herr, der Sie draußen erwartet, wird ungeduldig!«

»Wann kann ich Sie wiedersehen, Mr. Long? Die ganze Sache beunruhigt mich.«

Er erfaßte ihre Hand und schaute ihr gerade in die Augen.

»Ich werde in den nächsten Tagen wahrscheinlich nie sehr weit von Ihnen entfernt sein. Sie gehen ungemütlichen Zeiten entgegen. Es hat keinen Zweck, Ihnen das zu verschweigen. Aber Sie gehören zu den Menschen, die viele Hindernisse überwinden können. Es mag für Sie eine Beruhigung sein, zu wissen, daß die achtzehntausend Polizisten Londons zu Ihrer Verfügung stehen, und daß ein armseliger Inspektor Ihretwegen graue Haare bekommen wird. Die Umstände dürften es Ihnen etwas leichter machen, durchzuhalten.«

Einen Augenblick später stand sie wieder draußen in den Verkaufsräumen. Neugierig versuchte sie zu entdecken, wer sie beobachtete. Doch anscheinend achtete jedermann nur auf sich selbst. Plötzlich jedoch sah sie, wie ein Mann verstohlen nach ihr schaute. Sofort wandte er den Blick ab, aber sie fühlte, daß er sie weiterhin beobachtete.

Sie besuchte einige Abteilungen und machte ein paar Einkäufe. Jedesmal, wenn sie sich umsah, war der Herr nur wenige Schritte von ihr entfernt.

Warum wurde sie beobachtet? Welche Gefahr drohte ihr? Aus irgendeinem bemerkenswerten Grund beunruhigte sie Longs Warnung, die sie normalerweise in panikartigen Schrecken versetzt hätte, nicht sehr, und sie fühlte sich stark genug, die unvermeidliche Mißbilligung ihrer Herrin als das geringste der bevorstehenden Übel anzusehen.

Sie wartete deshalb auch nicht, bis Miss Revelstoke sie an die Dokumente erinnerte, sondern ging sofort zu ihr. Sie fand sie im Salon, mit einer Handarbeit beschäftigt. Bei ihrem Eintritt sah die alte Dame über die Brille hinweg, die sie bei solchen Gelegenheiten trug, auf.

»Ich habe mich entschieden, meine Angelegenheiten den Rechtsanwälten meines Vaters zu übertragen«, begann Nora ohne Einleitung.

Miss Revelstoke legte ihre Arbeit beiseite, nahm die Brille ab, klappte sie behutsam zusammen und legte sie auf den Nähtisch.

»Wann sind Sie zu dieser Entscheidung gekommen, Nora?«

»Heute nachmittag«, erklärte das Mädchen kühn. »Ich habe mir die Sache überlegt und finde, daß es nicht wünschenswert ist, wenn Mr. Henry, der an der Abfassung dieses außergewöhnlichen Testaments beteiligt war, mich vertritt.«

Auf dem Rückweg vom Warenhaus hatte sich Nora Sanders klargemacht, daß ihre Stellung in Colville Gardens durch diesen Schritt unmöglich wurde. Trotzdem sah sie die Notwendigkeit, das Haus zu verlassen, nicht ganz ein. Für vieles mußte sie ihrer Arbeitgeberin dankbar sein; sie hatte sie menschenfreundlich behandelt und nie unmäßige Forderungen an ihre Kraft gestellt.

Gegen sechs Uhr kehrte Miss Revelstoke von ihrem Ausgang zurück.

»Ich habe Henry aufgesucht«, berichtete sie. »Er ist natürlich etwas verstimmt, versteht aber Ihren Standpukt und denkt, daß Sie, im Grunde genommen, recht haben. Teilen Sie ihm alles Nähere mit! Wer sind die Rechtsanwälte Ihres Vaters? Er fragte danach.«

Nora geriet in peinlichste Verlegenheit, da sie die Namen nicht wußte. Der Wetter hatte sie zwar genannt, aber sie konnte sich nicht mehr daran erinnern. Miss Revelstoke ging über die Verwirrung ihrer Sekretärin hinweg, ohne weiter zu fragen.

»Glücklicherweise hat Henry noch nicht viel unternommen. Allerdings hatte er sich bereits mit Monkfords Anwälten in Verbindung gesetzt, die nun ebenfalls ärgerlich sind – denn das Schlimme bei all diesen Advokaten ist ja, daß sie bei einem solchen Nachlaß profitieren wollen. Jedenfalls aber dürfte das Testament nicht angefochten werden. Monkford besaß keine Verwandten.« Mit einem kurzen Lacher stand sie auf. »Gestern waren Sie lediglich meine Sekretärin, ein sehr nettes Mädchen zwar, aber weiter nichts – heute wage ich es kaum mehr, Ihnen eine Anweisung zu geben.«

»Sie haben mir schon manche gegeben!« meinte Nora scherzend.

»Dann will ich Ihnen noch eine geben. Telefonieren Sie mit Henrys Büro und lassen Sie ihn wissen, daß ich meine Absicht geändert habe und heute abend mit ihm speisen will. Ich habe diesen unmöglichen Jackson Crayley in der Stadt getroffen, er bat mich, zu einer Tasse Kaffee kommen zu dürfen – er habe mir etwas Interessantes zu erzählen. Wollen sie ihn unterhalten und so elegant wie möglich loszuwerden versuchen? Sagen Sie ihm, daß ich unerwartet weggerufen worden bin. Ich würde einen Abend mit Jackson Crayley jetzt nicht ertragen.«

Sie fuhr ein Viertel nach sieben weg. Das Essen sollte um halb acht aufgetragen werden. Nora, der das Alleinsein heute besonders angenehm war, freute sich, als sich die Tür hinter der energischen Miss Revelstoke schloß. Ihr letzter Befehl, in Noras Anwesenheit erteilt, galt dem Stubenmädchen und war hausfraulicher Natur.

»Servieren Sie den Kaffee um acht Uhr im Salon! Nehmen Sie das Sèvresservice, denn Mr. Crayley ist sehr heikel in bezug auf das Porzellan!«

Kapitel 22

Nora Sanders nahm in aller Ruhe ihre Mahlzeit ein und überdachte nochmals die Ereignisse des Tages. Sie fragte sich, ob Arnold Long wohl von Miss Revelstokes Ausfahrt wüßte und ihre Abwesenheit nützte. Sie hoffte, er würde es tun, trotz des erwarteten Besuchs von Jackson Crayley.

Die silberne Uhr auf dem Kaminsims schlug acht, als das Stubenmädchen eintrat.

»Ein Herr wünscht Sie zu sprechen, Miss«, meldete es.

»Mr. Crayley?«

»Nein, Miss, ein fremder Herr. Ich erinnere mich, nicht, ihn schon gesehen zu haben.«

Nora eilte in den Salon und stellte fest, daß der Besucher auch ihr unbekannt war. Er sah wie ein Handwerker aus, und sie nahm an, daß es ein kleiner Unternehmer war, der irgend etwas mit Miss Revelstokes Liegenschaften zu tun hatte.

»Miss Sanders?« fragte er gewichtig.

»Ja, ich bin Miss Sanders.«

»Ich komme von Inspektor Long, um mit Ihnen, wenn es gestattet ist, über einiges zu sprechen. Ich bin Wachtmeister Smith von der Kriminalabteilung.«

»Sie sind Detektiv?«

»Ja –.« Er warf einen Blick auf das silberne Tablett und das Kaffeegeschirr. »Ich will warten, bis Sie Kaffee getrunken haben. Es hat keine Eile.« Als er sie zögern und auf die Uhr blicken sah – jeden Augenblick konnte Mr. Crayley erscheinen, was zu einer höchst ungelegenen Situation führen konnte –, beruhigte er sie: »Ich werde ins Nebenzimmer verschwinden, sobald Sie Besuch bekommen. Von hier aus kann ich sehen, wenn jemand eintrifft.«

Dies traf zu – vom Salon aus konnte man die Steinstufen überblicken, die zur Haustür hinaufführten.

»Vielleicht trinken Sie eine Tasse Kaffee mit, Wachtmeister?«

»Nein, danke.«

Sie schenkte sich eine Tasse ein und wartete, womit er beginnen würde.

»Der Inspektor wünscht, daß ich Sie nach Scotland Yard begleite. Er möchte Sie dringend heute abend noch sprechen.«

Nora kam in Verlegenheit.

»Ich kann unmöglich mitkommen, ich erwarte einen Bekannten von Miss Revelstoke.«

Wachtmeister Smith lächelte.

»Sie brauchen Mr. Crayleys wegen nicht besorgt zu sein, er wird heute abend nicht kommen – er ist bei Mr. Long.«

Sie wollte gerade Zucker in den Kaffee tun, als er diese Mitteilung machte. »Bei Mr. Long?« fuhr sie überrascht auf.

Sie war im Zweifel, wie sie sich nun verhalten sollte.

»Ja, Mr. Long will ihn über einiges befragen. Das ist alles. Und der Inspektor möchte Sie dabeihaben. Möglicherweise können Sie die Angaben Mr. Crayleys bestätigen. Haben Sie die beiden Papiere hier, die Sie Mr. Henry unterschreiben sollten?«

»Ich glaube, sie sind in Miss Revelstokes Arbeitszimmer. Warten Sie einen Augenblick, ich will nachsehen.«

Sie fand die Papiere tatsächlich auf Miss Revelstokes Schreibtisch unter einem Briefbeschwerer und kam, die Blätter in der Hand, in den Salon zurück.

»Will Mr. Long sie denn haben?« fragte sie.

»Er hätte sie gern gesehen.« Der Wachtmeister schaute auf seine Taschenuhr. »Wir werden Sie nicht länger als eine Stunde aufhalten. Wenn Sie Ihren Kaffee getrunken haben, können wir gehen.«

Sie hob die Kaffeetasse und leerte sie zur Hälfte.

»Ich bin in einem Augenblick bereit.«

Sie hatte zwei Schritte zur Tür gemacht, als ihr schwarz vor den

Augen wurde. Der Wachtmeister fing sie auf.

Er ließ sie zu Boden gleiten, öffnete leise die Tür und schaute hinaus. Niemand war in der Diele. Er ging in den Salon zurück, klingelte und wartete dann in der Diele, bis das Mädchen erschien.

»Wollen Sie bitte hinaufgehen und den Koffer für Miss Sanders packen. Sie wird noch heute abend mit Miss Revelstoke aufs Land fahren. Ist außer Ihnen noch jemand im Haus?«

»Nein, Sir, das andere Mädchen hat Ausgang. Was für Kleider möchte Miss Sanders mitnehmen?«

»Die gleichen, die sie in Heartsease bei sich hatte.«

Er wartete, bis das Mädchen auf der Treppe verschwunden war, dann kehrte er zu der Bewußtlosen zurück, hob sie auf und trug sie über die Diele ins Arbeitszimmer der Hausherrin. Von dort gelangte man durch eine unauffällig in die Wand eingelassene Tür und über eine schmale Wendeltreppe direkt in die zur Hofseite hin gelegene Garage. Seit Miss Revelstokes Wegfahrt stand dort ein fremder Wagen, eine alte Limousine mit zugezogenen Vorhängen.

Der Mann, der sich als Wachtmeister Smith vorgestellt hatte, öffnete die Wagentür und legte das Mädchen, das er bis hierher geschleppt hatte, mit einiger Schwierigkeit auf den Rücksitz. Er stieß das Garagentor auf, startete und steuerte durch die enge Ausfahrt.

Draußen hielt er nochmals an, schloß das Tor und fuhr dann langsam durch Colville Gardens und Elgin Crescent nach Ladbroke Grove. Hier bog er links ab und kam nach weiteren hundert Yards auf die Hauptstraße. Das Tempo beschleunigend, fuhr er der Great West Road zu.

Ein paarmal schaute er sich nach Miss Sanders um. Sie bewegte sich nicht. Die Straße führte jetzt durch Felder, ein einzelnes, rotes Ziegelsteingebäude, sichtlich neu erstellt, kam in Sicht. Der Wagen bog von der Straße ab, fuhr hinter das Haus und hielt an. Von der Straße aus konnte er nicht mehr gesehen werden.

Der Mann hob das Mädchen aus dem Wagen, trug es durch den Kücheneingang ins Haus und legte es auf den schmutzigen Fußboden.

Schon bei der Fahrt auf dem unebenen Wegstück bis zum Haus war Nora das Bewußtsein halb zurückgekehrt. Ihr Kopf zersprang fast vor Schmerz, und sie fühlte sich sehr schlecht. Als sie die Augen aufschlug, störte sie grelles Licht. Stöhnend wandte sie sich zur Wand. Jetzt erst wurde sie sich ihrer unglücklichen Lage bewußt.

Mühsam auf einen Ellbogen gestützt, starrte sie wild auf ihren Entführer, der sie teilnahmslos beobachtete.

In der völlig kahlen Küche roch es nach frischer Farbe.

»Wo – wo bin ich?« fragte sie matt, während sie sich aufsetzte und den Kopf zwischen die Hände nahm.

Smith, oder wie immer er heißen mochte, holte eine Flasche aus der Rocktasche und goß eine goldfarbene Flüssigkeit in einen Aluminiumbecher, den er ihr an die Lippen hielt.

»Trinken Sie das!« sagte er. »Es ist nur Weinbrand – Sie brauchen keine Angst zu haben.«

Sie versuchte, den Becher fortzuschieben, aber er zwang ihr das brennende Getränk zwischen die Zähne. Ihre Lebensgeister erwachten langsam. Sie sah zur Tür, dann auf den Mann, der die Flasche wieder einsteckte. »Wo ist Mr. Long?« fragte sie.

»Wenn er Glück hat, in der Hölle. Genauso tot wie Ulanen-Harry – der beste Junge, der je aus Deptford zurückkam.«

Ulanen-Harry? Wer war Ulanen-Harry? Sie suchte sich zu erinnern. Der Name kam ihr bekannt vor.

»Warum bin ich hier?«

»Sie sind hier, weil ich Sie hergebracht habe – und meilenweit von allem entfernt. Wenn es Ihnen einfallen sollte, zu schreien, würden Sie bloß den Atem vergeuden.«

Ab und zu hörte sie die anschwellenden und wieder verebbenden Geräusche von vorüberbrausenden Wagen. Ganz in der Nähe befand sich also eine Hauptstraße, so unwahrscheinlich ihr dies auch vorkam, wenn sie auf die endlosen grünen Wiesenflächen vor dem Fenster blickte. Es mußte eine abgelegene Gegend sein – und dann dämmerte ihr allmählich die Wahrheit.

»Das ist die Great West Road«, sagte sie und bemerkte das Erstaunen ihres Entführers.

»Great West Road oder Great East Road –«, meinte er überlegend. »Versuchen Sie nur, mich zu verraten, dann werde ich dafür sorgen, daß Sie es bedauern. Seien Sie still – und niemand wird Ihnen etwas zuleide tun. Sind Sie es aber nicht, können Sie sich auf etwas gefaßt machen!«

Darauf gab sie keine Antwort. Das Tageslicht erblaßte. Langsam brach die Nacht, mit all ihren schrecklichen Möglichkeiten, herein.

Kapitel 23

Inspektor Long hatte sein Büro zur improvisierten Zentrale eines kleinen Nachrichtendienstes gemacht. Seine Leute erstatteten halbstündlich Bericht.

Kurz nach acht Uhr meldete der Detektiv, der Colville Gardens beobachtete, daß ein Unbekannter ins Haus eingelassen worden sei. Um halb neun berichtete er, daß der Besucher das Haus noch nicht wieder verlassen habe. Um neun und halb zehn wurde diese Mitteilung wiederholt.

Long wußte, daß Miss Revelstoke mit Henry speiste. Leicht hätte er erfahren können, wie weit diese Mahlzeit fortgeschritten war, denn auch in dem Restaurant hatte er einen Mann sitzen. Er bestellte Wachtmeister Rouch zu sich.

Abendliche Besucher in Miss Revelstokes Haus waren nicht ungewöhnlich, und wahrscheinlich hatte auch Nora Sanders ein paar Freunde, von deren Existenz er nichts wußte. Er erinnerte sich, daß sie ihm erzählt hatte, sie nehme Spanischstunden. Alles in allem gab das Erscheinen eines Mannes wie der Beschriebene wenig Anlaß zur Beunruhigung.

Kriminalwachtmeister Rouch trat ein.

»Wir wollen eine kleine Fahrt nach Colville Gardens unternehmen«, schlug der Wetter vor und erwähnte den abendlichen Besucher.

»Vielleicht ihr junger Freund«, äußerte Rouch in der besten Meinung.

»Er ist mittleren Alters«, gab der Wetter kühl zurück, »und ebensowenig ihr junger Freund wie Sie!«

»Oder Sie, Inspektor!« ergänzte Rouch. »Sie ist ein sehr nettes Mädchen, und mit all dem Geld kann sie sich recht gut verheiraten. Vielleicht bekommt sie einen Herzog oder etwas ähnliches. Es wird überhaupt Zeit, daß sich unsere Herzöge um englische Mädchen bemühen, nachdem die amerikanischen Erbinnen hinter ihre Schliche gekommen sind.«

»Man merkt, daß Sie die Sonntagsbeilagen eifrig lesen«, bemerkte Long.

Zusammen stiegen sie die breite Treppe des Polizeigebäudes hinab, überquerten den Hof und wandten sich Whitehall zu. Es dämmerte bereits. Als sie auf dem Trottoir standen, sahen sie die Scheinwerfer eines Wagens, der sich mit großer Geschwindigkeit unmittelbar dem Fahrbahnrand näherte.

»Der Kerl fährt zu schnell«, sagte Rouch mißbilligend, »und noch dazu so dicht am Trottoir!«

Der Wetter packte den Wachtmeister plötzlich und riß ihn zurück. Es war auch höchste Zeit, denn der Wagen wurde unerwartet nach links gerissen, fuhr aufs Trottoir und verfehlte die beiden Männer nur um Haaresbreite. Die Bremsen knirschten, und der Wagen prallte auf das eiserne Geländer hinter ihnen.

Ein Polizist kam über die Straße gelaufen.

»Nehmen Sie den Mann fest«, rief ihm der Wetter, auf den Fahrer deutend, zu, »und halten Sie ihn in Gewahrsam, bis Sie von mir hören!«

Dann faßte er den erstaunten Rouch am Arm und lief mit ihm zu Scotland Yard zurück.

Das dunkle Polizeigebäude besitzt zwei Eingänge, einen in Whitehall und einen am Thames Embankment. Rouch war sehr verblüfft, als sich Long, nachdem sie wieder eingetreten waren, dem Torbogen zuwandte, der nach dem Embankment führt.

»Kommen sie schon!« zischte der Wetter durch die Zähne. »Gehen Sie ruhig weiter!«

»Aber – was ...«

»Fragen Sie nicht erst, tun Sie, was ich Ihnen sage, und machen Sie sich darauf gefaßt, zu springen!«

Sie standen jetzt auf dem Embankment unmittelbar vor der Fahrbahn, so als wollten sie ein Taxi herbeirufen. Während sie warteten, beobachtete Long, wie aus der Richtung des Parlaments ein Wagen herankam, dessen Geschwindigkeit sich von Sekunde zu Sekunde steigerte. Das Geräusch des Motors übertönte den übrigen Verkehrslärm.

Immer schneller näherte er sich.

»Springen Sie!« schrie der Wetter, und beide sprangen zur Seite.

Der Wagen schoß über das Trottoir, wurde herumgerissen und drehte sich, unter entsetzlichem Quietschen der Reifen, um die eigene Achse. In der nächsten Sekunde war Long auch schon aufs Trittbrett gesprungen, packte den Fahrer am Kragen und zerrte ihn von seinem Sitz. Den Mann kannte er nicht. Er hatte ein runzliges Gesicht und war mehr tot als lebendig.

»An beiden Eingängen von Scotland Yard wartete ein Mann, um das Zeichen zu geben«, erklärte der Wetter dem verständnislosen Rouch. »Sobald ich herausgekommen, und nachdem das Zeichen gegeben war, setzten sich die wartenden Wagen in Bewegung, um einen Unglücksfall herbeizuführen. Die Bande des Schreckens weiß genau, daß ich keinen eigenen Wagen habe und gewöhnlich ein Taxi rufe. Wahrscheinlich warteten sie schon seit Stunden auf diesen Augenblick. Offensichtlich rechneten sie damit, mich noch am Trottoirrand zu erwischen, sonst würden sie einen Zusammenstoß mit dem Taxi herbeigeführt und auf diese Weise versucht haben, mich aus dem Weg zu räumen.«

Ein Polizeiwagen brachte sie nach dem Westen. Rouch benutzte die Gelegenheit, seine eigenen, bestimmten Ansichten über die Bande des Schreckens auszusprechen.

»Diese Leute sind zu geschickt für uns, Mr. Long«, meinte er. »Gewöhnliche Detektive können die Bande des Schreckens nicht zur Strecke bringen. Die Kleinen, die die schmutzige Arbeit verrichten, kennen den Chef nicht. Genausowenig wie Raffy Jones weiß, wer ihn gedungen hat. Wer ist der ›Professor‹, von dem er sprach?«

»Ach, er liest Detektivgeschichten«, erwiderte der Wetter. »Ich bin sicher, jedes Mitglied der Bande des Schreckens zu kennen!«

»Raffy meint ...«

»Raffy ist ein Mann, der für ein Glas Bier jede Geschichte erzählt. Er hat zehn Urteile und zwei ausgesetzte Vollstreckungen auf dem Buckel. Seine Hauptbeschäftigung ist, Leuten als Chauffeur zu dienen, die im Lande herumreisen, vor einem Juwelierladen halten lassen, das Schaufenster einschlagen, sämtliche erreichbaren Stücke ergreifen und spurlos verschwinden.«

Inzwischen hatten sie Colville Gardens erreicht. Der Wagen hielt, Long sprang hinaus, nahm zwei Stufen der Vortreppe auf einmal – ein kurzer Blick auf das Gesicht des Mädchens, das die Tür öffnete, und sein Herz erstarrte.

»Nein, Sir, Miss Sanders ist seit einer Stunde verschwunden. Ich habe sie nicht fortgehen sehen – da steht noch ihr Koffer.«

Rouch gab dem Beamten, der auf der andern Straßenseite ihre Ankunft beobachtet hatte, ein Zeichen. Aber der Mann behauptete bestimmt, daß niemand aus dem Haus gekommen wäre.

»Ich bin seit anderthalb Stunden hier – weder der Besucher noch

Miss Sanders haben das Haus verlassen.«

Der Wetter nahm sich nochmals das am Eingang wartende Mädchen vor.

»Als ich mit dem Koffer herunterkam, war Miss Sanders bereits fort«, berichtete es. »Ich habe allerdings die Haustür nicht gehen hören.«

Long ging kurzerhand hinein und betrat den Salon. Das Silbertablett stand noch da, wie es verlassen worden war. Er hob die halbleere Tasse und roch daran.

»Riechen Sie mal, Rouch!«

Der Wachtmeister tat es.

»Ein Betäubungsmittel, würde ich sagen!«

Long ging in die Diele zurück.

»Gibt es noch einen andern Ausgang aus dem Haus?« fragte er das verstörte Mädchen.

»Durch eine Tür in Miss Revelstokes Arbeitszimmer gelangt man direkt in die Garage.«

Die betreffende Tür war nur angelehnt. Sie stiegen über die Wendeltreppe zur Garage hinab. Long nahm seine Taschenlampe und untersuchte die Garage, doch fand er keinen Anhaltspunkt. Das Ausfahrtstor ging auf einen Hinterhof hinaus. Dort hatte er mehr Glück. Über den Garagen lagen Wohnungen. Die Frau eines Chauffeurs, die aus dem Fenster schaute, hatte gesehen, wie ein fremder Wagen aus der Garage gefahren wurde. Es sei ein sehr alter Daimler gewesen, sagte sie, denn als Chauffeursfrau wußte sie über Automarken Bescheid.

Der Detektiv, der die Frontseite des Hauses beobachtete, erinnerte sich, eine Viertelstunde, nachdem der Unbekannte das Haus betreten hatte, einen alten Daimler gesehen zu haben.

»Die Vorhänge waren zugezogen. Er fuhr am Haus vorbei, die Elgin Crescent entlang und kam dann außer Sicht.«

Wie Long etwas später erfuhr, hatte ein Polizist, der in Ladbroke Grove Dienst tat, den Daimler ebenfalls gesehen. Er habe, gab er an, den Wagen zum Halten bringen wollen, weil die Rücknummer beschädigt war, doch sei er in westlicher Richtung weitergefahren.

Nur eine Hoffnung blieb. Eine Woche zuvor waren alle Beamten angewiesen worden, die Hauptstraßen genau zu kontrollieren, um nach einem Rolls Royce Ausschau zu halten, der aus dem Innenhof des Parlamentsgebäudes gestohlen worden war.

Long wußte, daß er die kontrollierenden Beamten am Londoner Ende der Great West Road finden würde. Glücklicherweise erreichte er diesen Punkt der großen Hauptverkehrsstraße gerade noch, bevor der Posten abgelöst wurde.

»Ja, ich entsinne mich eines alten Daimlers«, sagte der Polizist, »er hatte blaue Vorhänge, die zugezogen waren.«

Arnold Long und Wachtmeister Rouch fuhren im Polizeiwagen auf der breiten Ausfallstraße weiter und hielten bei jedem Polizeiposten an, um Erkundigungen einzuziehen. Auf der Straße nach Bath, halbwegs zwischen Staines und Bath, war der Daimler wieder beobachtet und auch die beschädigte Rücknummer konstatiert worden.

Als sie jedoch das Ende der neuen Straße und die Baustelle auf der Hounslow Road erreichten, verloren sie erneut die Spur.

Der motorisierte Beamte, der hier auf Posten stand, behauptete, daß kein derartiger Wagen vorbeigekommen sei. Er hatte auch guten Grund, seiner Sache sicher zu sein, denn der Polizist, der weiter vorne auf der Straße Dienst tat, hatte telefoniert, daß man den Wagen wegen der beschädigten Rücknummer anhalten solle.

Das Polizeiauto wendete und fuhr zurück. Zwei Seitenstraßen kamen in Frage, in die der Wagen eingebogen sein konnte. In der Nähe gab es einige Neubauten, eine Gruppe von sechs Häusern und ein alleinstehendes, anscheinend unbewohntes Haus. Long begab sich zuerst zu der bewohnten Gruppe und stellte Nachforschungen an, die jedoch kein Ergebnis zeitigten. Darauf wandte er sich zusammen mit dem Wachtmeister dem alleinstehenden Haus zu. Sie stießen auf den schmalen Privatweg und – hinter dem Haus – auf eine Garage. Die Maurer hatten ihr Werk noch nicht vollendet. Neben dem Einfahrtstor türmte sich ein Kieshaufen. Auf dem durchweichten Boden der Zufahrt zeichneten sich Wagenspuren ab.

Long öffnete das Garagentor.

Im Schein seiner Taschenlampe erblickte er ein kotbespritztes Auto – den alten Daimler! Er schaute ins Wageninnere, es war leer. Die Motorhaube fühlte sich kalt an.

Die Haustür und der Kücheneingang waren verriegelt, die Fenster geschlossen. Die beiden Detektive leuchteten mit ihren Lampen durch das zunächstliegende Fenster – eine ungemütliche, leere Küche. Kein Lebenszeichen. Ohne lange zu zögern, nahm der

Wetter seinen Browning und zerschlug die Scheibe. Er hob den Riegel und schob das Fenster hoch.

Erst vor kurzem mußte jemand hier gewesen sein. Auf dem Fußboden lag ein mit Brotschnitten halbgefülltes Paket. Das Brot war noch ziemlich frisch.

Rouch leuchtete die Wände ab.

»Was ist das?« rief er plötzlich.

Der Wetter bückte sich. Unten auf der geweißten Wand stand das Wort ›Marlow‹.

Er durchsuchte eilig das Haus. Es enthielt kein einziges Möbelstück. Dieser Ort wurde offenbar nur als Zwischenstation benutzt. Aber er entdeckte ein neu installiertes Telefon. Sogleich rief er Scotland Yard an und anschließend die Polizeistation des Ortes. Dann kehrte er zum Wachtmeister zurück.

»Ich habe einen Mann verlangt, der den Wagen die ganze Nacht beobachten und jeden, der ihn holen will, festnehmen soll. Allerdings ist nicht anzunehmen, daß die Leute dieses Risiko eingehen.«

»Wohin fahren wir jetzt?« fragte Rouch, als sie in ihren Wagen stiegen.

»Nach Marlow«, antwortete der Wetter. »Zu Jackson Crayley – wehe ihm, wenn dem Mädchen irgend etwas passiert ist!«

Kapitel 24

Nora Sanders Kopf schmerzte noch heftig, als das Telefon läutete und ihr Entführer geräuschvoll aufstand.

»Versuchen Sie nicht, durchs Fenster zu entfliehen, Sie würden sich Schaden zufügen!«

Sie hörte, wie er, offenbar in der Diele, den Hörer abnahm, mit gedämpfter Stimme über etwas verhandelte und schließlich mürrisch zustimmte. Dabei entschlüpfte ihm ein unbedachtes Wort.

»Marlow? All right!«

Er kam zurück.

»Sie können sich zu einem Spaziergang bereitmachen.«

»Wohin soll ich gehen?« fragte sie.

»Wohin Sie gehen, ist einerlei – Sie müssen mindestens eine Meile gehen, und dann wird man uns schon aufnehmen. Ihr Freund ist etwas zu gerissen, er hat uns schon bis ans Ende der Straße verfolgt.«

Ihr Herz schlug schneller. ›Ihr Freund‹ konnte nur ein Mann sein. Was sollte sie tun? Sie war überzeugt, daß er das Haus bald finden würde. Konnte sie eine Botschaft hinterlassen? Sie hatte weder Bleistift noch Papier. Sie blickte auf die geweißte Wand, und mit dem Fingernagel ritzte sie das bedeutungsvolle Wort ein.

»Was machen Sie da?« fragte er mißtrauisch und richtete die Taschenlampe auf sie.

»Nichts –«, erwiderte sie schnell, »ich kann unmöglich gehen, ich bin zu müde, und der Kopf tut mir weh.«

»Sie werden gehen und froh sein, daß Sie noch gehen können!«

Er öffnete die Tür, ergriff ihren Arm und führte sie hinaus.

Sie merkte erst jetzt, daß der ungelüftete Raum ihre Kopfschmerzen noch gesteigert hatte. Die frische Nachtluft belebte sie. Gehorsam ging sie neben dem Mann durch die Gartenpforte hinter dem Haus.

Vermutlich kannte er die Gegend nicht genau. Beinah wären sie in einen Teich geraten, den sie dann umgingen. Endlich kamen sie auf einen Feldweg, der sie durch unbekanntes Gelände führte. Rechts vom Weg sah sie ein erleuchtetes Haus und hörte den Wachhund bellen. Das schien ihren Begleiter zu beunruhigen, denn er zog sie vom Pfad weg, und sie stolperten mühsam durch hohes Gras vorwärts, das vom Tau feucht war und Strümpfe und Schuhe durchnäßte.

Nach einer Viertelstunde gelangten sie an eine Hecke, die sie entlang schritten, bis sie einen Durchlaß fanden und einen holprigen Fahrweg erreichten.

»Das ist richtig«, sagte er, anscheinend erleichtert.

Nach einem weiteren Marsch von zwanzig Minuten näherten sie sich einer Hauptstraße. Schon von weitem konnte man die Lichter der nach beiden Richtungen fahrenden Autos sehen.

Kurz vor der Einmündung in die Verkehrsstraße blieb der Mann stehen.

»Sie können sich hinsetzen. Wir müssen hier etwas warten.«

Diese Gelegenheit zum Ausruhen kam ihr gelegen. Ihre Füße waren wund, die Glieder schmerzten. Ermattet sank sie auf die Böschung am Wegrand.

Jetzt erst wurde ihr die große Gefahr bewußt, in der sie sich befand. Es schien ihr sinnlos, darüber nachzudenken, warum man sie entführt hatte. Jedenfalls hing es irgendwie mit Monkfords Vermächtnis zusammen.

Sie wunderte sich über ihren eigenen Mut, und als sie seinem Grund nachging, kam sie zur Überzeugung, daß es mit dem Glauben an Arnold Long zusammenhing.

»Stehen Sie auf! Da ist er.«

Sie fuhr zusammen. Vorne an der Straße hielt mit schwachem Bremsgeräusch ein Wagen mit abgeblendeten Scheinwerfern. Ihr Begleiter faßte sie am Arm und zog sie mit sich vorwärts. Die Tür des Autos stand offen. Er schob sie hinein und stieg nach.

Sie fuhren auf der Straße nach Bath dahin. Bald kamen sie durch ein Städtchen, das sie als Slough erkannte. An einer Stelle hielt ein Polizist sie auf, um einen großen Lastwagenzug durchzulassen. Nora empfand plötzlich den Drang, aufzuschreien, um die Aufmerksamkeit des Polizisten auf sich zu lenken. Ihr Bewacher mußte das Zucken ihrer Muskeln gespürt haben, denn er hielt ihren Arm noch fester.

Einmal machte sie eine Bewegung zum Fenster hin.

»Schreien Sie nur, Sie werden sehen, was mit Ihnen geschieht!« flüsterte er düster, und sie sank in die Polster zurück.

Sie kamen durch Maidenhead, schwenkten rechts ab und fuhren bergauf nach dem Quarry-Wald und Marlow zu. Wohin brachte man sie? Doch nicht etwa in Monkfords Haus? Wohin aber? Da kam ihr Jackson Crayley in den Sinn, der Rasenplatz, die Rosen und sein kleines weißes Haus im Hintergrund. Vermutlich ging es dorthin, denn sie bogen kurz vor der Marlow-Brücke ab. Die Schornsteine von Monkfords Haus tauchten auf. Das nächste war Crayleys Haus. Zu Noras Erstaunen verlangsamte der Wagen das Tempo nicht, sondern fuhr ein Stück weiter bis zu einer Wiese. Man hielt sie noch immer am Arm fest und führte sie durch das Gras. Der Fluß glänzte matt. Am Bug eines verspäteten Kahnes schaukelte ein Lampion.

Dicht am Ufer lag eine große Barkasse, in die man ihr hineinhalf.

»Nur Sie und ich sind an Bord«, sagte der Mann, während der unbekannte Chauffeur das Seil lockerte, mit dem das Boot am Ufer befestigt war.

»Wir werden durch die Templeschleuse fahren. Denken Sie daran, was ich Ihnen vorher sagte. Wissen Sie, was ich bekomme, wenn man mich erwischt? Fünfzehn Jahre! Kein Leben auf der Welt ist fünfzehn Jahre wert. Ich würde Sie gleich hier, auf der Stelle, erwürgen und ins Wasser werfen, bevor der Schleusenwärter merkte, was geschehen ist!«

Aus seiner Stimme klang Wut und Erbitterung. Nora kauerte sich auf ihrem Sitz zusammen und horchte auf das Geräusch des Motors. Sie fuhren stromaufwärts.

»Schleuse ahoi!« rief der Mann.

Die Barkasse fuhr langsamer, hielt, tuckerte vorsichtig weiter. Man hörte das Geräusch der sich schließenden Schleusenflügel. Höher und höher hob sich das Boot, bis es vor dem oberen Schleusentor lag. Ein paar alltägliche Bemerkungen gingen hin und her. Dann fuhren sie stromaufwärts weiter.

Westlich von Temple machte der Fluß eine scharfe Biegung. Die das Ufer säumenden Bäume mit ihren herunterhängenden Ästen warfen schwarze Schatten. Unter diese Bäume ließ der Mann die Barkasse gleiten und schaute sich unsicher um. Die Umrisse eines Holzbaus waren eher zu erraten als zu erkennen, obschon das Haus so nahe am Wasser lag, daß die Treppe, die hinaufführte, auf Pfählen im Fluß ruhte.

»Steigen Sie aus!« befahl Noras Begleiter schroff.

Sie gehorchte. Er folgte ihr, nahm einen Schlüssel aus der Tasche und schloß, mit einiger Mühe, die Haustür auf. Darauf stieg er nochmals zum Wasser hinunter, um das Boot anzubinden. Als er zurückkehrte, traten sie ein. Er schloß die Tür, brannte ein Streichholz an und holte eine Kerze.

Sie standen im gut möblierten Wohnzimmer eines Landhauses. Auf allen Gegenständen lag dicker Staub. An den Wänden hingen einige Medici-Kupferstiche. Die Fenster waren mit schweren Samtgardinen verhängt.

»Kennen Sie das Haus? Es gehörte Shelton!«

Sheltons Haus! Furcht überfiel sie, als ob der Geist des Mannes, der hier gelebt und sein gefährliches Werk betrieben hatte, noch in diesen Räumen umginge.

Ihr Begleiter schaute auf seine Armbanduhr, ging im Zimmer umher und untersuchte die Fenster. Als er die dicken Vorhänge zur Seite schob, bemerkte sie die geschlossenen schweren Fensterläden. Hier also hatte Clay Shelton in später Nacht seine Pläne entworfen. An diesem Tisch, auf dem man jetzt zierliche Mäusespuren im Staub sah, verfertigte seine geschickte Feder Unterschriften, die den echten so sehr glichen, daß die Männer, deren Namenszug gefälscht war, ihn von ihrer eigenhändigen Unterschrift selbst nicht unterscheiden konnten.

»Ich will hinausgehen und nach dem Boot sehen – bleiben Sie hier!«

Leise schloß sich die Tür. Sie hörte, wie der Schlüssel im Schloß umgedreht wurde. Als sie das Brummen des Motors vernahm, konnte sie sich denken, daß sie allein zurückgelassen worden war. Im Augenblick jedoch beschäftigten sich ihre Gedanken noch mit dem staubigen Zimmer und dem Mann, der es bewohnt hatte.

Dies also war der Sitz der Galgenhand! Ihr war, als würde sich der Raum mit Gestalten füllen, die sich hin und her bewegten und sie anstarrten.

Das Zimmer hatte noch eine zweite Tür – Nora Sanders stand ihr direkt gegenüber. Ihr Blick fiel auf die Türklinke. Erschrocken beobachtete sie, wie sich diese Klinke bewegte, langsam hinunterging – die Tür öffnete sich ein wenig nur, nach innen, und aus dem Türspalt ragte eine lange, gelbe Hand.

Bei diesem Anblick schrak sie zurück. Dann kamen eine steife weiße Manschette mit Emailleknopf und endlich ein schwarzer Ärmel zum Vorschein.

»Beunruhigen Sie sich nicht!« Es war Jackson Crayley.

Nun trat die ganze Gestalt in Erscheinung. Sein Gesicht zeigte tiefe Falten, der gelbe Schnurrbart hing traurig herunter. Er trug einen Smoking. Das Mißverhältnis seines Äußeren zu diesem Ort voll Staub und Trostlosigkeit hätte unter anderen Umständen zum Lachen gereizt. Er hatte das Monokel ins Auge geklemmt. Das dünne, gelbe Haar war sorgfältig in der Mitte gescheitelt. Furchtsam schaute er sich um.

»Wo ist der Kerl?« fragte er.

»Er ist weg. – Mr. Crayley, warum bin ich hier?«

Er rieb sich das Kinn. Sie glaubte, daß seine Hände zitterten, doch konnte das Einbildung sein.

»Ich weiß es nicht«, antwortete er verlegen. »Es wird Ihnen hier nichts geschehen.«

Es entstand eine Pause. Sein düsterer Gesichtsausdruck veränderte sich nicht. Es kam ihr so vor, als wäre er ängstlicher als sie selbst. Einigemal schaute er sich nervös um, und sie vermutete, daß ihn der merkwürdige Schatten erschreckte, den das Kerzenlicht auf die Wand warf.

»Er ist fort?« fragte er und meinte damit den Bewacher. »Das ist sehr unangenehm.« Er räusperte sich. »Ich fürchte, Sie sind in einer sehr peinlichen Lage – in einer äußerst peinlichen Lage.« Er dachte nach, als ob er sich sammeln müßte. »Ich glaube, kaum jemand war je in einer so schrecklichen Lage wie Sie es jetzt sind.«

Die geistlose Wiederholung dieser Feststellung rief ein flüchtiges Lächeln auf ihr Gesicht.

»Nun, meine Lage kann nicht so schlecht sein, Mr. Crayley, da Sie jetzt bei mir sind.«

Er schaute sie nicht an.

»Setzen Sie sich, bitte!« Er zog ein seidenes Taschentuch aus seinem Ärmel und stäubte einen Stuhl ab. »Ich muß mit Ihnen über etwas sprechen, und sobald ich das getan habe, werden Sie mich wahrscheinlich für einen ungebildeten Menschen halten.«

Gehorsam setzte sie sich, gespannt, was nun kommen würde.

»Das einzige, was Sie aus dieser schwierigen Lage retten kann, ist – Heirat«, begann er verwirrt. »Wirklich, wenn sie es sich überlegen, ist einer so gut wie der andere – ich meine, als Ehemann.«

»Ich verstehe Sie nicht, Mr. Crayley – ich denke gar nicht an Heirat, und wenn ich . . .«

»Das ist es.« Er nickte verständnisvoll, als wüßte er im voraus, was sie sagen wollte. »Wenn ich Sie bitten würde, mich zu heiraten, wären Sie dann sehr beunruhigt?«

»Sie – heiraten?«

Sie war nicht beunruhigt, sondern verblüfft.

»Das ist es!« wiederholte er hartnäckig. »Heiraten Sie mich morgen, und alles wird in Ordung kommen.«

Sie schüttelte den Kopf.

»Ich könnte Sie nie heiraten, Mr. Crayley.«

Der bestürzte Ausdruck seines Gesichts wirkte beinah komisch.

»Sie sollten es doch tun! Bei Gott, Sie sollten es tun!« versetzte er eindringlich. »Ich will Ihnen die Wahrheit sagen, Miss Nora – ich wünsche ebensowenig wie Sie, zu heiraten. Aber ich wäre sehr erleichtert, wenn Sie mich heiraten würden, falls . . .« Seine unruhige Hand berührte die Lippen, er schaute nach rechts und links und dämpfte die Stimme. »Es wäre besser für Sie, wenn Sie meinen Rat befolgten. Versprechen Sie mir auf Ehrenwort, mich morgen früh zu heiraten, und ich werde – ich schwöre . . .« Er sprach immer erregter. Jetzt trocknete er sich die feuchte Stirn mit einem roten Taschentuch. »Wenn Sie es nicht tun – Gott! Ich weiß nicht, was dann geschehen wird!«

Sie war verwirrt. Seine unzusammenhängende Rede brachte ihr keine Klärung. Er senkte den Kopf und sprach wie zu sich selbst:

»Ich bin nur eine Null, die kleinste Null. Ich hasse diese ganze verfluchte Geschichte! Gott! Wenn ich verschwinden, dieses verdammte Land verlassen könnte! Einmal hätte ich es beinahe getan, als ich in Italien war, ich ging schon an Bord – in Genua, aber ich hatte nicht den Mut.«

Sie wartete, und als er schwieg, antwortete sie:

»Ich weiß nicht, was das alles bedeuten soll, Mr. Crayley, aber ich spüre, daß Sie versuchen, freundlich gegen mich zu sein. Heirat ist jedoch unmöglich – ganz unmöglich. Wollen Sie mir helfen, diesen Ort zu verlassen? Warum hat man mich hergebracht!«

Plötzlich richete er sich aus seiner schlaffen Haltung gerade auf, horchte und hob warnend den Finger.

»Bleiben Sie hier!« flüsterte er, eilte zur Eingangstür, die verschlossen war, und ging dann zur gegenüberliegenden Tür, aus der er gekommen war. Gleich darauf hörte Nora aus dem angrenzenden Zimmer Stimmen, aber so leise, daß sie, obgleich sie näher schlich, kein Wort verstehen konnte. Es waren zwei tiefe, brummige Männerstimmen, unterbrochen von Crayleys ängstlichem, eindringlichem Flüstern. Nach einer Weile hörte sie ein Scharren von Schuhen und sich entfernende Schritte. Auf den Fußspitzen schlich sie an die alte Stelle zurück.

Die Türklinke bewegte sich langsam, und Crayley schlüpfte wieder ins Zimmer. Wenn er vorher erschöpft und verzweifelt ausgesehen hatte, glich er jetzt einem Geist. Wieder erhob er den Finger, lauschte angestrengt – endlich schien er überzeugt zu sein, daß die beiden, mit denen er nebenan gesprochen hatte, verschwunden waren.

Vorsichtig trat er einige Schritte näher.

Jetzt bemerkte Nora etwas in diesem verstörten Gesicht, das vorher darin nicht zu lesen gewesen war – eine seltsame Entschlossenheit, ein höchst auffallender Ausdruck in einem Gesicht, das bisher immer fast willenlos gewirkt hatte.

»Setzen Sie sich, und kümmern Sie sich nicht mehr um die Geschichte!« Er zog einen verstaubten Stuhl an den Tisch heran. »Sie haben zwei Stunden Zeit, um sich zu entscheiden, dann kommen beide zurück.«

»Wer sind sie?«

»Niemand, den Sie kennen. Es ist die Bande des Schreckens!«

»Sind Sie in ihrer Gewalt?«

Er nickte heftig.

»In ihrer Gewalt – und mehr als das.« Das Atmen schien ihm Schwierigkeiten zu bereiten, ein- oder zweimal griff seine Hand an den dünnen Hals. »Würden Sie mich heiraten, um Ihr Leben zu retten?«

»Ich will Sie nicht beleidigen ...« Sie stockte.

»Sie beleidigen mich nicht«, entgegnete er schroff. »Das beleidigt mich nicht im geringsten. Um Himmels willen, kümmern Sie sich nicht um meine Gefühle! Aber – würden Sie mich heiraten, um Ihr Leben zu retten? Würden Sie mich heiraten?«

»Ich würde Sie unter keinen Umständen heiraten.«

»Lieben Sie jemand andern?«

»Ich – ich glaube nicht, obgleich ich hoffe, eines Tages zu heiraten.«

Ein nachdenklicher Zug erschien auf seinem Gesicht. Er drehte sich um und ging auf Zehenspitzen ins Nebenzimmer. Als er nach fünf Minuten zurückkehrte, hielt er einen Armeerevolver in der Hand. Er wandte sich ab und untersuchte die Patronenkammer.

»Kommen Sie mit!«

Sie gehorchte, ohne zu fragen, und folgte ihm in den Nebenraum. Es war ein Schlafzimmer. Durch einen engen Gang erreichten sie eine Haustür. Am Himmel leuchtete ein blasser Mond. Ein Fußpfad führte über eine endlos scheinende Wiese.

»Warten Sie hier!«

›Hier‹ bedeutete eine kleine, zerfallene Gartenpforte. Sie folgte ihm mit den Augen, bis er in der Dunkelheit verschwand. Bald hörte sie ihn rufen. Mühsam stolperte sie ein Stück weit durch eine weglose Wildnis von Unkraut und erreichte einen Weg, der mit Kieselsteinen bestreut war, die unter ihren Schritten knirschten.

Crayley beugte sich über das Flußufer. Sie hörte das Gerassel einer Kette.

»Können Sie den Bootsrand sehen? Ich habe kein Licht, und es ist auch besser, keins zu haben.«

Es war stockdunkel. Dichte Büsche hingen über ihren Köpfen.

Sie bückte sich, griff nach der eisenbeschlagenen Seitenwand, setzte einen Fuß auf den schwankenden Boden.

»Gehen Sie ganz nach hinten!« flüsterte er.

Sie tastete sich weiter, bis sie das äußerste Ende erreicht hatte. Das Boot schaukelte, dann bewegte es sich vom Fleck.

»Können Sie rudern? Neben Ihnen sind die Ruder.«

Sie tastete danach, fand die Griffe und begann, rückwärts zu rudern. In einigen Sekunden befanden sie sich in der Mitte des Stromes.

»Flußabwärts!« rief er leise. »Kein Geräusch!«

Vorsichtig bewegte sie die Ruder, ohne sie aus dem Wasser zu heben. Zu ihrer rechten Seite sah sie verschwommen den dunklen Umriß des Landhauses.

Eine kleine Barkasse, gleichfalls stromabwärts fahrend, war im Begriff, sie zu überholen, doch konnte sie gerade noch rechtzeitig in die Schleuse einfahren. Crayley sprach nicht mehr, bis sie die Templeschleuse verlassen hatten und die Biegung bei Marlow passierten. Langsam kam er zum Bootsende, wo sie saß.

»Eine Gefahr besteht noch«, sagte er. »Wenn sie Ihre Flucht entdeckt haben sollten, werden sie mit dem Motorboot, das in der Nähe der Templeschleuse liegt, leicht herüberkommen können ...«

Er hatte kaum ausgesprochen, als etwas Blaßweißes, Langes vom rechten Ufer her aus der Dunkelheit hervorschoß.

»Rudern Sie!« rief Crayleys ächzende Stimme. »Ans Ufer – wir können laufen!«

Das glatte, weiße Ding näherte sich rasch. Als sie noch ein halbes Dutzend Yards vom Buckinghamshire-Ufer entfernt waren, legte es sich längsseits neben ihr Boot. Jemand beugte sich vor und faßte das Mädchen am Arm. Sie wehrte sich verzweifelt und zappelte, als sie in das Motorboot gezogen wurde. Ihre Füße hingen noch im Wasser, da kam ihr in plötzlicher Eingebung ein Jiu-Jitsu-Griff in den Sinn – sie legte dem Angreifer ihre Handfläche ans Kinn und warf seinen Kopf zurück. Er gab sie frei, sie ließ sich ins Wasser fallen, tauchte unter dem Boot durch und schwamm der Strommitte zu.

Sie sah das Aufblitzen einer Lampe und noch etwas anderes – rotes und grünes Licht näherte sich von Marlow her. Eine Barkasse! Sie schrie aus voller Kehle, und als sie sah, daß das weiße Motorboot sich ihr wieder zuwandte, tauchte sie nochmals und kam rechts davon wieder hoch. Das Boot machte eine Drehung, doch nun waren die roten und grünen Lichter näher. Sie hörte einen Mann rufen, sah einen weißen Lichtstrahl von der Barkasse her – ein Schuß fiel, noch einer. Sie hörte die Kugeln über ihren Kopf pfeifen. Eine schlug in ihrer Nähe ins Wasser, und ein dünner Wasserstrahl spritzte ihr ins Gesicht.

Der Lichtstrahl fiel voll auf sie, eine Hand ergriff ihren Arm. Schreiend versuchte sie sich loszumachen, doch dann schaute sie auf – es war Arnold Long.

Kapitel 25

Die beiden Detektive erreichten Jackson Crayleys Haus um halb elf Uhr. Der Diener führte sie ins Wohnzimmer, wo ein Rest hellen Whiskys im Glas und eine halbgerauchte Zigarre im silbernen Aschenbecher die Nähe des Hausherrn vermuten ließen.

»Ich will Mr. Crayley melden, daß Sie hier sind«, sagte der Diener.

Er kehrte jedoch bald mit der Meldung zurück, daß der Herr nicht im Hause sei.

»Ich habe ihn in den letzten Stunden nicht gesehen, aber er geht oft nachts im Garten spazieren, und manchmal fährt er mit dem Motorboot flußabwärts.«

»Wo hat er es?« fragte der Wetter.

Der Diener zeigte ihnen den Weg zum Bootshaus.

»Das Boot ist da – vielleicht ist er mit dem Wagen weggefahren.«

Ein Blick unter das Wetterdach, wo der Wagen gewöhnlich stand, bestätigte diese Annahme.

»War jemand heute abend hier?«

»Niemand, Sir. Wir haben wenig Besucher. Eigentlich pflegen wir zu dieser Jahreszeit gar nicht hier zu sein, aber die schreckliche Tragödie in Heartsease hat Mr. Crayleys Pläne über den Haufen geworfen.«

Der Wetter faßte den Mann scharf ins Auge.

»Sind Sie sicher, daß niemand hier war?«

»Ganz gewiß, Sir.«

»Wieviele Telefonanrufe hatten Sie heute abend?«

Erst wollte der Diener weitere Auskünfte verweigern, doch Long wies sich aus.

»Ich glaube, es waren zwei.«

»Wo ist Ihr Telefon?«

Es befand sich im Wohnzimmer. Der Wetter rief Scotland Yard an. Der zuständige Nachtbeamte gab ihm Auskunft.

»Zwei Gespräche, Mr. Long, beide von London. Ich habe mich dazwischengeschaltet, aber sie wurden natürlich in der üblichen Sprache geführt, also dänisch.«

»Können Sie mir die Zeit angeben?«

»Das eine Gespräch erfolgte vor einer halben Stunde, das andere etwas früher.«

Vermutlich war Crayley durch das letzte Gespräch weggerufen worden.

Hierher jedenfalls hatte man das Mädchen nicht gebracht – aber wohin? Der Wetter wußte, daß Shelton Verstecke am Flußufer gehabt hatte, eines hatte man herausgefunden, aber es gab noch andere. Er schickte Rouch zum Bootshaus von Meakes, um eine Barkasse zu leihen; er selbst wartete im Garten und ging auf dem Rasenplatz hin und her, bis das Fahrzeug am Ufer anlegte. Die Kirchenuhr in Marlow schlug elf, als sie die Fahrt stromaufwärts begannen.

Halbwegs zwischen Marlow und der Templeschleuse hörte der Wetter einen Aufschrei und steuerte sofort auf die mutmaßliche Stelle zu.

»Vielleicht ist jemand am Ufer und macht sich einen Scherz«, äußerte Rouch.

Noch einmal ertönte der Schrei. Vor ihnen tauchte ein Boot auf. Jemand rief um Hilfe, aus einer Entfernung von etwa zwanzig Yards. Mit einer Taschenlampe leuchtete Long über das Wasser hin und sah einen Kopf – eine Frau!

Gleichzeitig pfiff der erste Schuß an der Barkasse vorbei. Jemand schoß nach ihm, doch er ließ das Licht brennen. Näher und näher kam er an die Schwimmerin heran. Im letzten Augenblick erkannte er sie und rief ihren Namen.

Er legte sie auf die Kissen im Boot. Sie war bewußtlos. Als er sich wieder aufrichtete, war das Motorboot verschwunden. Wenn er nicht so beschäftigt gewesen wäre, hätte er gesehen, wie es nach der Mühle zuschoß und im Schatten der Bäume verschwand.

»Zurück zu Crayleys Haus!« rief er und wendete schnell die Barkasse.

Nora kam wieder zu sich, als sie das rosenumrankte Ufer erreichten, so daß Long sie zum Haus führen konnte. Aber es dauerte lange, bis sie imstande war, die Schrecken dieser Nacht zu erzählen.

Nun gab es eine ärgerliche Verzögerung. Nachdem telefonisch Hilfe angefordert worden war, traf der Inspektor von Marlow ein. Marlow befindet sich aber in Buckinghamshire, während das südliche Ufer in Berkshire liegt, und eine Durchsuchung des südlichen Ufers durfte nur von der Berkshire-Polizei vorgenommen werden. Es dauerte eine Stunde, bis die erste Abteilung aus Maidenhead eintraf.

Das Motorboot fand man leer mitten im Strom. Das kleine Ruderboot war zuvor schon, vor Crayleys Garten treibend, geborgen worden.

Von Jackson Crayley selbst fand sich keine Spur, obgleich man die schilfbewachsenen Ufer sorgfältig absuchte. Der Schleusenwärter berichtete, daß keine weiteren Fahrzeuge vorbeigekommen seien, und er nichts gesehen habe.

Hinter der Schleuse kamen sie zu Clay Sheltons ehemaligem Landhaus und legten an. Der Wetter brach die Haustür mit einer mitgebrachten Stange auf. Auch hier fanden sie keine Lebenszeichen.

»In einer Stunde wird es hell sein, Mr. Long«, bemerkte der Berkshire-Polizeibeamte. »Ich glaube, wir sollten die weitere Untersuchung bis dahin aufschieben.«

Um Wagenspuren auf der Landstraße erkennen zu können, war es hell genug, doch es dauerte lange, bis sie den kleinen Zweisitzer fanden, den Crayley benutzt hatte. Ungefähr hundert Yards von seinem alleinstehenden Landhaus entfernt, in einem Wäldchen, stießen sie auf den Wagen. Der Staubmantel, den Crayley getragen hatte, lag noch auf dem Sitz.

»Es wundert mich«, sagte Long, »wie er hierhergekommen ist, und noch mehr, wie er entronnen ist!«

»Sie werden selbstverständlich einen Haftbefehl gegen ihn beantragen?« fragte der Berkshire-Mann.

»Ja-a!« entgegnete der Wetter. »Das heißt, gegen ihn hätte ich schon immer einen haben können, aber ich war verflucht unsicher, ob seine Verhaftung irgend etwas genützt haben würde.«

Wo aber war Jackson Crayley? Er war der Schlüssel zur ganzen Sache, das schwache Glied in einer starken Kette.

Long betrat den Landungssteg vor Crayleys Grundstück und betrachtete schweigend den Himmel, der sich nach und nach aufhellte. Das Wasser rauschte geheimnisvoll. Es dämmerte. Die Bäume zeichneten sich schwarz gegen den Himmel ab. Unter einem von ihnen erblickte er einen langsam hin- und herschwebenden, offenbar abgebrochenen Ast. Er machte den Berkshire-Beamten darauf aufmerksam.

»Orientieren Sie Ihre Leute, es könnte jemand verletzt werden! Man sollte den Ast entfernen.«

Seine Aufmerksamkeit wurde von anderen Dingen beansprucht. Als er wieder auf den Baum schaute, war es schon heller geworden. Die Form des abgebrochenen Astes erschien ihm seltsam. Er stieß einen Ruf aus und pfiff die Barkasse herbei. Sie fuhren stromaufwärts und näherten sich langsam dem schaukelnden Gegenstand.

Es war der Körper eines Mannes im Smoking. Seine Hände waren auf dem Rücken zusammengebunden, und auf dem beschmutzten weißen Hemd stand mit roter Farbe das Wort ›Sorroeder‹ geschrieben.

»Was, zum Teufel, bedeutet das?« fragte der Mann aus Berkshire.

Der Wetter antwortete nicht. Seine dänischen Kenntnisse waren äußerst gering, aber er wußte, was ›Sorroeder‹ heißt – Verräter!

Kapitel 26

»Theatralische Mache –«, sagte Arnold Long zu Oberst Macfarlane, »der arme Kerl war tot, bevor sie ihn hängten. Der Arzt stellte fest, daß er mitten ins Herz getroffen wurde.«

Macfarlane nickte und hob dann das Gesicht.

»Sind diese Leute Dänen?«

»Nein, Sir, ihre genaue Nationalität habe ich noch nicht feststellen können. Aus bestimmten Gründen nehme ich aber an, daß einige von ihnen in Dänemark erzogen worden sind. Habe ich Ihnen dies hier je gezeigt?«

Long zog eine kleine Karte aus der Tasche, auf der eine Reihe Daten standen:

1. Juni 1862 J.X.T.L.
6. Sept. 1870
9. Febr. 1894
11. März 1900
4. Sept. 1904
12. Sept. 1906
30. Aug. 1909
18. Juli 1931
1. Aug. 1932
16. Aug. 1932

»Ja, ich habe es gesehen.« Der Polizeikommissar, der sehr genau vorging, zählte die Daten. »Aber, da ist ein Datum mehr drauf als früher –?«

»Ist auch erst vor zwei Tagen hinzugefügt worden.«

»Der 1. August war natürlich für Monkford bestimmt«, bemerkte der Oberst. »Soll ich verstehen, daß der 16. August ...«

»Meiner Wenigkeit gilt«, unterbrach ihn der Wetter lachend. »Ich habe also noch ungefähr eine Woche zu leben. Einesteils freut mich das.«

Der Oberst starrte ihn an.

»Sind Sie lebensmüde?«

»Ja, ich bin eines solchen Lebens müde. Erinnern Sie sich, Oberst, Sie äußerten einmal, es sei merkwürdig, daß Clay Shelton nie meinen Vater hereingelegt habe.«

»Ja, ich erinnere mich. Haben Sie mit Ihrem Vater darüber gesprochen?«

»Ja, und ich werde heute nochmals mit ihm darüber sprechen.«

Etwas in Longs Ton ließ den Obersten stutzen.

»Sie stehen doch mit Ihrem Vater auf gutem Fuße?«

»Es könnte nicht besser sein, wenn mein alter Herr mich auch in letzter Zeit etwas geärgert hat.«

Er erwähnte nicht, daß der angebliche und nicht weiter ernst zu nehmende Ärger mit den wiederholten Versuchen Sir Godleys, den Sohn aus seiner Polizeilaufbahn herauszureißen, zusammenhing.

An diesem Morgen hatte Arnold, als er in die Stadt zurückkehrte, einen Brief seines Vaters vorgefunden. Und nun begab er sich, nach der Besprechung mit Macfarlane, von Scotland Yard aus nach Berkeley Square. Sir Godley, der sich gerade für ein Gartenfest umkleidete, bat ihn, in sein Zimmer zu kommen.

»Hast du meinen Brief verdaut?« fragte er.

»Deine Briefe«, erwiderte der Wetter und ließ sich in den bequemsten Sessel des Zimmers fallen, »sind so unverdaulich, daß sie mich krank machen.«

»Oh!« Sir Godley zog an seiner Krawatte herum.

»Weißt du noch, ich sagte einmal zu dir, es sei doch seltsam, daß Clay Shelton es nie auf dich abgesehen habe?«

»Ich glaube, mich an etwas ähnliches erinnern zu können.»

»Und doch hat er auf deiner Bank sechzigtausend Pfund abgehoben. Diese Tatsache habe ich eben herausgefunden.«

Sir Godley wandte sich nicht um.

»In dir steckt das Zeug zu einem großen Detektiv!«

»Sarkasmus verfängt bei mir nicht –«, entgegnete der Wetter ruhig. »Ich habe dein Geheimnis entdeckt, alter Herr! Tatsächlich weiß ich es schon seit einigen Tagen, aber ich habe keine Zeit gehabt, dich damit zu überraschen. Wer wurde am 1. Juni 1862 geboren?«

»Das weiß der Himmel«, sagte der Vater, indem er sich aufmerksam im Spiegel betrachtete.

»Wer war J.X.T.L. – John Xavier Towler Long? Und um dich vor einer Lüge deinem Sohne gegenüber zu bewahren, will ich es dir sagen – John Xavier Towler Long war Clay Shelton!«

»Wirklich?«

Sir Godley steckte eine Nadel in seine seidene Krawatte und zeigte kein sonderliches Interesse.

»Und Clay Shelton, den ich an den Galgen gebracht habe, war dein Bruder!«

Nicht ein Augenzucken verriet Sir Goldley Longs Bewegung.

»Woher weißt du das?«

»In Sheltons Flußjacht fand ich eine Anzahl Daten eingeschnitzt, und ich nahm an, daß jedes eine besondere Bedeutung habe. Das erste Datum war zweifellos der Geburtstag eines Mannes – der 1. Juni 1862. Daneben standen die Anfangsbuchstaben J.X.T.L. – nun, X ist ein sehr merkwürdiger Anfangsbuchstabe, mit dem höchstens fünf Vornamen beginnen. Ich habe die Akten von Somerset House nach den Namen der Kinder durchforscht, die am 1. Juni geboren

John Xavier Towler Long an diesem Tag zur Welt kam. Towler – dieser Name ist in unserer Familie vorgekommen. Wenn ich mich recht erinnere, war es der Name meiner Urgroßmutter. Daß mir der Familienname Long auffiel, ist nicht weiter verwunderlich, außerdem aber fand ich den Namen von J.X.T.L.'s Vater, also den Namen meines Großvaters. Dieser heiratete zweimal – und du warst ein Sohn aus zweiter Ehe.«

Sir Godley nickte kaum merklich.

»Warum hast du mir das nie gesagt?«

Der Vater lächelte sanft.

»Man rühmt sich gewöhnlich solcher Bekanntschaften und Verwandtschaften nicht. Und tatsächlich habe ich John kaum gekannt. Er war zehn Jahre älter als ich, und ich erinnere mich seiner nur als eines jungen Mannes, der sich dauernd in der Klemme befand, der meinen Vater beraubte und nach einer besonders skandalösen Sache verschwand. Das war vielleicht die schändlichste Tat, die er während seines langen und schlechten Lebens beging.«

»Weißt du mehr über ihn?«

»Gar nichts. Ich hatte keine Ahnung, daß er mit mir verwandt war, bis ich sein Bild in den Zeitungen sah. Auch da hätte ich ihn beinah nicht erkannt.«

»Und du wußtest die ganze Zeit, daß er Clay Shelton war?«

Sir Godley drehte sich um, sein Gesicht war traurig.

»Ja, ich habe gewußt, daß er der größte Lump auf dieser Erde war, der das Herz meines Vaters gebrochen und mich und meine Familie fast zugrunde gerichtet hätte. Deshalb wollte ich auch, daß du die Sache niederlegen solltest. Es ist nur natürlich, daß ich nicht zusehen wollte, wie du den Mann, in dem das Blut meines Vaters rann, zu Tode hetztest. Ganz abgesehen davon, was du dir damit auf den Hals ludest. Ich wußte, daß er eine Bande hinterließ, die sein Werk fortsetzen würde.«

»Urkundenfälschung? Ich glaube, das hat aufgehört.«

»Es hat aufgehört, und es hat auch nicht aufgehört. Clay – ich will ihn weiter so nennen, es war sein Spitzname als Knabe – muß ein unermüdlicher Arbeiter gewesen sein. Er hat zweifellos eine große Anzahl gefälschter Dokumente hinterlassen, und einige davon sind bereits in Umlauf gesetzt worden. Die Bande hat kein Geld mehr. Clay war nicht der Mann, der für sich oder seine Bundesgenossen sparte. Du kannst mir glauben, die Bande des Schrekkens befindet sich in einer mißlichen finanziellen Lage und wird dir noch manche Sorge bereiten.«

»Was für Sorge?«

Sir Godley zuckte die Achseln.

»Monkford ist getötet worden. Ich bin sicher, daß dahinter eine Geldangelegenheit steckt. Aber – du bist mit Neuigkeiten vollgestopft, Arnold, erzähle, was geschehen ist!«

Der Vater hörte stillschweigend zu, bis Arnold geendet hatte, dann nickte er bedächtig.

»Sie sind hinter Monkfords Geld her. Das Mädchen ist nur ein Werkzeug in der Geschichte. Armer, alter Crayley!«

»Kanntest du ihn?«

»Ihn kennen?« wiederholte Sir Godley. »Aber selbstverständlich, jeder kannte Crayley. Du sagtest, daß du ihn im Verdacht hattest. Seit wann war das?«

Arnold überlegte einige Sekunden.

»Seit dem Tage, an dem ich Clay Shelton in Colchester festgenommen habe. Crayley war dabei – und ich bin sicher, daß er da war, um den Fälscher zu decken. Clay Shelton hatte nie einen Revolver bei sich. Nach seiner Verhaftung untersuchte ich seine Kleidung und fand keinen Anhaltspunkt dafür, daß er je in einer seiner Taschen einen Browning herumgetragen hätte. Der Deckvogel trug jeweils den Revolver bei sich – und in diesem Fall vermasselte Crayley die Situation. Als er sich in den Kampf einmischte, geschah es nur in der Absicht, Clay Shelton einen Revolver in die Hand zu drücken, und das tat er auch. Die Herkunft des Brownings habe ich herausgefunden. Er wurde sechs Monate vorher in Belgien gekauft – und genau sechs Monate zuvor verbrachte Jackson Crayley den Winter in Spa. Er hielt sich tatsächlich in Spa auf, als der Revolver gekauft wurde, obwohl wir nicht nachweisen können, daß er ihn selbst erstanden hat. Er beauftragte wahrscheinlich einen belgischen Diener mit dem Ankauf. Jedenfalls, ein beachtenswerter Zufall, nicht wahr? Kennst du Miss Revelstoke, Vater?«

Sir Godley schüttelte den Kopf.

»Ich habe sie gesehen – bin ihr auch vorgestellt worden, aber ich kenne die Dame nicht. Ich habe auch nie etwas dergleichen gehört, daß sie mit Shelton in Verbindung gestanden hätte. Du hältst sie für ein Mitglied der Bande? Mir klingt das alles recht unwahrscheinlich, denn soviel ich gehört habe, genießt sie einen ausgezeichneten Ruf.«

»Eine Dame vom Scheitel bis zur Sohle!« stieß Arnold Long sarkastisch hervor. »Soll ich dir sagen, wer sie ist oder vielmehr war? Sie war der Schatzmeister, der Geldverwalter von Clay Sheltons Bande. Monkford selbst erzählte mir, daß sie einmal eine Dreiviertelmillion in seiner Bank liegen hatte – angeblich das Vermächtnis eines sagenhaften Bruders. Soweit ich aber feststellen konnte, hatte sie gar keinen Bruder.«

»Frauen in ihrem Alter sind oft etwas töricht und lassen sich von Männern wie Henry beeinflussen. Vielleicht wirst du herausfinden, daß sie ahnungslos und nur ein Werkzeug war. Allerdings, warum Henry, mit seiner vorzüglichen Praxis, unter Verdacht stehen sollte, ein Mörder zu sein, verstehe ich nicht. Aller Wahrscheinlichkeit nach hatte Clay dieses Bündnis geschlossen, weil er ein geborener Stratege und ausgezeichneter Führer war. Aber warum sie nach seinem Tod fortfahren sollten ...«

»Den Grund hast du schon erwähnt, Vater«, unterbrach Arnold. »Die Bande ist pleite. Sie haben noch gewisse Dokumente, die sie unterbringen können. Sie müssen Geld beschaffen, die Rache ist nur Nebensache. Sie haben Monkford getötet, damit sie sein Vermögen auf Nora Sanders übertragen können ...«

»Welche dich außerordentlich interessiert«, bemerkte der Vater mit einem Seitenblick. »Und ich nähme sogar eine Schwiegertochter in Kauf, wenn ich erleben könnte, daß du dich mit irgendeiner anständigen und schöpferischen Arbeit befassen würdest.«

Der Wetter schnaufte.

»Bankier!« sagte er verächtlich. »Ein Geldverleiher ... Ich wäre lieber ein guter Detektiv.«

»Das gerade fürchte ich. Ich möchte dich aber doch lieber am Leben wissen.«

Kapitel 27

In Arnold Long war ein seltsames Gefühl aufgestiegen, als er nach einer genauen Durchsicht der Akten in Somerset House entdeckt hatte, daß Clay Shelton, den er in den Tod geschickt hatte, sein Onkel gewesen war. Er ging mit sich zu Rate, ob die Bande des Schrekkens dies wohl wußte und hoffte, daß es nicht der Fall wäre.

Auf dem Wege von seinem Vater nach der Privatklinik, in der Nora Sanders lag, faßte der Wetter einen Entschluß. Er liebte es, andere mit unerwarteten Mitteilungen zu überrumpeln, um dann die Wirkung zu beobachten. Diesmal wollte er eine Bombe über Miss Revelstokes Haupt zum Platzen bringen.

Als Long bei Nora Sanders eintrat, versuchte sie ihm als erstes klarzumachen, daß eine Klinik nicht der Ort sei, an dem aufzuhalten sie ein Recht oder eine Veranlassung habe.

»Ich bin weder krank, noch habe ich einen Nervenanfall gehabt. Überhaupt finde ich, daß diese Maßregel völlig überflüssig ist. Das unfreiwillige Bad hat mir nicht geschadet, und was das scheußliche Betäubungsmittel betrifft ... Was war es überhaupt?«

»Butylchlorid, das bekannteste und stärkste Mittel dieser Art. – Ich will ja gern zugeben, daß Sie eine kräftige Natur haben, Nora Sanders! Aber selbst wenn wir davon ausgehen, daß Betäubung und Ertränken alltägliche Bagatellen sind, muß ich trotzdem dem Arzt beipflichten, daß Sie eine Woche in der Klinik bleiben und niemand, wohlverstanden – niemand sehen sollen!«

»Ich muß aber Miss Revelstoke sehen.«

Er rieb sich das Kinn.

»Miss Revelstoke? Ich weiß nicht, was ich dazu sagen soll. Ja, Sie können sie sehen – aber in meiner Gegenwart. Sonst darf sie nicht zugelassen werden. Ich bewundere Miss Revelstoke zwar, aber sie hat auf mich nie den Eindruck einer Gnadenspenderin gemacht. Ich möchte, daß Sie recht bald gesund sind!«

»Sie denken, daß ich, wenn Sie mich hier festhalten, einen Detektiv vor meine Tür stellen und einen Polizisten unter meinem Fenster patrouillieren lassen, keine Gefahr laufe«, warf sie ihm vor und war erstaunt, als er dies bejahte.

»Ja, das stimmt.«

»Was ist mit Mr. Crayley geschehen?« fragte sie.

»Wir wissen es noch nicht, aber ich glaube, er ist davongekommen«, log er.

»Sie gehen doch nicht gegen ihn vor?«

»Nein. Im Gegenteil, wir denken nur Gutes von ihm.«

Als er das große, saubere Zimmer verließ, dessen Fenster nach Dorset Square schauten, war sie so gut wie eine Gefangene. Draußen nahm er nahm die Oberschwester beiseite und gab ihr genaue

Anweisungen.

»Durchaus keine Zeitungen! Magazine und Romane, soviel sie haben will, aber keine Zeitungen – und keine Besuche!«

Nachdem ihm die Schwester die Einhaltung dieser Anordnungen zugesichert hatte, verließ er die Klinik und fühlte sich so befriedigt wie schon lange nicht mehr.

Später wurde ihm gemeldet, daß Miss Revelstoke ihre Sekretärin um sechs Uhr zu besuchen wünsche. Fünf Minuten vor sechs wartete er im Empfangszimmer der Klinik. Sie schien gar nicht überrascht zu sein, ihn dort zu treffen. Ihr Benehmen war ausgesprochen freundlich.

»Das trifft sich ausgezeichnet, Mr. Long«, begann sie, »ich wollte Sie ohnehin sprechen. Sagen Sie, was ist mit diesem unglücklichen Mädchen geschehen? Ihr Mr. Rouch, der nicht gerade ein mitteilsamer Mensch ist, erzählte mir, sie sei entführt worden und beinah ertrunken – aber das kann doch unmöglich wahr sein!«

Bei dem hellen Licht betrachtete er sie genau. In den letzten Wochen war sie sehr gealtert. Tiefe Falten durchfurchten ihr Gesicht, das einen vergrämten Ausdruck zeigte, den er früher nicht bemerkt hatte.

»Crayley ist tot, berichtete man mir?«

»Sagen Sie Miss Sanders nichts darüber!« warnte er sie. »Ja, er ist tot.«

Sie schüttelte den Kopf.

»Es ist schrecklich – erst Monkford, und jetzt Crayley. Das beunruhigt mich sehr.«

»Sie vergessen Clay Shelton«, sagte er unschuldsvoll, während er sie genau beobachtete, »meinen unglücklichen Onkel ...«

Er hatte ins Schwarze getroffen! Ihr Gesicht versteinerte sich. Ihre schwarzen Augen schlossen sich erst ungläubig, dann starrte sie ihn an.

»Ich glaube, ich habe Sie nicht recht verstanden. Ihr ...«

»Mein Onkel. Er war meines Vaters Stiefbruder. Ich dachte, Sie wüßten das. Sein richtiger Name war John Xavier Towler Long. Aber vielleicht ist Ihnen das wirklich nicht bekannt. Ich weiß sehr viel über Onkel John.« Er lachte unbekümmert. »Er heiratete im Jahre 1894 ein Mädchen namens Paynter. Mein Vater erzählte mir, daß sie erst vor einigen Jahren gestorben ist.«

Sie hatte sich rasch wieder in der Gewalt.

»Ich hätte nie gedacht, daß Sie solch entehrende Familienverbindungen haben, Mr. Long!« Sie schaute auf ihre Uhr. »Glauben Sie, daß ich jetzt hinaufgehen und mit Nora sprechen kann?«

»Wir wollen zusammen hinaufgehen«, sagte der Wetter.

»Ich hätte gern einiges mit ihr allein besprochen –.« Miss Revelstoke schien über die Anordnung verwundert.

»Ich werde mir die Ohren zuhalten!« versprach der Wetter loyal.

Widerstrebend folgte sie ihm in Noras Zimmer.

Als ihre Herrin eintrat, ließ Nora das Buch sinken, in dem sie las.

»Sie armes Kind! Nora, Sie sind fast so schlimm wie Mr. Long – andauernd bewegen Sie sich in äußerst dramatischen Situationen! Fühlen Sie sich sehr schlecht?«

Nora schüttelte den Kopf und schaute vorwurfsvoll den Wetter an.

»Ich habe mich in meinem ganzen Leben noch nie so wohl gefühlt, aber man besteht darauf, daß ich hier bleibe!«

Miss Revelstoke warf Long einen Blick zu.

Er ging nach der anderen Zimmerseite und schaute auf Dorset Square hinaus. Er hatte ein wunderbares Gehör, und Miss Revelstoke schien so etwas zu vermuten, denn ihre Stimme senkte sich zum Flüsterton.

»Darf Henry kommen und Sie besuchen?«

Das Mädchen zögerte und sah verstohlen nach dem Wetter.

»Fragen Sie ihn nicht – er haßt Henry!« zischte Miss Revelstoke. »Ich möchte, daß Sie mit ihm allein sprechen. Können Sie das?«

Wieder schaute Nora zu Long hinüber. Zweifel und Ungewißheit lagen auf ihrem Gesicht.

»Ich weiß nicht. Ich glaube, es sind Anordnungen getroffen worden, daß ich niemand sprechen darf. Können Sie mir sagen, was er will?«

»Er will Ihnen etwas mitteilen – etwas, worüber Monkford vor der Unterzeichnung des Testaments gesprochen hat.«

Als sie sah, wie die Augen des Mädchens von neuem zum Inspektor hinüberwanderten, lächelte sie.

»Nun, ich will Sie nicht weiter plagen. Bitte, sagen Sie ihm nicht, worüber ich gesprochen habe!«

»Miss Revelstoke, hat man etwas von Mr. Crayley gehört?«

Der Wetter drehte sich schnell um.

»Nichts –«, antwortete die alte Dame nach einem Augenblick des

Zögerns, »ganz und gar nichts.«

Nora seufzte.

»Er war sehr gut zu mir«, sagte sie leise. »Ich befürchte ...«

Kapitel 28

Viele Dinge, die die Bande des Schreckens betrafen, waren dem Wetter rätselhaft, aber nichts war ihm so unverständlich wie ihre Verbindung mit der untersten Hefe der Gaunerwelt.

Am nächsten Morgen saßen zwei Männer auf der Anklagebank im Westminster-Polizeigericht, gegen die gleichlautende Anklagen vorlagen, nämlich: Gefährliches Fahren mit Autos, ohne im Besitz des erforderlichen Führerscheins zu sein. Beide nahmen die sechs Monate, zu denen man sie verurteilte, sehr ruhig, man könnte sogar sagen, erleichtert hin.

»Ihr hättet gehängt werden sollen«, sagte Long zu den beiden, als er mit ihnen nach der Urteilsverkündung auf dem Gang zusammentraf.

»Hören Sie, Mr. Long«, wandte der kinnlose Mann laut ein, »wir haben unseren Teil weg, und Sie haben kein Recht, uns einzuschüchtern.«

»Ich habe dreiunddreißig Anklagen, die ich gegen euch beide vorbringen könnte«, übertrieb der Wetter. »Vielleicht sind es auch fünfunddreißig, also kommt mir nur nicht frech, sonst werde ich euch sämtliche Gefängnistüren öffnen, und ihr werdet von Wandsworth nach Wormwoods Scrubbs wandern. Man hat euch ausgesandt, um mich umzubringen, und für Mörder, die nach meinem jungen Leben trachten, habe ich wenig übrig. Kommt mit allem, was ihr über diese Angelegenheit wißt, zu mir rüber ...«

»Sie haben uns schon vorher gefragt, und wir konnten nichts aussagen«, unterbrach ihn der große, kräftige Mann. »Es war ein Unfall, das wissen Sie selbst, und als Polyp können Sie als Zeuge ohnehin nicht die Wahrheit reden. Ich wundere mich manchmal, daß Leute wie Sie beim Schwören nicht tot umfallen!« Seine beweglichen Augen schauten überallhin, nur nicht auf Long. »Komm, Hase!« forderte er seinen Kumpan auf und wandte sich zum Gehen, doch der Gefangenenwärter trat ihm in den Weg.

»Lassen Sie sie gehen!« sagte der Wetter. »Also paßt auf! Ich erwarte euch.«

Der Kinnlose drehte sich voller Unbehagen um.

»Wir haben alles gesagt, was wir wissen, Mr. Long. Wir hatten den Auftrag von einem Mann, der Sie erschrecken wollte, und ...«

»Ach, halt die Klappe!« fuhr der andere dazwischen. »Du sprichst zuviel!«

An den ›Alten‹ oder den ›Professor‹ wie er gelegentlich auch genannt wurde, glaubte der Wetter nicht. Er hielt ihn für eine plumpe Erfindung.

Rouch, bei allen seinen Mängeln, hatte eine Spezialität – er kannte die meisten Gauner Londons, all die kleinen Diebe und Schwindler, wußte ihre Familiengeschichten auswendig und interessierte sich für die Gefangenenwohlfahrtspflege.

»Ich weiß nicht –«, meinte er, als ihn Long in dieser Angelegenheit konsultierte, »diese Leute arbeiten für sich. Banden? Die einzigen Banden, die ich kenne, sind die Raufbanden in Hoxton, ein paar Geldschrankknacker und die Rennplatzbanden.«

Trotzdem setzte der Wetter seine Nachforschungen fort. Er sandte zwei Beamte aus, den einen nach Deptford, den andern nach Nottingdale. Außerdem setzte er eine Reihe von Polizeispitzeln ein, ohne deren Hilfe die Polizei bei jedem Schritt straucheln würde.

Als er am Abend nach Hause kam, fand er einen Brief vor. Er brauchte nicht erst auf den Poststempel zu sehen, auf der Rückseite des Umschlags stand in zierlichen Buchstaben ›Little Heartsease, Berkshire‹, und er erkannte die Handschrift von Mr. Cravel.

Er öffnete den Brief, der mit der Schreibmaschine geschrieben war.

»Werter Mr. Long!
Wie Sie sich wohl denken können, hat die Saison sehr unglücklich für uns abgeschlossen. Mr. Monkford war jedoch einer unserer persönlichen Freunde, und sein Tod überschattet alle materiellen Fehlschläge. Würden Sie vielleicht für eine Vermutung, die ich hege, Interesse haben, auch wenn sie phantastisch erscheinen mag? Falls Sie etwa um den 16. herum, wenn ich wieder nach Heartsease zurückgekehrt bin, kommen wollen, würde ich gern die Sache mit Ihnen besprechen.«

Der Wetter grinste. Der 16. August! Es klang wie die sprichwörtliche Einladung der Spinne. Immerhin – vielleicht würde er den ›Professor‹ kennenlernen.

Er faltete den Brief und verschloß ihn in seinem Schreibtisch. Obgleich er lächelte, war ihm dabei nicht wohl. Das eingeschnitzte Datum an der Kabinenwand – das Datum im Brief! Die auffallende Übereinstimmung ließ nur eine Deutung zu. Das Datum auf dem Schiff und diese briefliche Einladung hatten den Zweck, seine ganze Phantasie auf einen bestimmten Termin hin zu bannen, ihm also bis zum Sechzehnten ein Gefühl der Sicherheit vorzutäuschen. In Wirklichkeit aber lag die Gefahrenzone zwischen dem jetzigen Augenblick und dem Sechzehnten. Mit jedem Morgen konnte der Schicksalstag beginnen – eine nicht gerade rosige Aussicht! Die Galgenhand, die nach dem Henker, dem Richter, dem Staatsanwalt gegriffen und Monkford getötet hatte, streckte sich nach ihm aus. Jeden Augenblick konnte sie ihn vernichten. In diese Gedanken, die ihm seine eigene Gefahr vor Augen führten, versunken, schrak er zusammen, als an die Tür geklopft wurde.

»Zum Teufel!« rief der Wetter, über seine Nervosität erschrokken. »Ich werde verrückt. Herein!«

Entschlossen richtete er sich auf, bereit, jedem Schicksal entgegenzutreten.

Sein Diener kam herein, schloß die Tür und fragte mit gedämpfter Stimme:

»Wollen Sie Miss Alice Cravel sprechen, Sir?«

»Ich lasse die Dame bitten!«

Einen Augenblick später betrat Alice Cravel das Zimmer. Auf seine einladende Geste hin wehrte sie ab:

»Nein, danke, ich will stehenbleiben.« Ohne Übergang fragte sie: »Lieben Sie das Leben?«

»Ja, ziemlich.« Er richtete den Blick auf die behandschuhten, gefalteten Hände, von denen ein goldener Handbeutel herabhing.

»Das tat auch Crayley«, sagte sie und starrte ihn an.

Sie benahm sich so seltsam, daß er dachte, sie sei betrunken oder verrückt.

»Jackson Crayley liebte das Leben – Sie hielten ihn für einen Narren. Sie dachten, sein Garten sei nur eine Laune, und er interessiere sich gar nicht dafür. Aber die Farbenpracht und der Duft der Blumen machten ihm das Leben teuer. Er liebte hübsche Dinge.«

Long hörte, ohne etwas zu erwidern, erwartungsvoll zu und beobachtete andauernd ihre Hände.

»Ich glaube, auch Ihnen bedeutet das Leben mehr, als nur Menschen ins Gefängnis und – an den Galgen zu bringen. Vielleicht lieben auch Sie hübsche Dinge? Vielleicht ...« Ihre Stimme zitterte.

»Ja, natürlich, ich mag hübsche Dinge und verabscheue die häßlichen«, antwortete er gleichgültig.

Er stand ihr gerade gegenüber, die Hände in den Jackentaschen, den Kopf etwas gesenkt, denn sie war kleiner als er.

»Das tat auch Jackie«, wiederholte sie leise. »Und jetzt ist er tot – tot!«

Sie bedeckte die Augen mit einer Hand und wankte, so daß er dachte, sie falle um. Er schob ihr einen Stuhl hin.

»Nein, nein«, wehrte sie ungeduldig ab. »Aber ich muß Ihnen noch etwas sagen, was ich nicht sagen wollte. Ich hasse Sie!« Sie stieß dieses Bekenntnis schnell, kaum hörbar aus, ihre Augen blitzten, und er zweifelte nicht an ihrem Haß. »Ich hasse Sie! Aber ich will nicht Ihren Tod – glauben Sie mir das? Ich – will – nicht – Ihren – Tod!« Bei jedem Wort schlug sie mit ihrer zierlichen Hand auf den Tisch. »Ich will, daß Sie am Leben bleiben, hören Sie! Ich habe es satt, es ekelt mich an!« Mit einem Ausdruck der Qual schloß sie die Augen. »Es gibt keinen andern Grund, warum ich Sie am Leben wissen will, als daß ich die Toten allmählich satt habe. Geben Sie diese Sache auf, gehen Sie fort, überlassen Sie alles sich selbst!«

»Warum wollen Sie, daß ich fortgehe? Ja, ich weiß schon, Sie haben es gesagt ...«

»Sie könnten ins Ausland reisen, für vier Monate, für zwei Monate, ja, selbst für einen Monat – das würde genügen.« Alles Blut war aus ihren Wangen gewichen, ihr Busen hob und senkte sich. »Ich will Ihnen etwas sagen«, begann sie von neuem, atemlos. »Eines Abends hätten sie Sie beinah gefaßt. Mich hatte man ausgesandt, um Sie am Schießen zu hindern. Sie erinnern sich doch der Nacht? Und ich erzählte Ihnen das Märchen, daß man mich entführen wollte. Sie durchsuchten mich – ich kam darauf, als Sie mich fragten, in welchem Theater ich gewesen sei. Es ist mir gleichgültig, was Sie jetzt tun. Im Gegenteil, ich wünschte, Sie sperrten mich ein und behielten mich, bis alles, alles vorüber ist. So, jetzt wissen Sie es – haben Sie verstanden, was ich gesagt habe? Ich war dabei, als man

Sie umbringen wollte!«

»Wer war der Mann?«

Sie warf ungeduldig den Kopf zurück.

»Das kann ich Ihnen nicht sagen – Sie wissen genau, daß ich das nicht sagen kann. Aber ich war dabei – ich – ich!« Hysterisch schlug sie sich mit der geballten Faust auf die Brust. »Genügt das nicht? Können Sie mich nicht verhaften? Deshalb kam ich. Deshalb – das heißt, um Sie zu warnen.«

»Wer war der Mann?« fragte er nochmals.

»Sie sind ein Narr! Glauben Sie auch nur einen Augenblick, daß ich es Ihnen sage?«

»War es Ihr Bruder?«

»Mein Bruder war in jener Nacht in Little Heartsease, das wissen Sie am besten, denn Sie haben Erkundigungen eingezogen. Gleich am nächsten Tag fuhren Sie hin, und einer Ihrer Detektive fragte nicht nur die Angestellten und Kellner, sondern gleich auch noch alle Gäste aus.«

»Henry?« fragte er.

»Henry!« Ihre Lippen verzogen sich, doch wurde sie sofort wieder ernst. »Ich habe mich in große Gefahr begeben, dadurch, daß ich Sie aufsuchte. Sie beobachten, seit ich hier bin, andauernd meine Hände, nicht wahr? Trotzdem hätte ich Sie dreimal töten können. Sie denken, daß ich prahle? Aber es ist die Wahrheit.«

Sein Gesicht drückte Zweifel aus.

»Sie fürchten mich nicht, weil ich eine Frau bin?« fragte sie. »Und Sie würden zögern, mir den Revolver vorzuhalten? Aber Sie kämen auch gar nicht erst dazu!«

Sie erhob ihre behandschuhte Hand über den Kopf und schien mit den Fingern zu schnalzen. Ein grelles Licht blitzte auf, das ihn sofort blind machte und zurücktaumeln ließ. Als er die Augen wieder öffnete, konnte er vor lauter tanzenden Sternen nichts anderes unterscheiden. Nach einer Weile sah er die dicke, weiße Rauchwolke, die an der Decke schwebte.

»Magnesium«, erklärte sie sachlich. »Meine Augen waren geschlossen, als ich es entzündete, doch Ihre waren offen. Ich hätte Sie wie einen Hund niederschießen können, wenn ich gewollt hätte. Nun glauben Sie mir wohl?«

Der Wetter holte tief Atem.

»Sie können darauf wetten, daß ich Ihnen glaube«, versicherte er.

»Das ist ein neuer Trick für mich, Miss Cravel!«

»Ein neuer? Sie haben hundert neue!« sagte sie verächtlich. »Dreimal haben sie Sie verfehlt, aber zum Schluß werden sie Sie doch noch kriegen! Wollen Sie mich nun verhaften? Ich bin nicht verrückt, im Gegenteil, ich bin noch nie so klar gewesen wie heute. Aber ich bin damit fertig – völlig fertig!«

Er nahm den Brief aus dem Schreibtisch und zeigte ihn ihr. Sie las nur ein oder zwei Zeilen und gab ihn zurück.

»Ich weiß«, meinte sie. »Werden Sie gehen?«

Er nickte.

»Am Sechzehnten? Was versprechen Sie sich davon? Sie ahnen ja nicht, was Sie in Heartsease erwartet!« Sie zog die geschwärzten Handschuhe aus und nahm ein neues Paar aus der Handtasche. »Aber ich kann nichts mit Ihnen anfangen. Ich befürchtete es. Wo ist die Sanders?«

»In einer Privatklinik«, antwortete er, obschon es sie eigentlich nichts anging.

»Ist sie dort sicher?« fragte sie lächelnd.

»Ziemlich sicher. Ein Detektiv patrouilliert ums Haus herum, und einer sitzt die ganze Nacht unten in der Halle.«

»Trotzdem werden sie sie herausholen, wenn es ihnen wichtig genug ist.«

»Ich wette ...«

»Sie würden verlieren.« Sie wollte noch etwas sagen, drehte sich aber um und öffnete die Tür. Erst auf der Schwelle blieb sie stehen. »Ich vermute übrigens sehr, daß die Bande des Schreckens Nora Sanders nötig braucht. Warum, werden Sie nicht erraten.«

»Weil sie pleite ist«, warf er gleichmütig hin und bemerkte, wie sich ihr Gesichtsausdruck veränderte.

»Pleite? Wer hat Ihnen das gesagt?« Sie war sichtlich verblüfft. »Jedenfalls – passen Sie gut auf Ihre Nora Sanders auf!«

Lange nachdem sie gegangen war, wanderte er noch im Zimmer auf und ab und blieb nur stehen, um seinem Diener zuzusehen, wie er den Qualm durch das offene Fenster zu jagen versuchte, denn der Rauch abgebrannten Magnesiums ist schwer zu vertreiben.

Kapitel 29

Später begab sich der Wetter in die Klinik, um mit der Oberschwester zu sprechen. Sie war eine kleine, einfach wirkende Person und glaubte nicht an die Möglichkeit einer Entführung.

»Selbstverständlich ist sie hier gut aufgehoben«, versicherte sie.

Als sie zusammen in die Halle hinaustraten, hörten sie vom oberen Stockwerk her lautes Stöhnen.

»Nichts Ernstes«, beruhigte ihn die Schwester. »Es ist eine Nervenkranke, eine junge Frau, die heute nachmittag eingeliefert worden ist. Ein hysterischer Anfall, und es wäre nicht weiter schlimm, wenn sie sich nur ruhiger verhielte.«

»Stört sie die anderen Patienten nicht?«

»Sie wird noch heute abend wegkommen. Ich habe ihrem Arzt schon gesagt, daß wir sie hier nicht behalten können.«

Er kehrte in seine Wohnung zurück. Noras wegen fühlte er sich etwas beruhigt, obschon er die Warnung Alice Cravels nicht ganz vergessen konnte.

Sein Diener war ausgegangen, doch hatte er einen Zettel mit der Mitteilung hinterlassen: ›Bitte, rufen Sie Wachtmeister Rouch an!‹

Long bekam die Verbindung gleich.

»Ich glaube, ich habe den Mittelsmann zwischen der Bande und den Jungens gefunden!« Rouch sprach von der Unterwelt immer nur als von den ›Jungens‹. »Kann ich sofort zu Ihnen kommen?«

»Ja, kommen Sie!«

Eine Viertelstunde später kam Wachtmeister Rouch mit einem bleich aussehenden Mann, der sich als Spitzel betätigte und aus diesem verachteten Metier beachtliche finanzielle Vorteile zog. In der Unterwelt wurde er ›Der Chef‹ genannt – er war früher einmal Koch in einem bekannten Restaurant gewesen – und nahm insofern unter den Spitzeln eine besondere Stellung ein, als er es verstand, sich gerade bei der Klasse, die er verriet, einen gewissen Einfluß zu verschaffen.

»Erzählen Sie dem Inspektor, was Sie wissen, Chef!« forderte ihn Rouch auf.

Der Chef sah mit Unbehagen von einem zum andern, befeuchtete seine trockenen Lippen und begann dann mit seiner heiseren Stimme:

»Ihr sucht den Professor? Ich habe ihn oft in Bermondsey und Deptford gesehen. Er kennt alle Kanonen – Kalini, Jacobs und den Griechen-Paul.«

»Wie sieht er aus?«

»Nicht so groß wie Sie, aber etwas größer als ich und mager. Immer schwarz gekleidet. Er trägt eine Krawatte wie die Künstler auf Bildern.«

»Wie alt ist er?«

»Ich weiß wirklich nicht – ziemlich alt. Er hat weiße Haare, darum nennt man ihn wohl Professor.«

Man hatte ihn nie an den bekannten Plätzen gesehen, wo die Leute sich treffen, um ihre Pläne zu besprechen oder die Beute abzusetzen. Der Spitzel kannte all diese Orte recht gut – ›Das blaue Kissen‹ in Blackfriars Road, darin die verwegensten Affären Englands ausgeheckt worden waren, den ›Fischteich‹ in Notting Hill, wo man die größten Diamanten an den Mann bringen konnte, und die kleine Kneipe in Whitechapel Road, in der die großen Seidendiebstähle organisiert und die Ware fast offen verkauft wurde.

»Er trifft seine Leute immer draußen im Freien. Einer seiner Lieblingsplätze ist die Kanalbrücke. In Deptford erzählt man, daß er ein großer Hehler aus dem Westend sei, aber ich habe noch nie gehört, daß er etwas von den Jungens gekauft hätte, und soviel ich weiß, hat er sie nur zu Überfällen gebraucht.«

»Sie kennen Raffy, den Autofahrer?« fragte der Inspektor.

»Selbstverständlich. Der kommt von Deptford. Er hat eben sechs Monate für waghalsiges Fahren bekommen. Man erzählt, der Professor habe für irgendein Westend-Ding einen Hunderter springen lassen.«

»An einem bestimmten Ort ist der Professor wohl nicht zu treffen?«

»Nein. Wenn er kommt, läßt er eine der Kanonen wissen, wo man ihn erwarten soll, und die halten dicht. Ich will Ihnen sagen, wer vor einiger Zeit für ihn gearbeitet hatte – Ulanen-Harry! Kennen Sie ihn, Inspektor? Es ist der Kerl, den ein Bauer auf dem Feld aus Versehen erschoß.«

Dies war die offizielle Version von Ulanen-Harrys Tod, wie das Gericht sie bekanntgegeben hatte.

Wieder der Professor! Von allem Rätselhaften in diesem Fall blieb er am unfaßbarsten.

Der Wetter gab dem Spitzel Befehl, sofort Scotland Yard zu benachrichtigen, falls er etwas vom Professor höre, oder falls dieser selbst auftauchen sollte. Long fühlte sich unruhig und besorgt, nicht zuletzt wegen Nora Sanders, gegen die sich im Moment alle Aktionen der Bande richten mußten.

Er war aufs äußerste erschöpft. Als er Rock und Kragen ablegte, erinnerte er sich seiner Prahlerei, vier Nächte wachbleiben zu wollen. Eine Nachtruhe konnte er sich dennoch gönnen, dachte er, als er ins Badezimmer kam und das Wasser andrehte.

Des rauschenden Wassers wegen hörte er das Telefongeklingel erst, als er nochmals ins Zimmer zurückging, um die Hausschuhe zu holen. Er nahm den Hörer auf.

»Öffentliche Sprechstelle«, sagte der Telefonbeamte.

Das mußte Rouch sein, dachte Long. Aber es war eine Frau, und obgleich sie ihre Stimme zu verstellen versuchte, erkannte er Alice Cravel.

»Sind Sie es, Long? Lassen Sie Nora Sanders sofort aus der Klinik verschwinden!«

»Warum?« fragte er.

»Kein Warum – tun Sie es! Sie haben keine halbe Stunde Zeit. Wenn Sie kein Narr sind, werden Sie tun, was ich sage!«

»Aber ...« wandte er noch ein und hörte, wie der Hörer auf der anderen Seite eingehängt wurde.

Eine List? Sollte er das Mädchen aus der Klinik herausholen, damit sie es leichter entführen konnten? Und doch hatte er aus der Stimme Sorge und äußerste Dringlichkeit herausgehört.

Er rief die Klinik an. Die Oberschwester war zu Bett gegangen, aber die Nachtschwester gab eine zufriedenstellende Auskunft.

»Ihr Beamter ist hier. Nichts ist geschehen, und Miss Sanders schläft.«

Er sprach auch mit dem Detektiv und erhielt die gleiche beruhigende Auskunft.

Langsam ging er wieder ins Badezimmer, drehte den Hahn zu und ließ das Wasser ablaufen. Alle Müdigkeit war von ihm abgefallen. Er zog sich an.

Als er zum Ausgehen bereit war, kam ihm seine Besorgnis lächerlich vor. In der Klinik konnte er auch nicht mehr ausrichten als der Beamte, der sich bereits dort befand. Trotzdem entschloß er sich, nach Dorset Square zu wandern. Es war eine wundervolle

Nacht. Das Westend wimmelte von Menschen, es war gerade Theaterschluß, und die Autos folgten sich dichtgedrängt in beiden Richtungen.

Sein Weg führte durch die Berkeley Street und über den Berkeley Square, so daß er schnell seinen Vater aufsuchen wollte, der trotz der späten Stunde sicher noch an seinem Schreibtisch sitzen würde. Die Diele war erleuchtet, und er drückte auf den Klingelknopf. Sir Godleys Kammerdiener öffnete ihm mit besorgter Miene die Tür.

»Wo ist mein Vater?«

»Ich weiß nicht, Mr. Arnold. Er ist vor einer Stunde weggegangen, um einen Brief in den Kasten zu werfen. Sir Godley tut dies abends immer selbst, um sich etwas Bewegung zu machen, aber gewöhnlich kommt er schon nach fünf Minuten zurück.«

Arnold ging in die Bibliothek. Alle Lichter im Zimmer brannten – ein sicheres Zeichen, daß sein Vater sofort hatte zurückkehren wollen, denn er war immer ein Pedant gewesen und vermied es unter allen Umständen, elektrischen Strom zu vergeuden.

»Hat er seinen Hut mitgenommen?«

»Jawohl, Sir, den Hut und den Stock.«

Eine der Schreibtischschubladen stand halb offen. Der Wetter zog sie ganz heraus – sie war leer. Er pfiff leise vor sich hin. In dieser Schublade bewahrte Sir Godley einen Browning auf. Einst, in Arnolds Knabenzeit, war es eine Marinepistole gewesen, und er konnte sich noch gut erinnern, wie er eine Tracht Prügel bekam, weil ihn das Verlangen gepackt hatte, das seltsame und schöne Instrument zu untersuchen. Der Wetter rief den Kammerdiener, vor dem sein Herr wenige Geheimnisse hatte, zurück.

»Nimmt Sir Godley gewöhnlich den Revolver mit, wenn er Briefe zum Kasten trägt?«

»Ja, Sir, in letzter Zeit«, antwortete der Diener.

Als Long sich im Raum umsah, erregte der Kamin seine Aufmerksamkeit. Auf dem Rost häufte sich ein Stoß verbrannten Papiers. Eigentlich hatte er keinen Grund, seines Vaters Angelegenheiten zu durchforschen, und wahrscheinlich hatte Sir Godley auch nur in einer Anwandlung von Ordnungsliebe alte Rechnungen sortiert und Überflüssiges verbrannt. Dennoch bückte er sich und stocherte in dem Aschenhaufen herum. Ein kleines Briefbündel war offenbar als Ganzes ins Feuer geworfen worden, so daß er in der Mitte einige Blätter fand, die angesengt, aber nicht ganz verbrannt waren. Das Briefblatt, von dem am meisten erhalten war, enthielt noch das Datum vom 12. Januar 1889. Die Adresse war bis auf den bruchstückhaften Schluß: ›...hagen‹ zerstört. Er drehte das versengte Blatt um und las einige Satzfetzen und vereinzelte Wörter in einer prächtigen Handschrift:

›... das wenige, was du tun kannst ... Hilf, Bruder ... Krise ...‹

Anscheinend war an diesen Brief ein Schriftstück länglichen Formats angeheftet gewesen. Long hielt die verkohlten Überreste ans Licht. Die Tintenschrift war zum Teil noch lesbar. Es handelte sich um ein auf seinen Vater gezogenes Akzept, der Name des Ausstellers war nicht mehr zu erkennen. Er warf es in den Kamin zurück. Der Diener hatte ihn die ganze Zeit beobachtet.

»Sie brauchen meinem Vater nicht zu sagen, daß ich in seinen Sachen gestöbert habe, Johnny!«

Der Mann, der während seiner langen Dienstzeit oft zwischen dem jungen Herrn und vielen Unannehmlichkeiten gestanden hatte, nickte.

»Was denken Sie, wohin er gegangen ist, Sir?«

»Spazieren«, sagte der Wetter kurz.

Er trat vors Haus, ging bis zum nächsten Briefkasten und fand in nächster Nähe davon den unvermeidlichen Wachtposten.

Der Polizist hatte Sir Godley gesehen, mit ihm gesprochen, und seine Auskunft lautete ziemlich beunruhigend.

»Ich muß sagen, daß ihr Vater sich sehr seltsam benahm. Während ich mit ihm sprach, kam ein Taxi vorbeigefahren, und ich glaube, er erkannte den darin sitzenden Herrn. Ich habe ihn auch gesehen – ein alter Herr mit weißem Haar, einem großen schwarzen Schlips und einer Hornbrille.«

Der Wetter stutzte. Das war eine recht zutreffende Beschreibung des Professors.

»Was tat mein Vater?«

»Das ist meiner Ansicht nach eben das Seltsame. Er rannte über die Straße, sprang in ein anderes Taxi, und das letzte, was ich sah, war, wie er dem Fahrer Anweisungen gab. Mir schien es, als wollte er den alten Herrn einholen.«

Arnold Long ging verwirrt ins Haus zurück. Er sagte dem Diener ein paar beruhigende Worte und setzte seinen Weg nach Dorset Square fort. Die Überspanntheit seines Vaters konnte er sich schwer erklären. Aber war es wirklich Überspanntheit, die Sir

Godleys Handeln bestimmt hatte?

Der Professor! Die einzige Gestalt in dem todbringenden Reigen, die er nicht kannte – das Gehirn und das Herz der Bande des Schreckens!

Er kreuzte die Oxford Street, ging die Baker Street hinauf und kam an einer Reihe von Häusern vorbei, die jeder Romanliebhaber kennt. Vor sich hin lächelnd, überlegte er sich, wie wohl jener legendäre Phantasiedetektiv diesen Fall gelöst hätte.

Er hörte eine Turmuhr schlagen und schaute auf das Leuchtzifferblatt seiner Armbanduhr. Halb elf! Er wollte so schnell wie möglich nach Dorset Square, sich überzeugen, ob alles in Ordnung sei, und dann zurückfahren, um seinen Vater zu erwarten.

Die Gegend war ziemlich verlassen. Reges Treiben herrschte nur vor dem Great Central-Bahnhof, wo Taxis die Theaterbesucher absetzten, die aufs Land zurückkehrten. Vor dem Eingang der Privatklinik begrüßte ihn der eine Detektiv.

»Nichts ist vorgefallen, Sir!« meldete er. »Sie haben das hysterische Mädchen fortgeschafft, sie war eine richtige Plage.«

»Ja, die Hysterische – ich weiß schon, wen Sie meinen.«

Der zweite Beamte drinnen in der Halle hatte sich, zum Zeitvertreib, nützlich gemacht – er öffnete, wenn es läutete, die Tür. Auch er wußte nichts zu berichten, und die Schwester, die gerade die Treppe herabkam, meldete, daß Nora Sanders ruhig schlafe.

»Ich habe eben, bevor ich herunterkam, einen Blick ins Zimmer geworfen, weil ich fürchtete, daß die andere Patientin, die inzwischen weggebracht worden ist, sie gestört haben könnte.«

»Kann ich sie sehen?«

Er wußte selbst nicht genau, warum er dieses Ansinnen stellte.

Die Schwester zögerte.

»Ich weiß nicht, ob es der Oberschwester recht sein wird. Jedenfalls dürfen Sie nur hineinschauen, nicht sprechen.«

Long folgte der Schwester die Treppe hinauf und fühlte sich etwas lächerlich. Vor Noras Tür mahnte sie ihn nochmals zur Ruhe, dann ließ sie ihn eintreten.

Im Zimmer brannte ein abgeblendetes Licht und ließ undeutlich die Gestalt im Bett erkennen. Der Rücken war der Tür zugekehrt. Eine einzelne Locke ragte zwischen Kissen und Bettdecke hervor.

Eine Locke?

Seine Stirn legte sich in Falten.

Die Locke war schwarz.

Mit zwei Schritten hatte er das Bett erreicht, legte die Hand auf die schmale Schulter und schüttelte sie. Das Mädchen schlief nicht. Erschrocken blickte es den Inspektor an. Es waren braune Augen, und das Gesicht hatte einen strengen, bedrückten Ausdruck.

»Mr. Long – was machen ...«, stammelte die Schwester und stockte, als sie das Gesicht auf dem Kissen sah. »Das ist nicht Miss Sanders!« stieß sie hervor.

Sie war es nicht.

Nora Sanders fuhr zu dieser Stunde in einem schnellen Krankenwagen nach Berkshire, wo der Geschäftsführer von Heartsease darauf wartete, sie in Empfang zu nehmen – und diesmal würde sie es nicht mit Jackson Crayley zu tun haben!

Kapitel 30

Long erriet, was geschehen war, noch bevor das Mädchen im Bett Entschuldigungen zu stammeln begann.

»Stehen Sie auf und ziehen Sie sich an! Ich verhafte Sie wegen Beihilfe.« Und der Schwester befahl Long: »Lassen Sie eine Pflegerin kommen, die hier bleibt, bis diese Frau zum Abtransport bereit ist.«

Später ging er mit der Nachtschwester hinunter, und sie erzählte ihm, wie alles gekommen war.

Das Mädchen war am Nachmittag auf Empfehlung eines Arztes eingeliefert worden. Anscheinend hysterisch, hatte es bis zum späten Abend gewimmert und geschrien. Als der ›Arzt‹ vor dem Abendessen vorsprach, bat ihn die Oberin, die Patientin wieder wegzunehmen, denn sie störe die anderen Kranken, und er hatte versprochen, später einen Krankenwagen vorbeizuschicken. Der Krankenwagen kam dann auch in Begleitung von zwei uniformierten Trägern, und man legte das Mädchen unter Aufsicht des Arztes auf eine Tragbahre.

»Bis zu diesem Augenblick war ich zugegen«, betonte die Nachtschwester. »Aber der Doktor bat mich, noch eine Decke zu holen. Ich ging hinunter und war kaum drei Minuten weg ...«

»Und während dieser Zeit haben die Träger Miss Sanders betäubt oder sonstwie zum Schweigen gebracht und sie an Stelle des Mädchens auf die Bahre gelegt. Haben Sie einen Aufschrei gehört?«

»Ja, gerade, als ich bei der Treppe wieder ankam. Ich dachte, es wäre Mrs. Dennsey.«

Der Wetter war bleich geworden.

»Ich versteh«, sagte er. »Ich kann Ihnen keinen Vorwurf machen. Ich hätte etwas derartiges erwarten sollen, als ich hörte, daß am Nachmittag diese merkwürdige Patientin eingeliefert worden war. Ihr Zimmer lag doch neben dem von Miss Sanders?«

Ihm blieb nichts weiter übrig, als die Meldung nach Scotland Yard weiterzugeben und alle Polizeireviere zu veranlassen, nach dem Krankenwagen Ausschau zu halten, dessen Nummer sich der Beamte, der vor der Klinik Dienst tat, gemerkt hatte.

Seinen Vater hatte der Wetter vollständig vergessen, bis ihn der Diener um drei Uhr nachts in Scotland Yard anrief.

»Sir Godley ist noch nicht zurückgekehrt.«

Dem Wetter lief es eiskalt über den Rücken. Er lehnte sich im Stuhl zurück. Er brauchte seinen ganzen Mut und seine Entschlossenheit, um jedes persönliche Mitgefühl von sich abzuschütteln. Er war jetzt nur Kriminalbeamter, der das Verschwinden eines Mannes namens Godley Long und der Sekretärin Nora Sanders aufzuklären hatte.

Diese beiden waren nicht die einzigen, die in dieser Nacht unauffindbar blieben. Miss Revelstoke war früh am Abend zu einer Gesellschaft gegangen und um drei Uhr ebenfalls noch nicht zurück. Das gleiche galt für Henry, den Rechtsanwalt, der sie anscheinend begleitet hatte.

Ein Mann jedoch war auf dem Posten. Als der Wetter um vier Uhr Heartsease anrief, antwortete Mr. Cravel.

»Sind Sie es, Long? Ist irgend etwas geschehen?«

»Ich versuche seit zwölf Uhr, Sie zu erreichen. Wo sind Sie gewesen?«

»Seit zwölf versucht, mich zu erreichen? Das ist eine Lüge! Ich schlafe seit elf, und das Telefon ist neben meinem Bett. Was wollen Sie?«

Es war nicht gerade die Stimme eines Schlaftrunkenen. Sie klang klar und laut.

»Ich muß Sie sprechen«, sagte Long. »Ich komme hinaus. Ist Ihre Schwester auch dort?«

Es entstand eine Pause.

»Nein, meine Schwester ist nicht hier. Sie ist in der Stadtwohnung, Sie kennen die Adresse?«

»Ich bin in einer Stunde bei Ihnen.«

Der große Coup, den die Bande in aller Eile abwickeln wollte, sah so aus – erst einmal hatten sie sich Monkfords Geld durch die Übertragung auf Nora Sanders sichergestellt, also erreichbar gemacht, und jetzt suchten sie nach Mitteln und Wegen, um es selbst in die Hände zu bekommen. Nora sollte ein Mitglied der Bande heiraten, und zwar unter Umständen, die ihr keine Möglichkeit gaben, Klage einzureichen. Ihn, Long, hofften sie vor eine vollendete Tatsache zu stellen, und sollte er dann doch versuchen, das Mädchen bloßzustellen, konnte es nur nachteilige Folgen für ihn haben.

Egham hatte er bereits passiert und fuhr den steilen Hügel hinunter, Ascot zu. Neben ihm döste Wachtmeister Rouch. Plötzlich sah er am Straßenrand eine Frau, die ihm Zeichen gab, anzuhalten. Er bremste, kam auf der nassen Straße etwas ins Gleiten, brachte den Wagen jedoch wenige Yards vor der Frau zum Stehen. Im Scheinwerferlicht erkannte er Alice Cravel. Ein kleines Auto, das im Graben lag, erklärte ihre Anwesenheit auf offener Landstraße.

»Ich dachte, daß Sie es wären!« empfing sie ihn atemlos. »Wohin fahren Sie?«

»Nach Heartsease, um Ihren Bruder aufzusuchen.«

»Um Himmels willen, tun Sie das nicht!« Sie schüttelte verzweifelt den Kopf. »Ich bitte Sie, Mr. Long! Ich wollte vor Ihnen dort sein, aber ich fuhr zu schnell und kam auf dem steilen Stück ins Schleudern. Sie werden nicht hinfahren – versprechen Sie es mir!«

Sie machte einen mitleiderregenden Eindruck. Es war kaum ein trockener Faden an ihr, denn inzwischen hatte es stark geregnet.

»Was befürchten Sie? Was kann er tun? Sie wissen, daß man Nora gestern abend entführt hat,«

»Ich wußte es – und habe Sie gewarnt! Aber machen Sie es nicht noch schlimmer! Es ist Ihr Tod, wenn Sie nach Heartsease fahren. Ich hätte mir nie träumen lassen, daß ich versuchen würde, Ihr Leben zu retten, aber ich tue es!«

»Wohin hat man sie gebracht?«

»Ich weiß es nicht – wirklich, ich weiß es nicht. Und wenn ich es wüßte, würde ich es Ihnen nicht sagen. Aber ich habe keine Ahnung.«

Er schaute auf den umgestürzten Wagen, dann auf Miss Cravel.
»Steigen Sie ein! Wir nehmen Sie gleich mit.«
»Nehmen Sie mich bis nach Sunningdale mit. Dort kann ich einen Wagen mieten.«
»Kommen Sie nicht mit nach Heartsease?«
»Nein.«
Rouch setzte sich hinten in den Wagen, und sie nahm seinen Platz ein. Long sah, wie sie vor Kälte zitterte. Er langte nach einer Decke und breitete sie ihr auf den Knien aus.
»Wissen Sie, daß mein Vater auch verschwunden ist?«
»Ihr Vater? Oh, Sir Godley Long? Wo kann er sein?« erkundigte sie sich ohne sonderliches Interesse. Offensichtlich brachte sie das Verschwinden von Sir Godley nicht mit der Bande des Schreckens in Zusammenhang.
In Sunningdale hielt er auf ihr Ersuchen den Wagen vor einer Garage, die noch geschlossen war, an.
»Sie werden hier kaum ein Fahrzeug bekommen.«
»Ich – doch«, sagte sie bestimmt. »Ein Mann hat immer Nachtdienst.«
»Wohin fahren Sie?«
»Zurück nach London. Ich habe mein Bestes getan – alles, was ich tun konnte!« Sie hielt ihm die Hand hin. »Leben Sie wohl, Mr. Long! Ich sollte Ihnen nicht wünschen, heil aus dieser Sache herauszukommen, aber ...«
Sie wandte sich ab.

Kapitel 31

Rouch kroch wieder auf den Vordersitz, und nach knapp zehn Minuten Fahrt erreichten sie das Parktor von Heartsease. Als sie die gekrümmte Einfahrtsstraße hinanfuhren, bedrückte den Wetter eine Ahnung bevorstehender Gefahr. Mr. Cravel erwartete sie vor dem Portal. Trotz der frühen Morgenstunde war er sorgfältig gekleidet und rasiert.
»Haben Sie vielleicht meine Schwester gesehen, Mr. Long?« fragte er.
»Nein«, antwortete der Wetter, worauf Cravel lachte.

»Sie rief mich vor fünf Minuten von Sunningdale aus an und sagte mir, daß Sie sie bis zur Garage gebracht hätten.«

»In diesem Fall«, meinte Long kühl, »muß ich sie wohl gesehen haben.«

In der Halle stand auf einem Tablett ein Kännchen mit dampfendem Kaffee.

»Ich dachte, Sie würden nach dieser kalten Fahrt ein Täßchen zu schätzen wissen. Ich kann Ihnen versichern, daß weder Gift noch ein Betäubungsmittel darin ist. Aber –«, fuhr Cravel fort, als er sah, wie der Inspektor zögerte, »vielleicht wollen Sie es zuerst an Mr. Rouch ausprobieren?«

Der Kaffee war Long sehr willkommen, und er trank behaglich die ganze Tasse aus.

»Ich freue mich, daß Sie Wachtmeister Rouch mitgebracht haben«, sagte Cravel.

»Warum?«

»Wenn man so schrecklichen Verdächtigungen ausgesetzt ist, hat man gern einen Zeugen zugegen, selbst wenn es einer von der Gegenpartei ist. Ich habe in Nummer sieben Feuer anmachen lassen. Es ist Monkfords Zimmer – das macht Sie doch nicht etwa nervös?«

»Warum gerade dort?« fragte Long.

Der Hotelier zuckte die Achseln.

»Ich denke, daß Sie nicht morgens um fünf hierherkommen, um sich ein Zimmer für nächstes Jahr zu bestellen. Ich bin im Gegenteil auf eine ziemlich unangenehme Unterhaltung gefaßt. Nun – und irgendwo muß sie ja stattfinden, warum also nicht gleich in dem Salonzimmer, mit dem Sie bereits bestens vertraut sind. Wachtmeister Rouch hat ja sogar hinter die Wände geschaut!«

Der Lift war nicht in Betrieb. Sie stiegen in den zweiten Stock hinauf. Cravel trat vor dem bewußten Apartment zur Seite, um den beiden Detektiven den Vortritt zu lassen.

Ein Holzfeuer brannte im Kamin. Long legte seinen Überzieher ab. Er sah Rouch nachdenklich an.

»Ich glaube, es wäre besser, wenn Sie unten blieben, Wachtmeister.«

Der gehorsame Rouch verließ das Zimmer.

»Ich habe jetzt nach der Saison nur wenig Personal hier«, entschuldigte sich Cravel, »wenn Sie jedoch etwas wünschen, werde ich mich freuen, es Ihnen zu besorgen.«

»Nun, Cravel, ich bin nicht gekommen, um mich bewirten zu lassen, ich möchte einige Aufklärungen von Ihnen haben. Wo ist Miss Sanders?«

Cravel lächelte.

»Warum bilden Sie sich ein, daß ich es weiß? Eine ganze Woche bin ich nicht von Heartsease weggekommen. Ich erfuhr lediglich von Miss Revelstoke, daß Nora Sanders von einem Unbekannten entführt und vom König der Detektive, dem Wetter Long, heldenmütig gerettet worden sei.«

»Sie ist gestern aus einer Privatklinik entführt worden. Ihr Freund, der Professor, ist verantwortlich ...«

»Mein Freund, der Professor? Wer ist das – ›mein Freund, der Professor‹?«

»Ich will mich nicht mit Ihnen streiten. Ich werde Nora Sanders finden, und Sie werden mir sagen, wo sie ist!«

Sie standen sich gegenüber. Longs Augen funkelten so, wie Cravel es schon einmal erlebt hatte.

»Vielleicht sind Sie etwas aufgeregt, Mr. Long. Und solange Sie sich nicht beruhigt haben, ist es zwecklos, mit Ihnen zu sprechen, vor allem, weil die einzige Aufklärung, die ich Ihnen geben kann, Sie vermutlich noch mehr aufregen würde.«

»So? Inwiefern?«

Cravel ging zum Kamin, stellte sich mit dem Rücken zum Feuer und kreuzte die Arme.

»Es hat sich etwas sehr Unglückseliges zugetragen«, sagte er langsam. »Ich muß Ihnen eingestehen, daß ich etwas, wenn auch nur sehr wenig, über die Sache weiß. Miss Sanders ist sozusagen eine Freundin von mir, vielleicht haben Sie das nicht gewußt, aber ich erhielt eine Anzahl Briefe von ihr – sie hat mich mit Ihrem Vertrauen beehrt. Es scheint, daß sie sich durch die Aufmerksamkeiten, die Sie ihr entgegengebracht haben, sehr belästigt fühlte.«

Der Wetter schwieg. Der Mann sprach, um Zeit zu gewinnen. Also verfolgte er einen bestimmten Zweck.

»Es ist selbstverständlich, daß Sie nicht annehmen, Ihre Aufmerksamkeiten könnten irgendeine Frau belästigen. Das steht mit der männlichen Eitelkeit in Einklang.«

»Ihre Theorien erinnern mich an diejenigen Clay Sheltons«, bemerkte Long. »Er hat unter dem Pseudonym ›George Bates‹ ein Buch geschrieben – ich entdeckte es auf seinem Bücherregal –, das ähnliche philosophische Allgemeinplätze enthält.«

Für einen Augenblick überzog Röte Cravels Gesicht.

»Mich geht die Philosophie Clay Sheltons, wer er auch sein mag, nichts an. Ich sprach nur die Meinung aus, daß Sie verständlicherweise nicht zugeben würden, ihre Aufmerksamkeiten könnten jemandem unerwünscht sein. Miss Sanders wollte Ihre Gefühle nicht verletzen. Ihre Bemühungen wurden jedoch so aufdringlich, daß sie einen meiner Freunde bat, sie aus der unliebsamen Überwachung zu erretten. Ich kenne die genauen Einzelheiten nicht, aber soviel ich weiß, ist es meinem Freund gestern abend gelungen, sie zu befreien. Unglücklicherweise ...« Er wartete, Long beobachtend. »Unglücklicherweise war das Erlebnis vor einigen Tagen so verhängnisvoll für Nora, daß sie auf dem Weg nach Heartsease ...«

»Ist sie hier?« unterbrach der Wetter hastig.

Mr. Cravel nickte ernst.

»Auf dem Weg nach Heartsease brach sie zusammen, und trotz aller Hilfe, die ihr der Arzt aus der Stadt leistete, starb sie.«

»Tot?« Longs Augen schlossen sich halb. »Sie sind ein Lügner, Cravel! Sie versuchen, mich zu erregen. Nehmen Sie sich in acht! Wenn sie tot ist ...« Der Revolver in seiner Hand zitterte nicht im geringsten. »Wenn sie tot ist, sind Sie verloren!«

Wieder zuckte Cravel die Achseln.

»Es ist eine bedauernswerte Tatsache. Ich dachte, Sie wüßten es, denn meine Schwester ist gewöhnlich nicht so zurückhaltend.«

»Wußte sie es?« fragte der Wetter leise.

Cravel nickte.

»Wo ist Nora Sanders?«

Zu Longs Erstaunen zeigte Cravel auf die Verbindungstür, die zum zweiten Zimmer führte, in dem Monkford den Tod gefunden hatte.

»Wir haben sie hierhergebracht. Der Professor ist bei ihr. Ich bewundere Ihren Mut, Inspektor! Ausgerechnet hierherzukommen – mit dem Instinkt des Liebhabers sozusagen!«

»Los!« befahl der Wetter. Sein Revolver war auf Cravel gerichtet, während seine freie Hand auf die Tür zeigte. »Wir wollen sehen, wie weit Sie den Scherz treiben, aber ich fürchte, der Scherz wird Ihnen bald vergehen, mein Bester!«

Cravel ging langsam zur Tür, die ins zweite Zimmer führte. Er drückte die Klinke und öffnete die Tür weit.

»Gehen Sie voraus!« rief Long und folgte ihm.

Die Vorhänge im Wohnschlafzimmer waren halb zugezogen. Das fahle Licht, das durch den Spalt eindrang, hatte etwas Unheimliches.

Long blieb wie gelähmt stehen. Vor ihm, gerade der Tür gegenüber, befand sich das Bett – und darauf lag Nora Sanders mit geschlossenen Augen, das Gesicht weiß wie Kreide, die Lippen blutlos.

Er konnte sie nur mit offenem Mund anstarren, denn sein Gehirn schien die Tätigkeit eingestellt zu haben. Also war es doch wahr! Sie war tot. Aus welchem anderen Grund hatte man ihn zu ihr geführt?

Im Dämmerlicht sah er am Bettende etwas sich bewegen – eine seltsame, unbekannte Gestalt. Es war ein alter Mann, dem lange weiße Haare unordentlich ins Gesicht fielen. In seinen Brillengläsern spiegelte sich der schwache Schein, der durch den Vorhangspalt einfiel. Haßerfüllt grinsend hob er das Gesicht.

»Niemand bewegt sich!« schrie der Wetter. »Bleiben Sie dort stehen, Cravel, und wenn einer von euch den Revolver zieht, schieße ich sofort! Ihr Schweine!«

Sekundenschnell streifte sein Blick das Bett, die ruhig daliegende Gestalt. Tot! Er tat einen Schritt vorwärts, der zweite Schritt brachte ihn in die Mitte des Teppichs vor dem Bett.

Er spürte, wie der Teppich nachgab, und versuchte sich zurückzuwerfen. Aber es war zu spät. Er verlor das Gleichgewicht, griff wild um sich, um den Rand der Öffnung, die der Teppich verdeckt hatte, mit den Armen zu erreichen, aber er griff daneben und fiel. Sein Kopf stieß gegen den Balken eines Gerüsts.

Kapitel 32

Wenige Minuten später stieg Cravel die Treppe hinunter, trat vors Portal, wo Rouch wartete, und betrachtete traurig den strömenden Regen.

»Inspektor Long wird zum Frühstück hierbleiben«, äußerte er nebenbei.

»So?« meinte der Wachtmeister unfreundlich. »Will er, daß ich hinaufkomme?«

»Noch nicht. Er hat einige Dokumente verlangt, die er jetzt durchsieht, und in denen er, wie ich annehme, den Nachweis meiner Verbrecherlaufbahn zu finden erwartet.«

»So, so!« wiederholte Rouch kühl.

Cravel zog sich zurück und verschwand in seinem Büro. Bald darauf hörte ihn Rouch wieder herauskommen und die Tür verschließen. Er nahm sich nicht die Mühe, sich umzuschauen, und das war sein Verderben.

Der Schlag, den Cravel ihm versetzte, hätte jeden anderen getötet, aber der Wachtmeister trug einen steifen Hut. Unter der Wucht des Schlages sank er in die Knie. Der Knüttel sauste nochmals auf seinen Kopf nieder. Cravel bückte sich, faßte den schweren Mann unter den Armen, zog ihn zum Wagen des Wetters, warf ihn hinein und deckte ihn mit einem Tuch zu. Dann holte er ein an der Hauswand stehendes kleines Motorrad und band es auf dem Trittbrett fest. Nachdem er dies alles bewerkstelligt hatte, stieg er auf den Führersitz und fuhr rasch dem Parktor zu.

Eine Viertelstunde später passierte er Egham. Er bog nach den Runnymedewiesen ab und folgte der Landstraße nach Windsor, die am Fluß entlangführt.

Bei einer steilen Uferstelle hielt er an und band das Motorrad wieder ab. Er manövrierte den Wagen bis dicht an den Rand der Straßenböschung, stieg aus und schob das Auto weiter, bis es, sich überschlagend, senkrecht in den Fluß hinabstürzte.

Er schaute auf seine Uhr – es war jetzt halb sechs –, schwang sich auf das Motorrad und fuhr nach Heartsease zurück.

Als er Monkfords Todeszimmer wieder betrat, waren das Mädchen und der alte Mann verschwunden. Am Boden lag der Revolver, den der Inspektor hatte fallen lassen. Er steckte die Waffe in die Tasche, rollte den Teppich zusammen und schaffte ihn in den Salon. Vom Bett waren die Laken und Decken bereits entfernt worden. Nach einem letzten prüfenden Blick verließ er das unordentlich aussehende Zimmer, schloß die Tür ab und ging in die Halle hinunter. Seine Arbeit war noch nicht beendet. Aus seinem Büro führte eine enge Treppe in den Keller. Mit einer Lampe in der einen und dem Totschläger in der anderen Hand stieg er die Stufen hinab und schlich auf dem Ziegelsteinboden bis zu der Stelle, über der die Bauleute die Decken durchbrochen hatten, so daß ein viereckiger Schacht bis ins zweite Stockwerk hinauf entstanden war. Er schaute hinauf und konnte die oberste Öffnung sehen, durch die der Wetter hinabgestürzt war.

Cravel war allerdings nicht gekommen, bloß um hinaufzuschauen. Der Atem stockte ihm, als er mit der Lampe nach allen Seiten leuchtete und den Mann, den er tot oder bewußtlos auf dem harten Steinboden vorzufinden hoffte, nirgends sah.

Long war fort! Kein Zeichen deutete darauf hin, daß er je dagelegen hatte, keine Spur von Blut. Cravel stieß einen Fluch zwischen den Zähnen hervor. Es war unmöglich, daß der Kerl ohne ernsthafte Verletzungen davongekommen war. Er durchsuchte den ganzen Keller.

Was sollte werden, wenn der Wetter entkommen war, nachdem er jenes Bild in Monkfords Zimmer gesehen hatte?

Er hastete in sein Büro hinauf, schloß sich ein, füllte ein Wasserglas halbvoll mit Weinbrand und trank es in einem Zuge aus.

Es klopfte an der Tür. Die Köchin verlangte den Küchenschlüssel.

Die alte Frau war taub und die einzige vom Personal, die die Nacht in Heartsease zugebracht hatte, denn das Hotel stand leer.

Cravel öffnete die Tür und gab ihr die Schlüssel, obgleich es überflüssig war, da er selbst schon Kaffee gekocht und die Tür offengelassen hatte.

Darauf stieg er nochmals ins zweite Stockwerk hinauf und ging bis zum Ende des Ganges, wo er eine unscheinbare Tür öffnete, die dahinterliegende Stahltür aufschloß und sein Privatapartment betrat. Es bestand aus zwei Wohnräumen, einem Badezimmer und einer kleinen Küche. Er verschloß die Stahltür hinter sich und ging in den kleineren der beiden Räume. Ein Mädchen lag auf dem Bett, völlig reglos, anscheinend ohne Leben. Er hob ihren Arm hoch und untersuchte die drei Stiche, deren einer noch ganz frisch war. Auf dem Tisch neben dem Bett befanden sich eine kleine grüne Flasche und eine Spritze. Er schob eines ihrer Augenlider mit dem Finger in die Höhe, und als er sah, daß keinerlei Reaktion erfolgte, ging er mit zufriedenem Gesicht hinaus.

Im anderen Zimmer war niemand. Er las einen mit Bleistift geschriebenen Zettel, der auf dem Tisch lag, und verbrannte ihn im Kaminfeuer.

Wo steckte der Wetter? Das war das Rätsel, das ihn beschäftigte. Auf dem Zettel war er nicht erwähnt worden. Er nahm den Revolver des Inspektors aus der Tasche und untersuchte ihn neugierig. Dann legte er ihn hinter sich auf den Tisch, denn der Anblick der fremden Waffe erhöhte nur seine Nervosität. Lange stand er, eine Zigarette rauchend, am Fenster. Sein besorgter Blick schweifte die Gartenmauer und den Golfplatz entlang. Angenommen, der Wetter war tot, und man hatte ihn, nachdem der Zettel geschrieben worden war, irgendwohin geschafft – die Behörden würden erst spät am Morgen nach ihm zu suchen anfangen. Man würde den Wagen im Fluß finden und nach der Entdeckung von Rouchs Leichnam den Flußlauf absuchen. All das nahm Zeit in Anspruch.

Er fragte sich auch, was mit Alice geschehen war. Weshalb kehrte sie in die Stadtwohnung zurück und kam nicht nach Heartsease, um ihren Teil an der Verantwortung auf sich zu nehmen? Alice war ihm ein Rätsel. Sie war ebenso hart und gewissenlos wie alle anderen gewesen und hatte keine Gefahr gefürchtet. Jetzt aber, in einem Augenblick, wo es darauf ankam, versagte sie.

Vom Erdgeschoß rief eine Stimme nach ihm. Schnell schloß er die Tür auf und lief zum Geländer, von wo aus er die Halle überblicken konnte. Es war seine Schwester. Sie stand unten in ihrer durchnäßten Kleidung und schaute zu ihm hinauf.

»Komm herunter!«

»Wo warst du?«

Sie machte eine ungeduldige Handbewegung.

»Wo ist Long?«

»Ich weiß es nicht genau, er ist entschlüpft.«

Sie glaubte ihm nicht – schon der Umstand, daß sie keine weiteren Fragen stellte, bewies ihm das.

»Auf der Landstraße nach Sunningdale habe ich jemanden getroffen – einen Taxifahrer!«

»Sei nicht geheimnisvoller als nötig!« brummte er. »Was hat der Fahrer mit mir zu tun?«

»Sehr viel, wie mir scheint«, antwortete sie. »Sein Wagen stand am Parkende unter den Eschen, und er sagte, daß er schon kurz nach Mitternacht gekommen wäre. Er hätte jemand hergebracht.«

»Wen?«

»Das wollte ich eben auch wissen. Ich versuchte, es aus ihm herauszubekommen, aber ich konnte nichts Vernünftiges von ihm erfahren. Ein grauhaariger Mann, der in Berkeley Square eingestiegen sei – das war alles, was er sagte. Kurz – da ist jemand im Haus, von dem du keine Ahnung hast!«

Seine Augen blinzelten vor Verwirrung.

»Du bist verrückt!« fuhr er auf. »Es ist niemand hier mit Ausnahme ...«

Sie wußte, warum er zögerte.

»Also ist sie hier! Du spielst mit dem Feuer – einem sehr gefährlichen Feuer! Versuch aus der Sache herauszukommen, Junge, denn in einer Stunde kann es zu spät sein. Es wird nicht leicht sein, aber es ist eine Möglichkeit vorhanden. Willst du es nicht versuchen?«

Ein böses Lächeln erschien auf seinem Gesicht.

»Jetzt, wo wir alles, was wir brauchen, in unsern Händen haben?« fragte er verächtlich. »Du glaubst wohl, ich bin ein Narr? Nein, wir sind schon zu weit gegangen. Es bleibt nur eins, und das ist – durchhalten!«

Sie schaute ihn nachdenklich an. Er hatte den Eindruck, daß sie sich für sein Schicksal nicht mehr interessierte, und daß sie sich jetzt einem Thema zuwenden würde, das mehr sie betraf. Er behielt recht.

»Ich bin ganz durchnäßt«, sagte sie, »ich will mich erst umziehen.«

Ihre Wohnung befand sich direkt unter der ihres Bruders und unterschied sich von der seinen nur dadurch, daß die unauffällige Vortür fehlte.

Er wartete auf sie in der Halle, indem er unruhig auf und ab ging. Endlich kam sie herunter, und zu seinem Erstaunen trug sie über dem neuen Kleid einen Regenmantel.

»Du gehst doch nicht etwa wieder fort?«

»Doch, ich habe dem Mann in der Garage gesagt, daß ich wiederkomme. Sie bringen meinen Wagen dorthin, und die Garage kann noch sehr nützlich werden. Sie liegt an der Hauptstraße und hat Telefonverbindung. Ich werde wohl den ganzen Vormittag dort sein.«

»Was erwartest du denn noch?«

»Ärger«, sagte sie leise, »und zwar sehr viel Ärger!«

»Mädchen, du hast die Nerven verloren! Ist Jackie daran schuld? Es war ein Unglücksfall – der arme Narr hat sich selbst im Handgemenge erschossen.« Als er ihr ausdrucksloses Gesicht sah, fuhr er fort: »Ich schwöre es dir, Alice! Er war tot, als wir ihn zum zweitenmal aus dem Wasser zogen. Das Aufhängen war schrecklich, aber du weißt, daß der Professor Jackie die Colchester-Sache nie verziehen hat. Er haßte den armen Teufel.«

Er stand da mit ausgestreckten Armen, und sie glaubte ihm jetzt ebensowenig wie damals, als er es ihr zum erstenmal erzählte.

»Er ist mit einem automatischen Revolver getötet worden«, bemerkte sie kurz. »Jackie hatte nur eine alte Armeepistole. Aber wir wollen nicht weiter darum streiten.« Sie ging zur Haustür und schaute hinaus. Es regnete in Strömen, doch schien sie sich dafür nicht zu interessieren. »Wenn er nicht im Hause ist, ist er irgendwo draußen im Freien. An deiner Stelle würde ich ihn suchen. – Nein, es wäre besser, du versuchtest, dich aus der Sache herauszuziehen.«

»Ich bin nicht wie du –«, warf er bitter hin.

Sie war auf einem Fahrrad, das sie sich in der Garage geborgt hatte, nach Heartsease gekommen.

Er sah ihr nach, bis sie seinen Blicken entschwand. Dann eilte er in plötzlichem Entschluß die Treppen hinauf zu seiner Wohnung, zog einen Regenmantel an und steckte Longs Revolver in die Tasche. Nachdem er noch einen prüfenden Blick auf das bewußtlose Mädchen geworfen hatte, lief er wieder hinunter und verließ das Haus, um den Garten zu durchsuchen.

Erst schaute er sich in den Anlagen um, die das Hotel umgaben, fand jedoch nichts. In der Nähe des Haupteinganges war der Rasenplatz ausgeschachtet worden, um ein Kabel zu verlegen, und hier, im weichen Lehmboden, fand er Fußspuren – eine große, ekkige Schuhspitze und einen Gummiabsatz. Etwas weiter entfernt, an einer abgetretenen Stelle des Rasenplatzes, zeigten sich zwei weitere Eindrücke, die aus Richtung Fahrstraße kamen.

Diese Feststellungen bestätigten die Mitteilungen seiner Schwester. Mit einiger Mühe zündete er sich eine Zigarette an. Wer war der Mann im Taxi? Mit welcher Absicht war er hergekommen?

Cravel kreuzte den Rasenplatz, erreichte den Fußweg und kam zu dem kleinen Tor zwischen den Lorbeerbüschen. Die Straße lief hier die Parkmauer entlang.

Er schob die schweren Riegel zurück, trat auf die Straße und schaute nach beiden Seiten. In einiger Entfernung stand das Taxi. Der Fahrer saß auf dem Trittbrett und rauchte eine Zigarette. Er drehte sich um und wollte aufstehen, als er Schritte hörte, doch setzte er sich sofort wieder.

»Ich dachte, Sie wären mein Fahrgast – hoffentlich kommt er

bald zurück, ich muß den Wagen um acht Uhr meinem Mann übergeben.«

Er erzählte, daß der Wagen sein Eigentum sei, und daß ihn tagsüber ein Angestellter fahre.

»Ich fürchte, Ihr Fahrgast wird noch lange auf sich warten lassen«, sagte Cravel. »Wollen Sie nicht vor das Hotel fahren?«

Dies jedoch wollte der Mann nicht.

»Er hat mich angewiesen, hier zu warten – und ich werde hier warten. Denn wenn ich ihn verfehle, verliere ich mein Geld.«

»Ich kann mir nicht vorstellen, wer Ihr Fahrgast ist«, meinte Cravel und stellte sich als Besitzer des Hotels vor, um vielleicht doch etwas mehr zu erfahren.

Und tatsächlich ließ sich der Fahrer zu einer Bemerkung verleiten, die Cravel stutzig machte.

»Ich hoffe, er hat mich nicht beschwindelt, denn ich habe solche Sachen wie das Verfolgen von Wagen nicht gern. Zwar hatte ich den Fiat die ganze Zeit vor mir, obschon es ein Sechszyilinder war!«

Fiat! Das war der Wagen, der den Profssor gebracht hatte.

»Wann haben Sie Ihren Fahrgast aufgenommen?«

Der Mann nannte die Zeit, und da Cravel die Ankunftszeit in Heartsease genau wußte, gab es keinen Zweifel. Der Wagen des Professors war verfolgt worden! An diese Möglichkeit hatte er nie gedacht.

Er ging den Weg durch den Park zurück. Die Warnung seiner Schwester klang ihm in den Ohren. Als er sich wieder der Ausschachtung auf dem Rasenplatz näherte, sah er etwas Glänzendes am Boden. Er bückte sich, um es aufzuheben. Es war eine Brille mit Horneinfassung.

Ins Haus zurückgekehrt, schloß er sich sofort in seinem Büro ein und stieg von neuem in den Keller hinab. Wenn dieser Unbekannte den Inspektor befreit haben sollte, müßten Schmutzspuren auf dem Fußboden zu finden sein. Nach solchen suchte er aber vergeblich. Er stand vor einem Rätsel und machte sich abermals auf den Weg hinauf zu seiner Wohnung. Im ersten Stock blieb er erschrocken stehen – auf dem roten Teppich erblickte er Schmutzspuren, die noch nicht dagewesen waren, als er das Haus verließ!

Mit vorgebeugtem Kopf und zusammengebissenen Zähnen drehte er sich um. Von dem Eindringling war weder etwas zu hören noch zu sehen. Er bückte sich und befühlte die Fußspuren. Der

Schmutz war noch naß. Von Schrecken erfaßt, lief er die zweite Treppe hinauf und blieb erst vor dem Eingang zu seinen Privaträumen stehen. Auf dem Boden vor der Tür stand sein Frühstück, das während seiner Abwesenheit gebracht worden war.

Sein erster Gedanke galt dem Mädchen. Es lag da, wie er es verlassen hatte. Die Augen waren geschlossen, es regte sich nicht, aber die Farbe begann in sein Gesicht zurückzukehren.

Er wischte sich den perlenden Schweiß von der Stirn und fuhr mit dem Taschentuch den Hals entlang. Er ging wieder hinaus, holte das Tablett ins Wohnzimmer und trank eine Tasse Tee.

Ph! Die Schmutzspuren hatte die alte Köchin hinterlassen. Es konnte niemand anders sein! Er wünschte, Alice hätte ihm nichts von dem Taxi erzählt, und er hätte den Fahrer nicht ausgefragt.

In seinem gegenwärtigen Zustand wollte er nichts dringlicher, als sich selbst betrügen zu können.

Er ärgerte sich über seine eigene Schwäche. Er, der Kaltblütigste der Bande des Schreckens, fürchtete sich. Er zog den Regenmantel aus, legte den Revolver griffbereit auf den Tisch, ging zum Fenster und öffnete es. Die Frische der durch den Regen gereinigten Luft tat ihm gut.

Angenommen, der Wetter war noch am Leben! Angenommen, der Verfolger des Professors war jetzt noch im Hotel! Angenommen ...

Kapitel 33

Cravel hörte ein Geräusch und fuhr herum.

»Bewegen Sie sich nicht, oder ich schieße!«

Er schaute auf die erstaunliche Erscheinung vor ihm, und im ersten Augenblick konnte er sich weder bewegen noch sprechen. Er befand sich in einer Gefahr, die er in seiner wildesten Einbildung nicht für möglich gehalten hätte.

Vor ihm stand, nur mit dem Nachthemd bekleidet, Nora Sanders. Die Tür hinter ihr war offen.

»Bewegen Sie sich nicht!«

Er schaute in die Mündung eines Brownings. Die Hand, die ihn hielt, zitterte nicht.

Es war der Revolver des Wetters. Sie mußte ihn vom Tisch aufgegriffen haben. Cravel konnte die unglaubliche Erscheinung nur anstarren. Ihre freie Hand tastete nach dem Wohnungsschlüssel auf dem Tisch. Rückwärts gehend, zog sie sich, Schritt für Schritt, in den kleinen Gang zurück. Alle Türen standen offen. Draußen war der Hotelkorridor, die Treppe und – Freiheit!

»Bewegen Sie sich nicht!«

»Miss Sanders –«, stammelte er, um Zeit zu gewinnen, »Sie – Sie wissen nicht, was Sie tun! Sie waren sehr krank.«

»Ich weiß sehr gut, was ich tue.« Ihre Stimme klang schwach.

»Sie werden sich zu Tode erkälten, wenn Sie nicht vorsichtig sind! Ich will Ihnen einen Mantel geben.«

Er nahm einen Mantel vom Haken und hielt ihn ihr entgegen, aber sie wich weiter zurück. Als er sich ihr näherte, hielt sie immer noch die Waffe auf ihn gerichtet.

»Gehen Sie in Nr. 7!« flüsterte er eindringlich. »Dort brennt ein Feuer. Hier ist der Schlüssel!«

Er warf ihn vor ihre Füße.

Als er sah, daß sie zögerte, schlug er mit dem Mantel auf die Hand, die den Revolver hielt. Im nächsten Augenblick hinderte er sie am Aufschreien. Sie wehrte sich nur schwach, denn sie stand immer noch unter dem Einfluß des Betäubungsmittels. Er brachte sie zurück, stieß mit dem Fuß die Tür zu und warf sie aufs Bett.

»Wenn Sie sich ruhig verhalten, geschieht Ihnen nichts. Aber wehe, wenn Sie schreien, dann töte ich Sie auf der Stelle!«

Sie starrte ihn, jetzt völlig hilflos, über die Hand hinweg, die ihren Mund zuhielt, an.

Mit der andern Hand nahm er die Spritze auf, die mit der hellgrünen Flüssigkeit noch halb gefüllt war, stieß die Nadel in die weiße Haut des Arms und entleerte die Spritze. Sie versuchte, sich von seinem Griff freizumachen, aber sie war zu kraftlos, und im nächsten Augenblick lag sie ruhig da. Als er ihr die Augen schloß, öffneten sie sich nicht wieder.

Cravel sah aschfahl aus. Das Mädchen mußte sogleich weggebracht werden. Er schaute auf die Uhr. Es war noch zu zeitig, um die Leute, die er dazu brauchte, herbeizurufen, aber sie mußte sobald wie möglich von Heartsease fort. Er ordnete seine Kleidung, um die Kampfspuren zu beseitigen, wechselte den Kragen, den sie ihm heruntergerissen hatte, schloß die Türen ab und verließ die

Wohnung.

Das Betäubungsmittel würde eine Stunde vorhalten. Den fremden Mann im Taxi mußte er sich aus dem Sinn schlagen, sonst machte die Furcht ihn verrückt.

Die alte Köchin stand ihm nicht im Wege. Sie war taub, und nachdem er sein Frühstück erhalten hatte, würde sie die Küche nicht mehr verlassen.

In seinem Büro angelangt, telefonierte er. Zu seiner Beruhigung antwortete eine bekannte Stimme, und er führte ein fünfminütiges Gespräch in dänischer Sprache.

»Du mußt sie fortschaffen lassen!« wiederholte er zum Schluß eindringlich. »Es geht mich nichts an, wie ... Nein, nein, ich weiß nicht, was mit ihm geschehen ist. Ich habe die Keller durchsucht, ihn jedoch nicht gefunden. Schickt Billy sobald wie möglich her! Wenn wir heute mit allem durchkommen, sind wir gerettet.«

Er legte den Hörer auf. Vom Taxi und den Fußspuren hatte er nichts gesagt. Es hätte zuviel Zeit beansprucht.

Der Wetter konnte unmöglich entkommen sein. Er war drei Stockwerke hinabgestürzt, und wenn er dabei nicht den Tod gefunden hatte, mußte er doch schwer verletzt sein.

Wie langsam die Zeit verging! Er zog seine Uhr heraus. Sie war stehengeblieben. Er schaute nochmals nach Nora. Sie lag ruhig da. Aber auch vorhin hatte sie ruhig dagelegen und ihn getäuscht. Um sicherzugehen, gab er ihr noch eine Einspritzung.

Hier oben konnte er nicht bleiben. Jemand mußte unten sein, wenn der Postbote kam. Unter allen Umständen mußte er sich so unauffällig wie möglich benehmen.

Er ging hinunter, um die weitere Entwicklung abzuwarten. Sie ließ nicht lange auf sich warten.

Als er ins Freie trat, sah er, wie ein großes Auto den Einfahrtsweg heraufkam und vor dem Portal hielt. Drei Männer stiegen aus.

»Ich bin Inspektor Claves von der Berkshire-Polizei«, stellte sich einer von ihnen vor. »Auf eine Beschwerde von heute morgen hin und auf Ersuchen von Scotland Yard soll ich das Hotel durchsuchen!«

Er wies den Befehl vor, der vom Friedensrichter des Ortes unterschrieben war. Cravel stand wie versteinert da und begriff nichts.

»Das Hotel durchsuchen?« stammelte er. »Was – was bedeutet das?«

»Ich weiß es nicht, Mr. Cravel«, erwiderte der Inspektor. »Ich muß meine Pflicht erfüllen und hoffe, daß Sie mir nicht im Wege stehen werden.«

Cravel vermochte nur schweigend den Kopf zu schütteln, als die beiden andern Beamten ihn in ihre Mitte nahmen.

»Im Hotel sind keine Gäste?«

»Nein.« Cravels Stimme klang gebrochen, er erkannte sie selbst kaum mehr.

Sie würden das Hotel durchsuchen, und oben lag das Mädchen –!

Zimmer um Zimmer kam an die Reihe, man stieg zum ersten Stockwerk hinauf. Die Zimmer, die Miss Revelstoke bewohnt hatte, zeigten nichts Verdächtiges. Die nächste Tür im Gang war verschlossen.

»Haben Sie den Schlüssel dazu?«

»Der Hauptschlüssel ist in meinem Büro.«

»Holen Sie ihn!« befahl der Inspektor.

Cravel ging, von einem Beamten begleitet, hinunter. Doch der Hauptschlüssel, der gewöhnlich an einem Haken im Hauptfach des Schreibtisches hing, war nicht zu finden. Was er jedoch fand, war der eigentliche Schlüssel zu Nr. 3, und diesen nahm er mit.

Er war zu verwirrt, um zusammenhängend und logisch denken zu können. Das einzige, was er begriff, war, daß die fein gesponnenen Pläne der Bande des Schreckens irgendwie zusammenbrachen, und daß das Unglück über sie kam, langsam, aber sicher.

Warum durchsuchte die Polizei das Hotel? Wer hatte eine Anzeige gemacht? Das waren seine Gedanken, als der Inspektor die Tür zu Nr. 3 aufschloß. Ein Chaos von Gerüsten und Baumaterial empfing ihn. Durch den Boden und die Decke waren große, viereckige Löcher gebrochen worden. Cravel warf nur einen flüchtigen Blick hinein.

Der Inspektor kam nach kurzer Zeit wieder heraus und schloß die Tür.

»Was wird darin gemacht?«

»Es – es ist der neue Aufzug«, stammelte der Hotelier. »Ich halte die Tür verschlossen, damit niemand eintreten und abstürzen kann.« Er machte noch einige verworrene Bemerkungen über die Umbauten und deren Kosten.

Man ging ins nächste Zimmer, um endlich zum zweiten Stockwerk emporzusteigen. Cravel folgte wie im Schlaf. Vielleicht würden sie die unscheinbare Tür in der Wand am Gangende nicht bemerken! Es war ein düsterer Tag und die Tür kaum zu sehen.

Sein Mut sank, als der Inspektor auf die Tür am Gangende zuging, und er fand erst nach einer Weile die Sprache wieder.

»Nein, nein, Sie können hier nicht hineingehen –«, wehrte er ab. Er brachte kein weiteres Wort heraus und fühlte, daß alle Anwesenden seine Erregung bemerken mußten. »Einer – einer meiner Freunde – ist krank.«

»Geben Sie mir den Schlüssel!«

»Ich sage Ihnen doch, einer meiner Freunde ist ...«

Eine Hand schloß sich um seinen Arm.

»Los, los, Mr. Cravel, keine Unannehmlichkeiten! Sie wollen doch nichts verheimlichen?«

Er konnte nur stumpf den Kopf schütteln. Wie im Traum überreichte er Claves den Schlüssel, der aufschloß und zuerst das Wohnzimmer betrat.

»Hier ist noch ein Zimmer, nicht wahr?«

Cravel antwortete nicht, und Claves ging zur Schlafzimmertür, öffnete sie langsam und trat ein. Cravel biß die Zähne zusammen und wartete. Nach einer Weile kam der Inspektor zurück.

»Darin ist niemand!« bemerkte er.

Die Tür stand offen. Cravel warf einen Blick hinein, starrte auf das Bett, auf dem Nora Sanders gelegen hatte. Es war – leer!

Kapitel 34

Der Rest der Haussuchung schien eine Ewigkeit in Anspruch zu nehmen. Cravel war durch diesen neuesten Schlag wie hypnotisiert und folgte den Beamten von Zimmer zu Zimmer.

Endlich gelangten sie in die Halle zurück, und der Inspektor überreichte ihm die Schlüssel.

»Eine solche Haussuchung ist für beide Teile sehr unangenehm«, meinte er höflich. »Aber Sie werden verstehen, daß ich meinem Auftrag nachkommen mußte.«

Cravel erwiderte nichts, er sah ständig nur das leere Bett vor sich und konnte an nichts aderes denken.

Die Beamten, die mitgekommen waren, verließen das Haus und

nahmen im Wagen Platz. Nur der Inspektor blieb noch immer stehen.

»Das ist alles, soviel ich weiß, Mr. Cravel«, sagte er. »Es tut mir leid, Ihnen soviel Mühe bereitet zu haben. Ich möchte Sie nur noch einen Augenblick in Anspruch nehmen. Können wir einen Moment in Ihr Büro gehen? Ich möchte Sie noch etwas fragen.«

Er folgte dem bestürzten Hotelier, und nachdem er die Tür geschlossen hatte, fragte er:

»Das ist doch ein sehr altes Haus, Mr. Cravel?«

Cravel zwang sich zu einem Lächeln.

»Die Polizei scheint immer an geheime Gänge zu denken. Ist der Befehl zur Haussuchung deshalb ausgestellt worden?«

»Der Zweck erledigt sich sogleich«, antwortete der Inspektor. »Es ist doch ein sehr altes Haus?«

»Es geht auf die Tudortage zurück, und einige Teile sind noch älter«, erklärte Cravel und war neugierig, was noch kommen würde.

Warum waren die anderen Polizeibeamten hinausgegangen? Warum vernahm ihn Claves?

»Wollen Sie mir mitteilen, weshalb Sie hierherkamen?« fragte er.

»Der Berkshire-Polizei ebenso wie Scotland Yard«, begann der Inspektor und ließ sein Gegenüber nicht aus dem Blick, »ist der Tod von Mr. Joshua Monkford immer rätselhaft gewesen, und ich wollte hören, ob Sie nicht etwas darüber aussagen können.«

»Bin ich verhaftet?« fragte Cravel schnell.

Der Inspektor schüttelte den Kopf. »Nein, keineswegs. Sie werden nicht einmal sistiert. Ich frage Sie nur ganz freundschaftlich.«

Allmählich gewann Cravel seine Fassung wieder.

»Man hat mich seinerzeit schon befragt, und ich habe alle Erklärungen gegeben, soweit ich die Umstände kannte.«

Der Inspektor zögerte.

»Ich meine nur, Mr. Cravel, daß ein Mann, der dabei beteiligt war, das heißt selbstverständlich, soweit er die Tat nicht selbst beging, Kronzeuge, also Zeuge für die Staatsanwaltschaft werden sollte. Ein Mann, der das täte, könnte sich die schlimmste Strafe ersparen.«

Cravel lachte. Manchmal war die Polizei doch mehr als kindisch.

»Ich nehme an, daß Sie bei klarer Überlegung keinen achtbaren Grundbesitzer in Berkshire eines Mordes für schuldig halten?« fragte er bedächtig. »Darüber besteht kein Zweifel, Inspektor?«

»Durchaus nicht.«

Der Inspektor schien nicht zu wissen, wie er fortfahren sollte, und stellte in der Folge nur einige nichtssagende Fragen, zum Beispiel, wieviel Gäste während des Jahres beherbergt würden und dergleichen mehr. Hinter dieser Befragung mußte irgend etwas stecken, aber Cravel konnte sich nicht vorstellen, was. Eine Viertelstunde lang wurde er mit dummen Fragen belästigt, die keine Beziehung hatten mit dem, was ihn am meisten beschäftigte. Erst zum Schluß nahm das Verhör eine kritische Wendung.

»Ich habe gehört, daß Inspektor Long und Kriminalwachtmeister Rouch heute früh ins Hotel kamen. Was ist mit ihnen geschehen?«

»Sie sind wieder weggegangen. Mr. Long ist kein besonderer Freund von mir, er verdächtigt mich aller möglichen Betrügereien, zu denen ich mich nie herablassen würde. Im Augenblick geht es um die Sekretärin von Miss Revelstoke, eine gute Bekannte von mir, die letzte Nacht aus einer Privatklinik verschwunden ist.« Cravel hüstelte. »Da er wußte, daß ich mich für die junge Dame interessiere, kam er heute morgen um fünf Uhr hierher und blieb ungefähr eine Viertelstunde. Ich habe ihn seither nicht mehr gesehen«, schloß er wahrheitsgemäß.

»Er ist also weggefahren?«

»Er hatte seinen Wagen dabei, wird also kaum zu Fuß gegangen sein«, entgegnete Cravel etwas zu krampfhaft sarkastisch.

Es klopfte an der Tür, der Inspektor öffnete und sprach im Flüsterton mit einem seiner Begleiter.

»All right, Mr. Cravel«, wandte er sich dann um, »das ist alles, was ich wissen wollte. Ich gehe jetzt.«

Cravel folgte ihm in die Halle. Zu seiner größten Befriedigung fuhr der Polizeiwagen mit seinen drei Insassen davon.

Nun hatte er Zeit, ruhig zu überlegen. Erst war der Wetter – und nun das Mädchen wie durch Zauber verschwunden! Er selbst befand sich in großer Gefahr und war auf dem Punkt angelangt, wo ›Sauvequi-peut‹ der beste Wahlspruch ist.

In dem kleinen Schreibtisch aus Mahagoni in seinem Wohnzimmer befand sich im untersten, mit Stahl ausgelegten Fach eine Kassette. Er nahm sie heraus und öffnete sie. Sie war bis an den Rand mit amerikanischen Banknoten angefüllt. Er legte sie in Bündeln auf den Tisch. Einer anderen Kassette entnahm er eine Handvoll englische Banknoten. Dann ging er in das Zimmer, wo das Mädchen gelegen hatte, und zog in aller Eile einen Straßenanzug an.

Als er hastige Schritte auf der Treppe hörte, lief er schnell ins Wohnzimmer zurück, um das Geld in eine Mappe zu stecken. Bis die Tür aufging und seine Schwester eintrat, deutete nichts mehr auf überstürzte Fluchtabsichten hin. Ruhig wandte er sich um.

»Die Polizei war hier.«

»Ich bin ihnen auf der Landstraße begegnet«, sagte sie. »Sie haben mich angehalten und mir eine Unmenge alberner Fragen gestellt. Long und das Mädchen erwähnten sie jedoch mit keinem Ton. Wo sind Sie?«

Er zuckte die Achseln.

»Der Himmel mag's wissen!«

Sie blickte ihn erstaunt an.

»Sind sie nicht hier?«

»Soviel ich weiß, sind sie nicht hier.«

»Wo sind die anderen? Haben sie das Mädchen mitgenommen?« fragte sie voll Argwohn.

»Da mußt du sie schon fragen!« Er lächelte unsicher.

Nun schien sie langsam zu begreifen.

»Sie haben sie mitgenommen. Vor ungefähr zehn Minuten sah ich den Krankenwagen auf der Straße nach Sunningdale. Ich hätte ihn angehalten, aber ich war nicht ganz sicher.«

Jetzt war er erstaunt.

»Der Krankenwagen? Nach welcher Richtung fuhr er?«

»Nach London.«

Er fuhr sich mit den Händen durchs Haar, die Angst schaute ihm aus den Augen. Alles entzog sich seinem Einfluß.

»Ich nehme nicht an, daß sich das Mädchen im Krankenwagen befand, es sei denn, daß sie gekommen wären, während die Polizei hier war, und sie heimlich abgeholt hätten. An diese Möglichkeit habe ich auch schon gedacht.«

Mit wenigen Worten erklärte er Alice, was vorgefallen war.

»Und Long?«

Er stöhnte.

»Frage mich nicht nach Long! Ich sagte dir doch, wir haben ihn hinunterstürzen lassen, und er müßte tot sein, aber er ist es nicht.«

»Zeig mir das Zimmer, wo er hinunterfiel!«

Er führte sie in Monkfords Zimmer.

»Das ist das Loch, und hier fiel er hinunter. Wenn das nicht genügt, um einen Mann zu töten! Ich rechnete eigentlich nicht damit, daß er darauf hereinfallen würde, aber der Anblick des Mädchens machte ihn verrückt.«

Fröstelnd blickte sie hinab. Der viereckige Abgrund war ringsum von einem Gerüst eingefaßt, das auf drei Seiten von Brettern zusammengehalten wurde.

»Vielleicht ist er gegen das Gerüst gestoßen und in eins der unteren Zimmer gefallen?« meinte sie.

»In das Zimmer im Erdgeschoß kann er nicht gestürzt sein, dort ist das Gerüst ringsum verschalt. Also kommt nur Nr. 3 in Frage, und die Polizei hat Nr. 3 durchsucht. Außerdem müßte er durch den Fall verletzt oder betäubt worden sein. Die ganze Sache ist mir rätselhaft, und ich mag gar nicht versuchen, dieses Rätsel zu lösen.«

»Wohin willst du gehen?« fragte sie und schaute auf seine ungewohnte Kleidung.

»In die Stadt«, erwiderte er ausweichend. »Ich muß einiges erledigen.«

»Du reißt aus!« stieß sie vorwurfsvoll hervor.

»Sei nicht albern! Warum sollte ich ausreißen?«

»Wer sonst sollte ausreißen, wenn nicht du? Wer hat mehr zu verlieren? Wer steckt tiefer drin als du? Was hast du mit dem Wachtmeister gemacht?«

Er antwortete nicht.

»Du hast ihn mit dem Totschläger niedergeschlagen und glaubst, daß er im Fluß bei den Runnymedewiesen in Longs Wagen liegt. Aber das ist nicht der Fall!«

Cravel starrte sie an.

»Er liegt nicht im Fluß?« fragte er heiser. »Wer hat dir das gesagt?«

»Er lebt und war nicht in dem Wagen, den du in den Fluß befördert hast. Rouch sprang vor der Kreuzung bei Sunningdale heraus. Offenbar ist er auf der Fahrt wieder zur Besinnung gekommen.«

Eine Totenstille entstand.

»Woher weißt du das?«

»Der Mann in der Garage erzählte es mir, als ich zurückkam – und deshalb bin ich hier. Rouch war in der Garage und hat die Berkshire-Polizei alarmiert. Deshalb kam sie hierher. Was dachtest du denn sonst, du Narr!«

Cravel griff sich an die blutleeren Lippen. Dann fragte er stokkend:

»Du hast doch Geld?«

»Ja, ich habe genug Geld.«

»Dann verlasse England, so schnell du kannst!«

»Kennst du den schnellsten Weg?« fragte sie und schaute ihn ernst an.

»Was meinst du?«

»Was für eine Möglichkeit hat eine Maus, auszureißen, wenn die Katze mit ihr spielt? Denn so weit sind wir nun bereits!«

Unruhig blickte er sich um.

»Ruf sie lieber an und warne sie!«

»Ich habe unten schon telefoniert – und was denkst du, mit wem ich gesprochen habe? Mit einem Polizeibeamten auf dem Amt! – Verlasse England!« spottete sie. »Es bleibt dir nur ein Weg, herauszukommen, Junge – der Weg, den Jackie gehen mußte!«

Er senkte den Blick.

»Du weißt ...«

»Ich weiß. Doch jetzt bist du an der Reihe, es ist der einzige Weg für dich, herauszukommen. Wohin gehst du?«

»Ich will meinen Wagen holen.«

»Soll ich dir sagen, wie weit du mit deinem Wagen kommst?«

»Was willst du damit sagen?«

»An jedem Tor stehen zwei Berkshire-Polizisten, und je einer davon hat ein Motorrad. Du wirst eher aus der Hölle fortkommen als von Heartsease!«

Sie verließ den gebrochenen Mann. Er setzte sich an den Schreibtisch, biß an den Fingernägeln und überdachte alle Möglichkeiten. Er machte Pläne und verwarf sie ebenso schnell wie er sie entwarf.

Kapitel 35

Cravel hörte, wie eine Stimme auf dem Gang seinen Namen rief. Er sprang auf, öffnete die Tür und stand dem Wetter gegenüber.

Einzig zwei Streifen Heftpflaster, ein an der Stirn befestigtes Watteviereck und etwas abgeschürfte Haut deuteten auf den Absturz hin. Dem Benehmen und der Gesprächigkeit nach handelte es sich zweifellos um den alten Wetter Long.

»Sie hatten also eine Unterhaltung mit meinem Berkshire-Kollegen – dem Inspektor aus Windsor? Ein guter Kerl, etwas arm an Einfällen. Wie gefällt Ihnen seine Kronzeugenidee?«

»Wo kommen Sie her?«

»Woher ich komme? Aus dem Jenseits – wissen Sie, Cravel, Sie sind ein liederlicher Leichenaufseher! Wenn Sie wissen wollen, wo das Jenseits liegt, will ich es Ihnen verraten. Es liegt in Nr. 3. Vielleicht wäre ich dort wirklich hinübergeraten, aber zufällig war der allerbeste Samariter da.«

»Wo ist Nora?»

»Sie meinen wohl Miss Sanders? Sie ist auf dem Weg nach London. Sie sind ein kolossaler Dummkopf, Cravel! Was glauben Sie, zu welchem Zweck sich der Inspektor eine Viertelstunde lang mit Ihnen in Ihrem Büro unterhalten hat? Inzwischen konnten wir Miss Sanders fortschaffen. Mein Freund hatte sich schon früh am Morgen Ihren Hauptschlüssel geborgt, und ich machte mir, als Sie unten waren, die Gelegenheit zunutze, Ihr Zimmer zu untersuchen. Es freut mich, daß Sie nicht dazwischengekommen sind, denn sonst hätte ich unter Umständen einen Weg einschlagen müssen, der der Gerichtsbarkeit einen Teil ihrer Arbeit erspart haben würde. – Sie wissen, warum ich jetzt hier bin?«

»Ich kann es mir denken.«

Cravel war wieder ganz ruhig. Angesichts der handgreiflichen Gefahr war seine Furcht wie ausgelöscht.

»Ich bin gekommen«, sagte der Wetter, »weil ich erfahren möchte, wie Monkford getötet wurde. Wenn Sie selbst nicht der Täter waren, haben Sie eine kleine Chance.«

»Ich werde Zeuge der Staatsanwaltschaft!« erwiderte Cravel höhnisch. »Glauben Sie auch nur einen Augenblick, daß ich der Mann bin, der seine Freunde verrät?« Er dachte einen Augenblick nach. »Sie hatten also den Hauptschlüssel? Ich vermißte ihn nicht, bis mich der verdammte Inspektor hinunterschickte, um den Schlüssel zu Nr. 3 zu holen.«

»Und während Sie ihn unten suchten, habe ich die Tür von Nr. 3 von innen geöffnet und mich der erstaunten Polizei vorgestellt. Sie erinnern sich, der Inspektor ging allein ins Zimmer, um es zu durchsuchen. Er wußte, daß drei Leute darin versteckt waren. Außerdem gab es mir die Möglichkeit, ihm zu sagen, was er weiterhin tun sollte.«

»Wo ist meine Schwester?« fragte Cravel plötzlich.

»Sie ist mit einem meiner Freunde weggefahren.«

»Verhaftet?«

Long nickte.

»Ich glaube, sie kommt leicht davon, aber sie wird auch die einzige sein. Jackson Crayley hätte ebenfalls eine gute Chance gehabt, doch Sie griffen dem Gesetz vor. Sie fällten das Urteil und vollstreckten es!«

Cravel wich dem Blick des Wetters aus und schaute zu Boden. Röte stieg ihm ins Gesicht, aber es war nicht Schamröte. Dann schnellte sein Kopf in die Höhe.

»Sie wollen wissen, wie Monkford getötet wurde? Unter diesen Umständen ist es das beste, wenn ich es Ihnen – sage.«

»Haben Sie ihn erschossen?«

»Nein, ich habe ihn nicht erschossen.«

»Hat einer der anderen ihn erschossen?«

»Nein – er hat sich selbst erschossen.« Als er Longs ungläubiges Lächeln sah, wiederholte er hartnäckig: »Ich behaupte, er hat sich selbst erschossen.«

»Man hat aber keine Waffe gefunden.«

»Die Waffe wurde gefunden – Sie erkannten sie nur nicht, als Sie sie in der Hand hielten. Interessiert es Sie?«

Long nickte. Sie verließen das Büro. Vor der Tür zu Monkfords Zimmer sagte Cravel:

»Geben Sie mir mal meinen Hauptschlüssel!« Nachdem er ihn erhalten hatte, schloß er auf und zeigte, während sie eintraten, lachend auf das gähnende Loch im Boden. »Halten Sie sich in einiger Entfernung davon! Heute früh hätten wir hier beinah ein Unglück gehabt.«

Der Wetter, der selbst viel Sinn für Witz hatte, mußte den Humor dieses Mannes, den er an den Galgen bringen wollte, bewundern.

»Die Sache war sehr einfach und doch geistreich«, begann Cravel zu erklären, »aber wie alle einfachen und geistreichen Sachen auf der Welt ...« Er brach plötzlich ab und beugte den Kopf vor. »Mein Telefon klingelt! Kann ich hinuntergehen?« fragte er vorsichtig.

Long nickte, denn an die Möglichkeit einer Flucht war nicht zu denken, da das Haus von allen Seiten bewacht wurde.

Allein geblieben, schaute er sich im Zimmer um. Der aufgebrochene Fußboden, das Bett an der Wand gegenüber – wie geschickt war doch die Falle für ihn gelegt worden. Und in diesem Zimmer war auch Joshua Monkford ...

Er hörte eilige Schritte auf der Treppe und schaute hinunter.

»Es war für Sie!« rief Cravel außer Atem. »Ich habe mit dem Apparat oben verbunden.«

Obschon sich außer dem Bett nichts mehr im Zimmer befand – das Telefon war noch angeschlossen. Der Apparat stand auf dem Boden. Der Wetter beugte sich hinab, nahm den Hörer auf und horchte.

»Niemand ist da – die Leitung ist tot.«

»Vielleicht hat das Amt unterbrochen. Drücken Sie mal!«

Longs Finger drückte schon auf die Gabel, als ihn eine Vorahnung von Gefahr überkam.

Es war zu spät, die Feder gab nach, er senkte den Hörer etwas ...

Die Explosion war ohrenbetäubend, er ließ den Hörer fallen, drehte sich um und hielt sich mit einer Hand das Ohr zu. Cravel stand gerade aufgerichtet an der entgegengesetzten Wand, sein bleiches Gesicht, an dem Blut herunterfloß, zeigte Erstaunen, und mitten auf der Stirn war ein kleiner roter Fleck. Er schwankte und fiel dann zu Boden – tot!

Long lief zur Treppe und rief den in der Halle aufgestellten Mann herauf. Mit seiner Hilfe legte er Cravel aufs Bett und fühlte seinen Puls. Er schlug nicht. Er riß das Hemd auf und horchte angestrengt. Aber das Herz arbeitete nicht mehr.

»Wie ist das geschehen?« fragte der Beamte.

Der Wetter antwortete nicht. Er nahm den Telefonhörer auf und untersuchte ihn. In der Mitte des Hörers befand sich das übliche, ungefähr anderthalb Zoll große Loch, doch fehlte die sonst vorhandene feine Membrane. Dagegen war die Öffnung einer dünnen Stahlröhre zu erkennen. Long schraubte das obere Ende ab, und das Rätsel war gelöst. Der Hörer war ein Mordinstrument. Ein Patronenkasten befand sich darin. Die Kugel wurde durch den elektrischen Strom abgeschossen, wenn man auf das Gestell drückte, auf dem der Hörer lag.

Der Wetter erinnerte sich, diesen Telefonhörer in der Hand gehabt zu haben, als er nach Monkfords Tod das Hotelbüro angerufen hatte. Nun verstand er auch, warum ein Feuerwerkskörper in Noras Zimmer geworfen worden war – Cravel wollte seine, Longs, Aufmerksamkeit ablenken, um das Mordinstrument entfernen und den normalen Hörer wieder anschrauben zu können.

Auf dem Weg zur Stadt hielt er bei der Polizeistation des Ortes an, um Alice Cravel von dem Vorgefallenen zu benachrichtigen. Er war erstaunt, daß sie den Tod ihres Bruders mit großer Ruhe hinnahm.

»Ich bin froh –«, meinte sie, »es ist besser, daß es auf diese Weise zu einem Ende kam. Damit hat er nicht gerechnet, daß er in die Schußlinie geraten würde. Sie haben wirklich sehr großes Glück gehabt, Mr. Long!«

»Wußten Sie, daß er mir diese Falle gestellt hatte?«

»Nein, ich hätte nie gedacht, daß er Sie zur Benützung des Telefons bewegen könnte. Ich befürchtete etwas – ganz anderes.«

Es war schon Mittag, als Arnold Long endlich in seine Wohnung zurückkehrte.

»Der Diener von Sir Godley hat mehrmals angerufen«, berichtete sein Diener. »Er wollte Sie wissen lassen, daß Ihr Vater zurückgekehrt sei.«

»Das überrascht mich«, bemerkte der Wetter.

Es gab noch viel für ihn zu tun. Er störte einen Richter beim Mittagsmahl, um gewisse Verfügungen zu erhalten, die er brauchte. Um halb drei sprach er, vom unerschrockenen Rouch begleitet, der amtlich auf der Krankenliste stand, in Lincoln's Inn Fields vor und wurde in Mr. Henrys Büro geführt.

Beim Anblick des Inspektors brach Henry zusammen. Er wußte noch nicht, daß der Wetter der ihm gestellten Falle entronnen war. Schlaff und zitternd saß er in seinem Stuhl und konnte sich weder bewegen noch sprechen.

»Es tut mir leid, Sie so zu erschrecken. Sie glaubten wohl, ich hätte mich zu meinen Vorfahren begeben. Sie kennen mich, Henry, und Sie werden erraten, warum ich gekommen bin. Ich muß Sie mitnehmen, da Sie unter der Anklage stehen, beim Mord an Joshua Monkford am 1. August dieses Jahres Beihilfe geleistet zu haben. Ich bin verpflichtet, Sie darauf aufmerksam zu machen, daß alles, was Sie jetzt äußern, gegen Sie verwendet werden kann.«

Der junge Mann brachte noch immer kein Wort hervor. Seine braunen Augen starrten ins Leere. Erst als ihn der Inspektor am

Arm faßte und emporzog, fragte er mühsam:
»Wo – wo ist Cravel?«
»Tot!« sagte der Wetter.
Henry glotzte ihn verständnislos an.
»Tot?« wiederholte er und kicherte. »Das ist aber komisch. Der Junge ist tot? Das ist verflucht komisch!«
Sein Kopf bewegte sich willenlos hin und her. Er lachte blöde vor sich hin, als man ihn in das Taxi setzte, das auf der Straße wartete.

Kapitel 36

Miss Revelstoke hatte einen höchst ungemütlichen Vormittag verlebt. Sie war ihrer Sekretärin beraubt worden zu einer Zeit, als ihre Korrespondenz besonders umfangreich zu werden versprach. Sie mochte die Briefe nicht öffnen, die auf ihrem Schreibtisch aufgehäuft lagen. Die meisten waren ›Eingeschrieben‹, fast alle ›Eilig‹, sie enthielten Mahnungen, denn die Hausherrin hatte schon seit Monaten den Rechnungen keine Aufmerksamkeit mehr geschenkt.
Ihre finanzielle Lage war seit einiger Zeit nicht gerade rosig. Sie hatte Aktien mit Verlust verkaufen müssen, um ihre großen Ausgaben decken zu können. Außerdem drohten ihr gewisse ärgerliche Prozesse. Der Tod Joshua Monkfords hatte eine nicht vorhergesehene Konsequenz gehabt, indem die Bank für ihr überzogenes Konto Deckung verlangte und wissen ließ, daß man, falls diese Deckung nicht beigebracht würde, gerichtlich gegen sie vorgehen werde.
Weiteren Ärger bereitete ihr das Telefon, das sich an diesem Morgen sehr seltsam benahm. Dreimal versuchte sie, sich mit Heartsease verbinden zu lassen, und jedesmal war die Nummer besetzt. Ebensowenig gelang es ihr, mit ihrem Rechtsanwalt zu sprechen. Die Botin, die sie schließlich zu ihm geschickt hatte, war noch nicht zurückgekehrt.
In Augenblicken solcher Verwirrung wußte Miss Revelstoke eine sichere Zuflucht. Sie holte ihr Arbeitskörbchen herbei, dem sie eine Handarbeit entnahm, und begann zu nähen. Auf diese Weise bschäftigt, sah sie bei einem Blick durchs Fenster ein Taxi vor dem Haus halten, aus dem der Wetter und zwei weitere Männer stiegen,

die sie sofort als Polizeibeamte erkannte.

Das Mädchen eilte, als es läutete, in die Halle, doch Miss Revelstoke trat ihr entgegen.

»Ich werde selbst öffnen. Sie können wieder hinaufgehen!« befahl sie und wartete, bis das Mädchen verschwunden war.

Sie hielt ihre kleine Nähschere in der Hand. Die Klingelleitung, die von der Haustür in die Halle und hinauf zu den Räumen der Dienstboten führte, war leicht zu erreichen. Sie streckte den Arm aus und zerschnitt den Draht. Dann ging sie ins Arbeitszimmer zurück, wo sie sich nur so lange aufhielt, um ihren Hut und die Handtasche aufzunehmen. Vorsichtig stieg sie die Verbindungstreppe in die Garage hinunter.

Sie öffnete das Garagentor und fuhr den Wagen in den Hof und auf die Straße hinaus. Doch bog sie nicht nach rechts ein, da dies am Hauseingang vorbeigeführt hätte, sondern nach links. Sie gelangte durch eine Seitenstraße nach Ladbroke Grove. In der Nähe der Bahnstation hielt sie an und eilte die Treppe hinauf in die Bahnhofshalle, wo sie eine Fahrkarte nach Liverpool Street löste.

Eine Viertelstunde, nachdem sie dort eingetroffen war, verließ der Schnellzug nach Clacton die Bahnhofshalle. In einem Abteil erster Klasse saß eine unbeteiligt wirkende Frau, die ganz in die Lektüre der Abendzeitung vertieft war.

Sie saß allein im Abteil. Mit Hilfe des Kammes und der Puderdose hatte sie es verstanden, ihr Aussehen beträchtlich zu verändern.

Clacton-on-Sea war zu dieser Jahreszeit ein beliebter Badeort, den viele Leute aufsuchten, um ihre Ferien zu verbringen. Dreimal in der Woche hielt dort ein Ausflugsdampfer von Tilbury, mit dem man für wenig Geld nach Ostende fahren, die Nacht in dem schönen Modebad verbringen und am nächsten Morgen zurückkehren konnte.

Die Ausflügler brauchten keine Pässe, und wenn Miss Revelstoke doch einen gebraucht hätte, würde sie einen vorgezeigt haben. Sie hatte kein Gepäck, sondern trug nur einen Schirm und zwei vollgestopfte Handtaschen bei sich. Gemächlich wanderte sie über die gepflasterten Straßen von Ostende, bis sie zur Strandpromenade gelangte, die zu dieser Tageszeit flanierende Menschen bevölkerten.

Miss Revelstoke konnte sich in viele Situationen hineinfinden, und das beschwingte Treiben ringsum übte gerade jetzt einen besonderen Reiz auf sie aus. Zwar stand ihr der Sinn nicht nach Vergnügen, vielmehr suchte sie nach einem bestimmten Geschäft. In vielen Läden konnte man Frauenkleider kaufen. Doch erst auf der Place des Armes fand sie das passende, nämlich eines, in dem gutsituierte Bauernfrauen ihre Kleider zu erstehen pflegten.

Schwarze Hüte konnte sie nicht ausstehen, trotzdem kaufte sie einen, außerdem einen altmodischen Mantel, einen langen, dicken Rock und schwere Schuhe. Diese Ausrüstung, einschließlich einer goldumränderten Brille und einer einfachen Tasche, war alles, was sie brauchte, um sich unkenntlich zu machen.

Nachdem sie sich in einem kleinen Hotel ein Zimmer genommen, sich umgezogen und aus ihrem Haar mit einer Wasserstofflösung die Farbe ausgewaschen hatte, würde nicht einmal der Wetter Long sie wiedererkannt haben.

Die abgelegte Kleidung band sie in ein Bündel zusammen und ging, das Paket unter dem Arm, hinunter, um die Rechnung zu bezahlen. Die Wirtin, die alle Hände voll zu tun hatte, bemerkte die Verwandlung nicht. Auf dem Weg zum Bahnhof kaufte sie noch einen großen Schirm, der das Bild einer Frau vom Lande vervollständigte.

Sie erreichte noch in der gleichen Nacht Brüssel, wo sie in einem kleinen Hotel dritter Klasse abstieg. Dem Portier sagte sie, daß sie Wallonin sei, die ihren Sohn im östlichen Flandern besucht habe. Für eine Wallonin sprach sie ein etwas zu gutes Französisch, und doch glaubte der Portier, was sie sagte, denn sie gab ihm nur ein sehr kleines Trinkegeld und weigerte sich, in einer Droschke zur Station zu fahren.

Sie setzte ihre Reise bis Lüttich fort. Dort suchte sie sich ein Unterkommen in einem guten Stadtteil und verbrachte die meiste Zeit mit dem Lesen der englischen Zeitungen, die sie am Bahnhof kaufte. Cravel war tot, Alice und Henry verhaftet. Henry vor allem bereitete ihr Kummer, denn sie hatte ihn sehr gern, und ihre Unruhe stieg noch, als sie las, daß ›der Gefangene nicht imstande war, vor Gericht zu erscheinen, weil die Ärzte die Meinung vertraten, seine Geistesverfassung erlaube ihm nicht, der Verhandlung folgen zu können‹.

Ein Monat verging. Die Verhandlung gegen die beiden wurde von Woche zu Woche verschoben. Dann las sie, daß der Staatsanwalt gegen Alice keine Anklage vorbringen werde, und daß sie bereits entlassen worden sei. Sie hatte Alice nie leiden können, weil sie stets Jackson Crayley zugetan und oft voller Bedenken gewesen war.

Madame Pontière, wie sie sich nannte, schien Lüttich nicht mehr verlassen zu wollen. Sie besorgte sich einen Polizeiausweis, und nichts störte ihre Ruhe. Die Zeitungen schrieben, Miss Revelstoke sei verschwunden und wahrscheinlich nach Amerika geflohen.

Eines Morgens jedoch, als sie mit einem großen Gebetbuch in der Hand in die Kathedrale gehen wollte, trat ihr ein Mann entgegen, der vor ihr den Hut abnahm.

»Miss Revelstoke, nehme ich an?« fragte er höflich.

Wortlos folgte sie dem Wetter zur Polizeistation.

Die Auslieferungsformalitäten waren schnell erledigt. Eines Morgens verließ Miss Revelstoke in Begleitung einer Polizeischwester das Sûreté-Gebäude und fuhr in einem Zug, der nirgends haltmachte, nach Brüssel. Der Transport ab Brüssel wurde so schnell wie möglich bewerkstelligt, und an einem trüben Morgen um fünf Uhr landete sie in Dover.

Erst hier sprach sie den Wetter zum erstenmal an. Während der ganzen Reise hatte sie ein steinernes Schweigen bewahrt, und wenn er sie anredete, schien sie es nicht zu hören. Als sie jetzt den Bahnsteig entlang zum Zug gingen, wandte sie ihm das Gesicht zu und fragte:

»Wie geht es Henry?«

»Ich fürchte«, erwiderte Long, »daß Ihr Sohn nie in der Lage sein wird, vor Gericht zu erscheinen.«

Sie antwortete nicht und verriet durch nichts die Verzweiflung, die an ihrem Herzen nagte.

Als der Zug durch Bromley fuhr, brach sie nochmals das Schweigen.

»Alice hat uns natürlich verzinkt, wie? Sie ist von Natur aus so veranlagt. Nicht einmal der Doktor hat etwas bei ihr ausrichten können.«

Zum erstenmal hörte der Wetter etwas über Cravels Beruf.

Kapitel 37

An dem Tag, als ›Miss Revelstoke‹ zu lebenslänglichem Zuchthaus verurteilt und das Verfahren gegen den blöde lächelnden jungen Mann an ihrer Seite vorläufig eingestellt wurde, trat Arnold Long ins Zimmer seines Vorgesetzten und überreichte ihm einen Brief.

Oberst Macfarlane las das Schreiben aufmerksam.

»Das tut mir leid, Wetter!« sagte er. »Gerade jetzt, wo Sie zur Beförderung vorgeschlagen worden sind! Sie haben eine beachtliche Leistung vollbracht, und mit 27 Jahren Oberinspektor zu sein, übertrifft alles Dagewesene. Aber wenn Sie glauben, gehen zu müssen, kann ich Sie nicht halten. Nun, wenn man es richtig betrachtet, wird es auch Zeit, daß Sie die Polizeiarbeit aufgeben und ans Geldverdienen denken. Wann wollen Sie Ihren Abschied nehmen?«

»Sofort –«, antwortete der Wetter, »wenn das möglich ist.«

Oberst Macfarlane legte den Brief in das ›eilige‹ Fach.

»Ich will sehen, was sich tun läßt. Zwei oder drei Tage wird es schon dauern, bis Ihre Entlassung durchkommt. Warum überhaupt diese Eile?«

Diese Frage beantwortete der Wetter nicht ganz zufriedenstellend.

Berkeley Square erreichte er in dem Augenblick, als der Wagen seines Vaters vor der Haustür hielt. Sir Godley und Nora Sanders stiegen aus.

»Das ist schrecklich!« meinte Nora leise, als ihr Arnold Long das Ergebnis der Gerichtsverhandlung mitteilte. »Einesteils – tut sie mir leid.«

»Eigentlich sollte sie mir auch leid tun«, warf Sir Godley ein, während er eine Zigarre aus dem Kistchen an dem Tisch nahm. »Und doch ist dies nicht der Fall.«

»Warum sollte sie gerade Ihnen leid tun?« fragte Nora überrascht.

Der alte Herr zögerte.

»Sag ihr ruhig, warum sie dir leid tun sollte!« ermunterte ihn Arnold.

»Weil ...« Sir Godley zündete sich die Zigarre an, blies das Streichholz aus und legte es mit großer Ruhe in den Aschenbecher. »Weil ...« In diesem Moment klingelte das Telefon, und er nahm den Hörer ab.

Der Wetter sah, wie sich die Stirn seines Vaters in Falten legte.

»Das ist recht merkwürdig –«, sagte Sir Godley.

Am andern Ende sprach jemand mit großem Ernst. Es war, wie sich später herausstellte, der Gefängnisgeistliche.

»Gut, gut – ich werde kommen.« Sir Godley legte den Hörer auf.

Die Blicke von Vater und Sohn trafen sich.

»Sie will mich sehen!«

»Sie? Warum in aller Welt ...« entfuhr es Nora, doch als sie die Gesichter der beiden sah, schwieg sie.

»Ich glaube, es ist besser, wenn ich hingehe.«

Wenig später lehnte sich Sir Godley ins Polster seines Wagens zurück. Die Zeitungsplakate, die an allen Ecken prangten, trugen die Aufschrift: ›Schwere Strafe für die Frau des Schreckens!‹ So hatten die Reporter Miss Revelstoke einmütig getauft.

Die Frau des Schreckens! Fünfundzwanzig oder dreißig Jahre mußten vergangen sein, seit sie sich zuletzt Aug in Aug gegenübergestanden hatten. Die bevorstehende Unterredung würde unangenehm, vielleicht schrecklich sein, aber er betrachtete sie als seine Pflicht.

Das Holloway-Gefängnis! Der Geistliche, der vertretungsweise den Dienst versah, weil der ständige Gefängnisgeistliche auf Urlaub war, wartete auf ihn.

»Sie ist in ausgezeichneter Geistesverfassung«, erzählte der junge Seelsorger aufgeregt, denn Miss Revelstoke interessierte ihn. Sie war die erste bedeutende Gefangene, mit der er es zu tun hatte. »Unter gewöhnlichen Umständen hätte ich nicht um die Erlaubnis nachgesucht, aber sie beharrte darauf, Ihnen als dem Vorsitzenden der Bankiervereinigung etwas mitzuteilen, und so habe ich den Direktor gebeten ...«

Sir Godley war zu seinem eigenen Erstaunen in der vergangenen Woche zu dem Amte berufen worden, das durch Monkfords Tod frei geworden war. Jetzt erfuhr er auch, daß er aufgrund einer Ausnahmebewilligung des Innenministeriums bei der Gefangenen zugelassen wurde, daß er jedoch der Presse gegenüber keine Äußerungen darüber machen dürfe. Diese Warnung war überflüssig.

»Ich verstehe«, winkte er ab. Es erschien ihm seltsam, daß er ins Holloway-Gefängnis kommen mußte, um einen aufgeregten Geistlichen zu beruhigen und außerdem lächerliche Zusicherungen abzugeben.

»Dann wollen wir also gehen! Die Unterhaltung kann unter vier Augen stattfinden, obschon ich offiziell zugegen sein werde.«

Die Aufseherin schob den Riegel zurück und stieß die Tür nach innen auf.

»Die Tür bleibt offen!« bestimmte der Geistliche schnell. »Ich warte draußen.«

Sir Godley gab sich einen Ruck, dann betrat er die helle, luftige, nur spärlich ausgestattete Zelle. Die Frau stand mit dem Rücken zur gegenüberliegenden Wand. Sie wirkte ruhig, ihre dunklen Augen schienen zu lächeln. Gewöhnlich mußten Gefangene bei der Einlieferung ihre Kleidung mit der Gefangenenkleidung vertauschen, doch sie trug das blaue Kostüm, das sie schon während der Gerichtsverhandlung angehabt hatte. Später erfuhr er, daß sie aus bestimmten wichtigen Gründen gleich nach seinem Besuch in eine Anstalt außerhalb Londons gebracht werden sollte.

»Guten Tag, Godley – es ist sehr nett von dir, daß du herkommst.«

Er senkte den Kopf etwas.

»Dein Junge ist sehr tüchtig – das hat er wohl von seiner Mutter?«

Ihre bewußte Unverschämtheit setzte ihn nicht in Erstaunen. In den zwanzig Jahren hatte sie sich nicht verändert, sie war immer noch das gleiche, selbstbewußte, arrogante Geschöpf.

»Selbstverständlich nahm ich keinen Augenblick an, daß er ein Verwandter Clays sein könnte«, fuhr sie unbeirrt fort. »Ich dachte, der gleiche Name wäre nur ein Zufall. Hätte ich es gewußt, wäre alles ganz anders herausgekommen, für mich – und auch für dich.«

Wenn sie hoffte, ihn zum Sprechen zu bringen, irrte sie sich. Er nickte nur schweigend. Die Jahre hatten ihr Äußeres stark verändert, aber trotz der vielen Falten, der gelblichen Gesichtsfarbe und eingefallenen Wangen hätte er sie sofort wiedererkannt.

»Ich möchte, daß du Alice und Henry im Auge behältst. Alice interessiert mich nicht besonders, sie wird allein durchkommen. Aber Henry wird wohl dem Staat anheimfallen. Es würde mich beruhigen, zu wissen, daß jemand auf ihn achtet.«

»Das will ich für dich tun«, antwortete er bereitwillig.

Sie schaute ihn seltsam an.

»Du hast dich sehr verändert, aber deine Stimme ist dieselbe geblieben – ich würde sie überall erkennen. Das Leben ist doch seltsam? Clay ist tot – auch die anderen, und dein Junge hat das alles vollbracht. Wo er auch auftauchte, folgte der Tod nach.« Sie sprach ohne Erregung und Anklage, als handelte es sich um das Leben fremder Leute, die sie nicht interessierten. »Seine Kollegen nennen ihn den ›glücklichen Long‹, und zweifellos hat er Glück gehabt. Vielleicht wunderst du dich, Godley, daß ich meine Strafe so ruhig hinnehme? Wenn du wüßtest, was für ein guter Chef Clay war, würde es dich nicht erstaunen.« Sie beobachtete ihn sinnend. »Er war so wunderbar, daß er für alle Möglichkeiten vorgesorgt hatte. Man hätte ihn nicht gehängt, aber im Kampf mit deinem Sohn wurde sein Jackett zerissen, und die albernen Polizisten gaben ihm ein anderes.«

Er verstand nicht, was sie damit sagen wollte.

»Soweit ich mich erinnere, wurde nichts in seinen Taschen gefunden als einige Papiere.«

Dieser Einwand schien sie zu belustigen.

»Denk darüber nach ...«

Das ängstliche Gesicht des Gefängnisgeistlichen zeigte sich an der Tür. Er hielt die Uhr in der Hand. Anscheinend war die Zeit bald abgelaufen.

»Denk darüber nach –«, wiederholte sie. »Clay wäre noch am Leben. Mein Junge Cravel wäre noch am Leben und auch Crayley. Der arme Henry wäre nicht geisteskrank – er könnte sein Leben genießen, und ich würde in meinem Zimmer in Colville Gardens über meiner Handarbeit sitzen, wenn nicht – dein Sohn gewesen wäre!«

Er schaute sie ernst an.

»Und Monkford – und die anderen? Der Richter, der Staatsanwalt, der Henker? Ich sage dir, Alicia, ich danke dem Allmächtigen, daß Arnold diesen Menschen zur Strecke brachte, und ich bin dankbar, daß er die anderen vernichtete. Wenn du glaubst, daß du in meinem Herzen Mitleid und Gewissensbisse erwecken kannst, vergeudest du deine Zeit!«

Sie schien nicht verletzt. Ihre Augen blitzten vergnügt, als sie ein zusammengefaltetes Stück Papier vom Tisch nahm und es ihm entgegenhielt.

»Dies hier wird dir meinen Standpunkt erklären«, sagte sie.

Er streckte die Hand nach dem Papier aus, aber sie ließ es los, und es fiel zu Boden.

Er machte einen Schritt vorwärts und bückte sich, um es aufzuheben – im gleichen Augenblick hörte er den Aufschrei des Geistlichen.

Ihre Hand, die in einer Rockfalte versteckt gewesen war, hatte sich erhoben – eine Sekunde lang blitzte etwas auf, dann sauste die Hand mit aller Kraft herunter.

Beim Schreckensschrei des Geistlichen machte Sir Godley eine rasche Bewegung zur Seite, und das dünne Messer streifte nur seine Schulter. Im nächsten Augenblick packte er die sich heftig wehrende Frau. Sie hatte die Kraft eines Mannes. Zweimal verfehlte das Messer sein Gesicht um Haaresbreite. Schließlich riß sie sich mit einem Ruck von ihm los, warf ihn zurück, zerrte an ihrem Kragenaufschlag und hielt die Faust vor den Mund.

Aufseherinnen kamen in die Zelle geeilt, aber die Gefangene leistete keinen Widerstand mehr. Klirrend fiel das Messer auf den Boden – und da sah man, daß der Griff zugleich der Schuhabsatz war. Clay war tatsächlich ein guter Chef gewesen, denn während der ganzen Gerichtsverhandlung lag diese haarscharfe Klinge in der Sohle ihres Schuhs versteckt.

Sir Godley, bleich und verstört, wurde ins Büro des Direktors geführt und dort lange Zeit allein gelassen.

Als der Direktor endlich eintrat, machte er ein finsteres Gesicht.

»Haben Sie der Frau etwas gegeben?« fragte er ohne Einleitung.

Sir Godley sah ihn verwundert an.

»Ihr etwas gegeben? Wie meinen Sie das?«

»Gift!«

»Himmel – nein! Ist sie ...

»Sie ist tot. Einer ihrer Jackettknöpfe fehlt. Vermutlich befand sich das Gift darin.«

Jetzt begriff Sir Godley, warum der ausgewechselte Rock Clay Shelton verhindert hatte, den Galgen zu betrügen.

Ein guter Chef – aber auch dem besten Bandenführer unterlaufen Fehler.

Kapitel
38

Zwei Wochen vergingen – die gerichtliche Untersuchung war vorbei. Der Wetter sah seinen Vater, der verreist war, in dieser Zeit nicht, aber Nora Sanders leistete ihm jeden Tag Gesellschaft. Sie hatte sich entschlossen, die Verbindlichkeitserklärung für das Monkfordsche Testament nicht zu verlangen.

»Die Unterschrift kann gefälscht sein«, meinte sie, und Arnold stimmte ihr bei, denn er hegte darüber keinen Zweifel.

Sir Godley kam als neuer Mensch von Bournemouth zurück, obgleich ihn der Überfall mehr angegriffen hatte, als er zugeben wollte. Am Abend seiner Rückkehr, nach dem Essen, als sich die Bediensteten zurückgezogen hatten, stützte er die Ellbogen auf den Tisch und sah das Mädchen an.

»Hast du die Berichte über die Verhandlung gelesen?«

Sie schüttelte den Kopf.

»Arnold hat mir die Zeitungen vorenthalten – das heißt, ich würde, auch wenn er es gewollt hätte, die Berichte ohnehin nicht gelesen haben. Das einzige, was ich sah, war ein großes Plakat mit der Aufschrift: ›Die erstaunliche Geschichte eines Bankiers!‹ Warst du das?«

»Das war ich!« rief Sir Godley aus. »Und die erstaunliche Geschichte war die, die ich dir neulich erzählen wollte, als wir unterbrochen wurden.«

»Wer war Miss Revelstoke?« fragte sie.

Sir Godley holte tief Atem, nahm mechanisch eine Zigarre und schnitt die Spitze ab.

»Sie war meine Frau! – Die vollständige Geschichte der Bande des Schreckens ist vor Gericht nicht erzählt worden, und ich danke dem Himmel, daß ich bei den Verhandlungen nicht zugegen zu sein brauchte. Clay Shelton war mein Bruder – oder vielmehr mein Halbbruder. Er war ein wilder, gewissenloser junger Mann, der meinen Vater bestahl und später auch mich berauben wollte. Zur Zeit, als er das Weite suchte, denn mein Vater entdeckte den Diebstahl, war ich mit einem hübschen dänischen Mädchen, einer Miss Ostrander verlobt, die als Gouvernante nach England zu einem Nachbarn von uns gekommen war. Ich machte ihre Bekanntschaft auf einem Gartenfest, verliebte mich in sie, und bald, nachdem mein Bruder verschwunden war, wurden wir getraut.« Mit ernstem Lächeln strich er die Asche seiner Zigarre ab. »Äußerlich war sie das niedlichste und liebste Geschöpf, das man sich vorstellen kann. Am Tag unserer Heirat erzählte sie mir aber etwas, das mich vollständig niederschmetterte – sie war in meinen Bruder verliebt und hatte mich nur geheiratet, damit das Kind, das sie erwartete, einen Namen erhielt. Warum sie mir das überhaupt gesagt hat, konnte ich nie ganz verstehen. Ich glaube, sie wollte mich kränken und mich von Liebesbeziehungen, die ihr doch nur verhaßt waren, abhalten. – Damals war ich ein ziemlich gutmütiger Mensch und hatte eine äußerst hohe Meinung von den Frauen. Dieses Erlebnis war der schwerste Schlag, den ich je erhielt. Wir befanden uns auf dem Weg nach Kopenhagen, um dort unsere Flitterwochen zu verbringen. Auf dem Schiff, das uns über die Nordsee brachte, machte sie mir dieses Geständnis. Drei Tage, nachdem wir in der dänischen Hauptstadt angekommen waren, verließ sie mich. Sie war ausgegangen, um einige Einkäufe zu machen, und ich hatte schon eine Stunde mit dem Essen gewartet, als mir ein Bote die Mitteilung überbrachte, daß sie nicht die Absicht habe, zurückzukehren, sondern dorthin gegangen sei, wo sie ihr wahres Glück finde. Ich reichte sofort die Ehescheidungsklage ein, in der ich mich auf einen mir nicht bekannten Liebhaber berief. Ich sagte unter Eid aus. Die Ehe wurde geschieden, und ich glaube, sie heirateten ...«

»Am 9. Februar 1894«, unterbrach sein Sohn. »Das ist das dritte Datum, das in der Bootskajüte eingeschnitzt ist. Das zweite Datum war der Geburtstag seiner Frau, das vierte Crayleys Geburtstag oder, mit anderen Worten Jackson Crayley Longs.«

»Übrigens war Crayley der Name unseres Familienbesitzes in Yorkshire«, fuhr Sir Godley fort. »Von den beiden habe ich nichts mehr gehört, bis eines Tages mein Geschäftsführer in großer Aufregung zu mir kam und mir mitteilte, daß wir sechzigtausend Pfund auf einen gefälschten Wechsel gezahlt hätten. Mein erster Gedanke war selbstverständlich, die Sache der Staatsanwaltschaft zu übergeben. Ich verlangte den Wechsel und fand auf der Rückseite die mit Bleistift geschriebenen Buchstaben ›J.X.‹. Der Kassier hatte sie übersehen oder nichts damit anfangen können. Aber ich erkannte an der eigenartigen Handschrift – Johns ›X‹ war anders als jedes andere ›X‹ –, daß der Fälscher mein Bruder war, der diese Buchstaben als Herausforderung hingeschrieben hatte. Ich bezahlte die sechzigtausend Pfund aus meinem eigenen Vermögen, setzte aber auf die erste Seite der ›Times‹ eine Annonce, die so lautete: ›J.X! Diesmal habe ich honoriert, das nächstemal schone ich dich nicht.‹

Er hat nie wieder versucht, mich hereinzulegen. Bald darauf setzte die erste Serie internationaler Fälschungen ein, die den Namen Clay Shelton berüchtigt gemacht haben. – Etwas bewunderte ich an Clay Shelton immer – ich will diesen Namen weiter gebrauchen –, und das ist seine eiserne Zurückhaltung. Er war verheiratet, hatte eine wachsende Familie, und doch war er nie mit ihr zusammen, ausgenommen drei Wochen jedes Jahr. Dann trafen sich alle in einem kleinen dänischen Badeort an der Ostsee. Die Kinder wurden in Dänemark erzogen und lernten diese Sprache ebenso geläufig sprechen wie die englische. Als sie mündig wurden, hatte Clay den Mut, sie in sein Gewerbe einzuweihen. Er wußte, daß, wenn sie zusammenlebten, man ihn doch früher oder später erwischen und die Schande auf alle Familienmitglieder zurückfallen würde. Deshalb wählte er diesen Ausweg: Jedes Familienmitglied wurde angelernt, eine besondere Rolle zu spielen. Keines durfte zugeben, mit den anderen verwandt zu sein, außer bei dem jährlichen Treffen in dem kleinen Badeort. Die Mutter kam nach England und ließ sich als unverheiratete Dame mit eigenem Vermögen nieder. Die Knaben wurden unter anderen Namen in verschiedenen Schulen erzogen, und sie ergriffen, als sie erwachsen waren, auch verschiedene Berufe. Crayley wurde Landwirt. Für ihn wurde ein Gut gekauft, das er sehr schlecht bewirtschaftete. Später bekam er ein Haus am Fluß. Er hatte die Aufgabe, den Kontinent zu bereisen, mit reichen Leuten bekannt zu werden und nicht nur ihre Unterschriften zu erhalten, sondern auch alles weitere über ihr privates Leben in Erfahrung zu bringen. – Henry wurde Rechtsanwalt. Man kaufte ihm eine Praxis. Cravel, der zweite Sohn, wurde als Eigentümer von Heartsease eingesetzt. In dieser Rolle hat er das Kapital gewinnbringend verwaltet. Bei ihm fand auch die einzige Tochter, Alice, ein Heim. Cravel war die rechte Hand seines Vaters. Jackson Crayley, wie wir ihn nennen wollen, war der Familiennarr. Er verpfuschte alles – ich sage jetzt nur, was mir Arnold erzählt hat. Er führte sogar den Tod seines Vaters herbei, indem er ihm in auswegloser Situation einen Revolver zuschob. Seine Mutter haßte ihn aus irgendeinem Grunde, den sogar Arnold nicht verstehen kann, und dieser Haß hat schließlich zu seinem Tod geführt. Crayley war ein guter Kerl, der gern ein ordentliches Leben geführt hätte und jede Gelegenheit suchte, die Fesseln abzustreifen. Darin stand ihm seine Schwester Alice bei. Die beiden waren gute Freunde. Nach dem Tod des Vaters war Cravel der starke Mann, obgleich Miss Revelstoke – wir wollen auch sie weiterhin so nennen – den Abschaum der Unterwelt gedungen hatte, um die Arbeit der Bande des Schreckens zu verrichten. Sie hat, als Mann verkleidet und mit einer weißen Perücke versehen, die ›schweren Jungs‹ angeworben. Doch Cravel war immer in der Nähe, um den Mörder zu erschießen, gleichgültig, ob er verfehlte oder traf. Miss Revelstoke hatte schlechte Augen, sonst hätte sie das Erschießen zweifellos selbst besorgt. – An dem Morgen, als Arnold auf dem Rückweg vom Chelmsford-Gefängnis dem Anschlag entging – Cravel beförderte daraufhin Ulanen-Harry ins Jenseits –, trat auch Henry, auf einem Motorrad, in Erscheinung. Er hatte die Aufgabe, den Wagen meines Sohnes zu zerstören, wenn der Ulan das Ziel verfehlte. So einfach war das alles, nicht wahr, Arnold?«

Der Wetter nickte.

»Ja, sie hatten in einer Nebenstraße einen Fordwagen stehen, der wie der Wagen eines Gemüsehändlers aussah, und sobald Ulanen-Harry tot war, fuhr Cravel damit los, nahm Henry auf und verschwand. – Alle, die zum Tode Clay Sheltons beigetragen hatten, wurden der Reihe nach beseitigt – der Richter, der Staatsanwalt, der Henker. Cravel hatte, bevor ihm sein Vater das Geld zum Ankauf von Heartsease gab, das Arztexamen bestanden. Es fiel ihm daher nicht allzu schwer, einen Krankheitserreger auf den Richter zu übertragen und den Henker Wallis zu vergiften. Cravel war überhaupt jetzt der leitende Geist, während Jackson Crayley dauernd alles verpfuschte. Sogar die Heliographsignale damals vom Hügel aus hatte er verpatzt. Hinter Cravel und Henry stand aber jederzeit die oberste Führung in Colville Gardens!«

»Hatte sie eigentlich einen Hintergedanken, als sie mich als Sekretärin engagierte?« fragte die gespannt zuhörende Nora.

Sir Godley schüttelte den Kopf.

»Wohl kaum. Es war ein Zufall, daß du angestellt wurdest. Aber sobald du in ihren Diensten standest, sann sie darüber nach, wie du verwendet werden könntest. An dem Tag, als du Monkford besuchtest, entschied Miss Revelstoke, welche Rolle du spielen solltest. Du hast uns erzählt, daß nach deiner Rückkehr Monkford angerufen und dich über alles gelobt habe. Monkford hat aber an jenem Abend das Telefon gar nicht benützt. Bald darauf kam der geheimnisvolle Ring – wieder Monkford! All das sollte dem Testament, das von Henry bereits aufgesetzt und mit einer gefälschten Unterschrift versehen worden war, Glaubwürdigkeit verleihen. Zum Unglück von Miss Revelstoke hatte Arnold jenen Ring auf ihrem Jugendbildnis, das später aus ihrem Arbeitszimmer entfernt wurde, gesehen. Genau die gleiche Fassung, genau der gleiche Ring! Das brachte ihn auf die Fährte. Als er mir das Schmuckstück beschrieb, konnte ich ihm bestätigen, daß es der Ring war, den ich ihr am Tage unserer Ankunft in Kopenhagen gekauft hatte! – Alice Long war in der Lage, uns zu berichten, was an dem Mittag vor dem Mord an Monkford geschah. Henry und Crayley – ich vermute, daß Henry der aktivere Teil dabei war – erzählten Monkford, daß Arnold über ihn und dich, Nora, Gerüchte verbreitet habe. Monkford regte sich selbstverständlich sehr darüber auf. Obgleich er ein Auge auf dich geworfen haben mag, dachte er doch nicht an Liebe oder Heirat. Im Gegenteil, er war ein eingefleischter Junggeselle. Die beiden bezweckten ja auch nur, ihn gegen den Wetter aufzubringen und mißtrauisch zu machen, wobei sie richtig spektulierten, daß Monkford im ersten Ärger, also in der kritischen Zeit, Arnold von sich fernhalten würde. Wie er starb, weißt du. Das Telefon war wahrscheinlich die Erfindung Cravels, der technisch sehr begabt war. – Ich muß sagen, daß ich keine Ahnung hatte, wer Miss Revelstoke war, auch nicht, nachdem ich von dem Ring erfuhr. Erst in der Nacht, als ich einen Brief in den Kasten werfen wollte, fuhr ein Taxi an mir vorbei, in dem ein alter, weißhaariger Herr saß. Mit einer Hand stützte er sich auf den Fensterrahmen. Das Gesicht des ›alten Herrn‹ konnte ich nur flüchtig sehen, aber für eine Sekunde traf mich der Blick der schwarzen Augen, und ich war starr. All die Jahre haben die Erinnerung an Alicia Ostrander nicht verwischen können, und jetzt wußte ich, daß sie und Miss Revelstoke ein und dieselbe Person waren. Es lag kein Grund vor, sie gerade jetzt miteinander in Verbindung zu bringen, aber ich tat es eben doch. Mein Taxi verfolgte das andere, bis wir Colville Gardens erreichten, wo es in der hinteren Einfahrt verschwand. Nun war ich meiner Sache sicher. Ich unterhielt mich mit meinem Fahrer und fragte ihn, ob er den anderen Wagen weiter verfolgen wolle, falls er noch weiterfahren würde. Sein Wagen war neu, und als ich ihm sagte, wer ich sei, war er nicht nur einverstanden, sondern auch sehr neugierig! Ich glaube, er hielt mich sogar für einen alten Schwerenöter! Allerdings erwartete ich nicht, daß sie nochmals ausfahren würde, doch während wir uns noch unterhielten, kam der Wagen wieder aus der Hofeinfahrt heraus und fuhr so dicht an uns vorbei, daß ich das Gesicht des Fahrers deutlich erkennen konnte. Zum Glück regnete es, sonst hätte sich die Verfolgung nicht so leicht durchführen lassen. Der andere Wagen war bedeutend leistungsfähiger, mußte jedoch bei dem Wetter vorsichtig gefahren werden. Mit Mühe überredete ich meinen Fahrer, die Lichter abzublenden, obschon man im vorderen Wagen nicht mit einer Verfolgung rechnete und kein einziges Mal nach rückwärts Ausschau hielt. Endlich gelangten wir an einen Ort, der, wie ich annahm, Heartsease war, von dem ich so viel gehört hatte. Der Wagen bog in den Park ein, und ich setzte meinen Weg zu Fuß fort. Es regnete jetzt stärker. Ich stellte mich unter eine Zeder, die mir etwas Schutz bot. Der ›Professor‹ war im Hotel verschwunden. Bald sah ich einen Mann herauskommen, der den Wagen vermutlich in die Garage brachte. Ich wartete und wartete und kam mir sehr lächerlich vor. Ich überlegte, was der Taxifahrer wohl von mir denken mochte, und kam zur Überzeugung, daß es das vernüftigste sei, nach Hause zu meinem beunruhigten Diener zurückzukehren. Ich ging den Zufahrtsweg zurück. Bei der ersten Biegung blitzten unerwartet zwei grelle Lichter auf. Ich fand gerade noch Zeit, mich zu verstecken, als ein Sanitätsauto an mir vorbeifuhr. Es hielt aber nicht beim Hauptportal des Hotels, sondern vor der Seitentür, die Miss Revelstoke benützt hatte. Ich pirschte mich, immer Deckung suchend, nahe heran. Eine Tragbahre wurde aus dem Wagen gezogen, und ich sah, wie ein Mann, ich glaube, es war Cravel, jemanden hochhob und auf seinen Armen ins Hotel trug. Der Krankenwagen wendete sofort und fuhr durch den Park zurück. Meine Neugier war angestachelt, und wenn ich auch nicht mehr jung bin, traue ich mir doch noch einige Gewandtheit zu. Das Hauptportal war verschlossen, doch darüber lag ein vorspringender, von Säulen getragener Balkon. Ich machte einige Schritte vom Haus weg, um die Fassade besser überblicken zu können. Dabei wäre mir beinahe ein Unfall zugestoßen, der schlimm hätte enden können. Auf dem Rasen waren Gräben ausgehoben worden, und fast wäre ich in ein tiefes Loch gestürzt. Aber ich fiel nur auf einen Erdhügel, verlor meine Brille und verdarb meinen Gesellschaftsanzug, den ich ja immer noch anhatte. Fünf Minuten anstrengender Arbeit brachten mich dann auf den Säulenbalkon und zu einem Fenster, das ich bald geöffnet hatte. Ich war mir bewußt, daß meine Neugier mich in eine recht zweifelhafte Lage bringen konnte. Trotzdem stieg ich durch das Fenster ein und gelangte, wie ich bald merkte, auf den Gang des ersten Stockwerks. Irgendwo hörte ich Stimmen. Tiefe Dunkelheit herrschte, so daß ich mich an der Wand entlang tasten mußte, wobei ich jede Tür zu öffnen versuchte. Doch alle waren verschlossen. Ich stieg zum zweiten Stock hinauf, hörte näher und deutlicher sprechen und erkannte Miss Revelstokes Stimme. Mein Geist wanderte dreißig Jahre zurück, ich erinnerte mich des Tages, als sie mir auf dem kleinen, schaukelnden Dampfer ihre hinterhältigen Eröffnungen gemacht hatte. Weit mehr interessierte mich in diesem Augenblick jedoch die Gegenwart. Ich sah ein, daß ich irgendwo ein Versteck finden müsse. Die Türen dieses Stockwerks waren gleichfalls verschlossen. Ich tastete mich bis zum Erdgeschoß hinab und kam in die Halle. Das erste, was ich bei dem gedämpften Licht über dem Empfangsschalter sah, war die offenstehende Tür zum Büro. Da draußen keine Schlüssel hingen, nahm ich an, daß sie im Büro verwahrt würden. Ich trat ein und wagte sogar, das Licht anzuknipsen. Ich hatte Glück, denn im offengelassenen Hauptfach des Schreibtischs sah ich an einem Haken den Hauptschlüssel hängen, den ich an mich nahm. So schnell wie möglich stieg ich wieder die Treppe hinauf. Als ich das erste Stockwerk erreichte, sah ich über mir ein Licht. Rasch schloß ich die erstbeste Tür auf und verschwand dahinter, um abzuwarten, bis alles wieder ruhig würde.« Sir Godley lächelte. »Entschuldige, meine Geschichte ist noch nicht ganz zu Ende. Drinnen war es stockdunkel. Ich brannte ein Streichholz an und sah in der Mitte des Zimmers Gerüststangen und oben und unten, im Fußboden und in der Decke, Durchbrüche. Die obere Öffnung war mit etwas Teppichartigem überspannt. Das Ganze sah nach irgendeiner baulichen Veränderung aus. Neben dem Gerüst lag Handwerkszeug herum. Ich hatte die Tür von innen verschlossen und wartete ziemlich lange, in der Hoffnung, daß die drei Personen, die sich im Hotel befanden, endlich weggehen würden. Aber die ganze Nacht hindurch war einer von ihnen entweder auf der Treppe, oder ich hörte ihre Stimmen in der Nähe. Damals vermochte ich nur zu erraten, wer das Geschöpf auf der Tragbahre gewesen sein könnte. Stunde um

Stunde verrann. Gegen Morgen hörte ich zu meinem Erstaunen und meiner großen Freude auf einmal Arnolds Stimme. Als er die Treppe hinaufstieg, war er nur einige Yards von mir entfernt, und ich wartete, was jetzt geschehen würde. Nach einer langen und qualvollen Stille hörte ich Schritte im Zimmer über mir und konnte seine klare Stimme deutlich unterscheiden. Wie ich schon sagte, war die aufgebrochene Öffnung oben von einem Teppich überdeckt, und mein erster Gedanke, als ich Arnolds Stimme über mir hörte, war, daß er darauf treten könnte. Genau dies tat er denn auch. Ich öffnete den Mund, um ihn zu warnen, da gab der Teppich nach. Seine Anstrengungen, sich irgendwo zu halten, beschleunigten nur den Sturz. Er stieß an einen Gerüstbalken, prallte dann gegen mich und warf mich über den Haufen. Ich konnte ihn gerade noch packen und ins Zimmer hineinziehen, so daß Cravel keine Spur von ihm fand, als er im Keller nach ihm suchte. – Ich begriff natürlich, daß wir uns in einer sehr mißlichen Lage befanden, doch der Revolver in meiner Tasche, den ich seit einiger Zeit immer bei mir trug, tröstete mich ein wenig. Glücklicherweise war Arnold bewußtlos und konnte unsere Anwesenheit nicht verraten. Eine halbe Stunde lang hörte ich noch Schritte und Gespräche über uns, dann wurde es ruhig. Ich merkte bald, daß Arnold nicht schwer verletzt war, und als er allmählich wieder zu Bewußtsein kam, gab ich mich zu erkennen, erzählte ihm das Vorgefallene und zeigte ihm den Hauptschlüssel. – Durch das eine Zimmerfenster sah ich, wie ein Wagen wegfuhr, in dem sich offenbar Miss Revelstoke und Henry befanden. Arnolds erster Gedanke galt natürlich dir, Nora, und als wir nach einer Weile Alice Cravel wegfahren und bald darauf Cravel selbst durch den Park gehen sahen, beschlossen wir, das ganze Haus systematisch zu durchsuchen, indem wir unten im Keller begannen. Wir waren im ersten Stockwerk angelangt, als wir Cravel zurückkommen hörten. So versteckten wir uns von neuem in Nr. 3 und mußten lange warten. Einmal glaubte Arnold, deine Stimme zu hören, aber es war eine Täuschung. Dann kam Cravel die Treppe herunter. – ›Versuchen wir es!‹ schlug Arnold vor. Wir stiegen vorsichtig in den oberen Stock, fanden Cravels Wohnung, und die erste Tür, die wir öffneten, führte in sein Zimmer. Wir wickelten dich in eine Decke, trugen dich, nicht ohne Bedenken, nach Nr. 3 hinunter. Cravel hätte uns entgegentreten und schießen können. Aber dann erschien aufgrund von Rouchs Telefonanruf die Berkshire-

Polizei. Als sie vor Zimmer 3 standen und Cravel hinunterging, um den Hauptschlüssel zu holen, schloß Arnold die Tür von innen auf und gab sich dem Inspektor zu erkennen. Er überredete ihn, den Schurken in eine Unterhaltung zu verwickeln und so lange festzuhalten, bis wir dich, Nora, in Sicherheit gebracht hätten. Das ist die ganze Geschichte ...«

»Und eine verflucht gute Geschichte!« bekräftigte der Wetter aufgeräumt. »Leider hat sie den einen Fehler, daß sie nicht das richtige Licht auf meinen Scharfsinn und meine Tüchtigkeit wirft, doch ich werde noch viel Zeit haben, dir diese Eigenschaften zu beweisen –.«

Nora schaute ihn lächelnd an.

Sie hatte bereits die Anwälte angewiesen, die Verbindlichkeitserklärung des gefälschten Testaments nicht zu verlangen. Es war auch bedeutungslos für sie geworden, denn am Tag ihrer Heirat machte ihr Sir Godley eine Schenkung, die sogar seinen Sohn verblüffte. Und der Wetter war nicht leicht zu verblüffen.

EDGAR WALLACE
DER DOPPELGÄNGER

Roman

Aus dem Englischen
von Ravi Ravendro

1

»Sie ist eine Waise«, sagte Mr. Collings gerührt. Für Waisen hatte er eine besondere Vorliebe. Sonst war er als Rechtsanwalt im Verkehr mit seinen Klienten ein strenger, etwas zurückhaltender Mann, der gern zum Abschluß von Vergleichen riet. Es kamen Klienten in sein Büro, die ganz sicher waren, daß ihre Feinde sich selbst in ihre Hände gegeben hatten. Sie sprachen von Schadenersatzforderungen, die sich auf fünfstellige Zahlen beliefen und den vollkommenen Ruin von Leuten oder Firmen bedeuteten, die sie beleidigt hatten. Aber als sie wieder fortgingen, waren alle ihre Berechnungen über den Haufen geworfen und ihre Zukunftspläne vernichtet. Mr. Collings glaubte nun einmal nicht, daß Prozesse vorteilhaft seien. Seiner Meinung nach war es viel besser, alle Streitfragen gütlich beizulegen.

Wenn ein Ermordeter aus seinem Grabe auferstehen, in Mr. Collings Büro kommen und sagen könnte: »Ich habe eine ganz einwandfreie Klage gegen Binks. Er hat mich erschossen. Sie sind doch davon überzeugt, daß ich einen Schadenersatzanspruch an ihn stellen kann?«, dann würde Mr. Collings geantwortet haben; »Das ist noch gar nicht sicher. Ich zweifle daran. Man könnte auch sehr viel zugunsten von Mr. Binks anführen. Haben Sie sich nicht auf seine Kosten bereichert? Sind Sie nicht selbst in einer unangenehmen Lage? Sie tragen doch zunächst einmal ein Geschoß im Leibe herum, das zweifellos das Eigentum von Mr. Binks ist. Man kann nie genau wissen, welchen Standpunkt das Gericht einnimmt. Ich gebe Ihnen den guten Rat, mich zu Vergleichsverhandlungen zu ermächtigen.«

Aber wenn es sich um Waisen handelte, war Mr. Collings weich wie Butter. Seine Eltern hatten ihn einfach und streng erzogen, und er hatte sonntags fromme Bücher lesen müssen, in denen von Waisen, von gutherzigen Drehorgelspielern und von kleinen Mädchen erzählt wurde, die viel aus guten Büchern lernten, später als Missionsfrauen nach Afrika gingen und dort starben, tief betrauert und beweint von den bekehrten Eingeborenen. Die schlechten Menschen in diesen Geschichten waren meistens junge Burschen, die heimlich die Rosinen aus dem Kuchen nahmen, nur weißes Brot aßen und die Krusten wegwarfen. Sie mißhandelten die Hunde und traten sie mit Füßen, fingen die Fliegen, warfen sie in die Netze der Spinnen und beobachteten mit grausamer Freude und Mordlust, wie diese über ihre armen Opfer herfielen und ihnen das Blut aussaugten.

»Sie ist eine Waise«, sagte Mr. Collings noch einmal und seufzte vernehmlich.

»Sie ist schon seit zehn Jahren eine Waise«, entgegnete Mr. William Cathcart zynisch.

Mr. Collings war untersetzt, hatte einen kahlen Kopf und hielt gern nachmittags ein kleines Schläfchen. Mr. Cathcart war im Gegensatz zu ihm mager, hatte ein schmales Gesicht und volles Haar. Auch schlief er niemals tagsüber, wie man wußte. Er haßte Waisenkinder. Stets gab es ihretwegen unangenehme Auseinandersetzungen über die Elternschaft, über testamentarische Bestimmungen, und immer hatte man Schreibereien mit dem Vormundschaftsgericht. Am liebsten hätte er sich hinter Stacheldraht gegen Waisen verschanzt.

»Sie ist die sonderbarste Waise, die mir jemals begegnet ist«, fuhr Mr. William Cathcart erbarmungslos fort. »Dem Gesetz nach ist sie noch ein Kind, aber sie hat ein Bankguthaben von hunderttausend Pfund. Ich vergieße ihretwegen keine Träne – das dürfen Sie mir glauben!«

Mr. Collings wischte sich die Augen.

»Aber sie ist doch eine Waise!« Er versuchte vergeblich, das steinharte Herz von Mr. Cathcart zu erweichen.

»Mrs. Tetherby hat ihr das Geld geschenkt, während sie noch lebte – daran ist doch nichts Besonderes. Wenn ich einem Waisenkind« – er schluckte und wollte seine Rührung verbergen – »einen Schilling, ein Pfund, ja selbst tausend Pfund schenkte, so wäre das doch kein Bruch des Gesetzes oder eine Ungehörigkeit, selbst wenn ich es Tag für Tag täte?«

Mr. Cathcart dachte nach.

»Unter gewissen Umständen könnte es doch ein Unrecht sein«, meinte er dann.

Mr. Collings verwahrte sich dagegen, aber er wollte nicht verletzend werden.

»Mrs. Tetherby war träge. Starke Frauen sind oft so.«

»Sie war direkt faul«, erwiderte Cathcart.

»Es gibt nur wenig Tanten, die Zuneigung zu ihren Nichten fühlen. Aber Mrs. Tetherby liebte Diana. Aus ihrem Testament geht das deutlich hervor. Sie hinterließ ihr alles –«

»Es war ja gar nichts zu hinterlassen«, unterbrach ihn Mr. William Cathcart befriedigt.

Wie dieser Mann Waisenkinder haßte!

»Es war nichts mehr da, weil sie ja schon zu Lebzeiten Diana die Kontrolle über ihr Vermögen überließ.«

»Das tat sie doch nur, weil sie sich nicht damit belasten wollte«, sagte Mr. Collings leise. »Sie hat dieses Waisenkind doch so geliebt!«

»Wenn man jemals einer Frau auf der Welt nicht hätte gestatten dürfen, ein Mädchen von Diana Fords Charakter zu erziehen, so war es Mrs. Tetherby. Als Kind von sechzehn Jahren hatte Diana schon eine leidenschaftliche Liebesaffäre mit einem Studenten –«

»Es war ein Student der Theologie«, verteidigte sie Mr. Collings. »Vergessen Sie das nicht! Das läßt doch die Sache in einem ganz anderen Licht erscheinen. Ich kann mir wohl denken, daß ein junges Mädchen sein Herz einem zukünftigen Geistlichen schenkt. Ein Student der Medizin wäre mir dagegen ganz unmöglich erschienen.«

»In meinen Augen ist es um so schlimmer, wenn er ein Student der Theologie war.«

»Aber schließlich hat uns Mrs. Tetherby wegen dieser Angelegenheit um Rat gefragt«, sagte Mr. Collings etwas vorwurfsvoll. »Ob sie nun zu lässig oder zu energisch war, auf jeden Fall ist sie zu uns gekommen.«

»Sie wollte von uns erfahren, ob sie vor Gericht schuldig gesprochen würde, wenn sie diesem verfluchten Mr. Dempsi auflauerte und ihn über den Haufen schösse. Sie erzählte uns doch, daß sie schon die Hunde auf ihn gehetzt hatte, ohne ihn abschrecken zu können.«

»Dempsi ist tot«, erwiderte Mr. Collings heiser. »Ich habe schon vor acht Monaten mit Diana über ihn gesprochen, als ihre verehrte Tante starb. Ich fragte sie, ob diese Wunde vernarbt sei. Sie antwortete, daß sie kaum noch daran denke. Nur manchmal mache sie sich abends noch den Spaß, sein Gesicht aus dem Gedächtnis zu zeichnen.«

»Ein herzloses, teuflisches Mädchen!«

»Sie ist ein Kind – und in der Jugend geht dergleichen schnell vorüber. Man vergißt sogar Leibschmerzen sehr rasch«, sagte Mr. Collings.

»Haben Sie auch mit ihr über Leibschmerzen gesprochen?« fragte der andere höhnisch.

Mr. Collings zog die Augenbrauen hoch. Ein Mann von seiner Gutherzigkeit war solchen Gemeinheiten gegenüber einfach machtlos.

»Eine Waise« – begann er eben wieder, als ein Schreiber ins Büro trat.

»Miss Diana Ford«, meldete er an.

Die beiden Chefs der Rechtsanwaltsfirma Collings und Cathcart wechselten Blicke.

»Lassen Sie die junge Dame näher treten.« Die Tür schloß sich hinter dem Schreiber. »Seien Sie liebenswürdig zu ihr, William«, bat Collings.

Mr. Cathcart rückte unruhig auf seinem Stuhl hin und her.

»Wird sie denn liebenswürdig zu mir sein?« fragte er bitter. »Garantieren Sie mir und sind Sie bereit, Geld darauf zu wetten, daß sie höflich ist?«

In der Tür erschien ein hübsches Mädchen. Sie sah blühend wie der Frühling aus. Die Farbe ihrer Wangen erinnerte an Pfirsiche, und sie brachte den Duft blumiger Wiesen mit in dieses dumpfe Büro. Ihre Sprache hörte sich an wie das Geplätscher eines kristallklaren Baches, der zwischen Lärchen und Erlen dahineilt. Das war Miss Diana Ford.

Während des Krieges hatte Mr. Cathcart eine Stellung in einem Armeeversorgungsdepot eingenommen (Heimatdienst) und hatte infolgedessen eine gewisse Art zu denken beibehalten. Er nahm den Tatbestand wie folgt auf:

Mädchen. Schlank. Mittelgröße.

Augen. Graublau, groß. Unschuldiger Blick.

Mund. Rot, geschwungen, ziemlich groß.
Nase. Gerade, gutgeformt.
Haare. Goldblond, Bubikopf.

Nach dieser Beschreibung war Diana ebensowenig wiederzuerkennen wie ein gewöhnlicher Mensch nach den Eintragungen in seinem Reisepaß. Sie war frisch und natürlich.

Impulsiv ging sie auf Mr. Collings zu und küßte ihn. Mr. William Cathcart schloß die Augen, um nicht das wohlgefällige Lächeln zu sehen, mit dem sein Partner diese Bevorzugung quittierte.

»Guten Morgen, lieber Onkel! Guten Morgen, Onkel Cathcart!«

»Morgen«, erwiderte Mr. Cathcart. Er war so feindlich wie nur möglich gesinnt.

»Morgen«, ahmte sie ihn nach. »Und ich bin doch in so guter Stimmung gekommen und habe Sie doch so gern. Ich habe Sie sogar Onkel genannt«, rief sie vorwurfsvoll.

»Habe ich gehört«, brummte der neuernannte Verwandte. »Es wäre weit besser, Miss Ford, wenn wir uns in mehr geschäftlichen Formen bewegten –«

»Bewegen Sie sich meinetwegen auf Autobussen und Elektrischen, wenn Ihnen das Spaß macht«, sagte sie seufzend, nahm ihren Hut ab und legte ihn auf das nächste Aktenstück. »Ach, Onkel Collings, ich bin krank!«

Mr. Cathcart sah bestürzt auf.

»Ich bin ganz krank von Australien. Mir macht das Leben hier keine Freude mehr. Ich bin krank von der ganzen Stadt, von den Leuten, von der Umgebung, von allem! Ich fahre heim.«

»Heim?« rief Mr. Collings atemlos. »Aber meine gute, liebe Diana, Sie wollen doch nicht etwa nach England gehen?«

»Natürlich will ich nach England! Ich werde dort meinen Vetter Gordon Selsbury besuchen.«

Mr. Collings fuhr sich mit der Hand über die Stirn.

»Es ist natürlich ein älterer Herr?«

»Ich weiß es nicht.« Sie zuckte gleichgültig die Schultern.

»Aber er ist doch verheiratet?«

»Vermutlich. Er ist hübsch, und alle hübschen Leute sind verheiratet – die Anwesenden sind selbstverständlich ausgeschlossen.«

Mr. Collings war Junggeselle und konnte deshalb herzlich über den Spaß lachen. Mr. Cathcart aber als ein verheirateter Mann machte ein saures Gesicht.

»Sie haben sich wohl telegrafisch und brieflich angemeldet. Mr. Selsbury hat nichts gegen Ihren Besuch einzuwenden?«

»Nicht im geringsten – er wird entzückt sein, mich zu sehen.«

»Zwanzig Jahre alt«, sagte Mr. Cathcart kopfschüttelnd. »Vor dem Gesetz noch ein Kind. Ich glaube wirklich, wir müßten erst mehr über Mr. Selsbury und seine Verhältnisse erfahren, bevor wir gestatten könnten – wie, Collings?«

Mr. Collings schaute das junge Mädchen fast bittend an. Sie hatte niemals verwaister ausgesehen als in diesem Augenblick.

»Es wäre doch vielleicht besser –?« fragte er behutsam.

Diana lächelte, ihre Augen strahlten, und ihre kleinen weißen Zähne blitzten.

»Ich habe schon meine Kabine belegt, sie ist sehr hübsch. Es ist ein besonderer Baderaum und auch ein Wohnzimmer dabei. Die Wände sind ganz mit Brokatseide ausgeschlagen. Und es steht eine hübsche, niedliche Bettstelle aus Messing in der Mitte, so daß ich nach beiden Seiten herausfallen kann.«

Mr. Cathcart fühlte, daß jetzt der Augenblick gekommen sei, seine Autorität geltend zu machen.

»Ich kann Ihrem Plan nicht zustimmen«, sagte er ruhig.

»Warum denn nicht?« Sie sah ihn von oben her an und warf den Kopf in den Nacken.

»Ja, warum denn nicht?« fragte auch Mr. Collings.

»Weil Sie noch nicht volljährig sind, meine liebe, junge Dame, weil Sie nach den Gesetzen dieses Landes noch ein Kind sind, und weil Mr. Collings und ich die Vormundschaft über Sie führen. Ich bin alt genug, Ihr Vater sein zu können –«

»Oder auch mein Großvater! Aber kommt es denn darauf an? Neulich traf ich in dem Zug von Bendigo hierher einen Herrn von sechzig Jahren, der mich in den Arm zwicken und dauernd meine Hand in die seine nehmen wollte. Das Alter macht gar nichts aus, wenn nur das Herz jung ist.«

»Das stimmt«, bestätigte Mr. Collings, dessen Herz noch sehr jung war.

»Der langen Rede kurzer Sinn ist, daß Sie nicht abfahren dürfen«, sagte Mr. Cathcart entschieden. »Ich möchte nicht erst eine gerichtliche Entscheidung hierüber herbeiführen –«

»Einen Augenblick, Sie schlechter Freund der armen jungen Leute!« Diana nahm kurz entschlossen mehrere große Gesetzbücher und einen ganzen Stoß von Gerichtsakten vom Stuhl, legte ihn auf die Erde und setzte sich. »Meine Kenntnis des Gesetzes ist ja nur oberflächlich«, sagte sie ernst. »Ich habe mein Leben auf den Grassteppen von Kara-Kara zugebracht. Aber obwohl ich nur ein unwissendes Waisenkind bin . . .«

Mr. Collings seufzte.

». . . so ist mir doch bekannt, daß ein Anwalt erst einen Klienten haben muß, bevor er eine Gerichtsentscheidung beantragt. Denn kein Jurist, es sei denn einer, der vor Verliebtheit verrückt ist, stellt Anträge bei Gericht, ohne einen Klienten zu vertreten.«

Mr. William Cathcart zuckte die Schultern.

»Sie müssen sich Ihr Bett allein machen.«

»Der Gerichtshof kann mir mein Bett auch nicht machen!« antwortete sie.

Mr. Cathcart sah, wie sie auf ihn zukam und schnell seinen Federhalter nahm.

»Onkel Cathcart, ich hoffte so sehr, daß wir als gute Freunde scheiden würden! Jeden Abend, wenn ich vor meinem Bett zum Abendgebet niederknie, sage ich: ›Lieber Gott, bitte, gib doch Onkel Cathcart ein bißchen mehr Humor und mache ihn ein wenig liebenswürdiger.‹ Ich habe immer geglaubt, daß dieses Wunder eines Tages geschehen würde.«

Onkel Cathcart rückte auf seinem Stuhl unruhig hin und her.

»Gehen Sie Ihren eigenen Weg«, sagte er laut. »Ich kann keinen alten vernünftigen Kopf auf junge Schultern setzen. Wir werden ja noch länger leben, und dann werden wir ja sehen.«

»Man probiert den Pudding am besten, indem man ihn aufißt. Das haben Sie eben vergessen, Onkel Cathcart.«

*

Mr. Collings speiste mit Diana in einem Restaurant zu Mittag.

»Was ist eigentlich dieser Mr. Selsbury für ein Mann?«

»Ach, er ist wundervoll«, sagte sie träumerisch. »Er hat damals in dem Universitätsachter bei dem Rennen mitgerudert und gewonnen. Ich bin ganz verschossen in ihn!«

Mr. Collings sah sie entsetzt an.

»Ist er auch verschossen in Sie?« fragte er atemlos.

Diana lächelte. Sie hatte gerade ein kleines Spiegelchen aus der Handtasche gezogen und puderte sich ein wenig.

»Er wird sich schon in mich verlieben«, sagte sie sanft.

2

Mr. Gordon Selsbury war von Natur aus weder anomal noch exzentrisch. Aber er hielt sich doch für etwas höherstehend als andere Menschen, für einen Feingeist und für einen jener besonders begnadeten Sterblichen, die die Dinge von einer höheren Warte aus betrachten.

Er lebte in der City Londons, und sein Beruf stand in schreiendem Gegensatz zu seiner geistigen Einstellung, denn er war Generalvertreter einer der größten Versicherungsgesellschaften und lebte als solcher in äußerst guten pekuniären Verhältnissen.

Manchmal saß er vor seinem mit echt silbernen Gittern und Beschlägen geschmückten Kamin und dachte in philosophischer Ruhe über die Laune des Schicksals nach, das ihn zu einer so nüchternen geschäftlichen Tätigkeit verurteilte. Denn während andere Menschen nur stumpf vegetierten und triebhaft ihren Leidenschaften und Begierden frönten, lebte er in höheren geistigen Sphären.

Wenn er seinen Gedanken nachhängen konnte, fühlte er sich erhaben über die Welt und ihren verabscheuungswürdigen Kampf ums Dasein. Er war ein Mann, der durch seine geistige Begabung wie ein Fels über nebligen Niederungen in einsamer Höhe ragte, wo sich nur schneebedeckte Gipfel zum blauen Himmel emporreckten. Und doch – das schien ihm am erstaunlichsten – konnte er heruntersteigen in die Arena des Lebens, mit diesen Materialisten ringen, sie besiegen und ihren zusammengeballten *Fäusten unheimliche Summen dieses schmutzigen Geldes entreißen ...*

»Nein, Trenter, ich werde morgen nachmittag nicht zu Hause sein. Sagen Sie bitte Mr. Robert, daß er mich in meinem Büro sprechen kann. Danke schön.«

Der Butler verneigte sich respektvoll und ging zum Telefon zurück.

»Mr. Selsbury wird morgen nicht zu Hause sein, Sir.«

Bobby Selsbury war sehr ärgerlich.

»Sagen Sie ihm bitte, daß er mir fest versprochen hat, mit mir und meinem Freund eine Partie Bridge zu spielen. Rufen Sie ihn doch einmal ans Telefon.«

Gordon erhob sich etwas gelangweilt von seinem weichgepolsterten Stuhl, ließ sich aber vor seinem Angestellten nicht das geringste merken.

»Ja, ja, ich weiß«, sagte er müde, »aber mir fiel ein, daß ich mich schon anderweitig verabredet hatte. Du mußt eben sehen, daß du dir die Zeit sonst irgendwie vertreibst, mein Junge. – Was erzählst du mir da? Ach, das ist doch Unsinn! ... Also, ich kann dir wirklich nicht helfen, du mußt dich schon nach anderer Gesellschaft umsehen – ich habe morgen nachmittag unheimlich viel im Geschäft zu tun ... ich spreche am Telefon nicht gern über geschäftliche Angelegenheiten. Auf Wiedersehen! – Trenter!«

Der Butler wartete in devoter Haltung und schien gespannt auf die Anordnungen seines Herrn zu sein.

»Jawohl, Sir?«

Mr. Selsbury wandte langsam den Kopf, bis seine dunklen Augen auf dem Gesicht des Dieners ruhten.

»Heute morgen sah ich zufälligerweise, daß Sie das Zimmermädchen küßten. Sie sind doch ein verheirateter Mann und haben dadurch eine gewisse Verantwortung, über die Sie sich unter keinen Umständen hinwegsetzen dürfen. Eleanor ist womöglich leicht beeinflußbar, Mädchen in dem Alter sind schnell verliebt. Es ist absolut verwerflich, das Leben eines jungen Mädchens dadurch zu ruinieren, daß Sie eine Leidenschaft in ihr erwecken, die Sie weder erwidern können noch dürfen. Auch ich habe darunter zu leiden – heute morgen war mein Rasierwasser nicht rechtzeitig auf meinem Zimmer. Das darf nicht wieder vorkommen!«

»Nein, Sir«, sagte Trenter.

Derartige Neuigkeiten kommen gewöhnlich auf schnellstem Wege in das Dienstbotenzimmer. Selsburys Worte schienen beinahe seelische Fernwirkung zu haben.

Eleanor war ein hübsches, großes Mädchen mit blassem Gesicht, blitzenden Augen und schwarzen Augenbrauen. Sie stand eben vor dem Spiegel und benützte den Lippenstift. Plötzlich hielt sie in dieser Beschäftigung inne. Sie war sehr entrüstet.

»Weil er ein so eiskalter und hundeschnäuziger Antonius von Padua ist, glaubt er, daß wir keine menschlichen Gefühle haben. Der arme, kaltblütige Fisch! Ich werde es ihm bei Gelegenheit schon sagen, daß ich es nicht dulden kann, wenn er so über mich spricht und dadurch meinen guten Ruf verdirbt. Dieser Schnüffler, dieser Leisetreter, dieser Spion!«

»Wer ist denn der Antonius von Padua?« fragte Trenter.

»Das ist der Heilige, der von Frauen versucht wurde und die Prüfung siegreich bestand«, erwiderte Eleanor. Sie schien aber nicht abgeneigt zu sein, ihrerseits die Versucherin zu spielen.

»Wer hat Mr. Selsbury versucht?« fragte er aufgebracht.

»Niemand, wenn Sie etwa mich meinen sollten. Ich möchte nur einmal sehen, wenn er seinen Arm um mich legen wollte – daran würde er denken!«

»Soweit wird er sich niemals vergessen«, sagte Trenter.

Sie warf den Kopf in den Nacken.

»Ach, ich weiß nicht!« Eleanor sah die starke Köchin an. »Fragen Sie nur einmal hier.«

»Großer Gott, Köchin, er hat Sie doch nicht etwa –?« fragte Trenter entsetzt.

Zum Glück war Mrs. Magglesark langsam von Begriff.

»Ja, ich habe ihn auch gesehen«, sagte sie. Aber Eleanor unterbrach sie sofort wieder, weil sie diese Geschichte selbst erzählen wollte. »Ich und die Köchin saßen letzten Sonntag oben auf einem Autobus –«

»In Knightsbridge.« Die Köchin wollte auch etwas berichten.

»Wir sprachen gerade zusammen und lachten, als die Köchin sagte: ›Sieh mal, Nelly, da ist der gnädige Herr.‹«

»Nein, ich sagte: Sieh mal, der Kerl hat ganz die Visage von unserem Herrn«, verbesserte Mr. Magglesark.

»Und richtig, er war es«, fuhr Eleanor fort. »Denken Sie sich, er hatte ein Mädel, schlank, groß und ganz in Schwarz gekleidet, neben sich – und er streichelte ihre Hand!«

»Aber doch nicht auf der Straße?« fragte Trenter ungläubig.

»Nein, er saß mit ihr in einem Auto. Von dem Autobus aus konnten wir gerade in den Wagen hineinsehen.«

»War sie hübsch?« fragte Trenter.

Eleanor kräuselte die Lippen.

»Nun ja, ich könnte mir denken, daß es Leute gäbe, die sie hübsch fänden. Was meinst du, war sie hübsch?« wandte sie sich an die Köchin.

Mrs. Magglesark, die schon ziemlich bejahrt und infolgedessen etwas milde in ihrem Urteil geworden war, sagte, sie sei hübsch gewesen.

»Er hat ihre Hand gehalten und gestreichelt?« fragte Trenter nachdenklich. »Es war doch nicht etwa Mrs. van Oynne?«

»Wer ist denn das?«

»Oh, sie war schon zweimal zum Tee hier, sie ist eine Amerikanerin, ist immer sehr vornehm gekleidet und heißt Heloise mit Vornamen. Sie sieht sehr schön aus. Gewöhnlich geht sie in Schwarz und trägt einen Hut mit einem Paradiesvogel.«

»Ja, sie trug Paradiesvogelfedern auf dem Hut«, bestätigten die Köchin und Eleanor.

»Dann war sie es bestimmt. Aber da ist nichts dabei – das ist eine gebildete Dame, die viele Bücher liest. Als sie das letztemal hier war, unterhielten sie sich von der Seele des eigenen Ichs. Ich habe nicht viel von der Unterhaltung gehört, es war auch so hohes Zeug, daß ich es nicht verstanden habe.«

Auf Eleanor machte diese Mitteilung großen Eindruck.

»Das ist doch merkwürdig, Sie sind doch sonst so klug«, meinte sie.

*

Gordon Selsbury konnte über alles sprechen. In seinen Unterhaltungen und philosophischen Betrachtungen mit Heloise van Oynne zergliederte er alles auf dem Seziertisch seines Verstandes, von gemeinen Bohnensträuchern bis zur höchsten Metaphysik. Allerdings führte er gewöhnlich das Gespräch, aber sie hing wie verzückt an seinem Munde, und er glaubte, daß sie seinen schwierigen Gedankengängen folgte.

Gordon saß am Nachmittag mit ihr in einem Teesalon des Hotels Coburg. Es waren außer ihnen nicht viele Gäste da.

»Ich möchte Ihnen, schon seit ich Sie kennenlernte, etwas sagen, meine liebe Heloise.« Gordons wohltönende Stimme klang dunkel und geheimnisvoll. »Es ist kaum einen Monat her, es scheint mir fast unglaublich! Wir sind einander schon früher begegnet, in längst versunkenen Zeiten, vor Tausenden von Jahren, in dem Tempel der Atlantis, wo weißgekleidete, ernste Priester mit langen Bärten Zauberformeln beteten. Sie waren damals eine große Dame, aber ich war nur ein niedriger Gladiator. Daß die Kampfspiele des späteren Roms und selbst die Zirkusspiele unter den Kaisern viel älter sind und in ein graues Altertum hinaufreichen, dessen bin ich ganz sicher. Könnten denn nicht die Überreste der sterbenden Atlantis den Beginn der etruskischen Kultur bedeuten . . . ?«

Sie schaute ihn wie verzaubert an.

»Wie glänzend, daß Sie die Etrusker mit der mythischen Kultur von Atlantis in Verbindung bringen!« Aber ihre entzückten Blicke verrieten wenig von dem, was sie dachte.

»Das Schönste an unserer seelischen Freundschaft ist doch, daß sie nichts mit dieser brutalen, materiellen Welt zu tun hat«, sagte er.

»Wie meinen Sie das?«

Sie hatte sich vorgebeugt und erinnerte ihn durch die Bewegung einen Augenblick an Trenter – er war unangenehm berührt.

»Ich meine«, – er wischte mit seiner Hand einen Kuchenkrümel von seinem Knie –, »wir haben unsere Freundschaft niemals durch eine gewöhnliche Liebelei erniedrigt.«

»Oh!« Heloise van Oynne lehnte sich in ihren Stuhl zurück.

»Da haben Sie recht.« Es lag etwas unendlich Süßes und Wohltuendes in ihrer Stimme. Sie sprach so befriedigt, daß sie selbst jemand getäuscht hätte, der auf ihre seelische Wellenlänge eingestellt war.

»Die vollkommene innere Übereinstimmung, das Verständnis von Seele zu Seele überragt alle sinnlichen Eindrücke, auf so hoher Stufe sie auch stehen mögen.«

Sie sah ihn mit einem zärtlich lächelnden Blick an. Das tat sie immer, wenn sie nicht recht verstand, was Gordon zu ihr sagte, besonders wenn er in diesen hohen Regionen schwebte.

»Die Seele ist sicher das Vornehmste und Schönste, was es überhaupt gibt«, sagte sie in tiefen Gedanken. »Die meisten Menschen sind zu gefühllos, sie verstehen das nicht. Das ist nicht gut für uns, denn wer könnte unser Verhältnis zueinander verstehen, Gordon? Für gewöhnlich kann man sein Herz und sein Innerstes nicht offenbaren. Instinktiv schreckt man zurück, wenn man mit Leuten in Berührung kommt, die zu materiell sind.«

Sie seufzte tief auf, als ob sie schon viel Böses im Leben erfahren hätte und als ob ihre zarte Seele von dieser rauhen Außenwelt gekränkt und verletzt worden sei. Plötzlich schien sie an gewissen Anzeichen zu ahnen, daß er sein Innerstes erschloß und daß seine wunderbare Seele nun überströmen wollte. Sie hatte eine gewisse Angst davor; denn bei früheren Gelegenheiten war es dann schwer gewesen, ihn, der in den unermeßlichen Regionen höherer Welten weilte, mit zarten Händen wieder zur Wirklichkeit zurückzuführen.

»Gordon, Sie haben mir schon viel von Ihrer Kusine in Australien erzählt«, sagte sie deshalb schnell, um dem Gespräch eine mehr irdische Wendung zu geben. »Sie muß sicher sehr interessant sein. Sprechen Sie doch noch ein wenig von ihr – ich höre es so gern, wenn Sie mir von Ihren Verwandten erzählen. Ich bin Ihnen so zugetan, Gordon, daß alles, was irgendwie mit Ihnen in Zusammenhang steht, mich anzieht und fesselt.« Sie legte ihre behandschuhte Hand auf sein Knie.

Keine andere Frau hätte es wagen dürfen, das zu tun – er hätte sofort die Polizei gerufen. Aber Heloise . . . Er legte seine Hand freundlich auf die ihre.

»Ich weiß nichts Genaues über sie. Es ist mir nur bekannt, daß sie eine schreckliche Liebesaffäre mit einem gewissen Dempsi gehabt hat. Ich habe Ihnen das doch schon alles gesagt. Aber jetzt geht es ihr gut, wie ich annehme. Ich habe mich immer ein bißchen um sie gekümmert, habe ihr ab und zu Bücher geschickt und einige Briefe geschrieben, in denen ich ihr gute Ratschläge gab. Ich denke mir immer, daß der Rat eines Mannes von einem jungen Mädchen viel leichter befolgt wird als der einer Frau. Wann haben wir doch neulich über sie gesprochen? Ach ja, ich erinnere mich, als wir unsere tiefgründige Unterhaltung über die Seele des eigenen Ichs führten.«

»Hat sie eigentlich hellen oder dunklen Teint?« Mit dieser Frage verbarrikadierte Heloise schnell und schlau wieder den Weg in die Metaphysik.

»Das kann ich Ihnen leider nicht sagen. Kurz bevor meine Tante starb, bekam ich noch einen Brief von ihr. Darin sagte sie mir, daß Diana Dempsi vergessen habe, aber doch gern ein Foto von ihm gehabt hätte – der Mann ist nämlich auch gestorben. Ist Ihnen jemals zum Bewußtsein gekommen, Heloise, wie sonderbar die Beziehungen zwischen Tod und Leben sind?«

»Dieses arme Mädchen in Australien! Ich würde doch soviel darum geben, wenn ich sie einmal sehen könnte, Gordon.«

Er schüttelte den Kopf und lächelte liebenswürdig.

»Ich glaube kaum, daß Sie ihr jemals begegnen werden.«

3

Cheynel Gardens ist einer der wenigen Plätze, die kein Chauffeur ohne die Hilfe von Leuten finden kann, die dort in der Nähe wohnen. Die Chauffeure haben wohl davon gehört, können sich dunkel darauf besinnen, daß sie schon Fahrten dahin ausgeführt haben, aber wo es eigentlich liegt, ist ihnen unbekannt. Nur die Polizei und die Postboten wissen das.

Gordon bewohnte dort ein Eckhaus, zu dem auch ein Garten gehörte, nach dem wahrscheinlich die ganze Straße benannt worden war. Die Fenster vom großen Studierzimmer waren aus buntem Glas und hatten eine gewisse Ähnlichkeit mit Kirchenfenstern.

Dieser Raum nahm aber auch eine besondere Stellung im Hause ein. Niemand durfte ihn ohne die ausdrückliche Erlaubnis Gordons betreten. Die starke Eichenholztür war noch mit einer Stofftür gesichert, um den Schall zu dämpfen, so daß kein Geräusch Gordon stören konnte, wenn er den »Economist« und die »Versicherungsrevue« las. Morgens las er die »Times«, aber abends widmete er sich eingehenden soziologischen Studien. Wenn er davon genug hatte, griff er zu dem Buch »Zur Genealogie der Moral« – Nietzsche war einer seiner Lieblingsautoren.

Gordon stieg aus dem Auto, mit dem er nach Hause gefahren war, und gab dem Chauffeur ein Trinkgeld von zehn Prozent, das er zwar aufs genaueste ausgerechnet hatte, wobei er sich aber doch ein klein wenig zu seinen Gunsten irrte. Langsam stieg er die Treppe zur Haustür hinauf und öffnete sie. Es war ein Teil des täglichen feierlichen Rituals. Trenter nahm seinen Hut, seinen Spazierstock, seine Handschuhe, und Gordon fragte wie gewöhnlich:

»Sind Briefe gekommen?«

Wenn Trenter »Nein« gesagt hätte, so wäre das eine unverzeihliche Unterbrechung der Zeremonie gewesen.

»Jawohl, Sir«, antwortete er wie stets. »Und –« er räusperte sich.

Er konnte sich eine weitere Erklärung schenken, denn Gordon starrte schon auf vier große Koffer, die fast die ganze Diele einnahmen. Auf dreien las er die Aufschrift »Wird während der Reise nicht gebraucht«, auf dem vierten war ein Schild aufgeklebt: »Kabinengepäck«.

»Was soll denn das bedeuten?« fragte Gordon atemlos.

»Die junge Dame ist heute nachmittag angekommen, Sir!« Trenter verging fast vor Aufregung.

»Die junge Dame ist heute nachmittag angekommen – welche junge Dame?«

»Miss Ford, Sir.«

Gordon runzelte die Stirn. Er hatte diesen Namen in irgendeinem Zusammenhang schon gehört. Ford – Ford – das klang doch so bekannt!

»Miss Diana Ford aus Australien!«

Seine Kusine! Mr. Selsbury nickte gnädig. Die Selsburys waren höfliche Menschen, und das Gefühl für Gastfreundschaft war noch nicht ganz in ihm erstickt.

»Sagen Sie bitte Miss Ford, daß ich nach Hause gekommen bin und daß ich mich freuen würde, sie in meinem Studierzimmer zu empfangen.«

Trenters Gesicht zuckte nervös.

»Dort ist sie bereits! Ich sagte ihr sofort, daß niemand hineingehen dürfe, wenn Sie nicht zu Hause seien.«

Gordon war verstimmt. Einem Gastgeber ist es stets unangenehm, wenn seine Gastfreundschaft schon vorweggenommen und nicht als ein Geschenk empfunden, sondern als ein Recht beansprucht wird.

»So?« sagte er, aber lächelnd. »Nun, Miss Ford kommt aus Australien, und man kann nicht erwarten, daß sie unsere Gewohnheiten kennt. Ich werde zu ihr gehen.«

Er klopfte an die Tür, und er hörte, wie eine Stimme »Herein« sagte.

»Ich freue mich, dich zu sehen, meine liebe Kusine Diana.« Er sah sich im Zimmer nach ihr um, konnte sie aber nicht entdecken, bis aus seinem eigenen Sessel, in dem er stets am Kamin saß, eine weiße Hand erschien.

»Komm doch näher, Gordon!«

Sie sprang auf und sah ihn an. Sie hatte ihre Schuhe ausgezogen und es sich bequem gemacht. In ihren Seidenstrümpfen sah sie noch kleiner aus als sonst. Er hielt sie für schön, etwa in dem Sinne, wie er ein nettes Kätzchen für hübsch gehalten hätte. Die ganze Sache kam ihm amüsant vor.

»Nun, mein junges Fräulein«, sagte er väterlich und wohlwollend, »hier sind wir also angekommen? Ich hatte niemals erwartet, dich in London zu sehen. Hattest du eine gute Fahrt?«

»Bist du verheiratet?« fragte sie gespannt.

»Nein, ich bin ein überzeugter alter Junggeselle.«

»Ah!« Sie seufzte erleichtert auf. »Ich war während der ganzen Reise besorgt, daß das der Fall sein könne – du hast mir noch gar keinen Kuß gegeben.«

Gordon war so wenig auf den Gedanken gekommen, sie zu küssen, als es ihm eingefallen wäre, ihr mit dem Buch auf den Kopf zu klopfen, das er in der Hand hielt. Aber die Selsburys waren von Hause aus sehr höflich, und so neigte er sich und berührte sie flüchtig mit den Lippen.

»Setz dich bitte – ich werde Tee für dich bestellen. Es tut mir so leid, daß du auf mich warten mußtest. Wo wohnst du denn?«

Sie blitzte ihn mit ihren Augen an.

»Hier«, erwiderte sie einfach.

Er verstand sie nicht.

»Ich meine, in welchem Hotel bist du abgestiegen – wo wirst du die Nacht schlafen?«

»Aber das ist doch ganz einfach – hier!« sagte Diana lachend.

In kritischen Augenblicken verlor Gordon nie den Kopf.

»Du willst damit wohl sagen, daß du kurze Zeit bei mir wohnen willst? Ich würde mich auch sehr freuen, aber leider kann ich dich hier nicht beherbergen, denn ich bin doch ein Junggeselle, und es ist keine Frau im Hause mit Ausnahme der weiblichen Dienstboten.«

Er sprach sehr liebenswürdig zu ihr; seine Gründe waren durchaus logisch, und seine Haltung ihr gegenüber war in jeder Beziehung korrekt.

»Du brauchst eine Frau hier – es war höchste Zeit, daß ich kam«, sagte sie ebenso unbeirrt wie Gordon.

Er unterdrückte einen Seufzer. Die Lage war allerdings recht unangenehm. Andere Männer hätten den Kopf oder ihre Geduld verloren und hätten geschimpft.

»Ich werde mich natürlich freuen, wenn du einige Tage hierbleiben willst«, sagte er dann lächelnd. »Telefoniere bitte mit deiner Gesellschafterin und ersuche sie, ihr Gepäck auch herzubringen –«

Diana zog ungeniert ihre Schuhe wieder an.

»Ich habe eben deine Ruder bewundert. Du hast dich doch damals in Cambridge an dem großen Rennen beteiligt und gewonnen – das finde ich großartig!«

»Ja – hm – ja.« Gordon war eigentlich nicht sehr stolz auf seine früheren sportlichen Heldentaten. »Oder soll ich vielleicht telefonieren?«

»Mit wem?« fragte sie unschuldig.

»Mit deiner Gesellschafterin ... die Dame, die mit dir reiste ...«

»Ach, sei doch nicht so sonderbar! Ich bin doch ganz allein gereist, so allein, wie man nur unter hundertfünfzig Salonpassagieren reisen kann, die sich mit allen möglichen Deckspielen die Zeit vertreiben. Eine gebildete Dame hat ja eigentlich keine gemeinsamen Interessen mit Leuten, die sich an Scheibenwerfen und anderen primitiven Dingen begeistern.«

In Gordons Nähe stand ein Stuhl, und er setzte sich. Männer seiner Art bleiben fast immer Herr der Situation, so unangenehm sie auch sein mag. Die Wucht ihrer Persönlichkeit und ihr großes Wissen verleihen ihnen ein solches Übergewicht, daß sie alle Hindernisse aus dem Weg räumen, so schwerwiegend sie auch sein mögen.

»Ich spreche jetzt als Vater, als Onkel und als vernünftiger, kluger Vetter zu dir.« Er sah auch wirklich liebenswürdig und väterlich aus. »Du bist ein junges Mädchen, und irgend jemand muß dir einmal sagen, daß du unmöglich allein als Gast in dem Haus eines Junggesellen bleiben kannst.«

Sie hatte die Hände auf den Rücken gelegt und stand unbeweglich vor ihm.

»Dann muß ich dir erwidern, Gordon, daß das nicht nur möglich ist, sondern daß ich die feste Absicht habe, hier zu wohnen. Ich kann doch nicht dafür verantwortlich gemacht werden, daß du ein Junggeselle bist. Von Rechts wegen müßtest du eben verheiratet sein!«

»Diana«, sagte er ernst, »du machst mir Sorge. Es ist ganz ausgeschlossen, daß du hier wohnen kannst. Mein liebes Kind, ich muß doch auf deinen guten Ruf Rücksicht nehmen. Vielleicht wirst du nach Jahren einmal einsehen, wie unschicklich dein Vorschlag war. Ich werde jetzt mit dem Laridge-Hotel telefonieren und dort ein schönes Zimmer reservieren lassen.«

Er erhob sich halb, aber sie legte ihre Hände auf seine Schultern und drückte ihn wieder auf seinen Sitz zurück. Er war erstaunt, wie stark sie war.

»Wir wollen nicht miteinander streiten. Es gibt nur einen Weg, mich hier aus dem Hause zu bringen – wenn du mich durch einen Polizisten hinauswerfen läßt. Aber ein einzelner Polizist würde nicht viel gegen mich ausrichten. Ich habe einen Revolver in meiner Handtasche ... und wenn man mich angreift, zögere ich nicht, sofort zu schießen.«

Er sah sie erschrocken an, aber sie erwiderte seinen Blick ruhig und sicher. Sie hatte sich nun einmal in den Kopf gesetzt, hier zu wohnen, und als er es überlegte, erkannte er, daß sie einen von Nietzsches Grundsätzen in die Wirklichkeit umsetzte. Dieser Philosoph sprach allerdings nur von Herrenmenschen.

4

Als Diana an einem der nächsten Tage ihre Einkäufe besorgt hatte und nach Hause kam, fand sie im Wohnzimmer eine etwas magere Dame mittleren Alters vor, die es sich auf dem Sofa bequem gemacht hatte. Sie begrüßte Diana mit einem gleichgültigen Lächeln. Diana hatte den Eindruck, als ob eine Romanfigur früherer Zeit lebendig geworden wäre. Die Fremde trug keinen Hut und strickte an einer feuerroten Wolljacke. Die Nadeln klapperten emsig in ihren Händen und schienen ganz von selbst zu arbeiten.

»Guten Tag – Sie sind sicher Miss Ford. Ich bin Miss Staffle – ich hoffe, daß wir gute Freunde werden!«

»Das hoffe ich auch!« erwiderte Diana. »Und wir werden noch bessere Freunde werden, wenn ich erst alles verstehe. Sind Sie hier zu Gast?«

Hurtig und flink schlugen die Stricknadeln aneinander.

Diana sah erstaunt zu – sie hatte noch niemals in ihrem Leben eine Wolljacke oder Strümpfe gestrickt.

»Nun ja, Mr. Selsbury dachte, daß Sie sich zu einsam fühlten. Es paßt ja für uns Mädchen nicht, daß wir allein sind, dann brüten wir zuviel.«

»Da haben Sie recht – ich brüte in diesem Augenblick auch über etwas nach.« Diana konnte sehr bestimmt auftreten. »Ist es richtig, daß Sie gewissermaßen als meine Anstandsdame engagiert sind?«

»Als Ihre Gesellschafterin«, erwiderte Miss Staffle leise.

»Nun, dann liegt der Fall ja sehr einfach.« Diana öffnete ihre Handtasche und nahm ein Scheckbuch heraus. »Wie hoch ist Ihr Gehalt?«

Miss Staffle nannte den Betrag.

»Hier haben Sie Ihr Gehalt für zwei Monate. Es war nicht meine Absicht, eine Gesellschafterin zu engagieren.« Sie klingelte, und die Stricknadeln hörten ganz plötzlich auf zu klappern.

»Eleanor, Miss Staffle verläßt das Haus vor dem Tee. Wollen Sie bitte dafür sorgen, daß das Gepäck heruntergebracht wird. Trenter soll ein hübsches Auto besorgen.«

»Aber, meine Liebe«, – Miss Staffles Stimme klang erregt und etwas scharf –, »Mr. Selsbury hat mich engagiert, und ich fürchte ...«

»Mr. Selsbury braucht keine Gesellschaftsdame. Und nun, mein Engel, wollen Sie Spektakel machen oder wollen Sie als ein süßer, zarter Cherub von hier entschweben?«

Gordon kam nach Hause und war auf eine stürmische Szene vorbereitet. Er hatte sich aber fest vorgenommen, diesmal hart zu bleiben wie ein Felsen, mochte sie nun leidenschaftlich schelten oder ihn durch Tränen zu erweichen versuchen. Als er eintrat, ließ Diana gerade eine neue Platte auf einem ebenfalls neuen Grammophon spielen und tanzte vergnügt nach den Takten des neuen Schlagers: »Niemand darf mich Liebling nennen!«

Er konnte Grammophone im allgemeinen nicht leiden, aber im Augenblick gab es wichtigere Dinge zu besprechen.

Von der trefflichen Miss Staffle war nichts zu sehen.

»War jemand hier?« fragte er leichthin.

»Niemand, mit Ausnahme einer etwas verrückten alten Jungfer, die leider glaubte, daß ich eine Gesellschafterin brauche.«

Gordons Mut sank.

»Wo ist sie denn?«

»Ich habe mir nicht die Mühe gegeben, ihre Adresse zu notieren. Warum fragst du denn eigentlich? War die Gouvernante etwa für dich bestimmt?«

»Du hast sie wieder fortgeschickt?« Diana nickte.

»Ja, ihr Fleiß war ganz entsetzlich.« Plötzlich kam ihr ein Gedanke. »Sie hat die rote Strickweste doch nicht für dich gearbeitet?«

»Was, du hast eine – hm, eine Frau, die ich engagierte, fortgeschickt?« fragte er streng. »Wirklich, Diana, das geht etwas zu weit!«

Diana wechselte sofort das Thema der Unterhaltung.

»In zehn Minuten wird der Tee serviert sein. Mein lieber Gordon, deine Schuhe sind so schmutzig, geh schnell nach oben und zieh andere an.«

Der Widerspruchsgeist in ihm regte sich, sein Gesicht war rot vor Ärger.

»Ich werde nichts Derartiges tun!« sagte er scharf. »Ich will mich nicht in meinem eigenen Hause kommandieren lassen! Diana, die unerträgliche Situation muß jetzt ein Ende haben.« Er schlug mit der Hand schwer auf die Stuhllehne. »Einer von uns beiden verläßt heute abend das Haus. Ich habe genug! Die Dienstboten sprechen schon darüber. Ich sah, wie Trenter lächelte, als du heute morgen im Negligé zum Frühstück herunterkamst. Ich habe eine Stellung, einen guten Ruf und einen Namen in der City. Ich muß meine Interessen gegen die Gedankenlosigkeit selbstsüchtiger, rücksichtsloser Backfische wahren!«

»Aber wie kannst du mir einen solchen Namen geben?« fragte sie vorwurfsvoll.

»Ich gestatte unter keinen Umständen, daß eine so ernste Situation sich in einen Scherz oder Witz auflöst. Und ich sage noch einmal: Einer von uns beiden verläßt Cheynel Gardens.«

Sie dachte einen Augenblick nach, dann ging sie aus dem Zimmer. Gordon hörte, wie sie in der Diele telefonierte, und lächelte. Er hatte gesiegt. Man mußte nur fest auftreten und sich nicht einschüchtern lassen. Mehr war nicht notwendig –

»Ist dort die Redaktion des ›Morning Telegram‹? Hier ist Miss Diana Ford. Senden Sie doch bitte einen Reporter nach Cheynel Gardens Nr. 61.«

In zwei Sekunden war Gordon neben ihr in der Diele und hielt die Sprechmuschel zu. »Was machst du da?« fragte er erregt.

Sie zuckte die Schultern.

»Ein Leben ohne dich ist einfach unerträglich, Gordon«, sagte sie, scheinbar ganz gebrochen. »Wenn du mich aus der Wohnung weist, muß ich ins Wasser gehen.«

»Du bist verrückt!« stöhnte er.

»Der Leichenbeschauer wird vielleicht auch eine solche Ansicht äußern, wie ich hoffe – unterbrich mich nicht, Gordon. Die Leute der Redaktion wollen mich sprechen.«

Nur mit der größten Anstrengung gelang es ihm, sie von dem Apparat zu entfernen. Mit Gewalt nahm er ihr den Hörer aus der Hand.

»Machen Sie sich keine Mühe, jemand zu schicken . . . die Dame befindet sich sehr wohl. Sie ist am Leben – ich meine, es ist kein Selbstmord zu fürchten . . .«

Außer Atem ging er in sein Studierzimmer zurück.

»Dein Benehmen ist wirklich schändlich, direkt schamlos! Jetzt verstehe ich auch, warum dieser niederträchtige Dempsi vor dir Reißaus genommen hat und lieber draußen in der Wildnis sterben als länger bei einem so schrecklichen Zankteufel sein wollte!«

Gordon war an der Grenze seiner Geduld angekommen. Er war wild und grausam und wußte schon, bevor er zu Ende gesprochen hatte, daß sein Betragen unverzeihlich war.

»Es tut mir leid«, sagte er leise.

Ihre Gesichtszüge waren verschlossen, ihr Blick undurchdringlich. Er konnte ihre Gedanken nicht erraten.

»Es tut mir unendlich leid, das hätte ich nicht sagen dürfen – bitte verzeih mir.«

Sie sprach noch nicht. Sie sah fast tragisch aus, wie sie hochaufgerichtet vor ihm stand.

Gordon schlich sich leise aus dem Zimmer. Dann sprach sie ihre Gedanken laut aus.

»Es ist doch einfach Unsinn, daß das Telefon nicht hier im Zimmer ist. Ich werde noch heute abend an das Postamt schreiben, daß das geändert wird.«

Das Abendessen verlief sehr schweigsam. Später ging Gordon aus.

»Ich habe mich mit einem Freund heute abend zum Theater verabredet«, sagte er.

»Ich habe auch seit Jahren kein Schauspiel mehr gesehen«, seufzte sie.

»Aber das wird dich nicht interessieren – es ist ein russisches Stück, das soziale Probleme behandelt.«

Sie seufzte aufs neue.

»Aber ich liebe doch das russische Theater so sehr! Die Haupthelden sterben so schön auf der Bühne, und man kann der Handlung so gut folgen. In einer Oper oder Operette weiß man nie genau, wen die Leute eigentlich darstellen, besonders wenn man den Text nicht genau versteht.«

»Dies ist aber kein Stück für junge Damen«, erwiderte er.

Aber sie ließ sich nicht überzeugen.

»Wenn du mich mitnehmen willst, ich bin in fünf Minuten umgezogen. Ich weiß sowieso nicht, was ich heute abend anfangen soll.«

»Du kannst dir doch überlegen, was es morgen zum Frühstück geben soll«, sagte er ärgerlich.

Als sie nun allein war, teilte sich ihre Aufmerksamkeit zwischen dem Grammophon und ihren Grübeleien. Sie mußte zuweilen an Dempsi denken, aber der Gedanke war ihr etwas unbehaglich. Nicht, daß sie diesen etwas merkwürdigen Menschen, den Sohn Michael Dempsis und Marie Stezzagannis, geliebt hätte. Dempsi brach in ihr Leben ein wie ein Erdbeben über das Haus eines kalifornischen Farmers. Er hatte alle ihre Lebensanschauungen umgestoßen und sie furchtbar erschüttert. Aber jetzt erinnerte sie sich nur noch schwach an seine schmächtige, sehnige Gestalt und an seine vielen Reden. Er hatte sich ihr damals zu Füßen geworfen, hatte gedroht, sie zu erschießen, dann hatte er wieder erklärt, daß er sie anbete und ihretwegen seine geistliche Laufbahn aufgeben wolle. An einem heißen Februarmorgen – sie besann sich noch darauf, wie reich die Rosen in dem Garten blühten – hatte er sein ganzes Vermögen vor sie hingeschleudert und einen tränenreichen Abschied von ihr genommen.

Dann war er in die Wildnis gelaufen, um niemals wieder zurückzukommen.

Tatsächlich war die nächste Wildnis etwa hundert Meilen entfernt, aber er hatte gesagt, daß er in die Wildnis gehen und seinem Leben ein Ende machen wolle, das schon über die Grenzen menschlichen Duldens hinaus durch Kummer und Qualen bedrückt sei. Er wolle dort vergessen und Erlösung von seinen Leiden finden. Wahrscheinlich hatte er auch sein Versprechen erfüllt, soweit es sich um den Weg in die Wildnis handelte. Diana beklagte oder betrauerte ihn nicht. Sie war nur neugierig, unter welchen Umständen er wieder erscheinen und die achttausend Pfund von ihr zurückfordern würde, die er ihr damals wohlverpackt und zusammengeschnürt in einer so großartigen dramatischen Szene vor die Füße geworfen hatte. Er hatte allerdings in der Aufregung sein Ziel verfehlt. Das Bündel Banknoten war in weitem Bogen über ihre Füße hinweggeflogen und hatte die Katze getroffen, die gerade Junge hatte und auf Dempsi losstürzte. So wurde seine wilde Flucht noch beschleunigt.

Als die Jahre vergingen, wurde ihr der Besitz des Geldes immer unangenehmer, und sie machte einen schwachen Versuch, seine Verwandten zu entdecken, obwohl sie wußte, daß er nicht einmal einen Vetter hatte. Aber dann geriet das Andenken an Dempsi allmählich in Vergessenheit. Ein romantischer Farmer machte ihr den Hof. Dieses Abenteuer endete jedoch etwas plötzlich, als die sehr unromantische Frau dieses Mannes in einem Auto auf der Bildfläche erschien und ihn wieder mit sich fortnahm.

Diana dachte an diesem Abend auch nur fünf Minuten an Dempsi, dann probierte sie einen neuen Walzerschritt aus, den man eventuell auch nach Jazzmelodien tanzen konnte.

»Ich verstehe nur nicht«, sagte Trenter, »daß unser gnädiger Herr so etwas erlaubt. Es schickt sich doch nicht, daß eine junge Dame im Hause eines Junggesellen wohnt. Das erinnert mich an einen Fall, den der alte Superbus erzählt hat. Er ist ein Gerichtsvollzieher und sieht immer nur die Schattenseiten des Lebens.«

»Ich würde mich schämen, einen Gerichtsvollzieher zum Freund zu haben, selbst wenn man mir eine Million dafür bezahlte«, erwiderte Eleanor, die in dürftigsten und ärmlichsten Verhältnissen groß geworden war. »Eher würde ich mir noch einen Bettler zum Freunde nehmen. Und sorgen Sie sich nur nicht um unsere Miss Diana, Arthur, es ist sehr gut, daß sie da ist. Besonders ich bin sehr froh darüber. Denken Sie denn nicht an mich? Habe ich denn nicht auch eine Moral? Haben die Köchin und ich nicht seit Jahren in demselben Haus mit einem Junggesellen gelebt?«

»Mit euch ist das doch etwas ganz anderes Das Haus ist lange nicht mehr das, was es war«, klagte er.

Aber seine Trauer hatte einen tieferen Grund, den die beiden nicht kannten. So methodisch Gordon sonst auch war, so zählte er doch niemals seine Zigarren. Diana aber hatte ein gutes Schätzungsvermögen und paßte auf alles auf. Eines Tages fragte sie Trenter so nebenbei, ob Mäuse im Hause seien, und als er das bejahte, meinte sie, es sei doch sonderbar, daß Mäuse Havannazigarren auffräßen.

»Es wird noch ein großer Umschwung kommen, ein schrecklicher Wechsel, das fühle ich schon«, sagte er. »Ich weiß es ganz bestimmt. Ich habe immer das zweite Gesicht gehabt, schon als ich noch ein Junge war.«

»Dann sollten Sie eine Brille tragen«, erwiderte Eleanor.

5

An einem Spätsommernachmittag schaute Heloise van Oynne über den dunklen Fluß und schien in den Anblick eines farbenfreudig gestrichenen Hausbootes versunken zu sein, das am Ufer befestigt war.

»Erzählen Sie mir doch noch etwas mehr von Diana, sie muß wirklich faszinierend sein«, sagte sie plötzlich.

Gordon wurde unruhig. Er hatte schon viel mehr über Diana erzählt, als er eigentlich wollte und ihm lieb war.

»Nun ... Sie wissen doch schon alles über sie, ich hoffe, daß Sie sie kennenlernen werden ... eines Tages.«

Die kleine Pause, die er vor den letzten Worten machte, hatte für eine sensitive Frau eine ganz besondere Bedeutung, und Heloise war sehr hellhörig, denn das gehörte zur Durchführung ihrer Absichten. Heute schien sie wieder unglaublich ätherisch zu sein.

Sie war schön, schlank – Diana hätte sie wahrscheinlich mager genannt – und geistreich.

In ihren tiefen schwarzen Augen verbargen sich Geheimnisse und unergründliche Rätsel. Manchmal fürchtete er sich fast vor ihr.

Gordon Selsbury war nicht verliebt. Er gehörte nicht zu den Leuten, die leicht ihr Herz verloren. Aber es schmeichelte ihm, daß er ein Geheimnis hatte. Früher hatte einmal jemand von ihm gesagt, daß er etwas Sphinxhaftes an sich habe.

Wenn Diana älter und vor allem nicht seine Kusine gewesen wäre, wenn sie sich nicht in dieser meisterlichen Art ganz gegen jedes Herkommen und gegen jede Sitte in seinem Hause festgesetzt hätte und nicht so verteufelt sarkastisch und selbstbewußt gewesen wäre – dann hätte er ihr gegenüber wahrscheinlich so etwas wie Zuneigung, vielleicht auch Liebe, gefühlt.

Er dachte an Diana und schaute auf seine Armbanduhr. Er hatte versprochen, zum Abendessen zu Hause zu sein. Heloise hatte die kurze Bewegung gesehen und innerlich gelächelt.

»War eigentlich die erste Liebesaffäre Dianas sehr ernster Natur?«

Gordon hustete.

Heloise konnte ihn in letzter Zeit überhaupt nicht mehr sehen, ohne dauernd über Dianas frühere Liebe zu sprechen. Das war doch ein merkwürdig weiblicher Zug, den er nicht bei ihr vermutet hatte. Er wurde einer Antwort enthoben, denn sie stellte plötzlich eine andere Frage an ihn.

»Wer ist dieser Mann, Gordon?«

Eine merkwürdige Gestalt war schon zweimal an der Hotelterrasse vorübergerudert, wo sie beim Nachmittagstee saßen, und zweimal hatte der dicke Mann mit dem roten Gesicht zu ihnen heraufgeschaut.

»Ich weiß es wirklich nicht – sollen wir nicht besser gehen?«

Sie machte keinen Versuch, sich zu erheben.

»Wann werde ich Sie wiedersehen, Gordon? Das Leben ist so leer und öde ohne Sie. Hat denn Diana ein Monopol auf Sie? Die Leute würden uns beide nicht verstehen. Ich liebe Sie nicht, und Sie lieben mich nicht; wenn Sie dächten, daß ich Sie etwa liebte, würden Sie mich nicht wiedersehen wollen.« Sie lachte ruhig vor sich hin. »Es ist nur Ihre Seele und Ihr Geist« – sie sprach sehr leise – »nur das vollkommene Verstehen, das uns eint. Liebe oder Ehe bringen das nicht zustande.«

»Es ist wundervoll«, sagte er und nickte. »Nein, die böse Welt würde uns nie verstehen.«

»Ich sehne mich so sehr nach dem einen Tag.« Sie schaute zu dem Fluß hinüber. »Aber ich wage nicht zu hoffen, daß er jemals kommen wird, dieser Tag meiner Träume.«

Auch Gordon Selsbury glaubte nicht daran und hatte schon den ganzen Nachmittag darüber nachgedacht, wie er ihr seine Zweifel sagen könne.

»Ich habe mir den Plan unserer Reise nach Ostende genau überlegt, Heloise. Es würde natürlich etwas Wunderbares sein, wenn wir einander den ganzen Tag sehen könnten und miteinander, wenn auch nicht unter demselben Dach, so doch in derselben Umgebung, leben könnten. Die ungestörte Verbindung unserer Seelen – das ist ein zu glücklicher Gedanke. Aber glauben Sie, daß es klug ist, nach Ostende zu gehen? Ich spreche natürlich von Ihrem Standpunkt aus, denn Skandal und Klatsch berühren einen Mann kaum.«

Sie wandte ihm ihre sehnsüchtig strahlenden Augen zu.

»Was könnten uns die Leute anhaben? Was wollen sie denn von uns sagen? Lassen Sie sie doch klatschen!« sagte sie verächtlich. Er schüttelte den Kopf.

»Ihr Ruf ist mir heilig«, erwiderte er bewegt. »Er ist mir teuer und kostbar und darf nicht irgendwie in den Schmutz getreten werden. Die Saison in Ostende ist zwar vorüber, die meisten Hotels sind geschlossen, und viele Kurgäste sind abgefahren, aber trotzdem besteht die Möglichkeit – allerdings nur die Möglichkeit, daß wir einen Bekannten treffen, der womöglich gleich das Schlimmste über unsere unschuldige Seelenfreundschaft dächte. Es ist außerordentlich gefährlich.«

Sie lachte hart, als er sich erhob.

»Ich sehe, daß Sie sich doch innerlich noch nicht befreien können, Gordon. Es war ein verrückter Gedanke, wir wollen nicht mehr darüber sprechen. Es tut mir weh.« Er zahlte schweigend, und schweigend folgte er ihr zu seinem Auto. Er war etwas gekränkt. Niemand hatte ihm bis jetzt gesagt, daß er innerlich gebunden sei.

»Wir werden nach Ostende fahren. Ich werde Sie treffen, wie wir es schon seit langem verabredet haben«, sagte er, als sie halbwegs zum Richmond-Park gefahren waren.

Sie antwortete ihm nicht, aber sie drückte seinen Arm innig.

Sie saßen schweigend nebeneinander und träumten.

»Es liegt etwas Unendliches in unserer Freundschaft. Ach, Gordon, es ist doch zu wundervoll . . .«

Diana las ein Magazin im Studierzimmer, als Gordon eintrat. Sie ließ das Heft sofort sinken und sprang von ihrem Stuhl auf. Wenn sie las, saß sie an seinem Schreibtisch, der sich gewöhnlich bei seiner Rückkehr abends in einem chaotischen Zustand befand, obwohl er ihn morgens nett und ordentlich zurückgelassen hatte.

»Das Essen ist schon lange fertig«, sagte sie kurz. »Du kommst verteufelt spät, mein lieber Gord.«

Mr. Selsbury fühlte sich bedrückt.

»Ich wünschte, du würdest mich nicht Gord nennen, Diana«, sagte er vorwurfsvoll. »Es klingt – es klingt fast wie Hohn.«

»Aber es paßt doch so gut zu dir. Du weißt gar nicht, wie dir dieser Name steht.«

Gordon zuckte die Schultern.

»Jedenfalls nimmt eine Dame nicht das Wort ›verteufelt‹ in den Mund.«

»Wo bist du eigentlich gewesen?« fragte sie mit herausfordernder Offenheit, die ihr besonders eigen war.

»Ich bin aufgehalten worden –«

»Aber doch nicht in deinem Büro«, erwiderte Diana prompt, als sie sich zu Tisch setzten. »Seit dem Mittagessen bist du nicht dort gewesen.« Mr. Selsbury sah verzweifelt zur Decke.

»Ich bin in einer reinen Privatsache aufgehalten worden«, sagte er steif.

»Aha!« Diana schien von seinen Worten in keiner Weise beeindruckt zu sein. Sie hatte, wie sie selbst sagte, das Alter längst hinter sich, in dem man sich durch andere Leute imponieren läßt.

Gordon hatte sich eingestanden, daß sie sehr hübsch sei: In gewisser Weise war sie sogar eine Schönheit. Sie hatte tiefe, graublaue Augen und eine seidenweiche Haut. Auch gab er zu, daß ihre Figur sehr anmutig und graziös war. Wenn sie älter oder jünger gewesen wäre – wenn sie keinen Bubikopf trüge, wenn sie ein wenig mehr Respekt vor wahrer Bildung und Kenntnissen hätte, wenn sie die Gedankenarbeit mehr schätzte und wenn sie weniger selbstsicher wäre!

Er trat nachdenklich ans Fenster und schaute in die Dunkelheit. Diana war für ihn ein ungelöstes Problem.

Der Butler erschien in diesem Augenblick im Zimmer.

»Trenter!«

»Jawohl, Sir?«

»Sehen Sie den Herrn dort auf der anderen Seite der Straße – den Mann mit dem roten Gesicht?«

Es war wieder der Fremde, der am Nachmittag an ihnen vorbeigefahren war. Gordon hatte ihn sofort wiedererkannt.

»Ich habe ihn heute schon einmal gesehen – es ist ein merkwürdiges Zusammentreffen.«

»Das ist Mr. Julius Superbus.«

Gordon schaute Trenter erstaunt an.

»Julius Superbus – was zum Teufel wollen Sie denn damit sagen?«

»Welch eine Sprache in Gegenwart einer Dame«, tönte eine Stimme aus dem Hintergrund. Das sah Diana wieder ganz ähnlich.

»Was meinen Sie denn – das ist doch ein lateinischer Name.«

Trenter lächelte verschmitzt.

»Jawohl, Sir, Mr. Superbus ist ein Römer, der letzte Römer in England. Er stammt aus dem Ort Caesaromagnus, das ist ein kleines Dorf bei Cambridge. Ich bin dort in der Nähe in Stellung gewesen, daher weiß ich das.«

Gordon runzelte die Stirn.

Welch ein merkwürdiger Zufall führte ihm diesen seltsamen Menschen zweimal am Tage in den Weg – einmal in Hampton, wo er mit größter Anstrengung in einem Boot an ihm vorbeiruderte, und dann in Cheynel Gardens, wo er scheinbar in den Anblick eines Laternenpfahls versunken war?

»Was ist er denn – ich meine von Beruf?«

»Detektiv, Sir«, sagte Trenter.

Gordon wurde plötzlich blaß.

6

Meistens vergaß Gordon, daß vor dem Namen der angebeteten Heloise van Oynne das kleine Wörtchen Mrs. stand. Er war zu diskret veranlagt, um auch nur auf indirekte Weise festzustellen, wie ihre Ehe beschaffen war. Er stellte sich Mr. van Oynne als einen großen, phantasielosen und brutalen Geschäftsmann ohne Seele vor, und er ahnte den Kampf zwischen dieser feinsinnigen Frau und diesem materiellen, rücksichtslosen Mann: Ärger und verhaltene Wut oder vollständige Interessenlosigkeit auf seiner Seite, resigniertes Leiden und stete Unruhe auf ihrer Seite, bis sie der anderen Hälfte ihres geistigen Wesens begegnete. Und das war eben Gordon.

Er schaute wieder aus dem Fenster.

Mr. Julius Superbus hatte einen Tabakbeutel aus Wildleder aus der Tasche gezogen und war gerade damit beschäftigt, seine kurze schwarze Pfeife zu stopfen. Er schien ein Mann zu sein, der selbst die gemeinsten Methoden anwandte, um zu seinem Ziel zu kommen. Ein gewöhnlicher, brutaler Mensch, der sich nichts dabei dachte, seinem Auftraggeber Berichte zu schicken, die eine Frau mit einer feinen, ästhetischen Seele stark kompromittierten. Ein Detektiv! Verzweifelt wandte er sich an Diana. »Würdest du etwas dagegen haben, wenn ich einmal das Studierzimmer einen Augenblick für mich allein haben könnte? Ich muß einen Herrn sprechen.«

Sie winkte ihm einen freundlichen Abschied zu, als sie durch die Tür verschwand.

»Rufen Sie ihn herein!«

»Ich soll ihn hierherbringen, Sir?« Trenter traute seinen Ohren nicht.

Gordon mußte seinen Auftrag wiederholen.

»Er ist aber kein Gentleman«, warnte Trenter, der sich schon im voraus wegen seines Bekannten entschuldigen wollte.

Das stimmte auch. Mr. Superbus war wirklich kein feiner Mann. Gordon hatte sich zwar auch keinen falschen Illusionen darüber hingegeben. Trenter war gespannt, was bei der Zusammenkunft herauskommen würde. Er wußte ja, daß sein Freund ihm bei nächster Gelegenheit alles erzählen würde.

Er brachte Mr. Superbus in das Studierzimmer und zog sich dann diskret zurück.

Nichts an der Erscheinung dieses Mannes erinnerte an die römische Kultur während ihrer Glanzzeit.

Er war sehr klein und korpulent und watschelte mehr als er ging. Er hatte einen großen Kopf, ein rotes Gesicht und einen kleinen, struppigen schwarzen Schnurrbart, den er offensichtlich färbte. Auf seinem sonst kahlen Schädel wuchsen noch siebenundzwanzig Haare, dreizehn auf der einen und vierzehn auf der anderen Seite. Er pflegte sie des öfteren zu zählen.

So stand er vor Gordon, atmete hörbar und drehte seinen Hut in seinen blau angelaufenen Händen.

»Nehmen Sie bitte Platz, Mr. Superbus«, sagte Gordon verlegen. »Trenter erzählte mir, daß Sie – ich meine, daß Sie Römer sind.«

Mr. Superbus verneigte sich, bevor er sich setzte, als ob er sich überzeugen wolle, daß seine Füße auch noch zur Stelle seien.

»Jawohl, Sir«, sagte er mit einer tiefen Stimme. »Ich kann wohl sagen, daß ich das bin. Wir Superbusse« – er betonte dieses Wort so, daß man annehmen konnte, er meine Autobusse von besonderer Größe – »stammen aus einer alten, viele Generationen zählenden Familie. Es sind nur noch vier von uns übriggeblieben. Erstens meine Wenigkeit, dann mein Bruder Augustus, der ein junges Mädchen in Coventry heiratete, weiter meine Schwester Agrippa, die jetzt sehr gut mit ihrem dritten Mann lebt. Und dann ist noch Scipius da, der ist auf der Bühne.«

»Wirklich? Ist er Schauspieler?« Gordon war einen Augenblick verdutzt über diesen Aufmarsch einer ganzen römischen Kohorte.

In der Nähe von Caesaromagnus liegt die Universität von Cambridge, und einige sarkastische Antiquare dieser Stadt erzählten, daß die so illustre Familie Superbus ihren Ursprung der grillenhaften Laune einiger Studenten verdankt, die vor mehr als hundert Jahren dort lebten. Sie hatten in ihrem Übermut die Familie eines armen Fuhrmannes mit Namen Sooper aufgegriffen und sie auf diesen lateinischen Namen getauft. Mr. Superbus hatte auch von diesen Gerüchten gehört, aber er hatte sie mit Verachtung von sich gewiesen.

»Wo unsere Familie eigentlich herstammt, kann ich Ihnen nicht sagen.« Er sprach jetzt über sein Lieblingsthema. »Aber Sie wissen ja, wie Frauen sind, wenn echte Römer auftreten!«

Gordon gab sich nicht die Mühe, dies auch nur zu vermuten.

»Nun, Mr. Superbus, Sie haben eine – hm, sehr wichtige Position – Sie sind Detektiv, soviel ich weiß?«

Mr. Superbus nickte ernst.

»Es ist doch ein sehr interessanter Beruf, die Leute zu beobachten, vor Gericht aufzutreten und Zeugnis über ihre verschiedenen Missetaten und Verbrechen abzulegen?«

»Da sind Sie falsch unterrichtet – ich trete niemals vor Gericht als Zeuge auf. Ich bin sozusagen mehr kaufmännisch tätig. Natürlich erscheine ich auch vor Gericht bei einem besonderen Kuhp zum Beispiel –«

»Kuhp? Was meinen Sie denn mit Kuhp?« fragte Gordon erstaunt.

»Nun, ich meine – Sie verstehen doch, was ich sagen will – wenn ich eine ganz große, geschäftliche Sache mache –«

»Ach, Sie sprechen von einem Coup!«

»Ich nenne das immer Kuhp«, erwiderte Mr. Superbus liebenswürdig. »Augenblicklich habe ich einen ganz großen Kuhp vor.« Er sprach ganz leise und beugte sich so weit wie möglich zu Gordon vor. »Ich bin nämlich hinter dem Doppelgänger her«, flüsterte er heiser.

Ein schwerer Stein fiel Gordon vom Herzen. Die Sache hatte

also nichts mit Mrs. van Oynne und nichts mit ihrem großen, brutalen Ehemann zu tun, der sich mehr mit seinen Hunden und Pferden als mit seiner feinsinnigen, intellektuellen und schönen Frau beschäftigte.

»Ich kann mich auf den Namen besinnen – der Doppelgänger ist doch ein Verbrecher? Ist das nicht der Mann, der in der Rolle seiner Opfer auftritt?«

»Ja, das ist er, Sir«, entgegnete Mr. Superbus. »Er ahmt sie nicht nur nach, er ist dann wirklich der Betreffende selbst. Nehmen Sie doch nur den Fall von Mr. Smith –«

Gordon erinnerte sich daran.

»Sie können sich doch kaum vorstellen, daß ihn jemand nachmachen könne, obwohl es nicht so schwer war, da er einen weißen Backenbart trägt und nicht verheiratet ist. Der Doppelgänger hat den Alten um achttausend Pfund erleichtert. Das hat er wieder einmal gekonnt! Erst hat er den wirklichen Smith weggelockt, dann erschien er plötzlich im Privatbüro und schickte einen neuen Angestellten mit einem Scheck zur Bank. Deswegen hat sich doch Smith jetzt aufs Land zurückgezogen. Er hat sich schwer blamiert und kann sich in Gesellschaft nicht recht sehen lassen.«

»Ach so, jetzt verstehe ich«, sagte Gordon langsam. »Sie handeln im Auftrag –«

»Der Vereinigung der Versicherungsgesellschaften. Der Mann sucht seine Opfer nämlich meistens unter Direktoren und Generalvertretern dieser Branche aus.«

Gordon lachte vergnügt, was er selten tat.

»Und Sie sind mir gefolgt, um mich zu beschützen?«

»Das gerade nicht«, sagte Mr. Superbus mit der Zurückhaltung, die ihm sein Beruf auferlegte. »Ich wollte Sie nur kennenlernen, damit ich später im Bilde bin, wenn der Doppelgänger versucht, in Ihrer Rolle aufzutreten.«

»Darf ich Ihnen eine Zigarre anbieten?«

Mr. Superbus nahm sie gnädig an und sagte dann, er werde sie zu Hause rauchen, als er sie einsteckte.

»Meine Frau liebt nämlich den Rauch einer guten Zigarre so sehr. Außerdem kommen die Motten dann nicht in die Vorhänge. Denken Sie, mein Herr, ich bin jetzt dreiundzwanzig

Jahre glücklich verheiratet. Es gibt keine bessere Frau auf der Erde als die meine.«

»Ist sie auch Römerin?«

»Nein, sie stammt aus Devonshire.«

Als Diana eine halbe Stunde später wieder in das Zimmer trat, stand Gordon an den Kamin gelehnt. Er hatte die Hände auf den Rücken gelegt, den Kopf leicht geneigt und schien ganz in Gedanken versunken zu sein.

»Wer war denn dieser kleine merkwürdige Mann?« fragte sie.

»Er heißt Superbus«, erwiderte er, plötzlich aus seinen Träumen gerissen. »Er hat einige Nachforschungen angestellt. Er will einem Verbrecher auf die Spur kommen, der einen anderen Geschäftsfreund um achttausend Pfund betrogen hat.«

»Ach!« sagte Diana und setzte sich schnell nieder, denn die Erinnerung an den verstorbenen Mr. Dempsi wurde plötzlich sehr lebendig in ihr.

7

Diana hatte Bobby Selsbury sofort gern, als sie ihn zum erstenmal sah. Er war die etwas kleinere Ausgabe seines älteren Bruders, ein offenherziger junger Mann, der mehr Neigung für Revuetheater und modernen Tanz hatte als Gordon. Er war mit einer jungen Kanadierin verlobt und interessierte sich daher weniger für andere Frauen. Er war Diana um so lieber, weil er nicht dieses innere Seelenfeuer hatte, unter dem sein Bruder so häufig litt.

Bobby war schon zweimal zum Abendessen gekommen, und beim zweitenmal glaubte Gordon, daß sein Bruder nun schon genügend Bekanntschaft mit dem ungebetenen Gast geschlossen habe, um einmal offen über Dianas unschickliches Benehmen sprechen zu können.

»Ich sehe gar nicht ein, wozu sie eine Gesellschaftsdame braucht, wenn sie mit einem so alten Herrn wie du zusammenlebt«, sagte Bobby. »Außerdem seid ihr doch Vetter und Base, und seitdem Diana hier wohnt, ist Cheynel Gardens wenigstens einen Besuch wert. Früher war es furchtbar trist und öde hier.«

»Aber was werden denn die Leute sagen?« protestierte Gordon.

»Du hast mir doch neulich selbst gesagt, daß du dich über die Meinung der Leute hinwegsetzen kannst«, erwiderte der Verräter Bobby. »Du erzähltest mir, daß die Ansichten der hoi polloi, der großen Masse, auf dich nicht den geringsten Eindruck machen. Du sprachst davon, daß ein Mann sich nicht um das Urteil der Öffentlichkeit zu kümmern brauche. Ferner –«

»Was ich damals sagte«, fuhr Gordon aufgeregt dazwischen, »läßt sich nur auf gewisse philosophische Schulen im allgemeinen anwenden, aber niemals auf Fragen des guten Tons und der Wohlanständigkeit!«

»Diana ist nun einmal hier, und du kannst doch ein verflucht glücklicher Teufel sein, daß du jemand hast, der dir deine Socken stopft. – Zahlt er dir denn eigentlich etwas dafür?«

Sie schüttelte den Kopf.

»Ich lebe von meinem kleinen Kapital«, sagte sie fast wehmütig.

Gordon fühlte sich schuldbeladen, aber er griff dieses Thema erst am nächsten Morgen wieder auf.

»Ich fürchte, daß ich sehr gedankenlos war, Diana. Kaufe dir bitte alles, was du nötig hast, und sage es mir, wenn du Geld brauchst.«

Sie lehnte sich in ihren Stuhl zurück und lachte leise.

»Du bist doch tatsächlich darauf hereingefallen! Ich brauche doch überhaupt kein Geld, ich bin sehr reich.«

»Aber warum hast du denn Bobby gesagt –«

»Mitgefühl tut mir so wohl«, erwiderte sie ruhig. »Und in diesem Hause bringt mir mit Ausnahme Eleanors niemand Sympathie entgegen. Sie ist wirklich ein hübsches, gutes Mädchen. Meinst du nicht auch?«

»Es ist mir noch niemals aufgefallen.«

»Das wußte ich, als ich entdeckte, daß du sie noch nie geküßt hast.«

Gordon hatte gerade einen großen Bissen Schinken im Mund und konnte nicht gleich protestieren.

»Nein, du mußt nicht annehmen, daß ich solche Fragen an die Dienstboten stelle. Aber eine Frau hat feine Instinkte und findet immer einen Weg, um solche Dinge herauszubekommen. Gordon, du bist nicht belastet«, fügte sie mit einer großzügigen Geste hinzu.

»Deine Philosophie ist verwirrend«, sagte er, nachdem er sich wieder beruhigt hatte. »Wie bist du nur auf den Gedanken gekommen, daß ich sie hätte küssen sollen?«

»Das ist doch sehr einfach. Sie ist hübsch, und alle Männer küssen gern hübsche Mädchen, wenigstens wenn sie normal sind. Viele Leute haben mich schon küssen wollen.«

Gordon zog die Augenbrauen hoch, ohne aufzuschauen.

»Du fragst mich ja gar nicht, ob ich ihnen auch erlaubte, mich zu küssen«, fragte sie nach einer Weile.

»Das interessiert mich nicht«, sagte Gordon kühl.

»Nicht ein ganz klein wenig?«

Ihre Stimme klang fast ängstlich, aber er ließ sich nicht täuschen. Er hatte durch harte Erfahrung lernen müssen, daß Diana sich vor Lachen gewöhnlich innerlich ausschütten wollte, wenn sie so war. – Ein schreckliches Mädchen! »Ich habe nur zwei Liebesaffären gehabt«, fuhr sie fort und kümmerte sich gar nicht darum, daß er anscheinend nichts davon hören wollte. »Zuerst mit Dempsi – und dann mit Dingo.«

»Wer war denn Dingo?« Er hatte sich also doch wieder fangen lassen.

»Er hieß in Wirklichkeit nicht Dingo, sondern Mr. Theophilus Shawn. Später stellte sich heraus, daß er ein verheirateter Mann mit fünf Kindern war.«

»Großer Gott!«

»Er hat mich aber niemals küssen dürfen. Seine Frau kam und holte ihn weg, als ich mich gerade an den Gewürznelkenduft gewöhnt hatte. Er knabberte nämlich immer solches Zeug. Er wohnte bei meiner Tante. Sie hatte ihn bei einem Vortrag über Sonnenflecken kennengelernt, aber sie wußte nicht, daß er verheiratet war, bis ihn seine Frau bei uns abholte. Sie war äußerst nett und dankte mir, daß ich mich um ihn gekümmert habe. Diese Frau hat sich für ihren Mann sehr interessiert. Die Frauen sollten eigentlich ihre Männer gründlich kennenlernen, bevor sie heiraten. Meinst du nicht auch, Gordon?«

Mr. Selsbury seufzte.

»Ich glaube, du redest da einen großen Unsinn, und ich wünsche beim Himmel, daß du deinen Mann kennenlernst!«

Sie lächelte, aber sie antwortete nicht. Sie fühlte, daß sie ihn für heute genügend geärgert hatte. Er war im Begriff, vom Frühstückstisch aufzustehen, als sie sich auf eine Frage besann, die sie ihm vorlegen wollte.

»Gordon, gestern kam doch ein Mann mit einem griechischen Namen hierher –«

»Du meinst mit einem lateinischen – es war Mr. Superbus.«

Sie nickte.

»Was wollte der eigentlich? Wen suchte er?«

»Er war hinter einem Verbrecher her, einem Mann, der allgemein als der ›Doppelgänger‹ bekannt ist. Er ist ein ganz gemeiner Schwindler.«

»Ach so«, sagte Diana und schaute auf das Tischtuch. »Gehst du jetzt fort, Gordon? Wann wirst du wieder nach Hause kommen?«

»Wenn es meine Geschäfte gestatten«, sagte er würdevoll. »Weißt du, Diana, daß noch niemals jemand diese Frage an mich gerichtet hat?«

»Aber ich frage dich doch täglich danach!« sagte sie erstaunt.

»Ich meine natürlich, niemand außer dir. Mein Kommen und Gehen ist noch nie kontrolliert worden. Und ich sehe auch gar nicht ein, warum das nötig ist.«

»Aber ich frage doch nur ganz bescheiden. Ich will doch nur wissen, wann das Abendbrot fertig sein muß.«

»Es ist möglich, daß ich heute abend nicht zu Tisch komme«, sagte Gordon kurz. Er ging fort, um sich in seine Tätigkeit zu stürzen, denn sein Geschäft war in letzter Zeit sehr aufgeblüht, und er war gerade damit beschäftigt, einen neuen Versicherungszweig zu organisieren. Er war fest entschlossen, die Frage, die ihn in seinen Gedanken und Überlegungen störte, für die Stunden seiner Arbeitszeit auszuschalten. Erst beim Mittagessen dachte er wieder an die beabsichtigte Reise nach Ostende mit der Seelenfreundin. Er wünschte, daß Heloise van Oynne einen anderen Platz als gerade Ostende ausgesucht hätte. Dieser weltbekannte Badeort paßte ihm nicht, man verband mit ihm gewöhnlich den Begriff von zügelloser und luxuriöser Lebensführung. Er fühlte auch, daß er wahrscheinlich Diana gegenüber viel mehr Festigkeit und Rückgrat zeigen könnte, wenn er nicht selbst auf verbotenen Wegen ginge, oder zum mindesten beabsichtigte, die althergebrachte Sitte zu durchbrechen.

Der Plan der Ostender Reise war wirklich verrückt, und er fragte sich, von wem er eigentlich ausgegangen sei. Aber schließlich brauchte er ja gar nicht erkannt zu werden, wenn er nicht gerade immer am Landungssteg spazierenging, wo die Dampfer vom Kontinent anlegten. Im Notfall konnte er auch sein Aussehen ein wenig verändern ... Es wurde ihm heiß und kalt bei dem Gedanken. Diana hatte sich doch schon immer über seinen kleinen Backenbart lustig gemacht. Auch sein Friseur machte immer Bemerkungen über diese kleinen Bartansätze. Er hatte auch selbst schon ganz ernsthaft an ihre Entfernung gedacht, besonders seitdem sich Heloise darüber gewundert hatte. Sie meinte, daß sie ihn viel älter machten, als er in Wirklichkeit sei, und es würde natürlich ein liebenswürdiges Kompliment ihr gegenüber bedeuten, wenn er ihr an dem Tag ihrer Reise glattrasiert gegenüberträte. Andererseits ging man aber auch nicht in Cut und Zylinder nach Ostende. Er könnte vielleicht einen Sportanzug tragen – aber er hatte einen Schneider, der ihn beraten konnte, und er sprach auf seinem Heimweg bei diesem Mann vor, der natürlich sogleich im Bilde war und aufmerksam zuhörte.

»Wenn Sie an die belgische Küste gehen, würde ich Ihnen den Vorschlag machen, sich ein paar leichte Sommeranzüge anfertigen zu lassen. Graukariert ist augenblicklich Mode – graue Karos mit einer roten Betonung in der Mitte. Aber nein, Sir, o nein! Lord Furnisham hat erst im letzten Monat einen solchen Anzug bestellt, und wie Sie wissen, ist er ein Mann von feinem Geschmack, der immer nach der letzten Mode gekleidet geht.«

Gordon sah die Muster durch und war bestürzt über ihre Farbenfreudigkeit. Aber vielleicht wäre es ganz gut – wer würde Gordon Selsbury denn in einem modernen, flotten Anzug aus graukariertem Stoff mit lebhaften roten Punkten erkennen?

»Ist das Muster nicht doch etwas grell?« protestierte er.

Der Schneider lächelte nur nachsichtig, als Gordon meinte, es wäre doch wohl besser, wenn er sich den Anzug aus dunkelblauer Seide machen ließe.

Schließlich ließ sich Gordon überreden und bestellte den graukarierten Anzug. Er tröstete sich damit, daß er die Reise ja nicht auszuführen brauche. Fest verpflichtet war er unter keinen Umständen. Wenn er aber doch reisen würde, hatte er wenigstens beizeiten schon für die Ausrüstung gesorgt, und dieser Gedanke war in gewisser Weise auch beruhigend.

Doch ein Gedanke beschäftigte ihn stark. Er mußte doch irgendwie erreichbar sein, wenn unerwartete, geschäftliche Ereignisse sein persönliches Eingreifen erforderten.

Dies war in Wirklichkeit der Hauptgrund seiner Abneigung gegen diese Fahrt. Er konnte dieses Abenteuer ja nur unternehmen, wenn er noch einen Dritten ins Vertrauen zog. Diana war natürlich für diesen Posten unmöglich. Gordon kniff die Lippen zusammen und wiederholte in Gedanken die Ausdrücke, in denen er seinem Stellvertreter den Charakter seiner Reise erklären wollte. Aber sooft er auch versuchte, diese so merkwürdige und unglaublich klingende Geschichte in Worte zu fassen, war er ärgerlich und unzufrieden mit sich selbst. Er ließ alle in Frage kommenden Menschen an seinem Geist vorüberziehen und kam dabei immer wieder auf seinen Bruder Bobby zurück.

Robert G. Selsbury hatte ein Büro an der Mark Lane, wo er mit beträchtlichem Gewinn von zehn Uhr morgens bis vier Uhr nachmittags Tee, Kaffee und Zucker kaufte und verkaufte.

Als Gordon gemeldet wurde, prüfte Bobby gerade eine neue Teeprobe, die eben aus China eingetroffen war.

»Wie, Mr. Gordon Selsbury?« fragte Bobby ungläubig. »Bitten Sie ihn herein«, sagte er, als die Stenotypistin es bestätigte. »Nun, was ist denn los?«

Gordon nahm etwas steif auf einem Sessel Platz, setzte seinen funkelnden, tadellosen Zylinder auf den Tisch und zog langsam die Handschuhe aus.

»Robert, ich bin in einer unangenehmen Lage – und ich möchte dich um deine Hilfe bitten.«

»Geld kann es doch nicht sein – also hast du eine Liebesaffäre. Wer ist es denn?«

»Es handelt sich weder um Geld noch um Liebe«, widersprach Gordon etwas gereizt. »Es ist – nun ja, es ist eine sehr delikate Angelegenheit.«

Bobby pfiff, und Pfeifen kann unter Umständen sehr beleidigend wirken.

»Ich will dir die näheren Umstände erklären.« Aber er mußte erst mit sich selbst kämpfen und war schon nahe daran, eine Entschuldigung für seinen Besuch zu finden und sich wieder zu verabschieden.

»Kommst du wegen Diana?«

»Nein, nein, Diana hat mit der ganzen Sache nichts zu tun. Es handelt sich um folgendes, alter Junge ...«

Der »alte Junge« gab Bobby zu denken. Das zeigte, daß sein Bruder nicht mehr ganz normal war. So hörte er denn gut zu, ohne ihn zu unterbrechen. Aber die Geschichte, die Gordon vorbrachte, war die lahmste, die Bobby jemals gehört hatte, das war die durchsichtigste Schwindelei, die jemals einer zweifelnden Mitwelt unterbreitet wurde.

»Wer ist denn eigentlich diese Mrs. van Oynne?« fragte er schließlich.

»Sie ist ... nun, ja, ich möchte nicht über sie sprechen. Ich habe sie früher bei einem Diskussionsabend kennengelernt ... sie ist einfach wundervoll!«

»Ja, das möchte ich auch sagen«, entgegnete Bobby trocken. »Du wirst natürlich nicht mit ihr verreisen?«

Es bedurfte nur dieser Frage, um Gordons Widerspruchsgeist zu entfesseln.

»Aber selbstverständlich werde ich das tun«, sagte er entschieden. »Ich brauche diesen Wechsel, ich muß einmal eine seelische Erholung haben.«

»Aber warum geht ihr denn nach Ostende, um über Seelenharmonie zu diskutieren? Wie wäre es denn mit Battersea-Park? Ich habe noch nie eine so verrückte Idee gehört! Wenn du dir in Ostende deinen guten Namen verderben willst, kannst du dich in Zukunft ebensogut Hochwohlgeboren Herr Wüstling nennen. Ich nehme ja an, daß du mir die Wahrheit sagst. Wenn mir das ein anderer erzählte, würde ich niemals im Zweifel sein, was ich darüber zu denken hätte – ich würde wissen, daß es eine dicke Lüge ist. Hast du eigentlich schon an Diana gedacht?«

Das war allerdings eine verwirrende Frage. Gordon erschrak.

»Aber ich sehe gar nicht ein, was Diana überhaupt damit zu tun hat! Was zum Teufel geht sie denn diese Sache an?«

»Sie wohnt doch bei dir und ist doch deine Hausgenossin«, sagte Bobby ernst. »Jeder Schatten, der deinen guten Namen trifft, fällt auch auf sie.«

»Sie kann doch fortgehen – ich wünschte sogar, sie würde fortgehen!« rief Gordon böse. »Du bildest dir doch nicht etwa ein, daß ich auch nur die Möglichkeit zugebe, daß sie meinen Plänen irgendwie im Wege steht? Sie ist ein Eindringling – in gewisser Weise verachte ich sie. Manchmal ist sie mir direkt verhaßt. Willst du mir nun helfen oder nicht?«

Dieses Ultimatum schleuderte er seinem Bruder über den Tisch entgegen. Aber Bobby war friedlich gestimmt, er wollte keinen Krieg.

»Ich nehme an, daß ich dir nicht zu viel zu telegrafieren habe. Es wird sich ja wohl nichts in deiner Abwesenheit ereignen. Aber welchen Bären willst du denn nun Diana aufbinden?«

Mr. Gordon Selsbury schloß müde die Augen.

»Ist es denn nicht gleichgültig, was ich ihr erzähle?«

Das war eine tapfere Antwort, aber er wußte ganz genau, daß er doch eine Geschichte erfinden mußte, und zwar eine glaubwürdige.

»Ich bin nicht zum Lügen geboren – kannst du nicht etwas ausdenken?«

Bobby nahm das Taschentuch, um sein Lachen zu verbergen.

»Ich danke dir auf den Knien für das Kompliment, daß ich

ein so geschickter Lügner bin.« Aber die Ironie verfing bei Gordon nicht. »Vielleicht erzählst du ihr, daß du nach Schottland auf die Jagd gehst?«

»Es widerstrebt mir, unwahre Behauptungen aufzustellen«, sagte Gordon und verzog das Gesicht. »Warum muß ich ihr denn überhaupt etwas sagen? Wann fängt denn eigentlich die Jagd in Schottland an?«

»Sie hat bereits begonnen. Du gehst schon am besten nach Schottland, das liegt weit weg. Dort triffst du wahrscheinlich auch keine Bekannten, denn du bist ja überhaupt nicht da.«

Gordon war eigentlich die ganze Unterhaltung zuwider.

»Es ist mir widerwärtig, daß ich unwahre Geschichten erzählen soll. Warum soll ich mich wegen meines Kommens und Gehens verantworten? Das ist einfach abgeschmackt! Aber es ist wohl besser, wenn ich Aberdeen als das Ziel meiner Reise angebe!«

Diana! Von allen Gründen, die gegen die Ostender Reise sprachen, war die Rücksicht auf sie die geringfügigste.

Gordon ging jetzt schon bei der Erwähnung ihres Namens hoch. Als er seine Wohnung in Cheynel Gardens erreicht hatte, war die Reise nach Ostende eine festbeschlossene Sache, die unwiderruflich war.

Zu Hause fand er ein Telegramm seines Agenten in New York vor, der ihn benachrichtigte, daß Mr. Tilmet ihn am nächsten Freitag persönlich in London besuchen werde. Zu seinem größten Schrecken entdeckte Gordon, daß er über den Überlegungen und Vorbereitungen für die Ostender Reise ein wichtiges Geschäft vollständig vergessen hatte. Sein Agent hatte in seinem Auftrag die Firma Tilmet & Voight gekauft, und Mr. Tilmet hatte den Wunsch geäußert, die Kaufsumme, fünfzigtausend Dollar, bar in London ausgezahlt zu erhalten, das er im Laufe einer Europareise besuchen werde. Die Kaufverträge waren schon mit einer früheren Post angekommen, und Gordon war davon verständigt worden, daß die Ankunftszeit Tilmets noch nicht genau festliege, daß er wahrscheinlich erst einige andere Länder aufsuchen, aber bestimmt seinen Besuch in Cheynel Gardens machen werde, um dieses Geschäft endgültig abzuschließen.

Gordon sah sofort die Schiffsliste der »Times« durch und stellte fest, daß die »Mauretania« um zwölf Uhr des gestrigen Tages fünfhundert Meilen westlich von Kap Lizard gemeldet worden war. Er überlegte schnell, er mußte also morgen die Summe im Hause haben, obgleich er gewöhnlich aus Prinzip keine geschäftlichen Handlungen außerhalb seines Büros vornahm. Aber diesmal waren ungewöhnliche Umstände im Spiel, und das Geschäft war außerordentlich vorteilhaft für ihn. Er notierte sich die Sache in sein Taschenbuch, machte eine zweite Eintragung auf den Umschlag seines Scheckbuches und ging dann nach oben, um sich umzuziehen. Er wollte heute mit Heloise zu Abend speisen und ihr persönlich die Nachricht überbringen, daß er sich entschlossen habe, den Plan auszuführen, den sie doch eigentlich ersonnen hatte. Sie hatte nach seinen letzten Mitteilungen ja schon ein Recht zu der Annahme, daß nicht mehr die geringsten Zweifel darüber bestanden.

Als er die Treppe wieder herunterkam, sah er Diana unten stehen. Sie trug ein elegantes Abendkleid aus elfenbeinfarbener Seide. Zwei Perlenketten waren um ihren Hals geschlungen. Er folgte ihr in das Studierzimmer und schaute sie erstaunt an, als sie sich jetzt umwandte. Das war eine ganz andere Diana. Es lag etwas Ätherisches, fast Überirdisches in ihrer Lieblichkeit.

»Diana, du siehst heute abend wundervoll aus«, sagte er.

Da er jetzt nach Ostende fuhr, war er großzügig.

»Danke«, sagte sie gleichgültig. »Mich kleidet diese Farbe immer sehr gut. Du wirst auch auswärts speisen, wie ich sehe? Wo gehst du denn hin?«

»Ich werde im Ritz-Carlton-Hotel essen. Und du?«

»Ich gehe zur australischen Gesandtschaft. Mr. Collings ist in geschäftlichen Angelegenheiten gekommen. Er hat heute nachmittag hier seinen Besuch gemacht. Er ist mein Rechtsanwalt und ein netter Mensch.«

Gordon murmelte irgend etwas, das eine Liebenswürdigkeit sein sollte. Er war froh, denn Diana beschwerte nun auf keinen Fall heute abend sein Gewissen, und diese Sicherheit war wohltuend.

Sie sonnte sich in seiner unausgesprochenen Bewunderung und freute sich über den glänzenden Eindruck, den sie auf ihn gemacht hatte. Aber sie verwischte ihn zu seinem großen Ärger sofort wieder, indem sie eine Schublade seines heiligen Schreibtisches aufschloß.

»Wer hat dir denn den Schlüssel dazu gegeben?« fragte er entrüstet.

»Es paßte einer von meinen eigenen dazu«, sagte sie, ohne im mindesten verlegen zu sein. »Die Schublade war leer, es lagen nur ein paar deutsche philosophische Bücher darin. Die habe ich einfach herausgenommen und das Schloß ändern lassen. Ich muß doch irgendeinen Platz haben, wo ich meine Sachen verwahren kann.«

Er schluckte seinen Ärger hinunter.

»Was mußt du denn verwahren?«

»Meinen Schmuckkasten.«

»Der wäre aber doch viel sicherer in meinem Geldschrank aufgehoben.«

»Wie heißt denn das Kennwort?«

»Alma«, sagte er, bevor ihm klar wurde, welche Dummheit er gemacht hatte. Niemand außer ihm hatte bisher dieses Geheimnis gewußt.

Aber ehe er explodieren konnte, hatte sie einen kleinen schwarzen Gegenstand aus der Schublade genommen und auf die Tischplatte gelegt. Gordon wich bei dem Anblick etwas zurück.

»Aber, Diana, du solltest doch keine Schußwaffe im Haus halten«, sagte er nervös. »Wenn du mit einem solchen Ding spielst, könntest du dir Schaden tun – du könntest dich verletzen!«

»Ich kenne den Revolver in- und auswendig. Ich kann dieses Schlüsselloch treffen – ich wette, dreimal mit fünf Schüssen.« Sie zeigte auf die Tür.

»Aber um Gottes willen! Die Waffe ist doch nicht etwa geladen?«

»Aber natürlich ist sie geladen.« Sie nahm die Pistole zärtlich in die Hand. »Im Lauf ist keine Patrone, aber es steckt ein voller Rahmen im Magazin. Soll ich dir den Mechanismus zeigen?«

»Nein, leg das schreckliche Ding doch weg!«

Diana gehorchte, schloß die Schublade zu und steckte den Schlüssel in die Handtasche.

»Alma – das Wort muß ich mir merken«, sagte sie erfreut.

»Vergiß es lieber so schnell wie möglich! Ich hatte wirklich nicht die Absicht, dir oder sonst jemand das Kennwort zu meinem Geldschrank zu verraten. Es ist eigentlich nicht recht, daß du es weißt – du könntest vielleicht aus Versehen –«

»Merke dir, daß ich niemals etwas aus Versehen tue. Aus Niedertracht oder aus Schadenfreude tue ich manchmal etwas, aber dann geschieht es mit voller Überlegung und Absicht. Du könntest mich übrigens bei der Gesandtschaft absetzen«, sagte sie, als Eleanor ihr in den Mantel half.

»Sie liegt ja ganz in der Nähe des Ritz-Hotels. Wenn du allerdings vorher noch jemand abholen willst . . .«

Gordon wollte tatsächlich jemand abholen und hatte gar nicht die Absicht, zum Ritz-Carlton zu fahren, sondern zum Buckingham Gate. Infolge der veränderten Fahrtroute kam er fünf Minuten zu spät. Die Zurückhaltung, die Mrs. van Oynne zeigte, war direkt heroisch. Er entschuldigte sich vielmals und erklärte ihr seine Verspätung.

»Also schon wieder Diana«, sagte sie vorwurfsvoll. »Ich hasse dieses Mädchen mit der Zeit!«

»Meinen Sie Diana?«

»Ja«, sagte Heloise schnell. »Aber Gordon, Sie glauben gar nicht, wie sehr ich mich auf den nächsten Sonnabend freue.«

»Es ist mir allerdings eingefallen, daß am Sonnabend viel Verkehr ist. Die Züge werden von Leuten überfüllt sein, die zum Wochenende fortfahren.« Sie seufzte.

»Wir brauchen ja nicht zusammen zu reisen«, sagte sie resigniert. »Wie vorsichtig und schüchtern Sie doch sind!«

»O nein, ich bin durchaus nicht schüchtern!« protestierte Gordon verletzt. »Ich bin nur Ihretwegen besorgt – das ist mein einziger Grund. Übrigens habe ich Robert ins Vertrauen gezogen und ihm alles erzählt.«

»Das ist Ihr Bruder, nicht wahr? Was hat er denn gesagt?« Sie war neugierig.

»Robert ist ein Geschäftsmann, der wenig Phantasie hat. Zuerst dachte er – nun ja, Sie wissen ja selbst, was gewisse Leute immer denken werden, meine teure Heloise.«

»Könnten wir nicht eigentlich schon am Freitag fahren?«

»Das ist unmöglich. Am Freitag besucht mich ein Geschäftsfreund.« Er erzählte ihr von Mr. Tilmet.

Während des Essens beobachtete sie, daß er etwas zerstreut war. Sie nahm an, daß er sich wegen der bevorstehenden Reise Gewissensbisse mache. Aber damit hatte sie nicht recht, denn Gordon dachte im Augenblick an Diana. Er wunderte sich, wie es möglich war, daß er erst heute auf ihren wunderbaren Teint und ihre Figur aufmerksam geworden war. In gewisser Weise hatte er sich daran gewöhnt, Diana zu ertragen und ein grimmiges Vergnügen zu empfinden, wenn sie ihm das Leben schwer machte. Aber er mußte zugeben, daß sie seinen Haushalt glänzend führte, denn sie hatte die Ausgaben bedeutend eingeschränkt. Sie war wirklich eine vorzügliche Hausfrau.

»Warum lächeln Sie denn?« fragte Heloise.

»Ach, habe ich gelächelt?« meinte er verlegen und beinahe entschuldigend. »Ich wußte es gar nicht, ich dachte an etwas – hm – an etwas, das in meinem Büro passierte.«

Selbst in seinen kühnsten Träumen hätte er nie geglaubt, daß er sich jemals wegen Diana herauslügen müßte.

8

Als Diana nach Hause kam, war Gordon schon zurück. Er war nachdenklich und außerordentlich verlegen. Es war auch ganz ungewöhnlich, daß er noch auf war, im allgemeinen legte er sich sofort zur Ruhe, wenn er von einem Essen oder vom Theater nach Hause kam und ließ sich unter keinen Umständen um diese Zeit noch in große Unterhaltungen ein.

»Hast du dich gut amüsiert?« fragte er.

»Prächtig! Die Spitzen des Kolonialamtes waren da, es war eine auserlesene Gesellschaft. Du bist natürlich zu spät zur Verabredung gekommen – war sie sehr ärgerlich?«

Unter anderen Umständen hätte er eine solche Frage einfach unbeantwortet gelassen.

»Ich kam etwa fünf Minuten zu spät – die Dame war natürlich –«

»Verstimmt?« ergänzte sie. »Siehst du, es war doch eine Dame! Gordon, kann ich sie nicht einmal sehen?«

Er lächelte.

»Ich glaube nicht, daß du dich für sie interessieren würdest. Sie ist eine durchaus geistige Frau.«

Diana zeigte sich nicht beleidigt.

»Wovon hast du denn mit der Dame gesprochen? Über den freien Willen oder über Doppelwährung?«

Er war in guter Stimmung und sogar mitteilsam.

»Wir sprachen über Bücher und Menschen«, sagte er leichthin. »Und worüber hast du dich unterhalten?«

Sie legte ihr Cape über eine Stuhllehne, zog den Sessel nahe an den Kamin und setzte sich, um ihre Knie zu wärmen. Gordon, der sehr diskret war, setzte sich so, daß er es nicht sehen konnte.

»Wir haben über Handel im allgemeinen, über die Güte des australischen Rindfleisches, über die Schwierigkeit, gute Dienstboten zu bekommen, und über die Affäre von Mrs. Carter-Corrillio gesprochen. Es ist doch wirklich unglaublich, was diese Frau getan hat – sie ist mit dem Sekretär der montenegrinischen Gesandtschaft nach Frankreich gereist. Sie war nur drei Tage dort, aber wie Lady Penford betonte, hat jeder Tag vierundzwanzig Stunden. Manche Frauen sind doch nicht gescheit, und die meisten Männer sind in solchen Fällen verrückt. Seine Karriere ist natürlich ruiniert, obgleich er einen Eid darauf leistet, daß sie die Reise nur wegen der Gräberfunde von Abbeville unternommen haben. Sie sind beide interessiert an Archäologie.«

»Und warum sollte denn das nicht die richtige Erklärung für ihre Reise sein?« fragte Gordon trotzig. Dieser für Archäologie interessierte Gesandtschaftssekretär war ihm sehr sympathisch. »Warum sollen denn Männer und Frauen nicht auch einmal durch wissenschaftliche Interessen verbunden sein?«

»Wir können ja abwarten, was der Richter dazu sagt. Mr. Carter-Corrillio hat die Scheidungsklage eingereicht.«

»Was hat er denn als Grund angegeben? Gegenseitige Unverträglichkeit in archäologischen Fragen?«

»Sei doch nicht so verrückt. Die Konvention ist nun einmal das Gesetz der Gesellschaft, und wer dieses überschreitet, scheut wahrscheinlich auch nicht davor zurück, das wirkliche Gesetz zu verletzen.«

Er starrte sie verblüfft an, als sie diese inkonsequente Ansicht äußerte.

»Aber, Diana, du selbst wohnst hier ohne Anstandsdame im Hause eines Junggesellen –«

»Das ist etwas ganz anderes, wir sind doch miteinander verwandt«, erwiderte sie prompt. »Niemand sagt etwas davon, daß der Gesandtschaftssekretär der Vetter von Mrs. Carter-Corrillio ist. Das ist doch ein Unterschied. Außerdem weiß jedermann, wie unsympathisch ich dir bin.«

»Das stimmt zwar nicht, aber wenn du davon überzeugt bist, warum bleibst du denn noch hier?«

»Ich habe eine Mission hier«, erklärte sie so entschieden, daß er nichts mehr erwiderte. Er verschob die Mitteilung seiner bevorstehenden Abreise auf den nächsten Morgen.

»Ich habe die Absicht, nach Schottland zu fahren und dort auf die Hühnerjagd zu gehen«, sagte er beim Frühstück. Er hatte aber ein schlechtes Gewissen, als er ihr das vorlog.

»Was haben dir denn die Hühner getan?« fragte sie. Ihre großen, graublauen Augen sahen ihn vorwurfsvoll an.

»Nichts – aber man schießt sie doch in dieser Jahreszeit. Ihr habt doch vermutlich auch Schonzeiten in Australien?«

»Das weiß ich nicht, ich habe Känguruhs, Dingos, Kaninchen und andere Tiere geschossen, aber niemals Vögel. Nach Schottland? Das ist aber sehr weit weg, Gordon. Da werde ich mir Sorge um dich machen. Ich habe noch heute morgen von einem Eisenbahnunglück in der Zeitung gelesen. Wirst du mir auch telegrafieren, wenn du angekommen bist?«

»Von jeder Station«, sagte er sarkastisch. Er schämte sich aber, als sie seine Worte ernst nahm und ihm herzlich für sein Versprechen dankte.

»Darüber bin ich sehr froh. Ich habe immer Angst, daß Leute, die ich gern habe, bei Eisenbahnunglücken zu Schaden kommen könnten. Aber es ist gar nicht nötig, daß du mir telegrafierst, ich kann das ja auch tun. Ich kann ja an den Stationsvorsteher oder an das Hotel depeschieren, in dem du logierst.«

Gordon wurde es plötzlich klar, welch eine große Dummheit er wieder begangen hatte. Die an und für sich schon schwierige Situation war nun noch bedeutend verwickelter geworden. Jetzt konnte er ihr nicht mehr mit einer einfachen Entschuldigung kommen oder über ihre Ängstlichkeit lachen, mochte sie nun wirklich vorhanden oder nur vorgetäuscht sein. Er dachte an eine Lösung, aber er verwarf sie sofort wieder. Aber dann kam er doch wieder darauf zurück, weil sie unter den gegebenen Umständen der einzige Ausweg war. Aber er konnte diesen Plan nur auf Kosten seiner Selbstachtung durchführen. Beinahe fluchte er schon auf Heloise und den Idioten, der diese verrückte Reise vorgeschlagen hatte.

Trenter legte gerade den Anzug seines Herrn zurecht, den er am Abend tragen wollte, als Gordon in den Ankleideraum trat.

»Bleiben Sie hier, Trenter. Wann hatten Sie Ihren letzten Urlaub?«

»Im April, Sir.«

Gordon überlegte.

»Kennen Sie Schottland?«

»Jawohl, ich bin öfters mit den Familien, bei denen ich diente, im September dort auf der Jagd gewesen.«

»Nun, das ist gut. Trenter, ich muß in einer bestimmten Angelegenheit eine Reise machen, die ich selbst vor meinen besten Freunden geheimhalte. Ich habe sehr wichtige Gründe dafür, heimlich an einen bestimmten Platz zu fahren, während man mich woanders vermutet. Aber damit will ich Sie nicht beschweren, Sie würden es auch nicht verstehen.«

Trenter hatte wenig Anhaltspunkte für seine Vermutungen, aber er traf mit seiner ersten Anspielung gleich das Richtige.

»Handelt es sich um eine Dame, Sir?« fragte er diskret.

»Nein!«

Gordons Gesicht verdunkelte sich, er war sehr ärgerlich.

»Natürlich nicht. Es ist eine rein geschäftliche Angelegenheit, die gar nichts mit einer Dame zu tun hat!«

»Es tut mir furchtbar leid«, sagte Trenter verlegen.

»Wir wollen über den Zweck meiner Reise nicht weiter sprechen. Ich wollte Ihnen nur folgendes sagen. Miss Ford ist etwas nervös und ängstlich und hat mich gebeten, ihr in kurzen Zwischenräumen von meiner Reise zu telegrafieren.«

»Und Sie wollen mich nun nach Schottland schicken, um die Telegramme abzusenden« fragte Trenter strahlend.

Gordon staunte über die schnelle Auffassungsgabe seines Butlers.

»Ja, das sollen Sie tun. Sie ersparen mir dadurch viele Unannehmlichkeiten. Wenn die Telegramme schließlich in andere Hände fallen sollten, so könnten sie dazu beitragen, noch jemand anders zu täuschen!«

Trenter nickte verständnisvoll. Er konnte nicht ahnen, wer mit dieser letzten Bemerkung gemeint sein sollte. Selbst Gordon kannte den Mann ja nicht. Aber er gewann allmählich mehr Sicherheit im Lügen – er war schon ganz rücksichtslos geworden.

»Aber daß Sie der Dienerschaft nichts davon erzählen«, warnte er.

Trenter lächelte. Gordon hatte ihn früher niemals lächeln sehen. Es war ein ungewohnter Anblick.

»Nein, Sir. Ich werde sagen, daß meine Tante in Bristol krank ist – das stimmt nämlich auch – und daß Sie mir Urlaub gegeben haben, sie zu besuchen. Wie lange soll ich fortbleiben, Sir?«

»Ungefähr eine Woche.«

Mr. Trenter ging sofort nach hinten in die Dienerstube.

»Der Chef hat mir eine Woche freigegeben, daß ich meine Tante besuchen kann. Ich werde morgen schon abreisen«, sagte er selbstbewußt und wichtig.

Eleanor war schon von Natur aus argwöhnisch.

»Das kommt etwas plötzlich. Der Herr fährt morgen auch ab, ihr Männer seid eigentlich recht unzuverlässige Teufel. Wir Frauen wissen niemals, wie wir mit euch daran sind.«

Trenter lächelte geheimnisvoll. Es schmeichelte ihm ungemein, daß man ihn wegen irgendwelcher Abenteuer in Verdacht hatte.

»Wir werden ja sehen«, meinte er.

»Verreist Miss Diana auch?« fragte die Köchin.

»Meinen Sie mit mir oder mit ihm?« fragte Trenter unverschämt. »Sie geht nicht mit ihm, und ich mache ihm deshalb auch keinen Vorwurf. Sie ist keine Dame – das ist meine feste Überzeugung.«

»Behalten Sie Ihre Weisheit nur für sich«, erwiderte Eleanor böse. »Ich dulde nicht, daß etwas Böses über Miss Diana gesagt wird.«

»Ihr Frauensleute steckt doch immer unter einer Decke!«

»Und ihr Männer haltet euch an gar nichts!« Eleanor war ein wenig inkonsequent. »Miss Diana ist viel zu gut für ihn. Ich vermute, daß ihr beide irgendwelche galanten Abenteuer vorhabt. Soweit ich in Betracht komme, können Sie ja schließlich machen, was Sie wollen. Für mich waren Sie eben nur eine Erfahrung. Jedes Mädchen muß seine Erfahrungen machen – bis zu einem gewissen Grade.«

9

Als Trenter vor Zeiten Mr. Superbus kennenlernte, war dieser noch Gerichtsvollzieher, ein Mann, der das Eigentum von Leuten, die bei Gericht verurteilt waren, mit Beschlag belegte, der gerichtliche Vorladungen überbrachte, Möbel pfändete und alle diese Dinge vornahm, die mit einer solchen Stellung verknüpft sind. Aber das unerbittliche Gesetz des Fortschrittes, der natürliche Hang, sich zu verbessern, veranlaßte Mr. Superbus, seinen Posten in der Provinz aufzugeben und ein kleines Büro in dem Gebäude des Versicherungstrusts zu beziehen. Man hatte seinen Namen dort auf ein Glasschild an der Tür gemalt. »Erster Auskunftssekretär« war darauf zu lesen. Den Titel Detektiv, den er auf seine Visitenkarte drucken ließ, legte er sich selbst bei. Er hatte auch den Antrag bei seinem Vorgesetzten gestellt, ihn von Amts wegen eine Nickelmarke unter seiner Westenklappe tragen zu lassen, um sich in geeigneten Momenten zu erkennen zu geben. Aber dieses Ansinnen wurde als unerwünscht abgelehnt.

Mr. Superbus saß am offenen Fenster seines Wohnzimmers und dachte tief nach. Trotz der kühlen Witterung des Tages war er in Hemdsärmeln, denn er zählte zu jenen heißblütigen Männern, denen das kühlere Klima nichts anhaben kann. Es war ein offenes Geheimnis, daß er einer der abgehärteten Männer war, die im Serpentine-Teich im Hydepark an jedem ersten Weihnachtstag ein Bad nahmen, selbst wenn sie die Eisdecke einschlagen mußten. Mit monotoner Regelmäßigkeit erschien sein Bild an jedem 26. Dezember in den illustrierten Zeitungen.

Seine Frau kam zitternd herein. Sie nahm nur warme Bäder.

»Du wirst dich noch auf den Tod erkälten, Julius«, sagte sie. »Macht dir denn das Spaß, vom Morgen bis zum Abend dazusitzen und nichts zu tun?«

»Ich bin kein Müßiggänger«, erwiderte Julius ruhig. »Ich denke tief nach.«

»Das ist es ja gerade, was ich Nichtstun nenne«, meinte sie und deckte den Tisch.

Sie hatte eine außerordentliche Achtung vor den Fähigkeiten ihres Mannes und bewunderte ihn heimlich, aber sie fühlte, daß die Harmonie ihrer Ehe gestört werden könne, wenn sie den Irrtum beging, ihm das offen zu zeigen.

»Ich möchte nur wissen, was du immer zusammendenkst!«

»Das ist reine Verstandesarbeit«, erklärte Julius.

»Du hast immer so verrückte Ideen«, sagte sie verzweifelt. »Ich wundere mich nur, warum du nicht zur Bühne gehst.«

Es war ihre Überzeugung, daß die Bühne das Reservoir war, in dem jedes Genie eingefangen wurde.

»Dieser Doppelgänger gibt einem wirklich Rätsel auf, obgleich ich schon größere Probleme meiner Zeit gelöst habe.«

Sie nickte.

»Die Art, wie du vorige Woche den Brunnen ausgebessert hast, hat großen Eindruck auf mich gemacht, deshalb glaube ich alles, was du sagst. Wer ist denn dieser Doppelgänger?«

»Ein Schwindler, ein Parasit der menschlichen Gesellschaft, ein menschlicher Vampir – aber ich werde ihn schon fassen! Man munkelt in der Verbrecherwelt, daß Mr. Gordon Selsbury sein nächstes Opfer sein werde.«

Nach dem Mittagessen zog er seinen Rock an und machte sich auf den Weg nach Cheynel Gardens. Gordon war ausgegangen, aber Diana empfing ihn.

»Ich kenne Sie doch – sind Sie nicht Mr. –?«

»Superbus«, sagte Julius im Brustton der Überzeugung.

»Ach so, Sie sind der Römer!«

Mr. Superbus bekannte sich zu dieser außerordentlichen Eigenschaft. Er hätte auch hinzufügen können: »ultimus Romanorum« – der letzte Römer –, aber er kannte diesen lateinischen Ausdruck leider nicht. Statt dessen setzte er mit nicht geringem Pathos hinzu: »Es gibt nur noch wenige von uns!«

»Das glaube ich auch«, meinte Diana. »Nehmen Sie Platz. Wollen Sie eine Tasse Tee haben? Sie sind gekommen, um Mr. Selsbury zu sprechen? Er wird aber erst in einer Stunde zurückkommen.«

»Das war wohl meine Absicht – in gewisser Weise war sie es aber nicht«, erwiderte Julius geheimnisvoll. »Ich möchte nur einen gewissen Mann im Auge behalten!«

Er sah sie dabei mit seinen etwas glasigen Augen an.

»Meinen Sie den Doppelgänger – ich entsinne mich, daß Gordon mir etwas davon erzählt hat. Wer ist das eigentlich, Mr. Superbus?«

»Nun ja, Mrs. –«

»Miss, bitte!«

»Sie sehen nicht so aus«, sagte er galant. »Dieser Doppelgänger ist ein Desperado, er soll aus dem Westen stammen.«

»Meinen Sie den Westen Londons?«

»Nein, ich meine Amerika. Dort kriegen wir doch all diese Kerle her, und dorthin verschwinden sie auch wieder.«

Sie hörte aufmerksam zu, als Mr. Superbus von den Freveltaten dieses Mannes erzählte, der in der Rolle anderer Personen aufrtat.

»Also, es gibt nichts, was dieser Mensch nicht tun könnte. Er kann sich dick oder dünn machen, er kann einen großen oder kleinen, einen alten oder einen jungen Mann darstellen. Soweit man weiß, war er früher Schauspieler, der alle Rollenfächer spielte.«

Er schaute sich vorsichtig im Zimmer um und sprach dann ganz leise.

»Voraussichtlich wird Mr. Selsbury sein nächstes Opfer sein.«

»Sie wollen damit sagen, daß er der nächste ist, den der Doppelgänger berauben will?«

Mr. Superbus nickte ernst.

»Ja, dahin gehende Informationen habe ich erhalten.«

»Weiß er selbst schon davon?«

»Ich habe ihm einen Wink gegeben. Ein Mann wird nervös, wenn er weiß, daß ein Verbrecher hinter ihm her ist, und das hindert dann gewöhnlich die Beamten bei ihren Nachforschungen.« Er schüttelte den Kopf. »Mancher aussichtsreiche Fall konnte deshalb nicht aufgeklärt werden.«

»Wenn Mr. Selsbury verreist ist, wird also jemand, der ihm sehr ähnlich sieht, hier ins Haus kommen und irgend etwas stehlen, was er brauchen kann?« fragte Diana besorgt.

»Ja. Meistens nimmt der Schurke Schecks oder Geld«, versicherte Julius. »Er arbeitet nur in ganz großem Maßstab, er gibt sich nicht mit Kleinigkeiten ab. Ihr Silberzeug können Sie zum Beispiel ruhig unverschlossen lassen, er wird keinen Teelöffel nehmen. Er ist einer von den ganz Großen. Ich beobachte ihn schon seit Jahren.«

»Das sind aber recht aufregende Nachrichten«, meinte Diana nach einem längeren Schweigen.

»Das glaube ich auch«, stimmte Julius bei. »Aber wenn der rechte Mann zur Stelle ist, um Sie zu beschützen, wenn er es mit seiner Pflicht genau nimmt und auf der Hut ist, dann ist das alles nicht so schlimm. Der Betreffende muß allerdings äußerst klug und vorsichtig vorgehen und mit den Verbrechern und ihren Methoden aufs beste bekannt sein.«

»Damit meinen Sie sich doch selbst?« Diana lächelte schwach. Sie fühlte sich sehr bedrückt.

»Damit haben Sie recht – ich meine mich selbst. Wenn ich an Ihrer Stelle wäre, so würde ich Mr. Selsbury einen Wink geben. Vielleicht folgt er einem Rat seiner Tochter mehr als mir.«

Er verabschiedete sich, nahm ihre Hand in seine große, rote Tatze, nannte sie Miss Selsbury und bat sie, ihn ihrem Vater zu empfehlen. Als Gordon nach Hause kam, erzählte sie ihm von dem Besuch.

»Ach, Superbus war hier?« fragte er in guter Laune. »Er hat sich wohl ein Trinkgeld holen wollen? Aber warum er dich ängstlich gemacht hat, weiß ich wirklich nicht! Ich werde ihm einmal Bescheid sagen, wenn ich ihn treffe.«

»Er hat mich durchaus nicht ängstlich gemacht, höchstens als er sagte, ich möchte ihn meinem Vater empfehlen, der sich vielleicht eher von seiner hübschen, jungen Tochter als von ihm beeinflussen ließe –«

»Glaubte er, ich sei dein Vater?« Gordon war verstimmt. »Der Kerl hat aber auch keine Augen im Kopf! Wegen des Doppelgängers brauchst du dir keine Sorgen zu machen, Diana. Er hat zwar den alten Smith hereingelegt, aber der war eben ein verliebter alter Esel. Er ließ sich von der Frau fangen, die mit dem Kerl zusammenarbeitet.«

Der Postdampfer war angekommen, wie Gordon am nächsten Morgen aus der Zeitung ersah. Er mußte also zu Hause bleiben. Sein erster Angestellter brachte ihm das Scheckbuch, und Gordon schrieb einen Scheck über elftausend und einige Pfund aus.

»Lassen Sie sich auf der Bank fünfzigtausend Dollar geben. Am besten kaufen Sie sie auf der Bank von England. Nehmen Sie ein Auto und bringen Sie das Geld hierher. Haben Sie den Leuten im Büro gesagt, daß mir Telegramme telefonisch durchgegeben werden sollen? Nun, das ist gut, ich erwarte noch eine Nachricht von Mr. Tilmet.«

Lange nachdem die Banknoten in dem Geldschrank deponiert waren, traf die erwartete Nachricht ein.

Sie kam aus Paris und besagte, daß Mr. Tilmet in Cherbourg angekommen und am nächsten Sonntag in London sein werde, aber am selben Abend noch nach Holland abreisen wolle. Gordon wünschte den Amerikaner zum Teufel. Am Nachmittag traf er Heloise, die sich unendlich auf die Reise freute. Er konnte es nicht übers Herz bringen, ihr mitzuteilen, daß der Plan aufgegeben werden müsse. Sie wollten einander um Viertel vor elf auf dem Victoria-Bahnhof treffen und Fremde füreinander sein, bis sie Ostende erreichten. Die Überfahrt würde ruhig werden, der Wetterdienst hatte ruhige See und leichte, östliche Winde angesagt.

Trenter hatte Gordons großen Koffer gepackt und auch den neuen grauen Anzug mit den roten Tupfen verstaut, der etwas spät in letzter Stunde vom Schneider geliefert worden war. Der Koffer war heimlich zu einem Hotel in der Nähe des Victoria-Bahnhofs gebracht worden, wo Gordon sich umziehen wollte. Nun mußte er noch die Telegramme aufsetzen, die Trenter abschicken sollte. Er konnte das leichten Herzens tun, er hatte jetzt einen guten Entschuldigungsgrund dafür. Wenn in seiner Abwesenheit der Doppelgänger erscheinen sollte – er hielt es allerdings für wenig wahrscheinlich –, dann konnten ihn ja die Telegramme sofort überführen. Es erschien ihm sogar als eine recht verdienstvolle Tat, die Telegramme absenden zu lassen.

Das erste sollte in Euston aufgegeben werden. Es lautete: »Reise eben ab, Gordon.« Dann schrieb er eine ganze Reihe von Telegrammen: »Hatte gute Reise, bei bester Gesundheit.« Diese sollten von York, Edinburgh und Inverness abgehen.

10

Überraschenderweise kam Diana an diesem Tag zu ihm und bat um etwas Geld.

»Ich habe mein Geld auf die Londoner Filiale der Bank von Australien überweisen lassen, aber es muß irgendeine Stockung dabei eingetreten sein. Ich war heute dort, die Überweisung ist noch nicht eingetroffen. Ich habe infolgedessen kein Geld, Gordon.«

Sie zeigte ihm dramatisch ihre leere Brieftasche. Gordon gab ihr einen Scheck, und sein Selbstbewußtsein stieg, als er ihn ausstellte. Er wurde etwas freundlicher und väterlicher zu ihr.

»Hättest du mich nun aus dem Hause gewiesen, dann hätte ich verhungern müssen«, sagte sie, als sie den Scheck entgegennahm. »Gordon, du verbirgst hinter einer rauhen, abstoßenden Außenseite ein goldenes Herz.«

»Ich wünschte nur manchmal, du wärst ein wenig ernster«, erwiderte er gutgelaunt.

»Und ich wünschte nur, du wärest es nicht!«

Am Nachmittag wurde er auf das lebhafteste an Dianas eigenwilliges Handeln und an die Energie, mit der sie sich durchzusetzen verstand, erinnert, denn die Telefonarbeiter kamen und verlegten den Apparat aus dem Korridor in das Studierzimmer. Gordon brummte zuerst, aber Diana wir nicht auf den Mund gefallen, und er war nicht geneigt, sich im Augenblick in einen Disput mit ihr einzulassen.

Bobby kam zum Abendessen, und als er später mit Diana allein war, stellte er eine Frage an sie, die er sich selbst schon öfters vorgelegt hatte.

»Warum führst du eigentlich ein solches Leben hier? Du hast doch so viel Geld und könntest dich doch glänzend amüsieren, anstatt diesem steifen Gordon nachzulaufen?«

»Will Gordon mich hier haben? Hat er mich überhaupt haben wollen? Nein. Als ich hierherkam, ließ ich mein Gepäck in der Diele. Ich wollte mir damals nur einen Rat von ihm holen, in welches Hotel ich am besten ziehen könnte. Ich hatte nicht die leiseste Absicht, hier zu bleiben, bis ich ihn sah, ihn sprechen hörte und den Schrecken wahrnahm, als er vermutete, ich könne hier bleiben wollen. Als er dann so väterlich zu mir sprach und mich wie ein kleines Kind behandelte, blieb ich natürlich. An dem Tage, an dem Gordon mich halten möchte, gehe ich fort!«

Die Atmosphäre in dem Hause war geladen. Bobby fühlte es. Diana war nicht nur über das langsame Arbeiten der Bank ärgerlich. Sogar in dem Dienstbotenzimmer hinten war etwas nicht in Ordnung, Eleanor hatte eine bestimmte Ahnung.

»Ich bin sicher, daß etwas passiert.«

»Machen Sie sich doch nicht lächerlich«, sagte Trenter rauh.

»Ich wünschte, Sie gingen nicht fort«, rief sie plötzlich schluchzend. »Ich fürchte mich auf einmal so sehr. Dieser gräßliche Kerl, der immer zum Fensterputzen kommt, wird noch irgend etwas anstellen. Das habe ich gleich gesagt, als ich ihn sah. Das ist ein Schuft, ein Schurke! Habe ich es nicht gesagt?« Mit diesen Worten wandte sie sich an die Köchin.

»Ja, Eleanor hat gesagt, daß der Kerl verdächtig ist«, stimmte ihr die Köchin bei.

Gordon ging um zehn Uhr zu Bett. Aber um ein Uhr stand er schon wieder auf und ging in seinem Zimmer auf und ab. Um drei Uhr war er in seinem Studierzimmer und steckte die Kaffeemaschine an. Während der Kaffee kochte, öffnete er den Geldschrank, nahm die fünfzigtausend Dollar heraus, zählte sie genau und legte sie dann wieder zurück. Der Geldschrank sah eigentlich ein wenig schwach aus. Wenn erst diese verrückte Reise hinter ihm lag, wollte er das abändern. Er überlegte, daß es nicht schwer war, in das Haus einzubrechen. Die großen bunten Glasfenster waren nicht geschützt. Ein unternehmender, kühner Mann konnte sie mit einem Taschenmesser öffnen.

In einer Ecke des Zimmers befand sich eine kleine Tür, die hinter einem Vorhang verborgen war. Sie führte direkt auf den Hof, wurde aber niemals benutzt. Weshalb sie überhaupt angebracht war und welchen Zwecken sie diente, wußten nur der Erbauer und der frühere Eigentümer dieses Hauses, der dreimal geschieden worden war. Jetzt war er im Himmel, wenn seine in schönen Worten abgefaßte Grabschrift nicht log.

Gordon ging wieder in sein Zimmer hinauf, um den Schlüssel zu holen, dann öffnete er die Tür und trat in den »Garten« hinaus. Draußen war es dunkel und ruhig. Der feuchte Wind erfrischte ihn. Auf der anderen Seite des Hofes war eine kleine Tür, die in eine Seitenstraße führte. Die Mauer, die den Hof nach dort abschloß, war hoch, bot aber einem gewandten Einbrecher kein allzu großes Hindernis. Er fror, ging wieder in sein Studierzimmer und zu dem heißen Kaffee zurück und setzte sich an das Kaminfeuer, das er angesteckt hatte.

Er hätte gern tausend, ja zehntausend gegeben, wenn er dieses verrückte Abenteuer hätte aufgeben können. Es wäre doch viel besser, wenn er hierbliebe bei . . . nun ja, bei Diana.

Er mußte sich ja nun auf sie verlassen, wenn Mr. Tilmet am Sonntag kam. Sie mußte mit ihm verhandeln, es war wahrscheinlich niemand anders diesem schlauen und listigen Amerikaner gewachsen.

»Ich will es gern tun«, hatte sie ohne Zögern erwidert, als er sie darum bat. »Ist die Quittung ausgeschrieben und auch der endgültige Vertrag? Er hat aber durchaus keinen Wert, wenn der Text nicht von einem amerikanischen Notar aufgesetzt ist. Tante hat damals eine Petroleumquelle in Texas gekauft und mußte einen amerikanischen Rechtsanwalt aufsuchen, bevor der Vertrag geschlossen werden konnte.«

»Und sie ist dann doch beschwindelt worden«, sagte Gordon.

»O nein, sie hat siebzigtausend Dollar bei der Sache verdient. Sie hatte eine unwiderstehliche Neigung, sich an Geschäften zu beteiligen. Sind denn die Banknoten im Geldschrank?«

»Zusammen mit dem aufgesetzten Vertrag und der Quittung. Du bist wirklich eine tüchtige Geschäftsfrau, Diana!«

»Am besten ist es, du übergibst mir das Geld.«

Er öffnete den Geldschrank, und sie zählte die Scheine. Dann schloß sie die Banknoten wieder ein.

»Es ist gut«, sagte sie. »Ich werde großes Reinemachen halten, wenn du fort bist. Ich habe mir einen Mann bestellt, der die Fenster im Studierzimmer putzen soll. Sie sehen schauderhaft aus. Außerdem brauche ich jemand hier, weil du mit Trenter zu gleicher Zeit fortgehst. Ich werde ein Ehepaar hier ins Haus nehmen. Oben im Dachgeschoß ist ein Raum, wo sie schlafen können. Du bist doch damit einverstanden?«

Diana war sehr geschäftstüchtig, energisch und begabt, das gestand sich Gordon auch ein.

Als Eleanor früh am Morgen in das Zimmer kam, um aufzuräumen, saß er noch im Schlafrock vor dem Kamin. Das Feuer war ausgegangen, und als sie versuchte, es wieder anzuschüren, wachte er auf.

»Ach, mein Herr, Sie haben mich aber erschreckt!«

Er erhob sich steif und blinzelte sie an.

»Das tut mir leid, Eleanor. Schicken Sie mir Trenter!«

Das war wirklich ein guter Anfang für seinen Reisetag. Ihm taten alle Glieder weh, bis er sich durch ein heißes Bad erfrischte.

»Eleanor sagt, daß sie dich heute morgen schlafend vor dem Kamin angetroffen hat. Wann bist du denn heruntergekommen?« fragte Diana beim Frühstück.

»Ich glaube, es war drei Uhr morgens. Es fiel mir ein, daß ich noch etwas zu arbeiten hatte.« Sie war besorgt.

»Warum benützt du denn nicht den Nachtzug? Du könntest doch schlafen«, riet sie ihm.

Er zwang sich zu einem Lächeln.

»Ich werde schon gut schlafen«, sagte er und gab sich Mühe, recht vergnügt auszusehen.

Die Unterhaltung wandte sich anderen Dingen zu. Bald darauf erschien Bobby, um seine letzten Instruktionen entgegenzunehmen. Gordon war sehr nervös darüber, daß sein Bruder so pflichteifrig war, und sein Gutenmorgengruß klang nicht gerade höflich.

»Wenn du fort bist, werde ich Trenter bitten, mir deine Anzüge zu übergeben, die gereinigt und aufgebügelt werden müssen«, sagte Diana.

»Trenter reist vor mir ab – er fährt mit dem Zug nach Bristol, seine Tante ist schwer krank.«

»Was ist denn eigentlich mit dir los?« fragte Bobby plötzlich.

Gordon fuhr herum und wollte recht unangenehm werden, aber Bobbys Worte waren nicht an ihn gerichtet.

Diana war blaß geworden und sah ganz verstört aus. Gordon sprang auf und eilte zu ihr.

»Was hast du denn?« fragte er erschrocken.

»Es ist nichts – vielleicht ist es der Abschied, ich bin immer so niedergeschlagen, wenn meine Vettern fortfahren!«

»Hast du schlechte Nachrichten bekommen?«

Ihre Briefe lagen auf dem Tisch.

Sie schüttelte den Kopf.

»Ach nein, nur die Fleischerrechnung stimmt nicht ganz. Sieh mich doch nicht so an, Bobby, das schickt sich nicht!« Aber ihre Hand lag auf dem Brief, den sie eben gelesen hatte.

Mr. Dempsi war nicht tot, er war sehr lebendig und augenblicklich in London. Die ersten Zeilen seines Briefes waren bezeichnend für ihn.

»Meine Braut, ich bin gekommen, um in Deine Arme zu eilen!« In diesem Stil hatte er immer geschrieben.

11

Zehn Minuten später trat Bobby in das Zimmer seines Bruders, ohne anzuklopfen, und unterbrach anscheinend eine sehr vertrauliche Besprechung. Trenter steckte schnell ein ganzes Paket Telegrammformulare in die Tasche, aber Bobby hatte sie doch gesehen. Er machte aber keine Bemerkung darüber, bis der Butler, der seinen besten Anzug angelegt hatte und ungewöhnlich flott aussah, eilig verschwunden war.

»Trenter besucht seine kranke Tante«, erklärte Gordon.

»So sieht er auch aus«, meinte Bobby. »Die Chrysantheme in seinem Knopfloch wird sie sicher sehr aufleben lassen. Ist dieser vertrauenswürdige Mann etwa auch an dem Schwindel beteiligt?«

»Ich weiß nicht, was du unter ›Schwindel‹ verstehst«, sagte Gordon laut. »Ich wünschte, daß ich dir überhaupt nichts von der Sache gesagt hätte.«

»Das hättest du auch nicht getan, wenn du nicht jemand brauchtest, der dir im Falle der Not beisteht.«

Gordon starrte ihn an.

»Ich sage dir doch, daß ich nichts Unrechtes tun werde! Du kannst mir doch glauben!«

»Na, das ist ein bißchen viel verlangt, aber ich will es ja tun. Du kannst aber lange suchen, bis du einen anderen findest, der die Geschichte für wahr hält!«

»Du verstehst diese – diese Seelenverwandtschaft nicht, die uns beide zueinander hinzieht. Es ist ein gegenseitiges Verstehen und Ergänzen, das du bei keinem anderen Menschen findest. Es liegt eine magische Anziehungskraft in einer solchen Beziehung zu einem andern. Man wird erhaben über Zeit und Raum.«

Bobby nickte weise.

»Nun ja, ich verstehe schon, welche Anziehungskraft eine Frau ausüben kann.« Gordon richtete sich auf.

»Bobby«, beschwor er seinen Bruder beinahe, »dies ist wirklich keine gewöhnliche Liebesaffäre – es ist etwas ganz anderes.«

»Es ist genau dasselbe wie all die anderen Geschichten. Die Dame ist natürlich verheiratet?«

»Ja, Heloise ist verheiratet«, erwiderte Gordon ernst.

»Heloise? Der Name kommt mir irgendwie bekannt vor. Und Trenter reist also vermutlich nach Schottland, um die nötigen Telegramme aufzugeben und das Märchen glaubwürdig zu machen, das du Diana erzählt hast. Sage einmal, wie sieht denn deine Heloise eigentlich aus?«

Gordon war aber nicht in der Stimmung, sich mit seinem Bruder darüber zu unterhalten.

»Wenn du mir jetzt noch Scherereien machen willst –«

»Nun, sei doch nicht verrückt! Ich will dir nichts in den Weg legen, denn aus irgendeinem mir selbst unerklärlichen Grunde glaube ich dir.«

Es klopfte an der Tür, und Eleanor trat ein.

»Wollen Sie Mr. Superbus empfangen?« fragte sie.

»Nein!« rief Gordon wütend. »Holen Sie mir lieber ein Auto.«

»Wer ist denn dieser Mr. Superbus?«

»Der Detektiv, von dem ich dir schon erzählte. Er ist hinter dem Doppelgänger her.«

Bobby pfiff.

»So? Um Himmels willen, an den habe ich noch gar nicht gedacht! Gordon, die Sache ist kritisch! Hast du Geld im Hause?«

»Das habe ich dir doch schon alles gesagt.«

»Du behauptest immer, daß du mir alles gesagt hast. Ich glaube, du weißt überhaupt nicht mehr, was du redest.«

»In meinem Geldschrank liegen fünfzigtausend Dollar. Diana ist instruiert. Das Schlüsselwort ist Alma, ich habe es ihr gesagt, du kannst es auch wissen. Das Geld ist für Mr. Tilmet bestimmt, der am Sonntag kommt. Aber du brauchst dich nicht darum zu kümmern, Diana wird die Sache schon in Ordnung bringen.«

»Der Doppelgänger!« wiederholte Bobby nachdenklich. »Und du bist gerade ein Mensch, den er bis aufs Haar genau kopieren könnte. Manchmal ertappe ich mich dabei, daß ich dich unbewußt auch nachmache! Weißt du, so ein bißchen pompös, ein bißchen gespreizt und geziert –«

Gordon wies ihn mit einer Geste aus dem Zimmer. Seine Geduld war erschöpft. Als er hinunterkam und sich verabschieden wollte, war Diana ausgegangen. Der Telefonhörer lag auf dem Schreibtisch, er legte ihn wieder auf die Gabel.

»Wo ist Miss Ford?« fragte er.

»Sie ist fortgegangen und bat mich, Ihnen ihre Abschiedsgrüße zu übermitteln. Wollen Sie noch Mr. Superbus sprechen?«

»Nein, dazu habe ich doch keine Zeit mehr! Sagen Sie ihm – ach, sagen Sie ihm, was Sie wollen. Ich muß jetzt zu meinem Zug.«

Er war in solcher Eile, daß Bobby sich nicht mehr über das informieren konnte, weswegen er gekommen war. Gordon hatte nämlich vergessen, ihm die Adresse mitzuteilen, unter der ihn Telegramme erreichen konnten. Bobby hätte ihm ja nachgehen können, aber er wußte nicht, wohin er sich zuerst wenden würde. Für die Abfahrt des Zuges war es offenbar noch viel zu früh, und Bobby war viel zu diskret, um eine Begegnung mit der faszinierenden Mrs. van Oynne zu riskieren. Er setzte sich also ins Wohnzimmer und wartete auf Dianas Rückkehr. Plötzlich fiel ihm ihr merkwürdiges Verhalten ein, und er zerbrach sich den Kopf, was das wohl für ein Brief gewesen sein mochte, der solchen Eindruck auf sie gemacht hatte. Er hatte schärfere Augen als sein Bruder und hatte die eng beschriebenen Zeilen unter ihrer Hand wohl bemerkt. Diana hatte also auch ihre Geheimnisse!

Gordon war einfach ein unmöglicher Narr! Sein Fall lag hoffnungslos. Er gehörte eigentlich ins Irrenhaus. Bobby stand auf und trat an den Geldschrank. Einen Augenblick zögerte er, dann stellte er das Schlüsselwort ein und öffnete ihn.

Außer einer ausgefertigten Quittung und einem vier Seiten langen Vertrag enthielt der Geldschrank nichts. Von Geld war keine Spur zu sehen!

12

Es dauerte eine halbe Stunde, bis Diana zurückkam. Sie sah immer noch angegriffen aus.

»Hallo, Bobby! Was ist denn mit dir los?«

»Diana« – er sprach sehr langsam – »du hast irgendeinen Kummer –«

»Irgendein Kummer ist gut!« Sie warf ihren Hut rücksichtslos auf den Tisch. »Ich weiß nicht, wo ich vor Sorgen hin soll, mein Lieber!«

»Gordon sagte mir, daß er fünfzigtausend Dollar hier im Geldschrank habe, um einen Amerikaner auszuzahlen, der am Sonntag hierherkommen wird. Er hat mir das Schlüsselwort gesagt.«

Sie stellte sich vor ihn und legte die Hände auf den Rücken.

»Nun – und?«

»Das Geld ist verschwunden!«

Eine kleine Pause.

»Weißt du denn, warum es verschwunden ist?«

»Nein – ich bin zu Tode erschrocken – Gordon hat es doch nicht mitgenommen?«

Sie schüttelte den Kopf.

»Nein, ich habe es geholt, Bobby. Dempsi lebt. Ich habe heute morgen einen Brief von ihm bekommen – dreizehn Seiten lang – und in einer Sprache – es ist einfach schrecklich! Ich bin ganz außer mir.«

»Ich dachte, er wäre damals in den Busch gelaufen und gestorben.«

Sie lächelte schmerzlich und ließ sich in den Stuhl fallen, in dem Gordon die Nacht zugebracht hatte.

»Er wurde im Busch gefunden. Er hatte Fieber, als die Eingeborenen ihn entdeckten. Sie nahmen ihn mit in ihr Dorf.«

Bobby dachte lange nach.

»Weiß er denn, daß du nicht verheiratet bist?«

Sie schüttelte den Kopf.

»Wie?«

»Nein«, sagte Diana ruhig. »Wir haben vorhin miteinander telefoniert. Seine erste Frage an mich lautete: ›Bist du noch frei? Wir werden morgen vor den Altar treten. Wenn du aber verheiratet bist, wirst du noch heute abend Witwe sein.‹ Ich erkannte Dempsi gleich wieder an diesen Worten.«

»Was hast du ihm denn geantwortet?« fragte er verwundert.

»Ich habe ihm selbstverständlich gesagt, daß ich verheiratet sei«, erwiderte sie mit einer Selbstverständlichkeit, die ihn fassungslos machte. »Ich konnte ihm doch nicht gut erklären, warum ich hier bin, wenn ich nicht verheiratet bin. Dann wurde er aber so heftig, daß ich ihm erzählte, ich sei Witwe. Bobby, weißt du, Lügen ist doch furchtbar leicht!«

Bobby war noch sprachlos.

»Dann setzte er mir aufs neue zu, und ich teilte ihm mit, daß ich hier bei meinem Onkel Artur wohne. Ich hatte früher einmal einen solchen Onkel Artur, das heißt, er war natürlich nur so eine Art Adoptivonkel – er starb an Delirium tremens. Es scheint, daß alle unsere Familienmitglieder nicht ganz normal sind. Ich konnte ihm doch unmöglich sagen, daß ich allein in dem großen Hause wohne. Bedenke doch, Gordon ist fort – aber es ist eigentlich gut, daß er nicht im Lande ist.«

Bobby ging in größter Aufregung im Zimmer auf und ab. »Ja, aber was hast du denn eigentlich mit dem Geld gemacht?«

»Das war ich Dempsi doch schuldig. Bevor er in den Busch rannte, hatten wir einen furchtbaren Auftritt. Er wollte mich veranlassen, mit ihm durchzubrennen, und als ich ihm diesen Wunsch nicht erfüllte, wollte er Selbstmord begehen. Er war damals vollständig verrückt. Er schrie mich an, dann weinte er wieder, küßte meine Füße und lief davon, um im Busch zu sterben. Aber nicht einmal das hat er richtig ausgeführt.«

»Und das Geld?«

»Er hat mir damals sein Vermögen vor die Füße oder vielmehr der Katze an den Kopf geworfen – ich weiß es nicht mehr genau. Jedenfalls war ich nachher im Besitz des Geldes. Er hatte keine anderen Verwandten, und es blieb mir nichts anderes übrig, als es auf die Bank zu tragen.« Sie biß sich auf die Lippen. »Ich hatte eigentlich vor, ihm ein schönes Grabmal zu errichten.«

Bobby seufzte erleichtert auf.

»Da du ihm anscheinend das Geld geschickt hast, ist wenigstens diese Sorge erledigt. Du kannst es ja ersetzen. Die Banken schließen heute erst um eins.«

»Wie soll ich denn das machen?« fragte sie bitter. »Ich habe kein Geld auf der Bank, mit Ausnahme von ein paar Pfund, mit denen ich mir ein Konto eröffnete, als ich nach London kam. Ich nahm die fünfzigtausend Dollar und zahlte achttausend Pfund auf mein Konto ein. Hier ist der Rest!« Sie zog ein Paket Banknoten aus der Tasche und reichte sie ihm.

Bobby sah sie entsetzt an.

»Aber wenn nun dieser Tilmet, der Amerikaner, kommt, dann mußt du ihn doch auszahlen!«

»Ich dachte, du könntest mir vielleicht aushelfen«, sagte sie bittend.

Er schaute auf seine Uhr.

»Da muß ich mich aber anstrengen. Man kann achttausend Pfund in bar nicht in zwei Stunden beschaffen. Gordons Geld liegt auf deiner Bank?«

Sie nickte.

»Ich will Dempsi durch einen besonderen Boten einen Scheck schicken. Er wohnt in einem kleinen Hotel in der Edgware Road.«

»Hat er denn das Geld von dir verlangt?«

»Nein, nicht direkt. Er machte eine Bemerkung, woraus ich das schloß. Mein Gewissen hat sich geregt.« Sie nahm ihr Taschentuch und fächelte sich damit.

Bobby schloß die Banknoten in den Geldschrank.

»Ich will sehen, was ich tun kann. Darf ich mal telefonieren?«

Sie nickte.

»Du kannst alles tun, was du willst – nur bitte mich nicht, Dempsi zu heiraten«, sagte sie müde.

Zuerst rief er bei seiner Bank an, aber sein Gespräch war nicht sehr ermutigend. Bobby hatte in den letzten Tagen große Rechnungen bezahlt und sein Guthaben etwas überzogen. Als er dem Direktor den Vorschlag machte, noch mehr Kredit in Anspruch zu nehmen, war dieser nicht sehr erbaut davon. Nach Bobbys drittem erfolglosem Versuch kam Eleanor mit einem Telegramm herein. Diana öffnete es schnell. »Wir sind gerettet!« rief sie.

»Was ist denn?« Bobby nahm ihr das Formular aus der Hand.

Es kam aus Paris und war von dem Sekretär des Amerikaners unterzeichnet.

»Mr. Tilmet schwer an Grippe erkrankt, kann nicht vor vierzehn Tagen nach London kommen.«

»Gott sei Dank!« Bobby wischte sich den Schweiß von der Stirn.

»Ich will das Geld lieber mitnehmen, Diana. Ich habe so eine Ahnung, daß es hier nicht gut aufgehoben ist.« Sie antwortete ihm nicht, sondern öffnete eine Schublade des Schreibtisches und zog ihren Browning heraus.

»Einbrecher sind meine Spezialität«, sagte sie nur.

»Aber leg doch diese Mordwaffe beiseite, ich hätte niemals gedacht, daß du so blutdürstig bist!«

»Ja, das bin ich! Augenblicklich könnte ich tatsächlich jemand umbringen!« Sie dachte an Dempsi. »Nun, was gibt es, Eleanor?«

»Wollen Sie jetzt Mr. Superbus sprechen?«

»Ich wußte ja gar nicht, daß er hier war. Lassen Sie ihn bitte näher treten.«

Mr. Superbus stolzierte wie ein alter Senator ins Zimmer und wurde Bobby vorgestellt. Offenbar wollte er mit Diana allein sprechen, aber sie erklärte ihm, in welchen verwandtschaftlichen Beziehungen sie zu Bobby stehe.

»Es tut mir sehr leid, daß ich Mr. Selsbury nicht mehr getroffen habe. Ich habe gestern abend ganz bestimmte Nachrichten von meinem Geheimagenten über gewisse Leute erhalten.«

»Meinen Sie etwa den Doppelgänger?«

Diana lachte plötzlich, sie hatte ja im Augenblick keine Sorgen mehr.

»Das ist nicht zum Lachen, Miss.« Mr. Superbus schüttelte den Kopf und setzte sich dann würdevoll. »Nein, wirklich nicht, es ist sehr ernst, Madam – Miss! Wenn er jetzt hier zur Tür hereinkäme, würden Sie sicher denken, es sei Ihr Vater!«

Diana hob abwehrend die Hand.

»Kann ich Ihnen wenigstens nebenbei erklären, daß Mr. Selsbury nicht mein Vater ist?«

Julius gab ihr gnädig die Erlaubnis dazu.

»Dieser Doppelgänger ist wirklich wunderbar! Ich gab noch heute morgen meiner Frau Verhaltungsmaßregeln. Wenn sie einen Kerl sieht, der mir aufs Haar gleicht und in das Haus eindringen will, während ich fort bin, muß sie ihn zuerst das Hemd ausziehen lassen – ich habe nämlich ein Muttermal auf meiner Schulter.«

Diana wandte sich an Bobby.

»Warum sollte er denn ausgerechnet hierherkommen?« fragte Bobby, obgleich er sehr wohl wußte, daß der Inhalt des Geldschrankes einen Besuch rechtfertigen würde.

»Das sagen die Leute immer vorher. Aber der Doppelgänger weiß stets, warum er kommt. Meine Frau meinte auch, warum er denn gerade zu uns kommen solle – sagen Sie einmal, was ist denn in dem Geldschrank? Doch nicht etwa wertvolle Dinge?«

»Da ist nicht viel drin«, erklärte Diana hastig. »Erzählen Sie uns doch noch etwas mehr von diesem Menschen.«

Mr. Superbus lächelte selbstgefällig.

»Ich bin die größte lebende Autorität über ihn«, erwiderte er bescheiden. »Er ist ein sehr gerissener Junge und arbeitet immer mit einem Mädchen zusammen. Ich weiß es nicht genau, aber nehmen Sie einmal an, daß sie seine Frau ist. Sie hat die Aufgabe, vorher den Mann auszuholen, den der Doppelgänger berauben will. Verstehen Sie mich?«

»Ja, sie ist so eine Art Lockvogel, die das Opfer auskundschaftet.«

»Nur auskundschaften?! Das versteht sie bestimmt aus dem Effeff. Aber es wäre viel leichter, Ihnen das alles zu erklären, wenn Sie eine verheiratete Frau wären.«

»Bilden Sie sich einmal ein, ich wäre das. Sie muß ihn natürlich sehr genau kennenlernen?«

»Ja, sie muß mit ihm eine Freundschaft – eine Art Verhältnis anfangen.«

»Ist das immer der Fall?« unterbrach ihn Bobby. »Den alten Smith haben sie doch auf diese Art und Weise nicht hereingelegt? Der ist doch schon fünfundsechzig!«

Mr. Superbus amüsierte sich.

»Aber natürlich! Die Leute von fünfundsechzig an sind ja oft die allertollsten! Mit denen können die Weiber machen, was sie wollen. Sie macht sich am liebsten an Denker heran. Sie kann sich sehr gut benehmen und hat eine gebildete Sprache – Sie wissen ja, wie guterzogene Damen reden.«

»Gibt sie sich als verheiratet aus?« fragte Diana.

»Ja, es ist immer ein Gatte im Hintergrund. Manchmal lebt er außer Landes, manchmal ist er in einer Irrenanstalt, auf jeden Fall ist er zunächst einmal nicht da.«

Bobby schwankte und hielt sich an der Tischkante fest. Glücklicherweise bemerkte es Diana in ihrer Aufregung nicht.

»Und wie geht die Sache weiter?« Diana war nervös geworden.

»Nun, sie sorgt dafür, daß er wegkommt. Sie lockt ihn irgendwohin, man kann es gar nicht anders nennen. Und während die beiden nun fort sind, erscheint der Doppelgänger als der Abgereiste, er hat genau seine Stimme, alle Einzelheiten sind bis ins letzte kopiert. Das Mädchen hat ja wochen- oder monatelang Zeit dazu, alles zu studieren und es dem Doppelgänger mitzuteilen. Verstehen Sie mich? Das habe ich alles selbst herausgebracht.«

»Ja, und was macht denn das Mädchen?« fragte Diana.

»Die zieht sich natürlich zurück. Sie schützt vor, daß ihr Mann unerwartet aus dem Ausland zurückgekommen ist, oder so etwas Ähnliches, aber sie richtet es schon so ein, daß das Opfer nicht nach Hause zurückkehren kann. Gewöhnlich hat er seinen Bekannten gesagt, daß er etwa vierzehn Tage fortbleiben wird, und dann kann er natürlich nicht ohne weiteres zurückkehren.«

»Das ist aber alles furchtbar gerissen eingefädelt«, sagte Diana entsetzt.

»Das habe ich auch immer behauptet«, erwiderte Mr. Superbus ernst. »Wenn sich ein Mann erst so weit mit einer Dame eingelassen hat –«

»Aber jedenfalls brauchen wir uns in dieser Beziehung keinerlei Sorgen über Mr. Selsbury zu machen.« Diana lächelte beruhigt.

Aber Mr. Superbus schien nicht ganz ihrer Meinung zu sein, denn er war sehr beunruhigt. Er sah sich geheimnisvoll um.

»Ist Mr. Selsbury schon abgereist?«

Diana nickte.

»Wann will er denn zurückkommen?«

»Etwa in einer Woche.«

Superbus fuhr sich mit der Hand über die Stirn.

»Ja, das ist nun eine sehr delikate Angelegenheit – ich bin ja ein verheirateter Mann, Madam – Miss. Ist er auf eine Geschäftsreise gegangen oder –«

»Oder?«

»Ich meine – hat man ihn nicht vielleicht von hier weggelockt – ihn wegbugsiert?«

Diana lachte.

»Nein, da können Sie ohne Sorge sein. Mr. Selsbury läßt sich nicht wegbugsieren.« Plötzlich kam ihr ein Gedanke. »Wie sieht denn die Frau aus, die mit dem Doppelgänger zusammenarbeitet? Ist sie sehr schön?«

»Ach ja, sie wird im allgemeinen so beschrieben.«

»Gehst du fort, Bobby?«

Bobby folgte dem Detektiv aus dem Zimmer.

»Ja, ich habe jetzt eine wichtige Unterredung«, sagte er ein wenig zusammenhanglos. Es war immer noch Zeit, Gordon zurückzuhalten, und er hatte sich zu dieser äußersten Maßnahme entschlossen.

Nachdem Bobby gegangen war, klingelte Diana. Als Eleanor eintrat, saß sie am Schreibtisch und löschte gerade ein Kuvert ab.

»Ziehen Sie sich an, Eleanor, und geben Sie diesen Brief im Marble-Arch-Hotel ab. Nehmen Sie ein Auto.«

»Jawohl, Madam«, sagte Eleanor erstaunt.

»Fragen Sie, ob Sie Mr. Dempsi sprechen können.«

Diana machte den Versuch, vollständig gleichgültig zu erscheinen, es gelang ihr aber vollkommen vorbei.

»Wenn er den Brief küßt oder irgend etwas Derartiges tut – brauchen Sie nicht erstaunt zu sein – der Herr ist sehr impulsiv – es ist auch möglich, daß er Sie selbst küßt!«

»Wirklich?«

»Aber er denkt sich nichts dabei.« Diana war sehr diplomatisch und baute vor. »Er hat die Angewohnheit, alle Leute zu küssen, wenn er sie sieht. Ich wäre nicht einmal erstaunt, wenn er mich selbst küssen würde, wenn er hierherkommt. Wir sind alte Freunde – und in Australien macht man das so.«

»Ach, das ist aber interessant«, erwiderte Eleanor. Ihr Interesse an Australien war erwacht.

»Ich fürchte, daß Mr. Selsbury das nicht verstehen würde«, fuhr Diana gleichgültig fort. »Manche Männer haben einen furchtbar engen Horizont. Wenn Sie ihm das erzählten –«

»Ich würde mir nicht im Traume einfallen lassen, zu Mr. Selsbury darüber zu sprechen«, entgegnete Eleanor etwas beleidigt.

Sie kam noch einmal herein, bevor sie fortging.

»Entschuldigen Sie, Miss Ford, aber wenn es passieren sollte, daß mich dieser fremde Herr küßt, dürfte ich Sie dann bitten, Mr. Trenter gegenüber nichts davon zu erwähnen?«

»Darauf können Sie sich verlassen – wir Frauen müssen doch zusammenhalten.«

Sie schaute Eleanor nach, bis sie außer Sicht gekommen war, dann warf sie sich in ihren Stuhl zurück. Die Zeitungen lagen noch alle ungelesen auf dem Schreibtisch, und sie nahm eine auf, um sich zu zerstreuen. Aber es gelang ihr nicht. Plötzlich hörte sie ein Klopfen und wandte sich um. Es schien aber nicht von der Tür, sondern vom Fenster herzukommen. Man konnte einen kleinen, viereckigen Teil des unteren Fensters öffnen. Sie schaute näher hin und sah den Schatten eines Kopfes dort.

»Wer ist dort?« fragte sie.

Dann hörte sie eine Stimme, die sie bis ins Innerste traf.

»Erkennst du meine Stimme nicht, Geliebte?«

»Giuseppe Dempsi!« sagte sie atemlos. »Du darfst nicht hereinkommen! Onkel Artur ist nicht zu Hause, und ich kann dich nicht empfangen!«

Mit äußerster Willensanstrengung öffnete sie das Fenster und schaute in ein bärtiges Gesicht und in glänzende Augen. Mr. Dempsi trug einen breitkrempigen Hut, den er ins Gesicht geschoben hatte, und um seine Schultern hing ein langes, schwarzes Cape – er hätte direkt von einer Opernbühne entlaufen sein können.

»Ich – ich kann dich jetzt nicht sehen – wirklich, ich kann nicht! Kannst du nicht nächsten Mittwoch wiederkommen?«

Das war also Dempsi! Sie sah dunkel einige Ähnlichkeit mit dem bartlosen jungen Mann, den sie gekannt hatte. Diese wildblitzenden Augen, diese heftigen Bewegungen – das war er!

»Diana«, rief er leidenschaftlich, »ich bin aus dem Grabe zurückgekommen, um meine alten Rechte an dich geltend zu machen!«

»Ja, ja, ich weiß, aber nicht jetzt«, sagte sie ganz verzweifelt. »Geh bis drei Uhr zu deinem Grab zurück, dann werde ich dich sprechen können.«

Der Schatten verschwand. Wie mochte er nur dort hingekommen sein? Sie sah, wie er mit einer Behendigkeit über die Mauer kletterte, die sie bei anderer Gelegenheit sicherlich bewundert hätte. Langsam ging sie auf ihr Zimmer hinauf, schloß sich ein und setzte sich müde auf ihr Bett.

Früher einmal hatte ihre Tante einen Revolver geladen, um diesen Dempsi zu erschießen. Die Tränen kamen ihr in die Augen.

»Liebe Tante«, schluchzte sie, »du hast doch eine große Menschenkenntnis gehabt!«

13

Gordon zögerte noch vor dem großen Spiegel des Zimmers, das er im Hotel gemietet hatte. Er hatte das Rasiermesser in der Hand, der kleine Backenbart war eingeseift. Es gibt keinen feierlicheren Akt, als wenn Männer sich den Bart abnehmen. Es liegt so etwas Unwiderrufliches, so etwas von Selbstaufopferung darin, daß man sich wundern muß, warum so wenige große Dichter dieses Thema behandelt haben.

Er biß die Zähne zusammen und ging mit fester Hand zum Angriff über. Die breite Klinge blitzte im Sonnenlicht . . . es war geschehen.

Er reinigte sein Gesicht vom Seifenschaum und betrachtete dann das Resultat im Spiegel. Sein Aussehen hatte sich tatsächlich vollkommen verändert. Er betrachtete sich erstaunt – er sah zehn Jahre jünger aus.

»Wie ein Junge!« rief Gordon aus. Seine Gefühle hielten zwischen Freude und Verzweiflung die Mitte.

Bis jetzt hatte er sich seinen Anzug noch nicht besehen. Er hatte beinahe schon wieder vergessen, wie dieses moderne graue Karo mit den roten Tupfen aussah . . .

»Mein Gott!« sagte er plötzlich.

Er war kein Stutzer. Einmal hatte ihm Diana einen solchen Ausruf entlockt. Aber Dianas modernstes Kleid war zahm im Vergleich zu diesem Kunstwerk des Schneiders, das auf dem Bett lag.

Das konnte er doch unmöglich anziehen! Aber der schwarze Cut, den er jetzt trug, und der glänzende Zylinder waren für eine kurze Seereise ebenfalls unmöglich.

Die Zeit verging im Fluge, er mußte sich entschließen. Also zog er zunächst einmal die Beinkleider an. Er betrachtete sich im Spiegel, sie sahen eigentlich gar nicht so schlecht aus ... er machte sich fertig.

Nun stand er in seiner vollen Größe vor dem Spiegel, staunte und bewunderte sich. Eins war sicher: Auch sein bester Freund hätte ihn so nicht wiedererkannt. Außerdem konnte er ja seinen Mantel anziehen, der verdeckte fast alles. Dieser neue Gordon Selsbury faszinierte ihn geradezu.

»Wie geht es Ihnen?« fragte er sein Spiegelbild freundlich. Die Gestalt in dem Spiegel machte eine höfliche Verbeugung.

Plötzlich erschrak Gordon – er hatte zuviel Zeit mit dem Umziehen versäumt. Er packte schnell und klingelte dann dreimal nach dem Hausdiener. Das Zimmermädchen erschien. Glücklicherweise war es ein Durchgangshotel, Gäste kamen über Nacht und verließen das Haus am Morgen wieder. Niemand erkannte jemand, es sei denn, daß Rechtsanwälte durch ihre Leute schnelle und dringende Nachfragen stellen oder das Gästebuch einsehen ließen.

Zehn Prozent der Hotelangestellten waren dauernd als Zeugen vor Gericht beschäftigt.

»Rufen Sie mir den Hausdiener!« sagte Gordon. Als dieser erschien, gab er ihm Instruktionen wegen des Handkoffers, in den er seinen Anzug verpackt hatte, und wegen der Hutschachtel. Erst jetzt fiel es ihm ein, daß man nicht im Zylinder nach Schottland reist, und er war sehr froh, daß Diana ihn nicht gesehen hatte, als er sein Haus verließ.

Der Würfel war nun gefallen. Er nahm den anderen Koffer, zahlte seine Hotelrechnung und trat auf die Straße. Die Uhren schlugen gerade Viertel vor elf, als er auf den Victoria-Bahnhof kam. Der Zug fuhr um elf. Er brauchte sich nicht um Plätze zu bemühen, er hatte die Platzkarten in der Tasche. Glücklicherweise war das Wetter ziemlich schlecht – Sonnenschein und Regen wechselten miteinander ab, und es wehte ein ziemlich heftiger Wind. Er konnte also getrost den Kragen seines Mantels hochschlagen. Auf dem Anschlagbrett las er: Wind Nordnordwest, See mäßig bewegt bis stürmisch, Sicht gut.

Er war auf jeden Fall froh, daß die Sicht gut war.

Dann schaute er sich nach Heloise um. Sie wollten sich erst kurz vor Abgang des Zuges treffen.

Zehn Minuten vor elf wurde er unruhig. Aber plötzlich sah er sie auf sich zueilen. Sie drehte sich ein paarmal ängstlich um, und es lag ein Ausdruck in ihrem Gesicht, vor dem er erschrak.

»Folgen Sie mir in den Wartesaal!« Sie war an ihm vorbeigehuscht und hatte ihm nur diese Worte zugeflüstert. Wie im Traum nahm Gordon seinen Koffer auf und ging ihr nach. Der große Raum war fast leer.

»Gordon, es ist etwas Schreckliches passiert!« Ihre Aufregung und Unruhe übertrugen sich auf ihn. »Mein Mann ist unerwartet vom Kongo zurückgekehrt. Er verfolgt mich . . . er ist rasend, er ist wild! Ach, Gordon, was habe ich getan!«

Er wurde nicht ohnmächtig, er ertrug diese Situation, ohne das Bewußtsein zu verlieren.

»Er sagt, ich hätte meine Neigung und Liebe einem anderen geschenkt, und er würde nicht eher ruhen, bis er diesen anderen tot zu meinen Füßen niedergestreckt hätte. Er hat gedroht, furchtbare Dinge zu tun – er ist ein Bewunderer Peters des Großen.«

»So, ist er das?« Gordons Frage war kaum am Platz, aber es fiel ihm im Augenblick nichts Besseres ein. Auch war er kein bißchen an Mr. van Oynnes historischen Neigungen interessiert.

»Gordon, Sie müssen nach Ostende fahren und dort auf mich warten«, sagte sie schnell. »Ich komme so bald wie möglich nach . . . . o mein Lieber, Sie wissen nicht, wie ich leide!«

Gordon war so sehr mit sich selbst beschäftigt, daß es ihm gleichgültig war, was andere Menschen fühlten.

»Haben Sie ihm denn nicht erzählt, daß unsere ... unsere Freundschaft nur ... geistiger Art ist?«

Sie lächelte schwach und traurig.

»Mein lieber Gordon ... wer würde denn das glauben? Aber beeilen Sie sich jetzt – ich muß gehen.«

Ihre Hand lag einen kurzen Augenblick lang zitternd auf seinem Arm, dann war sie verschwunden.

Er nahm seinen Koffer, der ihm merkwürdig schwer vorkam, und folgte ihr in den Bahnhof. Aber sie war nirgends mehr zu sehen.

Ein Gepäckträger bot ihm seine Dienste an.

»Zug nach dem Festland, Sir? Haben Sie einen reservierten Platz?«

Gordon schaute auf die Uhr. Es war fünf Minuten vor elf.

»Der Zug nach Ostende geht um elf Uhr fünf, mein Herr.«

»Ich dachte um elf«, sagte Gordon verwirrt.

»Sie haben noch sehr viel Zeit, Sir.«

Gordon stand wie erstarrt da. Seine Gedanken arbeiteten plötzlich nicht mehr. Er war im Augenblick unfähig, sich zu einem Entschluß aufzuraffen oder sich zu rühren.

»Besorgen Sie mir ein Auto.«

»Jawohl, mein Herr.«

Der Gepäckträger nahm ihm den Koffer aus der Hand, Gordon leistete keinen Widerstand. Er folgte dem Mann ins Freie, absolut hilflos.

»Wohin wünschen Sie zu fahren?«

Der Träger stand da, hatte den Wagenschlag in der Hand und lächelte freundlich. Er hatte nämlich noch nicht sein Geld bekommen.

»Nach Schottland«, sagte Gordon heiser.

»Schottland – Sie meinen wohl Scotland Yard?«

Plötzlich arbeiteten die Räder in Mr. Selsburys Gehirn wieder.

»Nein, nicht doch, ich will ins Grovely-Hotel.« Das Trinkgeld, das er dem Träger in die ausgestreckte Hand drückte, war sehr hoch.

Der Wagen setzte sich in Bewegung, und der Bahnhof war bald außer Sicht.

Zur selben Zeit suchte Bobby Selsbury fieberhaft den ganzen Zug ab und eilte von Abteil zu Abteil, um seinen Bruder zu finden.

Gordon war nun ruhiger geworden, obwohl er noch keineswegs aus der Gefahrenzone war. Er überlegte. Einen eifersüchtigen, rachegierigen Ehemann, der Waffen trug und wahrscheinlich Mordabsichten hatte, konnte er nicht ganz aus seinen Gedanken verdrängen. Gordon war neugierig, ob er in seiner Bibliothek eine ungekürzte Ausgabe der Geschichte Peters des Großen finden werde.

Der Hotelportier war geschäftsmäßig erfreut, als er wieder zurückkehrte.

»Lassen Sie den Wagen warten«, sagte Gordon. Er war nicht ganz sicher, ob er ohne fremde Hilfe fähig war, sich ein anderes Auto zu besorgen.

Er erhielt seinen Schlüssel wieder, ging in sein Zimmer und klingelte nach dem Hausdiener. An seiner Stelle kam der Portier.

»Ach, Sie wollten den Hausdiener sprechen? Der ist nicht mehr im Dienst, er geht am Sonnabend schon um elf.«

»Wann wird er denn wieder dasein?«

»Erst am Montag, mein Herr. Wir haben jede zweite Woche einen ganzen Tag frei. Kann ich irgend etwas für Sie tun?«

Gordon schüttelte den Kopf. Er wollte nur den anderen Koffer und sein verlorenes, achtbares Aussehen wieder haben. Er legte seinen Überzieher ab und schaute in den Spiegel.

»Das bin ich nicht mehr«, sagte er gebrochen.

Sein Aussehen hatte sich vollkommen verändert, seitdem er sich zum letztenmal im Spiegel betrachtet hatte. Die Type, die er da vor sich sah, kam ihm bekannt vor – er hatte sie irgendwo in einem Film gesehen, wo jedermann hinter jedem herlief.

Es gab nun zwei Möglichkeiten für ihn. Er konnte hierbleiben und sich so lange als Gefangener in diesem Raum aufhalten, bis der Diener zurückkam, oder er konnte unbeobachtet nach Hause gehen und sich umziehen. Er hatte sehr viele schwarze Cuts, ganze Batterien von Zylindern und Wälder von gestreiften Beinkleidern. Dieser Gedanke hatte etwas Anziehendes. Diana würde um ein Uhr zu Mittag essen. Das Eßzimmer lag seinem Studierzimmer gegenüber auf der anderen Seite der Diele. Es wäre eine einfache Sache, nach oben zu gehen, sich umzukleiden und sich dann einer erstaunten Diana vorzustellen. Wie verwundert würde sie sein, und wie interessant und unterhaltsam wäre das für ihn selbst!

»Du hast wohl nicht erwartet, mich schon wieder hier zu sehen? Nun, ich erhielt im letzten Augenblick vor Abgang des Zuges ein dringendes Telegramm. Beinahe wäre der Zug auf und davon gewesen. Mein Backenbart? Ach, den habe ich abrasiert, um dir eine kleine Überraschung zu bereiten. Du findest auch, daß ich so besser aussehe?«

Er begeisterte sich für diesen Plan.

Er freute sich auch, daß er heute abend wieder in seinem eigenen Bett schlafen konnte. Und er würde wieder bei Diana sein. Bis jetzt hatte er viel zuwenig auf ihre Gesellschaft geachtet. Ihre Bedeutung für ihn wuchs, das gestand er sich selbst ein. Wenn Heloise nach Ostende fahren würde, dann wäre das allerdings sehr peinlich. Der Gedanke, daß sie seinetwegen umsonst reiste, war ihm unsympathisch, aber sie würde ja erst in ein oder zwei Tagen fahren, und er konnte inzwischen Mittel und Wege finden, sich mit ihr in Verbindung zu setzen.

Er schauderte, denn im Hintergrund tauchte wieder der rachsüchtige Ehemann auf, dieser große, brutale Mensch, der verrückt war, verrückt, wahnsinnig!

Gordon mußte noch zwei Stunden warten, bevor er seinen Plan ausführen konnte.

Er zog dann seinen Mantel an und fuhr mit dem Fahrstuhl hinunter. Sein Wagen wartete noch, der Taxameter war allerdings inzwischen zu einer ziemlichen Höhe emporgeklettert. Er hatte überhaupt nicht mehr an das Auto gedacht. An seiner Straßenecke zahlte er den Chauffeur und ging schnell auf sein Haus zu. Er hatte den Mantelkragen hochgeschlagen. Glücklicherweise war die Straße vollkommen leer. Er rannte beinahe bis in die kleine Seitenstraße und schloß mit zitternder Hand das rückwärtige Tor auf. Wenn die Riegel nun vorgeschoben waren! Aber die Tür bewegte sich nach innen, und er sah darauf die wohlbekannten Fenster seines Studierzimmers. Er schlich sich auf Zehen zu dem kleinen hinteren Eingang und lauschte. Er konnte kein Geräusch hören. Mit größter Vorsicht schloß er auf und öffnete die Tür zuerst einen Spalt, dann ein wenig weiter, schlüpfte hinter den Vorhang, der die Tür verbarg und zog sie hinter sich zu.

Das Zimmer war leer, die beiden Türen zur Diele waren angelehnt. Er konnte das feierliche Ticken der Großvateruhr im Treppenhaus hören.

Er hatte sich überlegt, daß er sich zuerst mit Bobby in Verbindung setzen mußte. Er lauschte in die Diele hinaus und hörte ein schwaches Geklirr von Tellern. Diana war also, wie er erwartet hatte, beim Mittagessen. Er schloß leise die Stofftür, dann die Holztür, schob einen Riegel vor und ging auf Zehenspitzen durch das Zimmer. Jetzt war er Diana dankbar, daß sie das Telefon in sein Studierzimmer hatte legen lassen.

Bobbys Büro meldete sich. Ein Angestellter, der sich verspätet hatte, bediente das Telefon noch.

»Nein, Sir, Mr. Selsbury ist heute nicht im Geschäft.«

Gordon hängte den Hörer wieder ein, ohne seinen Namen zu nennen. Dann rief er Bobbys Wohnung an, hatte aber keinen besseren Erfolg. Er verschwendete wertvolle Zeit – Bobby konnte ja noch warten. Mit einem glücklichen Lächeln richtete er sich auf. Er war wieder zu Hause! Diana würde natürlich sehr erstaunt sein, wenn sie ihn sähe!

Er ging quer durch den Raum zur Diele. Seine Hand lag schon auf der Türklinke, als er sich noch einmal umschaute und plötzlich bemerkte, daß sich der Vorhang bauschte, der die Geheimtür verbarg. Er dachte daran, daß er die Tür offengelassen hatte und wollte gerade zurückkehren, um sie zu schließen, als eine Hand den Rand des Vorhangs faßte. Gordon blieb wie angewurzelt stehen. Wieder bewegte sich der Vorhang, und nun wurde eine Frau sichtbar. Es war Heloise!

Gordon traute seinen Augen nicht. Sicher war das eine Halluzination seiner überhitzten Phantasie und ein Symptom dafür, daß seine Nerven nicht mehr in Ordnung waren.

»Sie sind es doch nicht wirklich?« fragte er ganz verwirrt.

»Gordon!« Er sah ihre ausgestreckten Hände und den unendlich traurigen Blick ihrer Augen.

»Wie sind Sie denn hierhergekommen?« fragte er verzweifelt.

»Auf demselben Weg, den auch Sie genommen haben. Ich folgte Ihnen, Gordon. Er ist so fürchterlich, Sie müssen mich beschützen!«

Er starrte sie entsetzt an.

»Ach, Sie meinen – Peter?« Er nickte.

»Peter? Nein, ich meine Claude, meinen Mann ... Er weiß alles!«

Heloise kam jetzt auf ihn zu und legte ihre beiden Hände auf seinen Arm.

»Ich kann doch hier in Ihrem Haus bleiben – Sie werden mich doch nicht auf die Straße werfen? Er war hinter mir her, aber ich bin seinen Verfolgungen glücklich entgangen!«

»Was, Sie wollen hier bleiben?« Gordon erkannte kaum seine eigene Stimme wieder. »Sind Sie verrückt – sind Sie wahnsinnig?«

Sie schaute ihn argwöhnisch an.

»Sind Sie etwa verheiratet?«

»Nein!« Aber plötzlich kam ihm eine Erleuchtung. »Ja!«

»Ja – nein«, sagte sie ungeduldig. »Was sind Sie denn – geschieden?«

»Nein. Sie müssen doch einsehen, daß das nicht geht, Heloise!«

»Sie sind mit Diana verheiratet!« rief sie anklagend.

Gordon nickte ganz verwirrt.

»Sie müssen wirklich gehen, sonst bin ich ruiniert!«

Sie trat einen Schritt zurück und stemmte die Arme in die Hüften.

»Und was erbe ich bei diesem Ruin?« fragte sie.

»Sie müssen zu Ihrem Mann zurückgehen!« Seine Gedanken begannen sich wieder zu sammeln. »Sie müssen ihm sagen, daß Sie einen Irrtum begangen haben!«

»Das vermutet er schon so«, klagte sie. Langsam legte sie ihren Mantel ab. Gordon eilte zu ihr hin und wollte sie daran hindern.

»Ziehen Sie ihn schnell wieder an!« sagte er, aber sie machte sich von ihm frei.

»Ich gehe nicht – unter keinen Umständen gehe ich fort! Gordon, Sie können mich doch nicht auf die Straße werfen, nach allem, was wir einander waren!«

Er schob sie nach der Hoftür zu. Er war außer sich vor Furcht und hoffte kaum noch auf eine glückliche Lösung.

»Schnell durch diese Tür«, zischte er ihr zu. »Ich treffe Sie in einer halben Stunde in irgendeinem Restaurant. Heloise, verstehen Sie denn nicht, mein guter Ruf hängt davon ab –«

Aber nun ließ sie die Maske vollkommen fallen.

»In einem Restaurant – wollen Sie mich wirklich den Löwen zum Fraß vorwerfen?«

Er sah sie erbittert an. War es möglich, daß eine Frau in einem so ernsten Augenblick noch dumme Witze machen konnte?

»Ihr guter Ruf kümmert mich gar nicht«, sagte sie kühl. »Deswegen würde ich nicht den kleinsten Schritt tun. Ich werde dieses Haus nicht – allein verlassen!«

Gordon bedeckte seinen Mund mit der Hand, obwohl er ja gar nicht sprechen, sondern nur ihr die Rede abschneiden wollte. Aber er stand zu weit von ihr entfernt, um ihr den Mund zuhalten zu können. Seine unfreiwillige Geste hatte aber wenigstens den Erfolg, daß sie schwieg. Plötzlich klopfte es an der Tür.

»Wer ist in dem Zimmer?« fragte Diana.

Gordon zeigte auf die Seitentür und suchte Heloise durch Gebärden verständlich zu machen, daß sie gehen solle, aber sie reagierte nicht darauf.

»Wer ist hier?« fragte Diana lauter.

»Schnell durch die Seitentür«, flüsterte Gordon.

Heloise schüttelte den Kopf, zögerte und trat dann leise hinter den Vorhang. Das war ihr einziges Zugeständnis.

»Wer hat die Tür abgeschlossen?«

Dianas Stimme war jetzt dringend und erregt. Gordon zog seinen Rock zurecht, fuhr mit der Hand über das Haar, schloß die Tür auf und öffnete sie weit.

»Es ist alles in Ordnung, meine liebe Diana!« Er grinste geistlos und fade. »Haha – Gordon ist wieder da! Gord, wie du ihn immer nennst. Ich komme gerade nach Hause. Hier bin ich ... hier bin ich wieder wie ein falscher Pfennig!«

Diana war ganz starr vor Schrecken, als sie hereintrat.

Sein Mut sank, aber er hielt sich durch die Überzeugung aufrecht, daß sie schließlich überhaupt kein Recht hatte, sich in diesem Hause aufzuhalten. Er war doch der Hausherr, er war die höchste Autorität in seinen eigenen vier Wänden, obwohl er sich eben wie ein Dieb ins Zimmer geschlichen hatte.

Sie betrachtete ihn schnell von Kopf bis zu Fuß und bemerkte eine fabelhafte Ähnlichkeit mit Gordon. Aber dann sah sie ihn genauer an: Er war etwas korpulenter als ihr Vetter (der graue Sportanzug mit den roten Tupfen brachte diesen Eindruck hervor), er war auch kleiner. Außerdem hatte er einen ganz gewöhnlichen Geschmack. Anscheinend wollte er sich durch diesen Aufzug als Sportsmann legitimieren. Gordon war ein Ruderer und ging auf die Jagd, aber er hätte sich niemals in einer solchen Aufmachung blicken lassen. Sie überlegte sich das schnell, ihre Gedanken rasten. Er dachte überhaupt nicht mehr. In Dianas Augen sah er jenes Leuchten, das er nicht liebte, und als sie auf ihn zuging, wich er vor ihr zurück.

»Aber das ist doch nur der alte Gordon, haha!« scherzte er schwach.

»So, Sie sind nur der alte Gordon!« Sie nickte verstehend. »Setzen Sie sich einmal dorthin, alter Gordon!«

»Nun hör doch einmal zu, liebes Kind! Ich will dir alles erklären. Ich habe meinen Zug versäumt ...«

Sie öffnete langsam eine Schublade des Schreibtisches, ließ ihn dabei aber nicht aus den Augen. Plötzlich hielt sie eine Browningpistole in der Hand.

Er hörte, wie sie lud und entsicherte.

»Aber was tust du denn da, Diana!« rief er.

Sie sah ihn durchbohrend und vernichtend an.

»Wollen Sie bitte so liebenswürdig sein, mich nicht mehr Diana zu nennen«, erwiderte sie eisig. »Sie sind also doch gekommen, sehen Sie einmal an. Und selbst ich, die gewöhnlich auf alles gefaßt ist, habe Sie nicht erwartet! Aber Sie sind zu einer glücklichen Stunde gekommen, mein Freund!«

»Aber begreife doch, mein liebes Mädel!«

»Unterlassen Sie gefälligst die Vertraulichkeiten!« Energisch wies sie wieder auf einen Stuhl, und er setzte sich gehorsam. »Und bilden Sie sich ja nicht ein, daß ich mich von Ihnen täuschen lasse – ich kenne Sie!«

»Du kennst mich?« fragte er heiser. Er wußte bald nicht mehr, ob er sich selbst noch kannte.

»Ich kenne Sie«, wiederholte sie langsam. »Sie sind der Doppelgänger!«

Er sprang auf, aber sie erhob sofort die Pistole. Er gestikulierte wild mit den Händen und wollte sprechen.

»Sie sind der Doppelgänger!«. Ihre Augen blitzten unheimlich. »Ich weiß alles von Ihnen – Sie erscheinen in der Gestalt Ihrer Opfer – Sie und die Frau, mit der Sie zusammenarbeiten, locken unschuldige Männer von ihren Häusern weg, damit Sie sie ausplündern können.« Sie schaute sich um. »Wo ist denn die Frau? Ist sie nicht auf der Szene? Oder ist ihre Aufgabe zu Ende, wenn sie die Leute weggelockt hat?«

»Diana, ich schwöre dir, du irrst dich, ich bin dein Vetter Gordon!«

»Mein lieber Doppelgänger, Sie sind diesmal nicht so sorgfältig zu Werk gegangen wie früher. Lassen Sie sich aber die Tatsache, daß ich Sie eben so freundlich angeredet habe, nicht zu Kopf steigen! Sie haben Ihr augenblickliches Opfer nicht genau genug studiert. Mein Vetter Selsbury trägt einen Backenbart – wußten Sie das nicht?«

»Ich – ich hatte einen Unfall! In Wirklichkeit nahm ich ihn ab, um dir zu gefallen – dir zuliebe!«

Ihr verächtliches Lächeln erschütterte ihn vollständig.

»Mein Vetter Gordon gehört nicht zu den Männern, die Unfälle mit ihren Backenbärten haben«, sagte sie nachdrücklich. »Nun erzählen Sie mir einmal, wo Ihre Freundin steckt.«

Er versuchte von dem Vorhang fortzuschauen und starrte feierlich geradeaus, aber dann wanderten seine Augen doch unfreiwillig zu dem Ausgang nach dem Hof. Diana folgte seinen Blicken und sah plötzlich, daß sich der Vorhang leise bewegte.

»Kommen Sie, bitte, hervor!«

Es kam keine Antwort.

»Kommen Sie hervor – oder ich schieße sofort!«

Sie sah, wie sich der Vorhang bewegte. Heloise stürzte kreidebleich ins Zimmer und warf sich dem vollständig geschlagenen Gordon an die Brust.

»Schütze mich doch, sie darf nicht schießen! Sie darf nicht schießen!« schrie sie los.

Diana nickte befriedigt.

»Das ist also Ihr Mann?« konstatierte sie.

Sie ging zur Tür und schloß sie ab.

»Nun hören Sie einmal zu, Herr und Frau Doppelgänger, oder welchen Namen Sie sonst führen mögen. Sie sind hierhergekommen, um einen ganz gemeinen Betrug auszuführen. Wenn ich wollte, könnte ich sofort zur Polizei schicken, um Sie dem Arm der Gerechtigkeit auszuliefern. Ich bin aber noch nicht ganz sicher, ob ich das tun werde. Im Augenblick ist Ihre Gegenwart jedenfalls wie von der Vorsehung herbeigeführt. Gordon Selsbury!« sagte sie dann verächtlich. »Glauben Sie vielleicht, daß Gordon Selsbury heimlich eine Frau in dieses Haus bringen würde? Bilden Sie sich ein, er würde wie ein drittklassiger Komödiant in einem derartigen Aufzug erscheinen? Erwähnen Sie nie wieder Mr. Selsburys Namen in meiner Gegenwart!«

Gordon öffnete und schloß seinen Mund, aber er brachte keinen Ton hervor.

»Sie werden jetzt in diesem Zimmer bleiben, bis ich Ihnen erlaube, etwas anderes zu tun! Sie haben doch einen Schlüssel zu dieser Tür gehabt, geben Sie ihn sofort her!«

Gordon gehorchte lammfromm und beobachtete, wie sie die Tür nach dem Hofe zweimal verschloß. Dann machte er einen letzten, verzweifelten Versuch, sich aus dieser Situation zu retten.

»Diana, ich kann dir doch alles erklären«, sagte er verzweifelt. »Ich bin – es ist wirklich so – ich will dir die Wahrheit erzählen. Ich war im Begriff abzureisen, und – ich bin tatsächlich Gordon, obwohl der Schein gegen mich ist. Ich gebe ja gern zu, daß ich einen ganz abscheulichen Anzug trage und daß ich auch in anderer Weise mein Aussehen verändert habe, aber das kann ich dir alles genau erklären –«

Es klopfte an die Tür.

»Warten Sie!« sagte Diana und ging zur Tür. »Wer ist dort?«

»Eleanor. Es ist ein Telegramm gekommen!«

»Schieben Sie es unter der Tür durch!«

Ein gelbes Formular wurde sichtbar, sie riß es auf und las.

»Nun, fahren Sie doch fort!« wandte sie sich an Gordon. »Sie sagen, Sie seien Gordon Selsbury? Erzählen Sie mir nur noch ein wenig mehr. Aber hören Sie vorher einmal zu, was ich Ihnen vorlese: ›Habe gerade Custon verlassen. Sei vorsichtig. Gordon.‹ Wir wollen uns nun gegenseitig nichts mehr vormachen. Beichten Sie mir alles, kleiner Bursche! Schütten Sie mir Ihr Herz aus! Wer sind Sie: Gordon Selsbury oder der Doppelgänger?«

»Irgend jemand«, sagte er, verzweifelt wie ein Verdammter.

»Gordon Selsbury oder der Doppelgänger?« fragte sie unbarmherzig.

Er streckte seine Hände aus und ließ sie resigniert wieder fallen.

»Der Doppelgänger!« stöhnte er kaum vernehmlich.

Von den beiden Rollen erschien ihm diese als die glaubwürdigere.

14

Gordon hatte niemals einen Menschen gesehen, der so verwirrt und verängstigt war wie Heloise. Das war der einzige klare Eindruck, den er von diesem unangenehmen Auftritt hatte. Sie, die selbstbewußte Dame, die Frau mit der feinen Seele, die sich hoch über alle gewöhnlichen Grade der Menschheit erhob, schien unter Dianas beherrschenden Blicken vollständig zusammengebrochen zu sein. Gordon seufzte, band seine Flanellschürze ein wenig fester und hätte gern gewußt, wo Trenter das Putzpulver aufbewahrte. Es war wenigstens gut, daß der Hausmeister nicht anwesend war und nicht Zeuge der Erniedrigung seines Herrn werden konnte. Denn Diana hatte ihn in den schlechtbeleuchteten Anrichteraum gesteckt und ihm den Auftrag gegeben, das Silber zu putzen und außerdem sofort zu erscheinen, wenn er gerufen werde.

Gordon seufzte verzweifelt und nahm sich ein silbernes Sahnekännchen vor, aber mit dem Herzen war er nicht bei seiner Aufgabe. Seine feingepflegten Hände waren nicht für häusliche Dienstbotenarbeiten geschaffen, aber es kam ihm ebensowenig der Gedanke, sich die Kehle mit einem Obstmesser zu durchschneiden, wovon gerade ein halbes Dutzend vor ihm auf dem Tisch lag, als der befehlenden Geste Dianas nicht zu gehorchen, die ihn hier Silber putzen ließ.

Er träumte nicht, er schlief nicht, davon hatte er sich schon des öfteren überzeugt. Er war wirklich wach, er stand hier in Hemdsärmeln und trug eine Flanellschürze über dem graukarierten Anzug mit den roten Tupfen. Und er war zweifellos dabei, einen silbernen Sahnetopf zu putzen. Diese Tatsache stand jedenfalls fest, und sie konnte ja nun die Basis für weitere Spekulationen abgeben. Vor allem wunderte er sich darüber, warum Diana ihn überhaupt im Hause behielt, wenn sie glaubte, er sei der Doppelgänger. Warum schickte sie denn nicht sofort zur Polizei und ließ ihn zur nächsten Wache bringen? Er mußte ihr ja noch im Herzen dankbar sein, daß sie diese Maßregel nicht ergriffen hatte! Außerdem war er neugierig, wo seine übrigen Dienstboten geblieben waren. Eleanor hatte er nicht gesehen, auch die Köchin war verschwunden. Er war ja bis zu einem gewissen Grade sehr zufrieden damit – aber wo mochten sie nur geblieben sein? Er sollte es bald erfahren.

Diana erschien in der Tür, und er starrte sie mit offenem Mund an. Sie trug einen breiten, braunen Ledergürtel, an dem ein Pistolenfutteral hing. Aus diesem schaute der Griff einer Pistole hervor. »Können Sie Kartoffeln schälen?« fragte sie.

Gordon erkannte beschämt, daß er von Kartoffeln weiter nichts wußte, als daß sie eine Art Gemüse seien.

»Haben Sie denn noch nie Kartoffeln geschält?«

»Ich kann mich nicht darauf besinnen. Als ich noch zur Schule ging –«

»Ich interessiere mich nicht im geringsten dafür, was in der Besserungsanstalt von Borstel passierte, in der jugendliche Taugenichtse erzogen werden. Stellen Sie sofort das Milchkännchen hin, und kommen Sie mit in die Küche!«

Er folgte ihr gehorsam.

»Ich habe meinen Dienstboten über das Wochenende frei gegeben. Ich möchte nicht, daß der Name meines Vetters in irgendeinen Skandal gezogen wird. Natürlich ist es ganz unmöglich, daß ich Sie Tag und Nacht dauernd bewachen kann. Ich habe deshalb einen befreundeten Herrn gebeten, hierherzukommen und mir bei dieser schweren Aufgabe zu helfen.«

Ein Hoffnungsschimmer leuchtete in Gordons Augen auf.

»Es ist ein Detektiv – ein gewisser Mr. Superbus. Ich glaube, Sie kennen ihn dem Namen nach schon, er ist Ihnen schon seit langem auf den Fersen.«

»Dieser – dieser ...« stotterte Gordon entrüstet.

»Ja, dieser!«

Es klingelte in der Küche, und Diana sah nach der Nummerntafel. Die kleine Klappe, die die Haustür anzeigte, war gefallen.

»Hier sind die Kartoffeln!«

Gordon salutierte. Er hatte früher in der Armee gedient, und ihr befehlshaberischer Ton rief die Erinnerung daran wach.

Als Diana die Küche verlassen hatte, sah er sich schnell um. Er war gut genug mit seinem eigenen Hause vertraut, um zu wissen, daß man durch die Küchentür ins Freie kommen konnte. Aber sie war fest verschlossen, und der Schlüssel war abgezogen. Die Fenster waren mit eisernen Gittern gegen Einbrecher geschützt. Gordon kehrte seufzend zu seinen Kartoffeln zurück.

Wieder klingelte es. Diana hörte es, als sie ihren Ledergürtel mit der Pistole abschnallte und die Waffe in eine Kommode in der Diele einschloß. Sie zögerte einen Augenblick und ließ ihre Hand auf der Türklinke liegen, aber dann zwang sie ein donnerndes Gepolter zum Handeln. Entschlossen öffnete sie die Tür. Der gefürchtete Augenblick war gekommen. Noch bevor sie den bärtigen Mann sah, wußte sie, wer es war.

»Drei Uhr!« rief er frohlockend und streckte die Hände aus. »Drei Uhr, das ist die wunderbare Stunde unserer Wiedervereinigung, meine Braut, meine Taube, mein Leben!«

»Komm herein!« sagte Diana nüchtern.

Er wollte sie sofort in seine Arme schließen, aber sie hielt ihn immer in einer gewissen Entfernung von sich.

»Die Dienstboten!« sagte sie leise und entwand sich geschickt seinen Armen. »Hier hinein!« Sie öffnete die Tür zum Studierzimmer. »Giuseppe, du mußt dich aber benehmen, das ist das mindeste, was ich von dir verlangen kann. Mein Onkel –«

»Dein Onkel!« Er schaute sie begeistert an. »Ist er hier?«

Sie nickte.

»In diesem Hause?«

Sie hätte sich eigentlich durch seinen Eifer warnen lassen sollen, aber die Zwangslage, in der sie sich augenblicklich befand, hatte sie etwas aus dem Gleichgewicht gebracht.

»Aber natürlich ist er hier!« Seine Stimme klang triumphierend, und er sah sie mit leuchtenden Blicken ekstatisch an. Dann schloß er die Augen und lächelte verzückt.

»Der Traum meines Lebens wird nun erfüllt werden. Kann ich einmal telefonieren?«

Er hatte den Hörer schon in der Hand, bevor sie antworten konnte. Er rief sein Hotel an.

»Senden Sie sofort mein Gepäck hierher nach Cheynel Gardens. Jawohl, zwei Koffer – verstehen Sie denn kein Englisch? Wohin? Ich sage Ihnen doch, nach Cheynel Gardens Nr. 61. Das Haus ist gar nicht zu verfehlen! Vergessen Sie nicht meine Pyjamas! Sie liegen unter meinem Kopfkissen!«

»Aber Giuseppe«, rief Diana bestürzt, »was machst du da, warte doch! Du kannst unmöglich hier wohnen!«

»Doch, meine schlanke Lilie, hier, zusammen mit dir unter einem Dache! Oh, das ist die höchste Wonne, das ist die wunderbarste Erfüllung meiner unendlichen Sehnsucht! O Diana, Sternenfee meiner himmlischen Träume! Wenn dein guter Onkel nicht hier wäre, hätte ich unmöglich bleiben können. Hast du auch eine Tante? Ach, die arme Mrs. Tetherby!«

»Giuseppe! Du kannst nicht hier wohnen, mein Onkel duldet keine fremden Leute im Haus!« Er klopfte ihr auf die Schulter.

»Oh, ich werde ihn schon herumkriegen. Ich werde so liebenswürdig zu ihm sein, ich werde einfach seinen Widerspruch nicht gelten lassen! Erzähle mir doch von seinen Liebhabereien, damit ich mit ihm darüber sprechen kann. Es gibt nichts unter der Sonne, worüber ich nicht reden könnte!«

Das glaubte sie ihm aufs Wort.

»Und deine liebe Tante – sie ist auch meine Tante! Bringe sie sofort her, damit ich ihr die Hand drücken und ihre Wangen küssen kann. Dianas Tante! Welch eine göttliche Verwandtschaft!«

Trotz ihrer Bestürzung entdeckte Diana doch, daß die impulsive Seite in Dempsis Charakter sich unerträglich entwickelt hatte. Er konnte nicht einen Augenblick den Mund halten. Jetzt stand er vor dem Kamin und betrachtete die gekreuzten Ruder.

»Ah, du hast rudern gelernt, meine kleine Diana? Das ist ja wundervoll! Wir werden miteinander in dem Nachen des Lebens auf dem Strom der Zeit fahren, wir werden das Wasser des Lethe trinken und die Vergangenheit vergessen –«

Mit zwei Schritten war er an ihrer Seite und nahm ihre Hände in die seinen.

»O Diana, fühlst du nicht, daß ich von dieser Stunde geträumt habe während der langen Nächte in dem Busch, in der unendlichen Öde der nördlichen Landstrecken, die ich durchzog, um Gold und Vergessenheit zu suchen? Und habe doch keins von beiden gefunden. In der Einsamkeit der Eingeborenenhütten, wenn ich in der Dunkelheit hingerissen dem Gezwitscher der kleinen Vögel und dem Seufzen des Windes lauschte, sah ich immer dein Gesicht, deine herrlichen, unvergeßlichen Züge, den Glorienschein deines goldenen Haares.«

Plötzlich unterbrach er seine ekstatischen Phantasien.

»Dein Onkel! Stelle mich ihm doch vor! Bringe ihn her!«

Gordon hatte gerade seine dritte Kartoffel geschält, als Diana wieder in der Küche erschien. Die Kartoffeln waren noch groß, als er sie zu bearbeiten begann, aber sie schrumpften unter seinen Händen allmählich merklich zusammen. Für ihn war es ein großes Geheimnis, wo die Schale anfing und wo sie endete. Er hatte deshalb recht tief geschnitten, um ganz sicherzugehen.

Bei dem Anblick ihres tragischen Gesichtsausdruckes ließ er seine Kartoffel fallen.

»Was gibt es denn?«

»Was es gibt? Alles geht drunter und drüber!« rief sie bitter.

»Ich gebe Ihnen jetzt eine Chance. Ihr Name gefällt mir nicht, ich gebe Ihnen deshalb einen anderen – Sie heißen jetzt Artur!«

»Wie?« fragte er ganz verdutzt.

»Sie sind von jetzt ab Artur, mein Onkel Artur!«

Er legte das Messer nieder, wischte sich die Hände an der Schürze ab und ging langsam auf sie zu.

»Aber ich bin doch nicht Ihr Onkel Artur –« begann er.

»Nehmen Sie das jetzt ab!« Sie zeigte auf die Schürze. »Ziehen Sie sofort Ihren Rock an und kommen Sie mit nach oben. Und denken Sie immer daran, daß Sie von jetzt ab mein Onkel Artur sind! Wo steckt denn eigentlich Ihre saubere Begleiterin?«

»Wie zum Henker soll ich das wissen?« fragte Gordon aufsässig.

»Warten Sie!«

Diana eilte die Treppe hinauf in das Reservezimmer, wo sie den Mann und die Frau unterbringen wollte, die sie bestellt hatte. Sie fand Heloise dort mit tränenfeuchten Augen auf der Ecke des Bettes sitzen. Als die Tür aufgeschlossen wurde, sprang sie auf.

»Hören Sie mich doch an, Mrs. Selsbury«, begann sie in ihrer hohen, weinerlichen Stimme. »Ich kenne ja das Gesetz dieses Landes nicht, aber Sie haben kein Recht, mich einzuschließen –«

»Wünschen Sie, daß ich zur Polizei schicke?« fragte Diana.

»Sie irren sich wirklich, Mrs. Selsbury«, sagte Heloise mit tiefem Ernst. »Sie haben den größten Fehler Ihres Lebens gemacht. Dieser arme Fisch ist doch Ihr Mann!«

»Ich habe keinen Mann, keinen Fisch, kein Huhn und keinen Hering! Ich hatte niemals einen Mann.« Aber sie besann sich eines Besseren. »Ich bin nämlich Witwe.«

Heloise wußte nicht, was sie davon denken sollte.

»Vergessen Sie jetzt alles, was heute passiert ist«, sagte Diana plötzlich etwas zusammenhanglos. »Ich habe unerwartet Besuch bekommen, der hier in meinem Hause wohnen wird – ein alter Freund, ich war früher mit ihm verlobt, bis er im Busch starb.«

»Ist er hier?« fragte Heloise bestürzt.

»Ja«, nickte Diana. »Und er bleibt auch hier. Ich kann ihm natürlich nicht erlauben, hier zu wohnen, wenn ich nicht meine

Tante oder eine Gesellschafterin habe. Sie sind also jetzt –« sie sprach jedes Wort mit großem Nachdruck aus – »Tante Lizzie.«

Heloise wußte auch nicht mehr, ob sie wachte oder träumte.

»Sie sind Tante Lizzie, und der verdammte Einbrecher, den Sie da geheiratet haben, was ich wenigstens hoffe, ist Onkel Artur. Gehen Sie jetzt in die Küche hinunter und sagen Sie ihm Bescheid.«

»Damit ich mich nicht irre – ich bin Tante Lizzie – Sie wollen, daß ich Ihre gute Tante Lizzie bin . . . und der arme Kerl in der Küche ist . . . ?«

»Onkel Artur.«

»Ich habe die Sache noch nicht recht verstanden. Hier wird ein Film gedreht . . . Sie drehen selbst etwas.« Im Augenblick hatte sie vergessen, daß sie eine elegante Dame der Gesellschaft war. »Also ich bin Tante Lizzie . . .«

Sie sank vollständig zusammen unter der Last, die man ihr auferlegt hatte.

»Sie sind verrückt! Ich bin amerikanische Bürgerin, oder wenigstens beinahe. Ich lebe in Toronto, aber ich wohne so nahe, daß man einen Stein über die Grenze werfen könnte – und jetzt bin ich Tante Lizzie!«

15

Gordon spielte zerstreut mit Kartoffelschalen, als Heloise hereinkam.

»Sie sind jetzt Onkel Artur!« sagte sie in geziertem Ton.

»Wo waren Sie, Heloise?«

Der Anblick seiner Gefährtin im Unglück brachte ihn wieder zur Besinnung. Heloise war ein Stück Wirklichkeit, etwas, an das man sich anklammern konnte. Er vergaß seinen Widerwillen gegen sie vollständig über der Freude, jemand zu treffen, der ihn in der Überzeugung bestärkte, daß er tatsächlich Gordon Selsbury war.

»Sagen Sie, Gordon, diese Liese – ist das Diana?«

Er nickte.

»Ist sie Ihre Frau? Das haben Sie mir immer verschwiegen.«

»Sie ist nicht meine Frau ... sie hat kein Recht hier ... wenn ich Ihnen Veranlassung gab, zu denken, ich sei verheiratet, so tat ich es nur, weil ich Sie aus dem Hause bringen wollte. Sehen Sie nun, was Sie angerichtet haben? Sie haben mich ruiniert! Wenn Sie bloß draußen geblieben wären! Wenn ich Sie nie gesehen hätte!«

»Sie hat mir eben erklärt, daß sie Ihre Witwe sei!« Heloise war ganz ruhig und kleinlaut, und es kam ihm so vor, als ob sie den Verstand verloren hätte.

»Wenn Sie wünschen, ist sie auch meine Witwe!« sagte er begütigend. »Nehmen Sie doch Platz, ich will Ihnen ein Glas Wasser geben!«

»Diana!« rief Heloise erstaunt. »Das ist also Ihr kleines, australisches Mädchen ... Gordon, sagen Sie einmal aufrichtig, ist sie nicht ein Polizeispitzel?«

»Was soll sie sein?«

»Ich meine so ein Frauenzimmer aus Scotland Yard – sie tritt genauso auf. Aber nun kommen Sie mit.«

»Wohin?«

»Sie will uns dabeihaben«, sagte Heloise gleichgültig. »Es hat doch keinen Zweck, hier noch Spektakel zu machen, Gordon, wir müssen uns dem Zwang der Verhältnisse unterordnen.«

Das war ein Lieblingsspruch von Heloise. Er hatte ihn schon öfters aus ihrem Munde gehört.

Fünf Minuten später schüttelte ein schlanker Mann mit braunem Gesicht Gordons Hände, und wenn er sie nicht mehr schüttelte, dann drückte er sie.

»Das ist ihr Onkel! Noch so jung! Und doch ist er älter als er scheint! Und das ist Tante Lizzie!«

Er stürzte auf sie zu und küßte die geduldige Heloise auf beide Wangen.

Gordon stand vollständig verwirrt dabei. Wer war denn dieser verfluchte Bursche? Diana hatte es ganz versäumt, ihn vorzustellen. Nach einer Weile holte sie es aber nach.

»Mein lieber Onkel Artur, dies ist Mr. Giuseppe Dempsi. Du erinnerst dich – ich habe doch des öfteren über ihn gesprochen?«

Ihr vernichtender Blick war unnötig. Gordon erinnerte sich tatsächlich daran.

»Ich dachte, er sei tot.« Ihn überkam plötzlich ein sonderbares Gefühl, so daß er im tiefsten Baß sprach. Er war selbst darüber verwundert.

»Aber ich lebe! Freuen Sie sich, Onkel Artur! Ihr kleiner Wopsy lebt! Ich bin von den Schatten zurückgekehrt. Der süße Zauber einer Sirene brachte mich wieder zur Welt zurück, selbst aus dem Reich der Schatten . . .!«

Er zeigte mit einer theatralischen Gebärde auf Diana.

»Meine Braut!« sagte er mit zitternder Stimme.

Gordon sah von einem zum anderen. Dempsi – Braut – Braut Dempsi!

»Das ist doch wirklich lächerlich!« rief er, zuckte aber gleich unter einem zerschmetternden Blick Dianas zusammen.

Aber Mr. Dempsi war zu glücklich, um sich irgendwie in seiner guten Laune stören zu lassen.

»Mein Onkel muß jetzt gehen – er muß die Hühner füttern«, sagte Diana hastig.

Sie war sehr enttäuscht, als sie erkannte, wie wenig sie sich auf ihre Stützen und Helfer verlassen konnte. Sie ging gleich nach ihnen in die Küche.

»Sie sind beide unbrauchbar, Sie haben mich schön blamiert«, rief sie ganz verzweifelt. »Sie mögen ja ganz tüchtige Verbrecher sein, weil Sie zu nichts anderem taugen. Sie standen wie Wachspuppen aus der Schreckenskammer da und haben weder etwas gesagt noch etwas getan!«

»Was sollten wir denn tun?« fragte Gordon. »Wenn ich getan hätte, wonach mir der Sinn stand, hätte ich diesen zappeligen kleinen Wopsy auf die Straße geworfen! Aber Sie sind ja jetzt Herr im Hause, Sie wollen ja nicht einmal die einfachste Erklärung entgegennehmen!«

»Aber zu Ihrer einfachsten Erklärung paßt es schlecht, daß Sie Tante Lizzie mitgebracht haben!« unterbrach sie ihn schroff. »Sie hätten mich vielleicht täuschen können, wenn Sie hier nicht mit Ihrer Komplicin, Ihrer Frau, aufgetaucht wären. Seien Sie doch vernünftig, Mann! Ich weiß doch genau, daß Sie der Doppelgänger sind! Ich werde Sie hier irgendwie verwenden, wenn es geht – wenn es nicht geht, schicke ich sofort zur Polizei! Mr. Superbus muß in jedem Augenblick kommen – der wird Sie bewachen! Also versuchen Sie, sich so aufzuführen, wie es einem Onkel zukommt.«

Gordon wand sich in seelischem Schmerz.

»Wie kann ich mich denn wie ein Onkel benehmen, wenn Sie mir einen verteufelten Detektiv vor die Nase setzen, um mich zu bewachen?« fragte er wütend. »Es ist doch kein Verbrechen, ein Onkel zu sein, meine Liebe! Sie können doch nicht einfach sagen: ›Bewachen Sie den Mann, er ist mein Onkel Artur!‹ Von Ihrem Standpunkt aus mag ja ein Onkel an sich eine verdächtige Tatsache sein, aber in diesem Lande ist man nicht der Ansicht! Wie wollen Sie denn das dem Mann erklären?«

Sie sah ihn verächtlich an.

»Ich kann ihm ja sagen, daß Sie nicht ganz richtig im Kopf sind«, erwiderte sie kühl. »Und das werde ich tun!«

Gordon lehnte sich an den Tisch, um einen Halt zu haben.

»Ich bin aber nicht schwachsinnig!« protestierte er heftig.

Sie warteten, bis Dianas Schritte verhallt waren.

»Das kommt von einem Ausflug nach Ostende«, sagte Mr. Selsbury. Seine Stimme überschlug sich beinahe.

»Wenn Sie bloß nach Ostende gereist wären! Dann hätte alles nicht passieren können!« fuhr ihn Heloise wild an. »Es ist Ihnen doch klar, daß mein Mann mir folgte und daß er in diesem Augenblick wahrscheinlich auf den Treppenstufen sitzt und nur darauf wartet, Ihren armen Geist von seiner irdischen Hülle zu befreien?«

Gordon strich müde und verzweifelt mit der Hand über die Stirn.

16

Diana fühlte sich unsäglich erschöpft. Im allgemeinen war sie unermüdlich, aber die vielen Anforderungen, die augenblicklich an ihre Energie und Nervenkraft gestellt wurden, überstiegen doch ihre Kräfte.

Als Dempsi gegen Abend unruhig wurde, weil er Hunger hatte, fiel es ihr ein, daß sie ganz vergessen hatte, sich um das Abendessen zu kümmern. Obendrein kam noch ein Mann, der ärmlich gekleidet war und nicht sehr sauber aussah. Sein hageres, gelbes Gesicht war unrasiert, und er hielt den Kopf etwas schief. Bei dem Anblick Dianas wich er sichtlich zurück.

»Guten Abend, Miss«, sagte er und langte an seine Mütze. »Ich bin wegen des Geldes gekommen.«

»Wegen des Geldes?« fragte sie überrascht.

»Ich will mir mein Geld holen – ich habe gestern die Fenster geputzt.

Nun erinnerte sie sich an ihn. Eleanor hatte sich gestern über ihn beschwert, daß er im Studierzimmer überall herumspionierte, und hatte Zweifel an seiner Ehrlichkeit geäußert.

»Ich heiße Stark«, sagte er ermutigend.

»Ja, ich kann mich jetzt besinnen.« Sie ging, um ihre Handtasche zu holen. Als sie wieder zurückkam, betrachtete er das Türschloß mit mehr als gewöhnlichem Interesse. Um seine Neugierde zu entschuldigen, sagte er, daß er früher Schlosser gewesen sei.

»Mr. Selsbury ist nicht zu Hause?«

»Nein.«

»Und Mr. Trenter ist auch nicht da?«

»Nein.«

Seine Augen glänzten.

»Wird Mr. Selsbury lange fortbleiben? Ich wollte wegen einer Anstellung mit ihm sprechen.«

»Ich weiß nicht, wann er wieder zurückkommt. Aber es sind verschiedene Männer hier im Hause – wollen Sie einige von ihnen sehen?«

Er machte ein langes Gesicht.

»Nein, ich danke Ihnen, Miss.«

Sie schloß die Tür hinter ihm zu und war neugierig, wann der Detektiv endlich kommen würde. Es lag doch noch eine ziemliche Geldsumme im Schrank, und Leute, die nichts von ihrer Verpflichtung gegenüber Dempsi wußten, konnten denken, daß noch mehr da sei.

Dempsi war nicht im Studierzimmer, als sie jetzt hereinkam. Schnell ging sie zu dem Geldschrank. Es war eines dieser altmodischen Exemplare, die außer der Vorrichtung zur Buchstabeneinteilung noch ein besonderes Schloß hatten. Gordon hatte ihr gesagt, daß er den Schlüssel dazu überhaupt nicht mehr benützte. Er hatte ihn einmal verlegt und einen Schlosser rufen lassen müssen, um die Tür zu öffnen. Sie durchsuchte den ganzen Schreibtisch, zog alle Schubladen auf und fand schließlich auch einen kleinen Briefumschlag, auf dem obendrein noch »Schlüssel« stand.

»Gott sei Dank!« sagte sie. Schnell schloß sie den Geldschrank ab. Nun war er gegen alle gesichert, die durch List oder Anwendung von Gewalt vielleicht das Schlüsselwort erfahren hatten.

Mr. Julius Superbus kam gewichtig daher. Er stieg aus einem Auto, stellte sein ganzes Gepäck zunächst auf den Gehsteig und bezahlte den Chauffeur. Er gab ihm einen halben Schilling Trinkgeld, denn Diana hatte ihn angewiesen, »keine Ausgaben zu sparen«.

Dann nahm er seine Habseligkeiten unter die Arme, stieg die Treppe zur Haustür empor, beugte sich und drückte die Klingel mit seiner Nasenspitze. Das war eine Methode, die er sich selbst ausgedacht hatte und die seine Persönlichkeit gut illustrierte.

Diana öffnete die Tür persönlich.

»Sie haben mich gerufen – ich bin nun gekommen.«

Sie war offensichtlich sehr erleichtert, als sie ihn sah, und führte ihn ins Speisezimmer.

»Mr. Superbus, ich stelle große Anforderungen an Sie, aber ich bin sicher, daß ich mich nicht vergeblich an Sie wende. Ich bin in großer Bedrängnis.« Er neigte den Kopf.

»Haben Sie alle Taschen Ihrer Kleider durchsucht?« fragte er ruhig. »Sie haben etwas verloren. Ich weiß das sozusagen aus mir selbst heraus. Es ist natürlich das einfachste von der Welt, zunächst die Dienstboten zu verdächtigen. Aber haben sie es auch getan? Meistens sind die Leute unschuldig –«

»Ich habe nichts verloren, Mr. Superbus. Mein Onkel ist hier –«

Sie wußte nicht recht, wie sie ihm die ganze Sache beibringen konnte. Sollte sie sich ihm ganz anvertrauen? Das war eine kühne Idee, aber sie hatte vielleicht ihre Vorteile.

»Verwandte halten sich besser voneinander getrennt«, sagte der Römer mit Nachdruck. »Sie kommen nur, um Geld zu borgen, essen Sie vollständig arm, und wenn sie gehen, haben sie nicht einmal ein gutes Wort für Sie. Besonders die Onkels machen es so. Aber überlassen Sie ihn nur mir. Ich werde ihm schon von Mann zu Mann den Fall erklären. Er wird dieses Haus – er sah auf die Uhr – »in fünf Minuten verlassen haben.«

Sie klärte ihn kurz auf: Ihr Onkel war hier ein willkommener Besuch. Er war ein liebenswürdiger Herr, sah Mr. Selsbury äußerlich sehr ähnlich, war noch jung, nur ... sie zeigte mit dem Finger auf die Stirn. Mr. Superbus war sofort im Bilde.

»Ja, da kann man nur mit Takt etwas erreichen – mit Takt und mit Humor. Man muß ihm die Überzeugung beibringen, daß er alles nach seinem eigenen Kopf tut. Und dann natürlich: eiserne Hand im Sammethandschuh. Das ist ein Ausdruck, den ich selbst geprägt habe«, fügte er bescheiden hinzu. »Überlassen Sie den Mann nur mir. Sie hätten überhaupt keinen Besseren als mich finden können. Wir haben nämlich auch verschiedene Verrückte in unserer Familie.«

Diana trat einen Schritt zurück.

»Und seine gute Frau ist auch hier?«

»Ja, Tante Lizzie.«

»Das macht die Sache ein wenig peinlich«, entgegnete Mr. Superbus bedauernd. »Man kann ihn dann nicht gut beobachten, wenn er schläft, es sei denn, daß Tante Lizzie nichts dagegen hätte. Ich bin ja auch ein verheirateter Mann.«

»Das würde ihr sicher nicht passen. Ich glaube auch nicht, daß das notwendig ist. Es genügt, wenn Sie tagsüber auf ihn aufpassen. Vor allem darf er unter keinen Umständen das Haus verlassen.«

Mr. Superbus lächelte.

»Darüber brauchen Sie sich nicht die geringsten Sorgen zu machen, Madam.«

Diana gab ihm noch weitere Instruktionen. Dann eilte sie in

das Studierzimmer, um den aufgeregten Dempsi zu beruhigen, dessen dringende Rufe sie schon zweimal gezwungen hatten, ihre Unterhaltung mit dem Detektiv zu unterbrechen.

Mr. Superbus ging in tiefen Gedanken zur Küche. Er konnte keine Ähnlichkeit zwischen Gordon Selsbury und ihrem Onkel entdecken. Aber er sah, daß Tante Lizzie sich anscheinend hier nicht wohl fühlte.

»Guten Tag«, sagte er. »Mein Name ist Smith.«

Gordon zeigte auf die Tür.

»Machen Sie, daß Sie hinauskommen, und schaffen Sie sich einen anderen Namen an!«

Mr. Superbus war belustigt.

»Ich dachte, ich wollte einmal herkommen und nach Ihnen sehen, Onkel Artur«, sagte er und machte eine Verbeugung vor der Dame. »Und auch nach Tante Lizzie.«

Seine Augen leuchteten vor Mitgefühl.

»Scheren Sie sich fort!« brüllte Gordon, rot vor Wut. »Gehen Sie zurück zu der Dame, die Sie angestellt hat, und sagen Sie ihr, daß ich ihr zehn Minuten Zeit lasse, mir meinen Schlüssel wiederzugeben und diesen verteufelten Dempsi aus dem Hause zu werfen!«

»Was hat denn das nun alles für einen Zweck?« fragte Heloise. »Wenn du irgendwelchen Spektakel machst, kommst du am Montag vor den Richter.«

»Das ist mir ganz gleich!« Gordon war an der Grenze seiner Geduld angekommen. »Das ist mir wirklich ganz gleich«, schrie er. »Ich bin hier Herr im Hause, ich kann tun, was ich will!«

»Und was bin ich denn eigentlich hier? Vielleicht eine Statistin? Habe ich hier nicht auch noch ein Wörtchen mitzusprechen? Um mich kümmerst du dich überhaupt nicht mehr! Nun ja, ich bin ja schließlich froh, daß du dich hier so benimmst. Es ist einfach großartig – verteufelt, daß ich mich von einem solchen weiblichen Seepolypen fangen ließ, aber ich werde schon wieder aus dieser Hundehütte herauskommen! Gordon, das einzige Vernünftige ist in diesem Augenblick, sich ruhig zu verhalten!«

17

»Das Leben ist wirklich herrlich«, sagte Mr. Dempsi und streckte seine Füße bequem zum Kamin aus. »Von den tiefsten Tiefen der Verzweiflung bis zu den höchsten Höhen der Erfüllung eines Herzenswunsches – welch ein Gegensatz!«

»Giuseppe –« begann Diana.

»Wopsy hast du mich früher genannt«, sagte er vorwurfsvoll.

»Also gut, Wopsy, ich habe dir erlaubt, hier zu wohnen, weil ich mich in aller Ruhe mit dir aussprechen wollte.«

»Das Schweigen ist so wundervoll.« Er sah sie mit melancholischen, müden Augen an. »Schweigen und Nachdenken und Frauen!«

Aber Diana hatte ihm etwas zu sagen. Sie hatte sich alles überlegt.

»Vor fünf Jahren hast du mich einmal um meine Hand gebeten. Ich lehnte deinen Antrag ab. Man sagt, daß junge Mädchen keinen Verstand haben. Die Tatsache, daß ich dich damals zurückwies, beweist allerdings das Gegenteil. Was ich vor Jahren fühlte, fühle ich auch heute noch. Mein Herz ruht im Grabe!«

»In meinem Grabe«, sagte er mit einem traurigen, aber selbstgefälligen Lächeln.

»Sei nicht verrückt, du lebst jetzt, das tut mir sehr leid, ich wollte sagen, es würde mir sehr leid tun, wenn es nicht so wäre. Ich habe ein einzigesmal in meinem Leben geliebt, Wopsy« – ihre Stimme zitterte, und sie glaubte Tränen in seinen Augen schimmern zu sehen –, »aber er ging von hinnen.«

»Ist er dir fortgelaufen?« fragte er und richtete sich auf.

»Wenn ich sage, er ging von hinnen, so meine ich, er ging in das große Jenseits.«

»Er ist gestorben?« Dempsi zuckte die Schultern. »Das kann schließlich passieren. Ich liebte einmal ein Mädchen – o Diana, sie war die Perle aller Mädchen, groß, schlank und göttlich blond, entzückend anzusehen und lieblich in ihren Bewegungen. Auch sie ging von hinnen – in das große Jenseits.«

»Starb sie?« flüsterte Diana.

»Nein, sie ging zur Bühne – nach Amerika. Und so starb sie für mich. Ich habe die Erinnerung an sie aus meinem Herzen gerissen.«

Diana war vollständig ungerührt, aber sie war doch ein wenig entmutigt.

»Meine Liebe werde ich niemals vergessen«, sagte sie fast schluchzend. »Wopsy, siehst du denn nicht, wie unmöglich es ist – hast du übrigens das Geld erhalten?«

»Das Geld? Hast du es mir geschickt? Aber Diana, wie töricht!«

»Ich schickte einen Scheck.«

Er sank in seinen Stuhl zurück.

»Nein, das ist doch wirklich zu töricht von meiner kleinen Diana – Geld!« Er lachte grausam. »Wie ihr Angelsachsen doch das Geld anbetet! Für Männer meines Temperaments bedeutet Geld nichts!« Er schnippte mit den Fingern. »Ich vergebe dir, daß du nicht mehr dem großen, hohen Ideal entsprichst, dem ich huldige, und daß du grausam die Erinnerung an frühere glückliche Zeiten zerstörst. Du warst ja noch ein Kind, man konnte nicht von dir erwarten, daß du in Liebe eines Mannes gedenkst, der für dich starb! Aber das gehört alles der Vergangenheit an. Wir aber gehören der Gegenwart – morgen, Montag, Dienstag, werden wir heiraten!«

»Was tun wir denn aber am Mittwoch? Verzeih mir, daß ich noch etwas weiter in die Zukunft blicke!«

Einen Augenblick war er bestürzt, und seine Verwirrung verriet sich deutlich in einem gezwungenen Lachen.

»Meine teure, kleine Diana, wie drollig du doch bist!«

»Nun höre einmal zu, Dempsi, oder Wopsy, du gehst morgen in dein Hotel zurück, und wir werden weder am Montag noch am Dienstag oder Mittwoch heiraten. Du möchtest wissen, warum? Weil ich dich eben nicht heiraten will!«

»Das ist Onkel Arturs Einfluß!« zischte er. »Dieser Teufel! Mein ganzes Leben bin ich durch Tanten und Onkels gehindert worden! Aber er soll sich vor mir verantworten, vor mir, Giuseppe Dempsi!«

Er stieß seinen Stuhl zurück und eilte zur Tür. Aber sie packte ihn verzweifelt am Arm.

»Laß mich gehen!« rief er leidenschaftlich.

»Wenn du dieses Zimmer verläßt, werde ich die Polizei anrufen.«

Er blieb stehen.

»Was – die Polizei willst du auf mich hetzen?«

Er bedeckte sein Gesicht mit den Händen und schluchzte hysterisch. Seine Schultern zuckten krampfhaft, aber Diana fühlte nicht das geringste Mitleid mit ihm.

»Der Abgott meiner Träume verrät mich! Ich will nicht weiterleben!«

Diana überließ ihn sich selbst, und nach drei Minuten lebte er immer noch.

»Mr. Dempsi, trocknen Sie Ihre Tränen!« sagte er pathetisch zu sich selbst.

»Du kannst heute noch hier wohnen. Dein Schlafzimmer liegt oben an der Treppe. Ich hoffe, daß du gut schlafen wirst. Wenn du irgend etwas nötig hast, kannst du ja klingeln. Aber es wird niemand kommen. Gute Nacht!« Er wandte sich bedrückt zur Tür.

»Das ist nicht mehr meine angebetete Diana!«

Seine Trauer hätte einen Stein erweichen können, aber Diana war hart wie Stahl – selbst eine Bombe wäre an ihr zerschmettert.

Als er in seinem Zimmer war, hörte er zu spät, daß der Schlüssel umgedreht wurde. Bevor er die Tür erreichen konnte, war das Schloß eingeschnappt.

»Wer ist das – wer hat die Tür verschlossen? Öffnen Sie sofort!«

»Ich habe es getan«, sagte Diana draußen.

»Aber Diana, das ist doch unerhört!«

»Ich tue es zu deinem eigenen Schutz!« flüsterte sie durch das Schlüsselloch. »Onkel Artur kann dich nicht leiden!«

»Aber das ist doch gefährlich! Wenn Feuer ausbricht –«

»Dann benutzt du den Minimax! Er hängt im Kleiderschrank!«

Sie war müde, alle Glieder schmerzten sie, und sie fühlte sich schrecklich allein. Wie schön wäre es doch, wenn Gordon jetzt hier wäre, oder Eleanor, die sich in diesem Augenblick erregt mit Mrs. Magglesark über das merkwürdige Betragen von Damen im allgemeinen und australischen Damen im besonderen unterhielt.

Aber glücklicherweise war ja Mr. Superbus im Hause.

Schwache Klänge kamen aus der Küche, als sie die Treppe hinunterging. Mr. Superbus blies zart und – beinahe musikalisch auf einer Mundharmonika. Tante Lizzie saß vor dem Küchenfenster und hatte das Kinn in die Hand gestützt. Onkel Artur lehnte am Tisch und schaute den Musikanten düster an. Die Melodie endete plötzlich in einem Mißklang, als Diana die Tür öffnete.

»Na, haben Sie sich hier gut amüsiert?« fragte sie.

»Ich hatte nichts zu essen, außer Käse und Brot«, murrte Gordon. »Ihr kleiner Scherz geht doch etwas zu weit!«

Sie schaute ihn verstört an.

»Wir hatten ja auch kein Abendessen«, sagte sie enttäuscht, dachte aber doch mit einiger Genugtuung daran, daß Dempsi in diesem Augenblick in seinem verschlossenen Zimmer hungern mußte. »Ich hatte nicht einmal Brot und Käse – es ist jetzt Zeit, daß Sie zu Bett gehen!«

»Ich werde zur Ruhe gehen, wenn es mir paßt«, erwiderte Gordon gereizt.

Mr. Superbus schüttelte tadelnd den Kopf.

»Das ist unartig und nichtsnutzig«, schalt er. »Das ist nicht der liebe Onkel Artur. Und er war doch vorhin so ein lieber Junge, Madam. Er hat gesungen wie eine Lerche.«

Gordon wurde rot. »Ich habe nicht gesungen, Sie verrückter Esel!« protestierte er.

»Hat er es nicht getan, Tante Lizzie?«

Heloise zuckte gleichgültig die Schultern.

»Nun, wenn er nicht gesungen hat, so hat er doch wenigstens gesummt«, behauptete Mr. Superbus hartnäckig.

Sein Repertoire auf der Mundharmonika umfaßte auch den Gesang der Eton-Ruderer, und Gordon war ein alter Eton-Schüler. Ganz zweifellos hatte er mitgesummt, denn kein alter Eton-Mann kann dem Rhythmus dieser Melodie widerstehen.

»Jetzt geht es zu Bett«, sagte Diana kurz.

Der Schlüsselbund verlieh ihr beinahe das Aussehen eines Gefängniswärters.

»Das wird Ihnen noch bitter leid tun«, sagte Gordon sehr böse. »Ich kann tausend Leute beibringen, die meine Identität bezeugen können.«

»Und wie viele Zeugen werden die Identität von Tante Lizzie beschwören?« fragte Diana. Gordon sagte nichts mehr.

Sie schloß alle Türen vor seinen Augen, und seine Hoffnung, nachts zu entkommen, wurde immer geringer.

Aber Heloise schwieg nicht.

»Es ist doch nicht schwierig, meine Persönlichkeit festzustellen. Ich bin Mrs. van Oynne und wohne Clarens Gate Gardens Nr. 71.«

»Sehr gut«, nickte Diana. »Es steht Ihnen frei, mit der Polizei zu telefonieren, um Ihre Persönlichkeit feststellen zu lassen. Ich werde den Beamten sagen, daß ich Sie irrtümlicherweise für die Frau des Doppelgängers gehalten habe – oder soll ich lieber Partnerin oder Gehilfin sagen? Die Polizei wird schon wissen, wie sie die Sache zu behandeln hat.«

Heloise stand auf.

»Mich mit Leuten herumzuärgern war mir stets unangenehm – ich gehe jetzt schlafen«, sagte sie.

Diana ging voraus, Gordon und Heloise kamen hinter ihr, und Superbus bildete die Nachhut. Er blies wieder eine nette Weise auf seinem Instrument. Gordon hätte ihn am liebsten gebeten, als angemessene Begleitung zu diesem feierlichen Marsch »Ases Tod« zu spielen. Er kam sich vor wie ein Missetäter, der zum Schafott geführt wird. Diana erschien ihm wie ein Henker und Folterknecht.

»Gute Nacht«, sagte er mechanisch und blieb an der Tür seines Zimmers stehen.

»O nein, nicht hier hinein!« Sie erklärte das so energisch, daß er ihr ohne weiteres in das obere Geschoß zu dem Zimmer folgte, das sie für das Ehepaar bestimmt hatte, das ihr beim großen Reinemachen helfen sollte. Heloise ging hinein – sie kannte den Raum ja schon.

»Gute Nacht«, sagte sie leise.

»Sie haben aber etwas vergessen«, meinte Diana.

»Wenn Sie glauben, ich küsse ihn, dann irren Sie sich, meine Dame«, gab Heloise kühl zurück und wollte die Tür zuschließen.

»Aber es ist doch Ihr Mann!«

Die Tür wurde zugeschlagen. Diana hörte, wie Heloise einen Stuhl heranzog, und vermutete, daß sie die Lehne unter die Klinke gestellt hatte. Gordons Kehle war trocken.

»Sie haben sich wohl gezankt?« fragte Diana. »Oder vielleicht sind Sie gar nicht ...«

»Nein, ich bin nicht!«

Sein Magen knurrte laut. Er hatte nie vermutet, daß eine Reihe so häßlicher Töne aus ihm hervorkommen könnte.

»Dann muß ich also noch einen besonderen Raum für Sie suchen!« Sie legte den Schlüssel an ihre Lippen und überlegte.

»Kommen Sie mit!«

Am äußersten Ende des Ganges lag noch ein kleines Zimmer – das Bett war noch nicht bezogen.

»Dort sind die Bettücher!« Diana zeigte auf einen Schrank. »Morgen werde ich auch Decken für Sie suchen. Immerhin ist das Bett viel komfortabler als die Pritsche in einer Polizeizelle!«

Sie schloß die Tür hinter ihm zu.

Das Fenster war offen, aber es gab keine Möglichkeit, dort zu entkommen. Die Wand fiel unter dem Fenster senkrecht acht Meter bis zum Boden des Hofes ab. Gordon entschied sich dafür, vorläufig zu Bett zu gehen.

18

Diana wachte plötzlich auf. Sie hörte nur entfernt das Schnarchen von Mr. Superbus, aber sie hatte das untrügliche Gefühl, daß irgend etwas nicht in Ordnung war. Sie stand auf, schlüpfte in ihren Morgenrock und schaute aus dem Fenster. Auf dem Gehsteig drüben stand eine Gestalt, ein ziemlich kleiner Mann mit runden Schultern. Sie konnte ihn deutlich in dem Licht der

Straßenlaterne erkennen, die gerade ihrem Hause gegenüberstand. Sie ahnte sein Gesicht mehr als sie es erkannte, und allmählich wurde ihr klar, daß es Stark, der Fensterputzer, war.

Als er sie sah, trat er schnell zurück. Sie beugte sich weiter hinaus und entdeckte einen Polizisten, der langsam die Straße entlangkam. Er erreichte die gegenüberliegende Ecke und blieb stehen, ging ein paar Schritte nach Cheynel Gardens hinein und hielt dann wieder an. Es war früh am Morgen, und die Straßen lagen verlassen, so daß er es riskieren konnte, sich heimlich eine Pfeife anzustecken, was allerdings ganz gegen die Dienstvorschriften war. Die Gestalt, die sich drüben eng an die Mauer lehnte, regte sich nicht.

»Was wollen Sie?« fragte Diana plötzlich laut über die Straße hinüber.

Mr. Stark schaute hinauf.

»Nichts, Madam, ich kann nur nicht schlafen«, stotterte er.

»Gehen Sie einmal zu dem Polizisten, der wird schon Rat wissen!«

Er verschwand in der engen Straße, die an ihrer Hofmauer vorbeiführte, aber gleich darauf kam er wieder zurück und ging kühn nach der Hauptstraße zu.

Der Polizist trat auf ihn zu, und nach einer kurzen Unterhaltung zwischen den beiden entfernte sich Mr. Stark endgültig. Diana glaubte bemerkt zu haben, daß der Polizist seine Taschen abgetastet hatte.

Sie war nun ganz munter. Es war erst Viertel nach drei. Sie nahm den Schlüssel aus ihrer Handtasche, schloß ihr Zimmer auf und lauschte. Der wachsame Mr. Superbus meldete sich sofort.

»Ich bin's, Mr. Superbus.« Diana war froh, daß er so auf dem Posten war. »Ich fürchte nur, Sie liegen auf dem Flur recht unbequem.«

»O nein, ich schlafe nur sehr selten. Napoleon schlief auch nur wenig, wenn wir den Berichten trauen dürfen. Wünschen Sie etwas?«

»Ich will in die Küche gehen und eine Tasse Tee machen«, sagte sie und stieg die Treppe hinunter. Sie war sehr hungrig.

Sie kochte Tee, fand ein Paket Keks und rief Mr. Superbus leise, daß er kommen solle, um etwas zu essen.

»Vielleicht ist es gut, wenn wir etwas mehr Licht machen.« Sie drehte den elektrischen Schalter in der Diele an. »Kommen Sie nur herein, Mr. Superbus!«

Die Tür des Studierzimmers öffnete sich nicht, als sie die Klinke herunterdrückte. Sie runzelte die Stirn.

»Ich bin ganz sicher, daß ich diese Tür nicht verschlossen habe!« Sie nahm den Schlüssel von ihrem Bund und schloß auf. Aber die Tür war von innen verriegelt!

»Warten Sie hier, bis ich mich angezogen habe«, sagte sie.

Die Augen des Detektivs traten vor Erregung aus den Höhlen, und er verfärbte sich. Er war nicht im mindesten nervös und spürte keine Furcht, aber Gefahr ließ ihn immer erbleichen.

In unglaublich kurzer Zeit war Diana wieder unten, nahm den Pistolengürtel aus der Kommode in der Diele und schnallte ihn um.

Mr. Superbus sah die Pistole in ihrer Hand und fühlte sich jetzt sicherer.

Sie hörten ein leises Rascheln in dem Zimmer und ein schwaches Klicken, als ob die Lichter ausgedreht würden.

»Passen Sie auf die Hintertür auf«, sagte sie leise. »Wahrscheinlich will er über die Mauer klettern! Schlagen Sie ihn sofort nieder – möglicherweise ist er bewaffnet!«

Mr. Superbus bewegte sich nicht. Er stand wie angewurzelt an seinem Platz.

»Wär es nicht besser, wenn ich einen Polizisten hole?« fragte er hohl.

Sie schüttelte den Kopf.

»Tun Sie bitte das, was ich Ihnen gesagt habe – ich möchte die Polizei nicht im Hause haben.«

Mr. Superbus versuchte einen Fuß aufzuheben und stöhnte. Sein Rheumatismus war plötzlich wiedergekommen.

»Ich möchte Sie nicht gern hier allein lassen«, sagte er unsicher. »Es wäre direkt gemein und schurkenhaft, eine Dame im Augenblick der Gefahr sich selbst zu überlassen.«

Von der Diele aus führte nur eine Tür zum Studierzimmer.

Man konnte es aber auch durch den kleinen Vorraum erreichen, in dem an den Wänden Gordons Bücherschränke standen.

»Bleiben Sie hier«, flüsterte sie und eilte den dunklen Korridor entlang.

Die Tür des kleinen Zimmers war nicht verschlossen. Es roch nach Büchern. Leise trat sie ein, die Pistole in der Hand. Auch die Tür nach dem Studierzimmer öffnete sich widerstandslos. Der große Raum lag im Dunkeln, nur durch die bunten Glasfenster fiel ein schwacher Schein herein.

»Hände hoch!« rief Diana plötzlich. »Ich sehe Sie!«

Der Lichtschalter befand sich an der anderen Seite des Zimmers, und sie tastete sich vorsichtig vorwärts. Sie war aber erst ein paar Schritte gegangen, als die Tür nach der Halle plötzlich aufgerissen wurde. Einen Augenblick sah sie in der Öffnung eine Gestalt, dann wurde die Tür zugeschmettert ...

Superbus muß den Kerl ja fassen, dachte sie aufgeregt, als sie sofort hinterhereilte. Aber sie hörte nichts von einem Kampf, und als sie in die Diele trat, war sie vollständig leer.

»Mr. Superbus!«

»Hier, Madam!«

Er kam aus dem Studierzimmer hinter ihr her.

»Ich bin Ihnen gefolgt. Es war nicht recht, eine Dame allein zu lassen. Haben Sie ihn gesehen?«

»Aber warum haben Sie denn nicht das getan, was ich Ihnen sagte?« fragte sie vorwurfsvoll.

»Es war meine Pflicht, Ihnen zu folgen.« Julius war verdrießlich. »Es war sicherer so.«

Das stimmte auch.

Sie drehte alle Lampen im Studierzimmer an. Es schien sich nichts geändert zu haben, nur –

Sie hatte den Buchstabenanzeiger am Geldschrankschloß gestern auf X stehen lassen, und er stand jetzt auf A.

»Holen Sie den Tee aus der Küche«, sagte sie und setzte ihre Nachforschungen fort.

Mr. Superbus kehrte mit dem Tablett zurück.

»Was wir brauchen, sind Anhaltspunkte«, sagte er leise.

»Nun gut, dann suchen Sie welche.«

Er bückte sich und durchstöberte den ganzen Raum. Diana aß inzwischen Kekse, denn sie war außerordentlich hungrig.

»Es ist jemand hiergewesen«, er zeigte auf den großen Stuhl am Kamin. »Sehen Sie doch einmal das Kissen. Dort sieht man deutlich, daß jemand seinen Kopf dagegen lehnte.«

»Das habe ich gestern abend selbst getan«, erwiderte sie kurz und wenig höflich. »Sehen Sie ja nach, ob Sie auch Zigarrenasche finden, mein teurer Sherlock Holmes!«

Er sah sie argwöhnisch von der Seite an.

»Kommen Sie jetzt und essen Sie auch etwas«, sagte sie und stellte die Keksschachtel in seine Reichweite. »Ich möchte nur wissen, wie er aus seinem Zimmer gekommen ist.«

»Wer denn?«

»Der Doppel – Onkel Artur«, verbesserte sie sich sofort.

Julius lächelte.

»Der ist nicht herausgekommen, denn ich habe meinen Posten nicht verlassen. Ich habe die Überzeugung, daß es ein Einbrecher war.«

»Aber wie ist er denn fortgekommen? Die vordere Haustür ist doch vollständig verschlossen und verriegelt. Er muß noch im Hause sein.«

»Sagen Sie das ja nicht«, bat Julius nervös. »Wenn er noch hier wäre, wüßte ich nicht, was ich täte. Ich werde ganz toll, wenn ich Einbrecher sehe. Deshalb hat mir auch der Doktor verordnet, daß ich mich nach Möglichkeit von ihnen fernhalten soll.«

»Er ist sicher noch im Haus – wahrscheinlich verbirgt er sich in der Küche. Essen Sie doch noch ein paar Kekse. Wenn ich fertig bin, werden wir uns einmal nach ihm umsehen.«

Julius hatte keinen Appetit mehr.

»Dies ist ein Fall für reguläre Polizisten«, sagte er ernst. »Sie werden doch dafür bezahlt, und die Regierung gibt ihren Witwen Pension. Nebenbei bemerkt, werden sie auch noch befördert, wenn sie Einbrecher fassen. Ich lasse anderen Leuten gern etwas zukommen, wenn es in meinen Kräften steht. Soll ich nicht schnell nach draußen gehen und einen Polizisten rufen?«

»Bleiben Sie hier, ich werde allein gehen.«

Aber er lehnte es ab zu bleiben. Sein Platz war an ihrer Seite, wie er als treuer Beschützer behauptete. Aber er ging immer etwas hinter ihr her. Er war sehr beruhigt, daß sie gut mit der Pistole umgehen konnte. Sie schien doch eine tüchtige Frau zu sein.

Die Küche war leer.

»Ich hatte auch nicht erwartet, ihn hier zu finden«, sagte sie. »Nein, das war . . . Onkel Artur.«

Als sie wieder im Studierzimmer waren, entwickelte Mr. Superbus eine merkwürdige Theorie.

»In diesem Hause gibt es sicher unterirdische Gänge, ich habe schon welche gesehen. Man braucht nur eine Füllung in dem Holzpaneel zurückschieben, dann öffnet sich eine Treppe, die in ein unterirdisches Gewölbe führt. Man drückt auf eine Feder –«

»Nein, Mr. Superbus, in Cheynel Gardens Nr. 61 gibt es keine Federn, die man berührt, und keine Wandpaneele, ebensowenig unterirdische Gewölbe, mit Ausnahme des Kellers, in den die Kaminschächte münden. Gehen Sie nur hinunter und überzeugen Sie sich davon!«

Mr. Superbus erwiderte, daß ihm ihre Worte vollkommen genügten.

Es war jetzt Viertel nach vier. Julius steckte das Feuer an und ging langsam zur Küche hinunter, um Feuerholz zu suchen. Er kam aber sehr schnell wieder. Seine Zähne klapperten, und er sagte, es sei sehr kalt in der Küche.

»Aber in der Küche war doch nichts, wovor Sie Angst haben konnten?«

Er war belustigt.

»Wovor ich Angst haben könnte? Das möchte ich erst einmal sehen! Ich weiß überhaupt nicht, was Furcht ist! Alle in unserer Familie sind tapfer.«

Er war halb aufgesprungen. In der Diele waren Schritte zu hören.

»Sehen Sie nach!«

Sie griff nach der Pistole.

Mr. Superbus ging zögernd, machte aber einen großen Umweg. Sie beobachtete ihn, wie er langsam vorwärts schritt und vorsichtig um die Tür herumspähte, um einen Blick in die Diele zu werfen.

»Schießen Sie ja nicht«, sagte er dann zitternd. »Es ist die Tante!«

19

Heloise trat ein und sah mürrisch aus.

»Was gibt es denn?« fragte sie. »Ich hörte jemand die Treppe hinauflaufen.« Ihr Blick fiel auf die Keksschachtel, sie nahm eine Handvoll, setzte sich vor den Kamin und aß in aller Gemütsruhe. »Ich fühle mich in diesem Hause nicht recht wohl, ich wünschte, ich wäre daheim!«

Ihre ungewöhnliche Niedergeschlagenheit machte Eindruck auf Diana.

»Holen Sie noch eine Tasse und einen Teller, Mr. Superbus«, sagte sie. »Tante Lizzie möchte Tee trinken.«

Julius kniete vor dem Kamin und glich in dieser Stellung einem Priester irgendeiner geheimnisvollen Sekte von Feueranbetern. Er richtete sich mühsam auf und sah Diana ängstlich an.

»Sie können auch das nötige Geschirr aus dem Geschirrschrank am Ende des Ganges nehmen, dann brauchen Sie nicht in die Küche hinunterzugehen.«

Julius erhob sich erleichtert.

»Es wäre mir auch nicht darauf angekommen, das zu tun«, log er.

Heloise starrte in die Flammen. Es schienen fast Jahre vergangen zu sein, seitdem sie sich mit Gordon über Seelenharmonie unterhalten hatte. Diana beobachtete sie und bemerkte, daß sie eigentlich recht schön war. Sie bewunderte ihr gutgeformtes Gesicht, das Oval ihrer Wangen und ihre feingeschnittene Nase. Sie empfand ein leises Mitgefühl für diese Frau.

»In welchem Verhältnis stehen Sie eigentlich zu dem Doppelgänger?«

Heloise zuckte nur die Schultern.

»Sind Sie mit ihm verheiratet?«

Mrs. van Oynne war klug und hellhörig.

»Ich werde es Ihnen vielleicht später einmal erzählen«, sagte sie melancholisch. »Aber nicht jetzt – jetzt nicht!« Sie seufzte tief.

»Ich bin davon überzeugt, daß Sie dieses Leben nicht führen, weil es Ihnen Freude macht. Wahrscheinlich sind Sie nur dazu gezwungen«, fuhr Diana fort.

»Ja, Sie haben mich erkannt.« Heloise nickte langsam.

»Wenn ich etwas für Sie tun könnte –« begann Diana. Mr. Superbus kam mit Tasse und Teller an und unterbrach diese vertrauliche Unterhaltung jäh.

»Haben Sie gut geschlafen, Tante Lizzie?« fragte Julius, als er hörbar seinen Tee schlürfte.

»Nein, ich kann in fremden Betten nicht schlafen – außerdem habe ich große Sorge – und man findet keine Ruhe, wenn man von Sorgen gequält wird.«

»Nach meiner Theorie haben Sie aber doch geschlafen!«

Sie sah ihn über die Schulter an.

»Wie kommen Sie denn zu dieser Annahme? Glauben Sie, ich wüßte nicht, ob ich schlafe oder nicht? Sie armseliger – – Mr. Superbus.«

»Man kann niemals genau wissen, ob man schläft. Schlafwandeln Sie nicht ein wenig?« fragte er möglichst gleichgültig.

»Was meinen Sie?«

»Ich meine, ob Sie nicht im Schlaf umherwandeln? Ich hatte den Eindruck, daß ich Sie um ein Uhr gesehen hätte.«

Sie wandte ihr Gesicht ab und schaute wieder ins Feuer.

»Sie scheinen eine rege Phantasie zu haben. Wenn ich dächte, daß Sie mich um ein Uhr gesehen hätten, würde ich hier auf der Stelle sterben. Ich hatte mich ganz ausgezogen – sind Sie verheiratet?«

Julius nickte.

»Sie haben mich um ein Uhr nicht gesehen – ich würde mich sonst zu Tode schämen.«

Julius war verwirrt, aber er ließ sich doch nicht ganz entmutigen.

»Vielleicht war es auch drei Uhr. Ich habe jedenfalls jemand die Treppe herunterkommen sehen. Haha, Tante Lizzie! Ich habe Sie gesehen!« Er drohte ihr schelmisch mit dem Finger.

»Sie sind ganz verrückt«, sagte sie kurz, gähnte und stand auf. »Ich glaube, ich kann jetzt schlafen. Und ich werde einen Strumpf über das Schlüsselloch hängen«, wandte sie sich an Mr. Superbus, der über diese Verdächtigungen entrüstet war.

»Haben Sie Tante Lizzie wirklich gesehen?« fragte Diana, als Heloise gegangen war.

»Nein. Aber man kann auf diese Weise die Leute zum Geständnis bringen. Das ist ein amerikanischer Trick, ich habe ihn schon oft angewandt.«

»Glauben Sie, daß Tante Lizzie hier war?«

»Ganz bestimmt. Haben Sie nicht bemerkt, wie leise sie geht? Das ist ein schlechtes Zeichen –«

»Haben Sie nicht gemerkt, wie sie nach L'Origan duftet?« fragte Diana spöttisch.

»Das habe ich nicht gemerkt«, gab Mr. Superbus verwirrt zu.

»Ich wundere mich, daß Sie das nicht bemerkt haben. Diese schweren französischen Parfüms duften so stark, daß man sie direkt sehen kann. Aber es war kein Geruch nach L'Origan in dem Studierzimmer, als wir hereinkamen, wenigstens kein frischer.«

Sie ging zum Fenster und zog die Jalousie hoch, aber es war noch ganz dunkel. Sie fühlte sich vollständig frisch und wollte nicht mehr schlafen, aber sie wußte im Augenblick auch nicht, wie sie ihre Tatkraft am besten anwenden konnte.

»Nehmen Sie diesen Schlüssel, gehen Sie ins Zimmer von Onkel Artur, öffnen Sie die Tür leise und sehen Sie nach, ob er noch im Bett liegt. Und schließen Sie dann die Tür schnell wieder!«

Mr. Superbus liebte es nicht, zur Eile angetrieben zu werden. Er stieg langsam die Treppe hinauf und lauschte an der Tür. Er hörte nichts – das war befriedigend. Aber auf der anderen Seite erschienen ihm diese Stille und Ruhe verdächtig. Wahnsinnige Leute sind bekanntlich auf ihre Art sehr schlau und verschlagen. Er erinnerte sich an grauenhafte Geschichten von Irren, die leise umherschlichen, ihre Wärter von hinten anfielen und ihnen die

Kehle mit Blechstücken durchschnitten, die sie heimlich geschärft hatten.

Julius Superbus atmete tief.

Wenn Onkel Artur schlief, würde er kein Geräusch machen. Und da kein Geräusch zu hören war, mußte er schlafen. Beruhigt ging Mr. Superbus wieder nach unten.

»Er schläft wie ein unschuldiges Kind«, berichtete er. »Er hat die Hand an der Backe und lächelt wie ein kleiner Engel.«

Sie nahm ihm den Schlüssel ab und betrachtete ihn.

»Waren Sie wirklich in dem Zimmer?«

»Natürlich.« Julius wärmte seinen Rücken am Kaminfeuer. »Ich habe das Licht angedreht und mich genau umgesehen.«

Sie sah immer noch auf den flachen Schlüssel in ihrer Hand.

»Ich habe Sie nur deshalb gefragt, weil ich Ihnen aus Versehen einen falschen Schlüssel gab.«

Aber Julius war ein Mann, der nie um eine Ausrede verlegen war.

»Ich habe eine Methode, Türen ohne Schlüssel zu öffnen, die nur drei Leuten auf der Welt bekannt ist.«

»Kommen Sie mit mir.« Diana erhob sich. »Auch ich habe meine Methoden, Türen zu öffnen. Ich benütze nämlich den richtigen Schlüssel dazu.«

Er ging hinter ihr her und war nun doch etwas kleinlaut. Sie schloß rasch die Tür von Gordons Gefängniszelle auf und machte Licht.

Das Zimmer war leer.

20

An der Bettstelle war ein merkwürdiges Tau befestigt, das von unkundigen Händen zusammengedreht war. Es bestand aus drei Streifen Bettuchleinen, die wie ein Frauenzopf zusammengeflochten waren. Das Ende hing aus dem offenen Fenster.

Diana schaute hinunter. Das Tau hing nur zwei Meter zum Fenster hinaus. Er hätte also mindestens noch sechs bis sieben Meter springen müssen, bis er den gepflasterten Hof erreicht hätte.

»Das ist merkwürdig«, sagte Superbus, der sich aber auch jetzt noch nicht ganz geschlagen geben wollte. »Als ich hereinschaute –«

»Ach, reden Sie doch keinen Unsinn! Wir wollen uns lieber an Tatsachen halten.« Diana zog die Augenbrauen hoch. »Was nützt denn ein Tau, wenn es nicht weiter reicht! Und warum hat er denn das Bett nicht an das Fenster gezogen?«

Sie rückte selbst daran, es ließ sich leicht bewegen.

»Wenn das Gewicht eines Mannes an dem Tau gehangen hätte, wäre die Bettstelle sicher von selbst zum Fenster hingezogen worden.«

Nachdenklich sah sie sich im ganzen Zimmer um. In einer Ecke stand ein großer Kleiderschrank mit einem Spiegel. Sie hob die Pistole und riß die Schranktür auf.

»Kommen Sie bitte heraus«, sagte sie eisig.

Gordon trat würdevoll heraus.

Mr. Superbus beobachtete diesen Vorgang aus einiger Entfernung und schüttelte mißbilligend den Kopf.

»Onkel Artur, Onkel Artur!« rief er vorwurfsvoll. »Ich dachte nicht, daß Sie einem alten Freund einen solchen Trick spielen würden!«

»Wollen Sie mir freundlichst erklären, warum Sie mein Bettleinen so zerschnitten haben?« fragte Diana.

Die gelassene Selbstverständlichkeit, mit der sie das Eigentumsrecht an allen Dingen im Haus für sich in Anspruch nahm, brachte Gordon in höchste Wut.

»Das ist mein Bettleinen!« schrie er.

Sie hob abwehrend die Hand.

»Darauf wollen wir nicht näher eingehen, Onkel Artur«, sagte sie mit kalter Höflichkeit. »Bitte, ziehen Sie das Bettuch herein und schließen Sie das Fenster. Es wird bald hell werden, und ich habe nicht den Wunsch, dem Milchmann Stoff zum Klatschen zu geben. Ich muß die Interessen meines Vetters wahren.«

»Lassen Sie doch Bobby kommen«, sagte Gordon plötzlich ruhig. »Er wird keinen Augenblick an meiner Identität zweifeln.«

»Wenn Sie mit Bobby Mr. Robert Selsbury meinen, so habe

ich seine Wohnung angerufen. Er ist nicht in der Stadt – wahrscheinlich haben ihn die Agenten auch fortgelockt.«

Es war ihm also die letzte Möglichkeit genommen, sich aus dieser entsetzlichen Lage zu befreien.

»Nun gut, ich verspreche Ihnen, daß ich Ihnen keinen weiteren Grund zur Beunruhigung geben werde.«

Er zog das geflochtene Tau herein, schloß das Fenster und ließ die Jalousien herunter.

»Wenn Sie nichts dagegen haben, möchte ich jetzt schlafen – ich habe die ganze Nacht gewacht.«

»Sie können schlafen, aber Mr. Superbus wird bei Ihnen wachen. Ich werde Sie beide in diesem Zimmer einschließen –«

»Persönlich ziehe ich es allerdings vor, draußen zu sitzen«, sagte Mr. Superbus schnell. »Ich möchte gern rauchen.«

»Sie bleiben hier!« erwiderte Diana entschieden.

»Wenn der Kerl hierbleibt, werfe ich ihn aus dem Fenster!« rief Gordon wild.

Mr. Superbus hatte sich schon aus dem Zimmer hinausgeschlängelt.

»Madam, der wird jetzt ganz ruhig sein – trauen Sie nur dem alten Onkel Artur!«

Diana wußte, daß es nutzlos war, auf ihrem Willen zu bestehen. Sie schloß also ihren Gefangenen wieder ein und ging hinunter in das Studierzimmer. Auch sie war davon überzeugt, daß er jetzt keinen weiteren Versuch machen würde, zu entwischen.

Sie mußte mit Bobby in Verbindung bleiben, selbst auf die Gefahr hin, daß er ihr böse war, wenn sie ihn zu so früher Stunde aus dem Bett holte. Sie nahm den Hörer ab und rief seine Wohnung an. Mit unglaublicher Schnelligkeit erhielt sie Antwort. Die Stimme war ihr allerdings unbekannt – vermutlich sprach Bobbys Diener mit ihr.

»Hier ist Miss Ford – kann ich Mr. Selsbury sprechen?«

»Er ist die ganze Nacht nicht nach Hause gekommen, meine Dame. Ich bin aufgeblieben, um auf ihn zu warten. Er wollte bei Tagesanbruch wieder in London sein.«

»Wo ist er denn?«

»Er ist nach Ostende gereist, mein Fräulein. Er hat von Dover aus telefoniert.«

Das war eine ganz unerwartete und beunruhigende Nachricht.

»Ist er allein verreist?«

»Nach meinem besten Wissen und Gewissen«, sagte Bobbys Diener taktvoll, diplomatisch und juristisch einwandfrei.

Diana hing den Hörer wieder an.

War es denn den Verbrechern auch gelungen, Bobby fortzulocken?

21

Bobby Selsbury war zum Victoria-Bahnhof gegangen, um seinen Bruder noch in elfter Stunde aus einer gefährlichen Lage zu befreien. Er hatte schon erfolglos den einen Zug, der nach dem Festland fuhr, von Anfang bis zu Ende durchsucht, und war nun dabei, den anderen zu inspizieren, als plötzlich die Pfeife des Fahrdienstleiters ertönte und er vor die Alternative gestellt wurde, den Zug sofort zu verlassen oder mit nach Dover zu fahren. Er entschied sich für das letztere und setzte seine Nachforschungen in den einzelnen Abteilen weiter fort. Er störte zwei jung verheiratete Paare auf der Hochzeitsreise, aber seinen Bruder fand er nicht.

Bei seiner Ankunft in Dover entdeckte er, daß um drei Viertel elf noch ein Vorzug vom Victoria-Bahnhof abgegangen war. Die Passagiere waren bereits auf dem Dampfer. Es war ja möglich, daß Gordon diesen Zug benutzt hatte, und Bobby entschloß sich, rasch zu handeln.

Er telefonierte schnell nach London und hatte glücklicherweise sofort Anschluß. Es waren sehr viele Leute an Bord, und er sah sofort, daß es unmöglich war, in kurzer Zeit festzustellen, ob Gordon hier war. Er blieb also auf der »Prinzessin Juliana«, als sie in See stach, und kam um vier Uhr nachmittags in Ostende an. Gordon und Mrs. van Oynne hatte er nicht gefunden.

In Ostende waren nur noch einige Hotels geöffnet. Bobby besuchte sie alle und ließ sich die Gästebücher vorlegen. Aber er stellte mit einer gewissen Erleichterung fest, daß Gordon nicht in Ostende war. Es war ja möglich, daß er in letzter Minute noch seinen Plan geändert hatte und nach Paris gefahren war, obwohl ihm das nicht ähnlich sah. Bobby glaubte seinem Bruder, obwohl sein Vertrauen auf eine sehr harte Probe gestellt wurde.

Er kehrte mit dem Nachtdampfer nach Dover zurück und erreichte den Hafen beim Morgengrauen. Um zehn Uhr kam er unrasiert, müde und gereizt wieder in der Hauptstadt an. Er fuhr sofort nach Scotland Yard. Er hatte sich überlegt, daß er das eigentlich gleich hätte tun sollen. Er hatte Glück, denn er fand Polizeiinspektor Carslake in seinem Büro, mit dem er während des Krieges in Frankreich zwölf Monate lang in einem Nachrichtenbüro zusammengearbeitet hatte.

Bobby brachte sein Anliegen so kurz wie möglich vor, und der Inspektor hörte ihm mit außerordentlichem Interesse zu.

»Es ist merkwürdig, daß Sie gerade zu mir kommen. Ich führe nämlich die Untersuchung über alle Vergehen des Doppelgängers. Ich muß ohne weiteres zugeben, daß die Sache ganz nach ihm aussieht.«

»Gordon ist nicht leicht zu imitieren«, entgegnete Bobby, »obgleich ich ihm das sagte, um ihn zu warnen.«

»Für den Doppelgänger gibt es in dieser Beziehung keine Schwierigkeiten«, meinte Carslake. »Groß, klein, dünn oder dick, das ist diesem Spezialisten ganz gleich. Er hat bis jetzt noch keinen Nachfolger in diesem Fach gefunden. Haben Sie die Frau gesehen, diese Mrs. van Oynne?«

Bobby schüttelte den Kopf.

»Wissen Sie vielleicht ihre Wohnung?«

»Ich habe nicht die mindeste Ahnung.«

»Vor Montag wird er wohl nichts unternehmen«, sagte Carslake nachdenklich. »Der Doppelgänger arbeitet nur, wenn die Banken geöffnet sind. Aber wenn er tätig ist, dann regt er sich auch ordentlich. Vor der Schlauheit dieses Menschen nehme ich den Hut ab, er kann etwas.«

»Wer ist er denn eigentlich?«

»Er heißt Throgood und war früher Schauspieler. Ich glaube, er wurde den besten Künstlern in Amerika an die Seite gestellt. Er war ein Charakterdarsteller. Er selbst ist wahrscheinlich Engländer, seine Partnerin stammt aus Amerika oder Kanada und war früher eine Statistin am Theater. Vielleicht ist es noch dieselbe – sehr schlank, nicht allzu groß – goldblondes Haar und blaue Augen. Sieht Mrs. van Oynne so aus?«

»Soviel ich weiß, nicht.« Bobby begann wieder zu hoffen. »Vielleicht irre ich mich auch. Sind Sie Ihrer Sache ganz sicher?«

Carslake nickte.

Er werde am Montag nach dem Rechten sehen.

Bobby fuhr nach Hause. Er fühlte sich jetzt wohler als in den letzten vierundzwanzig Stunden.

Sein Diener hatte neue Nachricht für ihn.

»Miss Ford hat heute morgen schon angeläutet, Sir.«

»Was hat sie denn gesagt?« fragte Bobby. Er hielt den Rasierpinsel in der Hand.

»Sie fragte nur, ob Sie zu Hause seien.«

»Um wieviel Uhr hat sie denn angerufen?«

»Etwa um fünf.«

»Um fünf Uhr! Sie alter Ölgötze, warum haben Sie mir denn das nicht sofort gesagt?« Eingeseift wie er war, eilte er zum Telefon und ließ sich mit Diana verbinden.

»Bist du am Apparat, Bobby? Kannst du heute zu mir kommen?«

»Ich werde sofort erscheinen!«

»Das ist nicht nötig. Wenn du gelegentlich vorbeikommst, ist es gut. Aber sei nicht erstaunt, wenn du hier einen Herrn findest, von dem ich dir schon viel erzählt habe.«

»Doch nicht etwa Dempsi?« fragte er verwundert.

»Ja. Er ist für ein oder zwei Tage hier – ich werde dir alles erklären, wenn du kommst.«

Bobby pfiff leise vor sich hin.

Er nahm das Mittagessen in seinem Klub und machte am frühen Nachmittag seinen Besuch in Cheynel Gardens. Die Tür wurde ihm von einem merkwürdigen Hausmeister geöffnet.

Bobby schaute den Mann überrascht an. Dieser Diener mit den Ziehharmonikahosen und dem schlechtsitzenden Anzug hätte aus einer Burleske entsprungen sein können.

»Sie sind wohl der neue Butler?«

Der andere legte die Hand aufs Herz und verneigte sich. »Jawohl, Sir, mein Name ist Smith«, sagte er düster.

Er schielte und legte das Gesicht in Falten.

»Ich werde Sie aber trotzdem Superbus nennen – Sie können auch ruhig wieder natürlich dreinschauen.«

Mr. Superbus gehorchte enttäuscht.

»Woran haben Sie mich denn wiedererkannt? Hat Ihnen Miss Ford etwas erzählt?«

Bobby lächelte ironisch.

»Na, das war doch wirklich nicht schwer, Sie zu erkennen!«

»Das ist merkwürdig. Meine Frau sagt immer, daß sie mich auf der Straße nicht wiedererkennen würde, wenn ich mein Gesicht derartig verstelle.«

»Nun sagen Sie mir, Superbus, was ist denn hier los?«

Julius war unschuldig wie ein neugeborenes Kind. Mit einem Blumenkranz auf dem Kopf hätte er nicht dümmer aussehen können. Aber Bobby ließ sich nicht täuschen.

»Was sollte denn hier los sein?«

»Warum sind Sie denn in dem Haus und haben sich so merkwürdig ausstaffiert. Miss Ford weiß doch, wer Sie sind?«

Mr. Superbus schloß schnell die Tür und legte seinen Zeigefinger an den Mund.

»Pst!« sagte er geheimnisvoll.

Bobby wartete.

Julius ging auf Zehenspitzen in das Studierzimmer und winkte Bobby zu sich.

»Sie hat mich gerufen«, sagte er ernst. »Sie hat mich gebeten, bei ihr zu bleiben. Konnte ich ihr das abschlagen? Wenn die Sache gefährlich wird, dann bin ich dabei – ja, das ist meine Art!«

Bobby glaubte Dianas Gründe zu verstehen. Sie wollte wahrscheinlich einen Mann im Hause haben. Er entnahm daraus, daß nicht nur er Respekt vor dem Doppelgänger hatte.

»Oh, ich begreife. Eine vernünftige junge Dame!«

»Ja, mein Herr, sie ist sehr verständig. Ich wüßte nicht, was sie Besseres hätte tun können. In mir hat sie den rechten Mann gefunden!«

»Miss Ford war allein und hat Sie gebeten, hierherzukommen? Das freut mich.«

»Nun, sie war gerade nicht allein«, erklärte Mr. Superbus, dem es schwerfiel, seine Ehre als alleiniger Beschützer aufzugeben, »Onkel Artur ist natürlich auch noch da.«

Bobby traute seinen Ohren nicht.

»Onkel Artur? Wer ist denn Onkel Artur?«

Julius hatte schon die Absicht gehabt, bei der ersten Gelegenheit diese Frage auch an Bobby zu stellen.

»Ich kenne seinen Familiennamen nicht, er ist aber ein sehr übelgelaunter Herr mit allerhand verrückten Einfällen und ...« er zeigte mit dem Finger auf die Stirn, aber Bobby verstand den Sinn dieser Geste nicht.

Von Dempsi hatte Bobby ja schon am Telefon erfahren.

»Und dann ist auch noch Tante Lizzie da«, fuhr Julius fort.

Bobby schwankte beinahe und stützte sich auf den Kamin. Er wußte nicht, ob er wache oder träume. Es kam ihm plötzlich alles unwirklich vor. Sicherlich würde Mr. Superbus gleich zwei Hasen und eine Schüssel mit Goldfischen aus seinem Zylinder hervorzaubern, und Diana würde mit einem gezierten Lächeln auf den Lippen als Balletteuse ins Zimmer schweben. Und dann würde er aus seinem Traum aufwachen.

»Geben Sie mir doch etwas zu trinken«, sagte er schwach. »Meine Hand zittert ein wenig.«

Der große Detektiv goß ihm stolz ein Glas ein.

»Sagten Sie nicht eben etwas von Tante Lizzie?« fragte Bobby, der inzwischen alle seine Verwandten im Geist hatte Revue passieren lassen, aber weder einen Onkel Artur noch eine Tante Lizzie unter ihnen entdeckt hatte.

»Jawohl, Sir, sie kam gestern nachmittag mit Onkel Artur. Sie ist eine sehr hübsche Dame. Aber die beiden vertragen sich nicht recht miteinander. Das ist ja weiter auch nicht verwunderlich. Es ist doch merkwürdig, daß sie einen so häßlichen Namen hat.– Lizzie klingt doch so gewöhnlich! Es gibt doch so schöne Namen wie Maud und Agnes. Wenn sie allerdings allein sind, dann nennt er sie Heloise.«

Das Zimmer schien sich plötzlich um Bobby zu drehen.

»Heloise! Heloise!« murmelte er. »Hat sie – hat sie dunkle rabenschwarze Haare?«

»Jawohl, mein Herr.«

»Und Augen, die bis auf den Grund Ihrer Seele blicken?«

Superbus mußte sich das erst überlegen.

»In meine Seele blickt sie nicht, aber es ist schon irgend etwas Besonderes an ihren Augen«, gestand er.

»Hat sie die süßeste Stimme der Welt?«

Mr. Superbus stutzte wieder. Stimmen waren für ihn eben Stimmen.

»Ich habe sie noch nicht singen oder viel sprechen hören. Sie flucht ein wenig auf Onkel Artur, und das ist eigentlich nicht recht das Betragen einer vornehmen Dame.«

Bobby unterbrach ihn. »Wo ist Onkel Artur?«

»Der putzt Silber.«

Bobby fuhr zurück.

»Was, der putzt Silber?« fragte er ganz verwirrt. »Wache oder träume ich? Wo sind denn die anderen Dienstboten?«

»Miss Ford hat sie vorläufig auf Urlaub geschickt. Ich bin hier beruflich tätig. Ich habe die Aufgabe, aufzupassen, daß Onkel Artur das Haus nicht verläßt.«

Bobby begann endlich Licht zu sehen. Wenn Heloise hier und Gordon nicht in Ostende war –! Und wenn Gordon hier war, dann war seine Sehnsucht nach Freiheit nicht nur verzeihlich, sondern auch vollkommen verständlich.

»Onkel Artur will wohl immer fortgehen?«

Julius wunderte sich, daß er überhaupt diese Frage stellte. Bobby mußte doch über seine Familienmitglieder Bescheid wissen. Aber auf der anderen Seite war es ja begreiflich, daß er diese dunklen Punkte gern verleugnen wollte.

»Er ist ein bißchen verdreht – Sie wissen doch, was ich meine? Er hat Wahnvorstellungen, Hallelujahzinationen, um einen hohen medizinischen Ausdruck zu gebrauchen. Er sieht Dinge und denkt, daß er jemand anders ist. Hunderte von solchen Fällen sind mir schon vorgekommen.«

»Aber wer hat ihm denn den Auftrag gegeben, das Silber zu putzen?«

»Miss Ford sagte, dann hätte er wenigstens eine Beschäftigung und käme nicht auf dumme Gedanken.«

In der Diele hörte man schwere Schritte.

»Das ist er. Sie brauchen sich aber nicht vor Onkel Artur zu fürchten, Sir. Er ist harmlos wie ein Kind.«

Im nächsten Augenblick trat Gordon ein, blieb aber sofort erschrocken stehen, als er Bobby sah. Er war in Hemdsärmeln, trug einen Staubwedel in der Hand und hatte eine große, weiße Schürze vorgebunden.

Bobby starrte ihn hilflos an.

»Um Gottes willen – das ist Onkel Artur?«

»Sie kennen ihn doch wieder, mein Herr?«

»Ja, ja, ich kenne ihn.«

Superbus ging auf Gordon zu.

»Brauchen Sie irgend etwas, Onkel Artur?« fragte er freundlich und klopfte ihm auf den Arm.

Mr. Selsbury war schon so gebrochen, daß er sich diese Vertraulichkeit ruhig gefallen ließ.

»Ja – nein«, sagte er heiser.

Julius schüttelte den Kopf.

»Er ist wirklich etwas schwachsinnig – er ist nicht recht klar im Kopf. Ich wundere mich nur, wie er zu einer Frau gekommen ist.«

Gordon besann sich auf sich selbst.

»Wo ist Tante Lizzie?« fragte er.

»In ihrem Zimmer, Onkel Artur. Sie liest Bücher.«

»Nennen Sie mich nicht Onkel – auf keinen Fall bin ich Ihr Onkel.«

»Nein, Sir«, gab Julius zu. »Ich habe überhaupt keinen Onkel, soviel ich weiß.« Plötzlich runzelte er die Stirn und sah Gordon so an, daß sogar Bobby eingeschüchtert wurde. »Mir kommt eben ein Gedanke«, sagte er langsam. »Ich möchte es fast Erleuchtung nennen. Ist denn das in Wirklichkeit Ihr Onkel Artur?«

Bobby horchte auf.

»Kennen Sie Onkel Artur ganz genau?« Mr. Superbus war von seiner neuen Idee ganz besessen. »Wenn nun der Doppelgänger hierhergekommen wäre und sich als Onkel Artur ausgegeben hätte!«

Bobby schaute seinen Bruder an. Gordon gab ihm ein Zeichen und schüttelte den Kopf. Er wollte also aus irgendeinem, Bobby nicht verständlichen Grund seine Rolle als Onkel weiterspielen.

»Aber ja«, sagte Bobby atemlos, »das ist Onkel Artur!« Julius ließ sich aber nicht so leicht überzeugen.

»Sind Sie Ihrer Sache auch ganz sicher?« fragte er noch immer zweifelnd.

»O ja, das ist Onkel Artur, daran ist kein Zweifel. Ich habe ihn sofort wiedererkannt.«

Kein Mann opfert leicht seine genialen Gedanken – und auch Julius war doch nur ein Mensch.

»Nun«, sagte er etwas verletzt. »Der Doppelgänger ist sehr schlau, der könnte Onkel Artur leicht nachahmen!«

»Das ist doch Unsinn«, erwiderte Bobby böse. »Onkel Artur könnte er nicht nachmachen.«

»Da kennen Sie den Mann schlecht!« murmelte Superbus beleidigt.

Bobby dachte schnell nach. Er mußte mit Gordon allein sein.

»Ich möchte meinen Onkel einmal unter vier Augen sprechen. Es handelt sich um eine Familienangelegenheit. Es wäre ganz gut, wenn Sie uns einmal einen Augenblick allein ließen.«

Julius wußte nicht, was er tun sollte.

»Lassen Sie ihn aber bloß nicht entwischen«, warnte er. »Er ist so schlau und hinterlistig wie ein Affe. Sie sollten nur einmal hören, welchen Trick er uns in der vorigen Nacht gespielt hat!«

»Nein, ich lasse ihn nicht entwischen.« Bobby war auch bereit, das Versprechen zu geben, seinen Bruder zum Schafott zu führen.

Mr. Superbus zögerte aber immer noch. Diana war ausgegangen und hatte ihm Instruktionen erteilt, die er bis auf den Buchstaben genau auszuführen hatte. Und Julius war in solchen Dingen ein Kleinigkeitskrämer.

»Lassen Sie ihn auch ja nicht telefonieren!«

Bobby versprach auch das, und Julius ging langsam hinaus.

»Wenn er Ihnen Schwierigkeiten macht, bin ich in der Nähe«,

sagte er in der Tür noch. »Also, Onkel Artur, machen Sie keine dummen Streiche!«

Bobby ging leise zur Tür und lauschte. Er wartete erst einige Sekunden, dann riß er sie plötzlich auf. Julius bückte sich nach seinen Schuhriemen. Ein mit wenig Phantasie begabter Mann hätte sicher vermutet, daß er gehorcht hatte.

»Haben Sie mich nötig?« fragte er, ohne im mindesten verblüfft zu sein.

»Nein«, sagte Bobby so eindringlich und nachdrücklich, daß Mr. Superbus ihn nicht mißverstehen konnte. Die Tür wurde wieder geschlossen.

»Aber Gordon, was in aller Welt –?«

Gordon hob verzweifelt die Arme.

»Bobby, ich bin in einer unglaublichen Lage«, stöhnte er ganz verzweifelt.

»Was ist denn geschehen? Was soll das alles bedeuten?« fragte Bobby verwirrt. »Warum hast du dich denn nicht früher mit mir in Verbindung gesetzt?«

Gordon machte eine abwehrende Handbewegung.

»Ich habe ja dauernd versucht, dich anzutelefonieren, aber ich konnte dich nicht bekommen. Und später hat mich dieser verfluchte Teufel bewacht, so daß ich den Apparat nicht mehr anrühren konnte. Bobby, ist es eigentlich ein Verbrechen, wenn man einen Amateurdetektiv totschlägt? Ich habe es vergessen –«

»Aber was ist denn eigentlich passiert?«

Gordon ging erst einige Minuten im Raum auf und ab, um sich zu sammeln. Er war so aufgeregt, daß er seine Stimme nicht beherrschte. Die Erleichterung, die ihm Bobbys Erscheinen brachte, hatte diese unvermeidliche Reaktion hervorgerufen. Aber allmählich wurde er ruhiger.

»Als ich damals zum Bahnhof ging, um – nun du weißt schon – sie zu treffen –«

»Heloise?«

Gordon seufzte schmerzlich auf. Er wollte überhaupt nichts mehr von Heloise hören. Schon die Erwähnung ihres Namens verursachte ihm Pein.

»Ich fand sie in einer schrecklichen Verfassung. Sie war außer sich vor Furcht und Entsetzen. Du kannst dir vielleicht meine Gefühle vorstellen, als sie mir mitteilte, daß ihr Mann draußen vor den Schaltern warte, um mich umzubringen. Sie wollte mich bestimmen, nach Ostende zu fahren und dort auf sie zu warten. Aber ich fuhr nicht ab, sondern ging zu dem Hotel zurück, um meinen Anzug wieder zu wechseln. Der Hausdiener, der meinen Koffer in dem Gepäckraum des Bahnhofs abgegeben hatte, war aber inzwischen abgelöst worden. Dann bin ich nach Hause gefahren – sie muß mir gefolgt sein.«

»Heloise?«

»Sprich, bitte, ihren Namen nicht mehr aus!«

»Dann ist sie also hier im Hause?« fragte Bobby entsetzt. »Ist sie etwa Tante Lizzie?«

»Ja, sie ist Tante Lizzie! O Bobby, konnte überhaupt etwas Schrecklicheres passieren? Was soll ich nun machen? Ich kann nicht einmal das Haus verlassen!«

»Aber warum denn nicht?«

Gordon war zu nervös, er vertrug dieses Kreuzverhör nicht mehr. Er hatte gehofft, daß Bobby, der doch großzügig war, die Situation sofort erfassen würde, ohne viel Fragen zu stellen.

»Das kann ich wirklich nicht verstehen. Du brauchst doch Diana nur zu erklären –«

Gordon lachte bitter auf.

»Ich habe dir ja noch nicht das Schlimmste erzählt. Diana fand mich hier und beschuldigte mich, daß ich der Doppelgänger sei. Ich war wie vom Donner gerührt. Die Idee war so grotesk, daß ich überhaupt nicht mehr antworten konnte. Denke dir, es käme plötzlich jemand auf der Straße auf dich zu und machte dir den Vorwurf, daß du ein Mörder seist. Was würdest du dann sagen? Ich habe nicht die Gabe, mich mit einem Witz über solche Dinge hinwegzusetzen. Ich wäre vielleicht noch aus dieser unglücklichen Lage herausgekommen, wenn nicht dieses verteufelte Frauenzimmer erschienen wäre und sich mir an den Hals geworfen hätte. In einer Beziehung war es ja gerechtfertigt, denn Diana bedrohte sie mit der Pistole. Das kann keine Frau ertragen. Was sollte ich nun machen – ich war in einem furchtbaren Dilemma! Ich stand vor der Alternative, entweder zuzugeben, ich sei der

Doppelgänger, oder die Wahrheit zu gestehen. Und das wäre gleichbedeutend mit einem Geständnis gewesen, daß ich mich in eine gewöhnliche Affäre mit Heloise eingelassen habe.«

Dieser Grund schien Bobby sehr zu überzeugen.

»Wer hat sie denn Tante Lizzie genannt?«

»Diana! Dieses Mädchen bringt mich noch vollständig um den Verstand! Warum kam sie denn überhaupt aus Australien, um mir das Leben zu vergiften? Sie ist schrecklich, sie poussiert hier unter meinen Augen mit Dempsi herum! Und das ist erst ein Bursche! Außerdem behauptet sie, daß sie Witwe sei! Ich weiß nicht, wessen Witwe, aber manchmal kommt mir der Gedanke, daß sie tatsächlich meine Witwe ist. Und dann sagt sie Dinge über mich, die allein schon genügten, mich vor Ärger ins Grab zu bringen!«

Bobby war ernst und nachdenklich. Eine so unglaubliche Situation war ihm in seinem ganzen Leben noch nicht vorgekommen.

»Es ist verflucht unangenehm, mein Freund.«

Gordon hatte etwas ganz anderes von seinem Bruder erwartet als ein »verflucht unangenehm«. Er war sehr enttäuscht.

»Du mußt mir helfen, daß ich hier herauskomme«, sagte er ungeduldig. »Und vor allen Dingen müssen wir Dempsi hinauswerfen. Der Kerl wollte heute nachmittag Diana heiraten! Er sagte, daß er eine Kirche wisse, in der besonders am Sonntagnachmittag Trauungen abgehalten werden. Der Geistliche war schon zweimal da! Dempsi, dieser Zigeuner, hat einen besonderen Erlaubnisschein in der Tasche. Ich werde noch zu einer Wahnsinnstat hingerissen! Wenn das so weitergeht, schieße ich die beiden über den Haufen!«

Bobby sah ihn neugierig an. Gordons Hauptärger schien sich gegen Dempsi zu richten, der das Verbrechen begangen hatte, Diana heiraten zu wollen, was Bobby als ein ganz begreiflicher Ehrgeiz erschien.

»Ich würde sie nicht erschießen!« sagte Bobby langsam. »Du würdest dich für dein ganzes Leben damit ruinieren! Nebenbei bemerkt, geht dich das doch gar nichts an. Sie sind doch von früher her alte Freunde, obendrein waren sie ein Liebespaar –«

»Willst du mich auch noch verrückt machen?« brüllte Gordon. »Ein Liebespaar! Das sind sie niemals gewesen! Am allerwenigsten hätte ich von Diana erwartet, daß sie sich so beträgt, daß sie ihn obendrein noch ermutigt! Ich kann es gar nicht anders nennen – Diana, die ich für eine Seele von Zurückhaltung hielt.«

Bobby interessierte sich nicht sehr für Dianas Seele.

»Das muß ja ein Schrecken für dich gewesen sein. Was sagt denn nun eigentlich Tante Lizzie zu der ganzen Sache?«

Gordon war so erbittert, daß er nicht mehr ruhig und höflich sprechen konnte.

»Kommt es überhaupt darauf an, was die sagt? Bobby, weißt du, was Diana zu tun versuchte? Sie wollte uns dasselbe kleine Schlafzimmer geben, irgendeine Dienstbotenkammer unter dem Dach! Sie behauptet, Heloise sei meine Komplicin ... das ist gar nicht zum Lachen!«

Bobby krümmte sich in seinem Stuhl.

»Diana behandelt mich wie einen Hund!«

Bobby betrachtete seinen Bruder kritisch.

»Na, du siehst auch ein bißchen wie ein Hund aus – in diesem Aufzug! Wo hast du denn den Anzug her? Deswegen hättest du allein fünf Jahre Zuchthaus verdient!«

»Bobby, du mußt mir jetzt helfen. Ich muß hier aus dem Hause fort. Ich kann dann ins Hotel gehen und meinen Koffer wieder holen, oder ich kann auch nach Schottland reisen, dann bin ich gerettet. Aber ich habe kein Geld. Sie hat mir mit erhobener Pistole all meine Sachen abgenommen, die ich in den Taschen hatte. Sie ist die energischste Frau, die ich jemals getroffen habe. Sie behauptete, ich wolle den Geldschrank berauben, und durchsuchte mich nach Nachschlüsseln!«

Bobby nahm seine Brieftasche heraus. Die Reise nach Ostende hatte fast sein ganzes bares Geld verzehrt – und heute war Sonntag.

»Ich fürchte, daß ich nicht genügend Geld bei mir habe. Ich könnte zwar einen Scheck für zehn Pfund in meinem Klub unterbringen –«

»Eine solche Summe hilft mir nicht«, unterbrach ihn Gordon. »Aber du kannst mir einen ganz einfachen Dienst erweisen, der mich aus dieser fürchterlichen Zwangslage befreit. Wenn Diana kommt –«

Bobby dachte auch, es ließe sich dann alles leicht aufklären.

»Gewiß, wenn sie kommt, werde ich ihr natürlich sagen, daß du der richtige Gordon Selsbury bist.«

Gordon sprang erregt auf.

»Willst du mich denn vollständig ruinieren?« rief er wild. »Du willst ihr obendrein noch sagen, daß ich der richtige Gordon Selsbury bin? Das habe ich ihr doch selbst schon oft genug gesagt. Aber schließlich habe ich es aufgegeben, als ich an Heloise dachte. Wie soll ich ihr denn das erklären?«

Das war der Kernpunkt der ganzen Frage und die große Schwierigkeit. Auch Bobby wußte hier keinen Rat. Alles, was ihm einfiel, war so wenig brauchbar, daß er es sofort ohne nähere Prüfung wieder verwarf.

»Ich hatte nicht mehr an Tante Lizzie gedacht«, sagte er.

»Siehst du nicht, daß es unmöglich geht? Aber ich kann einen viel besseren Vorschlag machen als du. Ich kann entkommen, wenn dieser alte herumschnüffelnde Esel nicht auf dem Posten ist, und das ist ja oft genug der Fall. Diana muß morgen sehr früh zu ihrer Bank gehen. Das ist die günstigste Gelegenheit für mich, aber ich muß etwas Geld haben. Ich brauche es, bevor die Banken aufgemacht werden, also kannst du mir wahrscheinlich nicht dabei helfen. Aber du kannst folgendes für mich tun: Überrede Diana, dir den Schlüssel zu dem Geldschrank zu übergeben. Sie hat außer der Buchstabeneinstellung auch das andere Schloß gesichert. Nimm den Schlüssel und gib ihn mir bei der ersten besten Gelegenheit.«

Bobby sah ihn auf einmal scharf an – Bobby pfiff.

»Den Schlüssel zum Geldschrank? Donnerwetter!« Seine Augen traten hervor, und er biß sich auf die Lippen.

»Was hast du denn?« fragte Gordon und wurde plötzlich ganz mutlos.

»Sie Halunke!«

Gordon wich zurück, als ob er einen Schlag bekommen hätte.

»Was meinst du?« fragte er atemlos. Aber die Bedeutung von Bobbys Worten und Blicken war nicht mißzuverstehen.

Bobbys Haltung änderte sich jetzt vollkommen. Die Freundlichkeit verschwand aus seiner Stimme und das Mitgefühl aus seinen Zügen. Seine Augen sprühten nur noch Verachtung und Vernichtung.

»Sie sind der Doppelgänger!« rief er. »Daß ich mich so täuschen lassen konnte! Sie sind geschickt, mein Lieber, verteufelt geschickt! Carslake erzählte mir von Ihrer Schlauheit, und ich Narr glaubte, er übertriebe! Sie sind der Doppelgänger! Mein Bruder trug einen Backenbart! Wo haben Sie denn den gelassen? Ihr Aussehen erschien mir gleich etwas sonderbar, als ich Sie sah. Und wenn ich es jetzt bedenke – diese verrückte Geschichte von Tante Lizzie würden Sie auch erzählt haben, wenn Sie entdeckt worden wären! Bravo, kleine Diana!«

Gordon wurde purpurrot und gestikulierte wild.

»Ich schwöre dir –«

Bobby schüttelte den Kopf.

»Ist gar nicht notwendig, mein Freund. Ich durchschaue den ganzen Plan. Natürlich! Sie und ihre Komplicin holten meinen unglücklichen Bruder aus, der nach Paris oder sonstwohin gefahren ist, wo man ihn nicht erreichen kann. Sie brachten heraus, daß ich von der Ostender Reise wußte, und änderten Ihre Pläne. Gordon ging nach Paris – wie ich fürchte –«

»Allein?«

Gordon übte sich in Selbstbeherrschung. Allein? Das war eine schwierige Frage für Bobby.

»Daran dachte ich nicht. Aber es ist kein Grund, warum Ihre originelle Geschichte nicht wahr sein sollte. Der Ehemann erscheint, die Dame bittet ihr Opfer zu fahren, sie will nachkommen. So ist es!«

»Ich sage dir –«

»Nein, nein, mein Lieber, das nützt alles nichts. Meine Kusine, Miss Ford, die Sie so geschickt gefangen hat, muß einen ganz speziellen Grund haben, Sie nicht der Polizei zu übergeben. Wäre ich an ihrer Stelle gewesen, so hätte ich das zweifellos sofort getan. Aber sie hat sicher die richtige Maßnahme ergriffen, und ich will sie nicht in ihren Plänen stören. Den Schlüssel zum Geldschrank, teurer Freund? Beinahe wäre ich doch in Ihre

Falle gegangen, auf mein Wort. Gehen Sie jetzt wieder an Ihre Pflicht, und danken Sie den Göttern, daß Sie noch nicht im Gefängnis sitzen!«

Gordon machte sich an die Arbeit. Aber erst wischte er sich mit dem nicht ganz sauberen Staubtuch den Schweiß von der Stirn. Das Resultat war erschreckend.

»Bobby!« stöhnte er.

Sein Bruder wandte sich um.

»Soll ich Ihnen vielleicht einen kleinen Antrieb geben?«

Gordon wünschte das offenbar nicht, denn er begann gleichgültig die Lehne eines Stuhles abzustauben.

Bobby öffnete die Tür und fand Mr. Superbus auf der obersten Treppenstufe sitzen. Er manikürte sich mit einem Taschenmesser.

»Hat er Ihnen Schwierigkeiten gemacht?« fragte er eifrig und schien sichtlich enttäuscht, als Bobby den Kopf schüttelte.

»Nicht die geringsten.« Er ging in das Zimmer zurück.

»Gehe jetzt fort, Onkel Artur!«

»Versuchte er zu entwischen?« fragte der interessierte Wächter.

Bobby lachte wieder, und Gordon hätte gern gewußt, wo Diana ihre kleine Pistole verwahrte.

»Ob er zu entwischen versuchte? Ich darf wohl sagen, daß er das tat! Sehen Sie nach ihm, Mr. Superbus. Ihren fähigen Händen ist ein besonders schlauer und geschickter Mann anvertraut.«

Mr. Superbus schüttelte besorgt den Kopf und bemerkte vorwurfsvoll:

»Sie sind ein nichtsnutziger alter Onkel Artur, jawohl, ich bin sehr verwundert über Sie.«

Gordon sammelte seine Staubtücher und Wedel und schwankte aus dem Zimmer. Er hatte keine Hoffnung mehr.

»Ja, ich bin ein nichtsnutziger, alter Onkel«, stöhnte er. »Ein nichtsnutziger, alter Onkel!«

22

»Bobby!«

Diana kam mit ausgestreckten Händen auf ihn zu. Hinter ihr sah er einen Fremden in der Diele.

»Hallo, meine Liebe! Ich komme hoffentlich gelegen?«

Mr. Dempsi wurde jetzt sichtbar. Sein schwarzer Sombrero gab ihm ein düsteres Aussehen. Seine Stimme klang leidenschaftlich, und seine Haltung war drohend.

»Meine Liebe?« fragte er. »Wer nennt dich hier ›Meine Liebe‹? Was bedeutet dir dieser Mann, Diana?«

»Mein lieber Dempsi«, sagte sie müde, »dieser Herr –« Aber er warf wütend seinen Hut auf den Boden und schleuderte seinen Mantel in weitem Bogen von sich fort. Bobby erwartete, einen Gürtel mit Messern und Pistolen zu sehen – aber es kam nur eine getüpfelte Weste zum Vorschein.

»Das werde ich nicht dulden«, rief er stürmisch. »Hören Sie, mein Herr? Sie nannten diese Dame ›Meine Liebe‹? Erklären Sie mir das!«

Diana ersparte Bobby die Mühe.

»Dies ist Mr. Selsbury, mein Vetter.« Sie sprach mit einer gefährlichen Ruhe. Anscheinend kannte Mr. Dempsi dieses Anzeichen.

»Ach, dein Vetter! Ich sehe es an der Ähnlichkeit! Dieselben schönen Augen, derselbe feste, aber freundliche Mund, die schlanke Gestalt, die reizenden Hände –«

Bobby war ärgerlich.

»Ich danke Ihnen sehr. Wenn Sie mit der Beschreibung meiner Gestalt und ihrer besonderen Vorzüge fertig sind, haben Sie vielleicht die Güte, mir zu sagen, wer Sie sind?« Dieser Mann war ihm nicht sympathisch, und er teilte sofort Gordons Abneigung gegen ihn.

»Das ist Mr. Dempsi«, sagte Diana. »Ich habe schon von ihm erzählt.«

Sie sah ihn so bittend an, daß Bobby nicht widerstehen konnte. Er gab sich also den Anschein, als ob er äußerst glücklich wäre, Mr. Dempsi kennenzulernen. Aber trotz größter Anstrengung mißglückte dieser Versuch doch vollständig.

»Würdest du nicht deinen Anzug wechseln, Wopsy – ich meine, oben auf deinem Zimmer?« fragte sie.

Dempsi küßte ihr die Hand.

»Mein angebeteter Liebling – ich gehe! Dein leisester Wunsch ist mir oberstes Gesetz! Mein Herr – Vetter Bobby – entschuldigen Sie mich.«

Bobby zwang sich zu einem freundlichen Lächeln. Dempsi dachte, es wäre ihm schlecht.

Er stieg singend die Treppe hinauf. Er sang »Donna e mobile« glücklich und falsch, als ob seine Kehle gegen seine Freude an dem Wankelmut der Frauen rebellierte.

»Das klingt ja so, als ob man einer Katze auf den Schwanz tritt«, sagte Bobby ganz entsetzt. »Und das ist deine erste Liebe?«

Sie nickte.

»Herrgott, was kann der Kerl nur alles zusammenfaseln! Ich werde verrückt werden!«

»Er ist auf jeden Mann eifersüchtig, der mich anschaut! Er hat sich vollkommen verändert. Sechs Jahre sind aber auch eine lange Zeit. Ich dachte, er könne sich höchstens bessern, denn er war sehr jung. Aber er ist bedeutend schlimmer geworden. Er scheint in schlechte Gesellschaft geraten zu sein, er hat schreckliche Manieren angenommen. Im Ritz-Carlton-Hotel wollte er den Kellner umbringen, weil er ein hübscher Mensch war und Sinn für Humor hatte. Er lächelte, als ich einen kleinen Scherz machte. Aber Bobby – der Doppelgänger!« Sie sah, daß Bobby schon im Bilde war, und seufzte erleichtert auf. Bobby war ihr schon immer als ein starker und tapferer Mann erschienen.

»Ja, der ist auch hier«, sagte er.

»Hast du ihn gesehen? Gott sei Dank! Er sieht Gordon wirklich zum Verwechseln ähnlich. Wie er das fertiggebracht hat, ist mir ein Rätsel. Ich habe schon versucht, sein Geheimnis zu entdecken. Aber immerhin ist er sehr nützlich im Hause, schon das verrät ihn. Gordon lebte in den Wolken, für ihn gab es keine Wäscherechnungen und keine elektrischen Staubsauger. Aber dieser Doppelgänger kam mir gerade gelegen, daß ich ihn für Onkel Artur ausgeben konnte. Natürlich habe ich keinen solchen

Onkel. Noch viel besser war es, daß er gleich eine Tante mitbrachte –«

»Das ist doch ein verwegener Schuft!« rief Bobby erbost. »Ich hätte mich doch beinahe von ihm täuschen lassen. Ich unterhielt mich zehn Minuten lang mit ihm über seine Sorgen. Er hat Gordon fabelhaft genau studiert, sowohl was sein äußeres Auftreten als auch seine innere Einstellung betrifft. Er macht gar keine Fehler. Er nannte mich gleich Bobby, sobald er mich sah.«

»Und mich Diana. Aber mich konnte er nicht einen Augenblick täuschen«, sagte sie und warf sich in den großen Lehnsessel Gordons. »Diesen Morgen habe ich ihn dabei erwischt, wie er sich in Gordons Ankleidezimmer schleichen wollte. Man muß ihn Tag und Nacht bewachen, und natürlich hat er immer einen triftigen Entschuldigungsgrund für alles, was er anstellt. Heute morgen sagte er, er müsse sich umziehen!«

Bobby dachte, daß der Wunsch, einen derartig auffallenden Anzug zu wechseln, sogar in diesem Falle verständlich wäre. Aber welche Kühnheit dieser Mann besaß! »Ein solcher Schuft! Ich wünschte, ich wäre nicht nach Ostende gereist!«

Jetzt fiel ihr erst ein, daß sie noch gar nicht gefragt hatte, warum er fortgefahren war. Aber das konnte sie später auch noch erfahren.

»Ich mußte alles sofort arrangieren«, sagte sie, als sie sich wieder an die aufregenden Szenen erinnerte, die sich am Sonnabend abgespielt hatten. »Glücklicherweise war mir die Telefonnummer von Mr. Superbus bekannt. Dann mußte ich eine Geschichte erfinden, nicht nur eine, ich mußte dauernd lügen. Am besten war es ja, daß ich sagte, Onkel Artur sei nicht ganz richtig im Kopf. Zum Glück mag er Dempsi gut leiden.«

»Wer?« fragte Bobby verwundert. »Doch nicht etwa Onkel Artur? Er sagte mir, daß er ihn von Grund seiner Seele aus haßte, aber das tat er natürlich in seiner Rolle als Gordon.«

»Nein, ich meine Superbus. Er hat gleich zu ihm gehalten – es war ganz merkwürdig, wie sich die beiden verstanden. Dempsi ist der Ansicht, daß sowohl Mr. Superbus als auch er Abkömmlinge von Julius Cäsar sind. Er ist den ganzen Morgen in der Bibliothek gewesen und hat nach ›Cäsars Leben‹ gesucht.«

»Wie hat sich denn eigentlich der Doppelgänger dazu gestellt, daß du ihn so behandelst? Was sagte er dazu, als du entdecktest, daß er ein Schwindler ist?«

»Das war das Überraschendste von allem. Er wurde so zahm wie ein Lamm. Ich habe noch niemals gesehen, daß sich ein Mann so schnell den Umständen anpaßte.«

»Und die Tante?«

Diana zuckte die Schultern.

»Die war allerdings ziemlich schwierig. Das ist ja auch erklärlich, da sie eine Frau ist. Jetzt ist sie aber ruhig geworden. Ich habe sie Tante Lizzie genannt, um einen Skandal zu vermeiden. Aber denke dir – die beiden sind nicht einmal verheiratet!«

Bobby bemühte sich krampfhaft, überrascht auszusehen.

»Sie sind nicht verheiratet?«

Diana schüttelte mißbilligend den Kopf.

»Ist das nicht schrecklich? Weder verheiratet noch verlobt! Nebenbei scheint sie ihn ziemlich unter dem Pantoffel zu haben. Sie tut das in der Art einer Frau, die nichts zu verlieren hat. Aber eins habe ich mir fest vorgenommen, ich habe es mir gestern abend überlegt, bevor ich zu Bett ging. Er muß sie heiraten, bevor er dieses Haus verläßt! Er hat sie doch hoffnungslos kompromittiert. Dieses Abenteuer soll wenigstens ein gutes Resultat haben!«

Bobby war nicht gerade sehr begeistert davon.

»Ich würde mich an deiner Stelle in solche Dinge nicht einmischen«, meinte er. Aber seine Worte machten keinen Eindruck auf sie.

Gordon Selsbury trat in diesem Augenblick unbemerkt ins Zimmer. Er hatte einen Staubbesen und eine Schaufel in der Hand und stand eine Weile unentschlossen da.

»Hast du eigentlich Nachricht von Gordon?«

Ihr Gesicht hellte sich plötzlich auf.

»Ich habe die liebenswürdigsten Telegramme von ihm bekommen. Er ist wirklich sehr aufmerksam. Fast von jeder Station aus hat er telegrafiert.«

Bobby hustete.

»Ich dachte mir, daß er es tun würde.«

Sie griff nach ihrer Handtasche und zog ein zusammengefaltetes Papier aus der Tasche.

»Hier ist das letzte, aus Crewe. Es kam erst heute morgen um zehn Uhr: ›Habe eine glänzende Reise. Hoffe, daß alles gutgeht. Gordon.‹«

Bobby richtete sich auf.

»Das ist doch wirklich zu schlimm! Ich meine, daß es so spät gebracht wurde – ich würde mich bei der Post beschweren.«

Gordon kam jetzt näher, und Diana sah ihn. Aber sie nahm ebensowenig Notiz von ihm wie von den Möbeln.

»Wenn er nur noch eine Woche länger ausbleiben würde«, seufzte sie.

Das war die günstige Gelegenheit, auf die Bobby gewartet hatte.

»Weißt du, Gordon ist kein schlechter Kerl. Zuerst hat man den Eindruck, daß er ein schrecklicher Strauchdieb ist. Seine Manieren sind ja geradezu auch nicht die besten, das gebe ich gern zu. Er ist etwas selbstgefällig, aber die Intellektuellen haben alle diesen Zug, obgleich ich niemals verstanden habe, warum.«

Sie schüttelte den Kopf. Anscheinend hatte sie selbst schon genügend Entschuldigungsgründe für Gordon gefunden, so daß es anscheinend unnötig war, ihn noch besonders in Schutz zu nehmen.

»Selbstgefällig? Viele Menschen sind das doch – glaubst du nicht? Ich würde ihn nicht selbstgefällig nennen, ich würde eher sagen, er ist zu sehr von sich überzeugt – das ist alles.«

Gordons Hände zitterten.

»Du hast wahrscheinlich recht«, sagte Bobby nachdenklich. »Gordon wurde als Kind sehr verwöhnt und hat immer seinen Willen bekommen. Infolgedessen ist er ein wenig hochnäsig geworden.«

»Und auch ein bißchen pharisäisch, nicht wahr? Ich möchte damit nichts Unfreundliches gegen ihn sagen, wirklich nicht. Aber wir können uns doch einmal ruhig über ihn aussprechen.«

Gordon erhob sich halb von seinen Knien. Seine Lippen zuckten, sein Gesicht war bleich.

»Ich bin ganz deiner Ansicht. Gordon hat seine Schwächen.«

»Das sind die Fehler des Alters. Er gehört zu den Männern, die schon fünfundvierzig sind, wenn sie auf die Welt kommen. Aber Gott sei Dank machte er keine dummen Streiche!« fügte sie befriedigt hinzu.

»Sei nicht zu vertrauensselig«, warnte Bobby sie väterlich.

»Dieser Verräter!« sagte Gordon wild, aber doch so leise, daß es die anderen nicht verstanden.

»Auch die besten Männer machen Fehler«, fuhr Bobby fort. »Seine Unerfahrenheit ist ein großer Nachteil für ihn. Ich kann mir ganz gut vorstellen, daß eine Frau ihn um den Finger wickeln kann, wenn sie ihn richtig zu behandeln versteht.«

Diana hatte ihre eigene Anschauung darüber.

»Wenn ich mit ihm verheiratet wäre, würde ich ihm unter allen Umständen trauen«, sagte sie ernst. »Er ist wirklich ein durch und durch ehrenhafter Charakter. Was man auch immer von ihm sagen mag, man muß jedenfalls zugeben, daß er niemals Seitensprünge macht. Er würde nie gemein oder unehrenhaft handeln. Er würde sich auch nie in geheime Liebesabenteuer einlassen.«

Bobby fühlte sich unbehaglich. Er war von Natur aus offen und ehrlich und hatte gewisse Grundsätze, die er unter keinen Umständen verleugnen wollte, selbst wenn es sich darum handelte, Gordon in Schutz zu nehmen.

»N – ein, vielleicht würde er das nicht tun.«

Diana lächelte verächtlich.

»Vielleicht nicht! Du weißt ganz genau, Bobby, daß er es nicht tut! Gordon haßt alles Gemeine und Obskure. Kannst du dir etwa vorstellen, daß er ein heimliches Verhältnis mit einer Frau wie Tante Lizzie unterhalten würde? Das ist doch ganz absurd! Oder glaubst du, daß er mir fremde Frauen ins Haus bringen und nachher abstreiten würde, daß er sie überhaupt kennt, wenn er entdeckt wird? Das ist ganz ausgeschlossen!«

»Ich glaube nicht, daß es richtig ist, irgendeinem Mann absolut zu vertrauen«, sagte Bobby bestimmt. »Kein Mann ist ein solches Vertrauen wert.«

Sie lachte.

»Du bist ein zynischer Junggeselle!«

Gordon konnte nicht länger an sich halten.

»Das habe ich auch immer gesagt«, rief er entrüstet. »Ich kann mir keinen unmoralischeren Standpunkt denken –«

Unter Dianas vernichtendem Blick verstummte er sofort wieder.

»Sie wagen es, uns zu unterbrechen?« fragte sie.

»Ich – ich –«

Bobby schnitt ihm das Wort ab.

»Lieber Freund, lassen Sie sich gut von mir raten und versuchen Sie nicht, eine andere Rolle zu spielen als Ihnen zukommt.«

Gordon war wütend. Er warf Besen und Schaufel beiseite und sprang auf.

»Es ist mir alles gleich – ich werde jetzt die Wahrheit sagen«, rief er verbissen. »Trotz allem, was sich schon ereignet hat, ich bin Gordon Selsbury!«

Er schaute sich um: Superbus stand in der Tür und hatte ein gelbes Telegrammformular in der Hand. Es hatte keinen Zweck. Gordon kniete wieder nieder und griff nach dem Besen, er war vollkommen geschlagen.

»Ein Telegramm für Sie, Madam.«

Sie nahm es ihm aus der Hand und öffnete es.

»Siehst du, Bobby, er denkt an mich! ›Aberdeen. Hatte eine sehr gute Reise. Freue mich schon auf meine Rückkehr. Gordon.‹«

Bobby wand sich.

»Ein schrecklicher Kerl!«

Sie sah ihn stirnrunzelnd an.

»Eine schreckliche Reise – meinte ich natürlich«, verbesserte sich Bobby.

Sie nickte langsam und nachdenklich.

»Ich beginne eigentlich, Gordon jetzt ganz anders zu betrachten.«

Der Mann mit Besen und Schaufel hielt plötzlich in der Arbeit inne und hörte gespannt zu. Einen Augenblick lang erinnerte sich Diana an seine Gegenwart.

»Nun, worauf warten Sie denn?« fragte sie kühl.

»Auf nichts – auf nichts«, erwiderte Gordon verzweifelt und bückte sich wieder.

»Wo ist denn Ihre Komplicin?« fragte Diana.

Gordon wandte sich um.

»Sie liest ein Buch: ›Wie kann man glücklich und doch verheiratet sein?‹« sagte er zynisch. An diesem Mann war wirklich Hopfen und Malz verloren.

»Was willst du denn aber mit diesem verrückten Dempsi anfangen?« fragte Bobby. Er beugte sich vor und sprach leise.

»Ich weiß es auch noch nicht. Diesmal kann ich nicht wieder darauf rechnen, daß er in den Busch läuft. Nun –?«

Mr. Superbus war wieder in der Tür erschienen. Sie konnte es nicht leiden, daß er immer die Hand aufs Herz legte, bevor er sich verneigte.

»Der Geistliche ist wieder gekommen«, flüsterte er heiser, »es ist der Vikar von Banhurst.«

Mr. Superbus hatte eine große Ehrfurcht vor Vertretern der Kirche, und der Vikar von Banhurst war für ihn eine Respektsperson hohen Ranges. Aber Diana sah in ihm nur den Mann, der sie verheiraten und ihrer Freiheit berauben wollte. Sie war sehr bestürzt über sein Erscheinen.

»Sagen Sie ihm, daß ich krank bin, sagen Sie ihm – ich bin – ich bin sehr, sehr krank! Bitten Sie ihn, morgen wiederzukommen. Aber teilen Sie nur nicht Mr. Dempsi mit, daß er hier war!«

»Er sagte, für den Fall, daß Sie ihn anläuten wollten –«

Superbus versuchte, ihr eine Visitenkarte zu überreichen, aber sie machte eine abwehrende Handbewegung.

»Ich brauche seine Adresse nicht –«

Mr. Superbus machte eine feierliche Verbeugung und verließ das Zimmer.

»Bobby, was soll ich nur tun? Das war nun schon der dritte Besuch!«

»Wer ist es denn?«

»Der Geistliche! Natürlich hat Dempsi das veranlaßt! Er glaubt, daß wir in einigen Stunden verheiratet sein werden. Das sieht ihm so ganz ähnlich! Es ist ja so absurd, so vollkommen verrückt! Aber er war kaum zwei Minuten im Haus, als er mir schon sagte, daß er zum Pfarrer schicken wolle, um uns zu vereinen . . .«

Bobby suchte nach einer Lösung. »Hast du keinen Plan?«

Ob sie einen Plan hatte? Dachte sie nicht jede Sekunde daran, wie sie sich von diesem Alpdruck befreien könnte?

»Ich habe hundert Pläne, aber sie sind alle töricht und unausführbar. Ich wollte schon fortlaufen – das erschien mir bisher als die einzig vernünftige Idee.«

»Wohin willst du denn gehen?« fragte er.

»Nach Schottland – zu Gordon.«

Bobby sprang auf.

»Das darfst du nicht tun! Wozu du dich auch immer entschließen magst, das ist unmöglich! Erstens weiß niemand von uns, wo er ist, und zweitens . . . nein, das würde ich nicht tun!«

Sie zog die Augenbrauen hoch.

»Aber warum denn nicht? Ich könnte Gordon alles sagen, und ich bin fest überzeugt, daß er sehr lieb zu mir sein würde. Ich fühle, daß ich in dieser Krisis einen großen Halt an ihm hätte.«

»Aber wenn Dempsi dir nun folgt? Soweit ich die Sache übersehen kann, wird er das sicher tun! Wenn er herausbringt, daß du ihn getäuscht hast, wenn er dich bei Gordon findet?«

Sie lächelte, und ihre Augen strahlten.

»Das ist ein guter Gedanke. Gordon hat doch seine Jagdgewehre bei sich – pst, hier kommt er!«

Bobby hatte schon versprochen, die Nacht im Hause zu bleiben, denn Superbus war müde. Auch er war nur ein Mensch, wie er erklärte, und hatte nur ein Paar Augen, die jetzt dringend der Ruhe bedürften.

Bald darauf versammelten sich alle zum Abendessen. Heloise hatte es gekocht, und Dianas Respekt vor ihr wuchs. Dempsi war in der ausgelassensten Stimmung und wollte Wein, roten, köstlichen Wein, auf die Gesundheit seiner Braut trinken. Er verlangte, daß der Wein rot und rosig in geschliffenen Gläsern funkeln und den lachenden Sonnenschein der Weinberge widerspiegeln sollte. Seine Farbe sollte dem warmen, pulsenden Blut der Jugend entsprechen, das vor Lust und Liebe wallte.

Dies sagte er in so vielen wortreichen Phrasen, daß Bobby schließlich kurz und beleidigend wurde und ihm statt dessen Whisky-Soda anbot. Mr. Dempsis Gesichtsfarbe wurde dunkel. Diana vermittelte schnell und wollte ihn zum Schweigen bringen, aber ebensogut hätte sie versuchen können, das rollende Rad der Zeit aufzuhalten. Dempsi hatte sich aber von seinem Ärger sehr bald wieder erholt und sprach nun in den höchsten Tönen von seinem Glück. Er küßte Dianas Hand und erzählte ihr zum drittenmal die Geschichte seines Lebens.

»Der Teufel soll Sie holen!« brummte Bobby.

Mr. Dempsi brach in Tränen aus.

»Diana, der Kerl fällt mir wirklich derartig auf die Nerven, daß ich es nicht mehr aushalten kann!« sagte Bobby, als der begeisterte Liebhaber verschwunden war.

Diana lehnte sich erschöpft in ihren Stuhl zurück und fächelte sich mit ihrem Taschentuch.

»Es ist entsetzlich!« stöhnte sie. »Aber wir müssen eine Lösung finden!«

Mr. Dempsi hatte dank seiner temperamentvollen Veranlagung sein Gleichgewicht schon wiedergefunden, als er durch die Diele schritt. Julius Superbus machte sich gerade an dem Ofen im Studierzimmer zu schaffen, als er eintrat. Er ging auf ihn zu und legte seine Hand auf seine Schulter.

»Ah, mein Freund«, murmelte er.

Julius, dem nicht gleich eine passende Antwort einfiel, wollte sichergehen.

»Guten Abend«, sagte er nur und klopfte ihm auf den Kopf.

»Sie sind der einzige Freund, den ich in diesem Hause habe, die einzige verstehende Seele, der einzige ehrliche Charakter! Ich werde immer an Sie denken!«

Mr. Dempsi sprach dauernd so, als ob er erst kürzlich von einem Ferienaufenthalt im Himmel zurückgekommen wäre.

»Das würde ich an Ihrer Stelle nicht sagen«, entgegnete Julius großzügig. »Es gibt auch noch andere große Menschen hier.«

»Ich sage es aber, ich Giuseppe Dempsi! Wer will mir dieses Recht verwehren?« fragte er wild.

Julius machte schleunigst einen Rückzug.

»Ich nicht, mein Herr, ganz gewiß nicht!« erwiderte er schnell. »Das ist das letzte, was ich tun würde.«

Giuseppe wurde wieder sehr liebenswürdig.

»Gleich, als ich Sie sah, sagte ich: ›Das ist ein Mann mit einer glänzenden Phantasie, ein tapferer, begabter Mann mit großem Verstand! Superbus hat ein Herz, er hat Mitgefühl, er ist ein Mann von Welt, ein kühner Verteidiger des Rechts, ein Vertreter des Gesetzes!‹«

Mr. Superbus wurde es ganz unheimlich zumute. Er fürchtete wie alle Amateurdetektive, daß seine Stellung falsch aufgefaßt werden könne. Er räusperte sich.

»Ich bin nicht direkt ein Vertreter des Gesetzes, mein Herr. In gewisser Weise stimmt das wohl, aber in anderer Beziehung bin ich es auch wieder nicht, obwohl ich diese Bezeichnung mit allem Recht führen durfte, als ich ein Gerichtsvollzieher in der Provinz war.«

Dempsi lächelte.

»Aber jetzt sind Sie ein großer Detektiv, ein Schüler des unsterblichen Sherlock Holmes – was für ein Mann, welch ein Genie! Ja, das sind Sie, Sie haben es mir ja selbst gesagt!«

Julius beeilte sich, einen falschen Eindruck, den er hervorgerufen hatte, richtigzustellen.

»Ich bin ein Privatdetektiv, mein Herr, Privat! Ich habe es Ihnen doch erklärt, ich kam hierher, um –«

Aber Dempsi erlaubte keinem anderen zu reden.

»Um einen gemeinen Schuft zu bewachen«, fuhr er begeistert fort. »Daß solch ein Mensch überhaupt frei umherlaufen darf! Der Doppelgänger! Schon sein Name ist schlimm. Sie sind erstaunt, daß auch ich von diesem Menschen gehört habe, der die heiligsten Gesetze verletzt? Sie, der kluge Detektiv, sind verwirrt und bestürzt, daß ich etwas von diesem teuflischen Briganten weiß? Superbus, ich bitte Sie um einen Gefallen. Wenn Sie ihn entdeckt haben, dann lassen Sie mich rufen!«

Es lag ein eigenartiger Glanz in seinen Augen. Seine halbgeschlossenen Hände schienen von dem Blut seines Opfers zu triefen. Mr. Superbus war ganz in seinem Bann.

»Senden Sie nach mir, lassen Sie mich rufen – seit Jahren habe ich keinen Menschen getötet, aber davon will ich jetzt nicht sprechen. Seine Frau und seine Familie tun mir ja leid, denn ich habe ein weiches Herz.« Bewundernd sah er auf Julius. »Sie sind also ein Detektiv! Sie gehören zu dieser großen, schweigenden Armee von Wächtern, die immer ihre Pflicht erfüllen, die zwischen diesen friedlichen Bürgern wie etwa Giuseppe Dempsi und den Geiern und Vampiren stehen, die bereit sind, die menschliche Gesellschaft auszusaugen!«

Dempsi streckte seine Hand aus. Mr. Superbus senkte seine Blicke plötzlich und schüttelte Dempsis Rechte. Er fühlte, daß zum erstenmal der Wert seiner Persönlichkeit richtig erkannt wurde. Dempsi war ein Mann von Welt, dessen Lobeserhebungen wirklich etwas bedeuteten. Julius merkte sich seine Worte ganz genau, um sie bei Gelegenheit wiederholen zu können.

»Ja, es ist eine große Aufgabe«, versicherte er. »Die meisten Menschen würden das nicht verstehen.«

»Sicher nicht«, rief Dempsi zornig.

Mr. Superbus sollte in dieser Nacht auf einem Feldbett schlafen, das im Studierzimmer aufgestellt wurde. Es war Dianas Idee. Und er betrachtete sie mit berechtigtem Mißtrauen.

»Ein gutes Gewissen ist etwas Schönes!« meinte Dempsi.

»Eine gute Verdauung ist aber auch etwas wert«, erwiderte Mr. Superbus. »Ich bin sehr vorsichtig beim Essen.«

»Sagen Sir mir«, fragte Dempsi vertraulich, »haben Sie ihr schon lange gedient – meiner Königin?«

Mr. Superbus dachte schnell nach.

»Ich dachte, Sie hätten einen König in Italien?«

Dempsi lachte laut auf.

»O nein, Sie haben mich mißverstanden – ich meinte die Königin meines Herzens, die ich verehre – meine Diana! Ich bin eifersüchtig darauf, daß Sie das Vorrecht haben, ihr zu dienen!«

»Ach so, Sie meinen Miss Ford! Ach nein, die habe ich erst kürzlich kennengelernt.«

»Ich werde mich jetzt zur Ruhe legen. Diese Nacht wird meine Tür nicht verschlossen sein. Wenn der Doppelgänger kommt, lassen Sie es mich doch wissen.?«

Es war nicht nötig, Julius dazu aufzufordern. Solange er noch bei Bewußtsein war und schreien konnte, würde das ganze Haus erfahren, daß der Verbrecher eingedrungen war.

»Ja, gewiß, aber ich werde schon allein mit ihm fertig.«

Dempsi sah seinen Freund nachdenklich an.

»Ich möchte doch den Augenblick wissen, in dem der Feuerkampf beginnt. Beim ersten Schuß werde ich an Ihrer Seite sein!«

Julius erblaßte. In Augenblicken großer Erregung wurden alle Römer weiß. Cesare Borgia hatte auch diese Eigenschaft besessen, ebenso Nero, der Rom in Asche gelegt hatte.

»Meinen Sie, daß es zu einer Schießerei kommt?« fragte Superbus schwach.

Dempsi nickte.

»Ein solcher Verbrecher trägt natürlich Waffen bei sich. Aber erinnern Sie sich stets daran, und lassen Sie sich von diesem Gedanken trösten: Wenn Sie fallen, werde ich bereit sein, Ihren Platz einzunehmen.«

Julius beugte sich vor.

»Wenn ich – wenn ich falle?« sagte er unsicher. »Aber ich werde doch nicht fallen, wenn ich immer auf dem Teppich gehe. Das Parkett ist allerdings sehr glatt.«

»Sie werden dann aufschauen und mich sehen« – Dempsi machte es augenscheinlich große Freude, die Szene noch weiter auszumalen. »Ich bin vielleicht das Letzte, was Sie in diesem Erdenleben sehen. Ich werde über Ihnen stehen, während Sie auf die Erde niedergestreckt sind, getroffen von einem Dutzend von Geschossen. Dann werde ich für Sie eintreten und mich Ihrem Mörder entgegenwerfen!«

Julius schloß die Augen, und seine Lippen bewegten sich.

Aber er war nicht in ein Gebet versunken.

23

Er hatte die schreckliche Vision, daß sich diese entsetzliche Tragödie tatsächlich abspielte. Im Vordergrund lag er selbst, zu Tode getroffen.

»Aber Sie sollen nicht ungerächt sterben, mein Superbus!«

Dempsi hatte ihn liebevoll am Arm gefaßt. Julius ging jetzt vom Feuer weg, es war ihm plötzlich zu heiß geworden.

»Wissen Sie bestimmt, daß er einen Revolver bei sich hat?«

Dempsi nickte.

»Eine geladene Pistole? Das ist aber doch ganz gegen das Gesetz. Ein Mann kann deswegen verurteilt werden!«

Mr. Dempsi faßte die Sache nicht so ernst auf. In Julius' Augen war seine Gleichgültigkeit beinahe schon ein Verbrechen.

»Natürlich hat er eine Schußwaffe. Ich habe bis jetzt noch keinen Verbrecher gesehen – ich bin schon einigen begegnet –, der nicht einen geladenen Revolver bei sich gehabt hätte. Und gewöhnlich benützen diese Menschen Dum-Dum-Geschosse und sind sichere Schützen.«

Er schien fast darauf stolz zu sein. Julius betrachtete ihn von der Seite und sah nicht sehr geistreich aus.

»Ja, das glaube ich auch«, sagte er heiser. »Natürlich wird meine Frau –«

Dempsi ließ ihn nicht ausreden. Er wurde plötzlich ernst, als ob ihm die Schwere der Situation zum Bewußtsein käme.

»Ihre Frau? Fürchten Sie sich nicht, Superbus!« sagte er ruhig. »Sie soll keinen Mangel leiden. Ich werde für sie sorgen. Und Ihre Tat soll dem Gedächtnis der Nachwelt überliefert werden. Ich sehe schon in meinem Geiste einen großen, schwarzen Marmorblock, einfach und schlicht, aber von erhabener Größe. Kein reicher Schmuck wird ihn zieren, aber in großen, goldenen, flammenden Buchstaben werden die Worte darauf stehen:

Dem Gedächtnis von Julius Superbus
Er war ein Held, ein Gentleman und ein Römer.«

Seine Stimme zitterte, als er sprach. Er stand in Gedanken schon vor diesem erhabenen Monument und weinte.

Julius wischte sich den Schweiß von der Stirn.

»Ach ja, das muß sehr schön sein«, brachte er heiser hervor. »Meiner lieben Frau wird das sehr gefallen. Sie hatte schon immer eine gute Meinung von mir, obgleich sie nie darüber sprach. Aber obwohl ich Ihnen sehr zu Dank verbunden bin und niemand liebenswürdiger zu mir sein könnte –«

»Können Sie nicht schon jetzt im Geiste sehen, wie sie vor Ihrem Grabstein steht und die Inschrift liest?« fragte Dempsi erregt. »Können Sie sich vorstellen, wie sie tränenden Auges auf diese Marmortafel schaut, die in einer großen Kirche aufgestellt ist, vielleicht unter einem bunten Glasfenster? Wie sie mit stolzen, leuchtenden Augen den Kindern an ihrer Seite erzählt –«

»Aber ich habe ja gar keine Kinder«, unterbrach ihn Julius laut.

Dempsi machte eine abwehrende Handbewegung.

»Sie kann doch wieder heiraten«, sagte er unbewegt. »Sie ist wahrscheinlich noch in der Blüte ihres Lebens und findet noch ein neues Glück.«

Mr. Superbus setzte sich ganz verstört.

»Sie erschrecken mich furchtbar«, rief er vorwurfsvoll.

Dempsi beugte sich über ihn und sprach beruhigend auf ihn ein.

»Heute abend schlafe ich in Erwartung, Ihre Stimme zu hören. Zögern Sie nicht, sofort zu rufen. Vielleicht komme ich noch zeitig genug, um Sie zu retten. Ich bete, daß mir das gelingen wird, denn ich liebe Sie. Wir sind vielleicht sogar Blutsverwandte. Wer Sie schlägt, schlägt auch mich – Giuseppe Dempsi!«

Mr. Superbus stand auf. Seine Knie zitterten, die Zunge klebte in seinem Munde.

»Wenn Sie hier schlafen und Mr. Bobby hier schläft, ist meine Hilfe doch eigentlich nicht mehr notwendig. Es macht mir natürlich nichts aus. Weit davon entfernt. Superbus war stets da zu finden, wo die Gefahr am größten war. Es ist nur meine Frau, an die ich denke. Ich soll in diesem Zimmer schlafen. Das ist doch eigentlich Unsinn.«

»Ich werde zur Stelle sein.« Mr. Dempsi betrachtete einen Revolver, den er aus seiner Hüfttasche genommen hatte. Julius wäre beinahe ohnmächtig geworden.

24

Die Atmosphäre in einer Küche, so peinlich, sauber und nett sie auch sein mag, langweilt einen intellektuellen Mann. Es bedurfte der epikuräischen Gesinnung eines Materialisten wie etwa des Gatten von Heloise, um sich in einem Raum wohl zu fühlen, in dem der Duft gebackener Pasteten und leckerer Speisen schwebte, der dem Herd und seinen Kochtöpfen seit Jahren entströmte und alle Möbel und Wände durchdrungen hatte.

Gordon hatte alles gelesen, was irgendwie lesbar war, er hatte in zwei guten Kochbüchern herumgeschmökert und hatte die alten Zeitungen vorgenommen, die in der Küche aufbewahrt wurden.

Glücklicherweise hatte er wenig von Heloise und noch weniger von Diana zu sehen bekommen. Wie außerordentlich begabt sie doch war! Diese Erkenntnis arbeitete sich sogar durch seine ungeheure Erbitterung und Empörung durch. Und wie liebenswert sie war! Er hatte sie väterlich behandeln wollen, er wurde rot, als er daran dachte. Aber wenn er sich nicht in dieses wahnsinnige Abenteuer eingelassen hätte, würde er jemals alle ihre Fähigkeiten erkannt haben? Er bezweifelte es. Er war so am Ende seiner Kräfte, und seine Nerven waren so angespannt, daß er jeden Zug an ihr zergliederte und wertete. Sie handelte ja in seinem eigenen Interesse! Dieser Gedanke machte ihn froh. Aber Dempsi ... sein Herz wurde wieder kalt.

Die Tür öffnete sich langsam, und er schaute auf. Er hoffte Diana zu sehen. Aber es war eine Enttäuschung, denn Heloise kam herein.

»Sie haben mich in eine schöne Lage gebracht«, sagte er ohne Erregung.

Sie sah ihn von der Seite an.

»Ich habe Sie in eine schöne Lage gebracht?« wiederholte sie ironisch. »Das klingt gut; aber immerhin brauchen Sie noch nicht verrückt zu werden, mein Liebling.«

Ein kalter Schauer befiel ihn, als er diese familiäre Anrede hörte.

»Ich wünschte, Sie würden mich nicht ›mein Liebling‹ nennen.

Das gehört zu Bubiköpfen, Stilkleidern, Kunstseide ... und Seelen.«

Sie lachte ruhig, sie hatte lange nicht mehr gelacht.

»Sie pflegten es gern zu hören, wenn ich Sie so nannte – in den Tagen unserer geistigen Freundschaft. Als Seele noch zu Seele sprach – ach, ich vergaß den ganzen Unsinn! Und vor zwei Tagen wußte ich doch noch alles.«

Gordon schaute sie verwirrt an.

»Ich verstehe nicht ... was meinen Sie denn?«

»Ich meine all den Unsinn, über den wir sprachen! Über unsere Seelenverwandtschaft. Jetzt sind Sie ganz anders – so gefallen Sie mir besser! Ich bin immer für gewöhnliche Vernunft gewesen, mein Junge! Ich habe Sie ja erst aufgeweckt!«

»Sie haben mich ruiniert, wollen Sie wohl sagen«, keuchte er »Wenn Sie nicht hierhergekommen wären, hätte ich Diana – Miss Ford – alles erklärt.«

»Diana klingt besser«, erwiderte sie. »Wenn ich nicht gekommen wäre!« Sie warf den Kopf spöttisch zurück.

»Warum taten Sie es?« fragte er. Selbst jetzt glaubte er die Geschichte noch halb, die sie ihm erzählt hatte.

»Weil mich mein Mann betrog«, sagte sie kalt.

Gordon wollte seinen Ohren nicht trauen.

»Ihr Mann? Sie meinen Ihren Gatten?«

Heloise warf die Zigarette weg, stand auf und legte die Hände hinter den Kopf.

»Nein, mein Mann ist der aufrichtigste Mensch auf der Welt. Ich spreche von dem – Doppelgänger, wie Sie ihn nennen.«

»Sie arbeiten – mit – dem Doppelgänger?« fragte er atemlos.

Sie lächelte mitleidig.

»Natürlich! Hatten Sie sich etwa eingebildet, daß ich so verrückt wäre, mich wirklich in Sie zu verlieben? Seien Sie doch einmal ehrlich gegen sich selbst und sagen Sie mir, was eine Frau denn an Ihnen bewundern könnte?«

»Ich habe doch gar nicht von Liebe zu Ihnen gesprochen«, stammelte Gordon. »Wir haben uns über philosophische Fragen unterhalten – Sie und ich ... über seelische Regungen, über Dinge des guten Geschmacks ...«

»Wenn Sie so viel Erfahrung hätten wie ich, wäre Ihnen bekannt, daß das eben Liebe ist. Vielleicht haben Sie es wirklich nicht gewußt – dann sind Sie wenigstens jetzt aufgeklärt.«

Gordon wurde wütend.

»An so gemeine Dinge habe ich niemals gedacht«, sagte er scharf. »Wir sprachen von ... unwägbaren Dingen. Jede ... Liebkosung lag mir fern – ich habe ja kaum Ihre Hand gehalten. Wollen Sie vielleicht behaupten, daß sich irgend etwas anderes hinter unseren Gesprächen über prähistorische Dinge oder hinter unserem Gedankenaustausch über das unterbewußte Ich verbarg?«

Zu seinem nicht geringen Schrecken nickte sie.

»Natürlich, in dieser Art äußert sich eben bei Hochintellektuellen die Liebe! Wenn diese Leute anfangen, mir von ihrer Wissenschaft, vom Steinzeitalter und all solchen Dingen zu erzählen, dann weiß ich, daß sie einen Narren an mir gefressen haben.«

»Sie haben also die ganze Sache nur angezettelt, um mich wegzulocken?«

»Begreifen Sie denn das immer noch nicht?« fragte sie ehrlich erstaunt. »Sie haben wirklich eine lange Leitung, Ihre Denkmaschine arbeitet etwas zu langsam! Aber nun haben Sie das Richtige entdeckt. Es war meine Aufgabe, Sie fortzubringen, während der Doppelgänger –«

Er sah jetzt alles vollkommen klar, nun gab es keine Geheimnisse mehr für ihn. Nun brauchte er nicht mehr nachzugrübeln, er durchschaute die ganze List. Ihre Gesichtszüge waren finster, sie schien von düsteren Gedanken gequält zu sein.

»In meiner Maske hierherkam.«

»Er hat mich hintergangen – dieser Mann kann nicht einmal gerade und aufrichtig sein, wenn er eine Röhre entlanggleitet. Und ich bin mit offenen Augen in die Falle gegangen! Ein paar Leute, die mit ihm zusammen gearbeitet haben, sagten es mir. Und es ist auch wirklich so gekommen. Gestern morgen, bevor ich Sie nach Ostende lotsen wollte, ging ich zu ihm, damit er das Geld aus der Smith-Sache mit mir teilen sollte – nein, an der Geschichte selbst war ich nicht beteiligt, meine Freundin machte den alten Esel so verrückt, daß er sie heiraten wollte. Sie mußte aber unerwarteterweise nach Hause zurück, weil ihr ältester Junge krank war, und ich streckte ihr ihren Anteil vor. Sie arbeitete wie ich mit ihm auf der Basis von vierzig bis sechzig Prozent. So habe ich sie auch ausgezahlt. Sie hat ihr Geld redlich verdient, sie hat sich die größte Mühe mit dieser alten Vogelscheuche gegeben. Das einzige Interesse, das er überhaupt hatte, waren Briefmarken, und sie mußte diese ganz verdrehte Sache eingehend studieren. Dan hatte früher versprochen, ehrlich zu teilen – obendrein bin ich noch seine Freundin!«

Gordon rieb sich die Stirn.

»Ist er nicht Ihr – Ihr Mann?«

Sie wurde zornig.

»Was, das soll mein Mann sein?« fuhr sie ihn an. »Nun hören Sie aber mal zu. Ich bin eine anständige, verheiratete Frau, denken Sie stets daran, mein Junge! Ich bin schon seit zehn Jahren verheiratet. Ich habe eine hübsche, kleine Wohnung in New York und einen wirklich netten und lieben Mann.«

»In New York?« fragte er erstaunt.

Sie zögerte.

»Nun, er ist augenblicklich gerade nicht in New York – er ist im Zuchthaus. Aber er ist vollkommen unschuldig, das weiß der Himmel. John konnte beweisen, daß er ein Schlafwandler ist, jawohl. Er ist es schon seit Jahren. Als ihn die Polizisten in Attonsmiths Juwelierladen faßten, wußte er überhaupt nicht, wie er dort hingekommen war. Er ist einer der besten Sänger im Männerchor des Sing-Sing-Gefängnisses, aber in einem Monat kommt er heraus. Dann gehe ich natürlich nach Hause zurück, um ihn zu begrüßen.«

»Aber er ist doch ein ganz gemeiner Dieb«, sagte Gordon.

Heloisens klassisch schönes Gesicht wurde dunkelrot.

»Sagen Sie einmal, woher haben Sie denn eigentlich den Mut, andere Leute so zu beleidigen? Ein Dieb! John ist kein Dieb! Er hatte nur furchtbares Pech bei seiner Arbeit. Und dann vergessen Sie nicht, er ist ein Schlafwandler! Wenn er wach ist und seine Gedanken beisammen hat, nimmt er nicht das geringste ohne Quittung. Nur manchmal in der Nacht kommt es über ihn.

Nein, John ist ein Gentleman – obgleich er im Polizeipräsidium auf der Liste der besten Geldschrankknacker steht.«

»Dann ist er also ein Bankräuber?« sagte er verstehend. »Wie interessant! Und natürlich besucht er nur Banken, bei denen er kein Depot hat!«

»Selbstverständlich – das ist sein Beruf. Ich habe ihn früher begleitet, aber er fühlte sich beunruhigt und nervös, wenn ich dabei war. Deshalb habe ich dann auf eigene Faust gearbeitet, und so bin ich auch mit dem Doppelgänger zusammengekommen. Er ist zwar nicht gerade sehr ehrlich, aber er kann etwas. Das muß man ihm lassen. In seinem Fach ist er ungewöhnlich tüchtig. Er behandelt seine Partnerin stets wie eine Dame. Das ist aber auch das einzig Anziehende an ihm.«

Sie sprach von ihm, wie eine Schauspielerin etwa von einem Kollegen gesprochen hätte – ohne Ärger, ohne Neid.

Gordon hörte nun auf, mit den Fingern auf den Küchentisch zu trommeln und kehrte wieder zur Wirklichkeit zurück.

»Kommt denn nun der Doppelgänger hierher? In meiner Verkleidung? Läuft die ganze Sache darauf hinaus? Welch ein Idiot war ich doch! Und Sie waren der Lockvogel ... und alle unsere Unterhaltungen über seelische Probleme waren ...«

»Unsinn!« fiel sie ihm ins Wort. »Es wäre schon an und für sich Unsinn gewesen. Alles derartige Gerede und Gewäsch ist Blech!«

»Aber – warum sind Sie denn überhaupt hierher ins Haus gekommen?«

»Weil ich mein Geld zurückhaben will – das Geld, das ich meiner Freundin vorgestreckt habe. Er wollte es mir nicht geben. Er log mir vor, daß er das Geld für den Scheck von Smith noch nicht habe. Er sagte, daß er selbst nichts habe, und dabei schwimmt er doch im Überfluß. Er war so auswattiert mit Banknoten, daß man ihn nicht anfassen konnte, ohne daß es raschelte. Als ich ihm sagte, daß ich nicht weiterarbeiten würde, bis er die alte Rechnung beglichen habe, sagte er, ich solle zum Teufel gehen, ich hätte kein Recht gehabt, meine Freundin auszuzahlen, und er würde die Sache auch ohne mich zu Ende bringen. Aber das wird ihm nicht gelingen!«

Gordon sah sie düster an.

»Warum sagen Sie mir denn das alles? Ist Ihnen nicht klar, daß Sie sich dadurch vollständig in meine Hand gegeben haben? Ich brauche nur die Polizei anzurufen, dann sitzen Sie fest!«

Sie war nicht im mindesten verwirrt.

»Mein Junge, Sie haben wirklich einen Verstand wie eine Fledermaus! Vergessen Sie alles, Onkel Artur!«

Ihre Worte trafen ihn wie Schläge. Onkel Artur! Es war ja alles hoffnungslos!

»Wie kann ich denn diesen Doppelgänger erkennen – wenn er kommt? Wann erwarten Sie ihn denn?«

Was sich auch immer ereignen sollte, er war fest entschlossen, den Plan des Doppelgängers zum Scheitern zu bringen.

»Warum wollen Sie denn das wissen? Dan wird auf einmal dasein, ganz natürlich! Er ist der schlaueste und tüchtigste Kerl in seinem Fach. Unser gespanntes Verhältnis veranlaßt mich nicht dazu, ihn ungerecht zu beurteilen. Er ist einer von den ganz Großen. Er hat zwar keine Begabung für einfache Division, aber wir sind eben nicht alle als Mathematiker geboren. Wenn der kommt, werden Sie es nicht wissen. Er kommt auch nicht immer in der Rolle seines Opfers. Manchmal spielt er auch sehr geschickt einen Butler.«

Gordon erschrak und dachte an Superbus. Aber es erschien ihm doch unmöglich, daß der Mann sich soweit erniedrigen sollte, eine solche Rolle zu spielen.

»Glauben Sie, daß der Detektiv –?«

»Ich habe es früher schon erlebt, daß Dan als der Detektiv aufgetreten ist, der seine Opfer bewachen sollte. Das ist sogar eine seiner Lieblingsverkleidungen. Er ist unerschöpflich in seinen Erfindungen. Aber, mein Junge, ich gebe Ihnen hier Aufschlüsse, die mehr als eine Million Dollar wert sind. Sie sollten mir auf den Knien danken. Aber Sie sind natürlich ein undankbares Geschöpf. Wissen Sie, seine beste Rolle ist eigentlich, wenn er den Geistlichen spielt, der auf Besuch kommt. Darin ist er einfach unübertrefflich. Er hat mir erzählt, daß er einmal eine Viertelmillion Dollar auf diese Weise aus der Kirche herausgeholt hat.«

»Ein Pfarrer – heute war doch einer hier?« sagte Gordon

nachdenklich. »Aber warum machen Sie sich denn nicht den Gesetzesparagraphen zunutze, nach dem Sie frei ausgehen, wenn Sie gegen ihn als Zeugin auftreten?«

»Sind Sie denn ganz verrückt? Sie beleidigen mich, wenn Sie mir so etwas zumuten! Die ganze Sache ist eine reine Privatangelegenheit zwischen Dan und H. C. Ich heiße nämlich Chowster. Mein Vater war der Pastor Chowster in Minneapolis. Ich habe eine höhere Schule besucht und bin zu sehr Dame, als daß ich jemand bei der Polizei verpfeifen würde. Abstammung und Erziehung lassen sich nicht so leicht vergessen!«

Er bedeckte das Gesicht mit den Händen.

»Was bin ich doch für ein Esel gewesen, es ist unglaublich!«

Heloise betrachtete ihn. In dieser Haltung war er ihr interessanter.

»Ich werde es nicht dulden! Was sich auch ereignen mag, ich werde ihm einen Knüppel zwischen die Beine werfen!«

»Was meinen Sie?« fragte sie ironisch.

»Soll ich vielleicht ruhig zusehen, wie ein Verbrecher ...«

»Gebrauchen Sie nicht solche Ausdrücke!« protestierte sie.

»... ungestraft die menschliche Gesellschaft ausplündert?«

»Mein John sagt, daß er einen Geldschrank sogar mit einer Haarnadel öffnen könne –«

»Ich werde es der Polizei berichten«, sagte Gordon entschieden. »Es war töricht von mir, daß ich es nicht gleich tat. Vielleicht werde ich dadurch bloßgestellt, es mag meinen gesellschaftlichen Ruin bedeuten ... aber ich werde dafür sorgen, daß Sie beide hinter Schloß und Riegel kommen – Sie alle beide!«

Sein Wutausbruch machte aber keinen Eindruck auf sie.

»Mein honigsüßer Liebling!« girrte sie. »Werde doch nicht verrückt, mein Baby.«

Er fuhr zornig auf sie los.

»Nur Sie sind daran schuld, daß Miss Ford glaubt, zwischen uns bestehe irgendein Verhältnis. Ich könnte Ihnen alles verzeihen, aber das nicht!«

»Ach, haben Sie mich nie geliebt?« verspottete sie ihn. »Oh, mein lieber Junge, lache doch, mein Liebling, mein reizendes Baby, zeige doch einmal deine reizenden kleinen Zähnchen!«

Diana war in die Küche getreten und hatte die paar letzten Worte gehört.

»Wollen Sie so freundlich sein, Ihre Liebeserklärungen für eine Zeit aufzuheben, wenn Sie wieder aus dem Hause sind?« fragte sie böse. Gordon erschrak, als er ihre Stimme vernahm.

»Aber warum denn?« fragte Heloise und lachte Diana unverschämt an. »Hat denn ein Verbrecher nicht auch das Recht auf ein bißchen Liebe? Ich will ja gern zugeben, daß Onkel Artur nicht so hübsch und süß ist wie Ihr lieber Wopsy, aber er ist in Tante Lizzies Augen wirklich ein netter Junge.«

Gordon wäre dazwischengefahren, wenn er nicht vollständig gebrochen gewesen wäre. Er ging in die Aufwaschküche und ließ seinen schmerzenden Kopf auf die Messerputzmaschine sinken.

Diana fühlte, daß es absurd war, sich einer solchen Frau gegenüber zu verantworten. Aber sie tat es dennoch.

»Mr. Dempsi ist – ein lieber Freund von mir. Wie können Sie ihn mit Ihrem Komplicen vergleichen?« Es war ihr elend zumute, denn sie erkannte plötzlich bestürzt, daß der Doppelgänger entschieden der Begehrenswertere von beiden Männern war. Heloise hatte sie gespannt beobachtet.

»Ach, die letzten Ereignisse haben mir einen Stoß versetzt. Es ist wirklich keine Beschäftigung für mich«, seufzte Heloise.

Ihre Worte machten Eindruck. Dianas Gesicht hellte sich auf und nahm einen freundlichen Ausdruck an.

»Es tut mir manchmal wirklich leid um Sie.«

Heloise senkte den Kopf.

»Ich bin fast immer traurig. Wenn Sie wüßten – es ist ein Höllenleben«, sagte sie bitter.

Diana fühlte Mitleid mit ihr. Die Verlassenheit und das tragische Geschick dieser Frau riefen nach Hilfe.

»Daran hätte ich eben denken sollen«, sagte Diana gütig. »Es tut mir leid, daß ich eben so hart zu Ihnen war.«

Der größte Stratege zeichnet sich dadurch aus, daß er den Augenblick erkennt, in dem der Feind zu schwanken beginnt. Heloise brachte jetzt ihr schweres Geschütz in Front.

»Ich war gut, bevor ich ihm begegnete!« Sie schluchzte unterdrückt.

Gordon hörte zu seinem Entsetzen diese Worte und kam eilig in die Küche zurück.

»Diese Heuchelei –«

»Seien Sie sofort ruhig!«

Der Mut verließ ihn wieder, als Diana ihn zornig anblitzte.

»Er hat mich erst schlecht gemacht, er hat mich in den Abgrund gezogen –«

Heloise kämpfte um ihre Sicherheit und Freiheit. Sie war eine ausgezeichnete Schauspielerin.

Dianas Stimme zitterte, als sie sich an den bestürzten Mann wandte.

»Sie gemeiner, brutaler Mensch! Daß es überhaupt möglich ist, solch einen Verbrecher auf die Menschheit loszulassen! Ich habe das schon geahnt. Sie sind ein Tiger, ein Vampir in Menschengestalt! Warum verlassen Sie ihn denn nicht, Heloise?« fragte sie liebevoll.

Heloise wischte sich die Augen und schluchzte.

»Er hat mich vollständig in der Hand. Diese Männer lassen eine Frau nicht wieder los. Ich bin ihm verfallen bis zum Ende!«

Gordon sprang auf. Sie wich angstvoll vor ihm zurück.

»Lassen Sie nicht zu, daß er mich anrührt!« rief sie erschrokken.

In der nächsten Sekunde hatte Diana den Arm um sie gelegt.

»Zurück!« donnerte sie Gordon an. »Schlägt er Sie auch?«

Heloise nickte mit jener zögernden Schüchternheit, die so überzeugend wirkt.

»Ich bin manchmal am ganzen Körper schwarz und braun und blau«, weinte sie. »Er wird mich sicher deshalb wieder furchtbar schlagen. Aber kümmern Sie sich nicht um mich, Miss Ford, ich bin es nicht wert. Ich muß bei ihm bleiben bis zum bitteren Ende – der Himmel mag mir helfen!«

»Sie gemeiner Schuft!«

Heloise weinte. Gordon war so entsetzt, daß er auch hätte weinen mögen.

»Warum können Sie ihn denn nicht verlassen? Sind Sie mit ihm verheiratet?«

Heloise hatte sich wieder etwas beruhigt. Sie lächelte jetzt unendlich traurig, und ihre müden, abgespannten Gesichtszüge schienen eine Geschichte von maßloser Qual und Erniedrigung zu erzählen.

»Diese Art Männer heiraten nicht«, sagte sie leise.

Diana schaute Gordon mit Basiliskenaugen an.

»Aber er wird Sie jetzt heiraten«, erwiderte Diana.

Heloise warf sich Gordon zu Füßen. Er machte nicht einmal den Versuch, seine Hand fortzuziehen, als sie sie umklammerte. Dieser entsetzliche Traum mußte doch einmal zu Ende sein! So ungeheuerliche Dinge konnten sich doch in einer wohlgeordneten Welt nicht zutragen! Er brauchte sich ja nur ruhig zu verhalten – gleich würde ihn Trenters Stimme wecken: »Es ist acht Uhr, mein Herr. Ich fürchte, es regnet heute.« Trenter entschuldigte sich immer wegen des schlechten Wetters. Und dann würde er die Augen öffnen ...

Aber Heloisens seufzende Stimme weckte ihn.

»Du hast gehört, was die liebe junge Dame eben gesagt hat – heirate mich, Dan! Ach bitte, heirate mich!«

Gordon lächelte wie ein Narr. Diana hielt das für ein höhnisches, sarkastisches Grinsen.

»Mach mich doch wieder so gut, wie ich war, als du mich von Connecticut fortlocktest«, bat Heloise.

Sie hatte zum Schluß nur noch ganz leise gesprochen, und nun erstickten ihre Worte in einem Schluchzen. Für einen Augenblick erlangte Gordon seine Selbstbeherrschung wieder.

»Was soll denn dieses ganze Geplärr bedeuten?« fuhr er sie an und versuchte, seine Hand frei zu machen.

»Mann!« rief Diana wütend. »Sehen Sie sich jetzt vor!«

»Ich sage Ihnen –«

»Sie werden das Mädchen heiraten!«

»Ich – ich kann nicht – und ich will auch nicht! Schert euch doch alle zum Teufel!«

Heloise brach unter diesem Schicksalsschlag vollkommen zusammen.

»Aber du hast es mir doch versprochen – denke doch an deine heiligen Eide! Du wirst dich doch noch an dein Wort halten! Sage doch, daß es nicht wahr ist, Dan!«

Diana empfand das tiefe Leid dieser Frau.

»Du meinst es doch nicht so, Dan – du hast doch eben nur einen Scherz gemacht!«

Gordon zeigte seine Zähne und schnitt eine Grimasse.

»Oh, ich sehe, du lächelst wieder – du siehst mich wieder gütig an! Wir werden in Zukunft dieses elende Handwerk lassen – diese liebe junge Dame hat recht. Wir wollen ein anderes Leben beginnen. Nicht wahr, Dan, du versprichst es mir? Ich werde dann wieder deine liebe, kleine Frau sein, die auf der Veranda sitzt, während du die Hühner im Garten fütterst!«

»Das verdammte Hühnerfutter!« rief Gordon außer sich vor Wut. »Ich wünsche Sie und Ihre ganze Veranda zum Kuckuck! Heiraten soll ich Sie auch noch? Diana, kannst du denn dieses ganze Theater nicht durchschauen? Sie spielt dir etwas vor! Zwischen uns besteht keine Beziehung!«

»Er verhöhnt mich auch noch!« stöhnte Heloise und warf sich auf den Boden. Diana war sofort an ihrer Seite und hob sie wieder auf.

»Kommen Sie mit mir, mein Liebling, alle Bitten an diesen steinharten Wüstling sind doch nur umsonst und verschwendet – und Sie können obendrein noch lachen!«

»Ich lache nicht«, sagte Gordon beleidigt. »Was zum Teufel sollte ich denn über diese Gemeinheit auch noch lachen! Wenn es überhaupt etwas zu lachen gäbe, dann könnte man über Sie lachen, die sich von einer solchen Gaunerin hereinlegen läßt!«

Diana sah ihn verächtlich an und wandte sich dann ganz dem Mädchen zu.

»Wenn ich Ihnen nun das Geld zur Rückreise schenkte, würden Sie dann nach Hause fahren?«

Heloise nickte schwach.

»Ich werde es Ihnen morgen geben. Kommen Sie jetzt.«

Heloise befreite sich sanft aus ihren Armen.

»Nein – ich will hierbleiben«, sagte sie ganz gebrochen. »Ich muß Dan etwas sagen – etwas, das keine andere Frau hören soll.«

Diana wurde bleich.

»Oh, ich verstehe«, sagte sie freundlich und ging hinaus.

Heloise wartete, schlich sich zur Tür, lauschte eine Weile, dann drehte sie sich plötzlich in ausgelassenster Freude um.

»Holla!« sie tanzte wild in der Küche umher. »Mein Junge, das ist eine Frau! Heloise, dein Gehalt ist erhöht, wie stehst du nun da?«

»Sie – Sie verruchtes Frauenzimmer!« rief Gordon atemlos. »Wie dürfen Sie – das ist doch die äußerste Schamlosigkeit!«

»Ach, sehen Sie einmal an!« Sie stemmte die Hände in die Hüften und sah ihn von unten herauf an. »Ich muß mir doch auch etwas auf die Seite legen, seien Sie doch vernünftig, Mann! Ich habe zur Zeit kein Geld, man könnte keine zwei Dollar aus mir herauspressen. Wenn Dan nun keinen Erfolg hat, wo soll ich denn mein Reisegeld herbekommen? Seien Sie doch vernünftig, mein Liebling!«

»Sie haben Miss Ford hintergangen!«

»Aber nun schlägt es dreizehn! Heiliger Michael! Haben Sie sie vielleicht nicht hintergangen? Sie sind ein dummer Esel, daß Sie dieses hübsche Mädel gar nicht verdienen. Glauben Sie nur nicht, daß ich sie verachte, weil man leicht mit ihr fertig werden kann! Diana ist wirklich gut. Sie haben mich belogen, als Sie sagten, Sie seien verheiratet. Vielleicht sind Sie tatsächlich verheiratet, aber nicht mit Diana! Die ist viel zu vernünftig, um einen solchen Einfaltspinsel zu nehmen!«

Er ging in der Küche wütend auf und ab, sprach zu sich selbst, dann blieb er plötzlich vor ihr stehen.

»Sie haben mich der schändlichsten Gemeinheiten angeklagt, Sie haben mir meinen guten Ruf genommen – in ihren Augen bin ich jetzt der Doppelgänger!«

Heloise steckte sich wieder eine Zigarette an, setzte sich auf die Tischkante und baumelte mit den Beinen.

»Na, mein Junge, Sie haben aber wenig Sinn für Humor!« sagte sie vergnügt. »Diana kann sich gut kleiden – Donnerwetter, das Kleid, das sie heute nachmittag trug, war fabelhaft, dagegen sehe ich alt aus.«

Er beruhigte sich etwas, sah die Nutzlosigkeit ein, mit ihr zu streiten. »Ich werde noch in einem Irrenhaus enden! Aber ebenso sicher wird der Doppelgänger ins Zuchthaus kommen!«

»Kümmern Sie sich bloß nicht um anderer Leute Angelegenheiten! Dieses kleine Spiel hier geht sehr bald seinem Ende zu. Ich habe meine Aufgabe glänzend gelöst. In einigen Wochen kommt mein John nach Hause, und mit dem Doppelgänger werde ich auch noch fertig werden.«

»Meinen Sie, daß er doch noch kommt? Werden wir ihn sehen?« fragte Gordon gespannt.

»Wir werden uns sehen, und er wird fortgehen«, erwiderte sie geheimnisvoll. »Und er muß diesmal ehrlich mit mir teilen. Wenn er glaubt, daß ich mich diesmal mit zwanzig zu achtzig zufriedengebe, täuscht er sich. Ich kenne es von Hause aus nicht anders, als daß fünfzig zu fünfzig geteilt wird.«

»Jetzt warne ich Sie aber. Die Sache ist schon zu weit gediehen«, sagte Gordon nachdrücklich. »Im Geldschrank sind fünfzigtausend Dollar eingeschlossen, und deswegen wird er wohl hierherkommen wollen. Aber woher er das wissen konnte –«

»Fünfzigtausend?« fragte sie atemlos. »Das erklärt alles. Sie haben mir in vertraulichen Gesprächen einmal gesagt, daß Sie höchstens tausend Pfund zu Hause hätten, aber nicht –«

»Das Geld ist auch nur ausnahmsweise hier, um einen Amerikaner auszuzahlen«, erwiderte er ungeduldig. »Außerdem habe ich gar keinen Grund, Ihnen zu erklären, warum ich Geld in meinem Hause habe. Es liegt in meinem Geldschrank – das genügt doch!« Heloise war nachdenklich geworden.

»Er wußte es also – dieser gemeine Mensch, dieser Heuchler! Kann man da nicht alle Lust verlieren? Fünfzigtausend Dollar! Und das wollte er alles so mir nichts, dir nichts allein schlucken?«

Sie schien Gordons Gegenwart vergessen zu haben. Die Ungeheuerlichkeit dieses Verrats war zu groß.

»Deshalb wollte er also allein arbeiten! ›Gehe nach Ostende‹, sagte er, ›und überlasse mir das übrige.‹ Und das waren fünfzigtausend Dollar. Mir erzählte er, daß er tausend Pfund hier zu finden hoffte! Eine solche Gemeinheit ist doch noch nie in unseren Kreisen vorgekommen.«

»Was Sie da alles erzählen, interessiert mich nicht im mindesten«, sagte Gordon mürrisch.

»Aber er wird diesmal anständig mit mir teilen«, fuhr Heloise grimmig fort. »Er wird sich ordentlich benehmen, selbst wenn es ihm schwerfällt. Ja, mein Herr, zwischen Dan und Heloise Chowster muß es anständig zugehen! Dieser schamlose Mensch, dieser verdammte Affenpinscher!«

Die Hinterlist dieses Mannes änderte plötzlich ihre ganze Lebensanschauung. All ihre Ideale wankten.

»Es wird überhaupt nichts geteilt hier, verstehen Sie?! Ich werde mich doch nicht ausplündern lassen – denken Sie denn, ich bin ein Narr?«

Sie sah ihn an, als ob sie in seinem Gesicht das Gegenteil lesen wollte. Aber plötzlich änderte sich ihr ganzes Wesen wieder, als sie Dianas Schritte auf der Treppe hörte.

»Ich bitte dich um nichts mehr, Dan, du bist ja doch hart wie Stein. Ich wünsche dir alles Gute. Willst du mir nicht noch ein letztes Mal deine Hand geben?«

Gordon starrte sie entsetzt an, dann fielen seine Blicke auf Diana, und er verstand.

»Wir wollen doch nicht so voneinander scheiden, Dan! Ich verzeihe dir alles, was du mir angetan hast. Lebe wohl!«

Sie streckte zaghaft die Hand aus. Gordon hätte sie am liebsten links und rechts geohrfeigt.

»Guten Abend!«

»Sie niederträchtiger Halunke, wollen Sie ihr wohl sofort die Hand geben?« fuhr ihn Diana an.

Er gehorchte widerwillig. »All right – Guten Abend!«

Diana wußte zwar, daß Verbrecher abgestumpft und gefühllos waren, aber wie gemein und brutal sie sein konnten, hatte sie sich nie träumen lassen.

»Kommen Sie mit mir, meine Liebe. Sie sollen ihn nicht wiedersehen.«

»Danke vielmals«, sagte Gordon. »Das sind die ersten angenehmen Worte, die ich von Ihnen höre.«

Diana behandelte ihn mit der Verachtung, die er ihrer Meinung nach verdiente.

»Miss Ford, darf ich Sie um etwas bitten?« Heloise sah nachdenklich auf ihre Wohltäterin.

»Aber sicherlich.«

»Diese Kleider passen nicht recht zu meiner Gemütsverfassung. Sie denken natürlich, ich sei verrückt. Aber Kleider bedeuten sehr viel, selbst für eine Frau meiner Art. Und sie sind etwas zu bunt und schreiend für ein Mädchen mit gebrochenem Herzen. Wenn Sie ein etwas ruhigeres und ernsteres Kleid hätten, das mehr zu meiner Trauer paßte . . .«

Diana lächelte. Wie gut sie das verstehen konnte!

»Ich kann Ihnen das sehr gut nachfühlen. Kommen Sie in mein Zimmer, Heloise. Sie brauchen sich nicht zu fürchten. Ich werde Superbus schicken, damit er auf diesen Mann hier aufpaßt!«

25

Gordon lag in seinem Bett und lauschte. Eine Kirchturmuhr schlug eins. Vor einer Stunde hatte er gehört, wie Bobby draußen gute Nacht sagte, und er hatte ebenfalls mit gute Nacht geantwortet.

»Ich spreche nicht mit Ihnen«, rief Bobby unwirsch.

Er war den ganzen Abend fort gewesen, um den Polizeiinspektor Carslake zu sprechen, aber seine Bemühungen waren nicht sehr erfolgreich gewesen. Bobby machte seine Tür zu, auch Diana verschloß ihr Zimmer. Dempsi ging daran vorbei und hielt noch lange Monologe vor dem versperrten Portal ihres Gemaches. Von unten drang das Schnarchen von Julius Superbus herauf.

Alle Ausgänge aus dem Hause waren gesichert – mit Ausnahme eines einzigen, der kleinen Öffnung in dem großen Glasfenster des Studierzimmers. Gordon hatte sich vorher genau informiert, denn Diana konnte ja so vorsichtig gewesen sein, es zuzuschrauben. Aber sie hatte es anscheinend vergessen, oder sie traute Mr. Superbus, der im Studierzimmer auf dem Sofa schlief. Gordon war schon zweimal auf Zehenspitzen zu seiner Tür geschlichen und hatte die Klinke niedergedrückt. Er war in dieser Nacht nicht eingeschlossen worden. Da Bobby im Hause war, hatte Diana ihre Wachsamkeit verringert.

Es schlug halb zwei, Gordon verließ das Bett und kleidete sich an. Er hatte keinen Pfennig Geld bei sich, aber das Personal in den Hotels kannte ihn ja, und er konnte auf das Hotelpapier einen Scheck schreiben, dann hatte er so viel Geld, wie er nur brauchte. Dann wollte er aber hierher zurückkehren und sich Mr. Dempsi einmal vornehmen. Er hatte sich noch nicht entschieden, welchen Tod dieser Halunke sterben sollte, aber sicher würde ihm ein qualvolles Ende bevorstehen. Er dachte an Heloise ... er hoffte für sie nur, daß sie inzwischen verschwunden war.

Er löschte das Licht, öffnete die Tür und lauschte. Als er kein Geräusch hörte, schlich er sich leise die Treppe hinunter und ging in das Studierzimmer. Mr. Superbus atmete regelmäßig. Während Gordon noch horchte, stöhnte er und warf sich auf die andere Seite. Das Schnarchen hörte auf, und Julius schlief tiefer als jemals.

Nun war die günstige Gelegenheit für Gordon gekommen. Aber er hatte noch keinen Schritt vorwärts getan, als plötzlich ein kreisrunder Lichtschein auf dem Fenster erschien. Er wartete und hielt den Atem an. Ein leises Geräusch folgte, dann öffnete sich der eine Fensterflügel, und eine dunkle Gestalt kam ins Zimmer.

Eine Weile war der Eindringling unsichtbar, dann tauchte der helle Kreis wieder auf – diesmal auf dem Geldschrank.

Ein Einbrecher! Gordons erster Gedanke war, auf ihn zuzuspringen und ihn dingfest zu machen, aber – dann überlegte er es sich und näherte sich ihm langsamer und vorsichtiger ...

»Hände hoch, oder ich schieße!«

Sofort ging das Licht aus.

»Schießen Sie nicht, Sir!«

»Schießen Sie nicht, Sie Narr!« zischte Gordon. »Es schläft hier noch ein Mann im Zimmer. Wo ist Ihr Revolver?«

»Ich habe keinen bei mir.«

»Was machen Sie hier?«

»Stellen Sie keine dummen Fragen –«

Gordon hatte die Blendlaterne des Mannes gepackt und leuchtete ihm ins Gesicht.

»Ich kenne Sie!«

Der Mann grinste verlegen.

»Sie haben mich gefaßt«, sagte er verstimmt.

»Sie sind der Mann, der gestern morgen die Fenster geputzt hat!«

Der Einbrecher nickte.

»Das ist das erste Mal, daß man mich geschnappt hat – ich heiße Stark. Ich werde keinen Widerstand leisten, und wenn Sie dem Richter sagen, ich hätte einen Revolver bei mir gehabt, dann lügen Sie!«

Der Einbrecher hatte etwas lauter gesprochen, und Gordon sah sich ängstlich um. Aber Mr. Superbus schnarchte aufs neue.

»Pst, nicht so laut! Haben Sie den Geldschrank schon geöffnet?« Gordon kam plötzlich eine glänzende Idee.

»Es wäre geschehen gewesen, wenn Sie einige Minuten später gekommen wären«, sagte der Mann vorwurfsvoll.

Gordon nickte.

»Sie haben mir die Sache ganz und gar verdorben.«

»Öffnen Sie den Schrank.«

Stark wollte seinen Ohren nicht trauen.

»Was?«

»Öffnen Sie den Schrank – ich werde Sie gut bezahlen und Sie außerdem freilassen. Es ist nur ein Schloß daran, und das Schlüsselwort heißt ›Alma‹. Haben Sie verstanden?«

»Ist das Ihr Ernst, mein Herr?« fragte Stark ungläubig.

»Jawohl, ich habe meinen Schlüssel verloren. Nun gehen Sie schnell an Ihre Arbeit. Können Sie es ohne Licht machen?«

»Natürlich – nur dumme Amateure brauchen viel Licht, ein ganz kleiner Lichtschein genügt mir.«

Er holte unter seinem Rock ein kurzes Stemmeisen und ein längeres, dünnes Instrument hervor. Seinem Beruf nach war er nur ein armer Fensterputzer, aber als Einbrecher gehörte er zu den hervorragendsten Fachleuten. »Haben Sie schon einmal gesehen, wie ein Geldschrank aufgeknackt wird?« fragte er über die Schulter.

Gordon schüttelte den Kopf.

»Nein, auf diese Art jedenfalls noch nicht«, gab er zu.

»Es dauert Jahre, bis man das lernt. Viel Geld ist auch nicht damit zu machen«, meinte Mr. Stark traurig. »Das ganze Geschäft ist durch die Fremden verdorben worden. Es sind zu viele Leute im Handwerk, zu viele Outsider. Es ist hier genauso wie überall – meistens sind es Amerikaner. Warum sie nicht in ihrem Lande bleiben, weiß ich auch nicht. Sie sind aber tüchtig, das muß man schon sagen, obgleich sie uns unser sauer verdientes Brot vor der Nase wegschnappen. Wir haben aber auch glänzende Vertreter – wenn sie nur ein wenig Aufmunterung hätten, ich meine etwas Kapital.« Die Geldschranktür öffnete sich. »So, sehen Sie, das hätten wir wieder einmal gekonnt!«

»Wie – schon offen?« fragte Gordon erstaunt und etwas verärgert. Der Mann, der ihm den Geldschrank verkauft hatte, hatte ihn also tüchtig belogen.

»Jawohl.«

»Leuchten Sie einmal hinein! Donnerwetter, es sind ja kaum noch Zehntausend da!«

Er raffte alles zusammen, was an Banknoten noch im Schrank lag. Plötzlich hob er den Kopf, um zu lauschen, denn es kam jemand die Treppe herunter.

»Machen Sie sich schnell aus dem Staub – es kommt jemand – hier, nehmen Sie das!«

Er steckte dem Einbrecher ein paar Banknoten in die Hand, und im nächsten Augenblick war Stark durch das Fenster verschwunden. Gordon folgte ihm auf dem Fuße.

»Wer ist dort?« fragte eine zitternde Stimme vom Sofa her.

Gordon gab ihm aber keine Antwort. Als Mr. Superbus mit überraschendem Mut auf ihn zueilte, sprang er durch das Fenster.

»Halt!«

Das war Dempsis Stimme.

Gordon sprang auf den Hof hinunter, als im Zimmer zwei Schüsse fielen.

Ein gellender Schrei ertönte. Es mußte jemand schwer getroffen sein. Diana hörte es, sprang aus dem Bett, warf den Morgenrock über und eilte in das Studierzimmer. In der Mitte des Raumes stand Dempsi, und zu seinen Füßen auf dem Boden wand sich in tausend Schmerzen die Gestalt von Julius Superbus.

»Er war ein Opfer seiner Pflicht«, sagte Dempsi ehrerbietig. Und er hatte nicht unrecht. Mit zehn Zehen war Mr. Superbus nach Cheynel Gardens Nr. 61 gekommen, aber das Schicksal hatte bestimmt, daß er dieses Haus nur mit neun Zehen wieder verlassen sollte, denn eine hatte er bei der Schießerei verloren.

26

Als Diana das Fazit aus dieser ganzen Affäre zog, war sie froh, daß der Doppelgänger entschlüpft war. Der Rest der Nacht war sehr unruhig gewesen. Ärzte kamen und gingen, und das laute Wehgeschrei von Mr. Superbus schallte durch das Haus. Es tat ihr unendlich leid, daß dieser treue Wächter eine Zehe verloren hatte, obwohl es nur eine kleine Zehe war, die er nicht unbedingt zu seinem Lebensglück notwendig hatte. Aber immerhin war es eine Zehe, die bis dahin, wie er immer wieder zwischen seinen Schmerzensausbrüchen erklärte, ein treuer Begleiter durch sein wechselvolles Leben gewesen war.

Ja, er tat ihr wirklich sehr leid, obgleich der Arzt erklärte, daß er jetzt keine Schmerzen mehr habe. Auch hatte der Doktor, der den furchtsamen Charakter von Mr. Superbus nicht kannte, gemeint, Julius sei mehr erschreckt als verletzt worden. Aber sie war froh, daß der Doppelgänger verschwunden war.

Die Schießerei hatte ein sehr angenehmes Resultat gehabt – Dempsi war seitdem sehr kleinlaut geworden, er hatte sie kein einziges Mal mehr seinen »von den Sternen herabgestiegenen Engel« oder sonstwie genannt. Er, der Himmel und Erde geplündert hatte, um ihre Schönheit, ihren Charme und ihre sonstigen Vorzüge zu beschreiben, gab sich jetzt mit ganz gewöhnlichen Gemeinplätzen zufrieden.

»Der arme Wop hat anscheinend noch nie eine Pistole in der Hand gehabt«, meinte Bobby, »und das verfluchte Ding ging los, bevor er merkte, daß er den Abzug berührt hatte.«

»Der arme Wop!« sagte Diana vorwurfsvoll. »Du würdest doch besser den armen Mr. Superbus bedauern!«

Sie hatten schon vor einiger Zeit gefrühstückt, und Bobby war schon auf der Bank gewesen. Mr. Dempsi war ausgegangen.

»Wie hast du eigentlich geschlafen?« fragte er liebenswürdig.

»Schrecklich. Aber Bobby, hast du das Geld bekommen?«

»Ja, glücklicherweise ist die Überweisung deiner Gelder noch am Sonnabend kurz vor Geschäftsschluß erfolgt. Der Direktor hat sich riesig entschuldigt. Ich habe das Geld – hier ist es.«

Er zog ein dickes Paket amerikanischer Banknoten aus seiner Hüfttasche. Sie sah die Scheine nachdenklich an und preßte die Lippen zusammen.

»Ich erhielt eine Telegramm von Gordon aus Inverness.«

»Dann ist er also dort angekommen«, sagte er trocken. »Und wie geht es unserem alten Autobus?«

»Der arme Kerl.« Sie lachte. »Ich hoffe, daß er sich allmählich an seinen überaus großen Verlust gewöhnt. Im Augenblick ist seine größte Sorge, was seine Frau zu seiner verlorenen Zehe sagen wird. Nach seinen Reden zu urteilen, zählt sie sie jeden Abend nach.«

Bobby grinste am Kamin. Es erschien ihm außerordentlich komisch, daß ein Mann eine kleine Zehe verlieren konnte.

»Hast du nichts von dem Doppelgänger gehört?« fragte er.

»Nein, er scheint verschwunden zu sein. Aus den Spuren an der Mauer geht hervor, daß er hinübergeklettert ist. Nach dem Bericht des Mr. Superbus muß er noch einen Helfershelfer gehabt haben. In einer Beziehung bin ich ganz froh, daß er fort ist.«

Bobby sah sie erstaunt an.

»Wieso denn?«

»Um des armen Mädchens willen.« Diana machte ein ganz trauriges Gesicht. »Du kannst dir gar nicht vorstellen, was sie alles durch ihn hat leiden müssen, Bobby. Es ist doch noch ein guter Kern in Heloise. Natürlich ist sie jetzt vollständig niedergeschlagen, daß sie ihn verloren hat. Aber das ist der Fluch der Frauen – sie geben niemals ihre Hoffnung auf.«

»Er muß sich aber sehr schnell aus dem Staub gemacht haben.

Ich war unmittelbar nach Dempsi unten, und obgleich ich das ganze Haus und den Hof absuchte, konnte ich von dem Teufel doch nichts mehr finden.«

»Wir wollen nicht mehr über ihn sprechen. Aber Dempsi hat sich glänzend benommen. Ich war freudig überrascht – das ist das einzige Mal, daß ich das von ihm sagen kann. Ich hätte kaum gedacht, daß ein Mann von seinem erregbaren Temperament diese Sache so kühl aufnehmen könne. Er ist jetzt ganz still geworden, ich glaube, die Schießerei hat ihn ein wenig nervös gemacht. Er wollte immer wissen, ob ich die Polizei benachrichtigt habe, aber natürlich habe ich das nicht getan – soweit es sich um Mr. Superbus' Zehe handelt. Er verläßt heute das Haus.«

»Dempsi?«

»Er sagt, daß er tausend Jahre auf mich warten will.« Sie seufzte. »Ich sagte ihm, hundert würden auch genügen. Er hat den ganzen Morgen nichts mehr von einer Heirat gesagt. Ich möchte fast sagen, daß er mir dadurch lieb geworden ist.«

Der Mann, von dem sie sich unterhielten, kam ein paar Minuten später in das Zimmer. Er sah hager und nach Bobbys Meinung keineswegs anziehend aus.

»Guten Morgen, Mr. Selsbury – haben Sie nicht Tante Lizzie gesehen? Ich möchte ihr kondolieren. Es ist doch schrecklich, wenn Leute, die sich gern haben, getrennt werden. Und wie entsetzlich für Sie – sagten Sie nicht, daß er der Doppelgänger war? Es schaudert mich, wenn ich daran denke. Aber die kleine Diana« – er sah sie bewundernd an – »hat sich nicht im mindesten gefürchtet – oh, das war ganz wundervoll! Aber bitte, erzähle mir doch, wer ist denn eigentlich Tante Lizzie!«

»Eine Freundin von mir«, sagte Diana kurz.

Dempsi schüttelte traurig den Kopf.

»Ich werde es mir niemals verzeihen, daß ich Mr. Superbus – in die Zehe geschossen habe«, sagte er bedauernd.

Bobby lachte.

»Das klingt fast so, als ob es Ihnen leid täte, daß Sie ihn nicht durch den Kopf geschossen haben.«

Dempsi schrak vor dieser schrecklichen Verdächtigung zurück.

»Das mag der Himmel verhüten – ich bewundere Superbus!«

»Er hätte nicht schlafen sollen«, meinte Diana. »Er hatte mir versprochen zu wachen.«

Sie eilte zur Tür, denn das Aufstoßen eines Stockes auf dem Parkettboden der Diele kündigte den Invaliden an. Sein rechter Fuß war malerisch mit weißen Bandagen umwunden. Er hatte eine Krücke unter dem einen Arm und bewegte sich nur ruckweise vorwärts. Er lächelte Diana schwach und müde an. Bobby faßte ihn an dem einen, Mr. Dempsi an dem anderen Arm, und so kamen sie unter vielem Stöhnen und Seufzen bei dem Sofa an.

»Fühlen Sie sich jetzt besser, Mr. Superbus?«

Er schüttelte den Kopf. Er wollte nicht gern in diesem frühen Stadium schon alle Sorgfalt und Pflege vermissen, die ihm seiner Meinung nach jetzt zukamen.

»Mittelmäßig, Madam, mittelmäßig, natürlich bin ich ein wenig mitgenommen – das geht mir immer so, wenn ich bei einer Schießerei beteiligt war. Ach, es ist furchtbar. Wenn ich daran denke«, stöhnte er mit zitternden Lippen, »daß gestern meine Zehe noch wohl und lebendig war.«

Mr. Dempsi bedeckte die Augen mit seiner langen, dünnen Hand.

»Und ich habe es getan«, sagte er mit einem tiefen, verzweifelten Seufzer.

»Lassen Sie es sich nicht so sehr zu Herzen gehen«, beruhigte ihn Julius mit der Miene eines christlichen Märtyrers, der selbst noch die Löwen entschuldigt, die ihn zerreißen sollen. »Das hätte jedem anderen auch passieren können. Ich hätte nur gewünscht, daß Sie ihn getroffen hätten, oder sie ...«

Diana wurde aufmerksam.

»Oder sie? War denn die andere Person eine Frau?«

»Das ist sehr leicht möglich.« Julius war nicht bereit, sich weiter hierüber zu äußern, da er selbst nicht ganz sicher über diesen Punkt war.

»Ob es ein Mann oder eine Frau war, kann ich im Augenblick nicht sagen«, erklärte er düster. »Das wird bei der Untersuchung alles noch herauskommen.«

»Was ist denn eigentlich tatsächlich passiert?«

Bobby stellte diese Frage. Er hatte nur eine Ahnung von dem, was sich im Dunkeln alles zugetragen hatte. Julius suchte in seiner Tasche und zog ein großes Notizbuch hervor, das er gewichtig öffnete. Nachdem er einige Zeit darin geblättert hatte, fand er die Stelle auch, die er suchte. »Am Fünfzehnten dieses Monats, um zwei Uhr morgens«, las er mit volltönender Stimme vor, »wurde ich in meinem Schlaf von dem unangenehmen Gefühl geweckt, daß sich etwas Unheimliches ereignen würde, daß zum Beispiel Einbrecher oder andere Verbrecher in die Wohnung eingedrungen seien. Ich sprang aus meinem Bett, das zwei Fuß und sechs Zoll vom Fenster entfernt war – ich habe Tante Lizzie gebeten, die Entfernung genau auszumessen. Das Studierzimmer lag in vollkommener Dunkelheit, aber ich sah die Gestalt eines Mannes. Als ich vorwärtsstürzte, um ihn festzuhalten, sprangen anscheinend zu meinen Füßen eine oder mehrere unbekannte Personen auf. Da ich erkannte, daß Gefahr im Verzug war, wurde ich mit ihnen handgemein – ich vermute, Sie hörten das Toben des Kampfes?« fragte er ängstlich.

Diana hatte nichts gehört, und Bobby schüttelte den Kopf.

»Nein, ich habe nichts davon gehört, aber es ist möglich, daß ich nicht nahe genug war«, meinte er.

Mr. Dempsi hatte die Hände auf den Rücken gelegt, hielt den Kopf gesenkt und schaute nicht auf.

»Plötzlich«, fuhr Mr. Superbus fort, »ertönte ein Schuß, und ich wußte von nichts mehr.«

»Aber Sie sagten, es könne eine Frau gewesen sein?«

Diana war fest entschlossen, sich über diesen Punkt Aufklärung zu verschaffen.

»Es mag ein Mann oder eine Frau gewesen sein«, entgegnete Julius, »das wird alles ans Tageslicht kommen, wenn ich sozusagen die Geheimgeschichte erzählen werde. Im Augenblick muß es genug sein, wenn ich sage, eine oder mehrere unbekannte Personen – wo ist eigentlich Onkel Artur, ich habe ihn heute noch nicht gesehen?«

»Aber als Sie mit der unbekannten Person rangen, Mr. Superbus, müssen Sie doch gemerkt haben, ob es ein Mann oder eine Frau war«, bestand Diana hartnäckig.

Julius neigte verschämt den Kopf.

»Als ein verheirateter Mann sollte ich es eigentlich wissen«, sagte er diskret.

»Aber Sie haben doch mit der Person gerungen!«

»In gewisser Weise, ja, aber nur in gewisser Weise. Ich habe den Ausdruck mehr im allgemeinen gebraucht.«

»Aber Sie sahen doch –«

»Die Person sah wie ein Mann aus ... ich werde Ihnen die ganze Wahrheit sagen. Er sah aus wie Onkel Artur. Ich habe mir aber keinen Augenblick eingebildet, daß es wirklich Onkel Artur war. Ich will niemand verdächtigen. Er ist durch die Tür entschlüpft, bevor ich ihn genau erkennen konnte.«

»Da müssen Sie sich aber geirrt haben, Mr. Superbus«, sagte Diana.

»Er schlüpfte hinter mir vorbei zur Tür hinaus.« Julius zeigte auf den Eingang.

»Da irren Sie sich«, erwiderte Diana. »Der Mann ist durch das Fenster entflohen, von dort in den Hof gesprungen und nachher über die Mauer geklettert. Das Fenster stand doch offen.«

»Erzählen Sie uns doch einmal, wie es eigentlich kam, daß Sie schliefen, während die Leute den Geldschrank aufbrachen?« fragte Bobby.

Mr. Superbus legte die Stirn in Falten und schloß die Augen. »Ich bin betäubt worden – in meinem Kaffee muß ein Schlafmittel gewesen sein. Ich habe sonst einen ganz leichten Schlaf, bei dem geringsten Geräusch wache ich sofort auf!«

Bobby nickte.

»Aber den Pistolenschuß haben Sie doch gehört?«

27

Mr. Superbus war in einem Ambulanzwagen des Roten Kreuzes fortgeschafft worden. Er hätte zwar auch ein gewöhnliches Auto benützen können, aber er hatte nun einmal den Wunsch, in einem Krankenwagen abtransportiert zu werden.

»Was ist eigentlich so eine Zehe wert, Bobby? Ich muß dem

armen Mann doch irgend etwas schicken. Sind zweihundert Pfund zuwenig?«

»Es war ja nur eine kleine Zehe«, meinte Bobby nachdenklich. »Eine große Zehe würde mehr gekostet haben. Versuche es nur einmal mit einer Abfindungssumme von zweihundert.«

Diana schrieb sofort. Sie fühlte sich in ausgezeichneter Stimmung, obgleich der Geldschrank beraubt worden war und seine Tür traurig in den Scharnieren hing.

Eleanor und die Köchin waren auch wiedergekommen. Sie hatten zwar bis Dienstag Urlaub, aber ihre Neugierde hatte sie schon eher zurückgetrieben.

Heloise hatte von einem Fenster des Obergeschosses aus zugesehen, wie Mr. Superbus fortgebracht wurde. Sie hatte allen Grund, sich darüber zu freuen, daß Mr. Dempsis Schüsse nicht mehr Unheil angerichtet hatten. Den ganzen Morgen über war sie schon sehr nervös und fuhr bei jedem Geräusch auf. Einmal hatte Diana sie sogar gefunden, wie sie sich in dem kleinen rückwärtigen Zimmer versteckte. Man konnte eigentlich keinen anderen Ausdruck dafür finden. Sie war so konfus und verwirrt, daß Diana einen Augenblick argwöhnisch wurde. Aber dann erinnerte sie sich daran, daß das plötzliche Entweichen des Doppelgängers das arme Mädchen über alle Maßen aufgeregt haben mußte.

Diana hatte gerade den Brief beendet, als Heloise anscheinend absichtslos in den Raum trat und sich umschaute. Dempsi saß auf dem Sofa, hatte das Gesicht in die Hände gestützt und sah verdrießlich in das Feuer. Bobby saß in seinem Zimmer und hatte eine merkwürdige Beschäftigung: Er schrieb Telegramme an Gordon und bat ihn, sofort zurückzukehren. Er adressierte sie an die verschiedensten Hotels in Paris, wo er seiner Meinung nach hätte absteigen können.

Diana schaute lächelnd auf, löschte die Adresse und klebte die Briefmarke auf den Umschlag.

»Du mußt dich mit Tante – mit Heloise unterhalten und sie auf bessere Gedanken bringen«, sagte sie zu Dempsi. Er fuhr aus seinen Grübeleien auf.

»Du kennst doch Heloise?«

In den letzten achtundvierzig Stunden war so viel passiert,

daß sie nicht mehr wußte, ob sie die beiden einander vorgestellt hatte oder nicht. Sie wäre nicht im mindesten erstaunt gewesen, wenn Dempsi erklärt hätte, daß er Tante Lizzie niemals gesehen habe.

»O ja, wir kennen uns«, sagte er etwas verlegen. »Sind Sie auch durch den Schuß geweckt worden? Ich muß mich noch vielmals bei Ihnen entschuldigen.«

»Nein, nein, mich bedrücken Sorgen, von denen ich nicht erzählen kann. Ist Onkel Artur wirklich fort?«

Diana nickte.

»Er ist fort – ich werde ihn nie wiedersehen!«

Dempsi sah sie verständnislos an. Er dachte an ganz andere Dinge.

»Sie scheinen sehr traurig zu sein«, sagte er mit milder Stimme. Ihre Blicke wanderten unstet umher, dann sah sie ihn an.

»Traurig! O ja, wenn ich an mein altes Heim und meinen lieben Vater in Michigan denke –«

»Ich dächte, Sie hätten mir vorher von Connecticut erzählt«, unterbrach sie Diana.

Heloise konnte schnell denken.

»Meine Mutter wohnt dort«, entgegnete sie liebenswürdig. »Mein Vater ist in Michigan. Sie leben getrennt voneinander.«

»Ich verstehe«, sagte Diana. »Dann müssen Sie sich ja eigentlich doppelt glücklich schätzen, nach Amerika zurückkehren zu können, wenn Sie dort ein doppeltes Zuhause finden.«

Heloise schaute sie forschend an. Sie war niemals sicher, ob Diana es ernst oder ironisch meinte. Es ging auch anderen Leuten so.

»Sie werden in Ihre Heimat zurückkehren?« Dempsi nahm jetzt ein wohlwollendes Interesse an Tante Lizzie.

»Ja, ich gehe zurück. Ich werde ein neues Leben anfangen – das verdanke ich Miss Ford«, sagte sie ruhig. »Eines Tages werde ich auf dieses Leben wie auf einen bösen Traum zurückschauen.«

Diana verließ das Zimmer.

»Gehen Sie wirklich nach Amerika?«

»Ja.«

»Das ist ein schönes, wunderbares Land«, erwiderte Dempsi.

Aber sobald sich die Tür hinter Diana geschlossen hatte, sprang er auf, und seine ganze Haltung änderte sich plötzlich. Er faßte Heloise scharf ins Auge.

»Wo ist das Geld?« fragte er rauh.

Heloise sah sich vorsichtig nach der Tür um – sie waren beide allein.

»Du weißt ganz genau, wo es ist, Elly«, sagte er barsch. »Gib es heraus!«

Sie war jetzt durchaus nicht mehr traurig oder elegisch, im Gegenteil, sie war aufgebracht und wütend. Sie stemmte die Hände in die Hüften und sah ihn energisch an.

»Dan, du bist zwar der tüchtigste Imitator, den ich kenne«, – ihre Stimme klang schrill –, »ich wäre nicht überrascht, wenn du als ein Floh aus dem Flohzirkus in dieses Zimmer kämst! Aber mich führst du nicht hinters Licht. Wer hat das Geld hier genommen?« Sie zeigte auf den Geldschrank, »Du! Du hast es gestohlen und hast dem armen Kerl geholfen, sich aus dem Staube zu machen. Wahrscheinlich warst du gerade mit dem Geldschrank beschäftigt, als er hier hereinkam.«

»Du lügst!« Er war außer sich vor Wut. »Ich kam herein, nachdem du das Geld aus dem Schrank genommen hattest – ich hatte gar nicht die Absicht zu schießen – das war das Verrückteste, was ich jemals machte! Aber ich sah den Kerl durch das Fenster entwischen und dachte mir, was sich zugetragen hatte. Er hatte dir das Geld gegeben, damit du ihn entwischen ließest!«

Sie sah ihn zornig an.

»Du willst wohl behaupten, daß ich das Geld hier in meiner Tasche habe?«

»Natürlich!«

»Du wirst noch von den Rechtsanwälten meines Mannes zu hören bekommen. Ich werde dir etwas sagen, du schamloser Hund! Du hast das Geld genommen und hast den armen Kerl angeschossen, als er hereinkam, um zu sehen, wer hier den Geldschrank geknackt hatte. Was tatest du denn hier vollkommen angekleidet? Du wolltest doch mit dem ersten Zug aus London verschwinden – und mich wolltest du hier in der Patsche sitzenlassen! Du gemeiner Lump! Ich habe doch hart genug für dich arbeiten müssen! Habe ich nicht stundenlang gesessen und mich mit dieser Seeleneidechse über meinen verfluchten Innenmenschen unterhalten? Habe ich nicht die ganze Geschichte von Diana aus ihm herausgeholt? Habe ich dir nicht alles bis ins kleinste berichtet? Habe ich ihn nicht ausgepumpt, bis überhaupt nichts mehr aus ihm herauszuholen war? Und du willst es jetzt wagen, mich übers Ohr zu hauen?!«

Er wagte gar nichts, und ihr Sieg war vollkommen, als er sich zu entschuldigen begann.

»In dem Schrank lagen fünfzigtausend Dollar. Alles, was ich in der Hand habe, ist ein Verrechnungsscheck, der ebenso brauchbar ist wie Konfetti bei einer Beerdigung. Es wird zwei Tage dauern, bevor ich bares Geld bekomme. Selsbury wird heute abend zurückkommen.«

»Fünfzigtausend Dollar«, fuhr sie ihn wütend an. »Davon hast du mir gar nichts gesagt. Wahrscheinlich hast du das wieder einmal vergessen. Du sagtest, man könnte etwa tausend Pfund bei der Sache bekommen! Dann hast du mir vorgeschwindelt, daß du froh wärst, wenn deine Auslagen wieder hereinkämen. Was ist das für ein Scheck? Ist es das Geld, das sie Dempsi noch schuldig ist? Zum Donnerwetter, das ist das Geld, das Dempsi ihr vor die Füße geworfen hat. Ich erzählte es dir doch, und dann vergaß ich es!«

Sie fuhr mit den Händen wild durch die Haare.

»Ich hatte daran überhaupt nicht gedacht, bis ich hierherkam und sie mir erzählte, daß sie mir einen Brief mit einem Scheck geschickt habe. Da mich der Bote verfehlte, gab sie ihn mir später selbst. Ich erfuhr dann aber, daß in dem Schrank noch mehr Geld lag, und wollte auch das noch bekommen. Es schien mir sehr leicht zu sein.«

Sie sah ihn böse und zweifelnd an. Sein beleidigendes Auftreten erhöhte nur ihren Verdacht.

»Dan, du bist ein wunderbarer Märchenerzähler. Wenn ich jünger wäre, würde ich wahrscheinlich auf deine Fabeln hereinfallen«, sagte sie nüchtern. »Aber du wirst jetzt ein netter Junge sein und der Tante gestehen, daß du das Geld genommen hast. Dann wirst du sagen, liebe Tante, wir werden fünfzig zu fünfzig teilen. Und wenn du das nicht tust, Dan, dann kannst du dich heilig darauf verlassen, daß du in kürzester Zeit vor dem Richter stehst.«

Er versuchte es mit Schmeichelei.

»Sei doch ehrlich, Elly, du hast das Geld. Wir wollen uns doch nicht weiter streiten . . .«

»Würde ich vielleicht noch hiersein und mich obendrein noch aufregen, was meinem guten Aussehen so sehr schadet, wenn ich es hätte?«

Dieser Grund leuchtete ihm ein.

»Das ist wahr. Aber wer hat denn den Geldschrank geöffnet, doch nicht etwa Selsbury?«

»Es konnte doch kein anderer gewesen sein als du.«

»Verdammt noch einmal, ich sagte dir doch, daß ich es nicht getan habe.«

Die Tür öffnete sich, und ohne daß sie sich umsahen, wußten sie beide, daß es Diana war. Sie hatte vergessen, einen Scheck in ihren Brief zu legen. Aber die beiden unterhielten sich so gut, daß sie sich nicht um sie kümmerten.

»Ich liebe den Landaufenthalt so sehr«, seufzte Heloise. »Die Vögel singen, die Wolken ziehen am Himmel, der erfrischende Wind weht – ach, es gibt wirklich nichts Schöneres, Mr. Dempsi.«

Ich habe früher nie gesehen, daß die beiden sich miteinander unterhielten, dachte Diana lächelnd. Das stimmte auch. Sie ging gleich wieder aus dem Zimmer.

»Elly, wir wollen uns nicht miteinander streiten. Das Geld im Schrank ist fort, vielleicht hat es Selsbury selbst genommen. Warum bist du eigentlich hierhergekommen?«

Diese Frage hatte er schon lange an sie stellen wollen.

»Ich kam her, als ich herausfand, daß du die Sache auf eigene Faust durchführen wolltest. Ich kenne dich, Dan, du hast einen sehr schlechten Ruf unter ehrlichen Verbrechern.«

Er lachte mißvergnügt.

»Ich werde dir das Gegenteil durch die Tat beweisen. Wohin ist Gordon Selsbury gegangen? Hat er dir gesagt, daß er gehen will?«

»Nein, wir sind aneinandergeraten, bevor er verschwand. Du sagtest vorhin, daß er zurückkommen werde, und ich fühle, daß du recht hast. Er wird das Geld in der Tasche haben.«

»Aber er konnte es doch nicht allein machen. Dein Mann hätte den Geldschrank nicht sachgemäßer aufmachen können.«

Sie war auf der Hut und wollte sich durch seine Schmeicheleien unter keinen Umständen fangen lassen.

»Laß doch diese Redensarten und halte dich an die Tatsachen«, sagte sie kurz. »Habe ich Selsbury für dich ausgeholt oder nicht?«

Er fuhr sie an wie ein bissiger Hund.

»Habe ich – habe ich nicht – zum Donnerwetter, warum hast du ihn denn überhaupt zurückkommen lassen?«

»Hierher zurückkommen lassen?« fragte sie verächtlich. »Das tat ich mit voller Absicht. Ich wußte, in welcher Rolle du auftreten würdest. Es war mir bekannt, daß Geld hier war, und deswegen wollte ich bleiben. Dan, ich spreche jetzt zum letztenmal im guten zu dir! Ich kenne Polizeiinspektor Carslake sehr wohl. Ich brauche dir nicht zu sagen, daß es eine Kleinigkeit für mich ist, mir eine Belohnung zu holen, die auf deine Ergreifung ausgesetzt ist. Ich würde es nie tun, aber wenn du mich zum äußersten zwingst ...«

Das wirkte auf Dan – aber er nahm die Situation mit philosophischer Ruhe auf.

»Nun gut, dann hilft es nichts«, sagte er seufzend. »Wir wollen teilen unter den alten Bedingungen, aber ich will nichts von fünfzig zu fünfzig hören. Siebzig zu dreißig!«

»Du wagst es, mir das anzubieten? Ich wundere mich über deine Kaltblütigkeit. Entweder zahlst du mich fünfzig zu fünfzig aus oder – aber du hast ja gar nichts zu teilen!«

Er bequemte sich jetzt dazu, ihr reinen Wein einzuschenken.

»Sie wird mich in bar auszahlen – ich habe ihr den Scheck zurückgegeben. Wenn du noch eine halbe Stunde wartest, habe ich das Geld. Bist du nun zufrieden? Sechzig zu vierzig.«

»Fünfzig zu fünfzig«, sagte Heloise unerschütterlich. »Du könntest es dir selbst niemals verzeihen, wenn du mir weniger geben würdest.«

Sie stritten noch etwa zehn Minuten miteinander, dann hatte sich Heloise durchgesetzt.

Eleanor kam eilig herein, um ihre Herrin zu suchen, aber sie fand sie erst in Gordons Zimmer.

»Der Geistliche«, sagte sie geheimnisvoll.

Dianas Mut sank wieder.

»Es ist ein katholischer Priester, ich habe es an seiner Tracht gesehen«, erklärte Eleanor.

Diana hatte noch nie darüber nachgedacht, welchem Religionsbekenntnis Dempsi eigentlich angehören könne. Auch hatte sie vorher nicht gewagt, dem Manne gegenüberzutreten, der ihrer Meinung nach von Dempsi gerufen worden war, um sie zu trauen.

»Ich werde hinunterkommen«, sagte sie schließlich und nahm die Karte aus Eleanors Hand.

Sie las den Namen, las ihn noch einmal und fuhr mit der Hand über ihre Augen. Auf der Karte stand:

Pater Giuseppe Dempsi,
Vicar von Banhurst.

Im nächsten Augenblick eilte sie die Treppe hinunter. Sie erkannte ihn sofort wieder an seinem glattrasierten Gesicht, seinen dunklen Haaren und dem alten Lächeln in den braunen Augen. Sie hätte ihn auch erkannt, wenn er nicht die schwarze Soutane getragen hätte.

»Diana«, sagte er, »nach all diesen Jahren sehen wir uns wieder!«

Sie ergriff seine magere Hand.

»Ja, das sind Sie. Oh, Sie glauben nicht, wie froh ich bin, Sie zu sehen.«

Das war also der richtige Dempsi. Wer war denn aber der andere?

»Ich bin schon mehrere Male hiergewesen, um Sie zu besuchen. Ich bin nur noch vierzehn Tage in England. Mein Pfarrbezirk liegt in der Nähe von Melbourne. Ich weiß nicht, ob Sie mir jemals verzeihen können, daß ich Ihnen so viel Unruhe und Verdruß bereitet habe?« Ein schwaches Lächeln huschte über seine feingeschnittenen Züge. »Ich war ein böser Junge. Ja, ich bin damals in den Busch gelaufen, aber ich bin nicht weit gekommen. Unterwegs wurde mir klar, daß ich meinen Idealen untreu wurde und Ihnen ein großes Unrecht tat. Das war entscheidend. Ich ging in das Kapuzinerkollegium und beendete meine Studien. Und ich habe mein Gelübde niemals bereut.«

Sie sah ihn ehrfürchtig an.

»Sie sehen besser und vorteilhafter aus als jemals, Pater Dempsi. Ich habe auch noch eine Menge Geld von Ihnen.«

Er lachte ein wenig verlegen.

»Ich war gespannt, ob noch etwas davon vorhanden ist. Aber offen gestanden brauche ich gerade im Augenblick Geld. Ich will nämlich einen Klub junger Männer in meiner Pfarre gründen, und für die neue Kirche brauchen wir eine Orgel . . .«

Sie nickte. Sie war noch ganz bestürzt. Plötzlich riß Bobby erregt die Tür auf.

»Diana . . . !« rief er.

Hinter ihm kam Gordon in gemessener, vornehmer Kleidung. Aber er schien sich doch verändert zu haben. Sie eilte auf ihn zu – bevor sie wußte, was sie tat, hatte sie ihm einen Kuß gegeben. Gordon küßte sie wieder, und es fiel ihm gar nicht schwer.

»Gordon, darf ich dir Reverend Giuseppe Dempsi vorstellen? Ich habe dir früher viel von ihm erzählt.«

Gordon starrte den Priester entsetzt an.

»Reverend Giuseppe Dempsi? Ich dachte –« Dann ergriff er die Hand des Geistlichen. »Ich wußte doch, daß es nicht . . . wie geht es Ihnen?«

»Diana und ich sind alte Freunde«, erklärte Dempsi. »Beinahe hätte ich gesagt, ein altes Liebespaar, aber die Liebe war ein wenig einseitig«, fügte er lächelnd hinzu.

»Das ist aber ein merkwürdiges Zusammentreffen!«

Gordon konnte weiter nichts sagen.

»Aber wie ist es möglich, daß du schon zurück bist? Ich bekam doch noch heute morgen ein Telegramm aus Inverness von dir?«

»Ich bin mit dem Flugzeug hierhergekommen«, erwiderte

Gordon, ohne im geringsten verlegen zu sein. »Ich fühlte, daß hier etwas nicht in Ordnung war und daß du Schwierigkeiten hattest.«

»Ach, Gordon, ist das wirklich wahr?« Sie wurde rot. Sie war erstaunt über diese seelische Fernwirkung. »Aber mein lieber Gordon, du hast ja deinen Backenbart abgenommen?«

Er nickte ernst.

»Ich dachte, ich hatte dir gesagt, daß ich beabsichtige, das zu tun – du hast mir doch früher einmal gestanden, daß du ihn nicht leiden kannst – das genügte mir.«

Gordon zeigte sich von seiner allerbesten Seite.

Eleanor öffnete einem fremden Herrn die Tür.

»Ist Miss Ford zu Hause?«

»Jawohl, mein Herr, aber sie ist gerade beschäftigt.«

Er hatte anscheinend keine Visitenkarten.

»Ich bin Polizeiinspektor Carslake von Scotland Yard. Ich würde gern einmal den Geldschrank besichtigen, der in der vorigen Nacht erbrochen wurde. Es ist nicht notwendig, Miss Ford zu stören.«

Eleanor riß sofort die Tür weiter auf und führte ihn ins Studierzimmer ...

»Wir werden mit dem ersten Zug London verlassen«, sagte ›Dempsi‹ gerade. »Das Geld teilen wir auf der Reise.«

»Nein, wir teilen, bevor wir abfahren«, erwiderte Heloise fest. Sie schien Angst zu haben, daß noch irgendein Zwischenfall eintreten könne.

Er zuckte die Schultern.

»Ich würde mich schämen, so etwas zu sagen!«

Dann trat der Fremde ein. Heloise erkannte ihn sofort, noch bevor er ihr Gesicht sah. Sie nahm eine Zeitung, die auf dem Tisch lag, entfaltete sie und verbarg ihr Gesicht dahinter. Dann ging sie, scheinbar lesend, langsam aus dem Studierzimmer in den kleinen Bibliotheksraum.

»Warum gehst du denn fort?« fragte ›Dempsi‹.

Einen Augenblick später sah auch er den Inspektor. Das Erkennen war gegenseitig.

»Das Spinngewebe um Ihr Kinn herum ist mir unbekannt«,

sagte Carslake, »aber die hochgeschwungenen Augenbrauen und die leuchtenden Augen gehören meinem alten Freund Dan Throgood, mit anderem Namen ›Doppelgänger‹.«

»Ich fürchte, Sie irren sich«, erwiderte ›Dempsi‹ etwas hochfahrend.

»Sie fürchten vielmehr, daß ich mich nicht täusche«, entgegnete der Polizeiinspektor und sah auf den erbrochenen Geldschrank ... »Haben Sie das gemacht?«

»Nein, das ist nicht meine Arbeit. Aber es liegt doch gar nichts gegen mich vor, Carslake. Ich wohne hier als ein Gast von Mr. Selsbury.«

»Und nun werden Sie als Gast des Königs logieren«, meinte Carslake und nahm ein paar Handschellen aus der Tasche. »Ich muß schon sagen, Dan, Sie verstehen zu leben!«

Der Inspektor kam am selben Tag noch einmal nach Cheynel Gardens 61, um eine gewisse Dame namens Chowster zu verhaften. Mit anderem Namen hieß sie Heloise van Oynne.

»Kann ich Miss Ford oder Mr. Selsbury sprechen?«

Eleanor bat ihn zu warten, ging durch die kleine Bibliothek und lauschte erst an der Tür zum Studierzimmer ...

»Ich wollte wirklich nach Australien zurück, Gordon.«

»Dann gehe ich mit, und wenn es nötig ist, laufe ich auch in den Busch«, hörte sie Gordons Stimme.

Dann folgte ein langes Schweigen. Eleanor öffnete vorsichtig die Tür ein ganz klein wenig und schaute hinein. Dann ging sie wieder zu Mr. Carslake zurück.

»Mr. Selsbury und Miss Ford haben sich eben verlobt«, sagte sie.